Für Henri, Astrid

Nida
Mogontiacum
Augusta Treverorum
Lopodunum
BELGICA
Rhenus
Argentorate
GERMANIA
SUPERIOR
Lacus
Briganti
Constantia
Vindonissa

Moenus
N
W
O
S
GERMANIA
MAGNA
Limes
Castra Regina
Biriciana
Losodica
Abusina
Augusta Vindelicum
Danubia
RAETIA
Cambodunum
0
20
40
60
80
100 km

Zur Situation am Limes

Im 1. Jahrhundert nach Christus setzten die Römer eine gewaltige Grenzmauer in die Landschaft – es war nach der Chinesischen Mauer das größte zusammenhängende Bauwerk seiner Zeit, rund 550 Kilometer lang. Die Römer verkürzten mit der Vorverlegung der Grenze viele umständliche Reisewege, weiteten ihr Gebiet aus und stellten ihren Machtanspruch optisch zur Schau. Zwischen 233 und 259 n. Chr. wurde das Land hinter dem Limes durch Überfälle verwüstet; es folgte der Rückzug der kaiserlichen Truppen aus dem Provinzialgebiet jenseits von Rhein und Donau an die Flussgrenzen. Heute geht man davon aus, dass die Ursachen komplex waren – Folge einer jahrelangen Entwicklung während der sogenannten Reichskrise des 3. Jahrhunderts mit wechselnden Kaisern, Bürgerkriegen und einem wirtschaftlichen Niedergang. All dies führte spätestens ab dem Jahr 260 zur Aufgabe des sogenannten Dekumatlandes und zur Rücknahme der römischen Militärgrenze. Im Jahr 231 regierte der junge Kaiser Severus Alexander das Imperium, dessen Mutter Julia Mamaea faktisch die Regierungsgeschäfte führte. Das Heer zollte einer Frau an der Spitze des Reiches keinen Respekt. Der Kaiser übte mangels Erfahrung nicht die nötige Autorität aus. In dieser Zeit wurde die Grenzverteidigung wegen eines Feldzuges im Osten durch Truppenverlegungen geschwächt, was den Germanen nicht verborgen blieb …

Prolog

Germanien, Oktober 213 n. Chr.

Titus Aurelius knackte jeden einzelnen seiner Fingerknöchel und wippte nervös mit den Knien. Unzählige Male hatte er seinen Plan in Gedanken durchgespielt. Er wusste, er würde nur einen Versuch haben, und es war ein Wagnis auf Leben und Tod. Er fühlte seine Halsschlagader pochen, so wie im Moment vor einer Schlacht, wenn Angst und Todesmut um die Oberhand rangen. Die Zeit drängte, sein Geheimnis konnte jederzeit gelüftet werden.

»Jetzt oder nie! Ich ziehe das jetzt durch. Wenn sie ihn entdecken, sind wir alle geliefert, das ist das Ende unserer Familie. Niemand schert sich um einen berittenen Soldaten der Hilfstruppen, der nach seinem Pferd sieht. Los, los, los«, trieb er sich an. Entschlossen nahm er allen Mut zusammen, den er für diese Sache brauchen würde.

Es dämmerte bereits. Herbstlicher Bodennebel umhüllte das Legionslager. All die Monate hatte Titus das Klima Germaniens verflucht. Unendliche Wälder, zerteilt von Sümpfen und Gebirgen, die von unwegsamen schlammigen Pfaden verbunden wurden, hatten seine Kräfte aufs Äußerste strapaziert, Mückenschwärme und Feuchtigkeit den Geist langsam, aber gründlich zermürbt. Heute schien ihm das germanische Wetter zum ersten Mal nützlich, und er hatte sich mit der Natur versöhnt. Bei der Errichtung der Nachtlager hatten mehrere Legionen Wiesen und Waldboden platt getrampelt. Dadurch war ein überwältigender Blätterduft entstanden, der ihm in die Nase stieg und ihn durchatmen ließ. Titus trat an den Zaun und streichelte seinen Hengst Wotan, der zutraulich schnaubte. Es tat ihm gut, ihn wie einen alten, zuverlässigen Freund in der Nähe zu wissen. Mit verstohlenem Blick prüfte er, ob ihm jemand gefolgt war, doch die Luft war rein. Dann betrat er mit pochendem Herzen das geräumige Zelt, in dem die Satteltaschen lagerten. Es roch nach Stall und Pferdemist. Auf Zehenspitzen schlich er voran, doch plötzlich fuhr ihm der Schreck in die Glieder. In seiner Satteltasche wühlte ein Fremder, der ihm den Rücken zudrehte. Als Titus seinen Dolch zog, ertönte ein metallischer Klang. Ertappt hielt der Mann inne und fuhr herum.

»Was hast du an meiner Tasche verloren? Verdammter Dieb!«, fauchte Titus den Kerl an.

Nun standen sie sich direkt gegenüber, und er erkannte den Mann. Ein Kamerad aus der eigenen Einheit, der eine Alkoholfahne verströmte, die sogar die Stallluft überlagerte.

»Reg dich ab. Du hast wohl reiche Beute gemacht? Wir sollten teilen. Halbe-halbe.«

»Mallus! Das hätte ich mir denken können. Du hast keine Ahnung, was du da in der Hand hältst.« Sein Blick fiel auf den Beutel, den der dreiste Dieb in der Hand wog.

»Was ist da drin?«, fragte Mallus grinsend und entblößte eine Reihe von gelblich braunen Zähnen. »Münzen?« Er schüttelte den Beutel, und der Klang von Metall, das aneinanderschlug, erfüllte den Stall. »Er ist schwer, dein Beutel.«

»Leg ihn hin, du Kameradenschwein.«

»Und was, wenn nicht?«, lallte Mallus angriffslustig.

»Deine abgrundtief schwarze Seele ist schuld daran,

dass du leer ausgegangen bist. Mörder! Vergewaltiger!« Titus spuckte die Worte aus.

Das Grinsen gefror Mallus zur hasserfüllten Fratze.

»Ich schlag dich tot, du Bastard!«, kreischte er und knallte ihm den Beutel mit voller Wucht vor die Brust. Titus taumelte, als Mallus auf ihn zustürzte und ihm den Dolch aus der Hand trat. Mit einem Faustschlag schickte Mallus ihn zu Boden und zielte mit den Füßen nach seinem Kopf. Betrunken, wie er war, stolperte er und trat daneben. Mit einer flinken Drehung rollte sich Titus zur Seite und bekam mit beiden Händen Mallus' Sandale zu greifen, die knapp an seiner Wange vorbeigeschrammt war. Wütend riss er ihn in den Staub, und sie rangen in wilder Raserei um die Oberhand. Mallus fand den Dolch im Stroh wieder. Seine hasserfüllten Augen waren von Triumph erfüllt, als er ihm die Klinge entgegenstreckte. Doch Titus war um einen Wimpernschlag schneller. Das Holzscheit, das gegen Mallus' Schläfe knallte, ließ die hochmütigen Gesichtszüge augenblicklich zur ausdruckslosen Maske gefrieren, bevor sein Gegner bewusstlos zusammensackte.

Titus schob den schweren Körper ächzend von sich, betastete sich im Gesicht und wischte die blutenden Stellen mit dem Ärmel ab. Hinter seinem in Germanien gewachsenen Bart würden die Wunden halbwegs verborgen bleiben, so hoffte er zumindest. Er pries seinen kompakten, leicht gedrungenen Körper, über den zwar schon unzählige Kameraden gespottet hatten, der ihn in brenzligen Situationen jedoch noch nie im Stich gelassen hatte. Auch wuchtige Schläge schüttelte er ab, er war hart im Nehmen. Dennoch schmerzte sein Schädel, und er rieb sich die immer größer werdenden Stellen, an denen sich die

Haare weigerten zu wachsen. Fluchend verstaute er den Beutel unter seiner Tunika. Jetzt gab es kein Zurück.

Sein Körper war von Adrenalin geflutet, und er verspürte keinerlei Angst mehr.

Als er das Gepäckzelt verlassen wollte, trat ein Legionär ein und schob ihn zur Seite. Sein Blick fiel auf Mallus, der gekrümmt am Boden lag.

»Was ist hier los, Soldat?«

»Spielschulden«, log Titus und machte sich ohne ein weiteres Wort davon.

Er atmete tief durch und wischte sich die Spuren des Kampfes vom Körper. Sein Weg führte ihn einmal durch das gesamte riesige Feldlager. Um der Enge der kleinen Nebengassen zu entkommen, in denen sich um diese Tageszeit etliche Legionäre und Hilfssoldaten herumtrieben und einander auf die Füße stiegen, nahm er die äußere Lagerringstraße. Sie zog vor dem aufgeschütteten Wall einmal ihren Kreis ums Lager und bot mit sechzig Fuß Breite genügend Platz für alle möglichen Belange.

An einigen Abschnitten rammten schwitzende Legionäre noch immer beidseitig angeschnittene Palisaden in die aufgeschüttete Erde. Als er sich seinem Ziel näherte, verließ er die Ringstraße wieder und bog ein in die Enge der Zeltgassen. Ein beißender Geruch aus altem Blut und Exkrementen stach in seine Nase. Das Lazarett lag direkt neben den zu dieser Uhrzeit bis oben hin gefüllten Latrinen, und der Gestank nahm ihm für einen Moment den Atem. Angewidert vergrub er die Nase im Oberarm und stieß dabei mit einem Wundarzt zusammen, der ihn für seine Achtlosigkeit wütend beschimpfte. Er konnte es dem Mann nicht verdenken. Nach wie vor arbeiteten die Wundärzte Tag und Nacht ohne Unterlass. Er hörte, wie zahlreiche Verwundete stöhnten und schrien. Beim Geräusch der Knochensäge biss er sich wie immer auf die Zähne; allein die Vorstellung einer Amputation war für ihn unerträglich. Viele Wunden, die noch von der letzten Schlacht zeugten, hatten mittlerweile zu eitern begonnen und damit den Wundärzten eine weitere Menge Arbeit beschert.

Die Kriegserlebnisse der letzten Monate zehrten ganz unterschiedlich an den Männern, an denen er vorbeikam. Er passierte lachende, scherzende Legionäre, die tranken und spielten. Für sie ging das Leben seinen gewohnten Gang. Nur ein paar Schritte weiter saßen müde und erschöpft dreinblickende Soldaten, die ausdruckslos ins Leere starrten und nicht mehr in ihr altes Leben zurückfanden.

Der Caracalla-Feldzug, wie die Unternehmung nach Germanien genannt wurde, neigte sich seinem Ende zu. Die große Entscheidungsschlacht lag nur wenige Wochen zurück.

Sie hatten einen großartigen Sieg davongetragen, keine Frage. Ariovist, der germanische Anführer, war vernichtend geschlagen und hingerichtet worden. Die Kinder des Fürsten befanden sich in Gefangenschaft. Sie warteten darauf, nach Rom verschleppt zu werden, als Geiseln auf Lebenszeit. Die Kinder und damit der Stamm waren dadurch abhängig von Roms Gnaden.

Doch im Gegensatz zu früheren Schlachten, an denen Titus teilgenommen hatte, führten sie keine Sklaven mit. Der Grund dafür war unehrenhaft und widerlich. Hätte der Germanenanführer sich doch nur ergeben! Es war anders gekommen, und Männer wie sein Bruder, der mit ihm in einer Einheit diente, konnten mit den Konsequenzen nicht umgehen.

Der grauenvolle Blutrausch nach dem Sieg war unheilvoller gewesen als sein grässlichster Albtraum. Der Kaiser hatte in einem Anfall von gleichgültiger Grausamkeit den Mord an den unzähligen gefangenen Familienangehörigen der germanischen Kämpfer befohlen. Einmal losgelassen, vergingen sich die Truppen in Schande. Köpfe und Gliedmaßen säumten den Wald, der Boden war mit Blut getränkt, die Schreie der vergewaltigten Frauen und das Flehen der Unschuldigen hallten in Titus' Kopf. Ihm wurde schlagartig bewusst, wie kümmerlich es um den verbliebenen Rest von Ehre in den Legionen und ihren Hilfsverbänden stand. Sein Bruder und er gehörten ausgerechnet der Einheit an, die am schlimmsten gewütet hatte. Mallus, das Kameradenschwein, war bei dem widerlichen Gemetzel besonders bestialisch gewesen. Zwar trafen Titus und seinen Bruder keine persönliche Schuld. Doch so, wie eine Einheit den Ruhm teilte, so teilte sie auch Schmach, Schande und Verfehlungen. Sein Bruder Quintus, ein Meldereiter, war in jeder Hinsicht das Gegenteil von ihm: sensibel, verschlossen, hochgewachsen und dünn. Titus war der Ältere, er passte schon sein ganzes Leben lang auf ihn auf. Die Mutter war früh gestorben, und das Verhältnis der Brüder war eher wie das eines Vaters zu seinem Sohn. Niemand, der sie nicht kannte, hätte vermutet, dass sie Geschwister waren. Titus hatte sich das alles nicht ausgesucht; immer Verantwortung zu tragen, lastete wie ein viel zu schwerer Rucksack auf seinen Schultern. Doch er liebte seinen Bruder. Auf das Massaker reagierte Quintus derart geschockt, dass er anschließend in einer lähmenden Antriebslosigkeit verharrte. Er hatte sich in seine eigene innere Welt zurückgezogen und wirkte immer häufiger ausdruckslos und apathisch.

Titus klopfte sich auf sein Ohr. Immer wieder wurde er

heimgesucht, wurde den surrenden Klang einfach nicht mehr los. Eine Kinderstimme hallte in seinem Kopf.

»Ich, Adalmar, Sohn des Ariovist, schwöre beim Kriegsgott Tyr ewige Rache! Römisches Blut wird durch meine Hand in Strömen fließen!« Ausgerechnet der zwölfjährige Sohn des Fürsten hatte die unheilvollen Worte bei der Hinrichtung seines Vaters ausgesprochen.

»Blut! Blut! Blut!«, dröhnte es in Titus' Ohren. Wie einen Aussätzigen hatte er das Kind angestarrt.

Er sah den Jungen vor seinem geistigen Auge. Adalmar hatte bei diesen Worten einen von Goldfäden überzogenen Anhänger getragen. Ein übergroßes Amulett, das einen sich windenden Lindwurm einfasste. Der Drache hatte grüne Augen und rote Krallen. Es war eine ausgezeichnete Goldschmiedearbeit mit Edelsteinen, und Titus war verwundert gewesen, dass sie noch um den Hals des Knaben hing und nicht von Plünderern gestohlen worden war. Ihn hatte geschaudert, wie der junge Bursche mit seiner Schwester, noch ein Säugling, im Arm dastand und die Tränen mutig unterdrückte, während er von den umstehenden Legionären verhöhnt wurde. So wird Hass gesät, hatte er sich gedacht. Die Ernte dieser Saat würde irgendwann zwangsläufig aufgehen.

Titus hatte sich so sehr gewünscht, dass sein Bruder mit der Zeit lernen würde, mit all den grauenvollen Geschehnissen umzugehen. Doch dann war auch noch diese verdammte Botschaft eingetroffen. Drei kurze Zeilen und nur eine Hiobsbotschaft als Inhalt. Auf dem Wachstäfelchen stand, dass die Frau seines Bruders bei der Geburt ihres Sohnes im Kindbett verstorben war. Nichts weiter, kein Trost, keine Erklärung, nur ein weiteres Zeichen für die unaufhaltsame Macht des Todes. Er schüttelte den Kopf. In die düstere Stimmung seines Bruders schlug diese Nachricht ein wie die Sichel des Orcus. Er sah sich von den Göttern endgültig verlassen und mit der gerechten Strafe für die Untaten der Truppe konfrontiert. Seitdem dämmerte er vor sich hin, und die Realität interessierte ihn nicht mehr. An militärische Pflichterfüllung war nicht zu denken, und so lief Quintus mittlerweile sogar Gefahr, unehrenhaft entlassen zu werden. Wenn das passierte, dann konnte er den Rest seines Lebens mit Betteln verbringen – wenn er nicht gar vorhatte, den Styx aus freien Stücken zu überqueren. Zwei Ermahnungen wegen Pflichtmissachtungen hatte er schon erhalten, eine dritte würde sein Schicksal besiegeln. Was sollte aus dem Säugling und Titus' Neffen Tatius werden, der erst drei Jahre alt war? Die Mutter tot, der Vater fernab und verloren in Schwermut?

Titus war bereit, alles auf eine Karte zu setzen, um seinen Bruder, dessen halbverwaiste Familie und sich selbst zu retten.

Der Tribun würde ihm – wenn überhaupt – nur einen kurzen Moment gewähren.

Er kannte den Mann als Offizier mit Begabung für Verwaltungsaufgaben, der anscheinend in die Politik strebte. Kein Krieger, sondern vielmehr ein Funktionär. Die beste Wahl für seinen Plan.

Vor dem Zelt des Tribuns hielt er inne, klopfte sich einige hängen gebliebene Strohhalme von der Uniform und sog die frische Herbstluft erneut tief ein. Er war bereit.

Er salutierte vor den Wachen und sprach mit fester Stimme: »Titus Aurelius, 1. Turma der Ala I Hispanorum Auriana! Ich habe eine wichtige Botschaft für den Tribun Aulus Fidelius.«

Eine der Wachen kündigte den Besucher durch einen

Spalt im Zelteingang fast im gleichen Wortlaut an und zog nach einem kurzen Moment die Zeltplane zur Seite.

»Ave, Tribun«, erwies er dem adligen Offizier, der hinter einem kleinen Schreibtisch saß und über Papyri und Wachstäfelchen grübelte, den römischen Gruß.

»Steh bequem, Soldat«, antwortete dieser, ohne von seinen Papieren aufzusehen, und fügte mit gekünstelter Langeweile hinzu: »Was ist dein Begehr?«

»Tribun. Ich verlange, morgen zusammen mit meinem Bruder Quintus ehrenvoll aus der Armee entlassen zu werden.«

Der Tribun stoppte seine Lektüre und starrte ihn entgeistert an.

»Was hast du da eben gesagt?«

Titus hielt dem bohrenden Blick stand. Er kam einen Schritt näher, legte das Bündel mit den goldenen Schmuckstücken auf den Schreibtisch des Tribuns und öffnete es so, dass ein goldener Schimmer den Raum erfüllte. Mit gierigem Glanz in den Augen blickte Aulus Fidelius zwischen dem Bündel und ihm hin und her.

»Ich verlange, morgen mit meinem Bruder ehrenvoll entlassen zu werden, und hier liegt mein Preis dafür«, wiederholte er sein Anliegen.

»Du willst mich bestechen? Dafür könnte ich dich auf der Stelle töten lassen!«, zischte der Tribun ihn an.

»Das ist wahr. Aber das würde die Aufmerksamkeit auf das Gold lenken, und es wäre doch schade, wenn es am Ende in der Schatulle des Legaten landen würde.«

Beide Männer starrten sich einen Augenblick wortlos an. Titus gab dem Offizier Zeit, die Situation zu erfassen.

Bevor die Pause unangenehm wurde, fuhr er fort: »Ihr habt Ambitionen, Herr, und in der Politik aufzusteigen, ist teuer. Ihr seid talentiert und könnt mit dieser Hilfe Euren

Weg beschleunigen«, schmeichelte er dem Tribun. »Mein Anliegen ist für die Truppe ohne Bedeutung. Wir haben tapfer gekämpft, ich bin seit fast zwanzig Jahren Soldat, Ihr könntet meinen Beitrag zur Schlacht ein wenig größer machen, als er war, und Ihr habt die Mittel, uns ehrenvoll und vorzeitig aus dem Dienst ausscheiden zu lassen. Mit einer schönen Parzelle Land, da, wo wir die meiste Zeit gedient haben. In Raetien, weit weg von Rom. Ihr werdet mich nie wiedersehen. Doch erwarte ich Eure Entscheidung sofort.«

Titus hielt, ohne es zu merken, den Atem an, beobachtete den Mann und wartete auf seine Reaktion.

Der Tribun öffnete das Bündel ein wenig weiter, ergriff einige Schmuckstücke und wog sie vorsichtig in seiner Hand. Sein Mund stand weit offen. Dann schnappte sein Kiefer zu, und er legte die Juwelen rasch zurück. Aulus Fidelius umrundete den Tisch. Er schob sein Gesicht so nahe an das von Titus, dass dieser den schlechten Atem seines Gegenübers zu spüren bekam. Übelkeit stieg in ihm hoch. Kleine, kalte Schweißperlen standen auf seiner Stirn, aber er rührte sich keinen Fingerbreit. Entweder rief der Tribun jetzt die Wachen – oder er hatte gewonnen.

»Du bist ein Feigling«, flüsterte der Tribun, »und ein Erpresser dazu.«

Titus' Magen zog sich zusammen.

Der Tribun vergrößerte den Abstand und sprach nun ungerührt, aber leise weiter: »Komme morgen zur Mittagsstunde. Ich werde zwölf Mann vorzeitig in den Ruhestand schicken. Bring deinen Bruder mit. Ich will von euch die ganze Zeremonie über kein Sterbenswort hören. Habe ich mich klar ausgedrückt?«

»Ja, Herr«, antwortete Titus demütig und bemerkte, wie ihm schwindlig wurde und er leicht wankte.

»Verschwinde jetzt. Wegtreten. Und sorge dafür, dass du morgen nicht aussiehst, als hättest du dich geprügelt«, knurrte Aulus Fidelius.

Titus verbeugte sich hastig. »Vielen Dank, Herr, Ihr könnt Euch auf mich verlassen, Herr.«

»Eine Sache noch!«, rief ihm der Tribun nach.

Titus blieb wie angewurzelt stehen. »Ja, Herr?«

»Warum tust du das?«, fragte Aulus Fidelius.

Titus hätte wahrheitsgemäß antworten können, dass er das Töten satthatte, dass er, seitdem er sechzehn war, in der Armee gedient und nie etwas anderes in seinem Leben kennengelernt hatte. Dass er frei sein wollte, dass ihm der Germane, der Hüter des Schatzes, der vor ihnen lag, etwas bedeutet hatte und dass er sich um seinen schwermütigen Bruder kümmern musste.

Stattdessen murmelte er schmallippig: »Weil die Gelegenheit günstig war.«

Mit zitternden Knien kehrte er zu seiner Einheit zurück. Dort angekommen, überfiel ihn schlagartig eine so heftige Übelkeit, dass er zum Ärger seiner Kameraden direkt neben das Zelt kotzte. Danach fühlte er sich zum ersten Mal seit Wochen erleichtert und lehnte sich müde an seinen Schild. Jetzt bestand Hoffnung, dass sich alles zum Guten wenden würde.

Für einen kurzen Moment dachte er wehmütig an die prächtigen Schmuckstücke, die nun dem Tribun gehörten. Alle bis auf einen kleinen Ring, den er behalten hatte. Er holte ihn aus den Tiefen seiner Uniform hervor und wendete ihn in der Handfläche hin und her. Das schönste Stück überhaupt und ein Spiegelbild des Anhängers, den der Sohn des Ariovist getragen hatte. Er beschloss, dass er fortan sein Glücksbringer sein sollte. Als ein Soldat seiner Einheit mit einem Weinschlauch auf ihn zukam, ließ er den Ring flink verschwinden.

»Du siehst aus, als könntest du einen Schluck vertragen, Titus. Was hat dir denn auf den Magen geschlagen?«

»Nur dieses verdammte Land, Lucius. Du bist ein wahrer Kamerad.« Sie tranken die saure Posca aus ihren verbeulten bronzenen Trinkflaschen, und Titus schwor sich, die Zukunft nur noch mit gutem Wein zu verbringen.

Achtzehn Jahre später

Raetien, Mai 231 n. Chr.

Der Kaiser war umstellt. Drei Barbaren bewegten sich auf ihn zu. Er packte sein Schwert fester, ließ es erwartungsvoll in seinen Händen kreisen, bereit, die Feinde zu durchbohren.

Marcus Aurelius hielt plötzlich inne. »Was ist denn?«, fragte seine achtjährige Stiefschwester Aurelia minor. Ein heftiges Blätterrauschen riss ihn aus seinem Kampf mit den kleinen Figuren, die er vor vielen Jahren selbst geschnitzt und detailgetreu angemalt hatte. Sein Bruder Manius und er konnten aus einem Fundus von vierzig Figuren wählen und ganze Schlachten nachspielen. Die kleine Aurelia war eine dankbare und begeisterte Zuhörerin, die ihn fortwährend motivierte, ihr Geschichten vorzuspielen. Wütend lenkte er seinen Blick auf die schweren schwarzen Wolkenberge und steckte alle Figuren zurück in die Tasche.

»Wir müssen uns beeilen, vielleicht haben wir zu Hause noch Zeit, die Geschichte zu Ende zu spielen«, antwortete er seiner enttäuschten Begleiterin, die den Kopf senkte und ihren Schritt beschleunigte, als er sie an der Hand hinter sich herzog.

Anstatt weiter Kaiser Marc Aurel zu spielen, stolperten sie mit hastigen Schritten den unebenen Pfad zur großen Straße hinunter. Der Korb, in dem er Eier auf Stroh verwahrte, wurde bedenklich durchgeschüttelt, während sie versuchten, dem nahenden Regen zu entkommen.

Er haderte mit dem Wettergott und befingerte das Schwert der kleinen kaiserlichen Spielfigur in seiner Tasche. Marc Aurel. Der beliebte Kaiser, vor rund fünfzig Jahren gestorben, war sein Namenspatron. Er hatte dies seinem Großvater zu verdanken, einem Germanen vom Stamm der Rätovarier, der in die römische Armee eingetreten war. Unmittelbar im Anschluss an eine bedeutende Schlacht gegen die Markomannen war ihm wegen besonderer Tapferkeit vom Kaiser das römische Bürgerrecht verliehen worden. Zu Ehren des Imperators hatte er noch zu dessen Lebzeiten den Namen Aurelius angenommen.

Der Grund für den Besuch auf dem Hof des Nachbarn war ein Tauschhandel. Weil ein Fuchs kürzlich die meisten Hühner seines Vaters gerissen hatte, brachte Marcus Ziegenkäse aus eigener Herstellung zum Hof des Veteranen Valerius Celerinus und erhielt dafür im Gegenzug Eier. Der Hof lag am Hang eines kleinen Berges, der sich zwischen zwei Hügelketten neben dem gemächlich dahintreibenden Fluss Alcmona emporhob. Der Waldrand reichte bis fast an das Hauptgebäude heran. Ein Frühjahrsgewitter am Tag zuvor hatte bei einem der alten Bäume einen schweren Ast abgebrochen, der aufs Dach gestürzt war. Marcus hatte bei den Reparaturarbeiten mitgeholfen, während Aurelia minor mit den gleichaltrigen Töchtern gespielt hatte, weshalb es jetzt später Nachmittag war.

Mehr als eine halbe Stunde Fußmarsch lag noch vor ihnen, als es anfing, in dicken, schweren Tropfen zu regnen. Er gab den Kampf um trockene Füße auf und zog seinen braunen Umhang aus grobem Stoff über der Tunika zu. Eilig streifte er die Kapuze über seine wuscheligen blonden Haare. Seiner Stiefschwester band er ein Tuch um den Kopf. Marcus fröstelte. Bald würde er seinen achtzehnten Geburtstag feiern. Im letzten Jahr war er wider Erwarten noch einmal gewachsen, sodass seine Kleidung nun an manchen Stellen zu kurz geraten schien.

Der Wind vertrieb zornig die milde Frühlingswärme. Binnen weniger Momente peitschte ein Starkregen über die Straße. Kleine Sturzbäche ergossen sich über die Spalten und Platten der Hauptstraße, die von Biriciana über Augusta Vindelicum und von dort als Via Claudia Augusta letztlich bis nach Rom führte.

Marcus stapfte schicksalsergeben den Weg entlang, eingehüllt in den kratzigen Mantel, und nahm Aurelia minor bei der Hand, die Angst vor Gewittern hatte. Als er merkte, dass sie zwar tapfer voranschritt, aber mit den Tränen kämpfte, holte er trotz des Regens erneut zwei Figuren aus der Tasche: Kaiser Marc Aurel und einen Soldaten der Infanterie; er verkörperte auf dem Rückweg seinen älteren Bruder Tatius, der bei den Grenztruppen diente. Er eröffnete ein Selbstgespräch, die kaiserliche Miniatur zeigte mit ihrem Schwert auf ihn. Sofort hatte er die Aufmerksamkeit seiner kleinen Stiefschwester eingefangen, die Tränen schienen wie weggeblasen.

»Ihr da, wann tretet Ihr endlich in die Legion ein? Rom braucht Männer wie Euch!«

»Ehrenwerter Kaiser, ich bin nur ein einfacher Bauer. Ihr könnt auf meinen Bruder zählen. Dies hier ist Tatius«, er hielt die beiden Figuren einander zugewandt. »Mut und Tapferkeit zeichnen ihn aus. Er bewacht die Grenze und schützt Rom vor den Barbaren.« Mit dem Schwert der Figur stieß er in den Regen. Aurelia minor gluckste und strahlte über das ganze Gesicht.

»Darf ich Euch etwas fragen, ehrenwerter Bauer?«

Marcus versuchte, sich vorzustellen, wie ihn der Kaiser um Rat fragte, fand die Vorstellung schließlich aber selbst höchst lächerlich, denn ein Kaiser würde ihn bestenfalls ignorieren.

Trotzdem antwortete er: »Natürlich, Caesar.«

»Seid Ihr gerne Bauer?«

»Bauer zu sein, garantiert ein anständiges Auskommen. Mein größter Wunsch wäre es jedoch, Rom zu dienen, doch das ist mir nicht möglich. Mein Vater braucht meine Hilfe auf dem Hof.«

Marcus stolperte, während er mit den Figuren Zwiesprache hielt, und konnte einen Sturz soeben noch vermeiden. Er fluchte lauthals. Die Straßen befanden sich in einem ruinösen Zustand. Biriciana hatte seit seiner Geburt angeblich fast fünfhundert Einwohner verloren. Der nur wenige Meilen entfernte Grenzwall bot mittlerweile keinen Handelsvorteil mehr, sondern war ein Zeichen für die latente Gefahr, die auf der anderen Seite lauerte.

»Glaubt mir, ehrenwerter Caesar, ich würde lieber heute als morgen in die Armee eintreten, um die Grenzen zu sichern. Doch mir fehlt der Mut meines Bruders. Tatius hat sich gegenüber Vater nach hartem Ringen durchgesetzt. Mir wird er diesen Wunsch ganz sicher verwehren, nur Eure Fürsprache könnte ihn überzeugen.«

»Wirst du auch Soldat werden, Marcus?«, fragte ihn Aurelia minor mit großen Augen.

Er blickte zu Boden und schwieg. Missmutig kickte er einen Stein zur Seite. Völlig abwegig war dieser Gedanke. Er überlegte, wie sein Bruder reagieren würde. Er bewunderte Tatius schon immer. Dessen Selbstbewusstsein hatte nichts von dem Trotz, den er manchmal an den Tag legte, wenn er um etwas kämpfte und es nicht gleich bekam.

Man konnte Tatius nur schwer widersprechen. Er besaß Ziele und kämpfte darum mit Worten und Taten.

Hinter ihnen hörte er plötzlich trotz des niederprasselnden Regens die Hufe eines Pferdes aufstampfen. Rasch blickte er über die Schulter und schob instinktiv seine kleine Stiefschwester an die Seite. Es war ein Meldereiter der Armee. Zu seiner Überraschung brachte der Mann direkt neben ihnen sein Pferd zum Stehen. Die letzte Wechselstation musste schon weit zurückliegen, denn das Tier machte einen erschöpften Eindruck und schnaubte atemlos Speichelfäden zu Boden. Was für ein Mistwetter für einen Botenritt, dachte Marcus sich.

»Gehört ihr zur Familie Aurelius?«, fragte der Bote ohne Umschweife und zeigte auf ihren Hof, der schon in Sichtweite lag.

»Ja, ich bin Marcus Aurelius.« Seine Stiefschwester hatte sich hinter ihm versteckt und blickte verstohlen auf den Meldereiter.

»Hier, für deinen Vater.« Der Bote fischte eine Pergamentrolle aus seiner Tasche und übergab sie Marcus, nachdem dieser mit einem Bronzegriffel auf einer Wachstafel quittiert hatte.

Der Reiter wendete und machte sich ohne ein weiteres Wort davon.

Marcus schüttelte den Kopf. Das konnte nur von Onkel Titus sein. Es gab nur wenige Privatpersonen, die das Privileg genossen, Botschaften über das Meldereiterwesen der Armee zu verschicken. Mit Sicherheit hatte er ein Vermögen dafür ausgegeben.

In der Regel stand in der Botschaft nur, wann er eintreffen würde, damit man sich auf seinen Besuch vorbereiten konnte. Doch was mochte diesmal der Grund für die Visite sein?

Onkel Titus hatte immer einen Grund, wenn er einen Besuch abstattete. Für reine Vergnügungsausflüge war er viel zu beschäftigt. Er wusste als viel gereister und erfahrener Händler über die Welt und was in ihr geschah bestens Bescheid. Als älterer Bruder von Marcus' Vater und Mann mit Kontakten war er so etwas wie ein inoffizielles Familienoberhaupt, sein Rat und sein Wort hatten enormes Gewicht. Marcus zuckte mit den Schultern und schüttelte den Regen ab, es fiel ihm keine Antwort auf seine Frage ein. In jedem Fall verhieß die Stippvisite Abwechslung und Neuigkeiten, deshalb verspürte er beim Gedanken an den Besucher schon das angenehme Kribbeln im Bauch, das in der Regel nur Festtagen vorauseilte.

Als sie an dem Pfad ankamen, der von der Straße zum Hof führte, beendete der Wettergott höhnisch sein Intermezzo, und die Sonne schob sich wieder durch die Wolkenberge. Marcus blinzelte und freute sich auf trockene Kleidung und das Abendessen.

Onkel Titus traf an den Iden des Mai aus Augusta Vindelicum ein. Sein holzvertäfelter, mit Planen gedeckter Reisewagen, der dank einem federnd aufgehängten Wagenkasten einen gewissen Reisekomfort bot, ließ ihn die Strecke von drei Tagen halbwegs ohne Gliederschmerzen durchhalten. Dennoch war er froh, als er endlich angekommen war. Der Lärm, den die eisenbeschlagenen Speichenräder erzeugten, nagte an seinen Nerven. Er lenkte den von zwei Ochsen gezogenen Wagen in den schmalen Weg, der direkt von der Straße aus Augusta Vindelicum abzweigte. Dabei ließ er seinen Blick zwischen den beiden Hügeln schweifen, die das kleine Seitental begrenzten. Hier hatte sein Bruder Quintus seine Villa gebaut. Weit hinten konnte er vor dem Wald am Ende des Tals die Einfassung der Quelle ausmachen, die von einigen Statuen und kleinen Säulen umrandet war. Dieses Familienheiligtum hatte ihm schon immer gefallen. Der Bach, den die Quelle speiste, plätscherte zu seiner Linken am Wegrand und diente in trockenen Zeiten als Bewässerungsmöglichkeit. Titus zählte sieben Gebäude. Neben dem Hauptgebäude entdeckte er das ihm schon bekannte kleine Badehaus sowie das Horreum – ein Lagerhaus – und vier weitere Wirtschaftsgebäude. Mittlerweile hatte Quintus zwei Terrassenebenen in die rechte Flanke des Hügels einarbeiten lassen. Es musste die Arbeit eines ganzen Sommers gewesen sein. Er freute sich schon auf seinen Lieblingsneffen Marcus und war gespannt, was aus dem aufgeweckten, wissbegierigen jungen Burschen geworden war, der ihn sehr an seine eigene Jugend erinnerte. Zwei Jahre war er nicht hier gewesen, und das letzte Mal hatte er seinen Bruder vor etwa einem Jahr gesehen, als dieser ihn wegen Geldfragen in Augusta Vindelicum aufgesucht hatte.

Mit einem Pfiff schickte er seine Ochsen auf das letzte Stück Weg.

Titus hatte seinen Haussklaven Bacchus dabei: ein untersetzter, kräftiger Mann mit zotteligen schwarzen Haaren und groben Bartstoppeln, der nicht viel redete. Bacchus hieß nicht wirklich so; er war ein Angehöriger eines Volkes aus dem Osten und stand schon viele Jahre in Titus' Diensten. Hauptsächlich war er auf Märkten in der Umgebung von Augusta Vindelicum unterwegs, um seinem Herrn genießbare Weine zu beschaffen. Hierbei hatte er so großes Geschick bewiesen, dass Titus ihn irgendwann mit diesem Spitznamen versehen hatte.

Onkel Titus ächzte ein wenig, als er vom Wagen stieg, aber trotz seiner nunmehr vierundfünfzig Jahre und eines ansehnlichen Bauchumfangs bewegte er sich behände und wirkte sehr agil. Sein mittlerweile weiß gewordenes Haar war ihm bis auf einen kreisrunden Kranz ausgegangen. Dies glich er mit einem fein gestutzten Vollbart aus, der an manchen Stellen verriet, dass ihn einmal eine schwarze Haarpracht geziert hatte. Er trug eine seidene, von einer prächtigen Delfinfibel fixierte violette Toga, die mit Goldfäden umrandet war. Darunter, aus Gründen der Bequemlichkeit, eine einfache wollene Tunika. An der rechten Seite hing sein Dolch, der ein Geschenk aus dem Orient war, wie er einmal erzählt hatte. An den Fingern beider Hände steckten verschiedene Ringe: ein Siegelring mit Wappen und mehrere filigranere, die mit Edelsteinen oder Gemmen besetzt waren. Titus Aurelius, ein erfahrener und wohlhabender Kaufmann mit vielerlei Kontakten, bewohnte in der Nähe von Augusta Vindelicum eine prächtige Villa. In der Stadt selbst hatte er zudem eine Wohnung mit zwei prunkvoll eingerichteten Zimmern, in denen weißer und bernsteinfarbener Marmor dominierte, gleich neben dem Markt gemietet. Von dort bahnte er seine Geschäfte an. Außerdem besaß er mehrere Verwaltungsgebäude und Kellerräume für die vielen Weinamphoren und Fässer.

»Onkel Titus!«, schallte es vom Eingang des Haupthauses herüber.

Noch vor allen anderen herzte Marcus seinen Onkel. »Da bist du ja endlich. Du musst heute unbedingt noch der kleinen Aurelia meine Lieblingsgeschichte erzählen. Ich habe ihr nicht weniger als die spannendste Geschichte aller Zeiten versprochen.«

Titus musste zweimal hinsehen: Marcus war ein hochgewachsener Jüngling geworden, eher hager als kräftig. Die kindlichen Züge im Gesicht waren verschwunden, und ein blonder Flaum wuchs ihm am Kinn und über der Lippe. Höchste Zeit für die erste Rasur, denn die Grenze, an der man nicht mehr juvenil, sondern ungepflegt aussah, war unmerklich überschritten worden. Marcus sah seinem Vater ähnlich und erinnerte ihn an die frohen Tage der eigenen Jugend.

»Langsam, immer langsam mit den alten Leuten. Ich hatte ja noch nicht einmal Zeit, piep zu sagen. Welche Geschichte meinst du denn?«

»Na, die mit der Feuersbrunst und dem Vogel, der verbrennt und wiedergeboren wird.«

»Ach so, die Phoenix-Geschichte. Die hab ich ja schon eine Ewigkeit niemandem mehr erzählt. Ist sie wirklich deine Lieblingsgeschichte?«

»Und ob. Wenn ich an dich denke, dann denke ich immer auch an den Vogel. Die kleine Aurelia wird begeistert sein!«

Titus schürzte die Lippen, hielt sich beide Hände vor den Mund und formte einen Trichter. Der Schrei, den er von sich gab, erinnerte an einen Adler, und wie immer behauptete er felsenfest, dass so der Phoenix vor dem Flammentod klang.

Aurelia minor strahlte über das ganze Gesicht und hielt fest die Hand ihrer Mutter. »Was ist das?«, fragte sie neugierig.

Marcus stellte sich vor sie, ging in die Knie und fasste sie an den Schultern. »Der Schrei des Phoenix, kleine Schwester. Das ist der Schrei des Feuervogels.«

Titus verkniff sich ein Grinsen, denn die jüngste Tochter seines Bruders wäre nicht die Erste, die nach der blutrünstig ausgestalteten Geschichte für einige Nächte ins Bett der Eltern flüchten würde. Marcus war es vor vielen Jahren genauso ergangen. Er fragte sich im gleichen Moment, ob sein Neffe mittlerweile endlich Interesse am weiblichen Geschlecht hegte. Marcus war in dieser Hinsicht ein Spätstarter. Titus nahm sich vor, seinen Neffen zu einem geeigneten Zeitpunkt ein wenig auszufragen.

Die drei älteren Geschwister von Marcus, Primus Aurelius, Manius Aurelius und Aurelia major, hatten sich mittlerweile ebenfalls vor dem Haupthaus eingefunden und begrüßten Titus herzlich. Tatius war Soldat an der Grenze und konnte nicht kommen, was Primus, der trotz einer kriegsbedingten Behinderung neben seinem Vater auf dem Hof mitbestimmte, sogleich mitteilte.

Die rund zwanzig weiteren Bewirtschafter des Hofes, Sklaven und Pächter, kümmerten sich derweil weiter um die anfallenden Arbeiten.

»Was gibt es Neues von den Zollplänen des Statthalters?«, wollte Quintus wissen, kaum dass er Titus umarmt hatte.

»Gemach, gemach, kleiner Bruder. Wir wollen uns doch hier nicht auf dem staubigen Hof die Beine in den Bauch stehen. Und ich habe noch nicht einmal die Hausherrin begrüßt.« Er küsste Laurentia auf beide Wangen und drückte sie lachend an seine Brust. »Du bist wie ein guter Wein, liebste Laurentia, jedes Jahr tut dir gut, ich beneide dich – und natürlich meinen Bruder.« Laurentia waren die charmanten Anfälle ihres Schwagers immer etwas peinlich, und sie nahm betreten eine beschwichtigende Haltung ein, was Titus aber nicht weiter störte. »Bacchus – bring das Fass ins Haus und bereite uns ein paar anständige Becher Wein. Ich bin kürzlich direkt am Licias-Hafen von Augusta Vindelicum fündig geworden. Ein süßer Wein aus Gallien.«

Marcus zeigte seinem Onkel vor dem Abendessen noch das kleine Heiligtum, das er mit seinem Bruder Manius neu gestaltet hatte. Sie plauderten über die Kriege Roms zu Zeiten Marc Aurels und über Wettkämpfe im Amphitheater von Augusta Vindelicum, bis Titus auf dem Rückweg ein Thema ansprach, das die Konversation abrupt beendete: »Hast du eine Freundin, mein Neffe?«

Marcus schluckte vernehmlich. Er wurde nicht gerne daran erinnert, dass er keine Freundin hatte. Er hatte sein Interesse für Mädchen länger geheim gehalten als die meisten seiner Altersgenossen, aber er fand, dass er einen guten Grund dafür hatte. Der hatte mit einem desaströsen Scheitern zu tun, das er vor der Welt verschlossen hielt. Scham, falscher Stolz und ein fehlendes Gespür für den Augenblick waren die Zutaten für die Suppe, die er sich eingebrockt hatte; dabei hatte er das Gefühl, dass er weder die Suppe zur Genüge ausgelöffelt hatte noch dass er bereit war für eine weitere Portion dieses zuweilen gallebitteren Gebräus, das sich Liebe schimpfte. Sein Bruder hatte versucht, ihn mit dem Hinweis auf mangelnde Erfahrung zu trösten, aber auch Mitleid und Trost halfen nicht weiter.

Hinzu kam, dass sich die weibliche Auswahl in Grenzen hielt. Auf dem eigenen Hof gab es nur zwei Töchter von Pächtern, die etwa in seinem Alter waren. Eine hatte in ihrer Jugend irgendeine Krankheit durchgemacht, nach der sich auf ihrem Körper breite dunkelrote Flecken ausgebreitet hatten; leider betraf es auch ihr Gesicht. Sie hieß Cara, war witzig und nett und mochte ihn, wie er wusste, aber er konnte nicht aus seiner Haut und hatte ihre Avancen zurückgewiesen. Die andere, Flora, war wirklich hübsch, hatte einen dunklen Teint und schwarze Haare, aber seine Konkurrenten waren zwei bis drei Jahre älter als er, und er war bei Festen und Feiern regelmäßig bei ihr abgeblitzt. Wieder hatten sich Reife und Erfahrung durchgesetzt. Mittlerweile war sie von einem seiner Nebenbuhler schwanger, und damit war die Sache so oder so entschieden – obwohl sie alles andere als glücklich wirkte. Die Gerüchte auf dem Hof über den möglichen Vater schwankten zwischen zwei Kerlen, die er ohnehin nicht mochte, deshalb hatte er beschlossen, sich rauszuhalten.

Sehr viel mehr Möglichkeiten boten sich nicht. Auf zwei der Nachbarshöfe lebten nur Söhne in seinem Alter und Töchter, die zu jung oder zu alt waren. Somit blieb nur noch der eine Hof, derjenige, den er innerlich verfluchte, obwohl es ihn immer wieder dort hingezogen hatte.

Dort wohnte Callista, und sie entsprach ziemlich genau seinem Typ. Sie war bildschön, hatte blondes Haar und sah ihn aus himmelblauen Augen an, wenn er den Hof wegen Tauschgeschäften besuchte. Das Schicksal war ihm gewogen, denn es hatte bestimmt, dass auch sie Interesse an ihm zeigte. Als sein Vater das Badegebäude fertiggestellt hatte, konnte er noch einmal Punkte bei ihr sammeln. Nach einem mit den Nachbarn begangenen Fest inklusive Übernachtung nutzten sie die Gelegenheit und genossen das noch immer warme Bad in der Nacht gemeinsam. Dabei knutschten sie im Dunkeln. Ihr Vater hatte allerdings etwas mitbekommen. Anscheinend war er gegen die Beziehung oder hatte andere Pläne mit seiner Tochter. Nur so war zu erklären, warum sie zunächst keine Gelegenheit mehr bekamen, sich zu treffen. Der nächste Schritt stand indessen bevor, sie hatten sich bei einem heimlichen Spaziergang für eine Liebesnacht verabredet. Dort wollten sie ihre Beziehung besiegeln. Aber dazu kam es nicht. Denn Callista erschien nicht am gemeinsamen Treffpunkt. Er wartete und wartete, konnte nicht glauben, dass sie gekniffen hatte. Dass sie es sich anders überlegt hatte. Gefühle können einen verdammt täuschen, denn während sich der Schmerz zunächst nach innen richtete und er sich selbst bemitleidete, suchte er sich nur kurze Zeit später ein Ventil nach außen. Der Schmerz richtete sich von einem Tag auf den anderen gegen Callista, und je mehr Zeit verging, desto mehr begann er, sie zu hassen und zu verachten. Dafür, dass sie seine Gefühle missbraucht hatte, dafür, dass sie feige war und nicht für ihre Liebe gekämpft hatte. Er wurde griesgrämig und unleidlich, auch seiner Familie gegenüber. Irgendwann vertraute er sich seinem Bruder Manius an, dem Einzigen, mit dem er überhaupt darüber reden konnte.

Dann fiel er aus allen Wolken, denn Manius wusste zu erzählen, dass Callista schwer erkrankt gewesen war und um ihr Leben hatte ringen müssen. Er war zu stolz gewesen, sie zu besuchen und nach dem Grund für ihr Fernbleiben zu fragen. Und so musste er erfahren, dass sie ebenfalls von ihm enttäuscht war, weil er sich nicht nach ihr erkundigt hatte. Sie fühlte sich von ihm im Stich gelassen. Quälende Schmerzen in zwei Herzen, die nichts voneinander ahnten. Erst kürzlich hatte sie dem Werben eines anderen nachgegeben, der sich in dieser schweren Zeit um sie gekümmert hatte. Nun war sie fortgezogen, um mit dem Kerl eine Familie zu gründen. Marcus hatte nicht um sie gekämpft und sie für immer verloren – und so trauerte er ein zweites Mal, jedoch richtete sich sein Zorn dieses Mal ausschließlich gegen sich selbst. Die Frauen in seinem Leben – das war ein Kapitel, das er erst einmal geschlossen hatte.

»Nein, dafür habe ich keine Zeit«, gab er schmallippig zurück, nachdem er und sein Onkel schon fast wieder zum Haupthaus zurückgekehrt waren.

Kurze Zeit später versammelte sich die Familie im Triclinium am Kaminfeuer. Im traditionellen Speiseraum fanden drei Speisesofas Platz, die sich hufeisenförmig um einige Beistelltische für die Speisen und Getränke formierten. Während die beiden Brüder auf je einem Speisesofa Platz nahmen, teilte sich Marcus eines mit seiner Stiefmutter. Er war noch ein Säugling gewesen, als seine Mutter starb; deshalb hatte er zu Laurentia ein inniges Verhältnis. Er nannte sie, im Gegensatz zu seinen Geschwistern, auch Mutter. Alle anderen Familienmitglieder mussten heute im Atrium Platz nehmen. Onkel Titus hatte es sich so gewünscht, und als gewissenhafter Gastgeber hatte Quintus dem Anliegen ohne Nachfrage stattgegeben.

Laurentia hatte für eine Auswahl an Speisen gesorgt, die normalerweise höchsten Feiertagen vorbehalten waren. Als Vorspeise servierte sie sauer eingelegte Früchte und Gemüse, Oliven, Zwiebeln und Lauch, außerdem gekochten Sauerampfer und Brennnesseln, die als Mus gereicht wurden. Dank Marcus' Jagdkünsten gab es gebratene Enten und Hasen als Hauptgericht. In Biriciana hatte Laurentia eine Amphore mit Garum aus Makrelen erstanden, der scharfen römischen Fischsauce. Auch wenn sie meist selbst ihre Fischsauce mit Forellen zubereitete, so war eine gallische Herstellung doch etwas Besonderes. Als Zwischengang bot sie marinierte Schnecken an. Da sie um Titus' Schwäche für Schalentiere wusste, servierte sie zu seiner großen Freude Flussmuscheln. Austern hatte sie leider nicht auftreiben können. Alle ihr bekannten Händler, die gelegentlich Austern anboten, waren entweder nicht vor Ort oder mussten passen. Es war nicht das erste Mal, dass ihr dies passierte.

Der Wein schmeckte allen vorzüglich, und Titus hatte

endlich Gelegenheit, von seinem Lieblingsthema zu erzählen.

»Bacchus kennt von Cambodunum bis Biriciana und von Gontia bis Castra Regina jeden Händler, Aufkäufer und Weinbauern. Trotzdem müssen viele Tavernenbesitzer mittlerweile auf Weine ausweichen, die in Raetien hergestellt wurden. In Raetien!« Titus sprach den Namen ihrer Heimat mit gespieltem Ekel aus. »Vor allem die Gegend um Castra Regina tut sich seit einiger Zeit im Weinbau hervor.« Vinum operarium, Pöbelgesöff, nannte Titus diese Tropfen. Es erinnerte ihn an seine Tage in der Armee, als die beim Keltern angefallenen Traubenreste für die einfachen Soldaten am nächsten Tag noch einmal gepresst wurden und dabei ein saurer Weinersatz herauskam, der, wenn man Pech hatte, im Nu in Essig umschlug. Er verzog beim Gedanken daran sein Gesicht zu einer Grimasse. Alle lachten, und die Stimmung am Tisch war gelöst, doch nach dem Essen ergriff Quintus das Wort und klang bedrückt.

»Ich mache mir Sorgen, Titus.« Er presste die Lippen hart aufeinander. »In den letzten Monaten haben zwei Veteranen, die ich noch vom Caracalla-Feldzug kenne, ihre Höfe aufgegeben. Sie sind samt ihrer Familien fortgezogen. Zu lange schon hatten sie auf nicht eingelöste Versprechen nach mehr Sicherheit und niedrigeren Steuern gewartet. Stattdessen wurden Einheiten aus den Kastellen abgezogen und weitere Zollstationen errichtet.«

Beim Stichwort »Caracalla-Feldzug« wurde Marcus hellhörig und fiel seinem Vater ins Wort.

»Onkel Titus! Ihr habt doch unter Caracalla gekämpft.«

»Marcus! Nicht jetzt«, herrschte ihn sein Vater an.

Doch Marcus ließ nicht locker.

»Nie ist es der richtige Zeitpunkt, du erzählst mir nie

etwas!«, widersprach er. »Wie viele Germanen habt ihr getötet?«, fragte er erwartungsfroh seinen Onkel.

Quintus beugte sich zu seinem Sohn und knallte ihm mit der flachen Hand auf die rechte Backe.

Marcus' Gesicht lief feuerrot an. Wutentbrannt sprang er auf.

»Ich bin kein Kind mehr, Vater. Langsam glaube ich, du hast überhaupt nicht gekämpft.« Er suchte Beistand bei seinem Onkel. »Warum will er mir nie etwas erzählen? Hat er nicht gekämpft, Onkel Titus?«

Titus hob beschwichtigend die Hand in Richtung seines Bruders und wandte sich Marcus zu. Dann knallte er ihm kräftig auf die linke Wange.

»Respekt ist der kleine Bruder der Ehre, Marcus. Setz dich, höre zu und halte den Mund.«

Sein Neffe verstummte und starrte reumütig zu Boden, bevor er sich wortlos wieder an seinen Platz begab. Die von den Ohrfeigen pochenden Wangen überstrahlten die Schamesröte, die sich über sein Gesicht ausbreitete.

Titus rieb seinen Bart mit der Handinnenfläche und heftete den Blick auf den Weinbecher, während er leise sprach: »Die schwierige Situation ist auch der Grund für meinen Besuch. Kaiser Severus Alexander lässt Truppen aus dem ganzen Reich zusammenziehen. Es heißt, er plant diesen Sommer oder spätestens im Frühjahr des kommenden Jahres einen groß angelegten Feldzug gegen die Perser, die Mesopotamien verwüstet haben. Der Legat in Augusta Vindelicum hat geäußert, dass die Truppen in den Grenzbefestigungen Männer zur Verfügung stellen müssen. Das kann auch zur Aufgabe von kleineren Befestigungen führen. Sablonetum war im Gespräch. Ich vermute, dass es der Kaiser vor allem auf die berittenen Kohorten abgesehen hat. Sie haben immer noch einen exzellenten Ruf im ganzen Reich. Bisher sind es nur Gerüchte, aber die Situation hier wird immer fragiler. Severus Alexander braucht einen Erfolg. Seine Generäle haben keinen Respekt vor ihm, solange seine Mutter die Strippen zieht. Ich habe das Gefühl, dass er ein guter Caesar sein könnte, aber die Zeit läuft ihm davon. Überall im Reich gärt es, und den Germanen wird dies nicht verborgen bleiben. Die Grenze wird vor ihren Augen entblößt! Und sie haben noch eine Rechnung mit uns offen. Caracalla hat damals keine Gnade walten lassen, wie du dich vielleicht noch erinnerst?«

Marcus sah zu seinem Vater, der kreidebleich geworden war.

Titus fuhr fort: »Es geschehen seltsame Dinge, Quintus. Der Statthalter hat die ganze Stadt auf den Kopf stellen lassen, als ein Offizier getötet wurde. Gerüchte machen die Runde. Meine Informanten berichten, dass die Sorge vor einer germanischen Invasion zunimmt. Ich kann es noch nicht einordnen, aber es braut sich etwas zusammen.« Titus hielt inne und schielte zu Marcus, der wie zur Salzsäule erstarrt auf eine Kerze aus Bienenwachs stierte. Als wäre sein Neffe nicht da, raunte er seinem Bruder zu: »Lass ihn einen anderen Beruf erlernen. Weg von hier. Keiner weiß, ob all diese Höfe hier in ein paar Jahren noch stehen. Du sagst es ja selbst: Immer mehr Veteranen wenden sich ab. Hier liegt nicht die Zukunft!«

Marcus begriff die Tragweite der Diskussion und spürte, wie seine Ohren ebenfalls zu glühen begannen.

Sein Vater reagierte empört. »Wie stellst du dir das vor? Ich ... Wir haben uns das hier aufgebaut. Ich habe meine Knochen, meine Ehre und Würde für Rom riskiert, für den Kaiser getötet. Dieses Land hier war die Entschädigung, und jetzt sollen wir ...«

Er entdeckte im Blick seines Bruders Mitgefühl. Trotzdem war er nicht willens, ihm zuzustimmen, und wehrte sich heftig gegen die Erkenntnis, dass Titus recht behalten könnte.

»Wir geben unser Land nicht auf! Der Boden hier trieft von meinem Schweiß und Blut. Wir brauchen jede helfende Hand hier auf dem Hof. Primus Aurelius ist kriegsversehrt und benötigt Hilfe. Tatius ist bereits seit zwei Jahren in der Rekrutenausbildung. Auf keinen Fall schicke ich meinen Jüngsten auch zur Armee.«

Titus schüttelte den Kopf.

»Ich weiß, das ist nicht das, was du hören wolltest. Ich wünschte, ich hätte bessere Neuigkeiten. Aber du machst dir zu Recht Sorgen, und jetzt gilt es, die richtigen Entscheidungen für deine Familie zu treffen! Dein Sohn kann der Familie besser helfen, wenn du ihn ziehen lässt.«

»Was soll denn aus Marcus werden?«, unterbrach ihn sein Vater mit einem Aufschrei.

In der nachfolgenden Stille richteten sich alle Augen auf Titus.

Der lehnte sich zurück, verschränkte die Arme und sagte mit fester Stimme: »Marcus kommt mit mir. Nach Augusta Vindelicum. Er wird Händler. Und ich bilde ihn aus.«

Raetien, Mai 231 n. Chr.

Marcus hatte fast die ganze Nacht wach gelegen. Die Enttäuschung darüber, dass seine kleine Stiefschwester wegen des Stimmungsumschwungs die Geschichte des Phoenix nicht zu hören bekommen hatte, war dabei sein geringstes Problem.

Die Debatte um seine Zukunft hatte ihn verstört. Titus' Angebot klang zumindest auf den zweiten Blick verlockend. Augusta Vindelicum war eine moderne und große Stadt, die Provinzhauptstadt Raetiens. Dort könnte man sicher einiges erleben.

Andererseits war sein Plan, in die Armee einzutreten, gescheitert. Händler werden – das klang langweilig und öde.

Er hatte überlegt, sich freiwillig zur Armee zu melden. Doch die Gefahr einer Blamage, nicht genommen zu werden, war zu groß, da sein Vater den Rekrutenausbildern bekannt war und die nötigen Strippen ziehen würde.

Ohne eine Lösung zu finden, war er nach vielem Grübeln in einen traumreichen Dämmerschlaf gefallen, einer von der Sorte, in dem man viel strampelt und nicht vom Fleck kommt.

Als er unsanft von Titus geweckt wurde, fühlte er sich wie gerädert. Die Sonne war noch nicht über den Horizont geklettert.

Titus stand aufbruchsbereit vor seinem Bett, eine Öllampe aus Ton in der Hand. Die flache Schale, die zwei Gladiatoren zierten, verbreitete über eine tropfenförmige Flamme nur ein schummriges Licht und warf einen grobschlächtigen Schatten seines Onkels an die Wand. Dieser verkündete in einem fast feierlichen Ton: »Wir haben viel vor heute. Wir unternehmen einen Ausflug zum Markt. Damit du weißt, womit du es künftig zu tun haben wirst.«

»Welcher Markt?«, fragte Marcus gähnend und streckte sich.

»Biriciana«, antwortete Titus und fügte augenzwinkernd hinzu: »Wollen wir doch einmal sehen, was wir hier verdienen können, bevor wir zurück nach Augusta Vindelicum fahren. Du musst noch packen. Also raus aus den Federn.«

Als die Frühjahrssonne aufging, war Marcus bereit zum Aufbruch.

Er bekam von seiner Stiefmutter ein Bündel überreicht, in dem sie alle Utensilien eingeschnürt hatte, die er brauchen würde. Die getrockneten Tränen waren nicht zu übersehen; sie sah heute Morgen älter aus als jemals zuvor. Dass sie um ihn wie um ihren eigenen Sohn trauerte, berührte ihn. Sein Vater stand schweigend im Raum und wusste nicht recht, was er mit sich anfangen sollte. Dabei brummte er immer wieder missmutig unverständliche Sätze in sich hinein. Marcus griff sich seinen Bogen und den Köcher.

Er umarmte nacheinander seine Eltern und Schwestern. Dem ältesten Bruder, Primus Aurelius, gab er nur die Hand. Sie hatten nicht das beste Verhältnis zueinander und wenig gemeinsam. Er war um so viele Jahre älter, dass er sein Vater hätte sein können. Häufig hatte er sich ihm gegenüber auch wie eine strengere Kopie ihres Vaters verhalten. Trotzdem hatte Marcus das Gefühl, dass er ihn in Kürze vermissen würde. Dass Manius Aurelius nicht anwesend war, betrübte ihn. Sie waren oft gemeinsam auf der Jagd gewesen. Wenngleich nicht herzlich, so hätte er ihr Verhältnis doch als respektvoll und fürsorglich beschrieben. Aurelia major schien froh zu sein, dass er fortging. Sie lächelte ausdauernd. Auch mit ihr verband ihn wenig. Sie war acht Jahre älter als er, den Tod ihrer Mutter hatte sie nie verwunden. Die zweite Liebe ihres Vaters konnte sie nicht ausstehen. Wenn sie doch wenigstens heiraten würde, dachte er sich oft, aber es war kein Mann in Sicht, der die Bürde dieser Schwermut in Kauf genommen hätte.

»Ich komme euch besuchen, sobald ich kann«, sagte Marcus zum Abschied und nahm neben Titus auf dem Wagen Platz. Das Schluchzen seiner Mutter war nicht zu überhören, obwohl an ihrer Seite Aurelia minor stand, die hemmungslos weinte. Sie hatte wohl eben erst erfahren, dass sie künftig ohne ihren fürsorglichen Stiefbruder auskommen musste. Auch er würde sie vermissen. Hinten am Tritt saß bereits Bacchus, der schweigsam mit einem Messer an seinen Fingernägeln pulte. Gerade als Titus mit einem Pfiff den Ochsen das Kommando zum Start gegeben hatte, ertönte von weit hinten die Stimme von Manius Aurelius. »Marcus, warte!«

Vom kleinen Heiligtum an der Quelle lief Manius über die Felder auf den Wagen zu.

»Hier, nimm!«, keuchte er atemlos, nachdem er sie eingeholt hatte, und streckte ihm seinen Arm hin. Als er die Hand öffnete, sah Marcus den kleinen Göttertalisman von Mercurio, der seinem Bruder gehörte.

»Den wirst du brauchen. Mach's gut, kleiner Bruder.« Als Titus die Bronzestatuette sah, lachte er lauthals.

»Mercurio! Wie passend! Der Gott der Diebe, des Handels und der Reisenden. Da kann ja nichts mehr schiefgehen.«

Marcus blickte seinen Bruder dankbar an.

»Ich halte ihn in Ehren. Pass gut auf alle auf. Du wirst mir fehlen.«

Die Tränen schossen ihm in die Augen, und er wandte sich schnell ab in der Hoffnung, keiner werde es merken. Titus gab den Ochsen erneut ein Zeichen, und der Wagen setzte sich Richtung Hauptstraße in Bewegung.

»Ich habe dich nie gefragt, wie und wo du als Händler begonnen hast. Du warst doch auch Soldat?«, fragte Marcus nach einer schweigsamen halben Stunde, in der ihn sein Onkel in Ruhe gelassen hatte.

Titus hob die Brauen. »Eine gute Frage, mein Junge.«

Er stoppte kurz den Wagen, bevor es von nun an leicht, aber stetig bergab ging, und ließ den Blick über die Ebene schweifen. Man hatte von der Anhöhe eine ausgezeichnete Aussicht über das Kastell. Rings um die große Ansiedlung waren bis an den Horizont auf allen Seiten Landgüter verstreut, die sich durch die Rauchsäulen aus den Schornsteinen verrieten. Das Militärlager selbst stand auf einer Erhebung, von der aus man einen strategisch günstigen Weitblick hatte, wie Titus wusste. Vorsichtig setzte er den Wagen wieder in Bewegung, der Pfiff für die Ochsen hörte sich weniger schrill an.

»Ja, auch ich war Soldat«, antwortete er, »und wollte es eigentlich deinem Vater gleichtun. Ich stand jedoch vor meiner Parzelle und wusste, mich hier niederzulassen, das ist nichts für mich. Ich habe sie verkauft für mein Startkapital als Händler. In Biriciana fing alles an. Selbst hier in der Provinz konnte man große Geschäfte abwickeln. Nur leider sind diese Zeiten längst vorbei.«

Knarzend rollte der Wagen über ein beschädigtes Stück Straße und rüttelte die drei Passagiere durch.

»Warum? Was war denn früher anders als heute?«, wollte Marcus wissen.

»Früher war hier alle vier Wochen Markt, und man musste auf die große Wiese vor der Siedlung ausweichen, weil man die Stände und Geschäfte sonst gar nicht untergebracht hätte! Hier lebten über zweitausend Menschen, die Soldaten gar nicht mit eingerechnet, und Biriciana war als Handelsplatz nicht wegzudenken. Dieser Markt liegt nahe an der Grenze und zog Barbaren, Männer aus dem Orient und Veteranen aus dem Umland gleichermaßen an. Weißt du, der Ort befindet sich ziemlich genau in der Mitte der großen Stromrichtungen der beiden Flüsse Danuvius und Rhenus. Er war daher von Osten und Westen gleichermaßen gut zu erreichen. Es mussten nur kurze Landwege mit den Waren zurückgelegt werden. Hier herrschte ein einziges Sprachengewirr, und es boten nicht nur ein paar armselige Zwischenhändler ihre Ware feil, sondern einige höchst angesehene und bisweilen exotische Händlerfamilien. Das Gleiche galt übrigens für eine Reihe von Märkten hier an der Grenze. Du konntest hier sogar jahrein, jahraus Austern kaufen.«

Er leckte sich mit der Zunge genussvoll über die Lippen, als ob er soeben eine geschlürft hätte. »Im Laufe der Jahre klagten Händler erst über Verluste und zunehmende Zollschikanen, und schließlich blieben sie ganz weg. Der Markt fand immer seltener statt, feste Termine gibt es schon lange nicht mehr. Ich bin gespannt, was uns erwartet. Ich war ewig nicht mehr dort. Mittlerweile handelt es sich um ein seltenes Ereignis. Nur zufällig habe ich davon erfahren. Kontakte, du verstehst?«

Marcus nickte, obwohl er gar nichts verstand. Wieso

war ein Markt in Biriciana für die Hauptstadt der Provinz erwähnenswert? Ob Titus auf alle Märkte pilgerte?

Als hätte sein Onkel geahnt, was er dachte, fügte er hinzu: »Die Dichte von Märkten entlang der Grenze und in den Städten im Hinterland ist ein wichtiger Hinweis für die Sicherheit im Land, für drohenden Mangel oder satte Landschaften. Außerdem findet man dort mitunter gute Gelegenheiten. Halte einfach Augen und Ohren offen.«

Bevor sie die ersten Häuser der Siedlung erreicht hatten, stieg Marcus bereits der typische Marktduft in die Nase. Bizarrerweise auf Höhe des Friedhofs, der an der Ausfallstraße Biricianas lag. Es war kein spezifischer Geruch, mehr eine Mischung aus Gewürzen, gebratenem Fleisch und gegerbtem Leder. Sie passierten die mächtige Schmiede, die aus einem großen und zwei kleinen Gebäuden bestand, und hörten deutlich, wie ein Schmied gerade seiner Arbeit nachging.

Neben der zentral gelegenen Herberge hielt Titus den Wagen an und stieg ab. Er winkte den Stallburschen der Herberge heran und tauschte sich kurz mit ihm aus. Der Griff zur Geldbörse verriet, dass man sich schnell einig geworden war, und der Bursche schlenderte herüber und nahm sich Onkel Titus' Wagen an.

»Wehe, du gibst nicht ordentlich darauf acht! Und mögen dir die Götter gnädig sein, wenn etwas fehlen sollte«, ermahnte Titus ihn, bevor er sich umdrehte.

»Komm, Marcus, wir gehen von hier aus zu Fuß. Wir sehen uns erst einmal um. Wenn wir auf dem Marktplatz mit dem Ochsengespann auftauchen, werden die Preise in die Höhe schießen. Bacchus, finde heraus, ob es etwas Brauchbares zu trinken gibt.«

»Ja, Herr.«

Bacchus grinste breit über sein stoppeliges Gesicht und trottete davon.

Die Marktstände waren um einen arenaförmigen Platz aufgebaut, in dessen Mitte zwei Brunnen standen. Durch die beiden Halbkreise, die die Stände bildeten, entstand eine lang gezogene ovale Anordnung. Trotz der frühen Stunde herrschte bereits reger Betrieb. An den ersten Ständen, an denen Marcus und Titus vorbeischlenderten, hörte man vor allem Geräusche von Tieren. In das Schnattern von Gänsen und das Gackern der Hühner mischten sich wiehernde Pferde. Das gelegentliche Blöken von Schafen rundete das Angebot an Nutztieren auf dem Markt ab. Bacchus gab Titus aus einiger Entfernung ein Handzeichen.

»Warte kurz und schau dich ruhig weiter um; ich sehe nach, was Bacchus entdeckt hat!«, rief dieser Marcus zu, während er sich schon zu seinem Sklaven umgedreht hatte.

Marcus lief an einigen Ständen vorbei, deren Betreiber frisch zubereitete Speisen feilboten. Der Duft von gegrilltem Fisch und einem Spanferkel, der sich über zischende weiße Rauchfäden zielsicher den Weg in seine Nase gebahnt hatte, ließ ihm das Wasser im Mund zusammenlaufen. Die meisten Anbieter von Speisen waren Garküchen. Die Stände hierfür wurden fest montiert und von Anwohnern betrieben. In die gemauerten Theken waren Mulden eingearbeitet. Darüber hingen große Kessel, in denen einfache Speisen garten. Fast alle verkauften zudem Getränke, wobei es sich meistens um mit Wasser verdünnte Gewürzweine handelte, die Titus so verpönte. Gleich an zwei Ständen wurde ausschließlich ein schaumiges, bräunliches Getränk ausgeschenkt, die lokale Cervisia.

Die Wirte waren freigelassene Germanen, die ihr Bier

mit Emmer oder Gerste brauten. Marcus ließ die Buden mit Speisen und Getränken hinter sich und kam an einem Stand mit fein gearbeiteten Töpferwaren und Geschirr vorbei. Er betrachtete einige Stücke Tafelgeschirr aus roter Keramik, die bemalt waren. Besonders gefielen ihm die aufwendigeren, reliefverzierten Pokale und Vasen. Sie hatten zu Hause nur ein solches Stück, da diese sündhaft teuer waren. Der orientalisch aussehende Verkäufer hatte aber auch noch andere Stücke, die sein Interesse weckten: grüne und orangefarbene dominierende Teller.

»Das sind Stücke aus dem Orient, mein Junge«, sagte der schwarzhaarige Mann mit einem breiten Akzent. »Sehr schwer zu bekommen hier.«

Marcus sah unsicher auf. Er hielt sich schon zu lange vor dem Laden auf und brauchte sich nicht zu wundern, dass er angesprochen wurde. Er hatte kein Geld dabei und zuckte daher mit den Schultern. Schon war der Händler, der einen kurzen Spitzbart trug, um sein Geschäft geeilt, hatte einen mit grünen Blumen geschmückten Teller und ein kleineres, mit Sternen verziertes orangefarbenes Schälchen in der Hand und redete weiter auf Marcus ein.

»Ich mache dir einen guten Preis, mein Junge. Schau.« Er drückte Marcus die beiden Töpferwaren in die Hand.

»Sieh selbst, mein Junge. Erstklassige Arbeiten.«

Marcus fühlte sich vollkommen überrumpelt.

»Nein danke. Die sind sehr schön, ja. Aber ich kann sie nicht kaufen. Tut mir leid, i...« Plötzlich bekam er einen heftigen Stoß in den Rücken und hatte keine Chance, sich auf den Beinen zu halten. Um sich abzufangen, ließ er instinktiv die beiden Gefäße fallen, die beim Aufprall sofort in tausend Stücke zerbrachen.

Während Marcus sich aufrappelte, um den Übeltäter, der ihn gestoßen hatte, ausfindig zu machen, fing der

Verkäufer schon in einer fremden Sprache an, ihn zu beschimpfen. Er packte Marcus am Kragen und überschüttete ihn mit seinem Geschrei und Gezeter. Marcus versuchte, ihn abzuwehren, aber der Mann hatte offenbar Freunde um sich geschart. Als er rückwärts taumelte, fing ihn abrupt eine Barriere aus Händen auf, und während er noch eine verhaltene Freude über die Hilfe empfand, wurde er durch einen festen Rempler fast von den Beinen geholt und in die Arme des Verkäufers zurückgestoßen. Die Situation wurde brenzlig. Marcus nahm eine entschlossene Abwehrhaltung ein, während er sich hastig nach einem Schlupfloch zur Flucht umschaute. Drei Männer umzingelten ihn, vor ihm baute sich der Verkäufer auf.

»Du wirst mir den Schaden ersetzen. Sofort! Sonst brechen dir meine Leute beide Arme.«

»Vorher schauen wir mal, ob deine Leute den Mumm haben, auch Mann gegen Mann zu kämpfen!«, schmetterte auf einmal Titus lauthals von hinten, flankiert von Bacchus, der wie immer grinste.

Die drei Araber schauten so verdutzt drein, als hätte Jupiter einen Blitz auf sie niederfahren lassen. Marcus hüpfte vor Erleichterung das Herz. Selten hatte er sich so über das Auftauchen seines Onkels gefreut. Er war überrascht, welch amüsierten Ton Titus in dieser gefahrvollen Situation anschlug. Marcus nahm wieder seine Kampfhaltung ein und fixierte den Verkäufer, aber dieser fing an zu lachen.

»Titus? Titus, du alter Betrüger. Was für eine Freude! Komm in meine Arme.«

Marcus verstand überhaupt nichts mehr, und seine Fassungslosigkeit wurde nur langsam von vielen einsetzenden Schulterklopfern und Umarmungen aufgelöst.

»Das ist Ibn Hamroud, ein bedeutender Händler aus

dem Orient und ein alter Freund. Wir haben uns seit bestimmt fünf Jahren nicht gesehen. Aber die alte Masche mit dem Plunder, der zerbrochen wird und ein Vermögen wert sein soll, die hatte er schon damals auf Lager«, klärte Titus seinen Neffen auf.

Titus' Lachen klang rau und höhnisch. Marcus wurde der fremde Mann damit keineswegs sympathischer, aber aus Höflichkeit ließ er es sich nicht anmerken.

Missmutig setzte er sich auf ein Handzeichen des orientalischen Händlers auf einen Teppich und schluckte das schale Gefühl mit einem heißen Kräutergetränk herunter, das in die Runde gereicht wurde. Titus übernahm das Wort.

»Erzähle mir, alter Gauner, wie laufen die Geschäfte Richtung Osten? Sind die Wege noch sicher, und welche Waren sind noch erhältlich?«

»Viele Verluste in letzter Zeit über die Seewege, mein Freund. Piraten. Viele Piraten. Eine große Ladung Gewürze und Seide, in die ich investiert hatte: geraubt und die ganze Besatzung massakriert.«

Er malte dabei mit seiner Hand einen Strich von einer Seite des Halses zur anderen in die Luft.

»Das ist zweimal passiert. Danach bin ich nach Palmyra geritten. Dort haben sie den Schutz der Karawanen verdreifacht. Da ist Geduld gefordert, aber das ist keine meiner Tugenden.«

Er lachte spöttisch in die Runde und rubbelte danach seinen Daumen und Zeigefinger mehrmals aneinander. »Und unglaublich teuer. Die Datteln und die Öllampen an den beiden anderen Ständen hier haben sich noch nicht gerechnet. Und ich habe bestimmt schon auf zwei Dutzend Märkten meine Waren angeboten. Die Gewinne schmelzen nur so dahin. Daher muss ich meinen Trick mit den zerbrochenen Keramikgefäßen bisweilen anwenden.«

Er sah dabei grinsend zu Marcus, der auf den Boden starrte. Trick. Er nannte den Betrug doch tatsächlich einen Trick. Marcus kochte innerlich. Da er den Händler keines Blickes würdigte, wandte dieser sich wieder Titus zu.

»Und du? Welche Geschäfte spielen bei dir in letzter Zeit eine Rolle?«

Titus schlürfte genüsslich aus seiner Schale.

»Weißt du, ich überlege gerade, im Osten zu investieren, daher klappere ich auch die Märkte an der Grenze ab, um alte Kontakte wieder aufleben zu lassen und Optionen zu prüfen. Aber ich bin mir nicht sicher, ob das eine gute Idee ist.«

Marcus' Ohren wurden rot. Er war überzeugt, dass sein Onkel das eben erfunden hatte. Soweit er wusste, handelte Titus vor allem mit Wein, von Getreide und Kleidung, die er exportierte, hatte er ebenfalls schon gehört. Aber sie waren doch zufällig hier auf dem Markt.

»Ich weiß eine perfekte Gelegenheit, mein Freund! Ich organisiere gerade eine Flussfahrt den Danuvius hinunter bis nach Constanza. Da demnächst eine Flotte mit Soldaten ablegen wird, haben wir Geleitschutz. Wir benötigen noch Wein und Getreide. Ich kann dir gegen eine Provision einen Platz besorgen, für Freunde ist das immer möglich, aber du musst dich schnell entscheiden, die Plätze sind sehr begehrt.«

Titus rieb sich über den Bart. Er schien ernsthaft zu überlegen.

»Was sind das für Truppen, die sich da auf den Weg machen? Sind die auch sicher vor Ort? Soldaten, die nur als Gerücht auftauchen, sind nichts wert.«

Der Mann schnaubte laut.

»Titus, ich bin ein Ehrenmann. Du hast mein Ehrenwort. Es werden Legionen nach Osten verlegt. Der Kaiser persönlich hat das angeordnet. Ich bin von bestens informierten Kreisen ins Vertrauen gezogen worden, denn schließlich brauchen die Truppen dort Lebensmittel. Das heißt mit anderen Worten: Die Ware ist im Grunde schon verkauft, bevor sie dort angekommen ist. Natürlich kaufen die Truppen die Güter erst vor Ort. Das Risiko des Transports liegt wie immer bei uns, aber mit einem Konvoi römischer Legionäre zu fahren, wird Diebe und Gesindel schon auf Distanz halten.«

Der Orientale lachte laut und klopfte Titus auf die Schulter. »Bist du im Boot?«

Titus kratzte sich am Kopf und runzelte die Stirn.

Am liebsten hätte Marcus das Wort ergriffen. So wie er es sah, war man unverhofft auf eine einmalige Gelegenheit gestoßen, und das Risiko schien gering.

»Wieso suchst du dir Partner? Du kannst das Geschäft selbst machen oder dir über Zwischenhändler die nötige Fracht besorgen«, antwortete Titus mit einem deutlich hörbaren Zweifel im Unterton.

Ibn Hamroud schüttelte den Kopf mehrmals und hob bedeutungsvoll seine Arme.

»Titus, mein Freund. Nach den Verlustgeschäften der letzten Zeit streue ich mein Risiko. Die Provision erhalte ich sofort und bin damit wieder liquide.«

Das klang einleuchtend für Marcus, und am liebsten hätte er das Geschäft für seinen Onkel in diesem Augenblick besiegelt. Plötzlich war er mit allen Sinnen dabei. Mit einem einzigen Geschäft reich werden – das hatte etwas Großartiges; so ein Kribbeln hatte er noch nie verspürt. Händler zu sein schien doch aufregender als erwartet. Zu seiner Enttäuschung schlug Titus weder ein, noch ließ er ihn weiter an dem Geschäft teilhaben.

»Lass uns über die Konditionen reden. In deinem Zelt.«

Ibn Hamroud war einverstanden, und die beiden gingen die paar Schritte, um unter vier Augen die Bedingungen auszuhandeln. In der nächsten halben Stunde hörte man immer wieder den Mann aus dem Orient schimpfen, während man von Titus keinen einzigen Ton vernahm. Marcus vermutete, dass dies ein gutes Zeichen war. Doch als die beiden aus dem Zelt traten, konnte er weder im Gesicht von Ibn Hamroud noch in dem von Titus einen Ausdruck des Triumphs oder andere klare Zeichen deuten.

Nach einigen Verabredungen, die getroffen wurden, und einer höflichen Verabschiedung strebte Titus sofort seinem Wagen zu. Marcus konnte es kaum erwarten, seinen Onkel über den Ausgang des Handels zu befragen. Als der Ochsenwagen wieder den Friedhof passierte, fing Titus endlich an zu erzählen.

»Lektion eins, Marcus: Unter Druck schließt man keine Geschäfte ab. Lektion zwei: Reich wird man nicht ohne Mühen. Lektion drei: Gelegenheiten muss man ergreifen. Du bist heute Zeuge eines interessanten und kniffligen Handels geworden, was für dich bestimmt sehr spannend ist. Besser kann eine Berufsausbildung nicht beginnen. Wie hättest du entschieden?«

Marcus war überrascht, von seinem Onkel gefragt zu werden. »Ich? Also ... das Risiko ist klein, der Araber hatte Geldnot ... Keine Ahnung. Es klang alles perfekt. Ich hätte sofort eingeschlagen.«

Titus räusperte sich.

»Ich war auch hin- und hergerissen. Aber meine Nase sagte mir, dass die Situation zu perfekt war. So ein Geschäft ist von langer Dauer. Die Reise ist beschwerlich, und selbst wenn Soldaten die Schiffskarawane eskortieren, bin ich nicht sicher, ob es eine gute Idee gewesen wäre, auf volles Risiko zu gehen. Ich habe daher einen Kompromiss ausgehandelt, der Ibn Hamroud nicht geschmeckt hat, aber seine Provision hat er trotzdem bekommen. Lektion vier: Man sollte nicht um alles oder nichts spielen, wenn man etwas zu verlieren hat. Ich bin nicht mehr jung. Vielleicht hätte ich in deinem Alter ganz ähnlich wie du entschieden.«

»Und wie sieht der Kompromiss jetzt aus?«, fragte Marcus voller Neugier.

»Nach einem endlosen Gefeilsche konnte ich seine Provision auf ein Zehntel des Warenwerts herunterhandeln, der alte Halsabschneider wollte doch tatsächlich ein Fünftel für sich.«

Titus schüttelte schelmisch den Kopf. »Dafür erhalte ich am Hafen schon die Hälfte des Gewinns von der Truppeneinheit, weil sie auch schon auf der Reise einen Teil trinken wird, und bei erfolgreichem Eintreffen der Ware den Rest. Das stellt dann ein Bote sicher, und die Auszahlung erfolgt in Raetien. Ich bin also nicht im Risiko, und wenn das Geschäft klappt, verdienen wir ein schönes Sümmchen.«

»Dann hat der Araber also gelogen!«, stellte Marcus entrüstet fest.

»Ibn Hamroud ist ein Geschäftspartner, Marcus, kein Freund, aber auch kein Feind. Man hat seine Mittel, mit denen man das Beste herauszuholen versucht. Ich habe ihn als verlässlichen Handelspartner kennengelernt. Er hat nur geflunkert. Die Armee zahlt die meisten Güter tatsächlich erst vor Ort, aber es gibt einen gewissen Spielraum. Das vergisst er natürlich erst einmal zu erwähnen. Du darfst als Händler nie alles glauben; die Kunst besteht darin, die Wahrheit herauszulesen und zu deuten. Es ist ein spannender Beruf. Auch ich habe meine speziellen Tricks auf Lager, und auch du wirst irgendwann dein eigenes Händlerlatein sprechen, glaub mir, das ist das Salz in der Suppe. So, und jetzt haben wir noch eine beschwerliche Reise vor uns. Ich schlage vor, wir übernachten als Erstes in Scuttarensis, dort gibt es eine nette Herberge, die passablen Wein ausschenkt.«

Der Wagen rollte wieder rumpelnd über ein Schlagloch, und Marcus wünschte sich, sie wären schon am Ziel, damit seine Ausbildung beginnen konnte.

Augusta Vindelicum, Mai 231 n. Chr.

Auf einmal erblickte er ihn. Einen Mann von hünenhafter Gestalt, den er hier noch nie gesehen hatte und der ihn hemmungslos anstarrte. Er konnte es sich nicht erklären, aber sein Bauchgefühl sagte Adalmar, dass er ihn kannte und dass dieser Mann ihn suchte. Achtzehn Jahre Gefangenschaft hatten aus ihm einen bürokratischen römischen Verwalter geformt. Doch in diesem Moment brachen sich seine germanischen Instinkte Bahn.

Er hatte heute zwar reichlich zu tun, denn seine Aufgabe als Sklave in der Finanzverwaltung der Legio III Italica sah vor, dass er auf dem Markt dringend benötigte Ressourcen wie Nägel, Werkzeuge und Steinplatten organisierte. Eine Abteilung der Legion war dazu herangezogen worden, einen Abschnitt der Via Claudia Augusta zu reparieren, und er unterstand direkt dem Statthalter von Augusta Vindelicum, der gleichzeitig der Legat der Legion war. Unter einem Vorwand entschuldigte er sich und strebte über einen kleinen Umweg auf den Fremden zu. Dieser reckte den Hals, offenkundig suchte er ihn. Adalmar schlich sich mit flinken Schritten an. Als er hinter ihm stand, zischte er ihm zu:

»Was starrst du mich so an? Wer bist du?«

Der fremde vollbärtige Mann, in einen Fellmantel gehüllt und mit strähnigen, langen grauen Haaren, fuhr herum. Er trug eine schwarze Augenklappe. Für einen Moment fixierte er ihn offenen Mundes mit seinem gesunden Auge, das im Licht der Sonne gletscherblau strahlte.

»Meine Güte, es ist ein Wunder. Ihr seid es wirklich – Adalmar, der Sohn des Ariovist. Ihr seid Eures Vaters Ebenbild«, entgegnete er ehrfurchtsvoll.

Beim Namen seines Vaters zuckte Adalmar zusammen.

»Wer … wer bist du?«, fragte er argwöhnisch und suchte in Gestalt und Blick des Mannes vergeblich vertraute Merkmale.

»Ihr werdet Euch nicht an mich erinnern. Ich bin Berovist und war zweiter Heermeister Eures Vaters.« Er sah sich um und versicherte sich, dass sie nicht beobachtet wurden. »Wo und wann können wir ungestört reden?«

In Adalmars Kopf prasselten die Gedanken ziellos nieder wie ein Hagel Pfeile. Ariovist – so lange schon hatte niemand mehr den Namen seines Vaters erwähnt. Wie gekräuselter Rauch war er beinahe unsichtbar geworden. Und hier stand ein Mann, der ihn wahrhaft und persönlich gekannt hatte.

War endlich der Zeitpunkt gekommen, um zu fliehen? Diesem verhassten Leben zu entsagen und alles auf eine Karte zu setzen? Endlich Rache zu üben für die Gräueltaten, die die Römer seinem Volk und seiner Familie angetan hatten? Kein Zweifel, dieser Freund seines Vaters war der Schlüssel für die Pläne, die tief in ihm verborgen lagen.

Doch Skepsis beschlich ihn. Wie um alles in der Welt hatte der Mann ihn finden können? Warum hatte er all die Jahre von niemandem aus seinem Stamm etwas gehört? Und weshalb ausgerechnet jetzt? Tausend Fragen strömten auf ihn ein, doch er konnte Berovist nur blöde anstarren und bekam kein Wort heraus.

»Schnell«, drängte Berovist und packte Adalmar an der Schulter, »bevor wir Aufmerksamkeit erregen.«

Adalmar hasste es, angefasst zu werden, packte die Pranke des Hünen und wischte sie rüde von seiner Tunika.

»Heute Abend. In der Herberge nahe des Forums. Dort gibt es Nischen, die sich jedes Blickes entziehen und wo wir ungestört reden können. Bei Sonnenuntergang werde ich dort sein.«

Berovist grinste ob des Temperaments des jungen Mannes und nickte.

»Heute Abend. Bei Sonnenuntergang.« Damit drehte er sich um und verschwand in der Menge.

Den Rest des Tages verbrachte Adalmar damit, in Gedanken Pläne zu schmieden.

All die Jahre hindurch hatte sein Hass auf die Römer lichterloh gebrannt, aber in der letzten Zeit brachte er es fertig, die Glut hinter einem von ihm aufgeschütteten Wall aus römischen Tugenden zu verbergen. Dies war der einzige Weg, einem normalen Alltagsleben nachzugehen und in den Genuss von Privilegien zu kommen. Man nahm ihn weniger ernst und hielt ihn nicht mehr für gefährlich. Daher wurden ihm Zug um Zug immer mehr Freiheiten zugesprochen. Er hatte sogar indirekten Kontakt zu seiner ebenfalls in Geiselhaft befindlichen Schwester erhalten, die ihm von Zeit zu Zeit Nachrichten zukommen lassen durfte. Kurioserweise näherte er sich räumlich immer mehr seiner Heimat. Aus Rom, wo er in einem palastartigen Bau wie im Gefängnis gehaust hatte, kam er nach seiner Ausbildung zum Schreiber in die Armee und zuletzt nach Castra Regina zur Legio III Italica.

Hier in Augusta Vindelicum, wohin seine Einheit vor einigen Monaten versetzt worden war, fühlte er sich sogar wohl. Die Römer hatten ihm am Ende abgenommen, dass er einer der ihren geworden war. Aber zu seinem Leidwesen besaß er trotzdem so etwas wie einen zweiten Schatten. Gnaeus Hortensius, ein Offizier, der nie von seiner Seite wich, beobachtete ihn ungeniert den ganzen Tag. Manchmal fertigte er Notizen über ihn an. Offenbar erstattete er weiterhin jemandem Bericht. Leider war der Römer kein nützlicher Gesprächspartner, ganz im Gegenteil: Sein Aufpasser war linkisch, humorlos und wortkarg. Daher konnte er nichts über die weiteren Ziele seiner Geiselnehmer herausfinden. Trotzdem hatte er sich mit der Situation arrangiert. Es mangelte ihm an nichts, er bekam jeden Tag mehrere Mahlzeiten, und er hatte eine verantwortungsvolle Aufgabe. Manchmal ertappte er sich in letzter Zeit sogar dabei, wie er seinen Hass kurzzeitig vergaß. Wie er einen Hauch von Normalität empfand. Wie er freundschaftliche Gefühle zuließ. Wie er anfing, das Leben, das er führte, zu genießen. Doch immer, wenn er an seine ermordete oder verschleppte Familie und die getöteten und geschändeten Freunde dachte, kam es ihm wieder wie Galle hoch, und so wartete er geduldig auf den Tag seiner Flucht. Sein ganzes Leben lang war er davon überzeugt, dass sich die Chance eines Tages ergeben würde – weil es vorherbestimmt war.

Sein Dilemma war, dass er nicht ohne seine Schwester aufbrechen wollte. Und seitdem sie Rom verlassen hatten, waren sie getrennt worden. Bis auf die sporadischen Lebenszeichen von ihr, die ihm absichtlich zugespielt wurden, wusste er nichts über sie; er hatte keine Ahnung, wo sie war oder wie sie lebte.

Auf die Arbeit vermochte er sich nach der Begegnung mit dem Vertrauten seines Vaters kaum mehr zu konzentrieren und erregte damit sogleich Aufsehen, denn die Bestellung für die Armee strotzte nur so von Fehlern. Gnaeus Hortensius wurde misstrauisch. Wenn er sich in Ruhe mit Berovist treffen wollte, musste er zunächst einmal seinen Wächter loswerden. Er legte sich eine List zurecht und spielte die Karte mit den niederen Trieben aus. Der Römer hatte ihm schon in der Vergangenheit am ehesten einen privaten Moment gewährt, wenn er sich mit Frauen vergnügte. Gnaeus Hortensius war ein Paradebeispiel für Verklemmtheit. Schon beim Anblick einer barbusigen Dirne bekam er einen roten Kopf und fing an zu stammeln. Daher gab Adalmar vor, am Abend in der Herberge seinen sexuellen Bedürfnissen nachgehen zu wollen, und wählte hierfür eine Nische, die mit Vorhängen abgetrennt war. Sein Wachhund würde verschämten Blickes einigen Abstand halten, und so könnte er in Ruhe den ehemaligen Heerführer seines Vaters treffen.

Berovist war zeitig am Ort der Verabredung erschienen. Er war immer gerne auf alle Eventualitäten vorbereitet und sah sich vorsichtshalber nach Fluchtmöglichkeiten und tückischen Sackgassen um. Die schummrige Stube war verwinkelt und unübersichtlich. Neben dem Hauptraum öffnete sich hinter einem schmalen Torbogen ein weiterer Wirtsraum, der mehr Diskretion bot. Die Nischen waren mit Vorhängen abgetrennt. Es war ihm sofort klar, was hinter dem Sichtschutz in der Regel vor sich ging, doch hatte er dafür keine Zeit, wenngleich ein flüchtiger Gedanke an ein Schäferstündchen ihn durchaus erregte. Wehmütig wischte er die Vorstellung beiseite. Wenigstens gab es einen zweiten Ausgang, was ihn zufrieden stimmte. Er wollte sich gerade umdrehen und wieder in den großen Gastraum zurückkehren, als ihm jemand von der Seite zuflüsterte.

»Ich soll Euch ausrichten, dass Ihr in der Nische ganz

rechts warten sollt. Ich komme mit, bis Euer Gast erscheint.«

Ein rothaariges Mädchen, vielleicht zwanzig Jahre alt, war wie aus dem Nichts erschienen und führte ihn an der Hand in eine Nische, in der lediglich ein Sitzbrett montiert war. Liegen konnten höchstens Zwerge darauf, aber ein zärtliches Aneinanderschmiegen hatte sicherlich keiner der Gäste im Sinn, die hierherkamen. Bilder passender Stellungen tanzten in seinem Hirn, bevor er sie beiseiteschob und Platz nahm. Da saß er nun mit einer Dirne, an der ihm vor allem die schmutzigen Wangen auffielen, die im Kontrast zu ihrem hübschen Gesicht standen, und musste tatenlos verharren und warten. Es kam ihm albern vor, hier mit ihr zusammenzusitzen und sich gegenseitig anzuschweigen, anstatt sie zu vögeln. Sie sah germanisch aus, aber er hatte nicht vor, sie etwas zu fragen; das würde letztendlich nur negativ auf ihn zurückfallen, wenn sie sich mehr als nötig an ihn erinnern würde.

Nach einer unendlich langen Weile öffnete sich der Vorhang, und Adalmar erschien mit einem Krug und zwei Bechern. Er gab dem Mädchen ein Zeichen, worauf es sich blitzschnell seines Fellumhangs entledigte und Berovist einen Blick auf zwei wohlgeformte Brüste freigab. Sie beugte sich lange aus der Nische heraus und schickte einen lasziven Blick zu Gnaeus Hortensius, der daraufhin verlegen in den großen Schankraum zurückwich. Als er nicht mehr zu sehen war, zog sie den Vorhang wieder zu, verabschiedete sich mit einem Kuss von Adalmar und spähte noch einmal kurz hinaus, bevor sie in Richtung Seitenausgang entschwand.

»Wir sind ungestört«, triumphierte Adalmar, während er sich und Berovist einen Becher Wein eingoss.

Sie erhoben beide ihre Gefäße und nahmen einen ordentlichen Schluck.

»Wieso bist du hier?«, fragte Adalmar ungeduldig.

Berovist wischte sich mit seinem Handrücken einige Weinreste aus dem Bart.

»Ihr kommt gleich zur Sache. Gut so. Ich bin hier, um Euch zurück an Euren Platz als Oberhaupt unserer Stämme zu führen. Ihr kommt mit mir mit.«

Adalmar lachte spöttisch auf.

»Einfach so, ja? Du tauchst hier aus dem Nichts auf und redest von Flucht, als ginge es darum, ein Brot beim Bäcker zu kaufen. All die Jahre habe ich von niemandem etwas gehört. Ich habe schon aufgehört, wie ein Germane zu denken und zu fühlen. Ich habe nur meiner Schwester zuliebe meinem Leben kein Ende gesetzt. Denkst du, man lässt mich einfach so ziehen, nachdem ich hier im Reich ein halbes Leben lang festgehalten wurde? Mein Aufpasser steht nur wenige Schritte entfernt und wird umgehend Alarm schlagen. Man wird mich im Falle einer Flucht gnadenlos verfolgen! Wie hast du mich überhaupt gefunden?«

Berovist verschränkte die Arme und legte die Stirn in Falten, bevor er antwortete.

»Ich wusste all die Jahre genau Bescheid, wo Ihr seid und was Ihr macht.«

Adalmar riss die Augen auf.

Berovist hob beschwichtigend die Hand und fuhr fort: »Man hatte damals nach dem grässlichen Abschlachten ein paar wenige Auserwählte am Leben gelassen. Ich wartete schon auf meine Hinrichtung neben Eurem Vater, als man mir zu verstehen gab, dass ich ab sofort Roms Kontaktmann für alle Verhandlungen mit unseren Stämmen sei. Mindestens zweimal im Jahr kam ein Bote und überbrachte uns eine Mitteilung, wie es Euch und Eurer Schwester erging und was Rom von uns erwartete. Ich durfte keinerlei Kontakt zu Euch herstellen und musste Rom dienen. Einige Jahre lang hatten wir gar keine andere Wahl, als das Spiel mitzuspielen, denn unser Landstrich schien geradezu entvölkert. Ich war ein Hüter der Krone ohne Volk. Ich habe den Mut und die Ausdauer unseres Volkes immer bewundert und den Namen Eures Vaters in Ehren gehalten. Irgendwann nahm unsere Macht wieder zu. Rom war mit sich selbst beschäftigt, und ich fing an, selbst einmal im Jahr nach Augusta Vindelicum zu reisen, um mich persönlich nach Eurem Wohlergehen zu erkundigen. Der Präfekt war ein bequemer Mann, er sparte sich einen Boten und schien die Sache nach all den Jahren nicht mehr ernst zu nehmen. Dann erfuhr ich, dass man Euch nach Raetien verlegt hatte, und ich begann, Vorkehrungen zu treffen, Bündnisse zu schmieden und unserem Volk die Erfüllung Eurer eigenen Prophezeiung vorherzusagen: dass Rom für seine Taten büßen muss. Bei meinem Besuch dieses Jahr habe ich erfahren, dass Ihr direkt hier in der Stadt seid, und die Gelegenheit konnte ich mir nicht entgehen lassen. Ich bin froh, Euch endlich getroffen zu haben. Euer Vater nahm mir zwei Versprechen ab. Ich sollte dafür sorgen, dass Ihr eines Tages wieder das Oberhaupt unserer Stämme werdet. Dieses Versprechen wird nun erfüllt werden. Das andere war, die Römer büßen zu lassen für das, was sie uns angetan haben. Diesen Teil des Versprechens werden wir gemeinsam erfüllen. Ich bin Euer Heerführer. Wir sind bereit, wenn Ihr an Euren Platz zurückgekehrt seid und die Götter uns den Weg weisen.«

Adalmar hatte sich wieder im Griff und dachte nach.

Der alte Gefährte seines Vaters hatte einen Plan. Immerhin. Aber das war nicht alles, was ihn bewegte.

»Wo ist meine Schwester? Man lässt mir von Zeit zu Zeit Täfelchen zukommen, auf denen sie mir kleine Mitteilungen schreibt, dass es ihr gut geht, aber ich weiß nicht, wo sie sich aufhält.«

Berovist zögerte einen Moment zu lange, bevor er antwortete.

»Ich weiß es leider nicht.«

Adalmar zögerte keinen Moment, bevor er zischte: »Du lügst, Berovist. Ich erwarte von meinem Heerführer absolute Loyalität. Wenn du weißt, wo ich bin, dann weißt du auch, wo sie ist.«

Er machte eine Pause, die nur durch das Summen einer dicken Schmeißfliege gestört wurde. Mit einem gezielten Schlag beendete er sein Schweigen und das Gebrumm des Insekts. »Ich werde mitkommen und die Stämme vereinen. Aber wir gehen nicht ohne sie! Also – wo ist meine Schwester?«

Berovist fühlte sich ertappt. Gleichzeitig erinnerte ihn Adalmar an seinen einstigen Stammesführer, und er spürte wieder diesen ehrfürchtigen Respekt, den schon Ariovist in Anspruch genommen hatte und den jetzt auch der charismatische junge Mann einforderte.

»Ihr habt recht, ich bitte um Verzeihung. Sie ist ebenfalls hier in Augusta Vindelicum, aber wir können sie heute nicht mitnehmen. Zu dritt sind wir zu langsam. Sie werden ihr nichts tun, denn damit haben sie immer noch ein Druckmittel gegen uns. Wir locken die Römer mit Eurer Schwester zur Grenze und können sie später befreien. Glaubt mir, ich weiß, wie die Römer hier denken. Ich habe fast zwanzig Jahre über Euch und Eure Schwester verhandelt.«

Adalmar zögerte. Der Gedanke, dass sich seine Schwester am gleichen Ort wie er befand, wühlte ihn ungeheuer auf.

»Ich bin nicht überzeugt. Es muss einen anderen Weg geben. Ich habe mir geschworen, dass ich sie niemals im Stich lasse.«

Auf einmal wurde der Vorhang mit einem Ruck zur Seite gezogen. Auf der Schwelle stand Gnaeus Hortensius.

»Was zum Jupiter geht hier vor?«, rief er.

Mit einem schnellen Griff an die Kehle packte Berovist den Römer und zog ihn ins Separee. Adalmar schlug den Vorhang wieder zu und versuchte einzugreifen, doch Berovist war schneller und stieß dem Römer seinen Dolch ins Herz. Außer einem dumpfen Schlag, den der Körper beim Aufprall auf den Boden verursachte, war kein Ton zu vernehmen. Adalmar wusste, was das zu bedeuten hatte, bevor Berovist es aussprach.

»Die Würfel sind gefallen. Wir haben keine andere Wahl. Wir brechen sofort auf. Uns bleiben vielleicht zwei Stunden, bis man den Toten findet. Bis dahin haben wir einen Vorsprung herausgeholt. Los, kommt. Zwei Pferde und ein Wächter, den ich bestechen konnte, warten auf uns am nördlichen Seitentor.«

Adalmar richtete sich auf, fixierte Berovist einen Moment und entgegnete leise, aber bestimmt: »Ab jetzt gebe ich die Befehle, und du wirst mir folgen.«

Opia Novum, Juni 231 n. Chr.

Im Schutze einer alten, knorrigen Eiche standen bei Einbruch der Nacht zwei Männer in lange Fellmäntel gehüllt und blickten auf die gewaltige Mauer, die einige Hundert Fuß entfernt mattweiß im Zwielicht schimmerte. Das Kastell Opia Novum, um das sich ein wildes Durcheinander von Häusern wand, lag knapp zwei Meilen südlich von ihnen. Das Lagerdorf samt Kastell war der bedeutendste Handelsplatz in der ganzen Gegend. Dieser Umstand war dem großen Durchgangstor zu verdanken, das sich eine Meile nordöstlich zwischen die Mauern schmiegte. Hier strömten bei Tage Händler und Grenzgänger hindurch, peinlich genau kontrolliert von den Wachmannschaften. Ein grauer Schatten markierte die vierzig Fuß hohe Prachtfassade, die Kaiser Caracalla hatte errichten lassen. Der Kaiser, der ihnen vor einer Generation die Schmach der Niederlage zugefügt hatte und nun als überlebensgroße Bronzestatue neben dem Tor über sein Land blickte. Nachts war das Tor verschlossen. Fast direkt hinter ihnen befand sich eine Furt. Sie führte durch einen kleinen Fluss, über den alle, die endlich die Grenze passiert hatten, hindurchwaten mussten, und wurde bei Tage von mehreren Soldaten bewacht. Im Dunkeln hörte man nur das Gurgeln der Fluten, die an der flachen Furt vorbeirauschten. Da das Tor verriegelt wurde, war eine Bewachung der Furt unnötig. Der Wachdienst an der

Mauer war eintönig und öde. Hier am Durchgang, bedingt durch den Grenzverkehr, war es etwas abwechslungsreicher, aber die Nächte waren noch kalt, und niemand war scharf darauf, seinen Dienst im Freien zu verrichten. Das Geräusch des Wassers übertönte alle verräterischen Hinweise auf die beiden Männer, die in ihrem Versteck ausharrten; genau deshalb hatten sie sich diesen Platz zum Warten ausgesucht. Der Grund für ihre Anwesenheit war die alte Militärstraße, die hinter dem Tor zum freien Germanien ihren Anfang nahm. Vor vielen Jahren war dies der schnellste Weg für die römische Armee gewesen, um ins Hinterland vorzudringen. Man hatte sie eigens für Strafexpeditionen angelegt. Heute würde sie ihnen den Weg weisen.

»Und du bist sicher, dass die Pferde noch auf uns warten? Ich komme mir vor wie auf dem Präsentierteller.«

Adalmars Blick streifte die abweisend wirkende Mauer, die sich an dieser Stelle in einem langen Bogen durch die Landschaft schlängelte und dabei eine Art Halbkreis beschrieb. Ein frostiger Wind fegte über das leicht schräg zur Grenze abfallende Land, das nur von Gräsern bewachsen war. Das Land eine halbe Meile vor und hinter der Mauer ähnelte einer Steppe. Kein Hindernis durfte der römischen Überwachung die Sicht nehmen. Sie standen unter der einzigen Baumgruppe weit und breit, die man wegen einiger Schaf- und Rinderherden als Schutz vor Regen oder Sonne hatte stehen lassen. Diese Schar von Hilfsgärtnern sorgte dauerhaft dafür, dass der Bewuchs vor der Grenze flach blieb. Mit den Tieren mussten sie sich ihr Versteck glücklicherweise nicht teilen; am späten Nachmittag wurden die Rinder in ihre Ställe verbracht, die Schafherden waren weitergezogen.

»Gestern waren die Pferde jedenfalls noch da. Ich habe

sie gut verborgen angebunden und versorgt. Herr, wir haben es doch schon mehrfach besprochen. Hier ist definitiv die beste Stelle. Hinter den anderen Toren, die ich sonst kenne, liegen keine ausgebauten Straßen, auf denen wir schnell vorankommen würden. Hier in Opia Novum haben wir außerdem Freunde, und wir konnten uns versorgen, oder etwa nicht? Es wimmelt von freien Germanen, sodass wir nicht weiter auffallen. Die Patrouillen, die in den letzten Wochen an der Grenze herumstreiften, sind weniger geworden. Der Zeitpunkt ist gekommen. Habt Vertrauen.«

Berovist hatte schon recht, dachte Adalmar, und außerdem war es jetzt zu spät, die Pläne zu ändern. Es hatte einige Mühe gekostet, die beiden Pferde über die Grenze zu bringen. Sie hatten sich mit Lebensmitteln eingedeckt. Ständig liefen sie Gefahr, entdeckt zu werden. Es grenzte an ein Kunststück, als Hüne mit Augenklappe wie Berovist so über die Grenze zu gelangen, dass es der Wachmannschaft nicht auffiel. Sobald sie erst einmal gemeinsam auf das Tor zustrebten, hätte es nur Aufsehen erregt, wenn sie wieder umgedreht wären. Und aus der Ferne konnten sie kaum darauf schließen, welche Soldaten Wache schoben. Das Risiko einer Entdeckung war immens, denn man suchte nach ihnen. Sie hatten es beobachtet. Berovist gab sich als Grenzgänger und Kleinhändler aus, der ohne Pferd Felle von Germanien ins Römische Reich und mit Pferd Töpferwaren hinüber ins Barbarenland brachte. Er erledigte dies mit einer Selbstverständlichkeit, die ihn unsichtbar für seine Umwelt werden ließ. Ein wahrlich großes Talent, das er da zeigte. Dass die Felle immer die gleichen waren, die sie in Opia Novum erstanden hatten, war bisher niemandem aufgefallen. Ausschau hielt man offenbar nur nach Adalmar, einem sechs Fuß großen, blonden und schlanken, aber dennoch muskulösen Germanen mit hohen Wangenknochen, blauen Augen und einem markanten Grübchen im Kinn. Man suchte also nach einem charismatischen, gut aussehenden Mann. Kritisch beäugt wurden ihren Beobachtungen zufolge alle, auf die nur eines der Merkmale zutraf, und das waren viele. Sie erkannten es tagsüber an den langen Kolonnen, die sich an der Grenze bildeten. Die Wachen durchwühlten Karren und Gespanne und suchten bei Personen außerdem nach einer langen Narbe am Bauch. Die Reisenden wurden genötigt, ihre Tuniken oder Hemden zu öffnen. Verdammte Mistkerle! Adalmar hatte dieses verfluchte Ding schon, seit er denken konnte, wusste aber nicht, woher es stammte. Bei Gelegenheit musste er Berovist einmal danach fragen.

Der Ruf einer Eule zeigte ihnen an, dass die Nacht endgültig die Herrschaft über das Land übernommen hatte.

Ihr Plan sah vor, dem Fluss ein paar Hundert Schritte zu folgen und nicht weit rechts von der Stelle, wo er unter der Mauer hindurchfloss, über die Wand zu klettern. Das Rauschen des Flusses, so hofften sie, würde jeden Lärm verschlucken, den sie versehentlich verursachten. Außerdem war der nächste Wachturm zu ihrer Rechten gleichzeitig das Tor, und da dieses wuchtiger und höher als die Mauer ausfiel, war der Abstand zum nächsten Turm größer. Die Freiheit schien zum Greifen nahe. Gerade diese Aussicht verunsicherte Adalmar zutiefst, als ob höhere Mächte ihm im letzten Moment einen Strich durch die Rechnung machen könnten. Er atmete tief durch, tastete zur Sicherheit nach seinem Schwert und stellte kopfnickend fest, dass alles an Ort und Stelle war.

»Sollen wir?«

Berovist legte die Stirn in Falten und spähte zu den beiden Türmen, die sich pechschwarz vom dunkelgrauen Himmel abhoben.

»Lasst uns noch warten, bis ihnen kalt wird und sie ein Feuer und Fackeln entzünden. Dann haben sie Licht und ein warmes Plätzchen dort oben und sehen keine zehn Fuß weit mehr in die Nacht hinaus. Die Narren!«

Adalmar bewegte sich einen Schritt rückwärts, versank schmatzend in einem Kuhfladen und fluchte.

»Man wird uns nicht hören, sondern riechen«, unkte Berovist und erntete einen bohrenden Blick.

Nur kurze Zeit später tanzten kleine Lichtpunkte in der Ferne. Berovist und Adalmar hatten ihre Mäntel hochgeschlagen, hielten die Arme verschränkt und wippten im Rhythmus auf und ab, um nicht völlig auszukühlen.

»Also, sollen wir jetzt?«, fragte der junge Fürst ungeduldig. Berovist hielt angestrengt Ausschau in alle Richtungen und nickte schließlich.

»Helft mir!«

Sie zogen Gestrüpp und Äste von einer zehn Fuß hohen Holzleiter, die sie im Laufe der letzten zwei Wochen gezimmert hatten, und nahmen jeder ein Ende unter die Arme.

»Wir sollten noch bleiben, bis sich eine Wolke vor den Mond schiebt. Wir haben keine Deckung bis zur Mauer.«

Adalmar atmete angestrengt aus, Geduld war nicht seine Stärke. Endlich trieb der Wind eine Wolke vor den Mond. Mit leisen, vorsichtigen Schritten strebten sie auf die Mauer zu, ungefähr in der Mitte zwischen beiden Türmen. Als die Wolke wie ein Vorhang von dem fast als Vollmond erstrahlenden Erdtrabanten glitt, tauchten sie ruckartig ab und warteten eine Weile, bis ihnen die Finsternis wieder mehr Deckung bot. Ein weiterer Himmelsschleier tat ihnen alsbald den Gefallen. Sie waren fast an der Mauer angelangt, die sich wie eine Monsterwelle vor ihnen aufbaute, als der Wind Stimmen herüberwehte. Trotz ihrer Vorsicht waren sie im Dunkeln recht nahe an den rechten Turm gelangt. Ein Wächter stand an der Umwehrung und pisste hinunter. Eine zweite Wache gesellte sich dazu. Sie unterhielten sich, und an ihrem Gelächter war zu erkennen, dass sie derbe Witze rissen. Diesmal legten Adalmar und Berovist die Leiter nieder und pressten sich flach ins Gras. Die Köpfe leicht angehoben, lauschten sie angestrengt in die Nacht. Kurz darauf waren die Männer auf dem Turm von der Kälte wieder in die Wachstube getrieben worden. Sie rappelten sich auf und nahmen den Rest der Strecke in Angriff, so leise wie möglich einen Fuß vor den anderen setzend. Nur noch ein kurzes Stück, und sie hatten es geschafft.

Adalmar sah es als Erster. Lichtpunkte aus Richtung des Tors. Eben war es nur einer, der da nicht hingehörte. Wie von Geisterhand erschien ein Zweiter, näher als der Erste. Adalmar blieb stehen und hielt die Leiter fest. Berovist stoppte unfreiwillig. Einen kurzen Moment lang kniff Adalmar die Augen zusammen und versuchte, den Lichtpunkt zu fixieren. Er ging in Deckung und kroch zu Berovist, zeigte energisch mit dem Finger auf den Lichtpunkt. Sein Heerführer tauchte sofort hinunter auf den Bauch.

»Was ist das?«, flüsterte Adalmar.

Berovist versuchte, sich einen Reim darauf zu machen. Wieder erhellte ein Lichtstrahl die Umgebung.

»Das sind Fackeln. Verdammt! Irgendeiner markiert die Mauer mit Fackeln von Turm zu Turm.«

Berovist haderte mit sich. Offenbar waren die Mannschaften ausgetauscht worden, und ein besonders beflissentlicher Offizier musste diese übervorsichtige Maßnahme angeordnet haben. Die zwei Nächte, die sie zur Beobachtung eingeschoben hatten, waren dunkel geblieben. Im

Schein der Fackeln konnte man den Bereich vor der Mauer von den Türmen aus gut einsehen. Eine aufwendige und teure Maßnahme zum ungünstigsten Zeitpunkt.

»Was machen wir jetzt?« Adalmar klang ärgerlich und panisch zugleich.

Berovist starrte einen Moment auf die flirrenden Lichtpunkte.

»Wir klettern über die Mauer. Jetzt sofort oder nie. Der Fackelmann ist mit seiner Arbeit beschäftigt. Wenn wir hier noch lange warten, überrennt er uns am Ende. Und wir wissen nicht einmal, ob er alleine ist oder mehrere Leute bei sich hat. Lasst die Waffen stecken, die sind uns jetzt nur hinderlich. Los!«

Berovist packte die Leiter, Adalmar im Schlepptau, und hastete mit Tippelschritten zur Mauer. Wieder ein Licht. Höchstens hundert Fuß entfernt. Sie richteten die Leiter gegen die Mauer und versuchten, beim Aufsetzen jeglichen Lärm zu vermeiden, aber der Untergrund war uneben, und so brauchten sie mehrere Versuche. Endlich klappte es. Allerdings verursachte das Holz auf der Mauer ein kratzendes Schnarren, das der Fluss nicht verschlucken konnte.

»Halt, wer ist da?!«, hallte es in die Nacht.

Berovist nahm zwei Sprossen der Leiter auf einmal und hastete nach oben. Adalmar packte das Gerät an beiden Seiten und sah einen Schatten auf sich zustürmen.

»Stehen bleiben! Ich sagte, stehen bleiben! Wache! Wache! Verstärkung!«

Berovist war oben angekommen, setzte sich quer auf die Mauer und streckte einen Arm nach unten.

»Los, schnell, kommt! Wir müssen die Leiter nach oben ziehen, sonst ist es aus!«

Adalmar überlegte kurz, ob er es auf einen Kampf ankommen lassen sollte, hörte aber nicht weit entfernt eine zweite Stimme schreien und entschied sich für die Flucht nach oben. Schon war der erste Römer bei ihm. Mit einem Sprung verkürzte er den Abstand und packte Adalmar auf halber Höhe am Mantel. Der hielt sich mit aller Kraft fest und bemühte sich, seinen Umhang loszuwerden. Er versuchte, den Angreifer mit den Ellenbogen wegzustoßen, aber er klebte wie eine Klette an ihm und entzog sich seinen wütenden Schlägen. Der römische Wachmann zerrte ihn am Nacken und verfing sich in Adalmars Amulett, das durch das Gerangel breit vor seiner Brust baumelte; es hatte seinem Vater Ariovist gehört. Langsam entwand sich der Germanenfürst dem Griff und schaffte es, sich so weit zu drehen, dass er schließlich mit den Fersen auf der Leiter stand. Mit einem kräftigen Fußtritt beförderte er den Römer, der laut stöhnend aufschlug, auf den Boden zurück.

Berovist zog seinen Anführer neben sich. Gemeinsam hievten sie fieberhaft die Holzkonstruktion nach oben, gerade noch rechtzeitig, bevor der zweite Wachmann angekommen war. Sein Sprung nach dem Fußende der Leiter war vergeblich. Sie schmissen eilig das Holzgerät auf der anderen Seite hinunter und hielten sich am oberen Rand der Mauer fest, während sie sich mit baumelnden Füßen auf eine unsanfte Landung vorbereiteten. Eine Fackel wurde über die Mauer geworfen, verfehlte sie aber. Nicht weit entfernt schlug ein Pfeil ein. Die Wachen am Turm schossen sich ein.

»Jetzt!«

Ein Sprung, und sie lagen im Staub. Ein Trompetensignal übertönte die hektischen Schreie der beiden Fackelträger auf der anderen Seite. Adalmar brannten die Beine, aber er hatte sich nicht verletzt. Berovist stand neben ihm.

»Rennt, was das Zeug hält, und haltet Euch dicht hinter mir. Wenn wir es schaffen, den Sicherheitsstreifen zu verlassen, können wir ihnen entkommen. Ich finde die Pferde auch bei Nacht.«

Schon rannte er los; Adalmar folgte ihm, so dicht er konnte. Berovist war nicht so schnell, wie Adalmar hätte laufen können, aber er behielt sein Tempo stetig bei. Die Wiese war feucht, die Gräser hier jenseits der Mauer standen an manchen Stellen kniehoch. Die Trompeten hallten immer wieder durch die Nacht, und ein fernes Knarzen verriet, dass das Tor geöffnet wurde. Der Wald, auf den sie zuhielten, bildete eine dunkelschwarze Masse, die nicht näher kommen wollte. Als sich Berovist nach rechts wandte, Richtung Tor, glaubte Adalmar, das Wiehern von Pferden zu hören, aber das ständige Rascheln der Gräser, das sich mit ihrem Keuchen vermischte, spielte den Sinnen ein ums andere Mal einen Streich. Plötzlich hielt Berovist inne und stoppte Adalmar mit einem Griff auf die Brust. Er ließ es geschehen, schaute sich um und vernahm deutlich das Trampeln von Hufen. Sie wurden gejagt wie die Wölfe, dabei hatten sie es fast geschafft. Es roch nach frischem Gras. Der Geruch der Freiheit! Berovist suchte fieberhaft den Waldrand ab, der sich nur hundert Fuß vor ihnen auftürmte. Als er gefunden hatte, was er suchte, zog er Adalmar wieder mit sich.

In dem Moment, da sie in den Wald rannten, hatte Adalmar das Gefühl, die Welt habe sie verschluckt. Zweige schlugen ihm ins Gesicht, Berovist bog mal nach links, mal nach rechts ab. Adalmar hatte binnen weniger Augenblicke völlig die Orientierung verloren. Er bemühte sich angestrengt, nicht zu fallen, und hielt vorsorglich die Hände schützend vor sein Gesicht. Sein Heermeister war jetzt schneller unterwegs, als ihm lieb war. Wie konnte man sich in dieser schwarzen Hölle nur zurechtfinden?!

»Bist du sicher, dass du weißt, wo wir sind?«, keuchte er atemlos.

Berovist antwortete nicht. Nur einen kurzen Moment später stieß Adalmar fast mit seiner Stute zusammen. Sein Gefährte band das zweite Pferd los.

»Wir sind nur wenige Fuß von der Straße entfernt. Das Gestrüpp hinter dieser Lichtung ist besonders dicht, aber anders ging es nicht, sonst hätte man die Pferde gesehen. Beeilt Euch, sie sind uns dicht auf den Fersen. Aber ich glaube, sie wissen nicht, wo sie uns suchen sollen. Wenn wir Glück haben, können wir einen halben Tag zwischen uns und die Römer bringen, bevor sie unsere Spur aufnehmen.«

Die römischen Verfolger suchten ihr Glück im Bereich vor der Mauer und entfernten sich wieder von ihnen. Der Weg war offen. Nur einen kurzen Moment später ritten zwei einsame Reiter im Galopp eine sich im Verfall befindliche Straße entlang – tief hinein in das freie Germanien. Adalmar war frei. Endlich frei, nach achtzehn langen Jahren. Und ausgerechnet jetzt entfuhr ihm ein Fluch.

»Bei allen Göttern! So eine verdammte Scheiße! Das kann doch nicht wahr sein!« Sein Griff an den Hals fühlte nichts als nackte Haut. Er hatte seinen kostbarsten Schatz verloren.

Der römische Wachmann hielt sich schmerzverzerrt sein Bein, das er sich eben beim Sturz verletzt hatte, als er feststellte, dass er dem Flüchtenden etwas entrissen hatte. Auf dem Boden lag eine Kette mit einem goldenen Anhänger. Er hob sie auf und hielt sie vor sich hin, als ein Offizier erschien.

»Was ist das? Her damit!«

Der Wachmann gehorchte und händigte den Gegenstand pflichtbewusst aus.

»Eine Kette oder so. Der Mann, der über die Mauer getürmt ist, trug sie. Ich hatte ihn fest am Hals gepackt, als er mich von der Leiter stieß, und dabei habe ich sie ihm wohl abgerissen.«

Der Offizier wog das Amulett hin und her und dachte nach.

»Ich denke, das wird den Centurio interessieren, der hier mit einer Hundertschaft schon seit ein paar Wochen die ganze Gegend nach einem Flüchtigen durchkämmt. In der Beschreibung wird so ein Amulett erwähnt. Gute Arbeit. Unsere Maßnahmen waren erfolgreich. Vielleicht werden wir sogar belohnt. Zurück auf eure Posten. Die kommen nicht weit.«

Augusta Vindelicum, August 231 n. Chr.

Marcus gähnte laut und ausgiebig, während er sich den Schlaf aus den Augen rieb. Es war früh am Morgen. Die frische Kühle ließ ihn die Strapazen des Vortags für einen Moment vergessen.

Er tastete seine Schultern und Flanken ab und zuckte bei jedem größeren blauen Fleck zusammen; der kleinste Druck wies schmerzhaft auf ihre Existenz hin. Heute würden sich weitere Vertreter dieser Spezies hinzugesellen, da war er sich sicher. Demicius, ein ehemaliger Gladiator und wahrer Haudegen, würde schon dafür sorgen!

Ächzend zog er sich an. Wie naiv er sich seine Ausbildung vorgestellt hatte: Lesen, Rechnen und Kontakte knüpfen. Das hatte er im Sinn gehabt, als er vor drei Monaten in Augusta Vindelicum angekommen war, und diese Aussicht hatte wahrlich keine Begeisterungsstürme in ihm ausgelöst. Er hatte nicht schlecht gestaunt, als er am dritten Tag von einem grobschlächtigen und nach Alkohol stinkenden Mann aus dem Bett gezerrt wurde. Zunächst schrie er um Hilfe, weil er dachte, es handele sich um einen Überfall. Doch sein im Türrahmen stehender Onkel verriet ihm grinsend, dass der Übergriff mit voller Absicht stattgefunden hatte, und stellte ihm den Rüpel als seinen Ausbilder Demicius vor.

Fortan stand dreimal in der Woche körperliche Ertüchtigung auf dem Programm. Ringen, Faustkampf, Schwertkampf, Reiten und auf Marcus' Verlangen hin auch Bogenschießen. Auf die Frage, was sein Onkel damit im Sinn hatte, entgegnete der ihm, dass schon Alexander der Große sowohl seinen Kopf als auch sein Schwert habe gebrauchen müssen und dass ein Händler, der alleine unterwegs sei, auch in der Lage sein müsse, sich und seine Habe zu verteidigen. Demicius war ein ehemaliger Gladiatorenausbilder und fand als einarmiger Krüppel bei seinem Onkel ein Auskommen als Verwalter, oder wie Marcus es ausdrückte: als Mann für alle Fälle. Er dachte beim ersten Anblick an einen schlechten Scherz. Die Lehrer für Rechnen, Philosophie sowie Schreib- und Redekunst waren allesamt honorige, gebildet aussehende Männer. Demicius war das Gegenteil davon, er verkörperte den fleischgewordenen Plebs der Unterschicht. Wenn er nicht als Marcus' Ausbilder fungierte, unterhielt er ein Netz von Kontakten zur zwielichtigen Seite der Provinzhauptstadt, die Onkel Titus mit Tipps, Gerüchten und Gelegenheiten versorgten. Titus' Weste blieb dabei immer rein, denn Demicius hielt wie ein Spinnennetz das Ungeziefer dieser Welt von ihm fern. In großer Dankbarkeit für die Chance, die ihm die Anstellung durch Marcus' Onkel wider Erwarten geboten hatte, zahlte dieser raue Geselle es Titus mit bedingungsloser Treue und absoluter Zuverlässigkeit zurück.

Trotz seines Handicaps war Demicius mit einem Arm ein besserer Schwertkämpfer als die meisten ausgebildeten Soldaten, und selbst im Faustkampf war er ein gefürchteter Gegner, wobei er seine Widersacher mit ganzem Körpereinsatz aus dem Weg zu rammen pflegte. Nur im Bogenschießen konnte er Marcus nichts beibringen. Da dieser aber nicht aus der Übung kommen wollte, bestand er auf regelmäßiges Training.

Marcus gestand sich ein, dass er nicht nur einen enormen Respekt vor Demicius hatte – zuweilen war ihm der Gladiatorenausbilder unheimlich, und es gab Gelegenheiten, da jagte er ihm sogar Angst ein. Es lag nicht allein an der furchterregenden Erscheinung. Demicius war groß wie ein Bär, hatte wilde schwarze Haare und andauernd ein stoppeliges Gesicht, obwohl er sich ständig rasierte. Außer seinem unheimlichen Armstumpf hatte der alte Gladiator eine gruselige Stimme wie ein Reibeisen und eine unbändige Kraft. Marcus fürchtete neben der permanenten Unberechenbarkeit vor allem das Lob nach gelungenen Aktionen. Demicius liebte es, Marcus seine Pranke mit voller Wucht an alle möglichen Körperstellen zu stoßen, und verursachte damit mindestens die Hälfte aller Hämatome auf seinem Körper. Heute stand ihm erneut ein Tag der Blessuren ins Haus, bevor er morgen bei einigen Stunden Philosophie Gelegenheit haben würde, über den Sinn dieses Tuns nachzudenken.

Wie immer war Titus schon vor ihm aufgestanden, obwohl auch Marcus den Hahn erst krähen hörte, wenn er sich aus dem Haus machte. Die Villa seines Onkels lag rund eineinhalb Meilen vor den Toren der Stadt und bestand aus mehreren Gebäuden, zu denen jedoch keine Wirtschaftsgebäude zählten. Stattdessen war alles auf ein genussvolles Leben ausgerichtet. Das prächtige Hauptgebäude, das von Säulen gesäumt wurde, bot viel Platz für die Interessen seines Onkels. Besonders die Speiseräume und Schlafgemächer waren für eine Person verschwenderisch groß geraten. Feiner Marmor aus Italien, großflächige Mosaiken auf dem Boden und an den Wänden, prächtige Vasen und Wandgemälde, die Jagdszenen zeigten – dies waren nur einige der Eindrücke, die einen schon beim ersten Besuch in ihren Bann zogen. Ein überdimensionierter Weinkeller stand unweit seines eigenen Badegebäudes. Eine Fußbodenheizung durchzog alle Räume und sorgte auch in harten Wintern für ein angenehmes Raumklima. Sein Onkel lebte zwar allein, aber das Personal hatte sicher schon oft Besuch gesehen; das dachte Marcus zumindest, als er vorübergehend eingezogen war. Die Haussklaven machten sich bei ihren schweigend verrichteten Aufgaben unsichtbar und vermieden jeden Blickkontakt. Marcus war es recht, dass er seine Ruhe hatte, aber beobachtet fühlte er sich trotzdem, weswegen er sich wie immer so schnell wie möglich auf den Weg begab. Er aß nur etwas Obst, vor allem einige von den exotischen Datteln, für die sein Onkel eine Schwäche hatte, und freute sich, dass er frische Weintrauben vorfand, die er als Wegzehrung mitnahm. Mit vollem Magen war ein Training mit dem Gladiator nicht zu empfehlen.

Die Ausbildung selbst fand mitten in Augusta Vindelicum statt, und das bedeutete für ihn jeden Tag fast eine Stunde Fußmarsch. Titus unterhielt neben seinem Verwaltungsbüro Stallungen und Gebäude für die Handelswaren; dort fanden sich jederzeit Räume, in denen Marcus entweder ungestört unterrichtet wurde oder von Demicius malträtiert werden konnte. Der Weg führte ihn ein Stück am Fluss Licias entlang, bevor er auf die Hauptstraße einbog, der er bis ins Zentrum folgte. Meistens waren einige Fuhrwerke auf der Via Claudia Augusta unterwegs, die aber nicht zu jeder Uhrzeit bis mitten in die Stadt fahren durften, weil die Räder der Ochsengespanne auf der gepflasterten Straße einen Höllenlärm machten. Daher war vor dem westlichen Stadttor immer eine Menge los, und der Wirt der Mansio vor der Stadtmauer musste ein reicher Mann sein, wie Marcus mutmaßte. Er nickte den Wachen zu, die er schon vom Sehen kannte, und wie immer schauten sie nur mürrisch drein, anstatt zurückzugrüßen. Das ärgerte ihn jeden Tag aufs Neue, und es war ihm schon zu einem heimlichen Sport geworden, wann er sie so weit haben würde, seinen Gruß endlich zu erwidern.

Als Marcus am frühen Vormittag ankam, war von Demicius keine Spur zu sehen. Während er noch überlegte, ob er am Vortag etwas falsch verstanden hatte, rief sein Onkel von der Schwelle seiner Büroräume zu ihm herüber: »Marcus! Heute findet kein Training statt. Demicius hat kurzfristig anderweitig zu tun.«

Marcus setzte wider Erwarten ein enttäuschtes Gesicht auf.

»Hab ich den ganzen Weg umsonst zurückgelegt? Die Lehrer kommen doch erst morgen wieder.«

Er blickte sich verdrießlich um.

»Kann ich dich begleiten?«

Titus lachte. »Kannst du Gedanken lesen? Ich wollte dich sowieso auf ein Frühstück in die Taverne einladen. Los, komm.«

In der Stammtaverne seines Onkels verschlang Marcus gierig einen riesigen Löffel Haferbrei und spülte die klebrige Masse gerade mit einem Gemisch aus Wasser und Wein herunter, als er sich über den unwirtlichen Ort wunderte, an dem sich sein Onkel so gern und regelmäßig aufhielt. Lokale waren eigentlich etwas für den Pöbel. Ein feiner Mann wie Titus war hier im Grunde fehl am Platz. Doch sein Onkel war gern an der Basis, wie er es nannte, und dafür wurde er von den Handwerkern und all jenen geschätzt, die selbst kein großes Ansehen genossen, aber für einen Händler mit Informationshunger wichtig sein konnten. Morgens sah das Lokal, in dem er erst einmal den Abend verbracht hatte, völlig anders aus, als hätte es eine wilde Schlacht gegeben, von der es sich erst wieder erholen musste. Das Tageslicht, das durch die geöffneten Läden fiel, warf schraffierte Muster quer über die Tische und gab den Blick frei auf den Verschleiß, den unzählige Zechereien verursacht hatten. Schwärzliche Flecke, Kritzeleien und Einkerbungen diverser Bestecke bedeckten wie Narben das Mobiliar und die Bodendielen. Von den Wänden blätterte der Putz ab. Es roch säuerlich und stickig.

Als Marcus seine Beobachtung mit vollem Mund mitteilen wollte, schnippte Titus einen Denar auf den Tisch.

»Ist das nicht viel zu viel für das bisschen Essen und Trinken?«, fragte Marcus stattdessen laut schmatzend.

»Das Frühstück habe ich schon am Tresen beglichen. Ich zahle dir hiermit deinen ersten Lohn aus«, entgegnete sein Onkel mit verschränkten Armen und sah ihn gespannt an.

Marcus nahm stirnrunzelnd den Denar zwischen Daumen und Zeigefinger und sah sich die Vorderseite an. Es war eine Silbermünze des regierenden Kaisers Marcus Aurelius Severus Alexander. Während er die daumennagelgroße Münze langsam drehte, las er laut vor: »IMP C M AUR SEV ALEXAND AUG.« Es befand sich eine Büste des Kaisers mit Lorbeerkranz und Paludamentum darauf. Auf der Rückseite machte er Salus aus, die Personifikation des Wohlergehens. Sie hielt in der rechten Hand eine Schale, aus der sie eine um den Altar gewundene Schlange fütterte. Die weibliche Gottheit wurde fast immer thronend mit Zepter, Schale, Schlange oder mit Getreideähren dargestellt.

»Ich wusste gar nicht, dass ich einen Lohn erhalte«, sagte er etwas verlegen und hielt den Denar offen in der Handfläche.

»Doch – natürlich erhältst du von mir eine Bezahlung während deiner Ausbildung. Ich werde jedoch im Auge behalten, was du damit anstellst. Ein Händler muss unbedingt mit Geld umgehen können. Das wird eine weitere wichtige Aufgabe für dich sein, die du meistern musst.« Titus schnalzte mit dem Finger nach der Kellnerin. »Was hast du mit deinem ersten Lohn vor?«

Als die Kellnerin direkt vor ihnen stand, bekam Marcus nicht mehr als fünf Worte heraus, die er hervorstotterte.

»Ich ... w-weiß ... es ... n-noch ... nicht.«

Er starrte das Mädchen an. Als würde sich die Zeit dehnen, hielt er jeden einzelnen Augenblick dieser ersten Begegnung in seinem Gedächtnis fest. Die Kellnerin bewegte sich lächelnd um den Tisch herum. Für eine Sklavin, die sie als Kellnerin ohne Zweifel war, sah sie fein gekleidet aus. Ihre schmale Palla, eine Art Überwurf, den sie über der Tunika trug, war blütenweiß. Die neuerliche Bestellung von Titus hörte sich wie ein fernes Gemurmel in einer fremden Sprache an. Marcus sah ihr glattes, schulterlanges blondes Haar in Strähnen über die Stirn fallen, sah ihre blauen Augen strahlen; ihr schmaler Mund gab beim Lächeln ihre wohlgeformten Zähne preis, und eine pulsierende, positive Aura verwandelte den eben noch so schäbig empfundenen Raum in einen Palast. Marcus versuchte, sie zu erschnuppern, suchte nach etwas, das er als Pfand behalten konnte, während die Momente dahingaloppierten. Nirgendwo anders mochte er in diesem Augenblick sein, den er mit allen Einzelheiten in seiner Erinnerung festzuhalten versuchte. Er hatte noch nie ein so wundervolles Mädchen gesehen, und wenn er mit dem Wort Charisma bisher nicht viel anfangen konnte, so wusste er schlagartig, was damit in Vollendung gemeint war. Dieses zarte Wesen hatte sein Herz im Sturm erobert und leider keine Ahnung davon. Ob sie ihn schon wahrgenommen hatte? Ob sie ihn sympathisch fand? Er grinste versonnen vor sich hin und spürte plötzlich ein rüdes Rütteln an seiner Schulter, das ihn wieder fortzog aus dem Tunnel, in dem er sich befand.

»Marcus, Marcus! Was ist los? Nimmst du nun noch eine Portion oder nicht?«

Titus sah ihn ungeduldig an. Das Mädchen schenkte seinen beiden Gästen ein weiteres Lächeln und dazu einen fragenden Gesichtsausdruck.

Nach einer fast schmerzvollen Pause nickte er mehrmals heftig mit dem Kopf und schob kühn hinterher: »Ja, gerne. Bist du neu hier? Wie heißt du? Ich bin Marcus.« Er bekam rote Ohren, als er sich seiner Initiative bewusst wurde. Die Kellnerin lachte ihn an und legte den Kopf schief.

»Ich werde von allen Gästen nur Lumina genannt.«

Marcus sah sie fragend an, denn diesen Namen hatte er noch nie gehört.

»Die Strahlende«, fügte sie lächelnd hinzu und beugte sich vor, um die leeren Teller mitzunehmen. Marcus' Blick fiel direkt auf ihre Brüste; sie erinnerten ihn an eine Statue aus weißem Marmor, die sich in Titus' Garten befand. Das Blut schoss ihm in seine Mitte; rasch schlug er die Knie übereinander, um sich nicht zu verraten. Er merkte, wie sein Onkel ihn verschmitzt anstarrte.

»Bist du nun endlich bei den Sehnsüchten eines erwachsenen Mannes angekommen?«, stellte dieser mehr fest, als dass er ihn fragte.

»Was meinst du?«, antwortete Marcus so ahnungslos, wie er nur konnte.

Titus packte ihn mit seiner ganzen Hand am Kopf und wuschelte ihm durch die Haare, während er verzweifelt versuchte, die Pranke seines Onkels so schnell wie möglich wieder loszuwerden.

»Tu nicht so scheinheilig. Jeder hier im Raum, der kein Blinder ist, hat gesehen, wie du die Kleine mit Haut und Haaren verschlungen hast.«

Marcus schwieg und spürte, wie seine Ohren gar nicht mehr aufhören wollten zu glühen.

Zwei Männer betraten den Gastraum. Titus winkte ihnen zu.

»Gaius, Dalmatius! Schön, euch zu sehen. Marcus, bei der Gelegenheit kann ich dir zwei Schiffskapitäne vorstellen, die Waren über die Flüsse transportieren und mit denen ich seit Jahren eng zusammenarbeite.«

Er packte seinen Neffen am Arm und zog ihn so kräftig mit sich, dass Marcus viel zu früh seine Tarnung aufgeben musste. Protest war zwecklos und überflüssig. Lumina kam im gleichen Moment mit der zweiten Portion aus der Küche. Eine riesige Beule wölbte sich aus seiner Tunika. Er machte einen Satz zurück, drehte ihr den Rücken zu und stand vor den beiden Kapitänen, die die Situation schneller erfassten, als ihm lieb war. Als er seine Hand schützend vor den Unterleib hielt, brachen sie in hämisches Gelächter aus.

Da sich trotz eines Stoßgebets zu den Göttern kein Loch auftat, in das er vor Scham hätte versinken können, sprang er mit riesigen Schritten zum Ausgang der Taverne. Titus entschuldigte sich achselzuckend und lief seinem Neffen hinterher.

Marcus war außer sich, als ihn Titus hinter einem Schuppen an der Wand kauernd vorfand.

»Ich habe mich noch nie so elend gefühlt wie gerade eben. Blamiert bis auf die Knochen. Ich kann mich nie mehr hier blicken lassen.«

Titus setzte sich neben ihn.

»Sie hat nichts mitbekommen und sich höchstens gewundert, dass du dich ohne die zweite Portion davongemacht hast. Was die Kapitäne betrifft: Es sind Männer, die man nur alle paar Monate zu Gesicht bekommt. Zeit heilt alle Wunden. Auch peinliche Geschichten verblassen schnell.«

Marcus hoffte, dass sein Onkel wie meistens recht behielt.

»Kennst du sie denn? Arbeitet sie schon lange hier?«

Titus wurde auf einmal ernst.

»Wer, die Kellnerin? Die ist nichts für dich. Wenn die Manneskraft bei dir eingesetzt hat, dann finden wir in der Forumsherberge bestimmt das Passende.«

Er spielte vielsagend mit den Augenbrauen. Marcus war genervt.

»Onkel Titus, bitte lass das. Warum sollte sie nichts für mich sein? Weil sie eine Sklavin ist? In der Herberge sind nur Sklavinnen, und die finde ich widerlich.«

»Lass die Finger von ihr!« Er dämpfte umgehend seine Stimme und redete leiser: »Sie gehört nicht dem Wirt, steht aber unter seiner Aufsicht. Der Wirt ist ein alter Veteran und hat noch Kontakt zur Armee. Da ist was faul! Höre auf meinen Rat.«

Augusta Vindelicum, September 231 n. Chr.

»Habt Ihr es fertig?«

Marcus stand im Geschäft des Goldschmieds und blickte diesen erwartungsvoll an.

»Jaja. Hab ich gestern noch erledigt. Habt Ihr die versprochene Tauschware?«

Marcus fischte aus den Tiefen seiner Tunika einen Schlauch heraus, den er sich mit einem Lederband um den Körper gebunden hatte. Im Keller seines Onkels hatte er sich heimlich bedient, und nun überreichte er mit einem leicht unwohlen Gefühl das Objekt der Begierde. Der Goldschmied, der sich Festus nannte, hatte eine rot und violett geäderte Nase, was seine Vorliebe für Wein auf den ersten Blick verriet. Niemals hätte Marcus eine kunstvolle Arbeit bei diesem Säufer in Auftrag gegeben, aber ein sauberes Loch in seinen ersten selbst verdienten Denar zu bohren, das traute er ihm doch zu. Und es würde ihn nichts kosten. Er hatte vorher ausgelotet, was für Bezahlungsmöglichkeiten dafür infrage kämen, und einen Preis ausgehandelt, den er sich leisten konnte. Es hatte sich herumgesprochen, dass Marcus der Neffe des größten Weinkenners in ganz Augusta Vindelicum war. Sein Onkel würde einen Schlauch mit Wein hoffentlich nicht vermissen.

Festus entfernte mit dem Geschick jahrelanger Erfahrung den festsitzenden Korken und roch an dem Tropfen.

»Hmmm, ahhh! Ihr habt nicht zu viel versprochen. Ein Falerner, etwas Besseres kann man nicht kaufen. Schon gar nicht in diesen Zeiten!«

Ein breites Lachen erhellte das zerfurchte Gesicht und gab den Blick frei auf ein paar bräunliche Zahnstümpfe. Der Goldschmied genehmigte sich einen großen Strahl dunkelroten Weines direkt aus dem Lederschlauch und spülte damit jeden Winkel seiner Backen geräuschvoll aus. Mit mehreren kleinen Schlürfern, die von einem lauten Glucksen begleitet wurden, stellte er seinen genussvollen Verzehr zur Schau.

»Köstlich! Einfach köstlich! Ich hoffe, Ihr habt bald noch weitere Wünsche, junger Mann.«

Begeistert füllte er sich einen bereitstehenden Becher und mischte präzise eine halbe Kelle Wasser hinzu. Diesmal nahm er gleich mehrere Schlucke und leckte sich danach grinsend die Lippen. Marcus lächelte zufrieden zurück und setzte einen erwartungsvollen Blick auf. Festus nickte und eilte mit dem Schlauch im Arm zu einem kleinen Tisch. Auf dem Arbeitsbrett befand sich außer seiner Silbermünze nur eine einzelne größere Fibel, die, nach der Machart zu urteilen, einem Offizier gehören musste. Sehr gefragt waren die Dienste des alten Goldschmieds allem Anschein nach nicht mehr, und Marcus konnte sich denken, warum.

»Hier, was sagt Ihr?«

Er überreichte Marcus den Denar. Ein kreisrundes kleines Loch befand sich direkt links hinter dem Kopf des Kaisers, der nach rechts blickte.

»Genau wie verabredet. Perfekt!«

Ein dünnes ledernes Band war eingefädelt, und Marcus zog sich die Kette direkt über den Kopf.

»Habt vielen Dank. Und das mit dem Wein bleibt unter uns.«

Er zwinkerte dem Mann zu, der stumm zurücknickte. Als er sich zur Tür wandte, sah er aus dem Augenwinkel, dass der Inhalt des Schlauchs den Abend nicht erleben würde.

Marcus war zufrieden. Er hatte beschlossen, den Denar nicht auszugeben, sondern ihn zu seinem Geburtstag als Talisman zu tragen, der ihn von nun an begleiten sollte. Severus Alexander stand in der Folge von Marc Aurel, und das wertete er als gutes Zeichen.

Auf den Wettergott hatte der Talisman keinen Einfluss. Es war später Nachmittag, und ein Herbstgewitter braute sich zusammen. Die Luft roch nach Regen. Auf dem Weg zu seinem Onkel kam er an dessen Stammtaverne vorbei und überlegte, ob er Lumina einen Besuch abstatten sollte. Er hatte es seit seinem blamablen Auftritt nicht gewagt, sie aufzusuchen oder gar alleine zu treffen. Es kam hinzu, dass ihn sein Onkel absichtlich nicht mehr mitnahm, weil er ihn von Lumina fernhalten wollte. Das hatte er zwar nicht wiederholt geäußert, doch Marcus spürte es. Somit blieb nur Demicius als mögliche Begleitung, der ebenfalls Stammgast war, doch zechte der mit Typen, auf deren Gesellschaft Marcus keinerlei Wert legte.

Die ersten schweren Regentropfen erleichterten ihm seine Entscheidung. Binnen weniger Momente goss es in Strömen. Auf der kurzen Strecke zum Gastraum der Taverne wurde er schneller nass, als er es erwartet hatte. In vollem Lauf hastete er an vier gebückten Gestalten vorbei, die sich lauthals beschwerten, als er sich durch die Tür drängelte und einen von ihnen versehentlich anrempelte.

»He, was soll das?«, brüllte einer.

Marcus rannte weiter und hörte ihn gar nicht. Drinnen angekommen, schüttelte er sich wie ein Hund.

Als er vor Nässe triefend seinen Blick durch den schon gut gefüllten Gastraum schweifen ließ, rief plötzlich der alte Gladiator nach ihm: »Marcus, was treibst du denn hier? Los, komm, leiste mir Gesellschaft.«

Demicius saß ausnahmsweise allein am Tisch und hatte einen halb leeren Krug Wein vor sich stehen. Dankbar für die Gelegenheit, Zeit bei Lumina zu verbringen, nahm Marcus das Angebot gerne an. In dem Augenblick, als er sich setzte, bereute er bereits seine Entscheidung. Demicius roch schon bedenklich nach Wein, und der Krug, der vor ihm stand, war nicht sein erster. Sein Ausbilder fing an, ihn zu sticheln.

»Was trägst du da um den Hals? Soll das deine Geldbörse sein?«

Er lachte über den eigenen Witz, und Marcus schickte sich an, wieder aufzustehen. Doch Demicius legte die Pranke auf seine Schulter und wurde laut.

»Halt, junger Mann, hiergeblieben! Wir trinken jetzt zusammen wie richtige Männer! Bedienung! Einen Krug für meinen Freund.«

Marcus' Blicke jagten durch den Raum. Wenn Lumina ihn jetzt mit dem pöbelnden Demicius sah, könnte das ungünstig auf ihn zurückfallen. Er versuchte, das Thema zu wechseln.

»Wo sind denn deine Freunde? Bist du heute alleine hier?«

Demicius hielt inne, lachte in sich hinein und tätschelte Marcus kameradschaftlich die Schulter. »Meine Freunde? Ich habe hier keine Freunde. Das sind alles geschäftliche Kontakte. Mit einem Krüppel ist keiner befreundet. Du bist heute mein Freund.«

Ein Krug wurde auf den Tisch gestellt. Beim Blick nach oben erschien Marcus ein vertrautes, lachendes Gesicht.

»Hallo, Marcus, schön dich zu sehen. Der Krug ist wohl für dich?«

Er brachte vor Überraschung kein Wort heraus, obwohl er nur aus diesem einen Grund hier war – Lumina zu sehen. Demicius' Lachen dröhnte durch den Raum.

»Marcus, mein Freund, ich habe dich unterschätzt. Ich bin fast jeden Tag hier, aber meinen Namen kennt die Bedienung nicht.«

Am Nebentisch starrten vier Augenpaare neu angekommener Gäste auf Lumina und seinen Tisch, was Marcus aus den Augenwinkeln heraus wahrnahm. Ein mulmiges Gefühl beschlich ihn. Demicius goss derweil einen Becher randvoll und schob ihn herüber.

»Los, trinken wir auf den Kaiser, der auf deinem Denar prangt. Ave Severus Alexander. Danke für die Blumen.«

Die Becher krachten aufeinander. Demicius leerte seinen in einem Zug. Marcus hatte keine Wahl; ein Blick in den Becher bestätigte seine schlimmsten Befürchtungen. Der Wein hatte eine fast pechschwarze Farbe. Demicius bevorzugte die besonders säuerliche Mischung, bei der kaum Wasser zum Wein gemischt wurde. Marcus ergab sich in sein Schicksal und nahm mehrere große Schlucke. Der saure Essiggeschmack ließ ihn schaudern. Wie konnte Demicius nur ganze Krüge davon leeren?! Seine Zunge wurde pelzig und fühlte sich stumpf an. Binnen weniger Augenblicke hatte er das Gefühl, der Alkohol würde sich in jede Zelle seines Körpers ausbreiten. Demicius rülpste laut auf.

»Jetzt lassen sie hier schon Kinder und Krüppel rein!«

Die vier Neuankömmlinge unterhielten sich auffallend laut untereinander und warteten auf eine Reaktion. Doch nichts geschah. Marcus blickte aufgekratzt zu Demicius, doch der griff erneut zum Weinkrug und ließ sich nichts anmerken.

»Schaut euch nur dieses hässliche Paar an! Eine männliche Hure und sein verkrüppelter Zuhälter. Diesen Abschaum muss man sich schöntrinken. Bedienung! Kriegt man in diesem verfluchten Laden auch was zum Trinken? Bedienung, verdammt noch mal! Bist du taub? Wein!«

Marcus rutschte wütend auf seinem Platz hin und her. Er wollte etwas Beleidigendes zurückschreien, aber ihm fiel nichts ein. Stattdessen verspürte er Angst bei dem Gedanken, sich zu wehren. Er starrte seinen Ausbilder verächtlich an, doch der schürzte nur die Lippen, musterte den Becher und nahm keinerlei Notiz von den Beleidigungen. War er ein Feigling? Er war doch eben so aggressiv gewesen. Und jetzt ließ er sich das gefallen? Marcus trank seinen Becher leer, und es schien ihm, als schluckte er dabei auch die Angst herunter.

Was Marcus nicht wissen konnte, war, dass Demicius sehr genau spürte, was als Nächstes passieren würde. Er bekam nicht mit, dass Demicius den hitzigen Schweiß riechen konnte, den er plötzlich verströmte. Er ahnte nicht einmal im Entferntesten, dass der alte Gladiator die Reaktion der überschäumenden Jugend schon Aberhunderte Male erlebt hatte. Demicius gaukelte vor, in seinen Becher zu blicken, aber das täuschte. Er fixierte Marcus neben sich und die vier Kerle am Tisch rechts von ihm sehr genau. Er sah es: Es war wie in der Arena. »Ave Caesar. Die Todgeweihten grüßen dich!« Der erste Kampf eines Frischlings. Es gab welche, die sich bei ihrer Premiere vor Angst vollpissten. Es gab andere, die sich übergaben. Es gab viele, die sich überschätzten, und es gab manche, die über sich hinauswuchsen. Aber es gab fast keinen, der erst überlegte und dann handelte. Aktion und Reaktion. Das war die Regel der jungen Wilden. Sie ließen sich vom Impuls, von der Provokation leiten. Und er wusste, was Marcus dachte. Er spürte, was passieren würde. Demicius nickte wissend seinen Becher an. Wäre er jetzt in der Arena und hätte noch alle Gliedmaßen, er würde alle Gegner analysieren und sich einen nach dem anderen zurechtlegen. Einen Schlachtplan entwerfen. Ganz kühl. Und dann würde er kurzen Prozess machen und auf die Toten spucken, die ihn verhöhnt hatten. Aber das war nicht seine Arena. Er trank einen weiteren Schluck.

Als einer der vier Männer vom Nebentisch plötzlich Lumina am Handgelenk packte, sein Nebenmann ihr an den Hintern fasste und sie zudem brutal daran hinderte, sich loszureißen, fuhr Marcus hoch und hörte sich brüllen: »Lass sie sofort los, verdammt!«

Das Lokal verstummte kurz, und wer wollte, sah Marcus allein vor seinem umgefallenen Schemel stehen. Demicius guckte ihn ernst an. Die vier Männer am Tisch nebenan hatten begierig auf eine Gelegenheit zum Streit gewartet. Nun war sie da. Wie auf Kommando fuhren sie von ihren Schemeln hoch und bauten sich auf. Lumina im Schlepptau, kamen sie einige Schritte näher.

»Wie war das? Suchst du Streit, du halbe Portion?«

Marcus wusste nicht, ob der Wein der Grund für seinen Übermut gewesen war oder ob er aus purer Verliebtheit in die Rolle des Beschützers geschlüpft war. Doch ein Zurück gab es jetzt nicht mehr. Also wählte er die Flucht nach vorne und blieb standhaft.

Die vier Männer sahen ungepflegt aus, aber für Sklaven oder Rechtlose hielt er sie nicht. Tagelöhner vielleicht, die zum Bau von Straßen herangezogen wurden. Oder Benefiziarier in Zivil. Das würde passen. Das gröbste Gesindel wurde als Handlanger für die Benefiziarier genannten Unteroffiziere zur Bewachung von Straßenstationen herangezogen. Wer es nicht in die Armee schaffte, verrichtete gerne als Hilfsposten einen korrupten Dienst an einer der vielen Zollstationen, wo man Reisende schikanieren konnte. Auf dem Weg nach Augusta Vindelicum waren sie einmal an so einer Station vorbeigekommen, und Onkel Titus hatte ihn darauf aufmerksam gemacht. Die vier schienen zusammenzugehören, und das festigte in ihm das Bild von den streitlustigen, bestechlichen Idioten einer Zollstation.

Der Mann links war untersetzt, trug einen Schnauzbart, hatte auseinanderstehende Zähne und verfilzte Haare. Die Zunge wölbte sich leicht in seine Unterlippe und ließ ihn auffallend lispeln. Er wiederholte dümmlich und mit penetrant quäkender Stimme die Provokation.

»Du halbe Portion suchst wohl Streit, hä?« Ein lang gezogenes hämisches Lachen begleitete die rhetorische Frage.

Marcus hielt ihn für einen Mitläufer, der sich auf den starken Mann in seiner Truppe verließ. Der Typ daneben war dieser starke Mann. Er konnte ein echter Benefiziarier sein. Ein Unteroffizier, dessen Laufbahn mit dem Erreichen dieser Position beendet war. Vielleicht war er für die typische Dienstzeit von einem halben Jahr in die Gegend versetzt worden und ließ den Frust darüber nun die Welt um ihn herum spüren. Er hielt Lumina fest, hatte einen durchtrainierten muskulösen Körper und war der Wortführer, der ihn eben angepöbelt hatte. Er war gefährlich, aber mit dem Mädchen an der Hand im Augenblick gebunden. Rechts stand ein stiernackiger, feister Mann, dem die Brutalität in den Augen funkelte. Ein Befehlsempfänger der übelsten Sorte. Er schaute immer wieder den Wortführer an und erwartete ein Zeichen. Der Vierte im Bunde war schon angetrunken, denn er schwankte von einem Fuß auf den anderen und war ein hagerer Zeitgenosse, der seiner Meinung nach eher hinterrücks mit einem Messer arbeitete, als Mann gegen Mann zu kämpfen.

Umso mehr erstaunte es Marcus, als ausgerechnet dieser schmächtigste von den vieren vortrat und ihn schief angrinste.

»Für die Beleidigung wirst du bezahlen. Das kostet dich ... sagen wir ... einen Denar.« Er glotzte auf den Anhänger.

Marcus war einen kurzen Augenblick unaufmerksam, überlegte nach einer passenden Antwort und bemühte sich, seinen Talisman in der Tunika zu verbergen, als er aus dem Augenwinkel etwas anfliegen sah. Die Faust des schmächtigen Mannes traf ihn unvermittelt zwischen Wange und Nase. Marcus taumelte rückwärts und bemerkte trotz der Taubheit, die sich unmittelbar einstellte, einen warmen Schauer auf seinen Lippen. Seine Nase hatte sofort zu bluten begonnen. Die Welt fühlte sich dumpf an. Der Angreifer packte ihn am Kragen und riss an seiner Lederkette. Ein fester Ruck schnürte ihm den Nacken zu, dann knallte das Lederbändchen beim Reißen, und der Denar wurde von dem Schläger wie eine Trophäe am verbliebenen Bändel nach oben gehalten. Triumphierend drehte er sich zu seiner Truppe um und gab damit Marcus die Zeit, die er brauchte, um sich wieder zu sammeln. In ihm brodelte es. Dass der Angreifer zum Dieb seines wertvollsten Besitzes wurde, ihn johlend verhöhnte und er vor Lumina wie ein Verlierer dastand, brachte ihn vollends in Rage. Demicius saß währenddessen immer noch tatenlos herum.

Marcus pumpte das notwendige Adrenalin, das alle bestehenden Hemmungen ausschaltete, in seinen Kreislauf. *Tod oder Gladiolen.* Das Motto der Gladiatoren kam ihm in den Sinn. Als der Mann sich wieder umdrehte, um Marcus den Rest zu geben, war das Letzte, das er an diesem Nachmittag sah, der blonde, wuschelige Kopf seines Gegenübers. Voller Wut und mit unbändiger Wucht gab Marcus dem Kerl einen Kopfstoß zwischen Kinn und Zähne. Er bemerkte nicht, dass zwei Schneidezähne in seiner Kopfhaut stecken blieben, die eine zusätzliche Platzwunde verursachten. Dem Urschrei, den er dabei ausstieß, folgten drei zornerfüllte Schläge mit der Faust auf die Nase des Unglücklichen, der bereits zu Boden sackte. Marcus fletschte die Zähne. Der fette Stiernackenmann stürzte auf ihn zu, aber diesmal war er achtsam und wich mit einem Sprung zur Seite aus. Mit Anlauf hechtete er stattdessen auf den Wortführer zu, der immer noch Lumina gepackt hielt. Er rammte ihm seinen Ellenbogen in den Hals mit dem Ergebnis, dass der andere das Mädchen losließ.

Doch schlagartig wurde ihm bewusst, dass dieser Erfolg ein sinnloser Sieg war. Der Mann war damit keinesfalls außer Gefecht gesetzt. Die anderen hatten zudem begriffen, dass ihr Gegner wie ein tollwütiger Hund in Rage geraten und trotz seiner Jugend ein gefährlicher Widersacher war. Aber das war kein Vorteil für Marcus, denn sie nahmen ihn nun ernst. Der Anführer schüttelte sich kurz, schritt dann auf ihn zu und holte weit aus; Marcus duckte sich schnell und machte einen Ausfallschritt nach rechts. Der Schlag verfehlte ihn. Er tänzelte atemlos weiter und wandte das einst so missmutig erworbene Wissen über Faustkampf und Ringkampf voller Zuversicht an. Auch der zweite Schlag verfehlte Marcus, der mit Beinarbeit versuchte, dem Stiernacken keinen Raum zu geben und nur den Anführer vor sich zu haben. Den Schnauzbart hatte er nicht mehr im Sinn. Das war ein Fehler. Wie ein Schraubstock fühlte sich der Zangengriff des Lispelnden an, der sich von hinten angeschlichen hatte.

»Verdammter Mistkerl«, fluchte Marcus und wehrte sich mit aller Kraft.

Vergeblich. Mit triumphierender Geste baute sich der Stiernackenmann langsam vor ihm auf. Hinter ihm grinste der Wortführer.

»Du dreckiger Bastard wirst jetzt dein Höllenfeuer erleben.«

Der Faustschlag, der ihn auf die Schläfe traf, ließ seinen Kopf gefährlich zur Seite schnellen. Die Augenbraue platzte auf, aber vor Benommenheit spürte er den Schmerz nicht. Er stellte sich auf einen weiteren Schlag ein und versuchte, jeden Muskel anzuspannen. Blut rann ihm über das Gesicht. Der Stiernacken holte weit aus, Marcus presste seine Augen und den Mund fest zusammen und erwartete den finalen Schlag, der ihn aus dem Leben, das er kannte, befördern konnte. Doch es geschah nichts dergleichen.

Demicius hatte das Handgelenk des überraschten Hünen gepackt und trat ihm mit dem Knie in die Hüfte. Als sich der Körper des Mannes krümmte, rammte er ihm das Standbein weg und knallte den Kopf des Stiernackens scheinbar ohne Mühe in einer einzigen fließenden Bewegung mit voller Wucht auf eine Tischkante. Der Mann, der wie ein Goliath aussah, stand nicht mehr auf. Der Wortführer stürmte auf Demicius zu und versetzte ihm einen Schlag auf die Nase, die heftig knirschte und nicht zum ersten Mal brach. Mit dem Rücken stieß Demicius gegen einen Tisch, von dem die Krüge herabfielen und unter lautem Krachen auf dem Boden zerbarsten. Aber der alte Gladiator ging sofort zum Gegenangriff über und rammte den Angreifer voller Wucht mit der Schulter, sodass dieser rücklings gegen die Wand klatschte und kurz zu Boden ging. Marcus, der die Augen zusammengepresst hielt und kurz blinzelte, war nicht minder erstaunt als der Schnauzbart und nutzte die Gelegenheit. Er riss sich los, drehte sich um und trat dem Mann zwischen die Beine. Als der in die Knie ging, machte Marcus eine Drehbewegung und rammte dem lispelnden Kerl den Ellenbogen auf die Lippe.

Der Feigling taumelte einige Schritte, stürzte rücklings über einen Schemel und begann zu wimmern, ehe er blutend aus dem Schankraum türmte. Das Grinsen des Wortführers war verschwunden, sein Mund zu einer schmalen Sichel verzogen. Er starrte ungläubig auf den jungen Mann und den Krüppel, während er sich langsam wieder aufrappelte. Dann hechtete er überraschend an ihnen vorbei. Demicius stellte ihm ein Bein, und der Mann fiel polternd mitten in den Raum. Mit einem kräftigen Tritt setzte Demicius seinen Fuß auf den Rücken des Anführers, packte ihn fest am Haaransatz und zog seinen Kopf nahe an seinen. Im Gastraum war es totenstill geworden, sodass ihn jeder hören konnte, obwohl er nur leise zischte: »Lass dich und deine schäbige Brut hier nie mehr blicken. Hast du kapiert?«

Verzweifelt versuchte der Mann zu nicken, was ihm offenbar enorme Schmerzen bereitete. Ein Stöhnen entfuhr ihm. Demicius' Pranke ließ nicht locker.

»Hier sind einige Gläser zerbrochen und verschüttet worden. Du wirst für den Schaden doch aufkommen, oder?«

Wieder ein zuckendes Nicken.

»Ich deute das als ein Ja«, sagte Demicius laut. »Ist der Inhalt deiner Geldbörse angemessen?«

Der Griff des alten Gladiators wurde noch einmal fester, und der Mann fletschte vor Schmerz die Zähne.

»Ich kann dich nicht verstehen!«, ätzte Demicius.

Marcus wurde es beinahe zu viel. Aber sein Schädel pochte so heftig, er schmeckte nur Blut und war zu erschöpft, um zu widersprechen.

»Jaja, loslassen, bitte«, bettelte der Mann.

Er hatte die Höchststrafe erhalten. Besiegt von einem Hänfling und einem Krüppel und vor versammelter Menge um Gnade zu betteln, das kam der größtmöglichen Demütigung gleich. Demicius ließ von ihm ab, schnappte sich die lederne Geldbörse und warf sie dem Wirt zu. Im Laufschritt verließ der Mann die Taverne.

»Kennst du die? Wer war das?«, fragte Demicius den Wirt, der jedoch nur schweigend mit den Achseln zuckte und den Inhalt des Beutels mit einem Finger durchwühlte.

»Wir werden den ein oder anderen wohl an einer Zollstation wiedersehen«, murmelte Demicius stirnrunzelnd und prüfte den Sitz seiner Nase. Er kniff kurz die Augen zusammen, rückte sie knirschend gerade, gab dabei aber keinen Ton von sich.

Marcus sank mit schmerzverzerrtem Gesicht zu Boden und lehnte sich an ein Tischbein. Sein Ausbilder dachte also das Gleiche: ein Benefiziarier und seine Handlanger. Er atmete schwer. Stechende Schmerzen durchzuckten ihn, wohin er auch in sein Gesicht fasste. Seine Hände waren voller Blut, und er suchte nach einem Tuch, um sich zu säubern.

Plötzlich spürte er eine kühle Hand auf seinem Nacken. Hinter ihm kniete Lumina, die ihn voller Stolz und zugleich mitleidig anblickte. Ein Mitleid, das ihm nichts ausmachte. Im Gegenteil. Ein Mitleid, das er sich tapfer verdient hatte und das er in diesem Moment genoss. Sie hatte einen feuchten Lappen in der Hand, mit dem sie sanft über sein Gesicht glitt und die Spuren des Kampfes verwischte. Er vergaß seinen Schmerz. Sie sagte nichts. Sie pflegte ihn vor allen Gästen. Ihre Blicke trafen sich und hielten einander lange stand. Dann küsste sie ihn auf den Mund. Nur kurz, aber Marcus schien es, als hielte er die Ewigkeit für einen Moment fest. Zuletzt flüsterte sie ihm etwas ins Ohr, stand rasch auf, schenkte ihm noch ein Lächeln und ging wieder ihrem Dienst als Kellnerin nach. Marcus sah ihr versonnen nach, dann packte Demicius ihn am Kragen und zog ihn mit einem Ruck in den Stand.

»Los, Marcus, du Held. Komm, wir verschwinden von hier. Man weiß bei solchen Typen nie, ob sie nicht noch Verstärkung holen. Diesen Sieg nimmt uns keiner mehr. Lass uns zu deinem Onkel gehen.«

Der Schmerz kehrte pochend zurück. Marcus griff sich seinen Denar aus der Hand des bewusstlosen Schlägers und machte flink einen Knoten in das gerissene Lederband, bevor sie eilig das Lokal verließen. Die Sonne hatte die Wolken beiseitegeschoben, und ein satter Regenbogen schien ihren Triumph der Welt zu verkünden.

Titus staunte nicht schlecht, als der blutende Neffe und sein Ausbilder mit schiefer Nase auftauchten. Demicius bemerkte den prüfenden Blick seines Herrn.

»Du solltest mal die anderen sehen. Nur eine mutige Prügelei im Wirtshaus. Wir haben gewonnen, falls du dich fragst. Dein Neffe hat tapfer gekämpft. Und wer hat ihn so hervorragend ausgebildet?«

Demicius lachte dröhnend.

Titus ging nicht groß darauf ein, als hätte er irgendwann so eine Art von Feuertaufe erwartet. Stattdessen fiel sein Blick auf den Denar.

»Das ist doch dein erster Verdienst?«

Marcus nickte stumm.

»Du hast ihn nicht ausgegeben?«

Marcus schüttelte den Kopf.

»Eine weise Entscheidung. Wenn du möchtest, werde ich deinen Lohn für dich verwahren und gut anlegen.«

Marcus nickte erneut. Mit seinem geschwollenen Gesicht sah er bemitleidenswert aus.

»Brauchst du Geld für die Bezahlung des Goldschmieds?«

Marcus zögerte.

»Er meinte, ich könne bezahlen, sobald es mir möglich ist«, log er und wendete sein Gesicht zur Seite, da er spürte, dass er errötete. Aber sein verschrammtes Antlitz schützte ihn vor einer Entlarvung.

»Ich glaube, er trinkt gerne Wein«, sann Titus und rieb sich seinen Bart, während er das aufkommende Abendrot bewunderte.

»Gut zu wissen«, seufzte Marcus und tat es seinem Onkel gleich.

Augusta Vindelicum, Oktober 231 n. Chr.

Marcus, der Blaue. Marcus, der Grüne. Marcus, der Gelbe. So hatte Lumina ihn genannt, als sein abschwellendes Gesicht immer neue Farben angenommen hatte. Heimlich hatten sie sich getroffen, nachdem sie ihm in der Taverne einen Ort zugeflüstert hatte, wo sie ungestört waren. So geheim war der Ort zwar nicht: Es handelte sich um einen kleinen Platz am Flussufer, nicht einsehbar und hinter einem Gebäude gelegen, in dem der Besitzer der Taverne Gerät, Möbel und Gerümpel lagerte. Doch es war abgelegen und, weil niemand sonst diesen Ort teilte, für Marcus im Augenblick das größte Geheimnis in seinem Leben.

Der Hafen lag in Sichtweite. Da saß er nun im Gras, sonnte sich und wartete. Seine Gedanken waren in freudiger Erregung, denn seine Angebetete hatte ihm gleich bei ihrer ersten zweisamen Begegnung die Unschuld genommen. Während er schüchtern und umständlich Höflichkeiten hatte austauschen wollen, hatte sie ihm den Mund zugehalten, ihn auf den Rücken gestoßen und seine Tunika geöffnet. Für einen Moment hatte er nur gezittert und in tiefer Verunsicherung tatenlos verharrt. Doch endlich tat er es ihr gleich und schob ihr Kleid hoch, unter dem sie nichts trug, und ehe er sich's versah, ritt sie ihn, und die Welt um ihn herum verdichtete sich auf ihren betörenden Geruch, ihre Erregung, ihr leises Stöhnen. Er schloss die Augen, hörte den Fluss strömen wie eine pulsierende Lebensader und verließ sich nur auf seine anderen Sinne, mit denen er alles aufsog. Sie umklammerte ihn fest, als er explodierte, und ihr beider Atem hob und senkte sich im Rhythmus, als wären sie eins. Er hatte eine Frau geliebt und war endlich ein Mann! Er war verliebt. Und er wusste, dass sie die Liebe seines Lebens war. Drei Gewissheiten, die ihm klar wurden und ihn mächtig verwirrten.

Dreimal hatten sie sich getroffen. Jedes dieser Treffen hätte er sich am liebsten als Mal auf seine Stirn geritzt. Dieser begrenzte stille Hain war für ihn zu einem magischen Ort geworden.

Er schnippte kleine flache Kieselsteine ins Wasser, die er zu seiner Linken und Rechten aus der Erde pulte, und freute sich, wenn sie mehr als zweimal auf dem Wasser hüpften. Nach jedem zweiten Steinchen sah er sich freudig um, ob sie nicht schon hinter ihm stand. Seine Vorfreude wurde fast unmerklich getrübt, als er sein Umfeld nach passenden Steinen abgegrast hatte und immer noch alleine dasaß. Sein Instinkt meldete sich, plötzlich und schrill; irgendetwas stimmte nicht. Er runzelte die Stirn. Ein Schatten fiel über seinen Sonnenplatz, als sich eine große Wolke vor die Sonne schob.

Marcus stand nachdenklich auf und klopfte sich Grashalme vom Hintern. Er sah auf den jetzt träge dahinfließenden Fluss, auf die grauen, eintönigen Strudel, die sich wie seine Gedanken im Nirgendwo verloren. Hatte sie ihm etwas vorgegaukelt? Was wusste er schon über sie? Er kannte nicht einmal ihren richtigen Namen. Er hatte keine Ahnung, woher sie kam und wer sie war. Er hatte herausbekommen, dass sie wie er im September Geburtstag hatte und ein oder zwei Jahre älter war. Es war beschämend wenig dafür, dass er sie zur Frau seines Lebens erkoren hatte. Er schüttelte den Kopf und verscheuchte die Zweifel. Wenn sie sich trafen, erschien es ihm nicht wichtig, dass sie ein einziges Geheimnis war.

Sie hingegen hatte ihn ausgefragt, und bereitwillig sprudelte es nur so aus ihm heraus. Er erzählte ihr alles, was er wusste, was er lernte und was ihn bewegte. Sie war eine gute Zuhörerin, wollte über die Philosophen, über die Stadt, über Kriege und sogar über kaufmännische Regeln Bescheid wissen. In diesen letzten drei Wochen hatte er die Schule seines Onkels aufmerksamer als jemals sonst besucht. Tratsch aus Augusta Vindelicum interessierte sie ebenfalls, und seine Quelle Demicius hatte er derart gelöchert, dass dieser bereits anfing, Fragen zu stellen.

Andererseits stieß er auf eine Mauer des Schweigens, wenn er ihr Fragen stellte, zum Beispiel, wem sie gehörte. Wütend reagierte sie, als er es wagte, Zukunftspläne zu schmieden.

»Marcus, was soll das? Es ist schön so, wie es ist. Ich treffe dich gern. Aber wir haben keine Zukunft!«, hatte sie ihm vor einer Woche klargemacht, nur kurz nachdem sie sich geliebt hatten. Das erschütterte ihn bis ins Mark. Es fühlte sich an wie eine peitschende Ohrfeige.

Er würde ihr beweisen, dass sie doch eine Zukunft hatten! Er wollte für sie sorgen und sie freikaufen. Er hatte in Erwägung gezogen, sich um eine Stelle zu bewerben. Als Bote und Schreiber konnte man genug verdienen, um eine Familie zu ernähren. Vielleicht könnte sein Onkel ihm Geld leihen.

Er musste ihr von seinem Plan erzählen. Er konnte es kaum mehr erwarten, sie wieder zu spüren und in den Armen zu halten.

Doch sie kam nicht.

Marcus haderte mit der Situation. Vielleicht wurde sie nur aufgehalten, versuchte er sich zu trösten. Sie hatte bestimmt einen triftigen Grund, der sie abhielt zu kommen. Doch nichts, was er sich zum Trost einredete, klang überzeugend.

Schließlich formte er mit Kieselsteinen ein grinsendes Gesicht und machte sich auf den Weg. Vielleicht musste sie ja arbeiten und war noch im Gasthof.

Auf dem Weg zur Taverne fing er an zu rennen, denn ihn überkam eine düstere Vorahnung. Tränen bahnten sich ihren Weg, obwohl er keine Ahnung hatte, warum er recht behalten würde.

Atemlos stoppte er erst vor der Theke und fragte den Wirt direkt, ohne sich umzusehen: »Wo ist sie hin?«

»Wo ist wer hin?«, blaffte dieser zurück, ohne aufzusehen, während er weiter seine Krüge spülte.

»Na, Lumina natürlich. Deine beste Kellnerin.«

Marcus erhielt keine Antwort. Das Blubbern und Gurgeln des Waschzubers war kaum zu ertragen.

»Bitte, ich muss es wissen. Ich schulde ihr etwas«, log er und provozierte damit wenigstens eine Reaktion.

Der Wirt musterte ihn zweifelnd. Er zögerte, als überlegte er, was er preisgeben dürfe, aber schließlich ließ er sich hinreißen.

»Na, da hast du ja Glück. Deine Schulden sind erlassen. Sie ist weg. Für immer.«

Marcus war wie vom Donner gerührt. Er starrte ausdruckslos durch den Inhaber der Taverne hindurch und wusste nicht, was er sagen sollte. Fast tonlos stammelte er in Richtung Boden: »Warum? Wohin?«

Nachdem Marcus keine Anstalten machte zu gehen, stellte ihm der alte Veteran einen Becher Wein hin, als hätte er Mitleid oder wollte ihn loswerden.

»Hier, trink. Die Armee fragt nicht. Sie nimmt und zieht weiter. Spül es hinunter.«

Marcus ließ den Becher stehen und rannte auf der Stelle wieder los. Armee. Offizier. Onkel Titus hatte es erwähnt. Er würde etwas wissen.

Marcus hastete an den von prächtigen Säulen gesäumten Markthallen vorbei, ließ die verwinkelten Fachwerkhäuser hinter sich, die sich schnurgerade an einer der ältesten Gassen Augusta Vindelicums aneinanderreihten, und bog bei den alten, kleineren Thermen links ab, um zum südwestlichen Stadttor zu gelangen. Als er auf dem Weg dorthin die kürzlich fertiggestellten zweistöckigen Wohnhäuser aus Stein passierte, setzte ein heftiges Seitenstechen ein, das er stoisch ertrug. Er hielt sich scharf rechts, lief durch die alte Händlerstraße und eilte unter dem Stadttor hindurch, das von zwei Rundbögen getragen wurde. Weder der Schönheit der Stadt noch den beiden Stadtwachen schenkte er die geringste Beachtung, obwohl ihn diese das erste Mal aufmerksam musterten. Schweiß stand ihm auf der Stirn, sein Schädel pochte, und er keuchte schwer, aber sein Tempo hielt er tapfer aufrecht. Er setzte sich Wegmarken als kleine Zielpunkte, um bis zur Villa seines Onkels durchzuhalten: der Mansio vor den Toren der Stadt, dem ersten Meilenstein vor Augusta Vindelicum. Er dachte an seine Lehrer, an die griechischen Philosophen, an Marathon und den Preis für dessen Einsatz. Dann war er endlich angekommen. Seine Beine fühlten sich schwer wie Blei an. Er erblickte Onkel Titus im Atrium und musste mehrmals ansetzen, um etwas zu sagen. Vor lauter Anstrengung und völlig außer Atem konnte er sich weder konzentrieren noch eine vernünftige Frage stellen.

»Sie ... weg. Ich muss ... nach. Sag mir ...« So klang das

für seinen Onkel, und er konnte sich keinen Reim darauf machen. Während Marcus sich mit beiden Armen auf den Knien abstützte und dickflüssiger Speichel all seinen Fragen enge Grenzen setzte, kamen ihm plötzlich die Tränen. Er fing hemmungslos zu schluchzen an und sank wimmernd zu Boden.

Titus beugte sich väterlich zu ihm, zog ihn wieder auf die Beine und nahm ihn fest in seine Arme. Erst als Marcus sich den Rotz mit einem Ärmel abgeputzt hatte und wieder zu Atem gekommen war, ließ er ihn los und rief einem seiner Sklaven zu: »Wir möchten baden. Leg Holz nach, fang an, ordentlich zu heizen, und bereite alle Räume vor!«

Er nahm Marcus' Kopf in beide Hände und sah ihm fest in die Augen.

»Lass uns in Ruhe reden. Ich kenne keinen besseren Ort dazu als die Thermen.«

Er räusperte sich.

»Nun ja, Thermen ist vielleicht nicht ganz die richtige Bezeichnung, aber mein Badegebäude kann es mit den Thermen in manch großer Stadt aufnehmen, mein Junge.«

Er grinste Marcus an und konnte ihm ein Lächeln entlocken, was ihm ein gutes Zeichen schien.

Marcus war völlig erschöpft und dankbar für die Gelegenheit, sich ein wenig zu erholen. Bisher kannte er nur das kleine Badegebäude seines Vaters, zweckmäßig und beengt gebaut, aber durchaus tauglich zur Entspannung. Er war Titus dankbar für dessen Verständnis und schämte sich entsetzlich für sein unmännliches Verhalten. Er nahm sich vor, künftig mit seinen Tränen sparsamer umzugehen, dabei hätte er bei einem flüchtigen Gedanken an Lumina fast erneut geflennt.

Kurz darauf betrat er zum ersten Mal das großzügige Badegebäude des Anwesens. Schon am Tag seiner Ankunft waren ihm die großen Glasfenster aufgefallen, die einen erstklassigen Ausblick auf die Umgebung boten. Marcus sah sich um, während sein Onkel sich bereits entkleidete. Er hatte das Gefühl, das schon das Apodyterium, der Umkleideraum, größer ausfiel als das komplette Badehaus zu Hause. Ein Sklave wartete darauf, die Kleidung entgegenzunehmen. Die Wände des Gewölbes bestanden aus rotem Backstein und sahen recht schlicht aus. Titus schlüpfte in bereitstehende Holzschuhe, die er in den warmen und heißen Räumen benötigen würde.

»Wollen wir uns nicht erst im Frigidarium abkühlen?«, fragte Marcus.

Titus sah ihn überrascht an. »Sei nicht töricht. Deine Stimmung ist frostig genug. Ich kühle mich ab Herbst immer erst am Ende ab und schwimme noch eine Runde. Wir werden uns erst einmal gemütlich aufwärmen.«

Als Marcus seinem Onkel ins Caldarium folgte, konnte er erahnen, wie dieser den Thermenvergleich gemeint hatte. Er sah sich offenen Mundes um, und Titus entging sein Staunen nicht.

»Herrlich, was? Ich habe die besten Mosaiksetzer beauftragt und bin selbst immer noch angetan. Es versteht sich wohl von selbst, dass die Motive hier alle Variationen von Bacchus und natürlich jede Menge Weinreben zeigen.«

Er lachte und setzte sich langsam in eine von vier Apsiden, in denen Wannen eingemauert waren. Marcus nahm in einem Wannenbad gegenüber Platz und atmete in dem vierzig Grad warmen Wasser tief durch, bis sich sein Körper an die angenehme Temperatur gewöhnt hatte. Sofort durchflutete ihn ein Gefühl der Erleichterung. Er blies langsam Luft durch seine Backen und ließ den Blick schweifen. Die verputzten Wände waren mit Fresken verziert, die vor allem die Traubenernte und festliche Gelage darstellten. Der herrliche Blick aus den großen Glasfenstern von der Anhöhe des Gebäudes bis hinüber zum Fluss Licias, der manchmal durch die Baumreihen im Tal hindurchschimmerte, nahm ihm etwas von dem seelischen Schmerz, der in ihm brannte. Titus wusste wahrlich das Leben zu genießen, dachte er sich und wünschte, es ihm eines Tages gleichtun zu können.

Nach einigen schweigsamen Momenten ergriff Titus das Wort.

»Das sind die Regeln, Marcus: Von unserem Gespräch hier wird nichts nach außen dringen. Das ist die Bedingung für Gespräche unter Männern beim Baden, egal, ob es sich um Geschäfte oder anderes dreht.«

Er machte eine bedeutungsschwere Pause, in der er sich eine Handvoll heißes Wasser ins Gesicht spritzte.

»Ich weiß, es muss bei dir etwas von Bedeutung passiert sein. Aber alle Informationen, die wir hier austauschen, werden diesen Ort keinesfalls verlassen. Das gilt auch für alles, was du von mir erfährst. Vertrauen ist alles. Kann ich dir vertrauen, Marcus?«

»Ja, Onkel Titus, das kannst du«, antwortete Marcus aufgewühlt.

»Ich möchte, dass du über die Frage und ihre Bedeutung nachdenkst, Neffe! Denn einige Informationen, die ich dir geben werde, wirst du nicht verwenden können, aber es wird wie die Hölle in dir brennen, es doch zu tun. Dies ist keine Belanglosigkeit! Denn wenn du mich enttäuschst, wirst du deine Ausbildung abbrechen und von hier fortmüssen. Dann bist du mittellos und auf dich allein gestellt. Ich habe Macht und kann sie beizeiten einsetzen. Für dich bedeutet es eine große Verantwortung. Ich weiß viel, und ich muss mein Wissen schützen. Das macht auch vor der Liebe nicht halt.«

Marcus wurde rot, denn er fühlte sich ertappt. Was zum Teufel wusste sein Onkel schon wieder alles, von dem er nichts mitbekommen hatte?

»Ich frage dich also noch einmal, und ich möchte, dass du darüber nachdenkst: Kann ich dir vertrauen, und willst du mit mir so ein Gespräch führen? Wir können auch einfach baden und dem Müßiggang frönen.«

Marcus schwieg und starrte aus dem Fenster. Er wusste, worauf sein Onkel hinauswollte. Die Lehrer hatten es ihm schon im Philosophieunterricht eingetrichtert. Wissen ist faszinierend. Wissen ist anstrengend. Wissen schafft erst die Farbtöne im Leben, die für Ahnungslose nur schwarz oder weiß sind. Menschen, die nichts wissen, sind in ihrem Glauben und in ihren Ansichten weitaus fanatischer. Nur wer nichts weiß, kann andere grenzenlos hassen, weil es nichts zu hinterfragen gibt. Manche Leute hassen die Germanen einfach dafür, dass sie Germanen sind. Ohne Wissen ist ein Urteil schnell gefällt. Wissen hingegen verändert alles. Wer einmal die Goldschmiedearbeiten der Germanen gesehen hat, kann sie nicht mehr für kulturlose Barbaren halten. Wissen macht alles kompliziert, aber es schafft irgendwann Weisheit. Die Beziehung zu Lumina brachte ihn von Beginn an in eine schwierige Situation. Oft musste er schweigen, wenn er sein Glück am liebsten in die Welt hinausgeschrien hätte. Wissen kann manchmal mehr kaputt machen, als man Vorteile daraus ziehen könnte. Wissen bedeutet auch: Enttäuschung. Verantwortung. Wahrheit. Und Wahrheiten können grausam sein.

Titus' Frage bedeutete, dass er etwas über Lumina

wusste und dass er ihn bereits jetzt dazu zwang, dieses vor ihm liegende Wissen in einen Käfig zu sperren. Ob er dies versprechen und halten konnte? Er war sich nicht sicher. Aber nichts zu wissen, würde ihn noch mehr quälen. Ohne seinen Onkel konnte er nichts weiter über Lumina herausfinden. Er starrte aus dem Fenster. Ein Greifvogel stach vom Himmel herunter und landete zielsicher auf einer Wiese. Da er sich nicht weiter regte, hatte er wohl Beute geschlagen. Sie hatten es beide gesehen und den Blick zueinander gewandt. Marcus hatte sich entschieden. Ein gutes Omen zur rechten Zeit kann manchmal den Ausschlag geben.

»Ja, Onkel Titus, du kannst mir vertrauen, und ich werde dich nicht enttäuschen. Auch wenn es bedeutet, dass ich leiden muss.«

Sein Onkel nickte.

Marcus ließ sich von einem Sklaven mehrere Kellen heißes Wasser über den Kopf gießen, bis er sich für das Gespräch gewappnet fühlte: »Wer ist Lumina?«

Er wartete kurz auf eine Reaktion, bemerkte aber rasch, dass diese Frage ohne jedwede Ausführung etwas zu kurz geraten war. Marcus kniff die Augen zusammen und begann erneut.

»Du erinnerst dich an das Mädchen aus der Wirtschaft?«

»Das Mädchen, von dem du dich fernhalten sollst?«

Marcus unterdrückte das Gefühl, seinen Onkel, der sich ein Grinsen nicht verkneifen konnte, anschreien zu müssen.

»Ja. Sie heißt Lumina. Wir lieben uns. Wir verabreden uns. Doch heute ist sie nicht beim Treffpunkt erschienen. Wir hatten Pläne, weißt du? Nun ist sie weg, für immer, sagt der Wirt. Ich verstehe das nicht! Warum ist sie fort?

Wo ist sie hin? Wieso hat sie nichts gesagt? Ich muss sie wiederfinden. Ich werde alles dafür tun. Ich will nicht ohne sie leben. Ich werde versuchen, sie mit oder ohne deine Hilfe zu finden. Aber ohne deine Hilfe dauert es länger.«

Titus' Gesicht legte sich in Falten. Er stand mit einem planschenden Geräusch auf und ließ sich ein Tuch reichen.

»Lass uns nach nebenan ins Tepidarium gehen. Ich sitze immer so gerne auf den warmen geriffelten Mosaiken.«

Marcus fand im etwas weniger heißen Tepidarium ausschließlich prachtvolle Mosaikarbeiten vor, sogar auf den Sitzgelegenheiten waren Motive eingearbeitet. Während sein Onkel auf einem Wildschwein, das von Jägern aufgespießt wurde, Platz nahm, setzte er sich auf einen Fuchs, der eine Gans im Maul hielt. Blumen und Rankengewächse beherrschten die Wand gegenüber.

Titus bohrte ausgiebig mit seinem Zeigefinger im rechten Ohr, um einen Rest von Wasser loszuwerden, bevor er fortfuhr: »Tja, die Liebe ist ein Rätsel. Lumina ist ein Rätsel. Ich habe nach eurer ersten gemeinsamen Begegnung versucht, Erkundigungen über sie einzuholen, und bin dabei auf eine Mauer des Schweigens gestoßen. Das war verdächtig genug, aber man hat mir unmissverständlich zu verstehen gegeben, keine weiteren Fragen zu stellen.«

Er nahm sich in aller Ruhe das linke Ohr vor.

»Ist das alles?«

Marcus fuhr empört auf.

»Was ist denn so Besonderes an ihr? Sie ist eine Sklavin, die in einer Taverne arbeitet. Hast du gefragt, wem sie gehört? Spontan hätte ich immer vermutet, sie wäre Eigentum des Wirts. Aber du hast einen Offizier erwähnt!«

»Setz dich hin und entspann dich. Du musst geduldiger werden. Ich bin ja noch nicht fertig.«

Marcus setzte sich missmutig wieder auf den Fuchs. Er hasste es, getadelt zu werden, aber sein Onkel bestimmte die Regeln.

»Das war ein Gerücht, ja, und ich habe versucht, mich unverfänglich dem Kern der Sache zu nähern. Ich habe bei geschäftlichen Besprechungen in der Garnison versucht, ein Kaufinteresse an dem Mädchen zu signalisieren, weil sie so tüchtig Wein an den Mann bringt. Normalerweise ist es eine Frage des Preises, ob man Erfolg hat. Aber zu einer Preisverhandlung ist es gar nicht gekommen. Als ich beschrieb, wen ich meine, und fragte, an wen ich mich wenden müsste, schlug mir eine heftige Aggression entgegen. Sie sei nicht zu verkaufen, und ich solle schnellstens vergessen, dass es sie überhaupt gibt.«

»Und damit hast du dich zufriedengegeben?« Marcus klang merklich enttäuscht.

»Natürlich nicht. Es hat erst recht meinen Eifer geweckt und meine Neugier. Außerdem wollte ich wissen, mit wem du dich da triffst und wer dein Herz erobert hat.«

Er schmunzelte. Marcus sah betreten auf den Boden.

»Demicius hat seine Kontakte spielen lassen. Namen haben wir nicht erfahren, aber er konnte etwas herausbekommen: Lumina ist eine Germanin, sie kam vor ungefähr einem halben Jahr mit einer Abteilung der Legio III Italica in die Stadt. Der Wirt ist ein alter Veteran, der noch beste Kontakte zur Legion pflegt. Daher wurde sie unter seine Aufsicht gestellt.«

Marcus kaute auf seiner Unterlippe.

»Wieso kommt eine germanische Sklavin mit einer Abteilung der Legion nach Augusta Vindelicum und arbeitet dann in einer Taverne? Das ergibt keinen Sinn.«

Titus nickte.

»Ja, das finde ich auch. Die Dritte hat derzeit in der Provinz nur Bauarbeiten und logistische Aufgaben am Hals. Ein paar Abordnungen sind auf dem Weg in den Osten. Eine Gefangene aus einer Schlacht kann sie nicht sein. Es gab keinerlei Triumphzug, und über kriegerische Aktivitäten der Legion in Germanien wüsste ich Bescheid.«

Er wischte sich Schweiß von der Stirn.

»Lass uns uns im Frigidarium erfrischen. Ich kann jetzt ein kaltes Bad vertragen.«

Wieder wechselten sie den Raum. Das Frigidarium in Titus' Badehaus war groß und umfasste neben Marmorsesseln und einer Kaltwassereinfassung auch ein Schwimmbecken, in dem man sicherlich zehn Züge von Wand zu Wand schwimmen konnte. Anstelle von Mosaiken gab es ein Dachfenster, in das Tageslicht drang, und Fresken an den marmorglänzenden Wänden, die Götterszenen darstellten. Bei genauerer Betrachtung schien es Marcus aber, als hätten die Wandmalereien ein wenig von ihrem Glanz eingebüßt und stellenweise etwas Patina angesetzt. In einigen Ecken bemerkte Marcus zudem Schimmel, erwähnte es aber nicht, um seinen Onkel nicht zu kränken. Die Baumeister hatten in diesem Raum keine Glanzleistung vollbracht. Während Marcus sich ins Becken stellte, fing Titus an, seine Bahnen zu ziehen.

Prustend und etwas außer Atem setzte er das Gespräch fort.

»Normalerweise kommt an so einem seltsamen Punkt die Politik ins Spiel.«

»Politik?«

Marcus spie das Wort verächtlich aus.

»Ja, Politik. Politik ist nicht logisch, sondern rein interessen- und machtbasiert. Sie könnte ein Streitobjekt sein.

Eine Geisel. Ein Drohinstrument. Oder nichts von alldem. Vielleicht war sie hier nur ausgeliehen. Du bist jung, Marcus, und verstehst noch nichts von Politik. Ich selbst verstehe vor allem etwas über Geschäftspolitik, aber das ist nicht dasselbe. Es gibt allerdings eine Möglichkeit, mehr herauszufinden. Es ist etwas heikel, aber ich habe mich entschieden, es zu wagen. Ich habe einen Termin beim stellvertretenden Präfekten vereinbaren lassen. Er schuldet mir einen Gefallen. Dort werden wir mehr erfahren. Du kannst mitkommen, wenn du möchtest. Der Termin ist jedoch erst im Dezember.«

»Im Dezember?!« Marcus seufzte laut. Mit einem Mal fröstelte ihn.

»Ja, und bis dahin wirst du stillhalten und weiter deiner Ausbildung folgen.«

Titus war mit einem forschen Schwimmzug bei Marcus angekommen, stemmte nun beide Ellenbogen über den Beckenrand und sah seinen Neffen an. Marcus war die Enttäuschung ins Gesicht geschrieben.

»Wir können doch hier nicht tatenlos herumsitzen. Mit jedem Tag entfernt sie sich weiter aus meinem Leben. Ich muss zu ihr! Es muss eine andere Lösung geben!«

Er patschte wütend mit einer Hand ins Wasser, als könnte er das kühle Nass für die missliche Situation zur Verantwortung ziehen.

»Was hast du denn für eine Wahl, Marcus? Ich halte es für ausgeschlossen, dass du alleine etwas über sie herausfindest. Und falls doch, bringst du dich nur in Gefahr. Was wäre, wenn du sie tatsächlich aufspürst? Was dann? Willst du sie vielleicht entführen? Ihre Wächter umbringen? Wie lautet dein Plan?«

Marcus starrte ihn mit blauen Lippen an. Sein Plan? Er hatte keinen Plan. In seiner Fantasie gingen sie Hand in

Hand über Wiesen und tauschten verliebte Blicke aus. Und wenn er sie heute finden würde? Er wüsste gar nicht, was er sagen oder tun sollte. Sein Onkel hatte recht. Er schämte sich dafür.

Titus atmete tief aus.

»Ist sie es wirklich wert?«

Sein Neffe stand mit zitternder Unterlippe im Becken. Es war nicht klar, ob es am kalten Wasser lag oder ob die Gefühle wieder überhandnahmen. Doch, eigentlich war es völlig klar. Titus sah in die kleinen Wellen, in denen sich einige Sonnenstrahlen brachen und glitzernde Sterne vorgaukelten.

»Natürlich ist sie es wert«, sprach er mehr zu sich selbst als zu Marcus.

»Die erste Liebe ist es immer wert, und nichts bedauert man mehr, als für diese erste Liebe nicht alles riskiert zu haben.«

Er lächelte sanft. Für einen kurzen Moment schien es, als könnte Marcus in seinem Gesicht einen Blick aus der Vergangenheit auffangen. Einen Blick aus den Augen des zwanzigjährigen Titus, der sich für einen blitzartigen Moment in die Gegenwart emporgewühlt hatte. Ein Lidschlag nur, dann nahm er wieder den vertrauten Blick seines großherzigen alten Onkels wahr.

Titus zog sich aus dem Wasser und ließ sich erneut ein Tuch reichen. Marcus folgte ihm schweigsam, bevor sie ins Sudatorium schlenderten, das als Abschluss ein Schwitzbad mit trockener Hitze ohne Becken bot. Nachdem sie einige Zeit still nebeneinandergesessen und ihren Gedanken nachgehangen hatten, fragte Marcus: »Wie heißt der Stellvertreter des Statthalters in Augusta Vindelicum eigentlich?«

Titus strich sich langsam über seinen Bart, bevor er antwortete.

»Er ist ein ehemaliger Tribun. Ich kenne ihn schon lange. Er wurde vor vielen Jahren direkt von Rom entsandt. Es gefällt ihm hier nicht, daher ist er oft übel gelaunt. Aber er ist auch Geschäftsmann und vor allem ein leidenschaftlicher Politiker, wenn auch mit wenig Fortüne. Für den richtigen Preis wird er gesprächsbereit sein. Sein Name ist Aulus Fidelius.«

Mesopotamia, Oktober 231 n. Chr.

Kaiser Marcus Aurelius Severus Alexander, der von seinem Volk nur Severus Alexander genannt wurde, bereitete sich widerwillig auf eine kurze Ansprache vor den Generälen vor. Er rüttelte am steifen Leder seiner samtblauen Paradeuniform und straffte den purpurnen Umhang. Vergoldete Borten und Gehänge klapperten. Die drückende Hitze in Antiochia machte ihm zu schaffen und sorgte für einen nicht enden wollenden Strom von Schweißperlen auf seiner Stirn, an dem auch ein bemühter Sklave aus Nubien nichts ändern konnte, der permanent mit einem Fächer wedelte. Eine Brise von der Meeresseite blieb seit Tagen aus, es wehte keinerlei kühles Lüftchen. Das Meer war nicht viel weiter als zwanzig Meilen entfernt, aber hier an den Hügeln staute sich die Hitze. Der Fluss Orontes, der vor den Anhöhen an der Stadt vorbeifloss, führte kaum Wasser und verbreitete einen fauligen Geruch. Anstatt sich bewegungslos der Schwüle hinzugeben, lief der Kaiser grübelnd auf und ab.

Schon vor mehr als einem halben Jahr waren sie von Rom aus aufgebrochen, und die Aussicht, hier dauerhaft zu verweilen, deprimierte ihn. Die Perser hatten Mesopotamia verwüstet und mit Ardaschir I. einen neuen König an ihrer Spitze, der im Begriff war, die Vorherrschaft Roms infrage zu stellen. Ein schneller Sieg gegen den persischen Herrscher war ihm jedoch nicht vergönnt, denn die Moral der Truppen hier im Osten war miserabel. Bei einer Meuterei der eigenen Legionen war der Befehlshaber Flavius Heracleo von einem gewissen Taurinus vor seiner Ankunft ermordet worden, sodass er keine andere Wahl hatte, als persönlich vor Ort die Entscheidungen zu treffen. Taurinus war mittlerweile tot, angeblich ertrunken; dennoch wäre es riskant gewesen, sich nur auf die leidlich loyalen Truppen zu verlassen.

Der Kaiser haderte mit der Situation, denn die Machtbasis, auf die sich seine Familie stützen konnte, war schmal. Ihr Einfluss war im Wesentlichen auf politische Mitsprache beschränkt, militärisch hatte die Familie wenig Rückhalt. Seine Mutter, Julia Mamaea, die selbst aus dem Senatorenstand stammte, hatte für ihn lange die kaiserlichen Aufgaben übernommen, solange er ein minderjähriger Augustus gewesen war. Das Verhältnis der Truppen zum Kaiser blieb daher dauerhaft prekär, vor allem, weil eine Frau an der Spitze der Macht unerwünscht war. Er konnte keinem Befehlshaber uneingeschränkt vertrauen und lief ständig Gefahr, plötzlich mit einem selbst ernannten Gegenkaiser konfrontiert zu werden. Am liebsten hätte er sofort gegen den Feind losgeschlagen, um keine Zeit zu verlieren. Dies wäre ganz im Sinne der Offiziere gewesen. Doch die Zeit spielte gegen ihn. Die Entblößung der Grenze zu den Germanen im Norden des Reiches war der Preis für die Verstärkung hier im Osten, und diese würde noch weitere Zeit in Anspruch nehmen. Um genügend Kräfte für den Perserfeldzug zu sammeln, musste ein kompliziertes Verfahren in Gang gesetzt werden, denn die Grenzverteidigung bestand aus Dutzenden Einheiten der Hilfstruppen, von denen wiederum nur ein Teil herausgelöst werden konnte. Für diesen Prozess und für dessen Komplexität fehlte dem Kaiser jegliches Verständnis und vor allen Dingen die Geduld, und er war froh, dafür seine Verwalter zu haben. Klar war: Je schneller er diese Truppen zurückschicken konnte, desto besser. Nun musste er jedoch seinen Generälen erklären, dass man erst einmal mit den Persern verhandeln würde. Seine Mutter hatte es so beschlossen. Und er durfte es ausbaden. Vielleicht gab es ja noch einen anderen Weg. Wo blieb nur sein Besuch? Er lief ungeduldig im Kreis und dachte nach.

Obwohl seine Mutter ihn wieder einmal dafür gescholten hätte, hing er in Gedanken seiner verbannten Ehefrau Orbiana nach. Er hatte sie wahrhaftig geliebt, aber Gefühle konnte sich ein Imperator nicht leisten. Sein Schwiegervater hatte es gewagt, eine Intrige gegen seine Mutter zu schmieden, und war dafür hingerichtet worden. Dass Julia Mamaea anschließend dessen Tochter und damit seine Frau in die Verbannung schickte, konnte er nie verwinden. Das war der Grundstein für den Vertrauensverlust, den er seitdem gegenüber seiner Mutter empfand. Im Grunde lenkte nach wie vor sie die Geschicke Roms. Er hatte zwar kein Problem mit der Teilung der Herrschaft, immerhin war er im Alter von nur dreizehn Jahren auf den Thron gestiegen. Aber sie selbst war irgendwann dem Gift der Macht erlegen und dachte gar nicht daran, ihm diese nun, da er mit dreiundzwanzig Jahren seit Langem ein erwachsener Mann war, vollständig zu übertragen.

Das größte Hindernis für ihn war ihr Netzwerk von Kontakten zu den Senatoren. Auch die Prätorianergarde folgte ihr, nachdem sie kurz nach seiner Ernennung zum Caesar eine Meuterei niedergeschlagen hatte. Und sie hatte die Kontrolle über die Finanzen und damit faktisch die Macht. Sie hatte irgendwann den Zeitpunkt verpasst, ihn wie einen Mann und Erben Roms zu behandeln. Wenn man es großzügig sehen wollte, sah sie in ihm weiterhin das unreife Kind, das sie zu beschützen gedachte. Er musste sich in vielen Entscheidungen auf sie verlassen und hegte inzwischen einen tiefgreifenden Groll gegen diese Art von Abhängigkeit.

Nachdem seine Mutter ihm Orbiana genommen hatte, suchte er nach eigenen Verbündeten und war – Wagnis hin oder her – schließlich bei den Offizieren fündig geworden. Er hatte seit einiger Zeit Vertrauen zu einem seiner fähigsten Generäle gefasst. Gaius Iulius Verus Maximinus verkörperte alles, was er bewunderte: Mut, körperliche Robustheit, Beliebtheit bei den Soldaten und ein strategisches Geschick, von dem er selbst nur träumen konnte. Seine eigenen größten Stärken waren hingegen Diplomatie, Rechtsprechung und eine ehrenvolle Tugendhaftigkeit, denn darin verstand sich seine Mutter, und diese Fähigkeiten hatte sie ihm angedeihen lassen. Doch waren diese Eigenschaften eher hinderlich, wenn es darum ging, das Ansehen der Generäle zu gewinnen. Sie nahmen ihn nicht ernst, doch er war bestrebt, das zu ändern.

Ein Leibwächter kündigte endlich den Besucher an, den er schon sehnsüchtig erwartet hatte. Der Zeitpunkt war so gewählt, dass er, während seine Mutter beim Mittagessen mit Würdenträgern der Stadt verweilte, vollendete Tatsachen schaffen konnte.

»Gaius Iulius Verus Maximinus, Legat des Kaisers!«, rief der Mann, nachdem er durch die zwei Schwingtüren getreten war, die Severus Alexanders private Gemächer markierten. Der junge Imperator hob nickend den Arm zum Einverständnis mit dem Besuch. Mit einem stolz zur Schau getragenen Selbstbewusstsein schritt der Legat mit der markanten wulstigen Adlernase durch die Portale, den Paradehelm lässig unter den Arm geklemmt. Der Offizier mit dem kurzen, aber buschigen Vollbart war rund fünfunddreißig Jahre älter als der Kaiser und trug seine ganze Lebenserfahrung im strengen Blick vor sich her. Severus Alexander ertappte sich, wie er beinahe seine Kaiserwürde vor dem Mann aufgab, den er so bewunderte, und vor ihm aufsah. Im letzten Moment erinnerte er sich an das formelle Prozedere bei Privataudienzen und hielt ihm den kaiserlichen Ring zum Kuss hin. Maximinus, der kurz zögerte und dann mit einem Lächeln die Verbeugung einleitete, war breiter, fast zwei Köpfe größer und selbstsicherer als der junge Kaiser.

»Ave Caesar. Wie kann ich dienen?«

»Ihr kommt spät, Maximinus.«

Der Legat runzelte mit einem entschuldigenden Blick die Stirn, erklärte sich aber nicht weiter.

»Ich brauche Euren militärischen Rat«, bemerkte der Kaiser mit einem schmollend klingenden Unterton.

Mit einem kurzen Wink zu den Wachen bedeutete er diesen, sich zu entfernen.

»Lasst mich mit meinem Kommandanten alleine und wartet draußen«, fügte er sicherheitshalber hinzu.

»Die bevorstehende Schlacht! Wie würdet Ihr vorgehen?«, fragte er den Offizier und schwang einen riesigen Vorhang zurück. Dahinter stand ein Tisch, auf dem er mehrere Figuren aufgebaut hatte.

Maximinus folgte ihm und betrachtete die Szenerie. Der junge Kaiser trug offenbar noch kindliche Elemente in sich, denn sie verriet eine spielerische Liebe zum Detail, und ihr Aufbau musste viel Mühe gekostet haben. Was die Figuren betraf, so wäre man bei den Habseligkeiten der Jüngsten fündig geworden, wenn man sich auf die Suche gemacht hätte. Dennoch konnte Maximinus nicht verleugnen, dass die Truppenstärke, die die stilisierten römischen Standartenträger und die persischen Reiter auf dem Brett repräsentierten, der Realität nahekam. Kleine bemalte Klötze standen für Städte, auch Flüsse und Berge fehlten nicht. Ein Haufen Sand stellte die Wüste dar. Er war beeindruckt, und Severus Alexander, der dies spürte, blickte ihn mit Stolz an. Der Legat räusperte sich, um sich auf die Frage zu konzentrieren.

»O Caesar, ich würde so schnell wie möglich angreifen. Ein großes Heer ist schwer zu versorgen und zu träge. Außerdem fehlt bei einer weiteren Verzögerung der Überraschungseffekt. Ich würde die Truppen unbedingt aufteilen. Ein Hauptvorstoß in der Mitte.«

Maximinus zog mit Bedacht drei Standartenträger nach rechts.

»Im Norden schickt Ihr einen kleineren zweiten Teil Eurer Truppen los, und von Süden kommt ein dritter Keil am Rande der Wüste.«

Beidhändig schob er weitere Figuren oben und unten nach.

»Wir schließen den Feind ein, wenn er durch die Hauptmacht gebunden ist, und reiben ihn völlig auf.«

Er warf die persischen Reiter mit einem Handschlag um.

»Aber wir müssen schnell losschlagen, sonst kann sich Ardaschir I. entsprechend vorbereiten und uns zuvorkommen. Auch die Jahreszeit spielt eine Rolle. Sofort angreifen oder erst im Frühjahr, lautet die Devise.«

Maximinus hatte alle römischen Figuren in Richtung der persischen Städte gezogen, und der nördliche Truppenteil verlief direkt durch die Berge.

»Meint Ihr wirklich, dass wir ein Heer durch gebirgiges Hochland schicken können?«, fragte Severus Alexander ungläubig.

»Nun, Caesar, es handelt sich um den kleinsten Teil der Truppe, aber die Versorgung ist natürlich nur für den Hinweg gewährleistet. Entscheidend ist ein gut abgestimmter zeitlicher Ablauf, denn der Rückweg würde als ein geschlossener Heeresteil in diese Richtung verlaufen.«

Er versetzte die Figuren allesamt durch den mittleren Teil der Aufstellung zurück Richtung römisches Gebiet.

»Ihr solltet daher den fähigsten Kommandanten mit der Aufgabe betrauen.«

Ein breites Grinsen verriet Severus Alexander, dass Maximinus damit sich selbst meinte.

»Und die Truppenstärke, die uns zur Verfügung steht, haltet Ihr für ausreichend?«

»Absolut, o Caesar. In offener Feldschlacht ist die römische Armee den Persern auch mit einem kleineren Heer überlegen.«

»Sind wir den persischen Truppen auch waffentechnisch überlegen?«, fragte der Imperator zweifelnd.

»Die Perser haben vor allem Kavallerie, die mit Pfeilen um sich schießt. Die Panzerreiter sind gefährlich, keine Frage. Doch habe ich unsere Einheiten mit den altbewährten Scuta ausgerüstet. Hier im Osten leisten die Schilde nach wie vor einen wichtigen Beitrag zum Sieg. Unsere Gegner werden an ihnen zerschellen wie Glasperlen auf Stein.«

Der Kaiser schaute versonnen auf sein Spielfeld und freundete sich eben mit der Idee an, als eine weibliche Stimme ertönte: »Böse Zungen behaupten, im Palast werden Geheimpläne geschmiedet.«

Verdutzt blickten der Kaiser und sein Legat zur geöffneten Schwingtüre, in der Julia Mamaea stand und ihnen einen vorwurfsvollen Blick zuwarf.

»Mutter?!«, entfuhr es Severus Alexander.

»Böse Zungen behaupten auch, Rom sei nicht mehr Herrscher im Orient, verehrte Julia Mamaea«, entgegnete Maximinus, der sich schnell wieder gefangen hatte.

Er musterte die grazile Frau, die ganz in Weiß gekleidet war und eine vollkommen andere Ausstrahlung hatte, als ihre verbale Strenge vermuten ließ. Ihr Haar war glatt nach hinten gekämmt; ein übergroßer Dutt, der von einer langen Ziernadel gehalten wurde, ließ sie größer wirken, als sie war. Sie hatte feine aristokratische Züge. Fältchen zogen sich um die Augen- und Mundpartie, die nur beim Lachen zur vollen Geltung kamen. Ob aus Eitelkeit oder Berechnung – es war fast nie der Fall. Allerdings sah Julia Mamaea seiner Meinung nach für eine Frau über vierzig blendend aus, und man unterschätzte sie leicht, wenn man sie das erste Mal sah. Ihre Kleidung war von schlichter Schönheit, Schmuck nur dezent und mit Bedacht eingesetzt.

Sie durchquerte langsam den quadratischen Raum und rollte bei einem Blick auf die Schlachtaufstellung mit den Augen.

»Warum weiß ich nichts von diesem Treffen?«, fuhr die Mutter des Kaisers ungerührt fort, ohne auf die Replik des Legaten einzugehen.

»Ihr wart beschäftigt, Mutter, und ich muss einen Krieg vorbereiten. Wir müssen handeln, und zwar sofort«, erwiderte Severus Alexander und schaltete sich damit in die Diskussion ein, um das Heft wieder in die Hand zu nehmen.

Julia Mamaea musterte ihren Sohn und wendete sich dann an Maximinus.

»Wir werden mit den Persern verhandeln. Wir schicken eine Gesandtschaft mit einem Friedensangebot zu Ardaschir I.«

Maximinus' Gesichtsfarbe änderte sich schlagartig in ein Krebsrot.

»Verhandeln? Wir haben bereits vor mehr als einem Dreivierteljahr erfolglos Diplomaten ausgetauscht. Der persische Halunke will nur Zeit schinden. Was soll das bringen? Wir müssen die Schmach tilgen, die die Verwüstungen ausgelöst haben. Für Rom und auch für die hiesige Bevölkerung. Wenn wir immer nur weiter verhandeln, zeigen wir Schwäche, und das Volk wendet sich ab ... Caesar, tut das nicht.«

Er starrte den Kaiser an und wartete auf eine Reaktion. Severus Alexander hingegen schwieg und sah betreten zu Boden.

»Ich bitte Euch, Julia Mamaea! Wir verlieren kostbare Zeit und geraten in die Defensive«, wandte Maximinus sich wieder Severus Alexanders Mutter zu. »Ardaschir I. will nicht verhandeln und auch keinen Frieden. Er spielt um die ganze Macht und fühlt sich als Sieger. Er wird Euch blamieren, Ihr müsst jetzt Farbe bekennen und Eure ganze Stärke demonstrieren. Unser Schlachtplan funktioniert am besten, wenn wir sofort losschlagen. Es zählt jeder Tag zum Aufbruch. Das Heer steht bereit. Sofort! Sonst kann von einem Überraschungsmoment keine Rede mehr sein«, warb Maximinus eindringlich.

»Legat. Für eine große Offensive sind noch nicht genügend Truppen mobilisiert. Wir müssen auf weitere Verstärkungen warten. Bis dahin setzen wir auf Verhandlungen«, entgegnete Julia Mamaea kühl.

Severus Alexander kaute ausdauernd auf der Unterlippe und sah verstohlen zu seiner Mutter. Ihr Blick verriet, dass es keiner weiteren Diskussionen bedurfte. Sein Plan war durchkreuzt.

»Ich danke Euch für Euren Rat und Eure Einschätzung,

Legat. Geht jetzt zur Versammlung. Wir sehen uns in einer Stunde dort. Die Entscheidung ist getroffen.«

Maximinus verharrte für einen kurzen Moment und starrte den Kaiser an. Er atmete zischend durch seine markante Nase aus und knallte eine letzte Figur, die er noch in Händen hielt, auf das Brett.

»Wie Ihr wünscht, Caesar.«

Damit drehte er sich um und stapfte grußlos und wutentbrannt davon. Nachdem der Legat den Raum verlassen hatte, schloss Severus Alexander einen Moment die Augen, bevor er laut einen Fluch hervorstieß, der seine Mutter verdutzt herumfahren ließ und umgehend die Wachen alarmierte. Verdammt, Maximinus hatte recht, er wusste es, alle wussten es, aber es war zu spät. Seine Mutter hatte verfügt – wie schon so oft zuvor –, und er hatte nicht den Mut aufgebracht, ihr zu widersprechen. Die Entscheidung war ohne weiteren Gesichtsverlust für ihn nicht zu revidieren.

»Unsere Generäle werden uns wegen Feigheit verachten, Mutter. Was ist in Euch gefahren? Ihr untergrabt meine Autorität!«

Julia Mamaea stellte sich vor ihn und packte ihn an beiden Schultern.

»Junger Kaiser: Merke dir, dass du dich nie in die Abhängigkeit deiner Generäle begeben darfst. Als Oberbefehlshaber stehst du für die Niederlagen gerade. Aber Siege werden immer auch die Siege deiner Generäle bleiben, wenn sie bei der Truppe beliebt sind. Wir müssen an einem Strang ziehen. Deine eigenmächtige Entscheidung hätte unsere diplomatischen Spielräume zerstört!«

Der Kaiser riss sich los und schnaubte verächtlich.

»Diplomatische Spielräume! Wozu? Die Perser haben unser Land verwüstet. Die Antwort kann nur Krieg sein!«

Julia Mamaea schritt schweigsam zu den Schlachtaufstellungen ihres Sohnes und betrachtete eine Weile die mit viel Liebe zum Detail aufgebaute Landschaft. Dann fixierte sie wieder ihren Sohn, der auf ihre Antwort wartete.

»Ich habe bisher noch nicht erlebt, dass Vergeltungsschläge und Krieg auch zu einem dauerhaften Frieden geführt hätten. Nicht unter Caracalla und auch nicht unter seinen Nachfolgern. Die Einzigen, die immer die Hand aufhielten, waren die Soldaten. Das Geld ist als diplomatische Waffe viel besser eingesetzt. Man kann Frieden für eine Weile auch erkaufen. Es gärt an allen möglichen Stellen im Reich. Wir müssen neben Kriegen auch andere Lösungsmöglichkeiten ins Auge fassen, da wir nicht überall gleichzeitig sein können.«

Sie begann, zischend zu flüstern.

»Du weißt, dass wir bei der Macht, die ein einzelner Kommandant ausüben darf, überaus vorsichtig sein müssen. Die persische Gesandtschaft ist bereits unterwegs, ich hatte keine andere Wahl.«

Der Kaiser fasste seinerseits seine Mutter an beiden Schultern und sah ihr tief in die Augen.

»Tut das nie wieder, Mutter. Die nächste militärische Entscheidung treffe ich.«

Augusta Vindelicum, Dezember 231 n. Chr.

Der Pfeil durchschlug ein Fenster. Das Splittern des Fensterglases verursachte ein hässliches Geräusch. Es lag an den Fingern. Marcus' Fingerkuppen waren von der Kälte so klamm, dass ihm der Pfeil entglitten war. Er spürte seine Hände gar nicht mehr. Sein Atem war eine einzige dichte Wolke, die im Innenhof des Vorratslagers dampfend auf seine Anwesenheit hinwies. An den Rändern des Hofes lag gefrorener Schnee, den ein bedauernswerter Sklave beim Räumen hüfthoch dort angehäuft hatte. Marcus trug zwar einen Kapuzenmantel aus dickem, grobem Stoff, um sich vor der Kälte zu schützen, aber der eisige Wind kannte keine Gnade, durchdrang schon nach kürzester Zeit die Nahtstellen und lähmte seine Glieder von außen nach innen. Marcus' Herz fühlte sich so kalt und frostig an wie dieser Wintertag. Seit Luminas Verschwinden befand er sich im Training, wie er es nannte. Er folgte mit eiserner Disziplin einem täglichen Übungsritual. Ohne Ausnahme hatte er seit drei Monaten an jede körperliche Einheit eine Extraschicht angehängt und zudem wie besessen mit dem Bogen geübt. Wenn er sich verausgabte, konnte er die Gedanken an Lumina verdrängen und musste mit niemandem reden. Und nebenbei stählte er seinen Körper und perfektionierte seine Fertigkeiten als Bogenschütze. Der Winter erwies sich dabei als ein unerbittlicher Feind. Erst hatte es tagelang ohne Unterlass geschneit. Danach war die Temperatur einmal so tief gefallen, dass der Licias teilweise zugefroren war, was Onkel Titus zufolge so früh im Winter noch nie passiert war. Marcus begab sich trotzdem täglich in die Stadt, auch wenn er doppelt so lange brauchte wie sonst und ihm dabei mehrmals beinahe die Zehen erfroren wären. Dieser verdammte Winter würde ihn ganz sicher nicht besiegen.

Niemand baute ihm Zielscheiben auf, deshalb schoss er auf Schneemänner, die er trotzig geformt hatte. Auch heute hatte er, von einer einzigen Aufwärmpause unterbrochen, über hundert Pfeile genau nach seinem Übungsplan ins Ziel gebracht. Gegner von rechts, Gegner von links, Gegner von oben, Pfeil auf den Kopf, Pfeil ins Herz, sechzig Fuß Entfernung, achtzig Fuß Entfernung und die maximale Entfernung von Wand zu Wand, die rund hundert Fuß betrug. Er hörte immer erst auf, wenn er einmal alle Ziele zu seiner Zufriedenheit getroffen hatte. Bedauernswerte Schneemänner.

Allerdings war ihm der letzte Versuch heute leider misslungen.

Mühsam formte Marcus eine Faust und sah auf seine weißlich verfärbten Finger, die sich vergeblich gegen die mangelnde Blutversorgung zu wehren versuchten. Er trug Handschuhe aus einem einfachen Wollstoff, die nur bis zu den Fingerknöcheln reichten und es nicht vermochten, die Eiseskälte zu lindern. Missmutig schlurfte er über knirschende Schneebrocken zu dem zerbrochenen Fenster und begutachtete den Schaden.

»He, Marcus! Was hast du wieder angestellt?«

Demicius war im Durchgang erschienen, bis auf ein kreisrundes Loch, das sein Gesicht freigab, eingehüllt in Felle und Tücher. Der Gladiator hasste Schnee, die Kälte machte seinem Armstumpf zu schaffen, wie er niemals müde wurde zu erklären.

»Dein Onkel will dich sehen. Ihr habt heute einen Termin, hat er mir erzählt.«

Marcus sah seinen Ausbilder fragend an. Dann fiel es ihm wieder ein.

»O verflixt, er wollte mich zum stellvertretenden Praefectus mitnehmen.«

Er sah an sich herunter. Was er sah, gefiel ihm nicht.

»Ich sehe furchtbar aus. So ein Mist! Ich muss sofort los.«

Marcus sah, dass Demicius die Fensterscheibe inspizierte.

»Kannst du mir einen Gefallen tun und dafür sorgen, dass mein Onkel nichts davon erfährt? Du hast auch was gut bei mir.«

»Los, hau schon ab. Ich kümmere mich darum.«

Demicius mochte den Neffen seines Herrn mittlerweile gut leiden und respektierte seinen Wunsch nach Einsamkeit. Die eiserne Disziplin, mit der Marcus sich selbst drillte, war, wie er fand, eine überaus produktive Art, mit Schmerz und Verlust umzugehen. Das würde er sicher nicht mit Gesprächsangeboten stören. Schweigsame Typen waren diejenigen, die ihm am liebsten waren. Insofern entwickelte sich Marcus seiner Meinung nach zum Mann im besten Sinne.

Als Marcus um die Ecke zu den Geschäftsräumen bog, sah er seinen Onkel schon auf einem Balkon nach ihm Ausschau halten.

»Marcus! Du hast doch bei diesen klirrenden Temperaturen nicht etwa den halben Tag draußen verbracht? Wir müssen gleich los. Komm hoch, damit wir uns noch besprechen können.«

Titus war gerne extravagant gekleidet, aber Marcus

traute seinen Augen nicht, als er ihn dort oben stehen sah. Den Mantel aus Bärenfell kannte er schon, aber zusätzlich war sein Onkel in ein exotisches Leopardenfell gehüllt, wobei der zahnbewehrte Kopf als Kapuze diente. Es ging heute offenbar darum, optisch einen besonderen Eindruck zu erwecken. Marcus kam sich vor, als wäre er im Vergleich zu seinem Onkel in Lumpen gehüllt.

»Willst du so zum Statthalterpalast?«, fragte Marcus, als er in der warmen Stube angekommen war.

»Dasselbe könnte ich dich fragen«, brummelte sein Onkel zurück.

Marcus stand dicht bei einem Kohlebecken, das eine glutheiße Wärme ausstrahlte. Seine Finger begannen augenblicklich zu jucken.

»Du hättest dich ruhig waschen können. Wozu haben wir ein Bad, in dem halb Augusta Vindelicum Platz finden würde?«

Titus' Neffe schwieg und rieb sich die Hände.

»Also, um es kurz zu machen: Ich rede, und du hörst zu. Ein unbedachtes Wort nur, und wir erfahren überhaupt nichts. Du bist zum Lernen mit dabei, und weil es um Lumina geht, hältst du erst recht den Mund. Lass dich zu nichts hinreißen.«

Titus hatte den Zeigefinger erhoben und wartete auf eine Reaktion, doch erneut blieb Marcus schweigsam.

»Versprich dir nicht zu viel. Überlass das Reden mir.«

»Ja, ist ja gut. Ich habe es verstanden«, entgegnete Marcus genervt.

Endlich schien sein Onkel zufrieden.

»Gut. Du machst mir ein wenig Sorgen, Marcus. Du grummelst nur noch vor dich hin. So kenne ich dich gar nicht. Aber heute ist Schweigen Gold. Tu einfach das, was du in letzter Zeit sowieso immer machst. Also los, komm.«

Auf dem Weg versuchte Onkel Titus, ein belangloses Gespräch über das Wetter zu führen.

»Brrrrrrr!«, schauderte er übertrieben laut. »Egal, wie viele Schichten man anzieht, man friert. Das ist bereits der sechste oder siebte extrem harte Winter in den letzten zehn Jahren. So schlimm wie dieses Jahr war es noch nie. Es ist noch nicht einmal Januar, und die Erde ist mehrere Fuß tief gefroren. Obstbäume erfrieren. Weinreben gehen ein. Wenn es wieder so spät taut, ist die nächste schlechte Ernte schon vorbestellt. Was haben wir den Göttern nur angetan?«

Marcus legte zur Antwort den Kopf schief und zuckte mit den Schultern. Titus gab auf. Bis zum Palast des Statthalters hörte man nur noch das Knirschen und Knacken des Schnees unter ihren Füßen.

Marcus grübelte auf dem Weg zum Praetorium. Titus tat ihm leid. Sein Onkel machte sich Sorgen um ihn. Mehrmals wollte Marcus sein Schweigen brechen, aber das Gelübde, keine Fragen in der Öffentlichkeit über Lumina stellen zu dürfen und sein Wissen nicht einsetzen zu können, machte ihm schwer zu schaffen. Das war die Schuld seines Onkels, und er war ihm mehrere Wochen lang gram gewesen. Er hatte den Schwur aus dem Badehaus für sich so umgedeutet, einfach gar keine Konversationen mehr zu führen. Er stellte sich dem Schmerz und litt stumm. Noch hatte er seinen inneren Kampf nicht vollends ausgefochten. Lumina war fort, er hatte nichts mehr über sie gehört, und es blieben ihm nur die Träume, in denen sie ihm regelmäßig erschien. Manchmal träumte er so intensiv von ihr, dass er das Gefühl hatte, mit ihrem Geruch in der Nase aufzuwachen. Das Leben ging weiter, doch erschien es ihm seit Wochen nur noch freudlos. Er war gespannt und aufgewühlt, was das heutige Gespräch bringen würde. Er setzte viel darauf. In diesem Moment wurde ihm das so klar, dass sich sein Magen postwendend zusammenzog. Langsam blies er Luft durch die Backen, als sie vor dem Palast ankamen.

»Was sagst du?«, fragte Onkel Titus.

Marcus starrte ihn kurz gedankenverloren an.

»Gar nichts. Ich meine ... danke, dass du mich mitnimmst.«

Titus legte seine Hand auf Marcus' Schulter und drückte ihn beruhigend. Vor einem von Titus' Gespannen, das vor der Mauer des Palasteingangs stand und von Bacchus durch den Schnee manövriert worden war, blieben sie kurz stehen. Titus reckte den Kopf mehrmals zur Kontrolle und nickte zufrieden.

»Mal sehen, ob die besten Tropfen aus meinem Keller etwas bewirken können. Warte hier auf uns, Bacchus.«

Das Praetorium war durch eine mannshohe Mauer geschützt, auf der kurze, mit bronzenen Speeren bewehrte Metallstiele funkelten. Die lang gestreckten, trutzigen Gebäude dahinter waren von mehreren Stockwerken hohen Türmen flankiert, die Flachdächer trugen. Ein mannshohes Fenster nach dem anderen sorgte in normalen Zeiten für lichtdurchflutete Räume im Inneren. Doch nun waren sie von Eis überzogen und strahlten eine Schockstarre aus, die die dunkle Jahreszeit in einer grotesken Perfektion symbolisierte. Mehrere Sklaven waren halsbrecherisch dabei, mit langen Holzstangen Schnee vom sanft geneigten Dach zu räumen, denn das Gewicht der gefrorenen Massen bildete eine latente Gefahr für das Bauwerk. Das eigentliche Amtsgebäude, in dem der Statthalter oder sein Stellvertreter Besucher empfingen, war der mächtige

Hallenbau mit seiner dreißig Fuß hohen, vorspringenden, halbrunden Apsis. Genau dort wollten Titus und Marcus hin und wurden von den Wachen umgehend eingelassen. Man kannte sich. Ein viel zu leicht bekleideter Sekretär mit bläulich gefrorener Nase begleite sie in die Amtsräume.

Der stellvertretende Statthalter Aulus Fidelius war auf das Treffen vorbereitet. Wenn der Händler Titus Aurelius um einen Termin bat, schrillten bei ihm die Alarmglocken. Das Schicksal schien ihn mit diesem Mann auf unsichtbare Weise verknüpft zu haben, wie Fasern einen Teppich zusammenhalten. Es konnte doch kein Zufall sein, dass er diesem gewieften Händler, den er vor fast zwanzig Jahren als vermeintlich einfältigen Soldaten kennengelernt hatte, wieder und wieder begegnete. Sein Reichtum, den er Titus zu verdanken hatte, brachte ihm jedenfalls kein Glück. »Stellvertretender« Statthalter! Was wie eine Beförderung aussehen sollte, war in Rom von langer Hand als Abstellplatz für sein restliches Leben geplant worden. Er hatte sich ohne sein Wissen mit den falschen Leuten eingelassen, und die siegreichen Gegner zogen im Hintergrund die Fäden. Augusta Vindelicum priesen ihm Schmeichler als Sprungbrett. Nun war er der Einfältige gewesen. Er hätte es besser wissen müssen. Die Bezeichnung »stellvertretend« sagte schon alles. Der eigentliche Statthalter wechselte alle ein bis zwei Jahre und war in Personalunion der Legat der Legio III Italica, die in Castra Regina ihren Stammsitz hatte. Da er oft bei seiner Legion weilte, bedurfte es eines Verwaltungsbeamten, der die drögen Amtsgeschäfte regelte. Und diese Rolle war ihm zugedacht worden. Sobald es wichtige Entscheidungen zu treffen galt, ließ sich der Statthalter natürlich persönlich blicken und heimste den Jubel der Bevölkerung und gegebenenfalls die Beförderungen aus Rom ein.

Aulus Fidelius lief geschäftig in der großen Halle für Besucher umher, stellte persönlich eine Karaffe Wein und zwei Gläser bereit und hing seinen Gedanken nach. Sklaven oder andere Mitwisser konnte er nicht gebrauchen, wenn sein Alter Ego zu Besuch kam. Kaum war er vor mittlerweile acht Jahren hier angekommen, hatte er als erste Amtshandlung den gähnend leeren Weinkeller füllen lassen. Da hatte plötzlich Titus Aurelius vor ihm gestanden. Beide hatten sich so erschrocken, als wäre ihnen der Zerberus persönlich erschienen; und beide hatten auf ihre jeweils eigene peinliche Art und Weise vergebens versucht, alles herunterzuspielen. Nicht nur er war davon ausgegangen, diesen Kerl niemals wiederzusehen. In der Tat hatte er für einen kurzen Moment erwogen, den Mitwisser wegen seiner eigenen moralischen Verfehlungen umbringen zu lassen. Aber erstens war er hier neu und ohne Beziehungen, und zweitens machte Titus Aurelius nicht den Eindruck, ihm Schwierigkeiten bereiten zu wollen. Er hasste und schätzte diesen Händler gleichermaßen. Er hasste ihn, weil er über seine Unzulänglichkeiten wie die Liebe zum Wein und die persönliche Vorteilsnahme Bescheid wusste. Er schätzte ihn, weil er loyal, zuverlässig und geradeheraus war. Außerdem konnte er Weine beschaffen, die auch den verwöhntesten Gaumen noch reizten. Titus war verschwiegen. Niemand hatte je von den Anfängen erfahren. Also lebte die bewährte Zusammenarbeit erneut auf. Nun ja, heute würde normalerweise wieder einmal er am Zug sein; sie wechselten sich munter ab in den Abhängigkeiten um eine Gefälligkeit. Manus manum lavat – eine Hand wäscht die andere.

Aber diesmal hatte er über seine Informanten Erkundigungen eingeholt, was dieser Aurelius im Schilde führte, denn nichts war mehr von Nachteil, als überrumpelt zu werden. Was er herausbekommen hatte, beunruhigte ihn zutiefst. Es betraf ausgerechnet einen seiner schlimmsten Fehler der jüngeren Vergangenheit, den er bislang erfolgreich unter den Teppich zu kehren vermocht hatte. Dabei glaubte er nicht, dass Titus Aurelius sich dessen bewusst war. Das war nicht seine Art.

Aulus Fidelius kaute nervös auf seiner Unterlippe. Er würde heute auf einem schmalen Grat zwischen Wahrheit und Lüge wandeln. Die Angelegenheit, um die sich alles drehte, verband ihn und Titus Aurelius, seit sie sich kannten. Das wusste sein Gast aber noch nicht. Aulus Fidelius schürzte die Lippen und runzelte dabei die Stirn. Dann drapierte er ein Schmuckstück auf seinem Schreibtisch. Als sein Gast eintrat, runzelte er erneut die Stirn. Wer war der Begleiter? Den Jüngling hatte er noch nie gesehen.

»Ave Praefectus!«, schmetterte Titus in den hohen, riesenhaften Raum, der unangenehm hallte.

Aulus Fidelius hob ebenfalls die Hand zum Gruß. Er hasste es, wenn er so genannt wurde, denn es war nicht die Wahrheit.

»Ich habe meinen Neffen mitgebracht, der bei mir eine Ausbildung zum Händler absolviert. Er heißt Marcus Aurelius und wird mein Nachfolger. Er ist ebenso verschwiegen wie intelligent und möchte etwas lernen. Ist es Euch genehm?«

Der stellvertretende Statthalter zögerte nur kurz: »Wenn es Euer Wunsch ist, verehrter Titus Aurelius, so sei es. Trinkt Ihr einen Schluck Wein?«

Ohne die Antwort abzuwarten, goss er aus einer grün schimmernden konischen Karaffe, die eine aufgelegte

Glasfadenspirale schmückte, einen erlesenen Tropfen in die bereitstehenden, farblich passenden Weingläser. Als er zu Marcus schielte, merkte er, dass er für den zweiten Gast kein Gefäß übrig hatte. Er hielt kurz inne und fragte ihn zögernd: »Wein?«

Marcus schüttelte den Kopf und beruhigte damit seinen Gastgeber. Während Aulus Fidelius fertig einschenkte und seinen Onkel dabei spöttisch fragte, ob er auf Großwildjagd gewesen sei, beobachtete Marcus eindringlich den Mann, der etwas über Lumina zu wissen schien. Der stellvertretende Statthalter Augusta Vindelicums war in eine feine, mit Goldfäden bestickte weiße Toga gehüllt und hatte schütteres graues Haar, das einmal braun gewesen sein mochte. Er war etwas älter als Titus, was Marcus an den vielen Furchen und Falten festmachte, die sich über das halbe Gesicht zogen. Der hagere, ziemlich schlanke Praefectus stand offensichtlich am Ende seiner Laufbahn, doch ob er sich darüber freute, bezweifelte Marcus, denn zwei halbrunde tiefe Furchen, die sich über die Jahre um beide Mundwinkel gelegt hatten, zeugten von geringer Freude am Leben – oder an der derzeitigen Aufgabe.

»Wie laufen die Geschäfte?«, wollte der Amtsträger mit Nebensächlichkeiten das Gespräch eröffnen, doch Onkel Titus kam gleich zur Sache.

»Ich habe ein Anliegen.«

»Ich ahne, was kommt«, spottete Aulus Fidelius und genehmigte sich einen Schluck.

Titus tat es ihm gleich, bevor er fortfuhr.

»Es geht um das Sklavenmädchen, das in der Taverne des Veteranen Numerius Claudius Avienus gearbeitet hat. Sie nennt sich Lumina. Wir suchen sie, sind aber auf eine Mauer des Schweigens gestoßen. Wir möchten sie treffen.«

Der stellvertretende Statthalter verschränkte die Arme hinter dem Rücken und starrte auf seinen Schreibtisch.

»Ihr wart noch nie um eine direkte Formulierung Eurer Wünsche verlegen, und daran hat sich in den letzten zwanzig Jahren offenbar nichts geändert.«

»Fünf meiner besten Fässer Wein für diese kleine Gefälligkeit.«

»Es ist keine kleine Gefälligkeit. Ihr stecht in ein Wespennest.«

Unauffällig umrundete Aulus Fidelius seinen Schreibtisch, stellte sich in die Mitte und stützte sich mit beiden Händen auf die Marmorplatte.

Titus wandte sich ebenfalls zum Schreibtisch, sein Blick fiel auf das Schmuckstück, das zwischen den Armen des Praefectus glänzte. Der Schock fraß sich einen Augenblick später in sein Gesicht. Diesen Drachen kannte er nur zu gut; in seinen Albträumen war das Ungeheuer wieder und wieder über ihn hergefallen. Heute schien es ihm so, als grinste ihn das Fabeltier höhnisch an.

Marcus sah erschrocken zu seinem Onkel, der augenblicklich aschfahl geworden war. Der Ort, den er eben noch als erhaben und majestätisch empfunden hatte, nahm eine bedrohliche Aura an.

»Ist das ein schlechter Scherz, oder ist es das, wonach es aussieht?«, schimpfte Titus plötzlich laut.

»Ich scherze nie! Das solltet Ihr besser wissen als jeder andere. Ich kann Euch helfen, wenn Ihr mir …«

»Nein, die Antwort lautet nein«, unterbrach ihn Titus heftig, »ich will von Ränkespielen nichts wissen. Da zieht Ihr mich nicht hinein. Los, Marcus, wir gehen. Sofort.«

Marcus war völlig verwirrt und verstand überhaupt nichts. Gerade wollte ihn sein Onkel am Mantel nach draußen ziehen, da versperrte ihnen Aulus Fidelius den Weg.

»Ihr steckt schon mittendrin. Ihr solltet Euch meinen Vorschlag anhören.«

Titus hatte den Stellvertreter des Statthalters unterschätzt. Bei den letzten Anlässen war immer er als Sieger hervorgegangen. Er hatte erwartet, dass Aulus Fidelius Fragen über den Grund seines Anliegens stellen würde. Danach lotete er stets aus, was für ihn dabei herausspringen könnte. So war das in der Vergangenheit immer abgelaufen. Den Verlauf dieses Gesprächs konnte er nicht gutheißen, denn hier hatte jemand eine andere Taktik vorbereitet, und er war ins offene Messer gelaufen. Seine Recherchen im Vorfeld waren offenbar aufgefallen, sodass Aulus Fidelius über sein Anliegen Bescheid gewusst hatte. Was war er für ein Esel gewesen! Nie durfte man seine Gegner unterschätzen. Er musste jetzt das Beste daraus machen. Er versuchte, das Amulett des Germanen Adalmar mit Lumina zusammenzuführen. Konnte das sein? Er musste jetzt dringend Informationen sammeln, bevor sich die Sache für ihn und Marcus zu einer Gefahr entwickeln würde. Er räusperte sich, trat hinter seinen Neffen und packte ihn mit beiden Händen an den Schultern.

»Nun, also gut. Lasst hören.«

»Das Amulett habt Ihr ganz richtig erkannt. Es ist das Amulett des Jungen. Adalmar hieß er und war der Sohn des Germanenfürsten, den Caracalla vor beinahe zwanzig Jahren köpfen ließ.«

Marcus riss die Augen auf und glaubte, sich verhört zu haben.

»Wie das Leben so spielt«, fuhr Aulus Fidelius fort, »fiel mir durch Zufall die Aufgabe zu, den Aufpasser für die Geiseln zu spielen. Adalmar befand sich in meinen

Händen, als wir nach Rom zurückzogen. Ich habe ihn mit seiner Schwester aufwachsen sehen. Nach ein paar Jahren wurde ich zum Dank nicht befördert, sondern in dieses unwirtliche Land versetzt. Später erinnerte man sich an mich, und so war ich für lange Jahre in Augusta Vindelicum Mittelsmann für den Vertreter des Stammes, den wir durch die Gefangennahme der Fürstenkinder befriedet hatten, und seit ungefähr sechs Monden bin ich wieder einmal der Aufpasser. Der Sohn des Germanenfürsten wurde mit seiner Einheit von der III. Legion hierher versetzt. Adalmar ist natürlich kein Kind mehr, sondern ein ausgewachsener Germane, aus dem wir einen Prachtkerl von Römer geformt haben. Das dachte ich zumindest bis zu diesem Frühling.«

Aulus Fidelius seufzte und setzte das leere Glas an. Als er merkte, dass seine Kehle trocken bleiben würde, ging er gedankenverloren zum Weinkrug und schenkte sich nach.

»Ich bin alt geworden. Alt und müde. Ich habe mich einlullen lassen. Adalmar hatte nie vor, ein Römer zu werden. Er ist getürmt, wahrscheinlich hatte er Hilfe, genau wissen wir es nicht. Wir haben einige Hebel in Bewegung gesetzt, um ihn aufzuhalten, allerdings ohne Erfolg. Was wir wissen, ist, dass er über die Grenze geflohen ist. Er hat etwas verloren, woran man ihn eindeutig erkennt. Ihr kennt ja das Schmuckstück. Wenigstens hat sich meine Idee, ihm diesen Schatz zu lassen, als gut herausgestellt. Ich könnte jemanden brauchen, der mir hilft, die Dinge geradezurücken, bevor sie zu weite Kreise ziehen.«

Erneut war das Glas geleert.

»Noch Wein?«

Titus ging auf das Angebot nicht ein. Er war aufgebracht. »Soll das heißen, Rom weiß noch nichts von der

Flucht? Adalmar wird Rache üben. Das bedeutet Krieg! Der Kaiser muss davon erfahren!«

Marcus' Ohren glühten. Das alles hörte sich gefährlich an, ihn überkam eine diffuse Angst. Was hatte das mit Lumina zu tun? Warum zog der Praefectus sie ins Vertrauen und brachte sie damit in Gefahr?

»Rom wird früh genug davon erfahren. Wir pflegen unsere Probleme hier selbst zu lösen, Ihr solltet das verstehen. Also, wollt Ihr nun das Mädchen wiedersehen? Dann müsst Ihr mir helfen. Wir wollen Adalmar in eine Falle locken und brauchen noch einen fähigen Mann, der ihn in die Irre führen kann. Ein bedeutender Händler wäre eine Möglichkeit. Ihr seid nicht allein, denn wir haben einen kleinen, aber feinen Kreis von Gefolgsleuten. Einen Centurio zum Beispiel. Wir fangen Adalmar wieder ein, und Ihr bekommt das Mädchen. Lumina, wie Ihr sie nennt ...«, er zögerte kurz, »... gehört zu seinem Stamm. Und sie ist unser einziges Pfand.«

Marcus war wie vor den Kopf geschlagen.

»Was?«, hörte er sich schreien, wollte sich losreißen, aber sein Onkel zog den Griff um seine Schultern wie einen Schraubstock fest und machte eine finstere Miene.

Aulus Fidelius blickte langsam vom Händler zum Auszubildenden. Er begann zu verstehen.

»Wer will hier eigentlich das Mädchen sehen? Ihr oder er?« Titus starrte ihn mit funkelnden Augen an.

Konnte es wirklich sein, dass dieser Aurelius keinerlei Interesse an der Frau hatte? Ging es hier etwa um eine Liebelei? Der Junge? Er hatte sich vergaloppiert. Ihm blieb keinerlei Druckmittel, dafür hatte sich die Zahl der Mitwisser erhöht. Hätte er doch nur seinen Mund gehalten!

»Wir haben kein Interesse, werter Aulus Fidelius, das

alles hier ist ein Missverständnis«, antwortete ihm Titus in abweisendem Ton. »Ich hege in der Tat kein Interesse an diesem Mädchen und werde dafür auch nicht mein Leben riskieren. Mein Neffe ist für solche Angelegenheiten zu jung. Es tut mir leid, dass ich nicht helfen kann.«

Während Titus überlegte, welche Abhängigkeiten wohl zwischen dem Centurio und dem stellvertretenden Statthalter bestehen mochten, riss sich Marcus los und ging vor dem Würdenträger in die Knie: »Herr, Ihr könnt auf mich zählen, ich stehe Euch zur Verfügung.«

Titus konnte es nicht fassen: »Marcus!«

»Ha! Mut habt Ihr Eurem Onkel voraus, aber was soll ich mit Euch anfangen? Was könnt Ihr denn vorweisen? Seid Ihr Soldat?«

Marcus schüttelte mit fest zusammengepressten Lippen den Kopf.

»Seid Ihr Spion?«

Marcus zuckte mit den Schultern und kämpfte gegen Tränen an.

»Nein! Ihr seid mir zu nichts nütze. Geht. Geht hinfort! Alle beide!«

Titus packte seinen Neffen und schleifte ihn mehr, als dass er ihn zog, aus dem Palast. Allen Protest von Marcus unterdrückte er mit dosiertem Zorn. Als sie keine Augen und Ohren mehr aus dem Palast zu fürchten hatten, stellte er ihn zur Rede.

»Marcus, verdammt noch mal! Wie lautete die Abmachung? Ich rede, und du schweigst! Du bringst uns in höchste Gefahr. Was ist in dich gefahren? Willst du dein Leben wegwerfen? Es geht hier nicht mehr um ein Treffen zweier, die sich lieben. Gefahr ist im Verzug. Krieg zieht auf. Und du willst bei einer geheimen Vertuschungsaktion mitwirken? Wenn dir nicht die Germanen den Kopf abschneiden, bringen dich die Schergen Roms um!«

Die frische kalte Luft hatte auf Titus eine besänftigende Wirkung. Er schwang ein letztes Mal die Arme in die Luft, stieß einen Seufzer gen Himmel und suchte den Blick seines Neffen.

Marcus klang verzweifelt. »Ich würde alles für sie tun. Alles. Aber es war dumm von mir. Es tut mir sehr leid, wenn ich dir Ärger mache.«

Die Gedanken schwirrten wirr durch sein Hirn. Lumina – eine Gegnerin Roms? Das konnte, das wollte er in diesem Moment nicht wahrhaben.

Kurze Zeit liefen sie schweigend nebeneinanderher, nachdem Bacchus von Titus mürrisch wieder auf den Heimweg geschickt worden war.

»Da ist noch etwas, das ich dir sagen muss, Marcus. Ich habe es heute erfahren, wollte dich vor dem Termin aber nicht belasten.«

Marcus sah ihn mit den aufgerissenen Augen eines Priesters an, der den Tod eines Angehörigen im Tiergedärm vorausgesehen hatte.

»Nein, nein. Es ist niemand gestorben«, beschwichtigte Titus ihn sorgsam. »Dein Bruder Tatius wurde vom Kaiser berufen. Oder anders ausgedrückt: Seine Einheit wird nach Mesopotamien abrücken. Er wird als Meldereiter seinen Dienst für das Imperium verrichten. So wie schon dein Vater es getan hat.«

Marcus war alles andere als entsetzt.

»Mein lieber Bruder Tatius. Ich beneide ihn. Er wird Ruhm und Ehre erfahren, und ich? Sitze hier fest und bin zu nichts nutze.«

Im Moment des Selbstmitleids biss er sich bereits auf

die Zunge. Was war er doch für ein Jammerlappen! Sein Onkel überging den kindischen Anfall.

»Morgen beginnen die vierzehntägigen Saturnalien. Am Tag der Festlichkeiten, den die Christen und Mithraisten nächste Woche begehen, hat der Legat im Namen seiner Statthalterschaft beschlossen, auch den Rest der Bevölkerung zu amüsieren. Im Amphitheater findet nach einer Hatz mit exotischen Tieren statt eines Gladiatorenspektakels ein Turnier für Bogenschützen statt. Im Winter sind die Gladiatoren anscheinend im warmen Süden. Ich habe dich über meine Beziehungen angemeldet, du darfst dich mit den Soldaten und der Bürgerwehr messen. Der Statthalter hat sogar einen Preis ausgelobt. Ein syrischer Hornkompositbogen eines Meisterschützen samt Köcher und Pfeilen. Da kannst du dich nützlich machen.«

Im letzten Satz hörte Marcus Spott heraus, aber er war neugierig geworden und überging die Spitze seines Onkels. Er wusste, dass die besten Bogenschützen im römischen Heer aus Syrien und Kreta kamen. Das war ein großartiger Preis. Seine Finger fühlten sich warm und geschmeidig an. Marcus nickte.

»Wenn du mich entschuldigst, Onkel. Ich werde üben müssen.«

Augusta Vindelicum, Dezember 231 n. Chr.

Als Marcus am übernächsten Tag das Amphitheater von Augusta Vindelicum betrat, fühlte sich sein Gaumen staubtrocken an. Sein Onkel hatte ihm auf dem Weg zum Theater vor den Toren der Stadt noch einmal das Wichtigste erklärt, aber ihn überkam das Gefühl, dass er binnen weniger Augenblicke wieder alles vergessen hatte. Es war das erste Mal, dass er die Arena betrat – und dann gleich durch den Vordereingang. Er war froh, seinen Onkel neben sich zu wissen. Titus war in Redelaune.

»Ah, diese verdammten Stadtplaner. Als Augusta Vindelicum fertig war, sahen sich die Verantwortlichen um und machten lange Gesichter. Überall im Reich waren die Arenen eines der wichtigsten Vorhaben in der Städteplanung. Brot und Spiele für die Bürger; unglaublich wichtig für die Stimmung und die amtierenden Politiker. Aber hier hatte man keinen Platz gelassen, sodass man vor die Tore der Stadt ausweichen musste, und das Theater ist im Vergleich mit anderen winzig. Vielleicht 2500 Leute haben hier Platz, mehr nicht. So ein Jammer! Für eine Provinzhauptstadt eine beschämende Größe. Die kriegen hier einfach nichts auf die Reihe.«

Marcus hörte nur halb zu. Von klein konnte hier seiner Meinung nach gar keine Rede sein. Das Amphitheater kam ihm riesig vor. Es war bereits zum Bersten gefüllt. Als sie den sandigen Platz betraten, hörte er nur einen ohrenbetäubenden Lärm. Wie sollte er sich hier konzentrieren? Er ließ den Blick durch das weite Rund schweifen. Er sah Familien, die zusammen speisten, Halbstarke, die in Gruppen lautstark Sprüche skandierten, Gaukler, die durch die Reihen schritten und auf Spenden hofften, Menschen mit Bauchläden, die Süßigkeiten und Mehlspeisen verkauften, und auf den besten Plätzen, auf marmornen Sitzbänken, die honorige Elite der Stadt. Alle anderen nahmen auf mitgebrachten Auflagen auf den steinernen Stufen Platz. Die Menschen strömten in Scharen herbei und freuten sich auf das Spektakel, als gäbe es keinen Winter. Den Schnee hatte man beiseitegeräumt, im Theater sah es gar nicht winterlich aus. Seit gestern herrschte Tauwetter. Um klamme Finger brauchte er sich heute nicht zu sorgen.

Sie stiegen eine steile Treppe in den Untergrund hinab, wo ein kleiner runder Raum zum Wartesaal für die Turnierteilnehmer erklärt worden war. Es standen schon einige Soldaten mit grimmigem Blick herum, die Marcus schweigsam musterten. Die Armeebogen, die sie trugen, verrieten sie als Teilnehmer. Er rümpfte die Nase; es roch muffig, und Staub drang in seine Nasenlöcher und kitzelte ihn.

Fanfaren von Trompeten kündigten den ersten Programmpunkt des Tages an: Tierhetzen.

»Das will ich sehen, Onkel Titus. Ich will nicht hier unten herumlungern.«

Sein Onkel hatte ebenfalls wenig Lust, im Verborgenen zu warten, und überlegte kurz.

»Musst du dich nicht vorbereiten?«

»Ich bin immer bereit. Aufwärmen kann ich mich auch kurz vor dem Wettkampf.«

»Hm. Ich habe auch keine Lust auf den Staub hier

unten. Wir dürfen nur nicht den Moment der Anmeldung verpassen; aber bisher habe ich noch keinen Offiziellen gesehen. Lass uns die Treppe im Auge behalten und einen Blick auf das Spektakel riskieren.«

Marcus' Miene hellte sich auf, Ablenkung war jetzt genau das Richtige. Sie erklommen die Treppe bis zum Eingang in die Arena. Onkel Titus sprach direkt einen feisten Wachmann an, der sofort auf sie zusteuerte, um sie zu verscheuchen. Nach einigem Getuschel strahlte der Mann seinen Onkel an, der sicher wieder mit Wein gelockt hatte, und wies ihnen einen Platz nahe einem Aufgang bei den Theaterstufen zu, wo sie, in der Hocke sitzend, niemanden störten. Der Statthalter richtete einige Worte an die Menge. Nach einem höflichen Applaus ging es endlich los.

Drei Braunbären wurden an Ketten in die Arena geführt. Gegenüber befanden sich mindestens ein Dutzend Führer von Jagdhunden, die jeweils zwei Tiere an der Leine hielten. Die Hunde waren auf Hetzjagden und Töten abgerichtet, bellten wie verrückt und konnten es kaum erwarten, ihren Trieb auszuleben. Die Bären waren nervös und gaben tiefe, kehlige Laute von sich, während sie den wenigen Platz, der ihnen zur Verfügung stand, für ein hektisches Auf-und-ab-Gehen nutzten. Auf ein Kommando wurden Hunde und Bären losgelassen, und die Menge johlte, als die tierischen Kontrahenten aufeinandertrafen.

Unter exotischen Tieren, wie Marktschreier am Forum geworben hatten, stellte sich Marcus zwar etwas anderes vor, konnte sich aber der Faszination nicht entziehen, die der Kampf dieser unterschiedlichen Tiere bot. Die Hunde setzten ihre Angriffe wie Nadelstiche, schnell und unvorhersehbar. Die Bären schienen immer zweite Sieger, aber wie sich rasch zeigen sollte, reichte ein gut gesetzter

Prankenhieb oft schon aus, um den Widersacher zu erledigen. Bald flogen Hundekörper, die es nicht geschafft hatten, einem Schlag der Pranke auszuweichen, im hohen Bogen durch den Sand. Doch das Fell der Bären nahm ebenfalls stetig ein tiefes Blutrot an.

Die Bären arbeiteten im Gegensatz zu den Hunden nicht zusammen. Als einer von ihnen von einer Meute niedergerungen wurde, kamen ihm die anderen nicht zu Hilfe. Jeder kämpfte für sich. Die Bären schlugen über ein Dutzend Hunde tot, aber am Ende triumphierten die Nachfahren der Wölfe.

Nachdem die toten Bären aus dem Amphitheater geschleift worden waren, ging es fast nahtlos mit einer Horde Keiler weiter, die von den Soldaten der Garnison unter einem Beifallssturm der Menge abgeschlachtet wurden, ohne dass ein Soldat zu Schaden kam. Der Applaus brandete das ganze Spektakel über immer wieder auf. Marcus fand ihn übertrieben, denn die Wildschweine flüchteten vor den Soldaten und stellten sich einem Kampf nur, wenn sie keinen Ausweg mehr sahen; außerdem kamen auf einen Keiler mindestens drei Soldaten. Ehrenvoll schien ihm das nicht, aber so versicherten sich die Bevölkerung und die Verteidiger der Stadt aus Tradition ihrer Treue, wie ihm Onkel Titus erklärte.

Da das Publikum eine gewisse Erwartungshaltung hatte, die vom Statthalter befriedigt werden musste, wenn er nicht als langweiliger Veranstalter ins Gerede kommen wollte, war der nächste Programmpunkt eine Hinrichtung.

Gladiatorenkämpfe, das bessere Mittel der Wahl, gab es im Winter mangels Akteuren nicht.

»Schau, Marcus, dieser Abschaum wird jetzt die *dam-*

natio ad bestias erfahren. Mal sehen, ob die Tiere auch ordentlich Hunger haben.«

Marcus sah seinen erwartungsfroh grinsenden Onkel zweifelnd an. Er konnte Grausamkeiten wenig abgewinnen, im Gegensatz zum Plebs, der jetzt einen ohrenbetäubenden Lärm entfachte.

»Die können sich ja nicht mal wehren, das ist doch langweilig. Schau nur, sie sind gefesselt.«

Sein Onkel überlegte kurz und machte eine abfällige Geste in Richtung der zwei Delinquenten.

»Pah, die haben es nicht anders verdient. Mörder. Vergewaltiger. Keinerlei Ehre soll ihnen zuteilwerden. Sieh mal! Zwei Löwen, das ist doch mal was, oder?«

Marcus war in der Tat beeindruckt. Löwen hatte er noch nie gesehen. Es handelte sich um zwei riesenhafte Tiere mit prächtiger Mähne, allerdings waren ihre hervorstehenden Rippen nicht zu übersehen. Sie hatten lange nichts mehr zu fressen bekommen. In die Schreie der Verurteilten mischte sich das Brüllen der Bestien, die sich hungrig auf ihre Beute stürzten. Marcus wendete den Blick ab und beobachtete stattdessen die kreischende Menge. Er ertrug den Anblick nicht, als die Opfer zerfleischt wurden. Die Masse jubelte und johlte ungehalten, fast niemanden hielt es auf seinem Sitz.

Wie in Trance machte er sich wieder auf den Weg in die Katakomben. Onkel Titus eilte ihm hinterher.

»Marcus, was ist los? Gefällt es dir nicht? Hier wird mehr geboten, als ich erwartet hatte.«

»Doch, doch, schon. Aber ich will das Turnier gewinnen. Ich muss mich jetzt konzentrieren«, log er und hatte damit Erfolg.

»Gut, alles klar. Ich sehe mir den Rest noch an und komme dann nach. Bis gleich.«

Marcus überprüfte im Keller seine Ausrüstung und atmete tief durch. Der Lärm der Zuschauer drang nur noch am Rande zu ihm durch und verlor die Bedrohung, die er eben noch ausgestrahlt hatte. Wie sollte er das nur durchstehen da draußen? Ein Verwaltungsbeamter mit Hakennase erschien mit Wachstäfelchen und einem aufklappbaren Tisch.

»Die Turnierteilnehmer mögen bitte einzeln vortreten und mir Namen, Abteilung, Vorgesetzten, Alter und Herkunft nennen. Haben das alle hier kapiert?«

Ein monotones, bejahendes Gebrumm stimmte den Beamten zufrieden.

Was für ein Glück, dass er schon hier unten war; von seinem Onkel war weit und breit nichts zu sehen. Am Ende hätte er das Wichtigste wegen der Hinrichtung verpasst, dachte sich Marcus, als ihn ein Mann auf die Schulter tippte und ihm bedeutete, dass er an der Reihe war.

»Marcus Aurelius, achtzehn Jahre, keine Abteilung. Mein Vorgesetzter ist mein Onkel, Titus Aurelius, und ich komme aus Raetien.«

Gelächter hallte durch die Katakomben.

»Ruhe hier unten. Hier, deine Plakette. Häng sie dir um und gib gut darauf acht, du bist in der letzten Paarung an der Reihe. Viel Erfolg, junger Mann.«

Marcus sah sich um, wer mochte sein Gegner sein? Ein muskulöser, glatzköpfiger Kerl mit langer Narbe vom Ohr bis zum Kinn lachte schadenfroh in die Runde, als er Marcus gemustert hatte.

»Ich wusste gar nicht, dass es hier Freilose gibt«, ätzte er lakonisch in Marcus' Richtung.

Wieder erhob sich Gelächter. Marcus blickte den Soldaten verächtlich an und verkniff sich mit Mühe einen

Kommentar, als plötzlich Onkel Titus doch noch auftauchte.

»Was ist los hier? Passt dir etwas nicht? Mein Neffe kann auch nichts dafür, wenn er ein Freilos bekommt. Bring erst mal deine Pfeile ins Ziel, bevor du hier die Klappe aufreißt.«

Diesmal schloss sich Marcus dem Gelächter an, das unmittelbar aufbrandete, während der Soldat grimmig seine Sachen packte und davonstapfte. Titus sah Marcus entschlossen in die Augen.

»Sieh dich vor, der hat Kampferfahrung und ist ein Meister der Provokation. Ein meisterlicher Schütze ist er auch. Wenn du den besiegst, dann schlägst du alle. Aber lass dich nicht provozieren. Er wird dich bis aufs Blut reizen. Du musst dem widerstehen, hörst du? Konzentriere dich nur auf den Wettkampf, auf den nächsten Pfeil, und zeige ihm auf dem Platz, wer der Bessere ist!«

Einerseits motivierte es ihn, dass Onkel Titus ihn wie ein Exercitor von Gladiatoren einschwor, andererseits stellte sich unmittelbar ein flaues Gefühl im Magen ein. Jetzt galt es, und ausgerechnet in diesem Moment fühlte er sich ganz steif. Hätte er sich doch nur aufgewärmt!

Die Gruppe machte sich auf den Weg aus den Katakomben. Als die Männer im Theaterrund aufmarschierten, ertönten Fanfaren der Buccinen. Die Menschen jubelten, und der Statthalter hielt erneut eine kurze Rede.

»Bewohner von Augusta Vindelicum, nun gilt es, den besten Verteidiger dieser Stadt zu ermitteln. Ein wertvoller Preis wartet auf den Besten, den wir im Zweikampf ermitteln. Das Duell zum Schluss krönt den heutigen Tag.«

In der Zwischenzeit waren die Sklaven mit den Aufbauten fertig, und die Regeln wurden knapp erläutert. Jeder würde drei Pfeile haben. Das Ziel waren funkelnde Messingscheiben, die einen lauten Gong ertönen ließen, sobald ein Pfeil seinen Weg ins Ziel gefunden hatte. So konnte auch das Publikum auf den hinteren Plätzen verfolgen, was passierte. Wer am Ende weniger Treffer als sein Kontrahent hatte, schied aus. Die einzelnen Schützen wurden namentlich vorgestellt.

Marcus wunderte sich, aus welchen Winkeln es die Teilnehmer hierher verschlagen hatte. Unter ihnen waren Abgar Ephraem aus Sorviodurum sowie ein gewisser Lucius Ulpius Caius aus Castra Regina. Marcus wurde doch tatsächlich als Marcus Aurelius Pullus aus Biriciana angekündigt. Das hatte er sicher seinem Onkel zu verdanken, der die Angaben noch ergänzt haben musste.

Er schritt in der kurz bemessenen Vorbereitungszeit den Weg zu den Zielen ab und addierte in Gedanken die Entfernung. Etwas über achtzig Fuß, ein Abstand, den er nur zu gut kannte. Die Entfernungsangabe der Preisrichter von genau hundert Fuß schien ihm zu vage und nicht korrekt, und er war froh, sich nicht auf andere verlassen zu haben. Es klang wohl besser, aber eine größere Entfernung hätte das Rund der Arena nicht publikumswirksam hergegeben.

Eine letzte große Fanfare eröffnete das Turnier. Ein erhabenes Gefühl durchflutete Marcus. Er wollte unbedingt gewinnen.

Marcus beobachtete seine Gegner genau. Wie sie zielten, wie sie sich bewegten, wie sie nach einem Schuss reagierten. Bei jedem Gong johlte das Publikum, und es brandete Beifall auf. Doch das war gar nicht so oft der Fall, wie Marcus es erwartet hatte. Bei den ersten sechs Paarungen gewann jeweils der Schütze, der überhaupt nur ein einziges Mal das Ziel getroffen hatte. Bei den beiden, die vor ihm dran waren, traf gar keiner, und das Publikum fing an zu buhen. Der Schiedsrichter beließ es dabei, nun war Marcus an der Reihe.

Der Soldat aus den Katakomben trat an ihn heran und raunte ihm leise zu: »Der syrische Bogen, der hier als Preis ausgesetzt ist, wird mein sein. Nur ein Syrer kann einen Anspruch auf ihn haben, so wahr ich Abgar Ephraem heiße.«

»Ihr seid Syrer?«, fragte Marcus so erstaunt, als könnte die Herkunft den Sieger von alleine bestimmen.

»So ist es«, antwortete der Mann stolz, dem gefiel, dass Marcus ihm Respekt erbot.

Marcus bemerkte, dass sich der Mann geschmeichelt fühlte, und nutzte die Gelegenheit, den Provokationen ein Ende zu setzen.

»Ich fühle mich geehrt, gegen einen syrischen Meisterschützen antreten zu dürfen. Ihr habt selbstverständlich das Recht auf den ersten Schuss.«

Der Mann hob das Kinn, trat vor, sagte nichts weiter und kürte damit Marcus zum Sieger des Rededuells.

Mit einer geschmeidigen, lange geübten Bewegung spannte der Syrer seinen Bogen und zielte nur kurz, bevor der Pfeil von der Sehne schnellte. Ein lauter Gongschlag versetzte das Publikum wieder in Entzücken, und Abgar Ephraem grinste ihn mitleidsvoll an.

Marcus trat seinerseits an die Linie, schloss kurz die Augen und versuchte, sich in den Innenhof seines Onkels zu versetzen. Es schien ihm eine gute Idee, um diesen Trubel aus der flirrenden Gegenwart zu verbannen. Er stellte sich die Ruhe und Vertrautheit im Anwesen seines Onkels vor und dachte an die Mühen, die er auf sich genommen hatte. Ein sanftes Lächeln spielte um seinen Mund, dann war er bereit.

Marcus brauchte keinen Augenblick länger für seinen Volltreffer als der Syrer.

Das Publikum geriet über das sich gerade entspinnende Duell in Wallung, ließ einen langen Beifall aufbranden und skandierte Motivationssprüche für Marcus.

Alle Aufgeregtheit war verflogen. Marcus prüfte mit einem Blick zu seinem Kontrahenten, wie der seinen erfolgreichen Schuss wahrgenommen hatte, und sah in die Augen eines Mannes, der ihn mit verschränkten Armen kampfeslustig anstarrte. Abgar Ephraem machte sich entschlossen an seinen zweiten Versuch. Marcus sah in einen prallen Köcher voll edler Pfeile mit kunstvollen Spitzen und vermutlich Adlerfedern, die keinesfalls im täglichen Gebrauch zum Einsatz kamen. Dieser Mann verstand sein Handwerk.

Der dritte Gong hintereinander stachelte die Zuschauer abermals an und teilte das Publikum auf in einen Teil, der nun für den Syrer skandierte, und einen anderen, der Marcus anfeuerte. Die Zuschauer hatten gefunden, was sie brauchten, um Spaß zu haben.

Marcus suchte seinen Onkel in der Menge, doch er nahm nur eine konturlose Masse wahr. Es war so unglaublich, dass er Teil dieses Spektakels war, ja sogar der Grund für die Beifallsstürme. Er hätte es so gerne geteilt. Wenigstens würde sein Onkel ihm später erzählen können, wie es sich im Publikum angefühlt hatte. Er stellte sich wieder auf, nahm Maß und zielte selbstbewusst auf die Scheibe, die jetzt wie Gold in der Sonne glänzte. Der Pfeil entglitt ihm einen Moment zu früh; er spürte es sofort, hoffte dennoch auf den befreienden Ton eines Treffers. Ein geräuschvolles Raunen der Zuschauer überbrachte ihm stattdessen die Enttäuschung des ganzen Amphitheaters. Er konnte es selbst nicht fassen.

Er wagte nicht, seinen Gegner anzusehen, und wandte sich voller Gram ab. Das durfte nicht sein! Er drückte fest seinen Talisman und rief alle Götter an, die er kannte, sich für ihn einzusetzen. Marcus ging in die Knie und starrte in den Sand. Diejenigen, die sich für die Unterstützung des Syrers entschieden hatten, brüllten rhythmisch Anfeuerungen für den letzten Versuch, die anderen fingen an zu buhen. Dabei entging Marcus, dass sich sein Kontrahent selbst nicht mehr an den gewohnten Ablauf hielt und länger als vorher sein Ziel fixierte. Seine Ohren suchten nach dem Gong und hofften doch, keinen Ton zu vernehmen. Als abermals ein Raunen das Rund flutete, blickte er auf und ballte seine Faust. Kein Gong. Ein Fehlschuss.

Diesmal trafen sich die Blicke der beiden Bogenschützen wieder, und Marcus sah in ein ungläubiges Gesicht. Er senkte sofort den Blick und begann konzentriert mit den gewohnten Handgriffen. Ein rhythmisches Klatschen, unüberhörbar und langsam anschwellend, machte im Theater die Runde. Der Syrer sprach ihn direkt an und wollte ihn aus dem Konzept bringen, aber Marcus hatte beschlossen, nur das gleichförmige Klatschen in seine Ohren dringen zu lassen und sonst nichts. Er hörte noch die ersten Worte »Glaubst du wirklich ...«, doch dann hatte er sich von dem Mann abgewendet und ignorierte ihn.

Leicht gebeugt, hielt er einen kurzen Moment inne, dann richtete er sich auf und spannte mit Zeige-, Mittel- und Ringfinger den Bogen. Sein Unterarm, der den Zug leichthändig auf die Sehne übertrug, verlief parallel zum Pfeilschaft. Er hob den Bogen sanft auf die Bahn, die zum Ertönen des Gongs führen würde, dann schickte er den Pfeil auf die entscheidende Reise. Ein satter Ton rauschte durch die Arena und ließ das Publikum in Jubel ausbrechen. Marcus fiel auf die Knie, um einen Freudenschrei in die Welt auszustoßen, doch konnte er seinen Stimmbändern keinen Laut entlocken. Mit aufgerissenem Mund streckte er den Göttern zum Dank beide Arme entgegen.

Der Syrer starrte mit verschränkten Armen entgeistert vor sich hin und würdigte ihn keines Blickes.

Marcus fragte sich, wie es weitergehen würde. Sie hatten beide zweimal getroffen. Der Statthalter höchstpersönlich überbrachte die Antwort nur einen Augenblick später und bat um Ruhe.

»Bürger von Augusta Vindelicum. Würde unsere Stadt von einigen Hundert Meisterschützen, wie diese beiden Männer es sind, verteidigt, kein Feind würde jemals unsere Mauern überwinden.«

Der Beifall von den Rängen ermunterte den Statthalter weiterzureden.

»Im Andenken an meinen Vater, der hier an gleicher Stelle vor mehr als dreißig Jahren weise Urteile gefällt hat, bestimme ich, Gaius Claudius Lateranus, Statthalter von Augusta Vindelicum, dass diese beiden Bogenschützen zusammen in die nächste Runde kommen. Die enttäuschende Paarung zuvor ist ausgeschieden.«

Diese Art von salomonischem Urteil war genau nach dem Geschmack des Publikums, und Marcus genoss das Klatschen und Trampeln der begeisterten Menge.

Sein Selbstbewusstsein war unerschütterlich. Seine beiden nächsten Gegner, älter und erfahrener als er, hatten keine Chance. Marcus setzte jeweils den ersten Treffer; dadurch gerieten seine Widersacher so unter Druck, dass sie versagten.

Die letzte Begegnung fand abermals zwischen dem Syrer und Marcus statt.

Auf den Rängen stand Titus und platzte vor Stolz. Sein

Neffe absolvierte den Wettkampf seines Lebens, und das Publikum skandierte Marcus' Namen. Nie hätte er gedacht, dass sich sein Schützling so tapfer schlagen würde. Gong, der Syrer hatte getroffen. Gong, wieder ein Treffer für Marcus.

Der großartige Wettstreit begeisterte die Zuschauer.

Plötzlich drängelte sich von hinten ein Mann direkt neben ihn. Titus wollte ihn bereits einen Rüpel schimpfen, als er in dem Drängler zu seinem Erstaunen Aulus Fidelius erkannte.

»Werter Aulus Fidelius, was verschafft mir die Ehre, hier beim Plebs einen so hohen Würdenträger begrüßen zu dürfen?«

Der stellvertretende Statthalter hielt eine Schale mit Nüssen in der Hand und bot Titus davon an. Der ließ sich nicht zweimal bitten und griff zu.

»Nun, ehrenwerter Titus Aurelius, Euer Neffe hat nicht nur Mut, sondern auch Talent und eine begnadete Technik. Ich überlege gerade, ob ich ihn nicht doch in meinen Dienst nehmen soll.«

Titus' Augen weiteten sich erschrocken; er verschluckte sich an seiner Nuss und hustete hektisch, bevor er sich wieder fing.

»Was? Nein, er ist doch ein völlig ungeschliffener Rohling. Bei der ersten Panik läuft er weg. Er ist noch nicht so weit. Er braucht noch Zeit. Außerdem lasse ich das als sein Vormund nicht zu.«

Gong.

»Das habt nicht Ihr zu entscheiden. Wenn Rom ihn ernennen will, wird Rom das tun. Sollte er das Turnier gewinnen, mache ich ihm ein Angebot als Bote. Ganz offiziell natürlich, von amtlicher Stelle. Bedenkt, er bekäme einen hohen Sold und hätte damit ausgesorgt.«

»Von wegen hoher Sold! Und für wie lange hätte er Freude daran? Ehe er seinen ersten Verdienst in die Taverne tragen könnte, wäre ihm schon sein Kopf abgeschlagen. Von Rom kann außerdem keine Rede sein. Ihr wollt ihn persönlich für Eure Zwecke engagieren. Für einen Geheimauftrag, bei dem er sein Leben aufs Spiel setzt. Niemals!«

Gong.

»Hütet Eure Zunge, Titus Aurelius, damit seid Ihr in Eurem Leben bisher am weitesten gekommen. Ich weiß nicht, wovon Ihr redet. Euer junger Neffe kann lesen, schreiben, rechnen; er kann reiten, sich verteidigen und ist ortskundig. Rom braucht solche Männer, und der Statthalter Augusta Vindelicums sucht sich die besten Männer persönlich aus.«

Aulus Fidelius knackte eine Nuss, während Titus besorgt zu seinem Neffen starrte und inständig hoffte, er werde nicht mehr treffen. Er drehte sich langsam zum stellvertretenden Statthalter um, bis sich ihre Nasen fast berührten, nahm sich eine Nuss aus der Schale und hielt sie ihm vors Gesicht.

»Hört mir jetzt gut zu, Aulus Fidelius: Ihr seid immer am weitesten gekommen, wenn Ihr weise entschieden habt. Wir haben immer gute Geschäfte miteinander gemacht. Eine Sache war dann gut, wenn sie gut für Euch, gut für mich, gut für uns beide war. Aber hier greift Ihr nach etwas besonders Wertvollem ohne Gegenleistung. Ich versichere Euch – wenn meinem Neffen etwas passiert, wenn ihm auch nur ein Haar gekrümmt wird, dann findet man Euch am nächsten Tag ersäuft in einem Weinfass. Passt also gut auf ihn auf. Habe ich mich klar und deutlich ausgedrückt?«

Titus zerquetschte die Nuss und ließ die Bröckchen auf die Stufen rieseln.

Aulus Fidelius war von der plötzlichen Schärfe im Ton seines Geschäftspartners überrascht und schluckte, als ein Raunen die Arena durchlief.

Beide fuhren herum, blickten in das weite Rund und erkannten, dass der Syrer danebengeschossen hatte.

Marcus trat an zum entscheidenden Schuss. Titus senkte die Augenlider, er konnte gar nicht hinsehen. Bei allen Göttern! Irgendwann musste sein Neffe doch auch einmal patzen. Jetzt wäre der perfekte Augenblick dafür.

Dann ertönte das noch vor Kurzem so strahlend klingende Gongen, das ihm jetzt wie die Melodie des Todes erschien, gefolgt von einem aufbrausenden, tosenden Jubel der Zuschauer.

Das war seine Schuld. Wie hatte er Marcus nur dieser großen Kulisse aussetzen können? In ihm nagte das bittere Gefühl, es auch für den eigenen Ruhm getan zu haben. Aller Welt zu zeigen, was für ein großartiger Ausbilder er war, was für ein großartiges Vorbild. Was hatte er erwartet? Er erregte genau die Aufmerksamkeit, mit der man rechnen konnte. Nun hatte er seinem Neffen und sich eine Suppe eingebrockt, die auszulöffeln ebenfalls seine Aufgabe sein würde.

Mit versteinerter Miene sah er seinen Neffen in der Arena vor Freude auf und ab hüpfen, sah einen Gegner, der ihm mit einer Verbeugung seinen Respekt erwies, verfolgte teilnahmslos, wie die Preisrichter mit dem kostbaren syrischen Kompositbogen aufwarteten, und verspürte nicht im Geringsten Freude darüber. Er hasste Aulus Fidelius dafür, ihm diesen einmaligen Moment der puren Glückseligkeit und des aufrichtigen Stolzes verdorben zu haben.

Freies Germanien, Dezember 231 n. Chr.

Die Schar der Gefolgsleute war klein, Adalmar hatte es so bestimmt. So kamen sie schneller voran, obwohl »schnell« bei diesem Wetter ohnehin relativ war. Straßen gab es hier keine, und die Pfade waren durch die Schneeverwehungen unkenntlich geworden. Die Pferde hatten größte Mühe, sich ihren Weg zu bahnen, und waren schnell erschöpft. Die einsamen Wälder, durch die sie ritten, reckten ihre kahlen Äste wie flehend zum Himmel, als beklagten sie sich bei den Göttern über ihre Entkleidung im Herbst. Eine einsame uralte Tanne inmitten der Buchen- und Eichenwälder bildete am Fuße eines Hügels mit ihrer schweren weißen Last einen reizvollen Kontrast zu den mit Schnee nur bepuderten, skelettartigen Laubbäumen. Berovist erkannte die markante Wegmarke und gab Adalmar ein Zeichen, dass sie ihr Ziel bald erreicht haben würden.

Mit ihnen ritten nur Berovists zwanzigjähriger Sohn Chrocus und zwei langjährige Gefolgsleute, denen Berovist besonders vertraute. Dass sie aussahen wie zwei Schränke, war nicht von Nachteil.

Der Suebenfürst Duremar lag im Sterben, und Adalmar musste sich der Gefolgschaft dessen Sohnes Durinkim versichern. Es war ein ungünstiger Zeitpunkt, denn der Clan lag abgelegen, aber Adalmar hatte keine andere Wahl. Der Stamm war groß und zählte über tausend Krieger. Damit war er zwar nicht der wichtigste unter seinen Verbündeten, doch so bedeutsam, dass man mit einem Besuch nicht bis zum Frühjahr warten konnte.

Eingehüllt in einen Mantel aus Bärenfell, trotzte Adalmar der Kälte, während seine Stute tapfer voranschritt. Er hatte sich geweigert, sich von diesem Pferd, das ihn in die Freiheit getragen hatte, zu trennen – und bis heute hatte er es nicht bereut. Sie war ein gescheckter Schimmel und nicht sonderlich anmutig, aber ausdauernd und treu. Tief versanken die schlanken Fesseln bei jedem Schritt im glitzernden Schnee, um nur einen kurzen Augenblick später schwungvoll emporzuschießen und den Weg aufs Neue zu bahnen. In wilden Fontänen spritzten Schneebrocken links und rechts beiseite und zogen den Blick des Reiters in einer Art auf sich, wie Wasserfälle es gelegentlich vermögen.

Adalmar ließ die vergangenen Monate Revue passieren. Wie schnell doch ein Sommer und ein Herbst ins Land gezogen waren ...

Bei seiner Heimkehr wurde er mit grenzenlosem Jubel empfangen, als er, der Sohn des Ariovist, an die Stätte seiner Jugend zurückkehrte. Nicht wenige hielten ihn für einen Geist, die Mehrheit glücklicherweise für ein gutes Omen. Da die Prophezeiung seiner Rückkehr von Berovist unerschütterlich weitergetragen worden war, konnte er die Macht problemlos übernehmen. Das galt aber nur für seinen Stamm.

Nun stand er vor der Aufgabe, aus den losen Bündnissen im Umkreis von hundert Meilen einen Anführer und König zu gebären, um ein gewaltiges Heer auf die Beine stellen zu können, und das bedeutete: reisen, verhandeln und überzeugen. Hass war sein Antrieb, Vergeltung sein Motiv, doch hatte er die Tatsache unterschätzt, dass viele, die heute überzeugt werden mussten, zu den Zeiten des Gemetzels noch Kinder oder gar nicht geboren gewesen waren. Es war ein zäher Prozess. Hungersnöte hatten sein Land überzogen, und diese Plage war ein besseres Argument als die Wiederherstellung von Ehre oder gar Rache. Nach all dem, was er durchgemacht hatte, war dies eine bittere Erkenntnis, aber vielleicht musste man dieses Gemetzel er- und überlebt haben, um keine andere Begründung für einen Krieg zu benötigen.

Sein eigener Tross war der größte im Umkreis, denn seit seines Vaters Zeiten herrschte der Anführer seines Clans über drei Stämme. Berovist konnte während seiner Abwesenheit erreichen, dass diese Allianz hielt. Das hieß, dass er mehr als viertausend Krieger auf sich vereinen konnte, aber der Haufen war unzureichend ausgebildet und die Ausrüstung den Römern unterlegen. Es gab viele Baustellen, doch Berovist war kein Baumeister. Er war ein fähiger Stratege und Taktiker und sein Sprachrohr zu den Kriegern. Der Führungsanspruch lag allein bei ihm, dem Sohn des Ariovist. Es war seine Aufgabe, diesem wimmelnden Ameisenhaufen von Kriegern Disziplin beizubringen. Römische Disziplin. Er lächelte höhnisch in sich hinein.

Die fünf Reiter waren auf der baumlosen Kuppe des Hügels angekommen, als ihnen schneidend kalte Windstöße ins Gesicht fuhren. Die Sonne gab ein kurzes Intermezzo und tauchte die Umgebung in ein gleißendes Weiß. Tränen schossen Adalmar über die Wangen. Als sich seine Augen an die Böen und das satte Strahlen des Schnees gewöhnt hatten, erkannte er auf einem tiefer liegenden Plateau neben einem mäandernden Fluss endlich ihr Ziel. Eine dichtere Ansammlung von langen Holzhäusern kam in Sichtweite, ein besonders großes in der Mitte. Ringsum waren weitere Gehöfte und Häuser zu erkennen. Von hier oben sah es so aus, als bestünden die imposanten Häuser nur aus Dächern. Lange, mächtig geneigte Dächer in Sattelform, die mit Reisig, Grassoden oder Schilf bedeckt waren. Es kamen ihnen zwei Reiter entgegen, Wachen, die sie bemerkt hatten und die nun, von einer Wolke aus Schnee begleitet, auf sie zugaloppierten.

Die beiden Wachen eskortierten sie schließlich bis vor das Haus des Fürsten, blieben jedoch bis auf ein Mindestmaß an Begrüßungsformeln stumm. Die Stimmung war so frostig wie das Wetter.

Die Menschen, denen Adalmar auf dem Weg begegnete, sahen ausgemergelt und verzagt aus. Die Ernten waren überall miserabel ausgefallen, aber hier auf dem kargen, hügeligen Land vielleicht am schlechtesten. Eben fiel ihm auf, dass er nur Kinder, Frauen und Greise gesehen hatte. Wo waren die Männer?

»Wartet hier, Durinkim wird Euch empfangen.«

Sie stiegen ab und blickten in gleichgültige Gesichter von weiteren Wachen, die vor dem Haus stoisch die Kälte ertrugen, obwohl sie nur in Hosen und Überwurfmäntel gekleidet waren, den Brustkorb schutzlos dem Wetter ausgeliefert.

Noch bevor Durinkim erschien, konnte man ihn riechen, denn das ganze Haus war erfüllt von verbrannten Kräutern. Damit wollte man die bösen Geister vertreiben, die es wagen könnten, sich des sterbenden Clanchefs zu bemächtigen. Jede Pore des Sohnes verströmte diesen Duft, sobald nur die Tür geöffnet wurde.

»Danke, dass Ihr mich empfangt in dieser schweren Stunde, da Euer Vater im Sterben liegt, Durinkim, Sohn des wirkungsreichen Duremar«, begrüßte Adalmar den Gastgeber.

Durinkim sah verfilzt und erschöpft aus und wirkte weder wie ein Fürstensohn noch wie ein stimmungsvoller Gastgeber.

»Mein Vater ist soeben verschieden. Ihr kommt äußerst unpassend.«

Adalmar schwieg auf die unwirsche Begrüßung und sah es dem Trauernden nach. Durinkim kratzte sich am Bart und am Kopf und seufzte.

»Nun, da Ihr den beschwerlichen Weg schon einmal auf Euch genommen habt, seid mein Gast. Der Abschied von meinem Vater findet heute Abend statt. Ihr könnt das Haus gegenüber bewohnen. Selbstverständlich könnt Ihr der Zeremonie beiwohnen. Wir können morgen reden. Ich habe jetzt zu tun. Entschuldigt mich.«

Adalmar nickte seinen Begleitern zu und wandte sich dem Gästehaus zu. Zu gerne hätte er noch ein Wort mit dem verstorbenen Stammesführer Duremar gewechselt, mit dem seine Sippe bestens ausgekommen war. Nun war alles ungewiss. Durinkim war impulsiv, launisch und habgierig, das hatte Berovist ihm erzählt. Er wünschte sich, dass sein Heerführer übertrieben hatte, ahnte aber schon bei der ersten Begegnung, dass er recht hatte.

»Irgendetwas stimmt hier nicht«, raunte Berovist seinem Anführer zu, und Adalmar pflichtete ihm bei.

»Du spürst es auch, oder? Durinkim führt etwas im Schilde. Wir wollen uns kurz aufwärmen und dann umsehen.«

Einige Zeit später kehrten Berovist und Adalmar von ihrer Erkundigungstour zurück. Sie hatten identische Eindrücke gesammelt: An allen möglichen Stellen wurden Eisen geschmiedet. Ausschließlich Waffen. Und es gab kaum Vorräte, aber viele frische Brandgräber, die meisten davon sehr klein.

Nachdem die Dämmerung hereingebrochen war, erschienen die Männer. In langen Kolonnen schritten sie zum Fluss, denn dort wurde ihr verstorbener Anführer in seinen prächtigsten Kleidern aufgebahrt. In den letzten Tagen waren die Temperaturen stark gefallen, und der Boden war tief gefroren; deshalb hatte Durinkim beschlossen, seinen Vater in einem langen Kanu auf die Reise zu den Göttern zu schicken. Das war hier ungewöhnlich, aber bei den Stämmen im Norden durchaus üblich. Duremars Stamm hatte nordische Wurzeln, die einige Generationen alt, aber noch vorhanden waren.

Voller Ehrfurcht schritten die Männer am Leichnam vorbei und stellten sich im Kreis um ihn herum auf. Der Anblick bot aus einem anderen Grund für Adalmar und seine Begleiter ein gespenstisches Schauspiel: Durinkims Stamm erschien in voller Rüstung und kriegsbereit.

Der neue Anführer tauchte mit dem Schwert seines Vaters vor dem Bootskörper auf. Mehrere in weiße Felle gekleidete Männer brachten den Toten auf einer Bahre herbei und betteten ihn auf die Zweighaufen. Einige Stammesälteste führten ein Ritual durch, uralte Zeremonien, die Adalmar zugleich fremd und vertraut vorkamen. Er verband nur die Gedanken eines Kindes mit Sterbezeremonien; die Tiergeweihe, die einige Männer trugen, hatten ihn immer schon gefesselt und fasziniert. Er ertappte sich, wie er auch jetzt darauf starrte.

Dann schritt Durinkim in die Mitte, legte das Schwert auf eine Art steinernen Amboss, der eine rundliche Vertiefung in der Mitte aufwies, und ergriff einen schweren Hammer. Er begann, auf das Schwert zu schlagen, das sich laut tönend seiner Zerstörung widersetzte. Aus den ersten zögerlichen Schlägen wurde ein ekstatisches, entfesseltes Hauen, und schließlich brüllte Durinkim mit wilder Inbrunst, während er das verbogene Schwert so rasend bearbeitete, bis es endlich zerbrach. Er stoppte nicht eher, als bis er vier einzelne Teile in die Höhe hielt, die er seinem Vater mit auf die Reise gab. Niemand anderes durfte sich dieser Klinge je wieder bemächtigen.

Weitere Beigaben folgten: das Geschirr des Häuptlings und sein Schmuck, darunter prächtige Halsringe und Armreifen. Das Feuer wurde entfacht und das brennende Boot auf seine letzte Reise geschickt. Die Zweige knackten laut, die Flammen loderten hell und gierig Richtung Himmel, und die Strömung gab dem kleinen Totenschiff alsbald eine klare Richtung vor. Als es hinter einigen Biegungen nicht mehr als Widerschein in der Nacht zu erkennen war, löste sich der Kreis murmelnd auf, und Durinkim gab das Signal für den annehmlichen Teil der Totenfeierlichkeiten, die von den Stammesangehörigen schon sehnlichst erwartet wurden. Hier litt man Hunger, das spürte Adalmar. Met wurde ausgeschenkt, Ochsen und Ferkel hingen an Spießen, und die Menschen konnten sich kaum noch gedulden.

Die fünf Gäste durften an der langen Bank Platz nehmen, an der auch der neue Fürst tafelte. Adalmar wurde direkt neben ihm platziert.

Nachdem alle die ersten Bissen verzehrt hatten und die allgemein fahrige Ungeduld der Menge einer erleichterten Entspannung gewichen war, sprach Durinkim ihn unvermittelt an.

»Seht Ihr, wie selig sie essen? Das ist für viele seit Wochen die erste Fleischration, die satt macht. Die Ernten waren so miserabel, dass die Vorratskammern leer sind. Das Vieh hat kaum etwas auf den Rippen. Frauen haben nicht genügend Milch für die Neugeborenen. Mein Vater war schwach. Alt und schwach. Er hat keine Entscheidungen mehr getroffen. Ich, Durinkim, werde nicht tatenlos herumsitzen und warten, dass uns die Götter zu sich holen. Ich frage Euch also: Was wollt Ihr von mir, Adalmar?«

Adalmar sah in die bohrenden Augen eines wütenden Mannes, dessen Bart und Lippen von Fett glänzten. Er legte sein eigenes Fleischstück auf den Tisch zurück und kaute in Ruhe zu Ende.

»In mir glüht der gleiche Hass wie in Euch. Ich möchte, dass Ihr Euch mir anschließt. Zusammen werden wir stark genug sein, um uns von Rom zu holen, was uns zusteht. Wir werden unsere Väter und Mütter, unsere Brüder und Schwestern rächen, die damals keine Gelegenheit hatten, ihre Kinder aufwachsen zu sehen. Wir werden im kommenden Sommer eine gewaltige Armee aufstellen, vor der Rom erzittern wird.«

Er blickte sich um.

»Schont Eure Krieger für den richtigen Moment.«

Durinkim warf seine Keule vor sich auf den Tisch und spülte den letzten Bissen mit einer gehörigen Portion Met hinunter.

»Die Zeiten des Wartens sind vorüber. Mein Volk hungert jetzt und erwartet Taten. Ich bin nicht mein Vater, und Ihr seid nicht Ariovist. Im Gegensatz zu unseren Vätern haben wir nichts gemeinsam. Wenn Ihr eine Versammlung einberuft, werde ich da sein, aber bis dahin gehen Euch meine Entscheidungen nichts an. Mischt Euch also nicht weiter ein. Morgen erwarte ich Euren Aufbruch.«

Berovist wollte aufspringen und protestieren, aber Adalmar zog ihn wieder herunter auf seinen Platz, obwohl ihm der Ton des neuen Stammesführers ebenso wenig gefiel wie seinem Heerführer.

»Ihr macht einen Fehler, Durinkim. Rom mag von Schwäche gezeichnet sein, aber selbst ein geschwächtes Rom ist ein ernst zu nehmender Gegner. Ich biete Euch eine wichtige Rolle in meinem Stab an. Überlegt es Euch.«

»Ein Mitglied Eures Stabs, ja? Ihr redet wie ein Römer! Nein danke. Ich verzichte.«

Am nächsten Morgen brach ein immer noch vor Wut kochender Adalmar mit seinen Männern in aller Frühe auf. Als Durinkim ihn einen Römer gescholten hatte, war es beinahe um seine Selbstbeherrschung geschehen gewesen. Diesmal war es Berovist gewesen, der ihn mit einem festen Griff um seine Hand unter dem Tisch vor einer Dummheit bewahrt hatte. Was bildete sich dieser verdammte Kerl ein? Der Stamm war für ihn verloren. Das armselige Grüppchen, das nach einem Überfall auf römisches Gebiet übrig bleiben würde, wäre nicht mehr der Rede wert. Tausend Krieger mehr wären für seine Pläne hingegen überaus wichtig gewesen.

Er würde Durinkims Stamm beobachten lassen und sein ungestümes Vorpreschen für sich nutzen. Denn er hatte ein Vorhaben umzusetzen, für das er noch keine Lösung wusste. Er musste seine Schwester finden und befreien. Der Mistkerl Durinkim würde ihm dabei unfreiwillig helfen. Im Chaos lagen auch Chancen. Ein Grinsen huschte über sein Gesicht.

Augusta Vindelicum, Januar 232 n. Chr.

Das Wetter veranstaltete wie zum Hohn ein ähnliches Chaos wie die Gefühle, die in Marcus' Herz wirbelten. Ein ungewöhnlich milder Wind, den ein anhaltender Regen begleitete, hatte die weiße Pracht innerhalb eines Tages zum Schmelzen gebracht und die Straßen in einen braunen Matsch verwandelt. Kein gutes Omen, wie Marcus befand, und Onkel Titus sah sich in seinem Vorhaben bestätigt.

»Wir reisen zusammen, Marcus, keine Widerrede.«

Angesichts der Schmelzwasserseen, die sich bildeten, fiel sein Protest mehr als milde aus. Normalerweise wäre er von einer Pferdewechselstation zur nächsten geeilt, hätte immer ein frisches Tier übernommen und die Strecke in zwei Tagen zurückgelegt. Doch im tiefsten Winter war diese Variante wegen der äußerlichen Umstände zu riskant, denn ein Sturz auf eisglattem Untergrund konnte lebensgefährlich sein. Außerdem war es sein erster Auftrag, und fünf Tage boten ausreichend Zeit für eine Gruppe. Er zierte sich nur ein bisschen.

»Wir müssen trotzdem noch heute aufbrechen. Ich darf keine Zeit verlieren.«

Marcus war seit dem Bogenschützenturnier direkt dem Statthalter von Augusta Vindelicum unterstellt und erhielt seine ersten Befehle von Aulus Fidelius. In der Tasche, die er übergeben bekommen hatte, verbarg sich eine versiegelte Botschaft, die er dem Centurio von Biriciana aushändigen sollte. Den Inhalt kannte er nicht, aber sein Auftrag lautete, diese innerhalb der nächsten fünf Tage zu übergeben.

Er hatte noch im Amphitheater das Angebot erhalten, Bote zu werden, das er seiner Meinung nach aus mehreren Gründen nicht ausschlagen konnte. Ehre, Wohlstand und vor allen Dingen die vage Hoffnung, Lumina zu finden, wurden ihm in Aussicht gestellt. Letzteres schloss er zwar nur aus der Tatsache, dass sein Auftrag ihn zu einem Mitwisser führte, der über die Flucht des Germanen Bescheid wusste. Trotzdem – achttausend Sesterzen im Jahr waren unerhört viel Geld und Grund genug, wie er fand. Der Legat der III. Legion hatte vor ihm gestanden; Marcus war in Ehrfurcht erstarrt, und alles andere als eine sofortige Zustimmung war für ihn nicht infrage gekommen. Dennoch hatten ihn unmittelbar nach seiner Ernennung zum Abgesandten des Statthalters gehörige Gewissensbisse geplagt. Onkel Titus war ihm aschfahl gegenübergetreten und hatte halbherzig zum Sieg gratuliert. Er schien bereits von seiner Ernennung zu wissen und war sichtlich bemüht gewesen, die Fassung zu wahren. Er verdankte seinem Onkel so viel und hatte sich zum Dienst verpflichtet, ohne seine Zustimmung abzuwarten. Jetzt fühlte er sich schuldig. Trotzdem unternahm Titus nichts, ihm sein Vorhaben auszureden. Nicht, dass es von Erfolg gekrönt gewesen wäre, doch er fand es seltsam, dass sein umtriebiger Onkel es nicht zumindest versucht hatte. Stattdessen hatte er ihm ein eigenes Pferd geschenkt. Angeblich von seinem bis dahin verwalteten Lohn. Allerdings wusste Marcus nur zu gut, dass er in einem halben Jahr niemals den Gegenwert eines Reittiers verdient haben konnte, und war daher umso beschämter.

Keinesfalls konnte er das Angebot ablehnen, dass sein Onkel ihn samt Bacchus und Demicius im Schlepptau mit dem Ochsenwagen begleiten würde. Titus' Argument, auf den glitschigen Straßen wäre eine reisende Gemeinschaft von Vorteil, war nicht von der Hand zu weisen. Er kannte sein Pferd und dessen Reaktionen kaum und hatte es bei Weitem noch nicht zu jeder Zeit im Griff. Die fadenscheinige zusätzliche Begründung seines Onkels, er habe demnächst dort geschäftlich zu tun, war hingegen mit Sicherheit an den Haaren herbeigezogen. Allein um Marcus' Vater willen war es für Titus eine eherne Pflicht, seinen Neffen wohlbehalten dorthin zu begleiten, wo immer er sich seiner neuen Herausforderung stellen musste.

Als sich der Tross in Bewegung setzte, glitt Marcus' Hengst auf der erstbesten Steinplatte aus, die ihm unter die Hufe kam. Reiter und Pferd fingen sich gerade noch, und spätestens ab diesem Zeitpunkt wurde über Sinn und Zweck der Reisegemeinschaft nicht weiter diskutiert.

Sie kamen nur langsam voran. Bis zum Nachmittag schwiegen alle, als hätte es darüber eine stille Übereinkunft gegeben.

»Wie heißt dein Pferd, Marcus?«, unterbrach ausgerechnet Demicius die Stille.

»Mein Pferd? Ich weiß nicht – Onkel Titus, wie heißt er denn?«

»Das darfst du nicht mich fragen! Er braucht selbstverständlich einen Namen. Einen ehrwürdigen Namen. Einen, den du ihm mit Sinn und Verstand gibst.«

Marcus tätschelte den Hals des schwarz schimmernden Tieres.

»Wie sollst du also heißen? Was passt zu dir? Wie hieß denn dein Pferd in der Armee, Onkel Titus?«

»Ich hatte einen prächtigen Burschen unter dem Hintern. In der Schlacht furchtlos, folgte er mir aufs Wort und verstand alles, was ich von mir gab. Er hieß Wotan. Er hat mich die ganze Dienstzeit begleitet und sein Gnadenbrot noch erhalten, als ich bereits Händler war. Vergiss es also, Neffe. Der Name Wotan ist schon vergeben.«

»Hm.« Marcus zögerte kurz, bevor es aus ihm herausplatzte. »Er soll Luminus heißen. Der Strahlende.«

Das Schweigen, das sich anschloss, berührte Marcus peinlich. Es zeigte nur allzu deutlich, dass die Zustimmung verhalten war, aber da er es nun mal ausgesprochen hatte, konnte er es nicht mehr ändern. Bis auf Weiteres hieß sein Begleiter Luminus.

Sie begegneten kaum weiteren Reisenden. Wer konnte, schob seine Pflichten auf, und auch die Herbergen, in denen sie übernachteten, waren leer. Leider wirkte sich das auf die Verpflegung aus. Frischwaren gab es nicht; hartes Brot, wiederholt aufgewärmter Eintopf und vergorener Wein begleiteten sie auf ihrem Weg. Nach der ersten anstrengenden Tagesreise hatten sie bei Einbruch der Dunkelheit durchnässt und durchgefroren in Submuntorium vor einer verschlossenen Herberge gestanden und mussten mit einem Haufen Stroh in der Pferdewechselstation vorliebnehmen. Die Benefiziarier, die an der mächtigen Brücke über den Strom Danuvius stationiert waren, boten ihnen für einen Wucherpreis diese unwürdige Unterkunft und eine schäbige Mahlzeit an.

Am nächsten Tag wurde es nicht wesentlich besser. Die Herberge von Scuttarensis, die Marcus schon kannte, schien ihm wie ausgewechselt in ihrem kargen Angebot, das sie jetzt im Winter darbot. Der Wirt, ein alter Veteran, war Titus wohlbekannt und nahm sie herzlich auf.

»Titus Aurelius Felix, alter Freund, was führt dich in

dieser unwirtlichen Zeit hierher? Ich treffe dich sonst nur in Begleitung zirpender Grillen an.«

Sein Onkel war von der Reise sichtlich mitgenommen. Die Kleidung wollte nicht trocknen, und sein körperliches Wohlbefinden, auf das er so sehr achtete, war auf einem Tiefpunkt angelangt.

»Wohl wahr, mein lieber Mamercus Varius Montanus. Freiwillig wäre ich nicht hier, aber ich begleite meinen Neffen Marcus. Wir müssen auf dem kürzesten Weg nach Biriciana gelangen. Hast du noch einen guten Tropfen, den du entbehren kannst? Ich könnte eine Aufmunterung vertragen.«

Der Wirt schüttelte mitleidsvoll den Kopf.

»Leider habe ich nichts vorrätig, womit ich dir eine Freude bereiten könnte. Und schlechte Nachrichten habe ich obendrein. Ihr hättet die Abzweigung nach Germanicum nehmen sollen. Der kürzeste Weg von hier nach Vetoniana ist unpassierbar, vor allem mit einem Fuhrwerk, wie ihr es mitführt. Ich fürchte, ihr müsst wieder umkehren und den Umweg über Germanicum nehmen. Doch jetzt setzt euch erst einmal. Die Suppe über dem Feuer ist gleich fertig und wird euch wieder aufwärmen.«

Marcus war ungehalten. Was machten eigentlich die verfluchten Straßenbauer des Römischen Reichs?

»Besteht denn überhaupt keine Möglichkeit, die Straße zu benutzen? Wir verlieren einen ganzen Tag, und ich habe einen wichtigen Auftrag auszuführen. Jede Stunde zählt!«

»Junge, ich wollte gestern selbst diesen Weg nehmen und habe es mit eigenen Augen gesehen. Das Wasser hat wieder seine Macht entfaltet und einige Teile weggerissen. Außerdem ist es spiegelglatt. Seit Jahren geht das schon so. Die Nachlässigkeit der Straßenbauer ist ein

Skandal. Die Straße ist zu eng und kaum gepflegt. Das liegt an der Besatzung von Germanicum, wenn du mich fragst. Die fühlen sich mit ihrem Nest vom Rest der Welt abgeschnitten und wären eigentlich für die Reparaturen zuständig. Sie haben ja recht mit ihrer Vermutung. Wäre die Straße nach Vetoniana ausgebaut, kein Mensch würde über Germanicum reisen. Die liegen in einem Loch. Abusina markiert im Osten für viele den Dreh- und Angelpunkt. Weiter nach Westen kommen sie nicht. Von der anderen Seite her sind wir mit unseren Handwerksbetrieben eine Art Grenze, von der aus man sich nach Norden aufmacht. Also haben sie die Straße so vernachlässigt, dass sie nur bei gutem Wetter passierbar ist, und ziehen damit weiter einen gewissen Reiseverkehr an. Denn der Weg von Süden nach Norden führt über Germanicum im Osten. Verstehst du?«

»Nein, das verstehe ich nicht. Das ist eine Schikane, eine Zumutung.«

»Das ist Politik«, mischte sich Titus in die Diskussion ein.

»Politik ist offenbar ein ausdauernder Quell von Dummheit und Problemen!«, empörte sich Marcus lautstark.

Der Topf mit Suppe, den die Frau des Wirts mit einem lauten Scheppern abstellte, beendete die hitzigen Diskussionen. Jeder hörte augenblicklich den eigenen Magen knurren, und obwohl die Suppe wenig beinhaltete und ziemlich dünn war, beruhigten der Duft und die innere Wärme, die sie ausstrahlte, auf sanfte Weise alle Gemüter. Eine lange Weile erfüllten nur das Kratzen der Löffel und ein konzentriertes Kauen auf altem Brot den Raum.

Da keine anderen Gäste anwesend waren, gestattete ihnen der Wirt, direkt vor dem ausbrennenden Feuer im

Gastraum zu übernachten. So konnten sie ihre Sachen trocknen und schliefen gut.

Auch der nächste Tag verlief ereignislos. Niemand sehnte sich nach einem Ort, dessen Soldaten die Straßen vernachlässigten, aber überraschenderweise war nicht nur die Mansio vor den Toren des Kastells geöffnet, sondern es gab obendrein frisches Brot und eine trinkbare Cervisia, was die Laune spürbar hob.

Nach dem dritten Krug drehte sich Titus zum Wirt.

»Ich habe von draußen gesehen, dass ihr hier Baderäume habt. Ich möchte mit meiner Gruppe ein Bad nehmen.«

Der Wirt schüttelte energisch den Kopf.

»Das geht nicht. Die Räume sind derzeit nicht beheizt. Wer soll mir denn das bezahlen?«

Titus stand auf und schnippte vier Denare auf den Tresen.

»Fang an zu heizen. Morgen früh, bevor wir aufbrechen, nehmen wir alle ein Bad.«

Damit drehte er sich um und lächelte seine Begleiter an. Nun hatten alle etwas für den kommenden Tag, worauf sie sich freuen konnten, und die dankbar grinsenden Gesichter gaben ihm recht.

Die Investition wiederholte Titus in Vetoniana. Um ein Haar hätte sich Demicius auf dem Weg zu den Thermen den Hals gebrochen, da sich das Badehaus auf einem Plateau unterhalb des Kastells befand. Die serpentinenartig verlaufenden Stufen waren in der Dämmerung kaum zu sehen, und mit einem Arm balancierte es sich schlecht. Mit vereinten Kräften konnten Bacchus und Marcus den alten Gladiator gerade noch auffangen, bevor er sich überschlug.

Demicius wollte zum Dank eine Runde Wein spendieren, doch Titus winkte ab.

»Wir müssen morgen so früh wie möglich aufbrechen. Der Weg zieht sich. Das letzte Stück ist eine Reise, bei der wir in der Dunkelheit losreiten und ankommen, wenn die Sonne bereits hinter den Horizont gesunken ist. Es ist Tag fünf, und wir wollen Marcus einen guten Einstand bereiten. Er soll seinen Auftrag in der Zeit erfüllen, oder etwa nicht?«

Auf die rhetorische Frage gab es nichts zu erwidern, und so schliefen alle zeitig ein. Alle bis auf Marcus. Er störte sich am unregelmäßigen Schnarchen von Demicius. Da es ihn die vorangegangenen Tage nicht sonderlich aufgeregt hatte und Demicius immer schnarchte, geriet er jetzt ins Grübeln.

Kein Zweifel, je näher sie ihrem Ziel kamen, desto nervöser wurde er. Nun, da er unbedingt ausgeschlafen sein musste, bekam er kein Auge zu. Er fror, denn er hatte eiskalte Füße. Als er sie eine Ewigkeit aneinandergerieben hatte, löste dieses Unbehagen ein neues ab. Das Herz schlug ihm plötzlich bis zum Hals, als wollte es durch die Brust brechen; er wälzte sich hin und her, und keine Position konnte etwas daran ändern. Als er sich mit beiden Händen an den Hals fasste, fühlte er die Schlagader kräftig pochen. Schließlich musste er die Erkenntnis akzeptieren, gegen die er sich bisher vehement gesträubt hatte: Er hatte Angst.

Angst vor dem Ankommen. Angst vor dem, was ihn erwartete. Angst, die falsche Entscheidung getroffen zu haben. Angst, auf sich allein gestellt zu sein. Er lauschte wieder auf das Schnaufen seiner Gefährten und empfand eine tiefe Dankbarkeit für ihre Anwesenheit. Im flackernden Feuerschein sah alles so friedlich aus. Langsam ließ er den Blick zwischen den reifen Männern hin und her schweifen, die geräuschvoll die Luft durch ihre aufgeblähten Backen bliesen und sich nur seinetwegen diesen Strapazen stellten. Eigentlich galt das nur für seinen Onkel. Ein Sklave wie Bacchus hatte gar keine Wahl. Ein Angestellter ebenfalls nicht. Ob Demicius freiwillig mitgekommen wäre? Er wischte diesen kleinlichen Gedanken beiseite und wünschte sich, sie würden ihn nicht nur bis Biriciana, sondern weit darüber hinaus begleiten.

Endlich schlief Marcus ein, träumte intensiv von römischen Kohorten, von Lumina und geheimen Aufträgen. Plötzlich fand er sich inmitten einer Schlacht wieder. Klingen klirrten krachend aufeinander, und eine lähmende Kälte ergriff seinen ganzen Körper. Laut keuchend, schreckte er hoch.

Titus stand an der geöffneten Tür, durch die ein eiskalter Wind hereinpfiff, und spähte in die Dunkelheit hinaus. Ein beständiger, diffuser Lärm drang zu Marcus. Als die Realität ihn wieder eingeholt hatte, konnte er den Geräuschpegel zuordnen.

»Das klingt, als ob draußen jemand marschiert!« Marcus hüllte sich fröstelnd in seine Decke.

Sein Onkel drehte sich überrascht zu ihm um.

»Jemand? Die ganze Kohorte Vetonianas ist auf den Beinen. Ein Signalton hat mich geweckt.«

Marcus tappte barfuß bis zur Tür und riskierte ebenfalls einen Blick. Seine Füße fühlten sich augenblicklich wieder an wie Eisklötze.

»Was hat das zu bedeuten?«

Ein Meer von Fackeln bewegte sich hangabwärts auf die Brücke über die Alcmona zu. Im Widerschein der Feuer sah man die Rüstungen aufblitzen. Die Kohorte wurde von Reitern und Wagen begleitet; hier und da hallten Befehle durch die Nacht. Der monotone Gleichschritt der Soldaten, den der jahrelange Drill und die unbedingte römische Disziplin geformt hatten, drang wie ein fernes Peitschen zu ihnen herüber.

»Nichts Gutes, fürchte ich. Wir müssen sehen, dass wir schnell in Biriciana ankommen. Irgendwo in der Nähe gibt es eine Menge Ärger. Wir sollten so bald wie möglich aufbrechen. Wenn wir in einigem Abstand zur Kohorte reisen, haben wir einen Schutzschild vor uns. In einer Stunde geht die Sonne auf. Wecke die beiden Schlafmützen, ich organisiere uns ein Frühstück.«

Bacchus und Demicius schliefen derweil immer noch den Schlaf des Gerechten. Marcus rüttelte den alten Gladiator an den Schultern und erntete als Reaktion ein ausgiebiges Kratzen am Bart, dem ein anhaltendes Geschmatze folgte. Die miesepetrige Laune, die die beiden nach dem Aufwecken hatten, wich augenblicklich einem geschäftigen Treiben, nachdem Marcus ihnen aufgeregt die Situation geschildert hatte. Schnell waren sie aufbruchsbereit und nahmen hastig das Frühstück ein – Dinkelfladen und ein Stück Käse –, das Titus einem Einheimischen abgekauft hatte.

Es war zwar ein bitterkalter Morgen, aber dafür kam zur Entschädigung endlich wieder einmal das Sonnenlicht durch. Mit den ersten Strahlen, die über den Horizont kletterten, machten sie sich auf den Weg.

Sie folgten der Marschroute der Kohorte Richtung Biriciana, die unschwer zu verfehlen war. vier- bis fünfhundert Soldaten hatten eine holprige Spur gezogen, und die größte Herausforderung bestand darin, nicht in die tiefen Furchen zu geraten.

Die römischen Signaltürme, die hier am frequentierten Weg nach Vetoniana in Sichtweite zu den Wachtürmen am Limes standen und in regelmäßigen Abständen die Straße säumten, waren zu Marcus' Überraschung verlassen. An manchen steckten halb abgebrannte Fackeln. Was war hier geschehen? War die Besatzung getürmt?

Marcus hielt sich mit seinem Pferd nahe am Wagen und erwartete jederzeit, dass finstere Gestalten aus den Büschen hervorbrechen könnten. Die Nervosität seines Neffen blieb Titus nicht verborgen.

»Was ist los, Marcus?«, fragte er scheinheilig.

»Was los ist? Keine Menschenseele ist zu sehen. Wo sind die Wachen der Türme?«

»Nun, ich nehme an, man hat sie zur Verstärkung mitgenommen. Die Kohorte sucht keinen unsichtbaren Feind. Unsere Verbände haben einen klaren Auftrag und wissen genau, wo sie ihr Ziel finden. Sorgen machen müssen sich die Germanen, denn sie werden erwartet. Wir sind hinter der Kohorte ziemlich sicher. Entspann dich.«

»Und woher willst du das wissen?«

»Die römische Armee weiß, was sie tut. Ich bin ein Kind dieser Armee.«

Marcus fand die Antwort keinesfalls zufriedenstellend und blieb misstrauisch. Wer sagte seinem Onkel, dass versprengte Plünderer nicht doch durch die Gegend marodierten? Dennoch vergrößerte er Zug um Zug den Abstand zum Reisewagen und streckte sein Kreuz wie zum Trotz durch.

Doch wie von Titus vorhergesehen, begegneten sie keinen Fremden, und die Stille, die sie begleitete, wurde lediglich von Krähen gestört, die ihre Futterquellen eifersüchtig bewachten. Einen halben Nachmittag ritten sie parallel zur höchstens eine Meile entfernten gewaltigen Mauer, die in ihrem weißen Antlitz zugleich das Ende und den Anfang des Römischen Reichs markierte.

Ihren vorauseilenden Schutzschild mussten sie am späten Nachmittag ziehen lassen; die unübersehbare Spur der Kohorte bog von der Straße ab auf einen Pfad Richtung Norden. Marcus verspürte keinerlei Verlangen, dem Richtungswechsel der Kohorte auf den Grund zu gehen. Trotzdem sahen alle mit stummem Blick lange in die Richtung, in die sie abgezweigt war, als könnten sie am Horizont ausmachen, wie es ihr ergangen war.

Endlich kamen sie an Wegpunkten vorbei, die Marcus kannte. Als die Straße einen Knick nach Westen machte, wusste er, dass sie nur wenige Meilen von ihrem Ziel entfernt waren. Die Männer der Benefiziarierstation, die diese Straße hier überwachten, ließen sie in Ruhe. Zum Glück für sie, denn es dämmerte schon.

Beim Anblick Biricianas erhellte eine strahlende Freude Marcus' Gesicht, und als er sich zu seinen drei Begleitern umdrehte, bemerkte er lachend, dass es ihnen genauso erging.

»Das ist fast wie Heimkommen, oder?«, kommentierte Titus passend.

»Ich war noch nie im Kastell, aber du hast recht. So fühlt es sich gerade an«, erwiderte Marcus erleichtert.

Als sie das Haupttor erreichten, war es schon stockfinster und keine Menschenseele außer den Wachhabenden zu sehen. Die Begrüßung fiel abweisend aus.

»Halt, wer ist da? Bleibt stehen, wo ihr seid. Was wollt ihr hier mitten in der Nacht?«

»Wir sind Boten des Statthalters von Augusta Vindelicum und haben eine Botschaft für den Centurio!«, rief Titus herüber.

»Vier Boten für eine Nachricht? Wollt ihr uns für dumm verkaufen?«

Die Wachen hoben ihre Speere und riefen nach Verstärkung.

Marcus hielt es für geboten, dem Drang seines Onkels, immer alles regeln zu müssen, ein Ende zu setzen. Er stieg von seinem Pferd, nahm die Tasche an sich und trat vor.

»Ich bin Marcus Aurelius, Bote des Statthalters unserer Provinz, Gaius Claudius Lateranus. Ich habe eine wichtige Nachricht an Centurio Julius Flavius Sabinus zu überbringen. Das hier sind meine Begleiter, mein Onkel und zwei seiner Mitarbeiter. Hier ist das Siegel.«

Der Zweifel im Blick der Wachen blieb, aber einer kam zögernd auf Marcus zu, und als er erkannte, dass er die Wahrheit gesprochen hatte, wurde immerhin der Ton etwas freundlicher.

»Der Centurio ist nicht anwesend. Ich kann euch leider nicht ins Kastell lassen. Ihr könnt in der Mansio übernachten. Sobald er zurück ist, werdet ihr benachrichtigt.«

»Es ist dringend, ich muss die Nachricht binnen fünf Tagen überbringen, so lautet mein Auftrag. Heute ist der fünfte Tag. Wann kommt er zurück?«

»Tut mir leid«, beschied ihm der Wachmann, drehte sich um und beendete damit einseitig das Gespräch.

Marcus blieb verdutzt zurück. Er haderte mit der Situation und steckte die Botschaft missmutig wieder in die Tasche.

»Ich habe mir so etwas schon gedacht«, brummte Titus.

Marcus sah ihn verblüfft und ärgerlich zugleich an.

»Wie meinst du das, du hast dir das schon gedacht? Hättest du das nicht früher sagen können? Wo ist er denn deiner Meinung nach, allwissender Onkel?«

»Nun, er wird den Gegenangriff auf die Germanen leiten. Wenn die Grenze von germanischen Kriegern überschritten wird, führen zwei, drei und manchmal sogar mehr der nächstliegenden Truppen den Gegenangriff. In Vetoniana und Biriciana liegen starke Verbände, da lag es nahe. Das war schon früher so, und bestimmt hat sich bis heute nichts daran geändert.«

»Das heißt, dass jetzt im Moment gerade eine Schlacht geschlagen wird?«, fragte Marcus erstaunt.

»Wenn sie nicht schon vorbei ist«, antwortete Titus vielsagend.

Limesgebiet, Januar 232 n. Chr.

Centurio Julius Flavius Sabinus hielt auf der Kuppe des kleinen Hügels entschlossen die Zügel seines Pferdes und ließ den Blick langsam über die Senke schweifen, die er als Ort für die Schlacht gewählt hatte.

Er war ein muskulöser, durchtrainierter Mann von vierzig Jahren, eher klein gewachsen – was seine italische Herkunft verriet –, der die geringe Körpergröße mit Haltung und Charisma aufwog. Mehrere sichelförmige Narben, die in seinem Gesicht jedes Lebensjahr akribisch zu verzeichnen schienen, flößten Gegnern wie Untergebenen zu Recht Respekt ein.

Er genoss die Momente vor einer Schlacht, die ihn die ungeliebte Gegend vergessen ließen und seinem Leben, das er hier so niemals hatte führen wollen, einen Sinn gaben. Seine Heimat war Rom und nicht diese Provinz am imperialen Rand, doch für trübe Gedanken war es jetzt nicht an der Zeit, und so schob er sie mit einem Schnauben beiseite. Sein schwarzer Hengst tat es ihm gleich.

Der neuerliche Kälteeinbruch hatte die schweren Schneemassen wieder erstarren lassen. Unter großem Gewicht gaben die Schichten ruckartig nach, und der Centurio war sich noch nicht sicher, ob es ein Vor- oder Nachteil in der Schlacht sein würde, wenn sich der Untergrund wie ein schaukelnder Schiffskahn verhielt. Ein nebelartiger Dunst verhüllte außerdem die Konturen in der Ferne und konnte auf beiden Seiten für böse Überraschungen sorgen.

Er beobachtete, wie die Offiziere seine Befehle umsetzten, und war zufrieden mit dem, was er sah. Die vier Männer seines Stabes, die seine Befehle nach seinen Vorstellungen weiterzuleiten hatten, gruppierten sich auf ihren Pferden um ihn herum. Keiner sprach ein Wort, denn der Centurio konnte Geschwafel nicht ausstehen, und so warteten sie stumm auf weitere Anweisungen. Das Gleiche galt für die kleine Garde hinter ihm, rund ein Dutzend berittene, kriegserfahrene Männer, die nur ein gelegentliches Wiehern und Prusten ihrer Pferde verriet.

Es war nicht sein erster Abwehrkampf. Centurio Julius Flavius Sabinus hatte schon mehrere Schlachten an der Grenze geschlagen und einige Germanenhorden besiegt, die es gewagt hatten, die Mauer zu überschreiten. Er wusste über das Terrain, das es zu verteidigen galt, bestens Bescheid. Das war aber nicht sein einziger Vorteil. Die Grenzverteidigung funktionierte nach einem festen Prinzip, und er war einer der erfolgreichsten Hüter dieses steinernen Monstrums und der Bewohner, die sich aus für ihn unerfindlichen Gründen im Schatten dieses gigantischen Symbols eines allmächtigen Roms hier angesiedelt hatten.

Dieses Mal wiesen Späher früh auf einen herannahenden Heerhaufen hin. Binnen kürzester Zeit waren die Kastellbesatzungen informiert. Er musste nicht improvisieren, wie schon so oft in der Vergangenheit, sondern konnte alle ihm zur Verfügung stehenden Mittel ausschöpfen. Infanterie, Kavallerie und schweres Gerät wurden geordnet an den Brennpunkt geführt.

Die Späher hatten ihm zwar berichtet, dass sich einige Gruppen für Plünderungen vom Hauptheer getrennt hatten, aber die Überraschung für seinen Gegner konnte vollkommener nicht sein, so rasch mit einem römischen Gegenangriff konfrontiert zu werden.

Mit der Besatzung Biricianas, den Männern des vorgelagerten Sablonetum und einiger anderer kleinerer Numerus-Einheiten verfügte er über eine Streitmacht von rund siebenhundert einsatzfähigen Soldaten. Es war nicht die volle Sollstärke in den Kastellen vorhanden, aber genügend, um strategisch vorzugehen. Das Kommando führte er alleine, der Decurio Publius Geminius Balbus aus Sablonetum, den er kannte und wegen seiner Fähigkeiten schätzte, hatte sich wegen einer fiebrigen Erkältung krankgemeldet. In Kürze würde die Kohorte aus Vetoniana eintreffen, die sich ebenfalls mit zwei Hundertschaften aus kleineren Kastellen verstärkt haben sollte. Damit müssten sie sogar in der Überzahl sein. Er schätzte die Anzahl der Germanen nach den Schilderungen seiner Späher auf nicht mehr als tausend Mann.

Der Feind sammelte sich genau in der Senke vor ihm und rüstete sich zum Angriff. Zumindest nahm er es an. Es wirkte von Weitem wie ein entsetzliches, chaotisches Gewimmel und erinnerte ihn ... ja, an was eigentlich? Insekten? Ameisen verhielten sich geordnet im scheinbaren Chaos. Es fiel ihm nichts Vergleichbares ein und machte seinen Blick nervös, und so lenkte er diesen wieder auf die eigenen Leute.

Eigentlich kümmerte es ihn nicht sonderlich, wie sich sein Gegner verhielt, solange er bestimmte, wo und wann sie aufeinandertrafen. Sein Ziel war es, seine Strategie dem Gegner aufzuzwingen, und dies war ihm vortrefflich gelungen. Noch vor Einbruch der letzten Nacht hatte er die feindliche Hauptmacht gestellt.

Er wollte keine Scharmützel und keine Jagd auf unzählige versprengte Gruppen eröffnen, sondern eine entscheidende Feldschlacht gegen die Eindringlinge führen. Diese Schlacht stand nun bevor, denn sein Gegner tat ihm den Gefallen. Nicht ganz zu Unrecht, denn im Augenblick war er ihm zahlenmäßig überlegen.

Kurz zögerte er, ob er auf die unterstützenden Einheiten warten sollte, bevor er die Initiative an sich riss. Doch das konnte bedeuten, dass der Feind es sich anders überlegte und sich davonmachte. Ein Rückzug würde letztlich zu einer langen, zermürbenden Verfolgung führen. Lieber band er die Eindringlinge unverzüglich an Ort und Stelle. Nach kurzem Abwägen hatte er seine Entscheidung getroffen.

»Angriff vorbereiten!«

Vorne hatte er vier Reihen Infanterie positioniert, die drei Mann tief gestaffelt waren. Jeweils zwanzig Mann standen eng nebeneinander und bildeten einen schwer zu überwindenden Schildwall. Eine kleine Reserve behielt er zurück. Bogenschützen nahmen im Rückraum Aufstellung. Die eine Hälfte der Reiterei stand an der rechten Flanke in einem Wäldchen verborgen. Die andere Hälfte hatte er links postiert, um zu verhindern, dass der Gegner ihn einkesseln konnte. Er hatte sogar die Zeit gefunden, mobile Katapulte und Ballisten mitführen zu lassen, mit denen er jetzt den Feind zu provozieren gedachte.

Damit nahm die Schlacht ihren Lauf.

»Optio, gebt Befehl an die Besatzungen der Fernwaffen und lasst den Beschuss eröffnen. Sie sollen sich auf die Mitte konzentrieren, damit wir sie dort schwächen.«

Mit einem knappen »Jawohl, Centurio« galoppierte der Offizier davon, um die Anordnung umsetzen zu lassen. Das zeitversetzte Tröten von Trompeten war das Zeichen für die erfolgreiche Ausführung seines Befehls.

Die Germanen waren ebenfalls mit ihren Vorkehrungen fertig, denn sie nahmen in einer einzigen langen Reihe Aufstellung und fingen an, wie wild zu brüllen. Wahrscheinlich verbarg sich dahinter eine große Anzahl an Reitern, aber der Nebel verschluckte alles hinter der langen, lärmenden Kriegsreihe.

Als die Katapulte und Ballisten abgefeuert wurden, nahmen die Soldaten des Centurio die grölende Herausforderung an und schrien den Feind ebenfalls aus Leibeskräften nieder.

Er ließ es geschehen, denn der Schrei hob den Mut. Viele der Auxiliarsoldaten waren im Gegensatz zu Legionären nicht kampferprobt und konnten jede Form von Aufmunterung gebrauchen.

Den Hagel an Bolzen, Steinen und Brandgeschossen quittierten die Germanen mit Todesverachtung und stellten sich wie zum Trotz kerzengerade mit hoch erhobenen Armen auf, als forderten sie den nächsten Schuss als lebendige Zielscheiben heraus.

Dieser Art von Mut konnte Centurio Julius Flavius Sabinus nichts abgewinnen. Er kannte diese Form der gespielten Gleichgültigkeit gegenüber dem Tod von früheren Begegnungen mit germanischen Kriegern und wusste um deren Nutzlosigkeit. Vor allen Dingen würden sie sich nicht lange mit der Rolle als Zielscheibe zufriedengeben. Es war wie bei prahlerischen Angebereien in einem Wirtshaus, gleich darauf flogen auch schon die Fäuste.

Der Wind wehte ein geisterhaftes Wehklagen in die Ohren des Centurios, das ihm von den Treffern der Geschosse kündete.

»Lasst die Reihen schließen, gleich geht es los!«, bemerkte er fast tonlos, ohne den Blick vom Zentrum des Gegners abzuwenden.

Der zuständige Offizier nickte nur und trug den Befehl umgehend weiter, woraufhin sich kurze Zeit später die Schilder der ersten Reihe der Infanteristen wie eine Welle vor den herabknienden Soldaten aufstellten.

Fast im gleichen Augenblick geriet die Schlachtreihe der Germanen in Bewegung und flutete den Fuß des flachen Hügels, auf dem sie standen.

»Die Bogenschützen sollen sich bereit machen.« Die Stimme des Centurios wurde lauter, um sich gegen den anhebenden Schlachtenlärm durchzusetzen.

Der Hagel Pfeile, der folgte, ließ – aus der Ferne betrachtet – fellbraune menschliche Flecken auf dem harschen Schnee zurück, aber die Schlachtenreihe, die auf sie zustürmte, schien keinerlei Kraft eingebüßt zu haben.

Tatius Aurelius stand auf dem linken Flügel in der vordersten Reihe und spähte durch die Lücken des Schildwalls hindurch. Keiner der Männer sprach ein Wort. Für ihn und viele seiner Kameraden war es der erste Einsatz in einer Schlacht. Bevor sie hier im pfeifenden Wind bei Eiseskälte ihre erste Bewährungsprobe überstehen mussten, hatte er geradezu auf den Ernstfall hingefiebert. Der Wachdienst an der Grenze war langweilig und öde gewesen. In diesem Moment wünschte er sich jedoch wieder auf seinen Wachturm zurück. Er fror entsetzlich und sah sich einer Übermacht gegenüber. Seine Familie hatte keine Ahnung von der Bedrohung und wusste nicht einmal, dass er jetzt um sein Leben kämpfen würde. Er dachte an seine Eltern und Geschwister. Die zitternden Nebenleute waren nicht gerade motivierend, und ob sie vor Kälte oder vor Angst bibberten, hätte er nicht zu sagen vermocht. In den wilden Träumen von ruhmreichen Kämpfen hatte er gestählte Männer an seiner Seite. Tatsächlich stand neben ihm ein pickliger Mann, einen halben Kopf kleiner als er, und der sollte nun seine Rückversicherung im Falle eines Durchbruchs sein. Tatius schluckte heftig. Er erkannte schon schemenhaft die wilden, grimmigen Fratzen der Germanen, die auf ihn zurannten. Er konzentrierte sich auf sich selbst, blendete alles aus, was er nicht beeinflussen konnte, dachte an die vielen Tage des harten Drills zurück, der auch hier an der Grenze das tägliche Brot war, und biss die Zähne zusammen. Er hatte gelernt zu kämpfen, er war der Beste seiner Einheit im Übungskampf, er war im Herzen ein Krieger. Die Zeit war gekommen, es zu beweisen. Sein Griff umschloss fest das Pilum. Die Angreifer brüllten aus Leibeskräften.

Eine Trillerpfeife gab das Signal.

Die Infanteristen in der ersten und zweiten Reihe warfen ihre Speere auf die nur fünfzig Fuß entfernten Barbaren, duckten sich wieder und warteten hinter ihrem Schildwall auf den Aufprall. Sie sahen nicht einmal mehr, wie sich viele der Pila in die Leiber der Germanen bohrten oder deren Schilde unbrauchbar machten, weil die verbogenen Spitzen nicht auf die Schnelle zu entfernen waren.

Nur einen kurzen Moment später trafen die beiden Schlachtreihen aufeinander. Als wären sie gegen eine Wand gelaufen, kamen die Germanen mit einem ohrenbetäubenden Krachen abrupt zum Stehen.

Tatius stemmte sich mit voller Kraft gegen den enormen Druck, der auf seinen ovalen Schild prallte. Sein Hintermann hielt ihn fest am Gürtel und gab ihm den nötigen Halt. Er wartete, bis in einer kleinen Lücke vor ihm eine ungeschützte Hüfte auftauchte, und stieß zu. Aus allen Richtungen drang ohrenbetäubender Lärm zu ihm, doch der Schrei des Getroffenen vor ihm ging ihm durch Mark und Bein. Ein Germane sprang mit hoch erhobener Streitaxt mitten in die Reihen hinein und wurde von Tatius' Hintermann mitleidlos durchbohrt.

Der Centurio war zufrieden.

Fast die gesamte Reihe hielt, nur an zwei Stellen drückten die Barbaren sie ein. Das kopflose Eindringen in die Phalanx beschied umgehend ihr Schicksal, denn von hinten schloss die zweite und dritte Infanteriereihe erneut die Linie. Die durchgebrochenen Germanen verschwanden von der Bildfläche, als versänken sie in einem Sumpf. Klirrendes Metall, das Poltern der Schilde, die von Schwerthieben erbebten, und Schreie von Getroffenen und Verwundeten klangen zum Centurio, der ihnen wenig Beachtung schenkte; stattdessen konzentrierte er sich auf eine zweite Angriffswelle, die auf sie zustürmte. Diese Männer griffen nicht frontal an, sondern hatten sich auf zwei Gruppen verteilt, die die Reihen von links und rechts in die Zange nehmen wollten.

»Lasst eine der Reservereihen nach rechts marschieren, um die Flanke zu sichern. Die Kavallerie soll die linke Flanke übernehmen, sofort!«

Die Verzögerung, die man als Befehlshaber aushalten musste, bis ein dringlicher Befehl Wirkung zeigte, war manchmal kaum zu ertragen. Sein Puls schlug ihm unangenehm im Hals, sodass seine Hand verstohlen um den Kehlkopf griff. Endlich schwenkte auf ein schrilles Trompetensignal hin die Reservereihe im Laufschritt nach rechts, während die Reiter auf die linke Flanke stürmten.

Gerade noch rechtzeitig schlossen die Einheiten die Flanken und trafen auf die zweite Angriffsreihe.

Der Centurio rieb sich sein Kinn. Es passte ihm nicht, dass er die Hälfte seiner Kavallerie gegen die Fußtruppen einsetzen musste.

»Wo sind die germanischen Reiter?«, murmelte er halblaut vor sich hin.

»Herr? Habt Ihr eben einen Befehl erteilt?«, fragte einer seiner Optiones.

Centurio Flavius drehte sich zu dem Offizier um.

»Nein, ich frage mich, wo ihre wirkungsvollste Waffe bleibt. Die Reiterei!«

Als entstiegen sie auf direktem Weg der Unterwelt, preschten plötzlich Punkte aus dem Dunst; die germanischen Reiter ritten mit voller Wucht auf die bedrängte linke Flanke zu.

»Herr, sollen wir die Reiter aus dem Waldstück eingreifen lassen?«

»Nein, auf keinen Fall. Sie würden viel zu lange brauchen. Sie müssten ungeschützt die gesamte Front durchreiten. Wir benötigen sie, falls noch mehr germanische Reiter angreifen, und können es uns nicht leisten, das Überraschungsmoment aufzugeben. Die zweite Reserveeinheit soll die linke Flanke verstärken. Unsere Reiterei kann sich wahrscheinlich nicht lange halten. Die Einheiten sollen einen Fluchtweg für die Reiter markieren und hinter ihnen die Reihe wieder schließen. Und die Bogenschützen sollen ein paar Salven auf die germanische Kavallerie feuern, aber nur so lange, wie sie nicht die eigenen Leute treffen.«

Der angesprochene Offizier schaute etwas begriffsstutzig drein, als wäre ihm die Anweisung zu kompliziert.

»Verdammt, Optio! Wird's bald? Jeder Augenblick zählt! Lasst die Reserve in den Kampf werfen, sofort!«

Er brüllte so laut, dass der Mann augenblicklich kehrtmachte und davonritt. Dabei hoffte Flavius inständig, dass dieser den Befehl verstanden hatte und korrekt weitertrug. Er hätte den Befehl besser noch einmal wiederholen sollen, aber er hasste es, wenn Menschen langsamer dachten als er. Dies taten leider viele.

Tatius blickte nach links und beobachtete einen wilden Haufen von Germanen bei dem Versuch, die Flanke zu umgehen. Zum Glück eilte die Kavallerie heran und schlug eine blutige Schneise in den Angriffskeil. Dann sah er die germanische Reiterei, die sich wie aus dem Nichts formiert hatte und heranstürmte. Für einen Moment war er abgelenkt und reagierte zu spät, als mehrere Germanen die Schilde wegdrückten und sich in die Reihe hineinzwängten. Der aufgewühlte Schnee, an vielen Stellen platt gedrückt, bot keinen sicheren Halt mehr; er glitt aus und wehrte knielings mit seiner Klinge das Schwert eines Kriegers ab, der auf ihn einstechen wollte. Er riss den Schild hoch und kam einem zweiten Kerl zuvor, der mit seiner Stichwaffe an der Parma entlangkratzte. Die Linie löste sich im Tumult und in dem rutschigen Terrain auf. Immer mehr Germanen verwickelten die erste Reihe in Zweikämpfe. Sein pickliger Nebenmann stöhnte auf, und die Spitze einer Klinge trat aus dem Rücken hervor. Ein Germane hatte ihn gänzlich durchbohrt. Tatius stieß mit seiner Klinge vor und traf den Angreifer, der das Schwert immer noch in die Gedärme seines Kameraden bohrte, im Gesicht. Der hielt sich brüllend die aufgebohrte Wange und wälzte sich im Schnee. Tatius keuchte und schnaufte, als sich ein bärtiger Barbar vor ihm aufbaute. Er wehrte eine erneute Attacke zur Seite ab, packte den Schwertarm seines Gegners unter der Achsel und trieb ihm die Klinge in den Unterleib. Mit einem festen Ruck drehte er sein Schwert um neunzig Grad und stieß sich mit dem Fuß ab, damit er seine Klinge rasch wieder freibekam. Der Germane sackte vor ihm zusammen. Tatius befand sich im Rausch des Kampfes.

»Was zum Geier geht da unten vor?« Der Centurio ahnte, dass der rutschige Untergrund zu einem Verbündeten der Germanen geworden war. Der Vortcil einer römischen Phalanx bestand darin, mit höchster Disziplin keinen Spaltbreit Platz für Angriffe der Gegner zu liefern und selbst im rechten Moment zuzustechen. Der Vorteil schmolz im wahrsten Sinne des Wortes dahin, je länger der Untergrund von Hunderten Füßen bearbeitet wurde. Die Germanen waren in der Masse größer und kräftiger und konnten den Schneematsch zu ihrem Vorteil nutzen.

»Werft die Kavallerie auf der rechten Flanke in die Schlacht. Sturmangriff von der Seite auf die rechte Flanke. Wenn es gelingt, die Angreifer dort in die Flucht zu schlagen, verringert sich der Druck auf unsere Seite, und wir behalten die Oberhand. Optiones, Männer der Garde, folgt mir! Wir greifen an. Die linke Flanke braucht unsere Unterstützung, sonst löst sie sich auf.«

Seine Männer trabten bereits los und sahen sich halb nach ihm um, während er einen Moment verharrte und das Schlachtgeschehen wie ein um Luft Ringender einsog. Ab diesem Zeitpunkt würde keiner seiner Befehle Gehör finden, die Offiziere und Einheiten waren von jetzt an auf sich alleine gestellt. Dieser Moment der Ohnmacht, der immer dann eintrat, wenn er ins Kampfgeschehen eingriff, flutete seinen Körper erneut mit Adrenalin, aber er wusste, dass er alles getan hatte, was nötig und möglich war. Sein Eingreifen war notwendig, jetzt, hier und ohne Alternative. Zögern käme dem Opfern seiner Männer gleich.

Er gab seinem Schwarzen einen kräftigen Tritt in die

Seite, ließ die Zügel schießen und galoppierte mit einem lauten Kampfschrei los, gefolgt von seiner Garde und den Offizieren.

Der Schnee krachte knackend unter den Hufen, während er sich mit seinen Männern den Weg bahnte. Einige Reiter überholten ihn und nahmen ihm mit dem Schneegestöber, das die Hufe hinterließen, die Sicht. Doch er konnte sich auf sein Pferd blind verlassen, und so übernahm der Hengst das Kommando auf den letzten Schritten. Der Keil, den sie bildeten, fuhr durch den Gegner wie eine Sense. Leiber wurden in die Höhe geschleudert, dumpfe Geräusche zerschnitten links wie rechts die Luft. Als die wuchtige Woge zum Stehen kam, lagen mehr als ein Dutzend Germanen niedergetrampelt in ihrem Blut. Dennoch wurden sie von Feinden schon im selben Moment umringt. Er drehte sich mit seinem Hengst um die eigene Achse und hieb sein Schwert auf den nächstbesten Gegner. Mit zerschnittenem Gesicht heulte dieser auf und wälzte sich auf dem ehedem weißen Boden, der sich unter dem Gestampfe der Hufe braun und rot zu färben begann. Seine Garde tat es ihm gleich, und so sausten Schwerter wieder und wieder durch die Luft und hinterließen ein ohrenbetäubendes Geheul von Verwundeten und Sterbenden.

Sie kamen keinen Moment zu früh, denn die Linie der Infanterie war im Begriff, sich aufzulösen. Von einigen Soldaten seiner Truppe sah er nur das Hinterteil. Die Gesichtsausdrücke derer, die die Linie hielten, sprachen Bände: Er erkannte Verzweiflung und Panik in Fratzen, die verbissen darum rangen, nicht unterzugehen.

In einem langen Bogen ritt er mitten durch die auseinanderstrebenden Soldaten und ließ seinen Hengst sich aufbäumen: »Bleibt stehen, ihr elenden Hunde! Haltet die

Linie, haltet die Linie. Für Rom!«, brüllte er aus Leibeskräften. »Für Rom und eure Familien!«, fügte er sicherheitshalber hinzu, da hier mittlerweile etliche Dienst taten, denen Rom nachweislich völlig gleichgültig war.

»Vorwärts, Männer!« Der Centurio ritt entschlossen in die Kampflinie zurück. Die Soldaten drehten sich um und machten kehrt. Die Gesichter, in denen sich eben noch Entsetzen widergespiegelt hatte, waren wieder von Kampfgeist erfüllt.

Ein Barbar, der sich von der Seite auf ihn stürzen wollte, erntete einen Tritt, bevor der Centurio ihn mit seinem Pferd niedertrampelte.

Tatius war beeindruckt von dem Mut seines Befehlshabers. Entschlossen rannte er ihm hinterher und motivierte seine Nebenleute, es ihm gleichzutun. Er sprang auf einen Germanen zu und rammte ihm seinen Schild gegen die Schläfe. Als ihn ein Schwerthieb am Helm traf, dröhnten ihm die Ohren, und ein warmer Schauer lief ihm über die Wange. Der Germane, der ihn von der Seite überrascht hatte, war jedoch nicht imstande, einen zweiten Hieb auszuführen, denn im nächsten Moment stach ihm der Centurio von hinten in den Nacken, sodass er wie ein gefällter Baum zu Boden fiel. Für einen kurzen Moment trafen sich die Blicke des einfachen Soldaten und des Befehlshabers. Blicke, die den Mut hoben. Tatius tastete kurz hinter sein Ohr, wo ihm ein stechender Schmerz eine klaffende Wunde signalisierte. Er drücke sich den Helm noch tiefer ins Gesicht und biss die Zähne zusammen, bevor er zu den Kameraden aufschloss, die versuchten, wieder eine Linie zu bilden.

Auf der rechten Seite stürmten die römischen Reiter in die Flanke der Barbaren und sprengten eine tödliche

Schneise in deren Reihen. Die Angreifer wichen zurück, Panik brach aus, der Plan schien aufzugehen.

Centurio Flavius hielt inne und sah in der Ferne springende Punkte im Schnee. Für einen kurzen Moment kniff er die Augen zusammen, um sich zu vergewissern, dass er sich nicht irrte. Der Befehlshaber auf der anderen Seite hatte sich Reiter aufgespart, die direkt auf sie zugaloppierten. Keine geringe Anzahl, er schätzte sie auf mindestens hundert Mann.

»Männer, zu mir!« Er rief den Befehl mehrere Male und bewirkte, dass sich zehn seiner Leute aus dem Tumult lösen konnten.

»Bleibt dicht bei mir, wir konzentrieren uns auf eine Seite. Schaltet so viele wie möglich aus, verfolgt keinen und gebt euch damit zufrieden, wenn einer aus dem Sattel fällt. Wir dürfen uns nicht auseinandertreiben lassen. Mir nach!«

Er hoffte inständig, dass sich keiner hinreißen ließ, denn wenn sie sich behaupten wollten, konnten sie es nur als Gruppe schaffen. Kurz bevor sie aufeinandertrafen, gab er den Befehl, scharf nach links außen auszuweichen, und seine Männer folgten ihm dicht an dicht.

Das Pferd des Centurios stieß mit dem seines ersten Gegners fast zusammen. Beide Rösser bäumten sich auf, und die Männer blickten sich an, als sie nebeneinander verbissen das Gleichgewicht hielten. Der Germane hieb aus zu großer Distanz mit seiner Streitaxt nach ihm; der Centurio duckte sich weg, und als die Pferde auf dem Boden aufsetzten, nutzte er die fehlende Deckung seines Gegners, um sein Schwert direkt in dessen Brustfell zu stoßen. Der fremde Reiter zog verzweifelt am Zügel, damit das Pferd einen Satz zurückspringen konnte, doch war sein Schicksal besiegelt. Im Zusammensacken gab er das Schwert des Centurios wieder frei, das vor Blut triefte – gerade noch rechtzeitig, sodass er sich gegen den Schwerthieb eines Gegners verteidigen konnte, der von der anderen Seite zustach. Die Klingen kratzten aneinander. Der Germane drückte wie besessen zu. Centurio Julius Flavius Sabinus' Körper zitterte vor Anstrengung. Bedenklich schob sich sein eigenes Schwert auf seinen Hals zu. Mit der linken Faust schlug er dem Barbaren mitten ins Gesicht und bekam dadurch sein Schwert wieder frei. Der Mann brüllte in rasender Wut und hieb wie verrückt auf ihn ein. Trotz der unbändigen Kraft, die sich dahinter verbarg, konnte er vier, fünf, sechs Schläge parieren. Er setzte seinen Hengst als Waffe ein und erreichte mit einem kräftigen Rempler, dass der Germane den Halt verlor und seitwärts vom Pferd rutschte.

Doch anstatt zu fliehen, warf sich der blonde Krieger zu seinem Entsetzen mit einem riesenhaften Satz auf sein Pferd und packte ihn am Hals. Mit einem Sprung seines Gegners hatte er überhaupt nicht gerechnet, und so galoppierten sie ein paar kurze Momente gemeinsam auf seinem Hengst dahin, wild und ungestüm miteinander ringend.

Flavius musste sein Schwert fallen lassen und drückte seinen Ellenbogen gegen die Kehle des Germanen. Dann nutzte er den Hebel, den er entfalten konnte, und riss ihn mit einer heftigen Bewegung nach unten, sodass sie beide hart auf dem Boden aufschlugen. Der Aufprall nahm ihm gänzlich die Luft. Seine Kehle blieb vom stinkenden Arm seines Widersachers eingeschnürt, der seinen tödlichen Druck aufrechterhielt. Schwärze wechselte flirrend mit bunten Sternen, die vor seinen Augen tanzten. Er bekam seinen Dolch zu fassen und stach wieder und wieder zu, egal, wohin er traf. Endlich lockerte sich der Griff seines Gegners, und er hustete wie ein Aussätziger.

Centurio Flavius Sabinus taumelte mühsam vorwärts und suchte mit fiebrigen Blicken den zerstampften Boden nach seinem Schwert ab. Ein Schatten, der auf ihn fiel, ließ ihn instinktiv zur Seite rollen. Er spürte den Lufthauch des Schwertes, das ihn zerhacken wollte, und rappelte sich auf. Vor ihm bäumte sich ein wildes Pferd auf, das ihn mit dem gleichen Hass anzustarren schien wie der Barbar, der auf ihm ritt. Anstatt instinktiv rücklings auszuweichen, was seinen Tod bedeutet hätte, machte er einen Satz direkt neben das Pferd und fing den erwarteten Hieb seines Gegners ab, indem er mit beiden Händen den Oberarm der Schwerthand ergriff. Als der Germane wütend mit der freien Hand nach ihm schlug, um sein Schwert freizubekommen, rammte der Centurio seinen Helm gegen dessen Kinn. Dann zog er den benommenen Mann mit einem Ruck vom Pferd. Obwohl er wie ein Sack auf dem Boden aufschlug, ließ er das Schwert nicht los. Als der Centurio mit aller Gewalt versuchte, ihm die Hände zu öffnen, schlug der scheinbar Bewusstlose die Augen auf. Urplötzlich entfaltete der Germane ungeahnte Kräfte und riss den Centurio um. Wild wälzten sie sich auf dem Boden und rangen um die Oberhand.

Der Germane riss sein Schwert los und holte aus, doch konnte Flavius erneut mit einem entschlossenen Griff unter die Achsel verhindern, dass der Mann zustechen konnte. Seine Zähne knirschten vor Anstrengung.

Allmählich verließen ihn die Kräfte, und die triumphierende Miene seines Gegners verkündete das nahende Ende, als sich plötzlich Töne in seine Ohren bahnten, die wie Musik klangen, obwohl sie nichts anderes als militärische Befehle waren.

Der Germane blickte abgelenkt auf, der Centurio nutzte seine Chance und drückte ihn mit letzter Kraft zur Seite weg. Das Schwert fuhr nutzlos durch den Schnee, und nur einen Moment später lag er alleine auf dem Boden. Hals über Kopf hatte sein Gegner das Weite gesucht.

Die Kohorte aus Vetoniana machte mit Trompeten auf sich aufmerksam und stieß von der Seite im Sturmangriff auf die germanischen Reihen zu. Nur kurze Zeit nach dem Zusammenstoß mit den frischen Einheiten stoben die Germanen wie ein Sack fallen gelassener Murmeln in wilder Panik auseinander. Auf der kopflosen Flucht wurden sie von hinten niedergemacht, als handelte es sich um wehrloses Vieh und nicht um kampferprobte Krieger.

Dieses Phänomen erstaunte den Centurio immer wieder aufs Neue. Er überließ die Verfolgung des germanischen Häuptlings dem Befehlshaber der rettenden Kohorte.

Erst jetzt bemerkte er, dass ihn ein Schwerthieb an der Schulter gestreift hatte; außerdem war eine frische Scharte als Andenken in seine Wange gewetzt worden, die anfing zu brennen, nun, da sich das Adrenalin wie ein Strudel ins Nichts verflüchtigte.

Sein Hengst bahnte sich den Weg zu ihm und stellte sich schnaubend neben seinen Herrn. Er realisierte beim Blick über das Schlachtfeld, dass die eigenen Reihen einen hohen Blutzoll zu beklagen hatten.

Dann griff er beherzt die Zügel seines treuen Begleiters und marschierte vor die Reihen der Infanterie, die immer noch ihren Kameraden zujubelten. Er war stolz auf die Männer, die standhaft geblieben waren und hohe Verluste zu verzeichnen hatten.

Centurio Julius Flavius Sabinus nahm die Glückwünsche seiner Offiziere entgegen.

»Großartiger Sieg, Centurio! Ruhm und Ehre unserem

Centurio!«, riefen sie ihm entgegen, die Soldaten schwangen ihre Speere und Schwerter in die Luft und hämmerten mit Helmen und Trinkflaschen auf ihre Schilde.

Stolz und die pure Freude, am Leben geblieben zu sein, drangen aus den Kehlen seiner Einheiten. Der junge Soldat, der sich mutig und entschlossen in den Kampf geworfen hatte, jubelte ihm aus der ersten Reihe zu.

Ihn jedoch bedrückte beim Anblick seiner tapferen Männer eine Nachricht, die er vor dem Aufbruch erhalten hatte und die eine düstere Zukunft prophezeite: Schon nächste Woche würde jeder dritte Mann aus allen Grenzverteidigungsanlagen abgezogen und auf eine ungewisse Reise in den Osten geschickt werden. Der Kaiser brauchte Material und Männer für seinen Feldzug in Mesopotamien.

Beim nächsten Angriff stünden sie dann wie nackt vor ihren Gegnern. Böse Zungen würden die Kunde der Entblößung nach Norden tragen, und in der Folge würden Tod und Verderben an ihre Häuser klopfen. Von Rachedurst getrieben waren viele jenseits der Grenze.

Er hätte am liebsten eine Brandrede gehalten, stattdessen verhielt er sich so, wie man es von ihm erwartete. Er saß auf, hob sein Schwert, ritt die erste Reihe seiner Getreuen ab und ließ sich und Rom feiern.

Das Rom, das ihn verstoßen hatte.

Biriciana, Januar 232 n. Chr.

Marcus stand schweigend vor der Mansio und betrachtete die Mauern des Kastells. So nah war er seinem ersten Ziel gekommen, doch jetzt fühlte er Verzweiflung aufkommen. Tatenlos sollte er hier verharren, bis der Centurio zurückkehren würde. Das konnte Tage dauern.

»Marcus, zieh doch nicht so ein Gesicht!«, hörte er seinen Onkel rufen, der mit Demicius und Bacchus im Schlepptau heraustrat und sich Krümel des Frühstücksmahls vom Mund wischte. Er selbst hatte keinen Hunger gehabt.

Als er missmutig antworten wollte, hallten schrille Schreie durch den Ort. Marcus konnte nicht verstehen, was gerufen wurde, aber es klang wie eine Warnung. Ein aufgeregter Mann bog auf seinem Pferd um die Ecke, und Marcus vernahm klar und deutlich, was er befürchtet hatte.

»Banditen! Bringt euch in Sicherheit! Zu den Waffen, Veteranen! Barbaren dringen ins Land!«

Der Mann wollte schon wieder wenden und fortreiten, als sich Titus ihm entschlossen in den Weg stellte.

»Aus dem Weg, ich muss sofort weiter!«, herrschte ihn der fremde Reiter an, der nur einen dünnen Mantel trug, unter dem seine Tunika hervorlugte. Es schien, als wäre er direkt aus dem Bett gefallen.

»Wo sind sie, und wie viele hast du gesehen?«, stellte Titus ihn scharf zur Rede. »Wir haben Familie in der Gegend«, ergänzte er etwas sanftmütiger und erreichte, dass der Mann sein Pferd zügelte.

»Ich habe ein halbes Dutzend gesehen, wie sie die Straße nach Süden nahmen. Gemeine Plünderer und Banditen. Unser Nachbarhof brennt. Bringt eure Familie in Sicherheit. Beeilt euch!«

Titus gab den Weg frei, und Marcus sprang zu ihm.

»Nach Süden? Er meinte, sie reiten nach Süden? Aber das führt direkt auf unseren Hof zu.«

»Ganz ruhig, Marcus, wir brechen sofort auf.«

»Mit deinem Karren? Bis wir da sind, haben sie alle massakriert! Ich reite sofort los.«

»Warte doch! Sei nicht kopflos! Vielleicht reiten sie ja am Hof vorbei! Ich ...«

Marcus ließ Titus mitten im Satz stehen und eilte in die Herberge.

Titus rieb sich hektisch seinen Bart.

»Bacchus, organisiere uns zwei Pferde. Eins für mich und eins für dich und Demicius, rasch! Der Preis spielt keine Rolle. Ich befürchte, mein Neffe wird sich nicht aufhalten lassen.« Er hastete ebenfalls in die Mansio, um Zeit zu gewinnen.

Er sah Marcus fahrig zusammenpacken, was dieser für nötig hielt; und das waren sein Bogen, Pfeile, die Nachricht an den Centurio und der Talisman seines Bruders.

»Marcus, warte! Nur einen Moment.«

»Worauf? Dass meine Eltern und Geschwister ermordet werden?«

»Zu viert können wir sie vertreiben. Außerdem wird dein Vater als alter Veteran nicht tatenlos zusehen, wie sein Hof überfallen wird.«

»Ein alter Mann, ein Krüppel und ein Sklave sollen den Barbaren Angst einjagen?«

Sein Onkel starrte ihn sprachlos an.

Marcus senkte den Kopf.

»Es tut mir leid. Onkel Titus, du hast mir schon so viel geholfen.« Seine Stimme klang belegt. »Ich kann nicht anders. Alleine bin ich schneller.«

Er fasste seinen Onkel im Vorbeigehen an der Schulter. Titus packte ihn fest und drückte ihn an sich, als könnte er mit dieser Geste die entscheidenden Momente gewinnen. Nur mit Mühe gelang es Marcus, sich aus der Umarmung zu lösen.

»Viel Glück, Marcus! Wende deinem Gegner nie den Rücken zu. Ziele auf die Tiere, auch wenn sie unschuldig sind. Ein Gegner im Sattel ist das Gefährlichste, was du zu befürchten hast.«

Sein Neffe nickte stumm, bevor er zum Stall lief. Nur einen Moment später sprang die Türe auf. Marcus trabte aus dem Holzschuppen heraus und befahl seinem Tier noch auf der Schwelle einen ungestümen Galopp.

»Bacchus, wo steckst du? Demicius, hat Bacchus etwas erreicht?«, brüllte Titus erregt.

»Ich weiß es nicht, Herr, er hat das Geld an sich genommen und ist Richtung Schmiede gelaufen.«

»Hol alle Waffen, die wir tragen können; wir reiten sofort los, sobald er zurückkehrt.«

Als sein Weinexperte um die Ecke bog, traute Titus seinen Augen nicht. Bacchus führte einen alten grauen Klepper mit sich und ein zweites Tier, das wie ein zu groß geratenes Pony aussah. Ob das große Pferd ergraut war oder schon immer diese Erscheinung hatte, malte er sich lieber nicht weiter aus. Doch konnte er seinem Sklaven keinen Vorwurf machen. Die zwei Tiere lahmten nicht und vermochten sie alle drei zu tragen. Mehr durfte man nicht erwarten. Der ehemalige Besitzer musste sich fühlen, als hätte Fortuna ihn geküsst. Seiner Geldbörse fehlte dagegen ein ansehnlicher Betrag.

»Ihr setzt euch auf die große Mähre, ich nehme das Pony.« Titus seufzte. Er befühlte den Griff seiner alten Klinge und ärgerte sich, sie nicht einmal geschliffen zu haben. Doch war sein Gladius immer noch gut genug gepflegt, um einen Germanen von oben bis unten aufzuschlitzen.

»Also los!«

Marcus spürte schon beim Verlassen des Ortes, dass er viel zu leicht bekleidet war. Warum hatte er sich nicht wärmer angezogen? Warum war er so überhastet aufgebrochen? Bei seinem wilden Ritt lief er wegen des schneeharschen Untergrunds ständig Gefahr, die Kontrolle über seinen Hengst zu verlieren. Nach kurzer Zeit fror er entsetzlich. Seine Ohren fühlten sich an, als hätte der Wind ihm ein paar kräftige Ohrfeigen verpasst, und die Finger wurden taub. Ausgerechnet die Finger. Er dachte an das zerbrochene Fensterglas in Augusta Vindelicum. Heute musste er seine Pfeile unbedingt ins Ziel bringen. Seine Blicke irrten wirr von links nach rechts, immer auf der Suche nach den Barbaren. Wo steckten sie?

Bevor er einen Blick auf seinen Hof werfen konnte, musste er einen langen, wenn auch nicht besonders steilen Hügel überwinden, und dieser Weg zog sich unendlich lang dahin. Er konnte nicht erkennen, ob sich unmittelbar dahinter Gefahren verbargen, und in seiner Fantasie lagen die Germanen direkt hinter dem Hügel auf der Lauer, um über ihn herzufallen. Sein Herz pochte wie wild, als würde er und nicht Luminus vor Anstrengung prusten, um das Tempo zu halten. Die Augen tränten wegen des Windes, sein Atem war eine diffuse, permanente

Wolke vor seinem Gesicht, Rotz troff ungehindert auf sein Kinn, und als er die Kuppe erklommen hatte, hielt er atemlos an, um sich zu orientieren. Niemand war zu sehen. Weder auf dem Hügel noch im Hinterland. Dankbar für die Pause schnaubte sein Schwarzer laut auf.

Marcus erkannte seinen Hof aus der Ferne nur als eine Ansammlung winzig brauner Flecken inmitten einer weißgrauen Umgebung, aber es schien ihm alles friedlich. Sosehr er sich auch anstrengte und die Augen zusammenkniff, er konnte nichts Ungewöhnliches ausmachen. Er ließ seinen Hengst langsam weitertraben. Vielleicht waren die Germanen ja weitergezogen.

Auch die anderen Höfe, die man von hier aus sah, lagen beschaulich in der Landschaft wie immer.

Er richtete seinen Blick auf die Straße. Zuerst war da nur ein Gewirr aus Furchen, Linien und Hufen. Das Alter der Spuren und wie sie zusammenpassten, war im Durcheinander nicht zu erkennen. Doch dies änderte sich von einem Moment auf den anderen. Breitere Abdrücke erzählten ihm auf einmal eine unheilvolle Geschichte: sechs Spuren, hohes Tempo – das waren sie, die verfluchten Barbaren!

Er blickte wieder zu seinem Hof. Jetzt konnte er schon die meisten Gebäude im Seitental erkennen. Der Schornstein des Hauptgebäudes entließ gemächlichen Rauch, der sich sanft kräuselte und eine gemütliche Temperatur in den Innenräumen verhieß.

Trotz der drohenden Gefahr freute er sich auf zu Hause. Er würde sofort alle warnen. Wenn sich alle, die Pächter und die Familie, mit Schwertern, Sensen und Knüppeln bewaffneten, würden sich auch sechs Krieger überlegen, ob es das Risiko eines Angriffs wert war.

Noch während er darüber sinnierte, geschah das Entsetzliche: Eines der Nebengebäude, ein Speicherraum, ging in Flammen auf. Wie ein Vulkan Asche aus dem Nichts speit, so schoss urplötzlich pechschwarzer Rauch zuckend in die Höhe, der sich nur für die blitzartig auftretenden Feuersäulen öffnete, die züngelnd hinter dem dicken Qualm ihre zerstörerische Wirkung entfalteten. Die Säule stieg Fuß um Fuß in die Höhe, und ihre Schwärze hinterließ stechende Schmerzen böser Vorahnung in Marcus' Herz. Im selben Moment stieß er sein Pferd hart in die Seite. »Vorwärts, Luminus, gib alles!«

Tränen stiegen in ihm auf, während er seinen Hengst zu Höchstleistungen antrieb.

Die Spuren der Barbaren bogen links ab und führten geradewegs zum Hof seiner Familie. Abrupt hielt er an. Ein schwarz gekleideter Reiter bewachte den Eingang am Zaun und drehte sich in seine Richtung.

Marcus versuchte, die Situation zu ordnen. Kreischendes Geschrei drang aus der Ferne in seine Ohren, auf dem Hof herrschte ein wildes Durcheinander, Menschen rannten um ihr Leben. Der Überfall hatte alle Bewohner überrascht. Er konnte aber kein Familienmitglied aus dieser Entfernung erkennen. Hatte er bisher vor allem Angst auf dem Weg hierher mit sich herumgeschleppt, so schlug dieses Gefühl nun in Wut und Hass um.

Der Wächter, verborgen unter einer Kapuze und damit dem legendären Fährmann nicht unähnlich, ritt plötzlich stramm auf ihn zu. Marcus sah ein Schwert im Gegenlicht aufblitzen.

Er verließ den Weg, der ihn direkt zu dem schwarzen Reiter geführt hätte, und galoppierte querfeldein hangaufwärts. Er konnte aus dem Augenwinkel wahrnehmen, dass sein Gegner entschlossen die Verfolgung aufgenommen hatte und sich ebenfalls einen Weg durch den

Schnee bahnte. Marcus' Gedanken sprangen wild hin und her, und das Herz schlug ihm bis zum Hals. Doch wusste er im gleichen Moment, was er zu tun hatte.

Marcus hatte sich früher immer auf dem obersten Plateau auf die Lauer gelegt, um Hasen zu erlegen. Heute würde er andere Beute schlagen. Da er um die verschiedenen Stufen der Plateaus genau Bescheid wusste, kam er schnell voran und blieb in keiner Verwehung stecken – anders als sein Verfolger, der immer wieder schwankte, zurückfiel und mehrere Anläufe brauchte, um die in den Hang eingearbeiteten Treppen zu nehmen, die der Schnee unsichtbar gemacht hatte.

Oben angekommen, sprang Marcus von Luminus, warf die Zügel um einen Busch zu seiner Linken und überlegte kurz, wie viel Hundert Fuß Entfernung es sein müssten. Fieberhaft schnallte er sich den Köcher um und ergriff seinen Bogen. Dann fixierte er den Punkt, den er gewählt hatte, und zielte auf das Pferd des Angreifers.

Der braune Hengst des Germanen bäumte sich auf, als der Pfeil in seine Brust drang. Das Wiehern klang wie das markerschütternde Quieken einer Sau, die ihren letzten Moment kommen sieht, und Marcus empfand Mitleid mit dem edlen Tier. Der schwarze Reiter zappelte und versuchte, dem wilden Strampeln ein Ende zu setzen, aber die Fesseln des Pferdes fuhren im Todeskampf wild und willenlos durch die Luft.

Marcus hatte den nächsten Pfeil in die Sehne gespannt und war in die Knie gegangen. Das morbide Schauspiel zog ihn in den Bann; er verharrte an seinem Platz, als wäre er zu Eis erstarrt. Mit offenem Mund gaffte er den Reiter an, wie er mit dem Tier um die Oberhand kämpfte.

Das sterbende Ross drehte zwei Pirouetten um die eigene Achse und knickte dann abrupt zur Seite weg. Der Reiter versank im Schneegestöber wie in einem tosenden Fluss. Als sich die Schneefontänen legten, lag das Pferd regungslos da. Hatte es ihn zerquetscht? Oder war der Germane rechtzeitig abgesprungen und lauerte ihm auf? Marcus entschied sich, sofort nachzusehen, und lief mit gespannter Sehne auf den Kadaver zu.

Erst als er schon fast mit seinem Schuh das Tier berühren konnte, entdeckte er den Mann, der bis zur Hüfte unter dem Hengst lag. Er atmete schwer. Irgendetwas irritierte den Germanen, denn er starrte immer wieder ungläubig an sich herunter. Keine seiner Gliedmaßen bewegten sich. Nur den Kopf konnte er leicht drehen. Er war offenbar vom Hals ab gelähmt, vermutete Marcus, und dass jemand lebte, obwohl er seinen Körper nicht spürte, war dem Barbaren sicher unbekannt. Die Wucht des Aufpralls hatte ihm sämtliche Knochen gebrochen. Marcus fand beinahe, dass der Mann genug gestraft war, da gruben sich wieder die Geräusche des Überfalls in sein Hirn.

Er sprang auf die Flanke des toten Pferds und musterte den Germanen. Das Schwert, mit dem der Barbar Marcus hatte töten wollen, lag in der abgeknickten Hand und ließ ihn einen erbitterten Groll verspüren. Er hob den Bogen und spannte die Sehne. Der Germane und Marcus warfen einander böse Blicke zu.

»Ihr seid alle tot«, röchelte der Krieger und ließ eine grinsende Fratze folgen. Dann schwirrte ein Pfeil direkt in sein Herz, und ein Stoßseufzer war der letzte Ton, den der Mann im Diesseits von sich gab.

Marcus rannte zu Luminus zurück, sprang in den Sattel und preschte zum Hauptgebäude. Er musste die verfluchten Germanen ablenken, deshalb versuchte er es mit einem waghalsigen Ritt in einiger Entfernung parallel zu den Gebäuden. Er brüllte aus Leibeskräften, um auf sich aufmerksam zu machen. Wo war bloß seine Familie? Verbarrikadierten sie sich im Haus? Um sicherzugehen, dass die Krieger ihre Aufmerksamkeit auf ihn lenkten, schickte er einen Pfeil in hohem Bogen auf einen der Eindringlinge. Das zeigte Wirkung. Zwei Reiter brachen auf und folgten ihm.

Er beschrieb eine lange Schleife und hielt auf das Familienheiligtum mit den Gräbern am Ende des Tales zu. Die Germanen hefteten sich wie erwartet an seine Fersen. Er konnte das Donnern unter den Hufen ihrer Pferde auch über die große Distanz noch wahrnehmen. Die Barbaren würden ihn in Stücke hacken, wenn sie ihn in die Finger bekämen. Er musste mehrfach an seinem zäh gewordenen Speichel herumwürgen und gegen ein Gefühl von Panik ankämpfen, das aus den Tiefen seines Körpers hervorbrach.

Marcus bremste ab, als er die heilige Stätte seiner Familie erreicht hatte. Im Sommer speiste die Quelle hinter dem Heiligtum einen kleinen Weiher, an dessen Ende ein Bach seinen Anfang nahm. Dieser war die Versicherung gegen anhaltende Trockenheit, aber jetzt hatte das Eis die Regentschaft über den Lebensspender übernommen. Unwillkürlich kamen Marcus sein Vater und die Winter seiner Kindheit in den Sinn – wie sie ihrer Toten gedachten.

Er lenkte Luminus energisch durch den Säulengang und vergewisserte sich am Rande des Weihers, ob alles seinen Vorstellungen entsprach. Ein Silberschimmer verriet ihm, dass es so war. Das Glitzern auf dem Pfuhl ließ ein Lächeln über sein Gesicht huschen. Er drehte sich um und erwartete seine Gegner, die nur wenige Augenblicke später vor ihm auftauchten. Jetzt galt es, keinen Fehler zu machen und rasch zu handeln.

Der vordere Germane blickte seinen Mitstreiter an und lachte höhnisch in Marcus' Richtung. Der römische Idiot saß in der Falle. Gestrüpp in einem Gewirr aus Büschen im Rücken und ein gefrorener Weiher zu seinen Füßen waren das Gefängnis, aus dem er nicht mehr entwischen konnte. Siegesgewiss zogen die Reiter ihre Schwerter, deren Klingen ihre tödliche Absicht kreischend verrieten.

Marcus spannte den Bogen, zielte zitternd auf den Grinsenden und verharrte, ebenso wie nun seine Gegner, die die Situation skeptisch abzuwägen schienen. Auf ein Zeichen des vorderen Reiters ritten sie dann durch den Weiher auf ihn zu. Marcus' Blick flog von den Hufen zu den Angreifern. Entschlossen schoss er seinen Pfeil auf das vordere Tier, der sich in dessen Brust bohrte. Als sich das Pferd aufbäumte und damit dem anderen den Weg versperrte, starrte Marcus auf den glitzernden Boden und betete zu den Göttern. Endlich hatten sie ihn erhört. Ein ohrenbetäubendes Krachen durchfuhr die Eisfläche. In das Knarzen und Brechen der Schollen mischte sich ein gluckerndes Sprudeln, Wasser schoss über die Risse und umspülte die Fesseln der Pferde. Die Reiter drehten sich im Kreis und erkannten die drohende Gefahr, doch es war zu spät. Sie verloren das Gleichgewicht. Mehrere Eisschollen teilten sich, und die beiden Rösser verschwanden samt ihren Herren in einer Fontäne aus Gischt. Marcus sah Arme im Wasser rudern, doch die schweren Mäntel zogen unbarmherzig an den Versinkenden. Entsetzte Schreie wurden von einem klagenden Wiehern übertönt. Doch das Wasser verschluckte die Hilferufe binnen weniger Augenblicke, und gekrümmte Hände schlugen nur kurz einige nutzlose Wellen, bevor sie versanken.

Eine fast nicht auszuhaltende Stille breitete sich aus. Marcus starrte gebannt auf den Weiher. Plötzlich teilten sich die losen Schollen, es prustete am anderen Ende des Weihers, und ein Schwall von Gischt perlte von einem grauen Wesen. Das unverletzte Pferd hatte sich instinktiv zurück in die Richtung gedreht, aus der es gekommen war, und konnte wie durch ein Wunder dem eisigen Nass entsteigen.

Vor Marcus' Füßen bedeckten die Schollen wie ein geflickter Teppich die schwarze Oberfläche des Weihers, als hätte sich nie ein Drama vor seinen Augen abgespielt. Die Quellgötter hatten sich ihre Opfer geholt und begannen nun, sie zu verdauen.

Die Warnung seines Vaters vor der Tücke der immerwährenden Kraft der Quelle unter dem Eis und der Götter, die darin hausten, kannte er von Kindesbeinen an. Ein Silberschimmer unter der tückischen schneefreien Eisdecke war der Bote, vor dem man achtzugeben hatte, und diese Warnung war auch jetzt, Jahre später, noch ein Leben wert. Sein Leben. Wehe denen, die keinen Respekt davor hatten!

Er stieg hastig ab und fischte Mercurio, den Talisman seines Bruders, aus der Tasche, um ihn zum Dank den Göttern zu opfern. Jetzt sofort. Er hatte seine Schutzfunktion erfüllt, und so viel Zeit musste sein. Marcus kniete nieder, bedankte sich ehrfürchtig, küsste ihn und wollte ihn gerade in den Weiher werfen, als sich die Schollen erneut teilten. Ein von braunen Algen und Ranken behangener Krieger entstieg vor seinen Augen wie ein Albtraum aus der Unterwelt dem Teich, rang nach Luft und spie Wasser.

Marcus blieb erstarrt auf seinen Knien und war nicht zur geringsten Bewegung imstande. War der Schutz der Götter nur vorgetäuscht? Hatte er ihnen nicht genug Demut gezollt?

Als der Germane sich gefangen und ihn bemerkt hatte, verharrte er einen Augenblick, in dem nur das Plätschern des Wassers zu hören war, das aus der Kleidung rann. Dann stürzte er mit bloßen Händen auf Marcus zu. Den Griff zur Kehle konnte er abwehren, aber der schwere, eiskalte, nasse Mann war in wilder Raserei und drückte ihm seine Arme gegen den Hals. Marcus riss sich eine Hand frei und suchte verzweifelt irgendeinen Gegenstand, mit dem er sich wehren konnte, aber kein Stein, kein Ast war in greifbarer Nähe, nur knirschender Schnee. Er röchelte und sah in ein wild triumphierendes Gesicht. Mit letzter Kraft, die er aufbringen konnte, riss er seinen Gegner herum; sie wälzten sich zweimal um die eigene Achse, ehe sie in derselben Position wieder auftauchten. Er hatte seine Reserven verbraucht. Schwärze ummantelte ihn, er war der Bewusstlosigkeit schon nahe, als der eisenharte Griff plötzlich erschlaffte. Stattdessen tropfte Blut aus dem Mund des Angreifers auf Marcus' Gesicht.

Wie ein Stein kippte der Barbar zur Seite weg. In Marcus' Blickfeld erschien sein Onkel mit grimmigem, entschlossenem Blick und einem Gladius in der Hand, von dem Blut rann. Den Schnee hinter seinem Onkel färbte eine glänzende dunkelrote Spur.

»Onkel Titus!« Marcus hustete und keuchte und war nicht imstande, sich alleine aufzurappeln.

Sein Onkel reichte ihm den Arm und zog ihn hoch. Demicius und Bacchus standen dahinter, auch sie waren mit Schwertern bewaffnet. Bacchus hielt das tropfnasse Pferd des Germanen am Zügel.

»Was für ein Glück, dass dieser Gaul uns den Weg gewiesen hat! Wir sind den Bach entlanggeritten, als das Pferd aus dem Heiligtum herauskam. Da oben ist die Hölle los, aber ich denke, keiner hat uns beim Hinweg beachtet. Sag, wie viele sind es noch?«, wollte Titus wissen, ohne Marcus nach dessen Befinden zu fragen oder wie es ihm ergangen war. Er wischte sein Schwert im Schnee sauber. Dann nahm er dem toten Germanen den vollgesogenen, nassen Umhang ab und legte ihn sich an. Marcus sah seinen Onkel ungläubig an.

»Ich vermute, noch drei oder vier. Was tust du da?«

»Wir reiten mit dem Pferd des Germanen. Du hinten, ich vorne. Schieß auf alles, was sich bewegt. Bacchus und Demicius kommen mit deinem Pferd von der anderen Seite und machen ordentlich Lärm. Wenn wir Glück haben, halten sie uns für einen der ihren, bis es zu spät ist, und konzentrieren sich auf unseren Gladiator. Los!«

Marcus erkannte seinen Onkel fast nicht wieder. Der alte Veteran hatte noch so viel Temperament eines Soldaten in sich, wie er es nie für möglich gehalten hatte. Für ihn war Titus immer ein Zivilist gewesen, und wenn er es wegen der alten Geschichten nicht besser gewusst hätte, allein aufgrund seiner Figur hätte er ihm keine Laufbahn in der Armee zugetraut.

Doch jetzt übernahm der Reitersoldat Titus die Kontrolle und verhielt sich entsprechend. Sie steuerten ihr Pferd direkt auf das Haupthaus zu, wo sie die Gegner vermuteten. Titus ritt in einem aufreizend langsamen Trab, und sie waren für jeden weithin zu sehen.

»Wieso reitest du so langsam, Onkel Titus?«

»Sei still, Marcus, wir folgen einem Schlachtplan, und du hältst jetzt den Mund, bis ich dir sage, dass es vorbei ist. Wir lassen Demicius den Vortritt.«

Marcus lugte vorsichtig an seinem Onkel vorbei, der vorne saß und immer noch keine Anstalten machte, eine schnellere Gangart von ihrem Reittier einzufordern. Er musste sich an ihm festhalten, und das bedeutete, in einen triefnassen Mantel zu greifen, der einen Geruch von altem Schweiß, Moder und abgestandenem Wasser verströmte. Eiskalt war er außerdem. Er sah Demicius, der zum Eingang des Hofes zurückgeritten war und anfing, ordentlich Lärm zu veranstalten. Das Gebäude vor ihnen würde jeden Moment zusammenfallen, denn es brannte lichterloh von oben bis unten und bestand nur mehr aus seinem Balkenskelett. Weitere Gebäude waren bislang nicht in Brand gesteckt worden. Schreie drangen nur selten an Marcus' Ohr, die meisten Bewohner hatten sich entweder versteckt, waren geflohen oder schon tot. Hoffentlich kamen sie rechtzeitig.

Als Demicius die halbe Strecke zum Haupthaus zurückgelegt hatte, sah Marcus die Germanen. Es waren drei Gestalten, in Mäntel gehüllt, die soeben auf ihre Pferde aufsaßen. Dann erkannte er drei reglose Körper, die verstreut vor dem Gebäude lagen. Ob Männer oder Frauen, konnte er nicht sagen, und wer da lag, schon gar nicht. Trotzdem musste er erneut gegen die Tränen ankämpfen. Diese verdammten feigen Mörder!

Die Barbaren ritten zu dritt und nebeneinander gemächlich auf Demicius zu. Einer von ihnen drehte sich um und sah eine unbehaglich lange Zeit in ihre Richtung. Schließlich winkte er ihnen zu.

»Es funktioniert. Mach dich bereit«, flüsterte Titus und winkte kameradschaftlich zurück. Dann gab er dem Pferd den Befehl zum Galopp, und sie näherten sich schnell der Gruppe.

Marcus war verblüfft, wie gut sie aufeinander abgestimmt waren, denn Demicius war ebenfalls schon fast angekommen und zog die Aufmerksamkeit der Barbaren völlig auf sich, die ihre Schwerter gezogen hatten und bereit waren, ihn niederzustrecken. Als der alte Gladiator das Pferd abrupt zum Stehen brachte und nicht einer, sondern zwei Reiter absprangen, hatten sie ein weiteres Ablenkungsmanöver ausgeführt. Titus hielt inzwischen auf den mittleren Krieger zu. Jetzt waren sie nahe genug, um zu erkennen, dass der Reiter ganz rechts kein Schwert, sondern eine Axt in den Händen hielt.

»Nimm dir den Kerl rechts vor, er hat keinen Schild, und warte, bis wir direkt neben ihm stehen!«, rief Titus, und obwohl Demicius und Bacchus brüllend auf die Reiter zurannten, riet der Instinkt dem Gegner in der Mitte, sich umzusehen. Sie waren fast neben ihren Widersachern angekommen. Mit einem entsetzten Gesichtsausdruck stierte er überrascht Titus an und schien zu wissen, dass er dem Tod geweiht war. Wie gelähmt, gab er nicht einmal einen warnenden Ton von sich. Titus holte weit mit seinem Schwert aus, während Marcus den Bogen spannte und auf den äußeren Reiter zielte. In dem Moment, als dieser sich zu Marcus drehte, fuhr Titus' Schwert über das Gesicht des anderen Germanen, das zu einer hässlichen Fratze deformiert wurde. Der Mann mit der Axt war gerade dabei auszuholen, als er wie eine Feder zurückschnellte. Marcus' Pfeil drang mitten durch seine Brust. Geschockt ließ er die Streitaxt fallen und hielt einen Moment den Schaft fest, der bis zur Befiederung durch den Körper gedrungen war, bevor er seiner Waffe folgte und vom Pferd stürzte.

Der Mann, den Titus am Kopf getroffen hatte, heulte auf, hielt sich das entstellte Gesicht und schrie wie besessen. Titus bereitete dem ohrenbetäubenden Lärm ein schnelles Ende und stach ein zweites Mal zu. Der dritte Reiter versuchte zu entkommen und bahnte sich seinen Weg zwischen Demicius und Bacchus.

Bacchus schmiss sich der Länge nach in den Schnee, um nicht totgetrampelt zu werden, doch Demicius warf sein Schwert nach einer flinken Drehung mit voller Wucht nach dem Reiter, der zwischen ihnen beiden hindurchgeritten war. Die Waffe bohrte sich kerzengerade in seinen Rücken. Marcus sah, wie sich der Mann aufbäumte und ein kurzes Stück Weg wie eine Wachsfigur im Sattel stand. Dann brach er über dem Pferd zusammen, das führungslos kreuz und quer über das Feld trottete.

Als der Mann reglos von dem Tier gerutscht war, löste sich bei allen Beteiligten die Spannung. Jeder stand etwas verloren an dem Platz, an dem er gerade Zeuge der letzten Auseinandersetzung geworden war.

Marcus gewann als Erster seine Fassung wieder.

»Mutter, Vater!«, schrie er laut hinaus und lief auf das Hauptgebäude zu.

Titus, Demicius und Bacchus folgten ihm auf dem Fuß.

Marcus rannte atemlos zu den Toten vor dem Haus und erkannte zwei Männer und eine Frau, die zu den Pächtern gehört hatten. Sie waren entsetzlich entstellt, und Marcus musste einen plötzlichen Brechreiz niederkämpfen. Dann sah er aus einer Scheune seine Schwester Aurelia major stolpern. Sie weinte, sah völlig verstört aus, ihre Kleider hingen ihr nur in Fetzen vom Leib. Er hoffte inständig, dass die Verbrecher keine Zeit gehabt hatten, ihr grässliches Werk zu vollenden. Anstatt sie etwas zu fragen, nahm er sie in den Arm und hielt ihren Kopf.

Titus übernahm die Beschützerrolle, und Marcus hastete weiter zur Tür des Haupthauses, die verrammelt war. Er klopfte und hämmerte aus Leibeskräften.

»Mutter? Vater? Ich bin es, Marcus!«

Nach einer endlosen Weile hörte er von innen ein Kratzen und Rumpeln. Seine Familie hatte sich offenbar verbarrikadiert und räumte polternd Möbel beiseite. Endlich öffnete sich knarzend die Tür, und Marcus erblickte als Erster den abgewetzten Gladius seines Vaters, den eine zitternde Hand umschloss.

Mitten im Raum stand seine Mutter, die Aurelia minor im Arm hielt. Zwei Pächter im Hintergrund wogen Knüppel in den Händen, aber er bezweifelte, dass diese Männer im Kampf eine Hilfe gewesen wären. In ihrer gekrümmten Haltung wirkten sie wie unsichtbar.

»Vater!«

»Marcus!«

Sie fielen sich in die Arme. Marcus lachte, während ihm die Tränen kamen, und drückte sogleich seine Mutter und seine kleine Stiefschwester, die ihn fest an den Beinen umschlang. Dann sah er sich um.

»Wo sind Primus und Manius? Hast du gesehen, was sie Aurelia major angetan haben?«

Die Stimmung verdüsterte sich wieder.

Marcus' Vater lief mit ihm nach draußen.

»Es ... es ging alles so schnell. Ich habe deine kleine Schwester gepackt, und wir haben entschieden, dass wir unser Leben im Haus so teuer wie möglich verkaufen.« Plötzlich hielt sein Vater inne.

»Titus! Aurelia! Mein Kind.«

Marcus sah zu, wie sein Vater zusammen mit seiner Schwester hemmungslos zu weinen anfing, und atmete tief aus. Er zitterte plötzlich am ganzen Leib. Wie durch ein Wunder war er soeben dem Tod entronnen, schoss es ihm durch den Kopf. Es schüttelte ihn förmlich, als hätte er Fieber, und beim Gedanken an seinen törichten Alleingang wurden ihm die Knie wachsweich. Dass er imstande gewesen war zu töten, erzeugte bei ihm erneut einen heftigen Brechreiz. Auch wenn er kein Mitleid empfand, überforderte ihn in diesem Moment das Ausmaß seines Tuns, und so übergab er sich ohne jede Gegenwehr tonlos an Ort und Stelle.

Er ließ es geschehen, dass seine Mutter sich seiner annahm und ihn so fest drückte, als wollte sie ihn niemals mehr wieder loslassen.

Als er sich beruhigt hatte, schreckte ihn ein gellender Schrei auf, und er erkannte die Stimme sofort: »Manius!«

Die ganze Familie lief in Richtung des Bades, woher der Schrei gekommen war. Manius hatte sich über einen Körper gebückt und hielt die Hand eines Mannes. Marcus erkannte ihn sofort.

Primus lag mit dem Gesicht auf dem Boden und schien zu schlafen. Sein steifes Bein sah ausgestreckt völlig gesund aus. Eine Waffe trug er nicht bei sich. Die Barbaren hatten ihn dennoch gejagt. Manius drehte Primus um und hielt ihn schluchzend im Arm. Sein Vater stolperte hinzu und umarmte seinen weinenden Sohn. Es war kaum Blut zu sehen. Ein einziger Stich ging mitten durchs Herz, und wahrscheinlich war Primus schon tot gewesen, bevor er auf dem Boden aufgeschlagen war.

Zum zweiten Mal am heutigen Tag musste Marcus an seinen Unterricht denken und was er über das hippokratische Gesicht gelernt hatte: fahl das Gesicht, eingefallen die Wangen. Primus hatte eine spitze Nase, seine Ohren wirkten geschrumpft. So wie der Germane unter dem Pferd. Der nahende oder eintretende Tod kündigt sich an und ist am Gesicht zu erkennen. Er hörte die Sätze seines Lehrers über Hippokrates, die sich in seinem Kopf ständig wiederholten, und schüttelte sich unvermittelt. Im gleichen Augenblick schämte er sich dafür, dass ihm zwar sein trauernder Bruder Manius leidtat, er selbst aber, sosehr er sich auch bemühte, unfähig war, auch nur eine

Träne zu vergießen. Primus war wie ein Fremder für ihn. Er trauerte schon, aber unberührt und kühl; vor allem war er erschöpft.

Er begann daher, seinem Vater zur Hand zu gehen, sich nützlich zu machen und etwas Sinnvolles zu tun. So endete der Tag mit Aufräumarbeiten und dem Ausheben von Gräbern.

Raetien/Biriciana, Januar 232 n. Chr.

Als Marcus am nächsten Morgen aufwachte, stieg ihm der Geruch von kalter, verbrannter Asche in die Nase. So rochen also Krieg, Tod, Verderben. Es roch anders als nach einem versehentlichen Brand. Den Grund ahnte er, als er aus dem Haus trat. Hier brannte nicht nur Holz.

Marcus setzte sich mit leerem Magen erschöpft an ein Feuer, das man vor dem Haus entfacht hatte, um die toten Germanen und alles, was nach der Zerstörung nicht mehr zu gebrauchen war, zu verbrennen; nachdenklich starrte er in die Glut. Die menschlichen Überreste in der Schlacke waren nur mit viel Fantasie zu erkennen und hatten jedwede Faszination verloren. Er war am Vorabend nach der harten Plackerei, die der steinharte Boden ihnen beim Ausheben der Gräber beschert hatte, vor dem Kamin in einen traumlosen Tiefschlaf gefallen und hatte von der Verbrennung und den weiteren Aufräumarbeiten nichts mitbekommen. Er war noch nicht einmal dazu gekommen, mit seiner Familie über die schrecklichen Ereignisse zu sprechen, geschweige denn von Erlebnissen des letzten halben Jahres zu erzählen. Jemand hatte eine warme Decke über ihn gelegt, jedoch vergessen, die Füße zu bedecken; deshalb fror er, als er erwachte. Es schien, als hätten alle Bewohner des Hofes kein Auge zugetan, denn niemand war im Haus; doch draußen herrschte ein geschäftiges Treiben.

Er grübelte intensiv über den vergangenen Tag, vor allem, weil er fühlte, dass er in den letzten Stunden seine Jugend endgültig hinter sich gelassen hatte und zum Mann gereift war. Unfreiwillig einerseits, weil er die Verantwortung, die sich damit verband, kaum zu tragen vermochte. Mit gewissem Stolz andererseits, weil er ehrenvoll für seine Familie eingestanden und bereit gewesen war, sein Leben zu opfern. Er leckte sich die spröden Lippen.

Ein schales Gefühl nagte dennoch in ihm. Obwohl er froh war, dass sein Vater am Leben war, schämte er sich dafür, dass dieser seine Schwester und seinen Bruder im Stich gelassen hatte. Er hätte in der Situation nicht mit ihm tauschen wollen und konnte daraus keinen echten Vorwurf ableiten, denn sein Vater hatte seine Mutter und seine kleine Stiefschwester beschützt. Dennoch fühlte es sich falsch an. Als hätte sein Vater keinen Mut bewiesen. So, als ob er sich mit zwei Mitgliedern der Familie zufriedengegeben hätte. Er vermisste bei dem Gedanken an seinen Vater den Stolz, den er für seinen Onkel empfand.

»Hier, du musst etwas essen. Niemandem ist geholfen, wenn du hungerst und kraftlos bist.«

Onkel Titus stand plötzlich neben ihm. Er hatte ein trockenes Stück Brot in der Hand, das er ihm entschieden an die Brust drückte. Marcus konnte gar nicht anders, als es anzunehmen, und begann, lustlos darauf herumzukauen.

»Lass uns noch einmal gemeinsam von den Toten Abschied nehmen. Deine Eltern sind schon zu den Gräbern gegangen.«

Schweigsam machten sie sich auf den Weg. Sie hatten am Vortag darauf verzichtet, die gewöhnlichen Bestattungsrituale einzuhalten, denn für Waschen, Aufbahren und Betrauern, geschweige denn für eine siebentägige Totenruhe war die Lage zu unsicher; außerdem waren die Toten zu zahlreich. Niemand wusste, ob noch mehr Plünderer und Mörder unterwegs waren, und so hatten sie beschlossen, sich besser für weitere Überfälle zu wappnen und die Leichname sofort zu begraben. Einen Bleisarg oder gar Steinsarkophag, wie es sich Marcus' Vater wenigstens für seinen Sohn gewünscht hätte, hätte man erst in Biriciana beim Bestatter organisieren müssen, und die Nachfrage war vermutlich verdammt hoch im Augenblick. Außerdem machte der harte Winter das Ausheben eines großen Loches nahezu unmöglich. Noch am Abend waren daher die Getöteten der Familie und der Pächter verbrannt und in Urnen beigesetzt worden. Das war Herausforderung genug gewesen.

Erst am frühen Morgen hatte man dann die toten Germanen auf die brennenden Feuer geschmissen, wie Marcus von Titus erfuhr. Ohne jede Vorbereitung auf den Pluton selbstredend, damit sie auf ewig in der Verdammnis dahinwandeln müssten.

Als sie ankamen, stellte Manius gerade eine Stele an Primus' Grab auf. Er hatte sie offenbar den ganzen Morgen bearbeitet, denn frische Spuren eines Meißels hatten unverkennbar im beigen Stein eine weiße Schrift hinterlassen. »Latronibus interfectus«, von Räubern erschlagen, stand dort lakonisch in schlichten Lettern und würde von heute an allen Besuchern des stillen Hains von der Tragödie künden.

Ein Reiter erschien am Hofeingang. Für einen kurzen Moment lag eine unangenehme Spannung über der Trauergemeinschaft. Marcus war es, der ihn als Erster erkannte und in die Stille hineinrief: »Tatius!«

Marcus nahm die herantrabende Stute in Empfang und wollte erleichtert seinen Bruder begrüßen, doch der stürzte direkt auf seine Eltern zu. Er schien zu ahnen, was sich in ihrem Zuhause für ein Drama abgespielt hatte. Alle redeten durcheinander. Ein Verband um seinen Kopf, der von getrocknetem schwarzem Blut durchdrungen war, wies darauf hin, woher Tatius geradewegs kam.

Am Ende löste Titus die beklemmende, tränenreiche Situation auf und schlug ein anständiges Totenmahl vor, womit alle einverstanden waren. Marcus' Mutter konnte sich in Gewohnheiten flüchten, und ein voller Magen würde allen die Nervosität nehmen. Außerdem gab es jede Menge Neuigkeiten auszutauschen. Ein wenig Alltag war für alle das Beste, was man jetzt schaffen konnte.

Nachdem alle gemeinsam im Atrium an einer langen improvisierten Tafel Platz genommen hatten, realisierte Marcus beim Anblick der blassen Angehörigen, wie kostbar ein gemeinsames Mahl im Kreise der ganzen Familie sein konnte – und wie traurig der Anlass, damit es mal wieder dazu kam. Er vermisste Primus. Ein tiefer Schmerz fraß sich durch seine Eingeweide, und endlich ließ er ihn zu. Dicke Tränen der Trauer brachen stumm hervor und tropften über die Portion vor ihm.

Da der Hausherr und seine Frau ihre Stimme ebenfalls noch nicht wiedergefunden hatten, übernahm Titus das Wort.

»Mögen die Götter diese Speisen segnen und Primus in ihre ehrwürdigen Hallen aufnehmen. Wir danken Marcus für seinen tapferen, selbstlosen Einsatz, der viele Seelen gerettet hat. Er ist seiner Familie ein ehrenvoller Sohn.«

Marcus sah mit verquollenen roten Augen in die Runde und versuchte ein Lächeln, scheiterte dabei jedoch kläglich. Tatius bemerkte es, stand auf, stellte sich hinter seinen jüngeren Bruder und fasste ihn fest an der Schulter.

»Ich erhebe mein Glas auf meinen Bruder, ohne den ich jetzt Waise wäre. Danke, Marcus!«

Alle schlossen sich an. Gierig trank Marcus den Wein, der vor ihm stand. Nach einer kurzen Pause fand er seine Stimme wieder; ihn überkam ein plötzlicher Gedanke, den bislang keiner ausgesprochen hatte. Hastig drehte er sich zu seinem Bruder um, der immer noch hinter ihm stand.

»Tatius, wie bist du hierhergekommen? Ich meine ... ist denn alles verloren, ist die Armee geschlagen?«

Sein Bruder fasste ihn am Haarschopf und schob sein Gesicht so nah an das von Marcus, bis sich ihre Nasenspitzen beinahe berührten. Im Kontrast zur verkrusteten Stirn sah Marcus in die vertrauten, funkelnden hellblauen Augen, die ihn mit festem Blick fixierten.

»Nein, ganz im Gegenteil, Marcus. Unser Oberbefehlshaber in der Schlacht, Centurio Julius Flavius Sabinus aus Biriciana, hat einen großen Sieg errungen. Wir haben den verdammten Barbarenhaufen komplett aufgerieben. Unsere Einheit war mittendrin. Ich schwöre dir, kleiner Bruder, so eine Schlacht erlebt nicht jeder.« Er machte eine Pause. »Und noch weniger überleben sie«, hauchte er und trank sein Glas in einem Zug leer.

»Du meinst, du hast mit dem Centurio aus Biriciana die Germanen in einer Schlacht besiegt?« Marcus sah Tatius mit dem Blick des kleinen Bruders an, der dem Älteren zutraut, die Welt aus den Angeln zu heben, einfach weil er sagt, dass er es kann.

Tatius nickte langsam und bedächtig und leckte sich dabei die Lippen.

»Das will ich meinen. Keine halbe Tagesreise von hier haben die Krähen und Wölfe ordentlich zu tun bekommen.«

Er richtete sich lachend wieder auf und sah, dass sich alle Blicke auf ihn konzentrierten. Mit einem lauten Räuspern beendete er die Geschichte, weil ihm sein Tonfall unpassend erschien. Tatius war sich jedoch sicher, dass er Marcus mit der Schilderung einen Gefallen getan hatte, und das war ihm in dem Moment das Wichtigste.

»Wir haben zum Dank einen Tag Ausgang erhalten, um bei unseren Familien nach dem Rechten zu sehen. Außerdem ist es das letzte Mal für eine lange Zeit, dass ich hier sein kann.«

Alle starrten ihn an. Nur Titus, der schon Bescheid wusste, umrundete mit seinen Fingern den Becher, der vor ihm stand. Auch Marcus ließ sich nichts anmerken, wendete den Blick ab und starrte auf den Tisch. Seinen Vater Quintus hingegen hielt es nicht mehr auf dem Stuhl. Er sprang auf und sah Tatius fragend an.

»Wie meinst du das?«

Tatius runzelte seine Stirn, als überlegte er, wie man einen unheilvollen Abschied würdevoll umschreiben könnte.

»Meine Einheit wird mit vielen anderen nach Mesopotamien verlegt. Wir ziehen schon in wenigen Tagen in den Krieg gegen die Perser. Ich weiß nicht, wann ich wiederkomme.«

Marcus' Ohren fingen an zu glühen. Titus hatte doch tatsächlich seinen Bruder nicht eingeweiht. Zudem erwies sich erneut, dass er sein Wissen über geheime Kontakte bezog. Andernfalls hätte sein Vater Bescheid gewusst. Tatius hatte wohl auch nicht eher mit der beklemmenden Botschaft herausrücken dürfen. Das war wieder einmal typisch für seinen Onkel. Er wachte offenbar über alle Familienmitglieder. Aber warum hatte er ihn und nicht den Vater ins Vertrauen gezogen? Er hatte nur eine Erklärung dafür: Sein Vater konnte mit solchen Botschaften nicht umgehen – und damit lag er ziemlich richtig.

»Das darf doch nicht wahr sein!«, schimpfte Quintus.

»Die Germanen verwüsten und überfallen unser Land. Wir brauchen hier jeden Mann, und jetzt werden tatsächlich die Grenztruppen abgezogen. Sie nehmen uns unsere Sicherheit und unsere Söhne! Titus, du hast es ja schon im letzten Jahr angedeutet, aber ich hätte es nicht für möglich gehalten. Schon gar nicht jetzt, in dieser Situation. Was soll denn nur aus uns werden?«

Quintus hatte Schweißperlen auf der Stirn und stand verloren vor dem Tisch.

Titus nickte wissend.

»Ja, der Zeitpunkt könnte ungünstiger nicht sein. Die Befehle werden in Rom ersonnen, das merkt man wieder einmal nur zu deutlich. Die Bürokraten dort haben keine Ahnung, wie die Dinge hier stehen. Tatius, hast du irgendeine Ahnung, wie viele Truppenteile es betrifft?«

»Nein, leider gibt es nur Gerüchte und keine offiziellen Zahlen. Wenn ich die Einheiten aus dem Umkreis zusammenzähle, komme ich ungefähr auf jeden dritten Mann, der den Marschbefehl erhalten hat. Aber das betrifft nur die Einheiten, die mir bekannt sind.«

»Jeder dritte Mann? Nachdem schon einige Einheiten unterwegs sind und auch von der III. Legion einige Abteilungen abberufen wurden, bedeutet das eine gewaltige Schwächung der Grenzverteidigung«, gab Titus zu bedenken.

»Die Götter mögen uns beistehen. Man könnte genauso gut alle Habseligkeiten vor die Mauer kippen«, stieß Marcus' Vater empört hervor.

»Ja, es gab heftige Diskussionen. Ich bin ja nicht der Einzige, der Familie hier hat. Die meisten Soldaten sind in der Gegend verwurzelt, und die Befehle haben zu einer deutlichen Verschlechterung der Stimmung beigetragen. Ohne Grenzschutz sind die Höfe im Umland in Gefahr.

Das spürt und weiß jeder. Aber was können wir tun? Nichts, außer einen schnellen Sieg über die Perser erringen, fürchte ich.«

Unbeholfen nickten alle.

Tatius wechselte das Thema.

»Aber sag mal, Marcus, wieso bist du eigentlich hier? Du wirst bei dem Sauwetter wohl kaum einen gemütlichen Ausflug mit Onkel Titus unternommen haben.«

Sein Vater hatte genug Informationen für den Tag erhalten und wollte es offenbar nicht so genau wissen.

»Ich bin froh, Marcus, dass wenigstens du wieder hier bist. Ohne dich wäre alles verloren gewesen. Wir brauchen dich jetzt mehr denn je. Du wirst ab morgen Primus' Platz einnehmen und dich um den Hof kümmern. Titus, Marcus muss die Ausbildung abbrechen.«

Marcus verschlug es die Sprache. Die Hoffnung, die sein Vater in ihn setzte, konnte er nur enttäuschen.

»Vater, ich bin so froh und dankbar, euch alle wiederzusehen.«

Er haderte sichtlich. Sein Vater reagierte mit Unverständnis.

»Ja?! Und? Verstehst du denn nicht? Dein Platz ist jetzt hier. Wir brauchen deine Hilfe!«

Marcus wand sich und stammelte. »Ich … äh …«

»Marcus, lass es gut sein. Du kannst nichts dafür«, mischte sich Titus ein. »Quintus, Marcus kann nicht mehr zurück. Er hat einen heiligen Eid auf den Legaten geschworen und ist als Meldereiter und Bote unterwegs. Er ist zwar nicht offiziell in der Armee, aber hat einen Vertrag, den er nicht brechen kann.«

»Marcus! Ist das wahr?«, fuhr Quintus ihn an.

Da sein Sohn schwieg, wandte er sich direkt an seinen Bruder.

»Verdammt noch mal, Titus, ich bin kein Idiot. Solche Verträge werden nur für Agenten gemacht, die man in keiner Truppenaufstellung finden soll. Heißt das etwa, mein Sohn ist in geheimer Mission für Rom unterwegs? Da hast du doch deine Finger im Spiel!«

Quintus' Stimme überschlug sich. Er hatte sich so in Rage geredet, dass Marcus befürchtete, die beiden Brüder könnten sich augenblicklich prügeln.

»Ich gebe zu, dass ich Marcus gefördert habe, wo und wie ich nur konnte. Aber engagiert wurde er aufgrund eines Wettkampfs, bei dem er sich mit dem Bogen ausgezeichnet hat. Der Legat war dermaßen beeindruckt, dass er ihn auf der Stelle und noch in der Arena berufen hat.«

Quintus starrte seinen Bruder ungläubig an.

»Ach ja?! Und wie kommt ein junger Bursche wie Marcus zu einem Wettkampf in die Arena?«

Die Frage geisterte wild durch seinen Kopf, bis er Titus plötzlich anherrschte: »Da steckst doch auch du dahinter! Du hast meinen Sohn geopfert. Wie konntest du nur?«

»Vater, ich wollte das unbedingt, ich habe Titus nicht einmal gefragt«, mischte sich Marcus ein, um für seinen Onkel eine Lanze zu brechen.

Doch da fing Laurentia plötzlich an zu schluchzen. Es war, als könne sie ihre Trauer nicht mehr still ertragen.

»Laurentia!«, rief Titus mit fester Stimme und sah beide an. »Quintus, Laurentia, es tut mir leid. Ich fühle mich dafür wahrhaft verantwortlich. Und deshalb bin ich auch hier. Ich begleite Marcus und werde für ihn da sein, wann immer er mich braucht. Bis zum Tod. Du kannst dich auf mich verlassen!«

Laurentia blickte mit einem gequälten Lächeln zu Titus, während Marcus' Vater lange ins Feuer starrte. Schließlich nickte er stumm und sah seinem Bruder in die Augen.

»Ich nehme dich beim Wort, Titus. Marcus, hast du es dir auch gut überlegt? Willst du deine Meinung nicht noch ändern? Ich reite persönlich nach Augusta Vindelicum, wenn es sein muss.«

»Vater, ich kann nicht zurück. Ich habe bereits einen wichtigen Auftrag übernommen und muss morgen früh sofort nach Biriciana aufbrechen. Ich habe hier eine versiegelte Nachricht für den Centurio.«

Während sein Vater sich kopfschüttelnd und stumm auf seinen Platz sinken ließ und unversehens eine bleierne Müdigkeit ausstrahlte, stieß Tatius seinen Bruder heimlich in die Seite und raunte ihm zu: »Mensch, Marcus, das ist ja Wahnsinn. Lass dich nicht beirren. Mach weiter so und geh deinen Weg! Es ist der richtige.«

Dieser Satz hallte noch lange in ihm nach, und er machte ihn sich in diesem Moment zur Pflicht. Niemals aufgeben, mochten auch noch so harte Zeiten kommen. Das war er seinem Bruder schuldig, der sein Leben fern der Heimat riskieren würde, ebenso wie seiner Familie, die solch harte Opfer hatte erbringen müssen.

Raetien/Biriciana, Januar 232 n. Chr.

Mit einem schlechten Gewissen, das an ihm nagte und ihm körperliche Beschwerden bereitete, begab sich Marcus am nächsten Morgen bei Sonnenaufgang schweigend auf den Weg. Die Übelkeit, die immer wieder in ihm hochstieg, wurde nur von dem beinharten Kloß in seiner Magengrube gehemmt.

Titus begleitete ihn, dicht gefolgt von Bacchus und Demicius. Sie führten die Pferde der Germanen mit sich in der Absicht, sie an die Kastellbesatzung zu verkaufen. Tatius musste sich erst am Abend zurückmelden und hatte vor, die wenigen freien Stunden, die ihm noch blieben, zu Hause zu verbringen.

Die Enge in seinem Hals wollte auch nach einer Stunde nicht weichen, und Marcus fand, dass er die Gesellschaft seines Onkels nicht verdient hatte.

»Onkel Titus, hättest du nicht noch bei Vater bleiben wollen? Ich hatte das Gefühl, dass er deinen seelischen Beistand gebrauchen könnte.«

Sein Onkel rieb sich den Bart und schien ihm eine Antwort schuldig bleiben zu wollen. Doch nach einigen Momenten besann er sich eines Besseren.

»Weißt du, Marcus, du hast ja recht. Unter normalen Umständen hätten wir alle noch bleiben sollen, und vor allem dein Platz wäre jetzt an seiner Seite.«

Das schlechte Gewissen fraß sich durch alle Poren.

»Der Verlust eines Sohnes ist schon furchtbar genug. Und nun brechen für den Hof und seine Bewohner auch noch harte Zeiten an. Manius ist bereits mehr als ausgelastet, und einige Pächter sind ums Leben gekommen. Dein Vater ist nicht mehr der Jüngste, und trotz seiner Behinderung hatte Primus viele Aufgaben übernommen. Wer wird nun einspringen?«

Mit starrem Blick fixierte Marcus die Mähne von Luminus. Titus atmete laut aus.

»Manchmal hat man keine Wahl. Ich habe beschlossen, dir zu helfen, und bei deinem Auftrag wirst du bald noch mehr Unterstützung brauchen, als dir lieb ist. Ich kenne Menschen wie den Centurio. Er ist Teil des berüchtigten Beziehungsgeflechts um Aulus Fidelius. In so einer Position wägt man den Nutzen eines Menschen im Bruchteil eines Moments ab. Ein junger Mensch wie du ist bestenfalls als enger Vertrauter oder Verwandter von Nutzen. Für den Centurio bist du also ein Niemand.«

Marcus sah seinen Onkel fragend an: »Woher willst du das wissen? Du kennst den Mann doch gar nicht! Wie kannst du dir über einen Fremden so schnell ein Urteil bilden?«

Titus warf einen spöttischen Blick in die Luft.

»Ich gehöre leider selber zu dieser Sorte Mensch. Im Grunde bin ich in Augusta Vindelicum das, was der Centurio hier zu sein scheint.«

Marcus verdrehte die Augen, was Titus nicht entging.

»Ich bin doch in offizieller Mission unterwegs, worin liegt denn das Problem?«

Titus' Stimme gewann an Schärfe: »Der Mann erwartet nicht einfach nur, dass du ihm eine Botschaft überbringst. Du bist als Abgesandter des Statthalters der Provinz Raetien unterwegs, schon vergessen? In früheren Zeiten konnte man an deiner Stelle einen erfahrenen Agenten erwarten, der mindestens schon erfolgreich Aufgaben in Augusta Vindelicum zu Ende gebracht und natürlich Rom mit eigenen Augen gesehen hatte. Er erwartet Mut, Entschlossenheit, Erfahrung und Weitblick, denn er muss dich weiter einsetzen können. Botschaften dieser Art ziehen so gut wie immer Folgeaufträge nach sich. Wenn du willst, dass er dich für diese Aufgaben in Betracht zieht, solltest du nicht schon mit dem ersten Atemzug bei der Begrüßung in seiner Gunst auf Augenhöhe mit den Flöhen in den Baracken sinken. Du brauchst einen Fürsprecher. Wenn du da einfach so reinspazierst, landest du nach einem warmen Händedruck unverrichteter Dinge wieder vor dem Eingangstor. Kontakte und Erfahrung sind Gold wert. Wir müssen uns interessant machen und die Sprache des Centurios sprechen. Also, warte es ab und vertraue mir. Lass mich reden.«

»Das ist ja mal was ganz Neues«, unkte Marcus, und unvermittelt mussten beide losprusten. Das Lachen löste Marcus' innere Krämpfe, und er schöpfte endlich neuen Mut.

Als sie diesmal vor dem Kastell ankamen, bemerkte Marcus sofort den Unterschied. Und der bestand nicht nur darin, dass helllichter Tag war. Schon vor den Mauern herrschte ein geschäftiges Treiben, überall war Stimmengewirr zu hören. Soldaten in voller Montur und viele Menschen in Zivil handelten oder diskutierten mit Händlern und Handwerkern. Hämmernde Geräusche von Schmieden drangen an seine Ohren. Ein wildes Wiehern vieler Pferde, die neu beschlagen wurden, beherrschte die Luft. Überall wurde repariert, geflickt, ausgebessert, und ständig lieferten Leute Waren an. Holz, Metalle, Stoffe und Lebensmittel aller Art wurden ins Lager geschafft. Hier wären sicher auch Titus' Weine gefragt, dachte sich Marcus beim Anblick des Gewimmels.

Männer mit unterschiedlichsten Verbänden an allen möglichen Gliedmaßen drängten sich an ihnen vorbei. Die grässlichen Folgen einer Schlacht wurden ihm an jeder Ecke deutlich vorgeführt.

Doch all dem scheinbaren Chaos lag ein straffer logistischer Plan zugrunde, denn er sah Soldaten mit Tafeln, die peinlich genau jede Warenverschiebung und Lieferung notierten, und die Handwerker verhandelten mit den militärischen Entscheidern über jedes Detail.

Kaum kamen sie in die Nähe der Gräben vor der Porta Praetoria, wurden sie schon von Wachen aufgehalten.

»Wo wollt ihr hin?«, blaffte einer.

Titus und Marcus fielen sich ins Wort. »Pferde verkaufen!«, rief Titus. »Zum Centurio«, antwortete Marcus.

Der Wachmann, den ein überdimensionierter Schal vor der Kälte schützte, blinzelte und hielt sich die Hand vors Gesicht, weil ihn die Sonne blendete. Er schien zu überlegen, welche Antwort ihm besser passte.

»Also, was nun?«

Titus griff ungefragt in Marcus' Tasche und fischte die Botschaft heraus. Dann zeichnete er mit dem versiegelten Bündel bedeutungsschwer Kreise in die Luft.

»Wir haben erstklassige germanische Pferde dabei, die wir ein paar Mördern und Dieben abgenommen haben. Sie stehen zum Verkauf. Mein Neffe hier hat außerdem eine wichtige Botschaft für den Centurio Julius Flavius Sabinus im Gepäck. Er wird sie bereits dringend erwarten, denn wir waren vor ein paar Tagen schon hier, als der Centurio die ruhmreiche Schlacht angeführt hat. Wann können wir zu ihm, und wer kauft hier die Pferde auf?«

Der Wachmann, der nur Störenfriede hatte verscheuchen wollen, setzte einen freundlicheren Blick auf, griff nach der Botschaft und erkannte sofort das Siegel des Statthalters.

»Verstehe. Folgt mir«, brummte er unbeholfen und schritt voran.

Nachdem ihnen ein Optio vorgestellt worden war, der den Ankauf von Pferden organisierte, überließ Titus seinen beiden Untergebenen die Aufgabe, einen ordentlichen Preis für die germanischen Reittiere auszuhandeln, während Marcus und er selbst dem Wachmann zum Stabsgebäude folgten.

Im zugigen Innenhof wies sie der Wachmann an, neben einem Brunnen zu warten. Das Stabsgebäude, das Fahnenheiligtum, das Praetorium mit den Wohnräumen des Centurios sowie die Verwaltungsgebäude bildeten eine trutzige Einheit inmitten des Kastells, nur durch Mauern und Torbögen voneinander getrennt.

Marcus sah sich staunend um. »Das ist ja wie eine Stadt innerhalb der Stadt.«

Sein Onkel schien weniger beeindruckt.

»Ja, was dachtest du denn? Dass der Centurio eine Baracke bewohnt? Ich muss zugeben, dass hier seit meiner Zeit ordentlich ausgebaut wurde, aber im Grunde sieht es noch so aus wie damals.«

Beide wippten auf und ab, um der Kälte zu trotzen.

»Ich habe schon wieder vergessen, dass du nicht immer Händler warst. Hier hast du gedient? Warst du hier im Kastell stationiert?«

Sein Onkel bewegte die Finger zu den Lippen, und Marcus drehte sich um. Der Centurio kam durch das Eingangstor, umringt von anderen Offizieren.

Der Befehlshaber des Kastells bewegte sich mit strammen Schritten auf sie zu und bog dann zum Stabsgebäude ab, ohne dass er Notiz von ihnen genommen hätte. Dennoch lief er so nahe an ihnen vorbei, dass Marcus frisch verkrustete Wunden in seinem Gesicht sehen konnte. Der Centurio hatte offensichtlich bei der Schlacht tatkräftig mitgewirkt, und das imponierte ihm.

Nachdem der Centurio im Gebäude verschwunden war, trat ein Optio an sie heran.

»Ihr habt eine Botschaft für Centurio Julius Flavius Sabinus?«

»Ja, so ist es«, antwortete Titus.

»Händigt sie mir aus, ich überbringe sie dem Centurio.«

Marcus begann pflichtschuldig, in der Tasche zu nesteln, doch Titus bedeutete seinem Neffen mit einem Griff auf die Schulter, nicht weiter zu suchen.

»Ich bedaure, aber die Botschaft ist vom stellvertretenden Statthalter Augusta Vindelicums höchstpersönlich ausgehändigt worden und darf von uns ausschließlich an den Centurio übergeben werden.«

»Der Centurio hat viel zu tun. Ich trage dafür Sorge, dass er sie persönlich erhält.«

Titus hielt dem grimmigen Blick des Offiziers stand und schwieg. Der Optio blickte zu Marcus, der errötete, aber mit einem Biss auf die Zunge die unangenehme Stille überbrückte.

»Wie Ihr meint. Folgt mir, ich richte Eure Entscheidung aus.«

Sie betraten das zweistöckige Gebäude, das von außen durch seinen Portikus und glänzenden weißen Marmor beeindruckte, aber innen nur zweckmäßig, ja fast spartanisch eingerichtet war. Zwei Wachen standen in einer Art Vorraum, von dem mehrere Türen abgingen. Bis auf eine einzelne Sitzbank war der Raum leer. Der Optio verschwand grußlos hinter einer Tür, während die Wachen sie streng im Auge behielten, die Hände fest um die Lanzen geschlossen.

Nur kurze Zeit später trat der Optio wieder heraus und winkte sie mit dem Zeigefinger heran. In seinem Blick spiegelte sich Hohn.

»Der Centurio speist jetzt und verlangt die sofortige Herausgabe der Nachricht.«

Marcus blickte fragend zu seinem Onkel. Titus kratzte sich kurz am Bart, bevor er mit einer ausladenden Armbewegung den perplexen Optio beiseiteschob und forsch die Tür öffnete. Die verdutzten Wachen, die sich ungelenk gegenseitig behinderten, konnten ihn ebenso wenig aufhalten wie der Optio, der, statt zu handeln, mit Flüchen um sich warf. Im nächsten Augenblick stand Titus schon im Offizierszimmer und sah vor sich einen überraschten Centurio, der soeben von einer Geflügelkeule abgebissen hatte und mit vollen Backen zur Tür starrte. Marcus schlüpfte fast geisterhaft neben Titus, der keinen Moment verlor und den Centurio begrüßte: »Wünsche angenehm zu speisen, ehrenwerter Centurio Julius Flavius Sabinus, und seid gegrüßt von unserem gemeinsamen Freund Aulus Fidelius.«

Die hereinpolternden Wachen ergriffen Titus und Marcus rüde am Kragen, doch der Centurio hob den Arm und wies mit vollem Mund den Optio zurecht, der gerade dabei war, eine Entschuldigung zu stammeln.

»Genug. Lasst mich mit den beiden alleine. Hinaus! Sofort, ihr Tölpel!«

Kaum hatten die Wachen mit dem Optio den Raum verlassen, schmiss der Centurio die Keule auf ein riesiges silbernes Tablett, an dessen Griffen kunstvoll Weinranken eingearbeitet waren, und trank in aller Ruhe aus einem ebenfalls silbernen Becher einen Schluck, während er seine Besucher ausgiebig musterte.

»Soso. Aulus Fidelius schickt Euch also. Er scheint immer großzügiger zu werden. Früher kam immer nur ein Bote. Wohlan, zeigt mir Eure Botschaft!«

Marcus zückte das Pergament und übergab es mit einer devoten Verbeugung. Während der Centurio das Siegel brach und die Botschaft entrollte, starrte er auf Marcus.

»Wer seid Ihr, den Aulus Fidelius einen Freund nennt, und wer ist der Junge? Er sieht nicht aus wie ein Sklave.«

»Nun, ich bin Titus Aurelius aus Augusta Vindelicum.«

Der Centurio blickte auf. »Der Weinhändler?«

»Ja, ganz recht. Der bin ich.« Titus fühlte sich geschmeichelt und schien um einen ganzen Kopf gewachsen. Dann besann er sich und fuhr fort: »Das ist mein Neffe Marcus, Abgesandter des Statthalters und Überbringer der Botschaft.«

Ein einzelner lakonischer Lacher entfuhr dem Befehlshaber.

»Ihr seid gar nicht der Abgesandte? Der Junge ist es? Gibt es im Römischen Reich denn keine erwachsenen Männer mehr, die wichtige Aufgaben übernehmen?«

»Ich bin achtzehn Jahre alt«, platzte es aus Marcus heraus.

Titus stieß seinen Neffen mit ärgerlichem Blick in die Seite und sank wieder ein wenig in sich zusammen.

Der Centurio pulte indessen ungerührt einen Fleischfetzen aus seinen Zähnen.

»Trotzdem dringt Ihr in meine Gemächer ein. Es gehört eine gewisse Impertinenz dazu, sich als Botschafter auszugeben, obwohl man nur der Begleiter ist«, tadelte der

Centurio Marcus' Onkel, »aber bei diesem unreifen Boten kann ich Eure Entscheidung verstehen.«

Marcus fühlte sich gedemütigt, doch war der Vorwurf nicht ganz unberechtigt. Er zwang sich, ruhig zu bleiben, und war gespannt, wie sein Onkel kontern würde.

»Ich musste Euch unter vier Augen sprechen. Ihr hättet meinen Neffen aus nachvollziehbaren Gründen nicht ernst genommen, auch wenn Ihr ihm bedingungslos vertrauen könnt. Vor allem bin ich jedoch gekommen, um den Vertrauten von Aulus Fidelius in Biriciana persönlich kennenzulernen. Es brechen schwere Zeiten an. Ich denke, es ist Zeit, Allianzen zu schmieden.«

Centurio Julius Flavius Sabinus hielt das Schreiben immer noch ungelesen in der Hand.

»Wem ich vertraue und mit wem ich Allianzen schmiede, müsst Ihr schon mir überlassen. Unsere gemeinsame Bekanntschaft mit dem stellvertretenden Statthalter macht uns noch nicht zu Freunden.«

Erneut setzte er an zu lesen, überflog die Botschaft mit flatterndem Blick und stutzte. Eine tiefe Furche zeichnete sich zwischen den Narben über der Nase und auf der Stirn ab.

Titus gab nicht auf.

»Auch ich war einst Soldat dieses Kastells. Mein Neffe und ich – wir kennen beide die Gegend von Kindesbeinen an. Wir sprechen die Sprache der Bewohner. Wir wissen um Schleichwege und geheime Pfade. Mein Neffe wird Euch nützlich sein. Außerdem ist er der beste Bogenschütze in Raetien. Er hat es in der Arena bewiesen.«

Langsam rollte der Centurio die Botschaft wieder zusammen. Er schien plötzlich nachdenklich zu sein.

»Ist das so?«, fragte er zögernd und betastete unwillkürlich die Wunde an seiner Wange.

»Ja, ich lege meine Hand für ihn ins Feuer. Vielleicht könnt Ihr uns außerdem bei einer persönlichen Angelegenheit weiterhelfen. Es geht um ein germanisches Mädchen. Womöglich ist sie Teil der Botschaft. Es ist sehr wichtig für uns, dass wir sie finden.«

Für einen kurzen Moment wirkte der Centurio seltsam abwesend. Dann setzte er wieder seine entschlossene Miene auf und wirkte zu Marcus' Erstaunen viel einnehmender.

»Sagt, Titus Aurelius, teilt Ihr einen guten Tropfen mit mir? Ich habe kürzlich ein Fass erhalten. Ich denke, es gibt doch einige Dinge zu besprechen.«

Titus' Laune hellte sich augenblicklich auf. Marcus hingegen wunderte sich über den plötzlichen Stimmungswandel. Irgendetwas in der Botschaft musste der Auslöser für das Interesse des Centurios gewesen sein und nicht der flehentliche Vortrag seines Onkels. Was genau stand denn nun in der Nachricht?

Der Centurio hatte leider nicht die Absicht, es ihnen mitzuteilen; er verwahrte die Botschaft in einer Schatulle und führte sie in einen anderen Raum, der anscheinend als Umkleideraum und Schreibstube diente und außerdem das Fass Wein beherbergte.

Der Centurio sammelte mit flinken Griffen drei Becher zusammen, die er aus verschiedenen Ecken auflas.

»Setzt euch.«

Titus bemerkte den prächtigen Helm des Centurios, den ein roter Busch zierte und der vor ihnen auf dem Tisch stand.

»Das ist kein gewöhnlicher Helm eines Centurios. Ich habe so etwas schon einmal gesehen, aber mir fällt gerade nicht ein, wo es war.«

Sein Blick fiel auf einen an der Wand aufgehängten silbernen Brustpanzer, auf dem ein goldener Adler prangte.

»Doch, natürlich, es war in Rom. Es war ganz sicher in Rom. Aber wieso in Rom …?«

»Es ist der Helm eines Prätorianers. Eines Centurios der Prätorianer«, belehrte ihn der Befehlshaber des Kastells.

Titus war sprachlos. Der Centurio schien den Moment auszukosten und grinste.

»Ihr fragt Euch, wie ein Offizier der Prätorianergarde nach Biriciana kommt?«

Marcus verstand kein Wort. Doch sein Onkel, sonst nie um einen Spruch verlegen, schien völlig perplex.

»Nun, Ihr könnt bei Gelegenheit ja Euren Freund Aulus Fidelius um Aufklärung bitten.«

Der Centurio schenkte die drei Becher voll und erhob den seinen.

»Auf Rom. Auf den Kaiser. Ave Severus Alexander.«

Marcus wurde aus dem Centurio nicht schlau. Erst hatte er keine Zeit, dann hätte er sie um ein Haar aus dem Kastell geworfen, und jetzt tranken sie gemeinsam mit ihm wie mit einem alten Freund.

Der Wein schmeckte süß und vollmundig. Titus schien einen bedeutenden Konkurrenten zu haben – vor allem aber hatte er die Sprache wiedergefunden.

»Dieser Wein ist aus Griechenland. Sicherlich habt Ihr ihn aus Gontia bezogen.«

Der Centurio schmunzelte. »Ich bin beeindruckt. Ihr kennt Euren Markt. In der Tat habe ich den Wein durch einen Kontakt aus Gontia erhalten, und er ist griechischer Herkunft. Schmeckt er Euch?«

»Ja, in diesen Zeiten könnt Ihr Euch glücklich schätzen,

so ein Fass Euer Eigen zu nennen. Die gallischen Weine sind ebenbürtig, aber fast nicht mehr zu bekommen.«

»Mag sein. Aber zur Sache. Das germanische Mädchen: Wieso habt Ihr ein besonderes Interesse an ihr?«

Titus sah kurz zu Marcus, seine Augen funkelten streng. Mund halten, lautete der unausgesprochene Befehl.

»Die Frage ist doch, wer sie ist und was für Euch der Grund war, sie hier zu beherbergen.«

Der Centurio wurde schmallippig. »Das ist geheim.«

Titus sah den Befehlshaber schweigend an. Marcus spürte, dass die Gedanken im Kopf seines Onkels wild hin und her sprangen. Wie viel würde er preisgeben? Er musste nicht lange auf die Antwort warten.

Titus zögerte kurz und fuhr dann vorsichtig fort: »Wer wirft den ersten Stein? Sagen die Christen das nicht so? Ich fasse mich kurz. Das germanische Mädchen, wir nennen sie einmal Lumina, liegt uns am Herzen, weil sie ... nun ... ein Teil unserer Familie geworden ist. Das ist der persönliche Grund, warum wir sie finden müssen. Doch jetzt entscheidet ihr Schicksal auch über Krieg oder Frieden hier am Limes.«

Centurio Julius Flavius Sabinus musterte Titus nachdenklich.

»Die Christen fragen eigentlich nicht, wer den ersten Stein wirft. Sie verlangen es von dem, der ohne Sünde sei. Also wirft keiner. Aber ich bin kein Christ. Machen wir es nicht kompliziert. Warum glaubt Ihr, dass das Mädchen so wichtig ist, dass sich mit seinem Schicksal Krieg und Frieden verknüpfen? Sie ist einfach ein germanisches Mädchen!«

Titus zuckte mit den Schultern. »Das weiß ich nicht genau. Sagt Ihr es mir.«

»Ihr sprecht in Rätseln. Das Mädchen ist ein Köder, so viel kann ich Euch verraten. Aber das macht es noch nicht zu einem Schicksalsträger. Wie kommt Ihr darauf?«

Marcus' Ohren fingen an zu glühen wie immer, wenn es um Lumina ging. Er fühlte sich ihr in diesem Moment nahe und hoffte, endlich mehr über sie zu erfahren. Sie war Teil einer bedeutsamen Geschichte, und er fühlte sich selbst ein bisschen bedeutsam, je mehr er darüber nachdachte. Sein Onkel gab sich die größte Mühe, Antworten zu erhalten und selbst wenig preiszugeben, aber er schien bei dem Centurio damit auf Granit zu beißen. Das raubtierhafte Umkreisen geheimer Informationen führte zu nichts.

Titus nahm einen beträchtlichen Schluck Wein, bevor er wieder das Wort ergriff.

»Nun gut. Aulus Fidelius hat uns leider nicht alles verraten. Dass sie ein Köder ist, wussten wir schon. Aber sie ist ein Köder für Adalmar, den Sohn des Germanenfürsten Ariovist, nicht wahr? Er ist vor einiger Zeit geflohen, und wenn ich nicht ganz falschliege, dann hattet oder habt Ihr als Vertrauter des Statthalters die Aufgabe, ihn zu finden und festzunehmen.«

Der Centurio hob den Finger: »Stellvertretender Statthalter. Er ist nur seine Stellvertretung.«

Titus zweifelte langsam an der Freundschaft zwischen dem Centurio und Aulus Fidelius. Abhängigkeiten um einen Gefallen waren höchstwahrscheinlich nicht nur zwischen ihm und dem Amtsträger üblich. Aber er ließ sich in seiner Geschichte nicht beirren und wischte den Einwand beiseite.

»So hört doch: Wenn Euer Plan misslingt, wenn Lumina in seine Hände gelangt, dann wird er die Rache, die er einst schwor, in die Tat umsetzen. Ich war damals dabei, versteht Ihr? Ich habe nach dem Feldzug seine Worte gehört. Worte eines Kindes nur und doch so bedrohlich im Jetzt und Heute. Also, ich bitte Euch – in welcher Beziehung steht Lumina zu ihm?«

Der Centurio war endlich beeindruckt, so schien es Marcus, denn in seiner Miene las er so etwas wie Bewunderung.

»Ihr wart persönlich dabei? Als Adalmar den berüchtigten Schwur ausstieß? Ich dachte immer, es sei nur ein Gerücht.«

»Von wegen Gerücht! Ich diente in der 1. Turma der Ala I Hispanorum Auriana. Hier in Biriciana. Ich habe die grässliche Schlacht hinter der Grenze tief in Germanien miterlebt.«

Titus' Finger deutete streng Richtung Grenzwall.

»Er schwor, einst zurückzukommen und Rache zu üben. Nun, der Sohn des Ariovist hat es gewiss geschafft, mehrere Stämme zu vereinigen. Bisher scheinen nur Ihr, Aulus Fidelius und wir davon zu wissen. Rom ist ahnungslos über das, was sich hier zusammenbraut. Was ist jetzt mit dem Mädchen? Warum hält sie ihn scheinbar ab, in den Krieg zu ziehen? Wieso dient sie als Köder?«

Der Centurio ging nicht direkt auf die Frage ein. Marcus' Sinne waren mittlerweile zum Zerreißen gespannt, und er flehte eine Antwort herbei.

»Wir haben lange nach dem Germanen gesucht, ihn aber nicht gefunden. Es hat mich beinahe das halbe Frühjahr gekostet. Er ist knapp entkommen und längst jenseits der Grenze. Es sieht aber seit der Schlacht so aus, als wäre er doch ohne Rücksicht auf das Mädchen in den Krieg gezogen, und seine Männer mussten teuer dafür bezahlen. Leider konnten wir den Anführer nicht gefangen nehmen. Er ist uns entwischt. Doch mehr als ein Dutzend Gefolgsleute hat er nicht mehr. Ich bin sicher, dass wir den Germanenfürsten so schnell nicht wiedersehen.«

Titus schüttelte den Kopf.

»Das war nie im Leben Adalmar. Wenn er seine Stämme zusammenführt, dann bebt hier die Erde. Bei allem Respekt für Euren ehrenvollen Sieg. Wenn es stimmt, was mein anderer Neffe, der in der Schlacht dabei war, geschildert hat, dann war es ein kopfloser Angriff der Germanen. Adalmar ist römisch aufgewachsen, er diente hier in der Armee. Ihr hättet einer effizienten römischen Kampftaktik entgegengeblickt, wenn er der Gegner gewesen wäre, dessen bin ich sicher.«

Der Centurio musterte Titus erneut eine Weile, bevor er antwortete: »Ich bin anderer Ansicht. Wie dem auch sei – wir hatten trotzdem reichlich Verluste zu beklagen, deshalb habe ich im Augenblick alle Hände voll zu tun. Ich habe einen neuen Auftrag für Euren Neffen, und ich wäre froh, wenn Ihr Euch ihm anschließt. Um letztendlich zu klären, ob uns das Mädchen weiterhelfen kann, sollten wir es erst einmal wieder zurück ins Kastell bringen und verhören. Es stimmt, sie war hier. In Begleitung eines Offiziers hat sie eine gewisse Zeit bei uns verbracht. Ich habe nicht viele Fragen gestellt. Es schien, als wartete der Offizier, der sie herbrachte, auf weitere Instruktionen. Vor der Schlacht hat er sich mit ihr nach Westen begeben, ins Kastell Opia Novum, denn nicht weit von dort ist Adalmar über die Grenze geflohen. Wir können die Instruktionen aus Augusta Vindelicum nicht umsetzen, ehe sie nicht wieder hier ist. Bringt sie mir zurück, dann sehen wir weiter. Ich gebe Euch zwei meiner Männer mit, dann habt Ihr keine Scherereien mit den Benefiziariern, und der Offizier, der sie bewacht, wird keine Fragen stellen.«

Enttäuschung und Freude verteilten sich hälftig über

Marcus' Gesicht. Unfassbarerweise war Lumina bis vor Kurzem hier gewesen, fast in Sichtweite seines Hofes. Nun war sie fort. Aber er war auserwählt, sie zu suchen, und er würde sie wiedersehen. Sein Herz machte einen Riesensatz vor Freude.

»Es ist mir eine Ehre, diesen Auftrag auszuführen, Centurio. Mein Neffe und ich werden Euch nicht enttäuschen«, versicherte Titus im gleichen Augenblick.

»Ich erwarte Euch morgen zur Mittagszeit an der Porta decumana im Norden. Die Reise dauert mindestens drei Tage. Eure erste Etappe wird Mediana sein, kaum zwanzig Meilen entfernt. Optio Valerius wird Euch heute Abend Proviant zuteilen, Eure Pferde könnt Ihr bis morgen ebenfalls kostenfrei unterstellen. Seid pünktlich.«

Kaum hatten sich der Weinhändler und sein Neffe verabschiedet, stürmte Centurio Julius Flavius Sabinus zurück in den Speiseraum, in dem er die Botschaft verwahrt hatte. Nun stand an erster Stelle, schleunigst alle Spuren zu beseitigen. Er hob die Botschaft aus der Schatulle, prüfte penibel jede Ecke auf eine mögliche Geheimschrift oder versteckte Zeichen, fand nichts und hielt sie ins Kaminfeuer. Er legte sie nicht eher in die Glut, bis er sie nur mit Mühe noch an einer Ecke halten konnte, ohne sich zu verbrennen. Was dachte sich dieser verdammte Aulus Fidelius dabei? Er verwickelte ihn ungefragt und ohne größere Vorsichtsmaßnahmen in ein Komplott, und das war das Letzte, was er sich bieten lassen würde. Nicht noch einmal in seinem Leben. Er hatte improvisieren müssen, als er die Botschaft las und die beiden Ahnungslosen vor ihm standen. Es war traurig, dass aufrechte Bürger Roms mit ehrenvollen Motiven für derlei Schandtaten missbraucht wurden. Der Weinhändler hatte einen exzellenten Ruf in der ganzen Provinz, und sein Neffe hätte es ihm sicher irgendwann gleichgetan. Er fand Gefallen an mutigen Burschen wie ihm, doch wäre es nicht klug gewesen, dies zu zeigen.

Julius Flavius Sabinus würde nicht im Sinne des stellvertretenden Statthalters an dieser Verschwörung teilhaben. Er musste seine eigene Rolle in diesem ruchbaren Spiel gestalten – nach seinem Sinne und für seine Zwecke. Mit Improvisation hatte er Zeit gewonnen und trotzdem nicht gegen die Anweisungen aus der Provinzhauptstadt verstoßen. Falls die beiden scheiterten, könnte ihm niemand einen Strick daraus drehen. Kämen sie erfolgreich zurück, wäre er imstande, die Geschichte in seinem Sinne weiterzuspinnen. Er setzte eine weitere Botschaft auf, die er morgen zurück an den Absender nach Augusta Vindelicum schicken würde. Darin bestätigte er die Ausführung der Befehle mit einem kleinen, aber bedeutenden Unterschied.

Niemand würde je wieder über ihn richten und verfügen, das schwor er sich in diesem Augenblick und biss kräftig in die erkaltete Geflügelkeule, bevor er sich wieder seinen Aufgaben als Befehlshaber dieses Kastells widmete.

Germanien, Januar 232 n. Chr.

Durinkim stieg schwerfällig vom Pferd und bewegte sich humpelnd fort. Ein eisiger Wind wehte ihm ins schmerzverzerrte Gesicht und lieferte ihm einen fadenscheinigen Grund für seine Grimasse.

Er hatte alles verloren! Das stand ihm völlig klar vor Augen, als er auf seinen künftigen Gebieter zuschritt. Adalmar thronte auf seinem Pferd und machte keinerlei Anstalten, ihm entgegenzukommen.

Noch dazu war es eine überflüssige Schmach, weil ihm seine Verletzung nicht in heldenhaftem Kampf zugefügt worden war, sondern sein eigener Gaul ihm bei der kopflosen Flucht über die Füße getrampelt war.

Er hatte die Schlacht und seinen Stamm verloren, ehe sie überhaupt ernsthaft auf römischem Gebiet Fuß gefasst hatten, und Adalmar hatte in jedem seiner Bedenken recht behalten. Verdammte Römer, verdammter Adalmar!

Kaum eine Tagesreise von der Grenze entfernt, empfing ihn der künftige Herrscher über sein ehemaliges Reich, als hätte er ihn bei seiner Niederlage vom nächsten Hügel aus beobachtet. Er fragte sich, woher Adalmar wusste, wo er auf ihn zu warten hatte, aber er würde ihm nicht die Genugtuung geben, danach zu fragen. Es spielte keine Rolle mehr.

Ihm blieb ein Häuflein tapferer Recken, die seine Leibgarde bildeten. Wie lange sie einem Verlierer wie ihm die

Treue halten würden, war nur eine Frage der Zeit. Er fügte sich in sein Schicksal und schleppte sich zu Adalmar, bereit, dessen Hohn und Spott zu empfangen.

»Seid Ihr nun zufrieden? Ihr habt gewonnen. Was wird nun werden?«

Durinkim stand verloren vor einer Hundertschaft von Adalmars Gefolgsleuten und rechnete mit allem, auch mit einem schnellen Tod.

Adalmar bedachte ihn mit einem abschätzigen Blick.

»Gewonnen haben ganz gewiss die Römer, nicht ich, und schon gar nicht unsere Stämme. Eure Torheit hat uns um Monate zurückgeworfen. Folgt mir. Unweit von hier haben wir ein Lager errichtet. Ich habe Euch einen Vorschlag zu machen.«

Adalmar wendete sein Pferd und schenkte ihm keine weitere Beachtung. Einer von Durinkims Gefolgsleuten führte dessen Pferd heran und versuchte, ihm aufzuhelfen, doch schubste er ihn rüde beiseite. Wie kam dieser tumbe Narr nur dazu, vor den Augen aller seine Unzulänglichkeit vorzuführen? Schwerfällig schnaufend, stieg er auf sein Ross und folgte schweigend Adalmars Männern.

Im Zelt des Stammesführers angekommen, bot Adalmar ihm zu seiner Verblüffung ein Horn mit Met an. Sein beherzter Griff verriet eine gewisse Gier. Er hatte seit fast einem Tag nichts getrunken. Mit verschränkten Armen standen Berovist, Chrocus und einige andere im Hintergrund, die er nicht kannte.

Eine lange Weile starrte ihn Adalmar nur an. Abermals fühlte Durinkim sich bloßgestellt. Wut, Ärger und Scham stiegen in ihm auf, fanden keinerlei Ventil und stauten sich zu einem enormen Druck auf. Stumm und mit pochenden Schläfen starrte er vor sich hin. Schließlich stürzte er das Horn in einem Zug hinunter. Als er sich den Schaum aus dem Bart rieb, beendete Adalmar endlich sein Schweigen.

»Euer Stamm wird den Hungertod sterben. Es sei denn, das Schicksal ist gnädig und jemand nimmt sich Eurer Frauen, Kinder und Greise an.«

»Sagt, was Ihr wollt, und redet nicht um den heißen Brei herum.«

Adalmar lächelte nur spöttisch.

Durinkim hätte ihm in diesem Moment am liebsten das leere Horn ins Hirn gerammt.

»Ich habe einen Auftrag für Euch. Führt Ihr ihn gewissenhaft und erfolgreich aus, übernehme ich die volle Verantwortung für Euer Volk. Es ist eine ehrenwerte Verpflichtung. Euer Ruf wird wiederhergestellt werden als Retter unserer Sache.«

Durinkim war überrascht. »Was ist das für eine gemeinsame Sache, von der Ihr redet, jetzt, da wir verschiedener denn je voreinander stehen?«

»Befreit ein Mädchen aus der Hand der Römer. Wir können nicht eher Rache üben, als bis sie wieder an meiner Seite ist.«

»Das ist alles?«

»Das ist alles!«

Durinkim beäugte Adalmar misstrauisch. »Wer ist sie?«

Adalmar antwortete ungerührt und einsilbig: »Familie.«

Durinkim nickte.

»Es ist ein Höllenkommando, nicht wahr? Ich werde vielleicht nicht zurückkehren. Wer sagt mir, dass Ihr Euer Wort haltet?«

»Zweifelt Ihr an meiner Ehre? Ich könnte Euch ebenso

gut auf der Stelle den Kopf abschlagen und als Botschaft Eurer törichten Niederlage in Euren Gau schicken. Ihr habt die Wahl. Entscheidet Euch jetzt und entscheidet Euch klüger als bei unserem letzten Treffen! Anweisungen erhaltet Ihr morgen bei Sonnenaufgang von meinem Heermeister Berovist.«

Durinkim verriet seine Entscheidung nur einen Augenblick später und nickte erneut. Er hielt Adalmar sein leeres Horn hin, und der Pakt wurde besiegelt, ohne dass weitere Worte gewechselt wurden.

Biriciana, Februar 232 n. Chr.

Leichter Schneefall mit sanft zu Boden schwebenden Flocken gaukelte eine friedliche Szenerie vor. Marcus starrte auf seinen Umhang, auf dem sich winzige, scharf konturierte Schneekristalle an verschiedensten Stellen häuften. Die symmetrischen, aber in sich völlig verschiedenartigen Gebilde faszinierten ihn, sie erinnerten ihn an fremdartige Runen und Zeichen. Er dachte an Lumina und fragte sich, ob sie in diesem Moment ebenfalls die Flocken betrachtete, bis seine Kameraden Demicius und Bacchus jäh die Gedankenspiele beendeten. Sie waren aufbruchsbereit. Ihre Wege würden sich heute trennen; Onkel Titus hatte es so bestimmt. Weder hätte der Centurio einem Tross aus vier Männern zugestimmt, noch erlaubten es die laufenden Geschäfte, dass Titus' Handel dauerhaft ruhte.

Damit verloren sie heute den schlagkräftigsten Teil ihrer Gemeinschaft, wie es Marcus vorkam. Bacchus verabschiedete sich schweigend per Handschlag und nahm wie immer hinten am Tritt Platz. Demicius hatte vor, es dem Kollegen gleichzutun, doch als er mit seiner Pranke Marcus' Hand drückte und sie sich in die Augen sahen, meinte Marcus, ein Glänzen zu bemerken. Ehe er sich's versah, roch er den Pelz des ehemaligen Gladiators, der ihn an sich drückte, als wollte er ihn ersticken.

»Pass auf dich auf, Marcus, und sieh zu, dass du nicht

die fehlenden Stunden Ringkampf verpasst, die ich dir noch schuldig bin.«

Ein Schlag mit der Pranke auf seinen Rücken erinnerte ihn an die vielen schmerzhaften Stunden, die er trotz der unzähligen blauen Flecke, die sie ihm eingebracht hatten, schon jetzt vermisste.

Einen Moment später hockten die beiden auf Titus' Ochsenkarren und rollten mit krachenden Rädern davon.

Marcus sah ihnen versonnen nach und überlegte, ob er sie jemals wiedersehen würde. Er hoffte es inständig.

Sie warteten auf ihre neuen Begleiter, die bisher nicht erschienen waren, und überprüften noch einmal, ob sie alles Gepäck verstaut hatten, insbesondere Proviant, Geschirr und Kleidung.

Marcus' Gedanken kreisten um den gestrigen Tag. Er war voller Tatendrang und konnte es kaum erwarten, Meile um Meile zurückzulegen, um den Abstand zu Lumina zu verkürzen. Dennoch meldete sich eine wachsame Stimme in ihm. Der Centurio war ihm nicht geheuer, und seinem Onkel schien das gesunde Misstrauen abhandengekommen zu sein, das vor allem dann gefragt war, wenn eine Situation ohne Mühe perfekt erschien.

»Darf ich dich etwas fragen, Onkel Titus?«

Sein Onkel brummte zustimmend, während er die Seile überprüfte, die das Gepäck sicherten.

»Gestern, beim Centurio ...«

Titus hob den Kopf.

»Also ich glaube, er spielt uns etwas vor. In der Nachricht stand meiner Meinung nach etwas, das ihm die Laune verdorben hat.«

Titus sah sich über beide Schultern um, bevor er antwortete.

»Unsinn, er war voreingenommen, wie ich dir prophezeit hatte, und hat es sich anders überlegt, als ich ihm die Situation geschildert habe. Wir suchen Lumina und sind weiter im Spiel. Reicht dir das nicht?«

Marcus fühlte sich undankbar, ließ aber nicht locker.

»Hast du nicht bemerkt, wie er beim Lesen der Nachricht gestutzt hat? Er hat uns keine deiner Fragen beantwortet, aber wir mussten die Hosen herunterlassen.«

Als er es aussprach, bereute er es schon. Er stellte gerade eines der meisterhaften Talente seines Onkels infrage: das Ausfragen anderer Leute. Selten hatte er ihn so aufgebracht erlebt.

»Ich höre wohl nicht recht! Was für ein Unsinn! Wir hatten einen ebenbürtigen, intelligenten Offizier als Gesprächspartner. Eine harte Nuss, der uns jedoch zur rechten Zeit in seine Gemächer bat, um uns einen wichtigen Auftrag zu übergeben. Wo warst du bitte noch mal zur fraglichen Zeit? Ich wähnte dich neben mir, aber offenbar haben wir an völlig verschiedenen Gesprächen teilgenommen.«

Marcus versuchte sofort, ihn zu beschwichtigen.

»Ich meinte ja nur, denn du hast mich gelehrt, immer wachsam zu sein, bitte verzeih. Was ist eigentlich noch mal genau ein Prätorianer?«

Sein Onkel spuckte ihn fast an, als er die Finger auf die Lippen legte und ihn zischend zum Schweigen brachte.

»Psssst! Später.«

Titus drehte sich abermals um, und Marcus spähte über seine Schulter.

Als zwei Männer auf sie zukamen, die sich als ihre Begleiter herausstellten, stutzten sie beide. Ein älterer, schon etwas beleibter Soldat mit grauen Haaren und gestutztem Bart sowie ein junger, schlaksiger Typ, der sein erstes Jahr Zugehörigkeit zur Armee noch nicht gefeiert haben dürfte. Der Ältere stellte sich als Macro vor, der Jüngere hieß Cato. Trotz ihrer Gegensätzlichkeit sowohl im Aussehen als auch im Alter schienen sie aufeinander abgestimmt, als hätten sie schon einige Zeit zusammengearbeitet. Die beiden sahen aus wie eine schlechte Imitation ihrer selbst. Verstärkt wurde dieser Eindruck durch ein fast rührendes Bild, als Macro dem Jüngeren väterlich über die Haare tätschelte, nachdem sie sich kurz ausgetauscht hatten. Das Bild kam Titus und Marcus wohlbekannt vor, und sie konnten sich ein Grinsen nicht verkneifen. Trotzdem oder gerade deswegen waren ihnen die beiden sympathisch, und es hob ihre Stimmung, nicht mit raubeinigen Kämpfern oder disziplinbeflissenen Bürokraten auf eine ungewisse Reise aufbrechen zu müssen.

Kaum waren sie auf ihre Pferde gestiegen und losgeritten, fing Titus schon an, Informationen zu sammeln. Er sprach den Älteren an.

»Gewiss kennt Ihr die Gegend gut. Wie lange werden wir heute unterwegs sein?«

Macro hatte eine laute, tiefe Stimme und schien gerne gefragt zu werden.

»Das will ich meinen. Wenn es nicht heftiger schneit, sollten wir schon am frühen Nachmittag in Mediana ankommen. Ich habe bei den Thrakern etwas zu erledigen.«

»Bei den Thrakern?« Marcus fiel ihm fast ins Wort.

Macro entfuhr ein kehliges Lachen.

»Keine Angst, junger Mann. Die Truppe heißt bei uns so, weil es sich um die III. Thrakische Kohorte handelt, die dort stationiert ist und viel Wert auf ihre Traditionen legt. Du findest darunter einige Veteranen, die hervorragende Goldschmiedearbeiten für die Bevölkerung anfertigen, und Fresken malen können sie auch. Selbst die

Mannschaftsbaracken im Kastell sind reich verziert, du wirst es sehen.«

Titus bohrte weiter.

»Seid Ihr öfter in administrativen Angelegenheiten wie dieser unterwegs, oder überwiegt das Militärische?«

Macro setzte einen vielsagenden Blick auf.

»Wer mag schon am Anfang einer Mission sagen, wo die Reise hingeht? Ich werde eingesetzt, um Probleme zu lösen.«

Titus stimmte nickend zu.

»Jaja, Männer mit Erfahrung sind gesucht in Zeiten wie diesen. Ihr steht gewiss fast am Ende Eurer Dienstzeit und werdet der Armee dann fehlen«, schmeichelte er dem Mann.

Macro ließ seinen Blick in die Ferne schweifen und dachte über Titus' Worte nach.

»Meine fünfundzwanzig Dienstjahre habe ich längst geleistet, aber sie wollten mich einfach nicht gehen lassen. Ich bin nicht so der häusliche Typ, deshalb mussten sie mich nicht lange bitten. Es hat seine Vorteile. Mit Disziplin braucht mir keiner mehr zu drohen, sie lassen mir bei meinen Entscheidungen weitgehend freie Hand. Ich werde mal hier, mal dort eingesetzt und komme viel herum. Ich bin Bote, Meldereiter, Handwerker, Berater und Spion in einer Person.«

»Und Ausbilder natürlich auch«, fügte er nach einer kurzen Pause hinzu und tätschelte Cato väterlich den Rücken.

Titus war beeindruckt.

»Wenn ich noch einmal einen Partner für meine Handelsunternehmungen brauche, weiß ich jetzt, an wen ich mich zu wenden habe«, stimmte er Macro anerkennend zu, der souverän erwiderte: »Zollschikanen in dieser Gegend hat man mit mir jedenfalls keine zu fürchten. Als Händler habe ich mich auch schon betätigt.«

Titus nutzte die Gunst der Stunde, da das Eis zwischen ihm und Macro gebrochen war, und versuchte, ihm weitere Informationen zu entlocken.

»Ist der Centurio aus Biriciana oft Euer Auftraggeber?«

»Der Centurio ist mein bester Auftraggeber. Er ist der Dreh- und Angelpunkt in der ganzen Gegend. Befehlshaber bei Angriffen der Germanen, Kommandoführer in heiklen Missionen, sein Rat ist bei allen Kommandeuren an den Grenzbefestigungen gefragt. Man munkelt gar über beste Verbindungen zum Statthalter Raetiens.«

Titus setzte eine gespielt zweifelnde Miene auf.

»Woran liegt das? Ich meine, er ist weder Decurio noch Präfekt und auch kein Offizier der Legion aus Castra Regina.«

»Nein, er ist viel besser als das. Er ist ein ehemaliger Centurio der Prätorianergarde aus Rom. Ein echter Ritter, der Senatoren als Vorfahren vorweisen kann. Hat die beste aller Ausbildungen genossen.«

»Wie kommt einer wie er nach Biriciana?«

Titus bemerkte aus dem Augenwinkel, wie Cato seinen Ausbilder mit einem Stoß in die Seite unmerklich stoppte. Macros Mitteilungsdrang endete augenblicklich. Er räusperte sich stattdessen laut.

»Fragt ihn, wenn wir zurückkommen. Ich werde ein wenig vorausreiten, der Weg ist ziemlich verschneit.«

Die beiden Soldaten ritten einige Pferdelängen voraus, und Marcus gesellte sich mit Luminus neben seinen Onkel.

Er flüsterte leise, um endlich seine Neugier zu befriedigen, die ihn schon seit dem Vortag umtrieb, als sie Gäste des Centurios gewesen waren.

»Wer sind denn eigentlich die Prätorianer, Onkel Titus?«

Marcus musste seine Ohren spitzen, denn sein Onkel raunte kaum verständlich von der Seite: »Die Prätorianer sind eine Gardetruppe des Kaisers, schon seit vielen Jahrhunderten. In Rom gab es früher keine stationierten Legionen, die Prätorianer sind in der Stadt für Schutz und Ordnung zuständig. Sie sind handverlesen, und man kann sie als Elitetruppen bezeichnen. Früher konnten nur Italiker, also römische Bürger, Prätorianer werden; heute ist das anders. Aber ich fresse einen Besen, wenn der Centurio Julius Flavius Sabinus kein römischer Bürger mit einem Stammbaum so lang wie ein Pharaonenbart ist.«

Marcus überlegte.

»Liegt nicht die Legio II Parthica vor den Toren Roms? Das hat ein Lehrer erzählt, als wir die römischen Legionen durchgenommen haben.«

»Gut aufgepasst, Marcus. Das stimmt, aber das ist keine dreißig Jahre her. Früher gab es nur die Prätorianer. Ihr Einfluss ist immer noch groß. Sie haben die Macht, über Leben und Tod von Kaisern zu richten. Kurz nachdem Severus Alexander den Thron bestiegen hatte, gab es einen Aufstand, den seine Mutter, Julia Mamaea, niederschlagen ließ. Das war vor ungefähr sieben oder acht Jahren. Bei Gelegenheit fragen wir unsere Begleiter einmal, wie lange der Centurio schon hier stationiert ist.«

Nach einer kurzen Mittagspause, in der von Cato ein kleiner Kessel mit heißer Suppe serviert wurde, kamen sie wie angekündigt schon am frühen Nachmittag in Mediana an. Macro verschwand im Praetorium, während Cato sich um die Pferde kümmerte. Marcus und Titus wurden die einfachen Mannschaftsbaracken als Quartier zugewiesen. Es würde dort zugig und laut werden, aber an schnarchende Männer hatte sich Marcus inzwischen gewöhnt. Erstaunlich waren in der Tat die Fresken. Vor ihnen breiteten sich aufwendig gestaltete Kriegsszenen aus. Auch Bacchus war eine Fläche gewidmet. Als sie beide den Gott des Weines betrachteten, hellte sich Titus' Miene auf.

»Du wartest hier, Marcus, mir fällt gerade das Sprichwort ›Du trinkst wie ein Thraker!‹ ein. Wenn hier alte Traditionen hochgehalten werden, sollte das eine gute Gelegenheit für einen ordentlichen Krug Wein sein.«

Den Abend beschlossen sie mit einem trinkbaren Tropfen; einige Schläuche neben Titus' Schlafstätte verrieten, dass er Vorrat für mehrere Tage besorgt hatte.

Am nächsten Morgen war das Wetter klar. Während Marcus und sein Onkel zum Stall liefen, sahen sie Macro mit einem jungen Soldaten diskutieren. Als sie ankamen, wirkte der alte Kämpe ein wenig ratlos.

»Alles in Ordnung?«, erkundigte sich Titus.

»Eigentlich schon. Aber ich habe eben erfahren, dass wir die Route am Grenzwall entlang nicht nehmen können. Ich wäre lieber an den Kastellen entlanggereist, da hätte ich ein paar Kleinigkeiten erledigen können. Dummerweise scheint ausgerechnet jetzt die Furt kurz vor unserem Ziel unpassierbar zu sein, und die Holzbrücke ist beim letzten Sturm eingestürzt. Es wäre ein Riesenumweg. Wir reisen also über Losodica und Opia weiter.«

»Ist das schlimm? Wie ist denn Lumina gereist? Ich meine die Frau, die wir suchen. Hat sie die gleiche Strecke genommen?«, fragte Marcus.

»Das weiß ich nicht. Vermutlich ja, denn die Furt ist schon seit Ende letzten Jahres unpassierbar. Wird wohl erst im kommenden Frühjahr wiederhergerichtet.«

Er biss von einem trockenen Stück Brot ab und sprach

dann ungerührt mit vollem Mund weiter: »Die neue Route ist nicht schlimm. Schlimm ist sowieso nicht das passende Wort. Wart ihr einmal dort? In Losodica? Ihr werdet schon sehen. Es ist unheimlich da. Wenn es irgendwie geht, wäre es besser, wenn wir es noch heute bis Opia schaffen könnten, aber wir müssen abwarten, wie schnell wir vorankommen.«

Titus und Marcus sahen sich an. Titus hob die Schultern, was heißen sollte, dass er mit dieser Andeutung nichts anfangen konnte, doch Marcus spürte, wie ihm ein Schauer über den Rücken lief. Es behagte ihm überhaupt nicht, an einen Ort zu reisen, der von einem erfahrenen Soldaten als unheimlich empfunden wurde.

»Wäre es nicht eine Alternative, in Septimiacum haltzumachen? Ich kann mich erinnern, dass dort eine Pferdewechselstation mit Herberge steht«, wandte Titus ein.

Macro kaute ausdauernd und schüttelte den Kopf.

»Nicht im Winter. Die Herberge ist geschlossen. Sonst ist da nichts. Ein paar Gutshöfe drum herum. Wenn wir noch Zeit haben, sollten wir gleich bis nach Opia reisen.«

Marcus beugte sich weit über sein Pferd.

»Wie meint er das denn, Onkel Titus, unheimlich?«

»Ich bin nicht sicher. Ich glaube, ich war einmal dort, aber ich kann mich nicht genau erinnern. Schon gar nicht an unheimliche Vorkommnisse. Lass es uns abwarten.«

Marcus dachte den ganzen Tag an Geister und Höllenfeuer. Ob es dort einen Weg in die Unterwelt gab? Solche Orte sollte es geben, hatte er gehört, und dass es an diesen spukte.

Als hätte ein böser Geist Besitz von ihnen ergriffen, kamen sie nur langsam voran. Am späten Vormittag war Catos' Pferd auf einen spitzen Gegenstand getreten und hatte kurzzeitig gelahmt. Dann löste sich ein Seil von Marcus' Gepäck, und sie mussten es mit klammen Händen wieder befestigen. Als sie in Losodica ankamen, dämmerte es schon.

Es war ein trostloser Anblick, und mit Geisterstadt war Losodica treffend beschrieben. Was einmal eine wehrhafte Verteidigungsanlage gewesen war, breitete sich vor ihnen wie eine mächtige rechteckige Schutthalde aus. Wo einmal Türme gestanden hatten, stapelten sich mehrere Fuß hoch Steinblöcke, die kreuz und quer übereinanderlagen. Die Mauer selbst war kaum mehr mannshoch, an vielen Stellen hatte man Steinraub betrieben. Ein steinernes Skelett, tot, mahnend.

Die ehemalige Siedlung lag in der Ebene eines riesigen weiten Kessels. Am bereits schwarzen Horizont zeichneten sich ringsum Hügelketten ab, die Marcus vorkamen, als sperrten sie sie ein. Ihn gruselte.

»Was ist hier passiert?«, entfuhr es ihm.

Sie ritten langsam an der verfallenen Kastellmauer vorbei zum Kern des ehemaligen Orts. Bis dahin hatte sich keine Menschenseele gezeigt. Um sie herum reihte sich Ruine an Ruine. Im Zentrum äugte hier und da ein schweigsamer Bewohner aus notdürftig zusammengezimmerten Bretterbuden.

Vor einem großen Gebäude, dessen schwarz verbrannte Säulenstümpfe den Himmel anzuklagen schienen, hielten sie an. Macro wandte sich Marcus zu.

»Losodica war einst ein blühender Ort. Bei einem germanischen Überfall vor vielen Jahren ist er niedergebrannt worden. Das mit dem Wiederaufbau ist schiefgegangen. Es sind immer mehr Menschen fortgezogen. Unmerklich fast, aber stetig, Jahr für Jahr. Gesindel und eine fehlende Verwaltung taten ihr Übriges. Jetzt haust hier vielleicht noch ein Dutzend Menschen. Achtet auf euer Zeug. Ich will mal sehen, ob es noch den Dorfältesten gibt, der mir vor zwei Jahren ein leeres Haus zugewiesen hat, das noch halbwegs bewohnbar war.«

Marcus sah sich unsicher um. Macro und Cato stapften davon und winkten, so freundlich sie konnten, in die kalten, abweisenden Fensteröffnungen, die schon lange kein Glas mehr kannten.

Viele Häuser waren eingestürzt. Die Schuttberge hatte man so stehen gelassen, als wäre der Überfall gestern passiert.

Titus ließ den Blick schweifen. »Ich kann mich wieder erinnern. Vor fünfzehn Jahren war ich einmal hier, aber da sah es ganz anders aus. Wenige Menschen, ja, und einige Brandruinen. Aber dieser Ort stirbt jetzt. In dem Losodica, in dem ich war, konnte davon noch keine Rede sein.« Furchen durchzogen seine Stirn. »Sieh gut hin, Marcus, so wie hier wird es bald überall aussehen, wenn die Germanen den Grenzwall stürmen.«

»Es ist eine Schande, dass Rom eine derartige Verwahrlosung innerhalb der Grenzen zulässt, findest du nicht?«

»Ja, ich bin bestürzt. Das bedeutet, dass die Ressourcen fehlen, und wer eine Siedlung aufgibt, der lässt andere bald folgen. Eine schlimme Entwicklung. Zu meiner Jugendzeit noch undenkbar.«

Der Dorfälteste war leider verstorben. Ein jüngerer, fast zahnloser Kerl hatte jetzt das Sagen im Dorf. Gegen ein paar Kupfermünzen wurde ihnen ein großes Haus, ein ehemaliges Geschäft für Geschirr und Keramikwaren, für die Nacht zugewiesen. Der Dachstuhl fehlte, doch ein mit Brettern abgetrennter Bereich schützte sie notdürftig vor der gröbsten Kälte. Nachdem sie ein wenig Holz gesammelt hatten, wärmten sie sich erst einmal an einem Feuer auf. Ein Loch in der Decke diente als Abzug.

Marcus saß direkt neben einer Treppe. Sie führte in den Keller, dessen Eingang eingestürzt und verschüttet war. Lediglich ein kleines rundes Loch gähnte schwarz in der Tiefe.

»Wenn wir hier in einem ehemaligen Laden für Keramik sitzen, dann befindet sich im Keller garantiert noch jede Menge Geschirr. Mit ein paar Bechern könnten wir einen schönen Schlauch Wein trinken.« Titus starrte zu Marcus. Macro und Cato starrten ihn ebenfalls an.

»Was soll das heißen? Ich gehe doch da nicht runter. Niemals!«

Marcus hätte sich verfluchen können, als er, auf dem Bauch robbend, mit einer Öllampe in der Hand durch das Loch kroch. Mit einem simplen Trick hatte ihn sein Onkel aus der Reserve gelockt – mit der Feststellung, dass er das verstehen könne, wenn man sich nicht traue. Er war so ein Esel!

Er konnte fast nichts sehen; das Licht blendete ihn eher, anstatt ihm zu helfen. Nur der Staub und der kalte Stein vor ihm wurden beleuchtet, dahinter blieb es schwarz. Es roch erdig und nach altem zerbröseltem Marmor. Wenn jetzt alles einstürzte, würde er wegen ein paar lumpigen Bechern Lumina nicht wiedersehen. Darum bemüht zu sein, auf ihn aufzupassen, wie sein Onkel ständig vorgab, stellte er sich anders vor.

Nach mühsamer Kriecherei öffnete sich der Raum vor ihm, und er konnte sich gebückt hinstellen. Vorsichtig tastete er sich voran, und tatsächlich: Vor ihm lagen aus Regalen gefallene Krüge, Teller, Becher und sogar einige Bronzebehältnisse. Die Tonkrüge waren alle zerbrochen. Er wühlte vorsichtig in den Scherben und musste schmerzhaft feststellen, dass einige Glaswaren darunter waren.

»Verflucht!«, schimpfte Marcus.

Der Schnitt war nicht tief, er steckte sich den Finger in den Mund und stillte saugend die Blutung. Dann schnappte er sich die äußerlich unbeschädigten bronzenen Trinkbecher und kehrte klappernd zurück.

»Hier, fürs Waschen bist du zuständig!«

Er schmiss die Becher vor Titus' Füße und klopfte sich triumphierend den weißgrauen Staub ab. Den zweifelnden Blick auf die angelaufenen Bronzebecher ignorierte er und genoss anschließend die Belohnung in Form des Thrakerweins, wie er ihn nannte.

Macro beschloss, mit Cato abwechselnd Wachdienst zu schieben. Die Bewohner waren bestimmt keine Mörder, aber Gelegenheit macht Diebe, und wachsame Augen konnten nicht schaden. Marcus beruhigte dieses Angebot. Er verlor seine Angst vor der unheimlichen Umgebung und war voller Stolz, einen finsteren Keller erobert zu haben. Er dachte an Lumina und wie nahe er ihr schon gekommen war, bevor er in einen traumlosen Schlaf glitt.

Am darauffolgenden Tag waren sie bei Sonnenaufgang auf den Beinen. Die Nacht war ereignislos verlaufen, wie sich Marcus beim Aufwachen sogleich erkundigte; es gab allenfalls den Versuch eines Neugierigen, sich ihrem Lager zu nähern, der aber durch ein kräftiges Räuspern Macros hatte verscheucht werden können. Vielleicht war es auch nur ein streunender Hund gewesen.

Sie nahmen die neue Tagesroute in Angriff und hofften, schnell voranzukommen, denn die letzte Etappe, sofern sie sie denn schaffen sollten, führte über Opia nach Opia Novum und betrug knapp dreißig Meilen. Bei den kurzen

Tagen zu dieser Jahreszeit, ohne Pferdewechselstation und mit einem Haufen Gepäck, wie sie es mitführten, stellte das eine echte Herausforderung dar.

Diesmal kamen sie zügig voran und erreichten Opia zeitig. Marcus staunte, wie unterschiedlich es zwei Orten ergehen konnte, die doch so nahe beieinanderlagen und ein ähnliches Schicksal teilten. Auch über Opia waren zu Zeiten Kaiser Marc Aurels die Germanen hergefallen, doch hatten die Bewohner alle Spuren der Zerstörung beseitigt und pflegten die alten Kastellmauern, die seit der Vorverlegung der Grenze schon seit Generationen keine Truppen mehr schützten. Im alten Bereich des Forts reihten sich Geschäfte und Wohnhäuser aneinander, und die Mauern boten im Notfall nach wie vor Schutz.

Marcus rutschte auf seinem Pferd hin und her. Er hatte das Gefühl, Lumina riechen zu können, wenn er die Augen schloss und sich konzentrierte.

Was sollte er ihr sagen? Wie würde sie reagieren? Was, wenn sie sich nicht freute? Würde sie den Boten Marcus genauso willkommen heißen wie Marcus, den Liebhaber?

Jetzt, da er ihr so nahe war, hätte er lieber noch ein wenig mehr Zeit gehabt, sich vorzubereiten. Gedankenspiele schwirrten durch seinen Kopf. Und wenn er sich nachts davonschleichen würde und Lumina im Alleingang befreite? Sofort kam ihm der Offizier in den Sinn, der sie bewachte. Ohne offiziellen Auftrag würde der ihm mitleidlos die Kehle aufschlitzen.

Ein Stoß in die Seite beendete seine Fantasien schlagartig.

»Marcus! Bist du taub? Ich frage dich kein drittes Mal, ob du einen Schluck Wein möchtest.«

Er nahm schweigsam den Schlauch entgegen und ließ einen Schwall in den Mund strömen.

Als er seinem Onkel den Schlauch zurückreichte, beugte sich dieser zu ihm herüber.

»Hör mal, wenn wir da ankommen und Lumina treffen, so verhalte dich deinem Amt entsprechend angemessen. Ihr beide könnt sicher in einem ruhigen Moment miteinander reden, aber wir dürfen gegenüber dem fremden Offizier sowie Macro und Cato nicht den Eindruck erwecken, dass es hier um eine reine Privatsache geht. Ich weiß um deine Gefühle, daher nehme ich an, dass es dir nicht leichtfällt. Bestimmt hast du dir auch schon deine Gedanken gemacht, aber ich wollte sichergehen.«

»Ja klar, Onkel Titus, ich habe das schon durchgespielt, ist doch selbstverständlich, du kannst dich auf mich verlassen«, log Marcus, weil alles andere nur kompliziert gewesen wäre.

Sein Onkel hatte recht. Was für ein Dilemma! Im Grunde durfte er nicht einmal eine herzliche Begrüßung aussprechen, weil das für Befremden sorgen würde. Was für eine verdammt unglückliche Situation! Er hatte nie darüber nachgedacht, weil allein die Tatsache, sie wiederzusehen, so verzückend war. Bei allen Göttern. Jetzt, da er fast am Ziel war, breitete sich eine zutiefst bedrückende Stimmung in seinem Inneren aus.

Bei Einbruch der Nacht hatten sie ihr Ziel Opia Novum erreicht. Marcus war froh, dass es zu spät und zu dunkel war, um ihren Auftrag abzuschließen. Macro und Cato waren damit einverstanden, keinen Wirbel mehr bei den Wachen am Kastell zu veranstalten und stattdessen in der Mansio zu übernachten. Morgen würde es so weit sein.

Opia Novum, Februar 232 n. Chr.

Ein zittriges Gefühl beschlich Marcus, als Titus ihn weckte. Er hatte fast die ganze Nacht kein Auge zugetan, gefühlt fiel er erst wenige Momente, bevor er geweckt wurde, in einen Dämmerschlaf. Er versuchte, das Zittern zu unterdrücken, aber die körperliche Reaktion bewirkte das Gegenteil, denn nach einer kurzen Pause erfasste ihn ein regelrechter Krampf, sodass ihn sein Onkel besorgt fragte, ob ihm etwas fehle. Ausgerechnet heute fühlte er sich elend, übermüdet und überfordert.

»Macro und Cato suchen den Offizier. Ich denke, Lumina wird sich wahrscheinlich irgendwo im Kastell aufhalten. Lass uns rasch ein Frühstück einnehmen. Der Tag könnte anstrengend werden, und wer weiß, wann wir Zeit für die nächste Mahlzeit haben.«

Titus wollte sich schon umdrehen, da spürte er die energische Hand seines Neffen auf der Schulter.

»Onkel Titus!«

»Ja, Marcus?«

Mit blassem Gesicht starrte Marcus seinen Onkel an.

»Ich weiß nicht, wie ich das heute überstehen soll. Ich habe Angst. Angst, Fehler als Bote zu machen, Angst, Lumina gegenüberzutreten. Ich kann nicht klar denken.«

Tränen schossen ihm in die Augen, aber der Anblick seines standfesten Onkels hatte etwas Beruhigendes, sodass nur ein verräterisches Glitzern in den Augenwinkeln darauf hinwies. Er versuchte, den trockenen Mund und die spröden Lippen zu befeuchten, damit nicht ständig seine Stimme brach, und schmatzte dabei seltsam unnatürlich.

Titus nahm ihn in den Arm und raunte ihm von der Seite zu: »Hör mal, ich habe mir schon überlegt, wie wir das jetzt am besten machen, immerhin kennt Lumina ja uns beide. Daher habe ich Macro und Cato vorgeschickt, um den Offizier zu uns zu holen. Wenn wir die Botschaft ausgehändigt haben und alles geklärt ist, lassen wir Lumina von Macro abholen. So gewinnen wir Zeit und können uns je nach Situation zu erkennen geben. Bis dahin ziehen wir unsere Kapuzen so tief ins Gesicht, dass uns unsere Mütter nicht erkennen würden, und warten ab.«

Er grinste und rieb sich den Bart. Marcus lächelte erleichtert zurück.

»Guter Plan!«, beschied ihm sein Neffe. Anschließend schlangen beide hastig, aber begierig ihr Frühstück herunter.

Der Offizier, der auf sie zumarschierte, war ein alter Kämpe, der nichts auf Äußerlichkeiten gab. Er hatte ein unrasiertes stoppeliges Gesicht, trug ein schmutzverkrustetes Halstuch, das er anscheinend niemals abnahm, und einen verbeulten Helm mit Helmbusch, der ihn als Optio kennzeichnete. Seine Augen waren durch die schmalen Schlitze kaum zu sehen, die krähenfüßigen Falten an den Augenwinkeln traten dafür umso deutlicher hervor. Er hatte ein breites Kinn und war kräftig gebaut, aber von untersetzter Statur.

Das Leder seiner Uniform war spröde und rissig.

»Seid Ihr der Bote? Wieso kommt Ihr nicht persönlich zu mir? Was wollt Ihr? Rasch, ich habe zu tun.«

Marcus war er sofort unsympathisch, doch Titus wusste mit solchen Typen umzugehen.

»Nun, das will ich Euch gerne sagen. Wir sind im Auftrag des Centurio Julius Flavius Sabinus unterwegs und haben keine Zeit, auf Befindlichkeiten zu achten. Wie heißt Ihr?«

Der Blick des fremden Optio war kein angenehmer, aber es kamen keine Widerworte.

»Gaius Porcius Donatus. Wer will das wissen?«

»Die Boten des Centurios. Es zählt jeder Tag. Unsere Begleiter sind in der Armee und ortskundig. Gut, dass sie Euch gleich gefunden haben. Marcus, die Botschaft!«

Titus behielt wie immer alle Informationen, die er nicht preisgeben wollte, für sich. Marcus imponierte die überlegene Art, wie er mit dem Offizier umging, doch würde er ihn so gewiss nicht für sich einnehmen.

Der Optio überflog die Zeilen, runzelte die Stirn und begann, noch während er las, zu schimpfen.

»Was? Das ist doch kompletter Unsinn! Was soll das? Ihr wollt mit der Germanin wieder zurück? Ich führe hier bereits einen kompletten Plan aus, habe Agenten ins Feindesland geschickt und Köder ausgelegt. Männer einer ganzen Zenturie warten darauf, dass die Falle zuschnappt, und jeden Tag kann es so weit sein, dass Germanen einen Befreiungsversuch starten.«

Marcus wurde ungeduldig, hielt aber den Mund.

»Befehl von ganz oben, der Statthalter von Augusta Vindelicum hat den Auftrag erteilt.«

Die Ungenauigkeit mit der Stellvertretung behielt Titus für sich.

Der Offizier Donatus mahlte mit den Kiefern. Titus ließ ihn überlegen, hatte dann aber selbst eine Idee.

»Ihr könntet uns zurück eskortieren mit Euren Männern.«

Donatus schäumte.

»Das könnte Euch so passen! Ich lasse mich doch nicht mitten auf dem Weg abschlachten. Hier steht nichts von einer Eskorte. Also wird es auch keine geben. Meine Männer und ich haben die Falle hier aufgebaut, wo wir das Terrain kennen und die Germanen überlisten können. Wenn Ihr meint, Ihr müsst nun mit den Frauen wieder zurück, bitte sehr! Nur zu. Wenn Ihr keine weiteren Befehle für mich habt, dann entschuldigt mich.«

Er stapfte schimpfend und brummelnd zurück, Macro im Schlepptau, der sich mit Cato alles teilnahmslos angehört hatte.

Marcus sah zu Titus.

»Frauen? Wieso Frauen?«

Titus schaute den dreien nachdenklich hinterher.

»Hat er Frauen gesagt? Bist du sicher? Hm. Mir gefällt die Drohung nicht. Vielleicht wäre es besser gewesen, ich wäre nicht so schnell vorausgeprescht. Aber ich musste so schroff sein, sonst hätte er unseren Auftrag infrage gestellt. Doch er hat recht. Wir begeben uns ohne Not in Gefahr. Wir müssen jetzt besonders vorsichtig sein auf unserem Rückweg. Lass uns alles für den Aufbruch vorbereiten, wir müssen so schnell wie möglich vorankommen. Und setz dir die Kapuze auf! Am besten geben wir uns erst bei Nacht zu erkennen, wenn Macro und Cato nicht in Hörweite sind.«

Da kam Cato wieder zurück.

»Der Optio hat uns nur mit viel Überredungskunst ein Pferd überlassen. Wir werden nicht schnell vorankommen. Das gefällt mir nicht.«

Titus taxierte erstaunt das Tier.

»Warum? Ist es ein lahmes Pferd?«

»Nein, aber ein Pferd für zwei Frauen ist eine Beeinträchtigung, oder nicht?«

»Wer ist denn die zweite Frau?«

»Ich weiß nicht. So eine Art Zofe, nehme ich an. Sie kümmert sich um die Gefangene.«

Marcus blickte zum Eingang des Kastells. Gefangene, ja, so wurde sie nun genannt, seine Lumina. Sklavin, Gefangene, am Ende kam es sowieso auf das Gleiche hinaus. Lumina war nicht frei. Würde sie je zu ihm gehören? Er hatte seine Kapuze tief ins Gesicht gezogen und hielt Ausschau. Endlich erschien Macro, und hinter ihm liefen zwei Frauen. Auf die Entfernung konnte er nicht erkennen, wer von den zweien Lumina war; sie hatten beide einen braunen Umhang um, waren ungefähr gleich groß und wiesen auch eine ähnliche Haartracht auf. Schals verdeckten einen Teil des Gesichts. Er zitterte am ganzen Leib, fühlte sich aber nicht mehr elend dabei. Sie war hier, bei ihm, das war das Wichtigste.

Nachdem Macro bei dem Pferd angekommen war, stiegen die beiden Frauen auf. Sie zeigten keinerlei Interesse an den weiteren Begleitern, so als ob sie beschlossen hätten, ihr Schicksal stumm zu ertragen, weil es keine Rolle spielte, wer sie begleitete und wohin die Reise ging. Die vordere Reiterin starrte teilnahmslos auf die Mähne ihres Gauls, die hintere auf den Rücken der vorderen. Es war ein trister Anblick.

Marcus schielte aus den Tiefen seiner Kapuze hervor. Plötzlich war er sich sicher: Lumina saß hinten.

Sein Herz machte einen Sprung. Trotz der seltsamen Konstellation und des schweigsamen Moments hatte er das Bedürfnis, zu hüpfen, zu tanzen oder aufzuspringen; nur mit Mühe konnte er sich beherrschen. Die Erregung wich einer mutigen Aufbruchsstimmung, die in ihm ungeahnte neue Kräfte weckte.

Im gleichen Moment erteilte Macro den Aufbruchsbefehl.

»Wir werden heute nur bis Opia reisen. Dort müssen wir dann eine Entscheidung treffen: noch mal über Losodica oder den Umweg am Grenzwall entlang. Nahe Opia gibt es eine Abzweigung, da kämen wir dann hinter der gesperrten Furt heraus.«

Da Titus und Marcus beschlossen hatten zu schweigen und Cato nur nickte, wertete Macro es als Zustimmung und trabte los.

Als Macro etwas zurückfiel, während Cato weiter neben den Frauen ritt, ergriff Titus die Gelegenheit, sich zu ihm zu gesellen.

»Das ist wie eine Entscheidung zwischen Pest und Cholera. Nehmen wir den Weg über Losodica, nächtigen wir in einer Geisterstadt ohne Aussicht auf Hilfe im Notfall. Wenn wir über die kleinen Straßen dicht an der Grenze reisen, sind wir unseren Feinden näher, als uns lieb ist. Auch tagsüber könnten wir um diese Jahreszeit jederzeit überfallen werden.«

Macro blies Luft durch seine Backen.

»Ja, das sehe ich ganz genauso. Und es ist weit bis zur nächsten großen Festung, Montana. Dort hätten wir nichts zu befürchten. Aber davor kommt eigentlich nur ein Numeruskastell, so eine Befestigung mit lokalen Truppen, die nicht besonders gastfreundlich und selten an vorderster Stelle zu finden sind, wenn es brenzlig wird. Ich hätte nicht gedacht, dass dieser Auftrag gefährlich würde, aber nach dem Großangriff vor Kurzem ist alles noch in Unordnung. Daher brauchen wir nicht damit zu rechnen, dass kleinere Trupps von Plünderern zwangsläufig aufgehalten werden, wenn sie über die Grenze stoßen. Ich halte unsere Lage daher für mehr als kritisch. Ich schlage vor, wir reiten nur untertags. Wir müssen uns alle beim Wachehalten abwechseln und unsere Nachtlager mit Bedacht wählen.«

Während sie ritten, schaute sich Titus mehrmals um. Einmal meinte er, auf einer Hügelkuppe einen Reiter entdeckt zu haben, aber als er Marcus seine Entdeckung mitteilen wollte, war dort nichts mehr zu sehen.

In Opia angekommen, fanden sie ein Quartier in der Herberge. Die beiden Frauen hatten ein eigenes Zimmer bekommen und wurden dort eingeschlossen. Die Gruppe gönnte sich ein kurzes Abendessen, das Marcus' Geduld auf die Probe stellte. Wann würde er endlich mit Lumina sprechen können? Während des Essens hatten die Männer beschlossen, den Wachdienst gerecht aufzuteilen, was bedeutete, dass Marcus mit den Frauen für eine gewisse Zeit alleine wäre. Da war die erhoffte Gelegenheit. Er bot sich für die erste Nachtschicht an, womit alle einverstanden waren.

Marcus setzte sich auf einen Schemel vor die Tür und wartete ab. Als er aus dem Nebenzimmer die gewohnten Geräusche schnarchender Männer vernahm, presste er sein Ohr an die Tür, hinter der Lumina schlief. Nichts zu hören. Er sah sich verstohlen um. Im ganzen Haus herrschte Ruhe. Er atmete tief durch und nahm eine konzentrierte, fast lauernde Position ein. Langsam drehte er den Schlüssel; das Knacken erschien ihm so laut, als würde es augenblicklich das ganze Haus aufwecken. Endlich hörte er das Schloss schnappen und hielt die Luft an. Die Tür glitt einen Spalt auf. Langsam drückte er am bronzenen Knauf, an dessen stilisiertem Tierkopf ein Ring zum Klopfen hing. Die Tür knarzte und quietschte entsetzlich, obwohl er sich größte Mühe gab, leise zu sein. Schließlich öffnete er sie mit einem beherzten Schwung, um den grässlichen Geräuschen ein Ende zu bereiten, und er sah beide Frauen nur wenige Fußbreit entfernt vor sich stehen. Die Zofe mit einer Schüssel in der Hand, dahinter Lumina mit einem Krug bewaffnet. Die Dienerin holte aus, doch Marcus hob beide Hände und sprach sie flüsternd direkt an.

»Halt, warte, ich bin es. Lumina! Ich bin es, Marcus.«

Eine gespenstische Stille breitete sich aus.

Die Zofe, die ihm nur kurze Zeit später als Mildburga vorgestellt wurde, hielt inne. Ihr Blick flatterte zwischen Marcus und Lumina hin und her. Lumina schien, als hätte sie sich verhört.

»Was sagst du? Komm näher, ich kann dich nicht erkennen.«

Marcus näherte sich vorsichtig und nahm eine Öllampe vom Tisch, die er sich neben das Gesicht hielt.

»Erkennst du mich jetzt, Lumina?«

Mildburga drehte sich um.

»Er meint dich! Wie nennt er dich?«

Da begriff Lumina endlich.

»Marcus? Marcus! Bist du das? Ich kann es nicht glauben.«

Zu seiner Überraschung fiel sie ihm sofort in die Arme. Er drückte sie fest an sich, sog ihren vertrauten Geruch mit tiefen Zügen ein, löste sich aber wieder, als er merkte, dass er direkt in Mildburgas Gesicht starrte, die ihn streng ansah.

Lumina bemerkte Marcus' Unsicherheit und vermittelte, so charmant sie konnte.

»Mildburga, das ist Marcus, ein guter Freund und wahrer Held. Keiner, vor dem man Angst haben muss. Marcus, das ist Mildburga, sie steht mir zur Seite, und vor ihr muss man Angst haben.«

Das Eis war gebrochen. Marcus und Mildburga begrüßten einander artig. Dann schickte Lumina Mildburga vor die Tür und bat sie, sie zu warnen, wenn jemand käme.

Die folgenden Momente verdichteten sich für Marcus wieder wie der Augenblick, als er sie damals in der Taverne kennengelernt hatte. Was würde er jetzt nicht alles am liebsten gleichzeitig tun: sie küssen, sie lieben, sie stundenlang ansehen, ihrer Stimme endlos zuhören.

Nichts davon war indessen möglich. Mehrmals fielen sie sich stattdessen versehentlich ins Wort, weil sie beide gleichzeitig anfingen, ihre unzähligen Fragen zu stellen. Beim dritten Versuch brachen sie in haltloses Gelächter aus, und mit einem Mal löste sich bei Marcus die aufgestaute Spannung.

»Ich habe dich so vermisst, Lumina. Jeden einzelnen Tag habe ich an dich gedacht.« Voller Stolz verkündete er: »Ich suche dich sogar im offiziellen Auftrag des Statthalters.«

Lumina starrte ihn entgeistert an. Es war nicht die Reaktion, auf die er gehofft hatte.

»Wie meinst du das?«

Die Skepsis in ihrer Stimme war nicht zu überhören. Marcus fühlte sich unwohl, doch blieb ihm nichts anderes übrig, als weiterzuerzählen.

»Stell dir vor, ich bin jetzt Bote des Statthalters von Augusta Vindelicum und habe den Auftrag, dich nach Biriciana zurückzubringen.«

»Nach Biriciana? Aus welchem Grund? Da komme ich doch her! Es gab dort nichts für mich. Was hast du vor?«

Ihre glatte Stirn legte sich in tiefe Falten.

»Das weiß ich auch nicht so genau. Was denkst du,

wieso dich ein Offizier an die Grenze bringt? Warum bist du für die Soldaten so wichtig?«

Lumina nahm seinen Arm in beide Hände.

»Ich habe keine Ahnung, Marcus. Bist du nun wegen mir hier oder wegen deinem Auftrag?«

»Na, wegen dir natürlich. Der Auftrag war meine Tarnung.«

Sie ging in sich. Er war der Schlüssel zur Freiheit. Sie musste ihn nutzen.

»Ein Auftrag? Das klingt nach römischen Verpflichtungen. Wir hatten eine schöne Zeit zusammen, und ich habe nicht das Gefühl, dass dieser Auftrag dazu passt.«

»Wir sind wieder zusammen, das ist das Wichtigste, findest du nicht? Alles andere wird sich ergeben.«

»Das sehe ich ganz anders. Wir sind nicht zusammen, wenn ich eine Gefangene bin.«

Marcus senkte die Stimme.

»Was sollen wir deiner Meinung nach tun?«

»Bring mich fort von hier. Ich möchte nicht zurück. Lass uns fliehen.«

»Wie bitte?«

»Lass uns fliehen, Marcus, zusammen sein. Deshalb bist du doch gekommen, oder nicht?«

Er schluckte.

»Und wohin? Wir sind alleine, mittellos, und wenn uns die Armee sucht, können wir uns nirgendwo sicher fühlen.«

»Ich weiß einen Ort, an dem uns niemand suchen wird.«

Marcus sah sie neugierig an.

»Wirklich? Welcher Ort sollte das sein?«

»Jenseits der Grenze. Lass uns über die Mauer fliehen.«

»Was?!« Marcus dämpfte sofort seine Stimme, die laut

herausgeplatzt war wie ein Korken aus einem Fass. Er sah sie ungläubig an und flüsterte: »Über die Mauer? Ist das dein Ernst?«

»Ja, mein voller Ernst.«

Er kniete sich vor sie, zog sie zu sich herunter, nahm ihren Kopf in die Hand, streichelte über ihr Haar und sah ihr tief in die Augen. Momente verstrichen. Er hatte jedwedes Zeitgefühl verloren. Marcus hörte in sich hinein und fühlte keine Zweifel, kein Hadern und keine Angst.

»Erzähle mir die Wahrheit über dich. Ich möchte den Menschen kennen, dem ich vertraue und dem ich mein Leben opfere, so wie ich es kenne.«

Lumina erwiderte seinen flammenden Blick. Nach einem kurzen Zögern fing sie an, sachte zu nicken. Sie nahm seine Hand und legte sie auf ihre Brust.

»Ich bin Alwina, Schwester des Adalmar, Tochter des ermordeten Ariovist, Sklavin des stellvertretenden Statthalters von Augusta Vindelicum – und ich möchte zurück zu meinem Volk.«

Marcus' Mund fühlte sich auf einmal staubtrocken an. Was er eben erfahren hatte, war unerhört. Das Ausmaß nicht fassbar. Er ein Römer, sie eine Germanin. Aber keine von hier. Keine, die schon seit Generationen Wurzeln geschlagen hatte. Sie war die Tochter eines ehemaligen Todfeindes von Rom.

»Adalmar ist dein Bruder?«

»So wahr ich hier stehe.« Sie runzelte die Stirn. »Du hast gerade nicht zum ersten Mal von ihm gehört, stimmt's?«

Marcus schüttelte den Kopf.

»Nein. Er ist der Grund, warum du hier bist. Er ist geflohen. Über die Grenze. Man will ihm eine Falle stellen.«

Gedankenverloren stand sie vor ihm und starrte ins Leere.

»Ich bin also der Lockvogel?«, fragte sie sich, bevor sie Marcus in die Augen sah und eine Antwort nachschob: »Das ist eine gute Nachricht. Wenn er über die Grenze geflohen ist, sind wir zu Hause in Germanien willkommen. Unser Volk weiß Bescheid. Er wird von meiner Flucht erfahren und gewarnt sein. Wir müssen zu ihm. Bring mich hin, Marcus!«

Er zitterte am ganzen Leib. Er würde zum Verräter werden. Er wäre geächtet und vogelfrei. Es gäbe kein Zurück. Aber hatte er nicht alles Menschenmögliche unternommen, um sie endlich wiederzusehen? Gab es eine Alternative? Sollte er sie feige ziehen lassen? Er wusste um die Antwort und lächelte sie an. Seine Entscheidung war getroffen. Er nickte ihr zu. Sie küsste ihn im Gegenzug leidenschaftlich und triumphierte innerlich.

Opia Novum, Februar 232 n. Chr.

Titus hatte Marcus wie verabredet um Mitternacht abgelöst, der aufgeräumt auf seinem Schemel saß und ihn anlächelte.

Als Marcus wissend nickte, war seinem alten Onkel klar, dass er mit Lumina gesprochen hatte. Nachdem er seinen Platz eingenommen hatte, hing sein Kopf voller schwerer Gedanken. Er spürte, dass bald etwas passieren würde, und fasste seinerseits einen Plan.

Am nächsten Morgen beschlossen sie gemeinsam, erneut über Losodica zu reisen. Sie kannten die Strecke, würden früh am Tag ankommen und hätten dann Zeit, sich vorzubereiten. Die Ruinen waren zwar wie ein rechtsfreier Raum, boten aber eine Menge Versteckmöglichkeiten.

Es war ein sonniger Tag, die Kapuzen waren gleich in mehrerlei Hinsicht unnötig geworden.

Dass die Gruppe nervös war, zeigte sich, als sie einem kleinen Tross Reisender begegneten, der ihnen entgegenkam.

Sie hielten an, als sie sie über eine Kuppe ziehen sahen. Sie zählten fünf Pferde und ein Fuhrwerk, auf dem zwei Personen zu sehen waren.

»Die Frauen nach hinten. Stellt euch neben mich. Haltet die Waffen griffbereit«, befahl Macro, und keiner wagte zu widersprechen.

Unter ihren Umhängen hatten alle die Waffen entblößt, und so erwarteten sie den Trupp mitten auf dem Weg, den sie versperrten.

Die Reisenden, die ihnen entgegenkamen, änderten in keiner Weise ihr Tempo, doch das konnte eine Finte sein. Marcus sah sich um, ob auch aus anderer Richtung Gefahr drohte. Nichts. Als die Fremden nur noch fünfzig Schritte entfernt waren, konnte Marcus auch in ihren Gesichtern Misstrauen lesen; sie warfen ängstliche Blicke um sich, und es schien ihm, dass die Hände unter den Mänteln ebenfalls die Waffen umschlossen. Kein Wunder, wenn vier Mann in Abwehrhaltung den Weg versperren, war sein nächster Gedanke.

Macro war es denn auch, der den Irrtum als Erster erkannte und die Situation auflöste. Er hob beschwichtigend den Arm, aus allen Beteiligten entwich eine Menge angehaltener Luft.

»Ave, entschuldigt unseren Aufzug. Unsichere Zeiten. Habt ihr auf dem Weg irgendetwas Ungewöhnliches bemerkt?«

Der Anführer der fremden Reisegruppe hob verständnisvoll die Arme und ritt direkt an Macros Seite.

»Nein, aber wenn ihr könnt, dann lasst Losodica schnell hinter euch. Es ist dort unwirtlicher denn je.«

Macro nickte nur höflich, da die Information für ihn keinen Wert besaß, und gab dann das Zeichen, die Reise fortzusetzen.

Als sie Septimiacum erreichten und die an Türen und Fenstern mit Gittern und Brettern verrammelte Herberge passierten, wollte Marcus von Macro wissen, warum in der ganzen Gegend die Menschen auf dem Rückzug und viele Orte verlassen, geschlossen oder gar verfallen waren.

»Weißt du, Marcus, im ganzen Dekumatland ist die Bevölkerung rückläufig. Das hat viele Ursachen. Die Armee wurde ausgedünnt, geplünderte Höfe wurden nicht wieder aufgebaut, Versorgungsstationen wurden geschlossen, weil sie unrentabel waren. Es gibt weniger Nachfrage an Waren und deshalb weniger Handel. Und so kommt eines zum anderen. Veteranen lassen sich nicht mehr zwangsläufig hier nieder, das heißt, es gibt auch zu wenig Nachwuchs. Diese Herberge wird jedoch noch immer von den Nachfahren des cleveren Septimianus geführt, der einst die goldene Geschäftsidee hatte, an diesem Verkehrsknotenpunkt eine Unterkunft zu errichten. Septimianus war ein Veteran, der als Decurio im Laufe seiner Karriere die nötigen Kontakte gesammelt hatte. Es bestand die Hoffnung, dass sich ein Lagerdorf entwickeln würde, aber mehr als ein paar Veteranen kamen nicht, um sich in der Gegend anzusiedeln. Das lag sicher an der vor einiger Zeit ausgebauten Ost-West-Passage von Castra Regina über Scuttarensis nach Aquileia. Das ging auf Kosten von Septimiacum und Losodica. Es kommt zu wenig Verkehr hier durch. Von Frühjahr bis Herbst kann man aber noch hier übernachten und auch die Pferde wechseln. Jetzt im Winter führt Gaius Cornelius Septimianus die Mansio in Opia. Wir waren gestern dort.«

Marcus hob die Augenbrauen.

»So gesehen, ist die Welt wieder klein und überschaubar.«

Kurz bevor sie erneut die Schutthügel Losodicas erreichten, schloss Marcus zu Cato auf, was Titus nicht entging, denn Marcus hatte mit diesem bisher kaum mehr als drei Worte gewechselt. Dass er sich nervös zu ihm umdrehte, bevor er Cato ansprach, ließ ihn erst recht aufmerken.

»Sag mal, Cato, welche Durchgänge an der Grenze

kennst du, an denen Germanen einen Versuch wagen könnten, sich einzuschleichen?«

Cato überlegte.

»An der nördlichsten Spitze der Grenze gibt es eine Furt durch die Alcmona, doch da ist viel Sumpf. Da kommt man nur langsam voran, und der Durchgang ist schmal. Also eher nicht. Der kleine Durchgang beim Amphitheater weiter westlich wäre eine Möglichkeit, da ist es zwar ebenfalls sehr sumpfig, aber es gibt dort einen regen Grenzverkehr, und man nimmt es nicht so genau, wer herüberkommt. Ich war schon einige Male mit Macro dort, weil es ein großes Lagerdorf gibt, viel Handel und eben auch Spektakel wie Gladiatorenkämpfe. Aber die finden nur im Sommer und an Feiertagen statt.«

Marcus hakte nach.

»Ist das weit von hier? Ich meine, bräuchten die Germanen lange, um uns zu erreichen?«

Cato winkte ab.

»Von Mediana sind es nur ein paar Meilen. Aber mach dir mal keine Sorgen. Sobald wir Mediana erreicht haben, sind wir sicher.«

Titus hatte sich in der Zwischenzeit von hinten genähert und schaltete sich ein.

»Redet ihr von Paludamentum? Ich habe dort einige Handelskontakte aus früheren Zeiten. War lange nicht mehr dort.«

Marcus schwieg und rollte mit den Augen, da Cato bereitwillig weitererzählte.

»Ja, Marcus macht sich Sorgen, dass Germanen den Grenzdurchgang für einen Angriff nutzen könnten. Aber das glaube ich kaum.«

Titus sah zu Marcus, der seinen Blick nicht erwiderte. Dann atmete der alte Geschäftsmann tief durch und horchte in sich hinein. Hier stimmte etwas nicht. Er hatte ein unbestechliches Gespür für Finten und Täuschungen, für kleinere und größere Lügen. Irgendwas war hier im Gange, das von alldem etwas zu bieten hatte, und er musste aufpassen, dass ihm nicht sämtliche Kontrolle entglitt. Wie weit bereits um ihn herum geplant wurde, vermochte er nicht zu sagen, aber sein Neffe hatte die Rechnung ohne den Wirt gemacht. Er würde von jetzt an jede noch so kleine Handlung beobachten.

»Soso. Also lasst uns hoffen, dass wir heil durchkommen.«

Titus rieb sich den Bart und beschloss, sich mit Lumina zu unterhalten. Er ließ sich zurückfallen.

»Lumina, sag mir, wärst du bereit, mit uns nach Augusta Vindelicum zu kommen?«

Das Mädchen sah ihn zweifelnd an.

»Du kannst mich Alwina nennen, so heiße ich richtig.«

»Einverstanden. Alwina. Ein schöner Name. Was meinst du? Ich kenne einige wichtige Leute, mit denen ich das arrangieren könnte, und würde mich freuen, wenn du mit meinem Neffen glücklich wirst.«

»Als ich mich mit Marcus in Augusta Vindelicum getroffen habe, warst du doch gegen die Verbindung, oder nicht?«

Titus fühlte sich ertappt. Sie hatte recht.

»Ich will das gar nicht abstreiten. Aber siehst du nicht, wie sehr Marcus alle Hebel in seinem Leben in Bewegung gesetzt hat, um dich zu finden? Er liebt dich. Die Frau, die mein Neffe liebt, ist in meinem Haus jederzeit willkommen.«

Er sah nach vorne zu Marcus, der immer wieder über die Schulter spähte, sich aber nicht traute hinzuzukommen. Bestimmt verfluchte er seinen alten Onkel gerade.

Alwina zögerte.

»Ich kann mir nicht vorstellen, dass deine Macht so weit reicht. Ich unterstehe dem Statthalter.«

»Du unterstehst dem stellvertretenden Statthalter, und ich kenne ihn gut. Ich werde alles erdenklich Mögliche versuchen. Einverstanden?«

»Also gut, einverstanden.«

Alwina wollte sich bereits abwenden, da flüsterte ihr Titus noch etwas zu.

»Alwina, ich wünsche dir und Marcus alles erdenklich Gute, aber wisse: Ich habe geschworen, ihn bis zum Tod zu beschützen. Passiert ihm etwas und bist du schuld daran, werde ich dich bis ans Ende der Welt jagen und ihn rächen.«

Sie erschrak beim Ton der milde ausgesprochenen Worte und ihrer tödlichen Bedeutung, die nicht zusammenzupassen schienen. Aber sie nickte Titus zu, der auf ein Zeichen wartete und dann – weiterhin milde lächelnd – nach vorne trabte, um sich neben seinen Neffen zu gesellen.

»Was habt ihr besprochen?«, wollte Marcus umgehend wissen.

»Ach«, seufzte Titus, »Zukunftspläne. Ich überlege, wie es weitergehen könnte. Letztlich kann es doch nur eine Lösung geben: Sie kommt mit uns zurück nach Augusta Vindelicum.«

Marcus sah ihn ungläubig, fast entgeistert an; gleichzeitig leuchtete es in seinen Augen, aber nur für einen kurzen Augenblick.

»Das schaffst du doch nie. Sie ist die Schwester Adalmars. Rom braucht sie.«

Titus rümpfte die Nase und versuchte, sich nichts anmerken zu lassen. Was zum Henker war los, dass er, der sonst Informationen verteilte, das Gefühl hatte, ein Unwissender zu sein? Wieso war er nicht eingeweiht worden? Wer wusste alles noch davon? Er ärgerte sich maßlos.

»Die Schwester Adalmars?!« Er knurrte das Wort »Schwester«. »Dann gehört sie allerdings zu seinem Stamm. Dieser verfluchte Aulus Fidelius. Ich frage mich gerade ...«

Titus patschte sich an die Stirn.

»Was ist?« Marcus sah den entgleisten Gesichtsausdruck seines Onkels, der ihm einen kalten Schauer den Rücken hinunterjagte.

Titus sah sich hektisch um und bemühte sich dann, so leise wie möglich zu reden. Dabei hatte er alle Mühe, seine aufsteigende Panik zu unterdrücken.

»Da stimmt was nicht. Wieso haben wir Befehl, Lumina, ich meine Alwina, wieder zurückzubringen? Der Soldat hatte das Ziel, sie als Köder zu verwenden, fast schon umgesetzt. Es war genau der Plan, von dem wir wussten, dass er existiert. Einen anderen gibt es nicht.«

Marcus verstand nicht.

»Ja, und?«

Titus wurde ungeduldig.

»Siehst du denn den perfiden Plan nicht? Aulus Fidelius hat jetzt alle ...«

Macro unterbrach ihn mit lauter, tönender Stimme.

»So, wir sind da, wir werden am besten wieder in der alten Töpferstube nächtigen. Cato, hol Wasser. Titus, Marcus, kümmert euch um die beiden Frauen. Wir versuchen, einen zweiten Raum klarzumachen.«

»Wir reden später«, raunte Titus seinem Neffen zu, bevor er sich mit einem schwungvollen Satz vom Pferd schwang.

Nachdem Titus sich die Örtlichkeiten noch einmal angesehen hatte, schlug er vor, dass man es so aussehen lassen sollte, als ob alle im gleichen Raum schliefen, dass man sich aber auf drei Räume aufteilen würde, damit in der Nacht im Fall der Fälle nicht alle gleichzeitig überrumpelt werden könnten. Die Pferde würde man so notdürftig anbinden, dass sie nicht wegliefen, aber man jederzeit fluchtbereit war. Macro war einverstanden.

Als es dämmerte, nahm sich Titus Marcus erneut beiseite.

»Also, was wolltest du mir vorher sagen, was ist mit Aulus Fidelius?«, fing Marcus an zu fragen, bevor Titus zu Wort kam.

»Warte! Ich möchte dir etwas Wichtiges mitteilen. Hör mir genau zu. Egal, was heute oder morgen passiert, bitte nimm diesen Ring und verwahre ihn gut. Er wird dich schützen wie ein Talisman.« Titus sah sich erneut um, öffnete Marcus' Hand, legte das goldene Artefakt hinein und schloss die Finger fest darum zusammen. Dann flüsterte er Marcus etwas ins Ohr, das dieser kaum glauben konnte.

Cato bog um die Ecke.

»Wie wollen wir die Wachen einteilen?«

Titus meldete sich sofort.

»Ich übernehme die erste Wache.«

»Dann übernehme ich ab Mitternacht«, schlug Marcus vor.

»In Ordnung. Macro und ich teilen uns den Rest der Nacht auf.«

Als Cato nicht mehr in Sichtweite war, fiel Marcus Titus um den Hals und drückte ihn fest wie seit Kindertagen nicht.

»Wofür ist das?«, fragte sein Onkel gerührt.

»Danke für alles, Titus, du bist der beste Onkel, den man sich wünschen kann. Ich hoffe, wir überleben das alles.«

Titus war beschämt.

»Aber ja, mach dir keine Sorgen.«

Er blickte Marcus nachdenklich hinterher, der sich zu seinem Lager begab. Das Gefühl von vorhin, der Geruch von Finte und Täuschung hing vor ihm in der Luft, doch schließlich wehte er vorüber, und Titus übernahm seine Aufgabe. Er postierte sich hinter den Pferden, von wo aus er den Eingang zur Baracke, in der sie sich zum Schlafen aufgeteilt hatten, einsehen konnte, und grübelte weiter.

Morgen musste er Marcus unbedingt seinen furchtbaren Verdacht mitteilen. Sollte er recht behalten, so schwebten sie alle in Lebensgefahr. Aber es war unmöglich, diese Ahnung mit den anderen zu teilen. Er konnte niemandem trauen. Es wäre ein ungeheuerlicher Vorwurf, und er wusste nur zu gut, dass Soldaten im Notfall zusammenhielten. Manche Dinge regelte man besser alleine.

Titus pulte gedankenverloren am Ohr. Er würde Macro vielleicht tatsächlich das Angebot machen, bei seinen Handelsgeschäften einzusteigen. Der kannte Westraetien besser als er und konnte einige Türen öffnen, an die er bisher nicht angeklopft hatte. Seine Konkurrenten schliefen nicht.

Bei diesem Gedanken fiel ihm sein letzter Schlauch Wein ein. Er ging ihn holen und schenkte sich einen der Bronzebecher voll, die er immer noch mitschleppte.

Es blieb gespenstisch ruhig. Nicht einmal ein Köter jaulte. Er sah in den funkelnden, prächtigen Sternenhimmel, der sich heute Nacht am Firmament bot, und sinnierte über sein Leben.

Bei der Vorstellung, dass Krieg drohte, führten ihn seine

Erinnerungen zurück zum Caracalla-Feldzug. Die Gräueltaten während und nach einer Schlacht waren auf der ganzen Welt von grotesker Gleichheit, und er schämte sich bis heute für die Ereignisse, die beinahe zwanzig Jahre zurücklagen. Die Sterne am Firmament verschwommen. Bei der Vorstellung der Bilder, die in seinem Kopf Gestalt annahmen, schloss er die Augen. Nach der Schlacht in Germanien hatte Kaiser Caracalla eine Plünderungserlaubnis ausgesprochen.

Titus schüttelte sich vor Ekel, als die Eindrücke von damals durch seine Sinne waberten. Er erinnerte sich, als wäre es gestern gewesen. Als der wütende Mob über die Habseligkeiten der Massakrierten herfiel, floh er in die Wälder. Über eine Meile entfernt traf er am Rande einer Lichtung auf einen alten Mann, der sein Schicksal bestimmen sollte. Ein grauhaariger Germane, der sich mit einem Lederbündel zum Sterben in die Büsche verkrochen hatte. Der Alte lag zusammengekauert und blutüberströmt am Boden. Aus seiner Brust sickerte ständig ein blutiges Rinnsal hervor. Es war eine Frage der Zeit, bis der Mann ohne Einwirkung Erlösung finden würde. Titus senkte die Klinge und beruhigte ihn. Er redete mit ihm in der Sprache, die ihn sein Großvater gelehrt hatte, als er noch ein Kind gewesen war. Die Miene des Mannes entspannte sich. Selbst erschöpft, nahm Titus neben ihm Platz und bot ihm schweigend seine Trinkflasche an.

Der Germane nahm das Angebot dankbar an und sprach ihn nach einigen hastigen Schlucken heiser keuchend an: »Du sprichst nicht wie ein Römer, aber du trägst deren Rüstung.«

Beschämt gab Titus zur Antwort: »Mein Vater war vom Stamme der Rätovarier und hat Rom gedient. Jetzt diene ich Rom, aber das ist nicht mehr mein Krieg.« Er trank selbst einen großen Schluck und reichte die Flasche zurück.

Unvermittelt lächelte ihn der alte Germane an.

»Es ist eigenartig. Ich spüre eine Vertrautheit zwischen uns, rein und wahrhaftig. Kannst du etwas für mich tun?«, fragte ihn der Sterbende. »Ich möchte nicht, dass die Wildschweine an meinen Knochen nagen. Übergib meinen Leib den Flammen, wie die Tradition es den Hütern vorschreibt.«

Titus lächelte zurück und antwortete: »Ich werde dir diesen Wunsch erfüllen. Ich werde deinen Leib mit Zweigen bedecken und dich zum Sonnenaufgang ausrichten, damit du deinen vorbestimmten Weg gehen kannst. Du kannst dich darauf verlassen.«

»Im Herzen bist du noch Germane, einer von uns«, flüsterte der Alte, und ein letztes Leuchten durchzog die trüben Augen.

Er schob ein ledernes Bündel zu ihm, als er von einem Husten geschüttelt wurde und Blut zu spucken begann.

»Hier, nimm und verwahre es gut. Es sind die Insignien unseres Fürsten. Ich habe versagt.«

Er nahm Titus' Hand und legte einen goldenen Ring hinein, bevor er sie wieder fest verschloss. »Möge dir der Ring unseres Fürsten Glück bringen, bis dein Haar so grau ist wie das meine.« Dann hauchte der Alte eine letzte Botschaft in sein Ohr, die er nicht deuten konnte, und das Leuchten in den Augen des Germanen erlosch. Sein Kopf sank zur Seite, das schwere Atmen erstarb.

Heute hatte Titus die gleichen Worte in Marcus' Ohr gesprochen und hoffte inständig, dass sein Neffe die Ungeheuerlichkeit der Bedeutung niemals auf ihren Wahrheitsgehalt zu überprüfen hatte.

Er öffnete die Augen und wartete, bis die Sterne wieder

klar leuchteten. Dann genehmigte er sich einen großzügigen Schluck Wein. Er hatte damals sein Wort gehalten und dem alten Germanen würdig die letzte Ehre erwiesen. Den Leichnam mit Zweigen bedeckt und danach mit seinem Zündstein ein Feuer entfacht. Der Schatz des Stammes hatte in seinen Händen gelegen, bis er alles Aulus Fidelius hatte überlassen müssen. Er hatte nur den Ring behalten, den nun Marcus in seiner Tasche trug. Wie er mittlerweile wusste, war es das identische Gegenstück zu dem riesigen Amulett, das der junge Sohn des Fürsten getragen hatte.

Titus goss sich einen weiteren Becher voll. Je älter er wurde, desto mehr konnte er sein Schicksal als von den Göttern gepriesen bezeichnen. Alles in allem hatte er ein zufriedenes, erfülltes Leben geführt. Er hatte Geld, Einfluss, und er war stolz auf seinen Neffen Marcus. Dennoch eilte sein Blick seit dem Auftauchen Alwinas häufiger zurück in die Vergangenheit, denn etwas hatte in seinem Leben gefehlt: eine erfüllte Liebe. Er war Junggeselle geblieben, und doch hätte alles ganz anders kommen können.

Mit siebzehn Jahren – er war noch nicht lange in der Armee – hatte er sich unsterblich verliebt. Ganz wie bei Marcus war das Mädchen der zentrale Punkt in seinem Leben geworden. Fortuna war ihr Rufname, wie Alwina hatte sie germanische Wurzeln, aber sie brachte ihm kein Glück. Der Rest war Geschichte. Nur kurze Zeit später zog seine Einheit in den Krieg gegen die Parther. Ein weiterer Feldzug schloss sich an. Er blieb standhaft in Syria und verzehrte sich vor Sehnsucht. Zählte die Monate, Wochen, Tage bis zur Heimkehr. Als er endlich zurückkam, waren drei Jahre vergangen. Sein Mädchen war fort. Niemand wusste, wohin. Er suchte sie überall, vergoss bittere Tränen. Dann gab er auf. Die bohrenden, an der Seele nagenden, letztlich zerstörten Hoffnungen auf eine Ehe aus Liebe, auf eine eigene Familie und auf Kinder wollte er nie mehr ertragen müssen. Er suchte sein Glück niemals wieder in der Liebe, sondern bevorzugte käufliche Lust, ohne Gefühle und Verantwortung. Seine Befriedigungen hießen Geld, Wein und Macht. Er hatte loyale Freunde, und sein Bruder beschenkte ihn mit einer warmherzigen Ersatzfamilie. Einsam blieb er trotz oder eher wegen seines zugelegten Schutzpanzers um sein Herz. Die Wahrheit war, dass er bis zum heutigen Tag immer wieder an Fortuna dachte. Seit Marcus in Alwina verliebt war, sogar täglich. Wie schön, wie betörend sie gewesen war. Wie sanft ihre Stimme, wie angenehm ihr Duft ...

Wann er eingedöst war, vermochte er nicht zu sagen. Plötzlich verschluckte er sich bei einem heftigen Schnarchversuch und schreckte hoch, der Becher polterte zu Boden. Er spürte es mehr, als dass er es sah, und drehte sich ruckartig um. Jemand stand hinter ihm.

»Alwina, hast du mich erschreckt!«

Dass sie in der erhobenen Hand einen schweren Krug aus den alten Beständen des Geschirrhändlers hielt, erkannte er nicht.

Alwina sah den erstaunten Blick und zwang sich, ihr Vorhaben auszuführen. Sie musste es jetzt tun, allein, denn Marcus würde ihre Tat niemals gutheißen. Doch nichts und niemand durften ihren Plan gefährden. Der Zweck heiligt manchmal die Mittel, beruhigte sie ihr schlechtes Gewissen. Der Schlag hörte sich dumpf an, denn das Gefäß zerbrach nicht. Titus sank bewusstlos zu Boden.

Marcus hatte von alldem nichts mitbekommen. Er zischte in die Dunkelheit: »Alwina, wo bist du denn?«

Er sah sich in dem nachtschwarzen Raum um, aber sie war nicht da. Mildburga hockte in der Ecke und heulte lautlos. Man erkannte es am gepressten Schniefen und weil sie ihr Gesicht verdeckte. Ihre Herrin hatte sie eingeweiht in ihren Plan, was heute Nacht passieren würde, und in der Tat war ihre eigene Zukunft mehr als bedroht. Sklaven, für die man keine Verwendung hatte, sahen einem ungewissen Schicksal entgegen. Dass Mildburga sich um ihre Herrin sorgte, weil sie tatenlos zusehen musste, wie sie mit einem unreifen Jüngling in dunkler Nacht fortritt, blieb Marcus verborgen.

Alwina schlich heran und bedeutete ihm, sich zu beeilen.

»Mach schnell, Marcus, dein Pferd ist schon losgebunden.«

»Tatsächlich? Was macht Onkel Titus?«, fragte er.

Sie weitete die Augen.

»Er schläft.«

Marcus konnte es nicht glauben.

»Wie meinst du das, er schläft?«

»Los, komm jetzt. Wir dürfen keine Zeit verlieren.«

Marcus blickte in Titus' Richtung und musste eine aufkommende Übelkeit bekämpfen. Der Moment war gekommen. Schon wieder ein Abschied. Ihm wurde jählings klar, auf was er sich da eingelassen hatte. Es ging ihm alles viel zu schnell. Auf einmal fühlte es sich an, als ließe er Kettenhemd, Harnisch und Helm, ach was, sein Rückgrat hier und würde in einer leeren, hauchdünnen Hülle fortziehen. Verletzlich und schutzlos fremden Mächten ausgeliefert. Dabei musste er jetzt nicht nur sich selbst, sondern auch Alwina beschützen. Er wollte etwas sagen, am liebsten laut rufen und auf sich aufmerksam machen, aber schweren Herzens besann er sich eines Besseren. Alwina hatte recht. Jetzt musste es schnell gehen. Sie durften keine Zeit verlieren. Er atmete tief aus und nahm sie an der Hand.

Sie führten das Pferd langsam Richtung Ausgang. Lieber hätte Marcus zwei Pferde dabeigehabt, aber Alwina konnte nicht reiten. Man hatte ihr nicht beigebracht, wie man flieht.

Bei jedem Schritt klapperten die Hufe für sein Empfinden entsetzlich laut, aber es war nicht zu ändern. Er ertappte sich dabei, wie er fast hoffte, ihre Flucht würde doch bemerkt und verhindert werden. Er hatte eine Entscheidung getroffen, deren Dimension für ihn nicht abzusehen war. Sicher war nur, dass sich alles verändern würde. Sein Vater und sein Onkel hätten gesagt, er werfe sein Leben weg und alle Chancen, die er habe. Aber er konnte nicht anders. Alwina war sein Schicksal.

Niemand hielt sie auf.

Sie schliefen noch, und sie hatten keine Chance. Die Frau nicht. Die Männer auch nicht.

So wie sie dalagen, durchdrangen sie die meuchelnden Stichwaffen. Stoß um Stoß um Stoß. Mehr als ein Würgen und Stöhnen war nicht zu hören. Die Blutlachen breiteten sich aus wie Decken, die die Toten einhüllten.

Während sich die Handlanger die dämpfenden Tücher von den Schuhen banden, inspizierte der maskierte Anführer seine Opfer.

»Ja, alles ist wie befohlen, Auftrag ausgeführt, Ihr könnt Eurem Herrn ausrichten, dass die Zielpersonen auf dem Weg hinab in die Unterwelt sind. Trennt die Köpfe ab, wir verpacken sie als Geschenk für den Statthalter von Augusta Vindelicum. Einen alten Mann mit Bart, einen schlaksigen jungen Kerl und eine Frau.«

Der Optio hielt sich sein Halstuch vor den Mund und wandte den Blick angeekelt rasch wieder ab.

»Und der Centurio? Es fehlt der Centurio!«

»Ach so, der Centurio, stimmt ja.« Der Auftragsmörder stellte sich vor den Optio und grinste ihn blöde an. »Ein Optio wird es auch tun.«

Der Stoß mit dem Messer kam so schnell, dass der Optio nur noch in sein Halstuch gurgeln konnte. Blut spuckend, sank er zusammen. Er röchelte nur kurz.

Der Mörder beugte sich hinunter, wischte sein Messer am Mantel des Toten ab, drehte sich zu seinen Komplizen um und befahl barsch: »Lasst den Helm dran, Männer, entfernt nur den Busch, er soll wenigstens ein bisschen aussehen wie ein Centurio.«

Titus hielt sich die blutverkrustete Stirn und fluchte vor sich hin. Dieses verdammte Weibsbild hatte ihm nicht nur die stärksten Kopfschmerzen seit Caracallas Zeiten verpasst, sondern ihn auch noch auf simple Weise für dumm verkauft. Kaum war er wieder bei Bewusstsein, hatte er sich sein Pferd geschnappt und war losgeritten. Es brodelte in ihm. Er musste es in Paludamentum versuchen. Marcus' Fragerei hatte bestimmt darauf abgezielt, einen Grenzdurchgang zu finden, den sie nutzen konnten. Er kam nur im Schneckentempo voran. Ein Ritt im Winter bei Nacht war wie ein freier Eintritt in die Unterwelt. Lautlose Flüche begleiteten ihn auf der Verfolgung. Wäre er doch nur seiner Ahnung gefolgt und hätte Alwina mehr misstraut! Er musste Marcus finden. Sonst konnte er seinem Bruder nicht mehr unter die Augen treten – und sich selbst auch nicht.

Früh am Morgen wartete Durinkim mit einem Dutzend Männer in einer Flussniederung nahe der Ruinenstadt, aber nichts rührte sich. »Die müssten längst losgeritten sein. Wie lange sollen wir noch warten?«, fragte einer seiner Getreuen.

»Gar nicht, wir reiten hinein.«

Eine Gruppe von Bewohnern stand an der Stelle, wo einst ein Geschirrhändler seinem Geschäft nachgegangen war. Als sie die germanischen Reiter wahrnahmen, flohen sie rasch in ihre ärmlichen Behausungen.

Der Anblick war enttäuschend. Vier Körper ohne Kopf. Eine Frau, ein alter Mann, ein junger Kerl und ein uniformierter Soldat. Schwarzes, getrocknetes Blut um sie herum. Durinkim seufzte. Nicht, dass ihn der Anblick schockiert hätte. So manche seiner eigenen Geiseln hatten ein ähnliches Schicksal erleiden müssen. Es war ihm egal.

Was ihn aufwühlte: Er hatte versagt. Er dachte an sein Volk. Natürlich war es nicht seine Schuld. Aber irgendein Dreckschwein von Kopfgeldjäger hatte das Mädchen, die einzig wichtige Person bei den Leichen, auf dem Gewissen und damit auch sein Volk. Sollte er je die Gelegenheit zur Rache bekommen, er würde ihm bei lebendigem Leib die Haut abziehen.

Er spuckte aus.

»Wir ziehen ab, es gibt hier nichts mehr für uns zu tun.«

Augusta Vindelicum, Februar 232 n. Chr.

Aulus Fidelius war in Feierlaune. Soeben war die erfreuliche Nachricht eingetroffen. Er hatte all seine Probleme auf einmal gelöst. Er war eben tüchtig, effizient und clever, mit einem Wort: großartig. Die Welt und ihre Lenker hatten ihn immer unterschätzt, aber er wusste es besser. Er war zu Höherem berufen, eindeutig. Ein Stratege durch und durch.

Der stellvertretende Statthalter schenkte sich in sein bestes Glas einen ordentlichen Schluck Wein ein und nippte daran.

Ein breites, selbstgefälliges Grinsen erhellte sein Gesicht. Trocken stieß er mit seinem Zeigefinger in ein Kissen, das eine deutliche, klar geformte Beule zeichnete. Zuschlagen zur rechten Zeit.

Alle Mitwisser um seinen desaströsen Fehler waren nun auf dem Weg in die Unterwelt. Wenn er jetzt geschickt weiteragierte, konnte er vielleicht endlich den lästigen Statthalter ausschalten und seinen Platz einnehmen. Er dachte an Gift.

Aulus Fidelius stand auf und reckte seinen Kopf hoch zum Kuppeldach. Größe, Weite, Erhabenheit – das war ganz nach seinem Geschmack. Er spann den Gedanken fort. Danach würde er als Legat in einem Feldzug den Fehler gutmachen. Rom würde ihn wieder willkommen heißen. Das Volk würde ihm zujubeln.

Schon war sein Glas leer. Er schenkte sich gerade nach, als der Sekretär klopfte.

»Ehrenwerter Aulus Fidelius. Eine Nachricht aus Biriciana traf soeben per Bote ein.«

Aulus Fidelius hatte mit allem gerechnet, aber nicht mit einer Nachricht aus Biriciana.

»Legt sie dort hin, legt sie einfach hin und lasst mich alleine.«

Der Mann tat wie ihm geheißen und verließ eilig wieder den Saal.

»Ich werde erst die Truhe öffnen, die vor wenigen Momenten eingetroffen ist«, sprach Aulus Fidelius nur zu sich selbst und ergriff ein Tuch, mit dem er sich scheinbar sinnlos den Mund abtupfte. Allein der Gedanke an den bevorstehenden Anblick ließ ihm all seine Körperflüssigkeiten unkontrollierbar erscheinen.

Gleich würde er in die grässlich entstellten Fratzen von Männern blicken, die er durchaus zu schätzen gewusst hatte. Immerhin hatte er viele Geschäfte mit ihnen abgeschlossen oder schwierige Missionen in Auftrag gegeben. Es waren fähige, gute Männer gewesen. Aber es waren eben Männer, die zu viel wussten.

Titus Aurelius hatte über die Verfehlungen seines halben Lebens Bescheid gewusst. Centurio Julius Flavius Sabinus hatte er noch aus den Tagen in Rom gekannt, und der hatte ihn nach seinem Fehler spüren lassen, wie sehr er ihn verachtet hatte. Am Ende hätte er alles ausgeplaudert. Der Junge war ein Meisterschütze gewesen und ein Verlust für Rom, aber er hatte durch seinen Onkel zu viel gewusst. Und das Mädchen? Alwina? Sie als Köder zu benutzen und eine Falle aufzustellen, wäre eine mögliche Lösung gewesen; doch er schätzte die Erfolgsaussichten, Adalmar wieder einzufangen, als eher gering ein. Letztlich war sie eine aktive Mitwisserin und permanente Bedrohung für ihn gewesen. Sie hatte wegmüssen. Tot würde sie die kalte Rache des Germanen zwar noch viel schneller herbeirufen, doch im Grunde war es ein Vorteil. Dann musste man nicht lange warten. Ein erheblicher Nachteil war es, dass gerade alle Truppen abgezogen wurden. Doch es stand zu viel für ihn auf dem Spiel, und die Gelegenheit, alle Personen auf einmal loszuwerden, hätte sich so bald nicht wieder geboten. Und sein Plan war aufgegangen.

In der Zwischenzeit hatte er die Schnüre gelöst. Er stand nun direkt vor der Truhe, die Hände am Deckel, bereit, ihn aufzureißen und den alten Gefährten einen letzten Blick zu gewähren.

Er kniff die Augen zu, hielt mit gerümpfter Nase den Atem an und öffnete in einem Zug das Behältnis. Mit flatterndem Blick starrte er auf die vier Köpfe und erwartete, dass sich die Fratzen in seinem Hirn zu vertrauten Gesichtern zusammensetzten. Doch nichts dergleichen geschah. Trotz seines Ekels, den der süßliche Gestank verwesender Leichen hervorrief, riss er die Augen auf. Sein Blick wanderte langsam vom linken Kopf, der zu einer Frau gehörte, über die zwei mittleren, die schmale Männer auf ihrem Rumpf getragen hatten, bis zum rechten Haupt, das eines alten, feisten grauhaarigen Mannes. Es war nicht Titus Aurelius Felix. Auch der Centurio war nicht dabei. Stattdessen lag dort vermutlich ein ihm unbekannter Optio. Man konnte es an der Form des Helmes erkennen, dem der Busch fehlte. Er überlegte, wie der Offizier aussah, den er zur Kontrolle mitgeschickt hatte. Er schüttelte frustriert den Kopf. Er hatte nicht mehr den blassesten Schimmer. Er blickte wieder nach links. Und die Frau? Nie gesehen. Er erkannte überhaupt niemanden.

»Was zum Geier …!«

Mit langen Armen und spitzen Fingern hob er mit seinem Tuch den grauhaarigen Schopf ein wenig höher und stutzte. Aber nein, wieso …? Einen erkannte er. Das war doch Macro, der den einen oder anderen Botengang für ihn übernommen hatte. Ein fähiger Mann. Er verstand überhaupt nichts mehr.

Man hatte ihn hereingelegt. Wut stieg in ihm auf. Ärger kochte hoch. Und er konnte einen Anflug von Panik nicht verhehlen. Keines seiner Ziele hatte er erreicht. Nichts war geklärt. Was, wenn die, die er meucheln wollte, von seinem Vorhaben Wind bekommen hatten?

Er stürzte aus den Gemächern. Statt der endgültigen Lösung hatte er sich einen Sack voll neuer Schwierigkeiten in sein Haus geholt.

»Wo ist dieser Lump? Dieser Verräter?«

Er brüllte so laut, dass nicht nur sein Sekretär, sondern auch etliche Sklaven und Beamte auf die Gänge stürzten. Es war ihm in diesem Moment völlig egal.

»Herr, was ist geschehen?«, fragte der Sekretär bestürzt, als ob der Fehler bei ihm liegen könnte.

»Wo ist der Mann, der die Truhe abgegeben hat?«

»Ich weiß es nicht, Herr. Er war erst bereit, sie zu übergeben, nachdem die Bezahlung ordnungsgemäß ausgehändigt wurde. Danach ist er sofort verschwunden. Ich habe gehandelt wie befohlen.«

Aulus Fidelius starrte ihn an, erinnerte sich an sein ungeduldiges Verhalten und wie er seinen Untergebenen angewiesen hatte, mit völlig freier Hand den Wünschen des gedungenen Mörders zu entsprechen. Für den Fall, dass er nicht da sei, wenn dieser auftauche. Dass er nur einen Steinwurf entfernt irgendwelche Akten wälzte, während sein Sekretär ein Vermögen für eine wertlose Truhe bezahlte, war die pure Ironie. Er glotzte in neugierige Gesichter, die gespannt um ihn herumstanden.

»Was gibt es hier zu gaffen? An die Arbeit, los, los!«

Er tupfte sich mit dem Tuch den Schweiß ab, der inzwischen seine Stirn bedeckte. Plötzlich schüttelte er sich, wischte sich fahrig mit dem Handrücken über Kopf und Haare und warf den Fetzen weg, weil er sich erinnerte, eben damit den mit Blut verkrusteten Schopf angefasst zu haben. Ein lautloser Fluch entfuhr ihm.

Heute wollte einfach gar nichts gelingen, haderte er mit sich, eilte zurück in seine Gemächer und beruhigte sich mit dem restlichen Inhalt des Weinkrugs. Was konnte er tun? Sein Blick fiel auf die Botschaft aus Biriciana. Eilig entrollte er sie und überflog hastig die Zeilen.

Er atmete tief aus, ein Teil der Spannung aus seinem Körper floss in das Sofa, in das er sich fallen ließ.

Wenigstens eines der Rätsel war gelöst. Der Centurio erklärte sich nach der Schlacht für unabkömmlich und schickte an seiner statt zwei der fähigsten Männer, wie er sich ausdrückte, um der Mission zum Erfolg zu verhelfen. Einer davon war Macro, der andere hieß Cato.

Aulus Fidelius schüttelte nervös den Kopf und beschloss, die Sicherheitsvorkehrungen für den Eintritt in seinen Palast drastisch zu erhöhen. Insbesondere drei bestimmte Personen durften hier nie mehr unangemeldet einen Fuß in die Tür setzen.

Paludamentum, Februar 232 n. Chr.

Marcus hoffte inständig, dass sie noch auf dem richtigen Weg waren, denn in der Nacht hatte er sich nur anhand eines einzigen Meilensteins orientieren können, der ihnen den Weg nach Mediana wies. Die sternenklare Nacht war bitterkalt gewesen, aber sie hatten es bislang nicht gewagt, eine Pause einzulegen. Alles an ihm war steif, die Finger, die Füße, ja sogar die Wangen. Er brachte kaum ein Wort heraus, seine Gesichtsmuskeln schienen ihm nicht mehr gehorchen zu wollen. Es war ohnehin ein schweigsamer Ritt gewesen. Er musste sich höllisch konzentrieren, um nicht vom Weg abzukommen. Alwina krallte sich an ihm fest und gab keinen Ton von sich.

Jetzt dämmerte es, und er erkannte einen weiteren Meilenstein am Wegesrand, der sich einsam und schwarz immer deutlicher vom trüben grauen Horizont abzeichnete. Als sie die Säule erreicht hatten, teilte ihnen die Wegmarkierung mit, dass Mediana nur noch eine Meile entfernt war, flankiert von der Nennung des Errichters Caracalla. Rechts von ihnen lagen in nur geringer Entfernung mehrere Gebäude, wahrscheinlich ein Gutshof, der aber dunkel und still im Morgengrauen harrte. Dahinter bemerkte Marcus – während das Zwielicht der Landschaft mehr und mehr Formen und Konturen verlieh – einen steilen Hügel inmitten eines Höhenzugs, auf dem ein Signalturm thronte. Zumindest deutete er es so, denn es brannte ein funzeliges Licht dort oben; das bedeutete, dass man Sichtkontakt zum nicht mehr weit entfernten Kastell hielt.

Marcus drehte sich um. Alwina sah mitgenommen und erschöpft aus.

»Sollen wir eine kurze Pause einlegen und uns aufwärmen? Ich könnte uns Wasser kochen. Es muss noch heller werden, bevor wir den Weg verlassen können, um uns an Mediana vorbeizuschleichen.«

Alwina nickte wortlos und blickte zu der Gebäudeansammlung. Sie rubbelte sich mit verschränkten Armen warm.

»Was ist das hier? Ein Dorf?«, fragte sie gähnend.

»Nein, ein Dorf wäre mir bekannt. Vielleicht ein Gutshof oder eine kleine Mansio. Dort oben ist ein Signalturm, der Kontakt zum Kastell hält. Ich habe mir gerade überlegt, ob wir hier nicht etwas Proviant einkaufen könnten. Ich finde, es ist das Risiko wert. Hier fragt uns bestimmt keiner, wer wir sind. Ich habe nur dummerweise kein Geld dabei.«

Er betastete das Lederbändchen am Hals, an dessen Ende sich der Denar verbarg, und überlegte schweren Herzens, ob er sich von ihm trennen sollte.

»Ich habe etwas Geld«, antwortete Alwina zu seiner Überraschung.

»Ehrlich? Großartig! Los, komm, wir versuchen unser Glück.«

Als sich die klemmende Tür mit einem Knall öffnete, erschrak der Wirt wie jedes Mal und ärgerte sich im gleichen Moment darüber. Es half nichts, er musste sich endlich selbst darum kümmern. Die lautstarken Beschwerden über das lästige Gepolter, die er wie üblich an seine Frau richtete, führten nur dazu, dass sie ihn einen Faulpelz schalt, und das ging ihm noch mehr auf die Nerven.

Er half dem Mann auf, der mit der Tür ins Haus gefallen war und sich mühsam aufrappelte.

»Immer langsam, wir haben genügend Speisen auf dem Feuer. Was kann ich für Euch tun?«

»Ladet mir Euren größten Teller voll und serviert mir eine Kanne Eures besten Weines.«

Titus nahm an einem von nur zwei Tischen Platz und sah sich um. Er kannte diese Mansio gar nicht, sie schien eine seltsame Mischung aus Herberge und Wohnstube zu sein. Er freute sich auf eine warme Mahlzeit. Obwohl noch mindestens zwei Stunden bis zum Mittag fehlten, hatte er beschlossen, sofort einzukehren. Er war durchgefroren, hungrig und hatte eine Pause bitter nötig. Da kam ihm diese unverhoffte Gelegenheit wie gerufen.

Der Wirt brachte ein Tablett voller Lammfleisch und frischem Brot.

Titus lief das Wasser im Mund zusammen. »Habt Ihr hier viele Gäste? Ich wusste gar nicht, dass es hier ein Gasthaus gibt.«

Der Wirt, ein rundlicher kleiner Mann mit Schnurrbart und Halbglatze, stemmte beide Arme in die Seite.

»Och, wir kommen zurecht. Eigentlich bewirtschaften wir einen Gutshof, aber die Armee hat mir ein gutes Angebot gemacht. Ich versorge die Besatzung der beiden Signaltürme in der Gegend hier mit Verpflegung und mache damit ein kleines Zusatzgeschäft. Wir haben ein Zimmer für Übernachtungen und einen kleinen Schankraum. Ich bekomme Vieh zum Armeepreis geliefert. Aber so viele Gäste wie heute habe ich im Winter bis um diese Uhrzeit eigentlich nie.«

Titus, der bereits einige Happen gierig heruntergeschlungen hatte und dabei war, die großen Brocken mit Wein hinunterzuspülen, verschluckte sich.

»Wie meint Ihr das? Waren da heute vielleicht ein Junge und ein Mädchen bei Euch?«, hustete er den Mann an.

Der Wirt grinste.

»Seid Ihr Hellseher? Ja, sie haben mich aus dem Schlaf geklopft und sich mit Proviant eingedeckt. Kennt Ihr sie?«

Titus sah traurig auf seine dampfende Portion.

»Packt mir das ein. Wisst Ihr, wo sie hinwollten?«

»Nein, ich habe sie nicht danach gefragt.«

Titus atmete tief durch. Dann kramte er in seiner Tasche und legte ein paar Kupfermünzen auf den Tisch. Als der Wirt danach griff, fasste er ihn mit festem Druck am Handgelenk. Er legte noch einen Denar daneben.

»Haben sie Euch irgendetwas gefragt? Vielleicht fällt es Euch wieder ein?«

Der Druck, den Titus ausübte, ließ den Wirt anfangen zu schwitzen. Er ächzte ein wenig.

»Nun, sie haben mich gefragt, ob es nicht einen schnelleren Weg nach Paludamentum gebe als über Mediana. Ich habe ihnen erzählt, dass es einen Hohlweg gibt, der unweit von hier beginnt.«

Titus lockerte umgehend den Griff und schob den Denar zwischen die Kupfermünzen.

»Danke. Ich möchte ebenfalls diese Wegbeschreibung erhalten.«

»Es ist kein einfacher Weg, vor allem im Winter. Eigentlich ist es meist ein Trampelpfad, unterbrochen von Feldern und Wiesen. Man muss sich zuerst stark westlich halten, durch den Wald dort hinten, und dann nordwestlich gehen, bis man auf eine kleine Straße trifft, die einen direkt nach Paludamentum führt. Ich würde keinesfalls bei Dunkelheit reisen. Da verirrt Ihr Euch garantiert.«

»Keine Sorge. Ich reise sofort weiter.«

Titus' Blick richtete sich konzentriert auf den gefrorenen Boden. Er schüttelte mehrmals den Kopf, während er nach Spuren Ausschau hielt. Wer hätte gedacht, dass er, fast zwanzig Jahre nachdem er den Dienst quittiert hatte, erneut seine Fähigkeit als Fährtenleser beweisen musste? Seltsamerweise fand er Gefallen daran. Abgebrochene Zweige da, Hufspuren dort. Er spürte förmlich, wie nah er den beiden war. Die Zuversicht wuchs wieder in ihm. Was hatte sich Marcus nur dabei gedacht? Alwina war seiner Meinung nach imstande, ein falsches Spiel zu spielen. Jenseits der Grenze war Marcus' Leben keinen Pfifferling mehr wert. Die Germanen würden mit einem Römer kurzen Prozess machen.

Erneut ärgerte er sich über seinen Fehler und wie leicht er sich hatte hereinlegen lassen. Von einem halbwüchsigen Mädchen! Er fluchte laut vor sich hin und scheuchte damit einige Rabenvögel auf. Mit lautem Flattern erhoben sie sich in die Lüfte und stimmten ihr höhnisches Krähen über ihm an.

Er dachte an die zurückgebliebenen Gefährten. Gefährten, was für ein starkes Wort! Waren sie das überhaupt? Er kannte sie kaum. Und doch waren sie in der kurzen Zeit zu einer Schicksalsgemeinschaft herangereift, und er hatte echte Sympathie empfunden. Vor allem für Macro. Er hätte sie zumindest wecken sollen. Sie machten sich bestimmt Sorgen. Über kurz oder lang würden die Gefühle kippen. Aus Sorge würde Misstrauen und aus Misstrauen Verachtung erwachsen.

Eine Kreuzung riss ihn aus seinen Gedanken. Mitten im Wald wurde sein Talent für Spurensuche auf die Probe gestellt. Dummerweise führten Pferdeabdrücke in alle Richtungen. Warum musste hier mitten im Winter noch ein Fremder diesen Weg im Niemandsland nehmen? Er fand keinen Grund, den er selbst hätte nachvollziehen können, und ärgerte sich über die Verzögerung. Er stieg ab, prüfte die Himmelsrichtung und entschied sich für den Weg, der seiner Meinung nach auf jeden Fall nach Paludamentum führen müsste. Für eine gewisse Zeit war er in Sorge, den falschen Weg genommen zu haben, doch dann fand er eine Stelle, wo Marcus und Alwina eine Pause eingelegt hatten. Die Fußspuren, die er entdeckte, passten zu zwei Personen, und es gab nur Hufabdrücke von einem Pferd. Titus schob sein Kinn nach vorne und pries die Götter. Danke, Diana, Göttin der Jagd, für die richtige Eingebung.

Der Weg führte anschließend kerzengerade in Richtung Nordwesten. Titus beschloss aufzuholen. Solange er keine Abzweigung fand, die es lohnte, genauer untersucht zu werden, wollte er Boden gutmachen. Er spornte sein Pferd an.

Das Trampeln und Schnauben des Hengstes übertönten die Klänge der Natur, er wurde eins mit seinem Begleiter. Die Hufe donnerten auf dem gefrorenen Boden, der Schnee spritzte unter ihm, und als er die Kuppe eines Hügels erklommen hatte, konnte er in der weiten Landschaft, die sich vor ihm auftat, ein Pferd auf einer weit entfernten Anhöhe ausmachen. Da waren sie! Er wies seinen Hengst an, sich langsam bergab voranzutasten, obwohl ihm die Geduld fehlte. Immer wieder hob er den Kopf, um die Flüchtenden im Auge zu behalten. Mit sicheren Tritten arbeitete sich sein Pferd voran, wie auf einer Schaukel hüpfte sein Oberkörper auf und ab. Er überließ seinem Tier die Wahl des Weges und versäumte es, selbst den Pfad zu bestimmen. Als er mit zusammengekniffenen Augen nach Marcus suchte, der gerade aus seinem Blickfeld ritt, passierte es. Sein Hengst trat in ein tiefes, vom Schnee überdecktes Loch, das zur Falle geriet. Die Hufe suchten Halt, wo es keinen zu geben schien, er schwankte, lockerte sofort die Zügel, krallte sich fest an Mähne und Sehnen, während sein Hengst ungestüm wieherte. Titus biss fest die Zähne zusammen, der Moment dehnte sich unendlich, als die Welt begann, sich um ihn zu drehen. Er konnte oben von unten nicht mehr unterscheiden, während die Schwerkräfte erbarmungslos an ihm zerrten. Er brüllte so laut, dass er sich selbst nicht erkannte, und wurde mit voller Wucht über den Hals seines Pferdes hinweggeschleudert. Er riss sein Pferd am Zügel mit um und prallte neben ihm auf den flachen Abhang, überschlug sich mehrfach und blieb benommen liegen.

Marcus und Alwina blickten sich gleichzeitig um.

»Hast du das gehört?«, fragte er und suchte den Horizont ab.

Alwina presste die Augen zu Schlitzen zusammen.

»Ich weiß nicht, ich dachte, ich hätte etwas gehört, aber ich sehe nichts.«

Marcus blinzelte.

»Ja, es klang wie ein Schrei. Ein klagender Schrei. Fern und doch ... irgendwie vertraut. Komisch.«

Er verharrte einen kurzen Moment, bevor er dann achselzuckend Luminus wieder wenden ließ.

»Ich glaube, ich leide unter Verfolgungswahn. Flucht ist nichts für mich.« Er drehte sich um und versuchte sich in einem selbstsicheren Grinsen; doch in Alwinas Augen spiegelten sich nur Unsicherheit und Zweifel, und so versank er wieder in Schweigen. Er hatte sich ihre erste gemeinsame Zeit seit der Trennung vertrauter vorgestellt.

Trotz eines siebten Sinns, der sich unerwünscht und

unerbittlich in sein Unterbewusstsein bohrte, ließ er Luminus die Zügel und setzte seine Reise fort. Ihre gemeinsame Reise, korrigierte er sich und überwand zum wiederholten Male das Gefühl, gegen seinen Instinkt zu handeln. Jetzt zählte nur das gemeinsame Ziel, und das war ihm Grund genug, seine Bedenken beiseitezufegen.

»Marcus, du musst deine Zweifel jetzt überwinden und zu deiner Entscheidung stehen. Sei kein Feigling«, murmelte er still in sich hinein. Nicht still genug, wie sich herausstellte.

»Was hast du gesagt?«, wollte Alwina wissen und rüttelte ihn sachte von hinten.

»Wir müssen heute unbedingt noch herausfinden, wie wir über die Grenze gelangen können; ich habe leider keine Vorstellung davon, was uns erwartet«, stellte er sachlich fest und hoffte, dass ihr das als Antwort genügte.

»Es bringt auch nichts, wenn wir uns jetzt den Kopf zerbrechen. Lass uns so schnell wie möglich ankommen, dann sehen wir weiter«, schlug Alwina vor.

Onkel Titus hätte nicht anders reagiert. Beim Gedanken an seinen Onkel fühlte er sich trotz Alwinas Gesellschaft einsam, und so stimmte er ihrem Vorschlag zu und erhöhte das Tempo. Es war an der Zeit, dass sie ihr Ziel erreichten.

Titus blinzelte und sah die Welt durch einen Schleier. War er erblindet? Einige Momente lang befürchtete er das Schlimmste, doch nur der Schnee hatte von seinem ganzen Körper Besitz ergriffen, sogar an den Wimpern hingen kleine Klumpen. Seine Hände wischten fahrig über das Gesicht. Wenigstens die Sicht klarte auf. Er fror entsetzlich. Diese verdammte weiße Niedertracht! Schnee in den Haaren, auf dem Mantel, im Kragen. Als er den Kopf drehte, bahnte sich eine kleine Lawine den Weg in den warmen Nacken und ließ ihn schaudern. Er betastete langsam und bedächtig seinen Körper. Er erspürte alle Körperteile und war um jede schmerzende Prellung froh. Hauptsache, keine Lähmung. Als er jedoch den Fuß aufsetzte, fuhr ein stechender Schmerz durch seinen ganzen Körper, sein Bein klappte weg, und er fiel schreiend zur Seite. War es das Knie? Der Fuß? Hatte er sich etwas gebrochen? Vor rasendem Schmerz war es ihm nicht möglich, die Stelle genauer zu lokalisieren, und er rappelte sich auf in eine seltsam anmutende Körperhaltung, die nur dem Zweck diente, den pochenden Schmerz zu vermeiden. Er keuchte und stieß den Atem mit verzerrtem Gesichtsausdruck aus. Als er sich umsah, erkannte er ein Problem von weit größerer Tragweite: Sein Pferd war Hunderte Schritte entfernt und humpelte ebenfalls. Ein kurzer Blick zum Himmel verriet seine größte Sorge. Wann würde es dunkel und entsetzlich kalt werden? Er musste sich jetzt zusammennehmen und schnell handeln. Titus kroch zum nächstgelegenen Baum und schnitt sich mit seinem Schwert einen tief hängenden Ast ab, der ihm als Gehhilfe diente. Er überlegte fieberhaft. Hatte er die Zeit, seinen Hengst mühevoll zurückzuholen? Würde ihn dieser nach dem Sturz überhaupt tragen können? Was lag näher: Paludamentum, Mediana oder die kleine Mansio? Nachdem er einige Schritte hinkend mit dem Stock zurückgelegt hatte, erschien ihm ein Fußmarsch ausgeschlossen. Einen flüchtigen Gedanken an Marcus wischte er beiseite. Jetzt musste er an sich denken, sonst würde er schon morgen niemandem mehr helfen können, und irgendein Bauer würde im Frühjahr auf einen gefrorenen, mumifizierten Leichnam stoßen. Er unterdrückte die Todesangst, die in ihm hochstieg.

Mit seiner Notkrücke stapfte er auf sein Pferd zu, während er versuchte, es mit aufmunternden Worten zu locken. Er bemühte sich, sanft zu klingen und Ruhe auszustrahlen. Panik konnten alle Gäule spüren, und sie hassten sie. Panische Reiter wurden abgeworfen, panisches Fußvolk niedergetrampelt. Sein erster Versuch scheiterte dennoch kläglich. Kaum mehr einen Steinwurf entfernt, riss das Tier, das soeben noch demütig mit hängendem Kopf dagestanden hatte, das Haupt hoch und lief eilig davon. Es hinkte im Vergleich zu ihm nur wenig. Ein Kanten Brot, den er – dem Wirt sei Dank – in der Tasche fand, rettete ihn, denn auch sein Hengst war hungrig und kam schließlich doch auf ihn zugetrottet. Dankbar gönnte er ihm den größten Teil der Brotscheibe und umschlang den Zügel, als wollte er seinen Arm erdrosseln. Gut, dass niemand das erbärmliche Schauspiel sehen konnte, das er beim Aufsteigen bot, so ungelenk und entsetzlich schwerfällig erklomm er den Rücken des langmütigen Tieres. Es dämmerte schon, als er sich bäuchlings auf den Rücken presste und den Rückweg zu der kleinen Mansio einschlug. Er musste Marcus für diesen Moment aufgeben, das schmerzte ihn. Doch bestand die größte Herausforderung jetzt darin, auf einem humpelnden Pferd nicht dem Drang der Müdigkeit nachzugeben und lebendig anzukommen.

Paludamentum lag wirklich direkt an der Grenze. Marcus kannte kein anderes Kastell, von dem aus man die Grenzmauer hätte anspucken können. Im ganzen Reich waren sich die Befestigungen ziemlich ähnlich. Kannte man eine, kannte man alle und fand sich blind zurecht. Doch hier war allein die Form des Kastells bemerkenswert. Sie glich nicht einem Quadrat, sondern einem langen Rechteck, und die Breitseite war zur Grenze hin ausgerichtet. Er hatte keine Erklärung dafür. Sie orientierten sich im Lagerdorf, suchten und fanden schnell die Herberge. Alwina hatte genügend Geld dabei, um Unterkunft und eine Mahlzeit zu bezahlen.

Sie wählten eine Ecke, von der aus sie die Türe im Blick hatten – ein Tipp von Alwina, die es gewohnt war, auf der Hut zu sein. Ihm kam es übertrieben vor, aber so konnten sie selbst schnell aufbrechen und reagieren, wenn unangenehmer Besuch auftauchte. Merkwürdigerweise erwartete er immer, wenn die Türe aufging, Onkel Titus. Eine Weile kauten sie schweigend vor sich hin.

»Was machen wir jetzt?«, fragte Marcus ratlos. Seit sie geflohen waren, kam ihm Alwina kühl vor, aber ihm selbst war auch nicht gerade leicht ums Herz. Ihre Situation war einfach ernst und angespannt. Er hatte sich alles anders vorgestellt. Wenn er genau in sich hineinhorchte und ehrlich zu sich war, so musste er sich eingestehen, dass seine Vorstellung vollkommen naiv gewesen war. Was hatte er sich denn erwartet? Eine wildromantische Flucht, in der nur sie beide eine Rolle spielten? Abenteuer ohne Reue – keine Schwierigkeiten und aussichtslose Momente? Er sah sie wehmütig an, Alwina bemerkte seinen Blick nicht einmal.

Sie beobachtete abwesend eine Gruppe von Leuten in der gegenüberliegenden Ecke und antwortete nicht. Marcus wurde ungeduldig. Er suchte nach einem gemeinsamen Plan.

»Wir haben nur einen Versuch. Wenn man uns aufhält, sind wir erledigt. Wie stellen wir das an?«

Plötzlich stand Alwina auf und schlenderte zu der Gruppe. Marcus war sprachlos und rutschte auf seiner Bank nervös hin und her. Er kam sich allein völlig deplatziert vor und musterte die Fremden, die Alwinas Interesse geweckt hatten. Es waren wilde Kerle, in grobe Mäntel gehüllt; niemals hätte er diesen Haufen angesprochen. Sie unterhielt sich angeregt mit einem der Männer, der laut lachte, sie sofort einlud und nach einem kurzen Gespräch zu ihm starrte. Der Blick verriet Verachtung. Er fühlte sich klein und wendete sich ab.

»Das soll dein Bruder sein?«, fragte der Mann Alwina skeptisch. »Er sieht dir kein bisschen ähnlich.«

Alwinas Kehle fühlte sich staubtrocken an. In ihr zerrte der Impuls, Marcus jetzt, genau an dieser Stelle, zu verraten und aus dem Spiel zu nehmen. Ihn abzuservieren. Sie hatte erreicht, was sie wollte, hatte Leute kennengelernt, die ihr anboten, sie mitzunehmen. Marcus hingegen würde in der Mansio kein Haar gekrümmt werden. Wahrscheinlich würde man ihn verjagen wie einen räudigen Hund, aber er könnte die Situation ohne Schaden überstehen. Es wäre ein Leichtes gewesen, ihn jetzt zu verpfeifen. Was hinderte sie daran? Gedankenblitze rasten durch ihr Hirn. Sie wusste, dass sie Männer mühelos um den Finger wickeln konnte. Mit Marcus hatte sie leichtes Spiel gehabt. Es gab in der Vergangenheit schon einige andere, die für sie gelogen hatten und ihr ergeben gewesen waren; sogar einen, der für sie gestorben war. Ein armer Kerl, der sie befreien wollte und seine Liebe mit dem Leben bezahlte. Sie hatte ihn nicht darum gebeten. Gefühle hatte sie für keinen der Männer empfunden. Weder für die Liebhaber noch für die Verliebten, die sie erobern wollten. Manchmal suchte sie nur körperliche Lust, meistens waren ihr die Kerle in irgendeiner Form nützlich, aber mehr war da nicht. Wenn Marcus bei ihr blieb, würde es nur kompliziert werden. Woher also kam der Zweifel in ihr? Hatte sie diesen Zweifel nur, weil er viel für sie riskiert hatte? Mitleid war ein erbärmliches Motiv für Liebe. Es fiel ihr schwer, es einzuordnen. Sie musste schnell eine Entscheidung treffen, sonst würde die Lüge ohnehin auffliegen. Sie sah Marcus an, wie er dasaß, und spürte dabei ein brennendes Ziehen in der Magengrube. Es entschied ihren nächsten Zug.

»Stiefbruder. Wir haben verschiedene Mütter. Meine starb nach meiner Geburt«, log sie, und das Nicken des Mannes verriet ihr, dass er ihr glaubte.

Marcus blickte immer wieder verschämt zu der Gruppe. Plötzlich prostete ihm der Fremde zu und winkte ihn heran.

Er war beleidigt, eifersüchtig und wütend, dass Alwina ihn ungefragt in diese unangenehme Situation gebracht hatte. Offenbar sah man es ihm an.

»He, du Griesgram, was ziehst du für ein Gesicht? Deine Schwester sprüht vor Leben! Komm, setz dich zu uns.«

Schwester? Griesgram? Marcus fehlten die Worte. Er grinste nur dämlich und prostete dem Mann zu, der sich wieder Alwina zuwandte.

Er war wie erstarrt in der fröhlichen, geselligen Runde, als ihn Alwina am Arm zog. Marcus hatte alles ausgeblendet und in die Glut des offenen Kamins gestarrt. Die Gespräche waren nur in Fetzen an sein Ohr gedrungen. Überrascht wandte er sich ihr zu. Sie zeigte ihm zu seinem Erstaunen ihr erstes fröhliches Lächeln seit ihrem Aufbruch.

»Marcus! Marcus! Wir sind gerettet! Diese Händler hier haben heute ihre Felle verkauft und sich reichlich mit Lebensmitteln versorgt. Morgen brechen wir mit unseren germanischen Freunden in den Norden auf. Landogar wird uns anführen.«

Ihm fiel es wie Schuppen von den Augen. In der ganzen

Gruppe keine Römer. Es waren Germanen. Germanen von jenseits der Grenze. Alwina hatte es sofort gemerkt. Sie hatte einen Plan. Diese Gruppe war seine Zukunft, genau so sah seine künftige Gesellschaft aus. Ihm wurde schwer ums Herz. Er rang sich trotzdem ein Lächeln ab.

Mesopotamia, März 232 n. Chr.

Die Provokation hätte nicht größer sein können, und Kaiser Severus Alexander nahm sie bewusst in Kauf. Er hatte sich gegenüber seiner Mutter durchgesetzt. Sie kochte vor Wut, aber er hatte den Befehl trotzdem erteilt. Die verhasste persische Gesandtschaft, die aus einer ganzen Kohorte bewaffneter Reiter, rund vierhundert an der Zahl, bestand und so dreist war, von Rom die Herausgabe mehrerer Provinzen zu verlangen, ließ er kurzerhand festsetzen und verhaften. Er verstieß damit gegen das ungeschriebene Gesetz, das Diplomaten freies Geleit zusicherte, und es war im Grunde nichts anderes als eine unmittelbare Kriegserklärung. Es geschah diesem Schweinehund Ardarschir I. ganz recht, der Diplomatie selbst verachtete und sie lediglich nutzte, um Demütigungen zu erteilen und dabei auszutesten, wie weit er gehen konnte.

Der Kaiser schwenkte damit zu seinem wichtigsten Vertrauten und Berater Gaius Iulius Verus Maximinus um und verbesserte so seinen Ruf gegenüber den militärischen Handlungsträgern. Außerdem ging er in Konfrontation zu seiner Mutter, und sie ließ es ihn spüren. Die Kälte, die Julia Mamaea seitdem ihm gegenüber ausstrahlte, ließ ihn auch in der größten Hitze der Wüste manchmal erschaudern. Sie wich seinen Blicken aus, schwieg stundenlang in seiner Anwesenheit, zog ihn in ehedem selbstverständlichen Kontexten nicht mehr zurate, und es kam ihm vor, als suchte sie geradezu eine Gelegenheit, ihn ins Messer laufen zu lassen. Nur damit sie recht behalten würde und mit dem Zeigefinger auf ihn deuten könnte, wenn er scheiterte.

Der Preis seiner Entscheidung war schon in dieser Hinsicht hoch, doch gab es kein Zurück mehr. Die Zeit des Abtastens und Lavierens war abrupt beendet, die Initiative lag nun auf römischer Seite. Der Plan seines wichtigsten Beraters, mit drei verschiedenen Keilen vorzustoßen und die Perser einzukreisen, fand seine Zustimmung. Das Ziel war die bedeutende persische Stadt Ktesiphon, die das Zentrum des Perserreichs verkörperte. Die Vorbereitung dieses militärisch anspruchsvollen Plans war erfolgreich abgeschlossen worden, und vor wenigen Wochen hatten seine Generäle zum Angriff geblasen.

Kaiser Severus Alexander führte die Hauptstreitkräfte in der Mitte an. Sein Weg führte ihn von Palmyra über Dura Europos nach Hatra. Am Tigris entlang würden sie schlussendlich auf Ktesiphon zumarschieren. Er hätte Maximinus gerne an seiner Seite gehabt, doch hatte seine Mutter hier entscheidenden Einfluss genommen. Der Legat wurde mit der Führung des südlichen Armeeteils betraut, der sich den Euphrat entlang auf die persische Stadt Ktesiphon zubewegen sollte. Mit dem Argument, dass die überaus anspruchsvolle Aufgabe, die verschiedenen Kolonnen gleich- und rechtzeitig zum Ziel zu führen, nur über eine Aufteilung der kompetentesten Strategen erfolgreich sein konnte. Die Führung des nördlichen und südlichen Keils oblag daher seinen beiden besten Feldherren. Er gab in dieser Angelegenheit dem Drängen seine Mutter nach in der Hoffnung, sich wieder ihrer Gunst zu versichern. Doch zu seinem Verdruss dachte sie gar nicht daran, die Eiszeit zu beenden.

Dieses Vorgehen hatte leider zur Folge, dass ihm für die Hauptarmee, die er anführte, nur die zweite Garde als militärische Berater verblieb. Die beiden Legaten mit reichlich Kampferfahrung waren mittlerweile meilenweit von ihm entfernt. Die nördliche Armee marschierte von Beginn an unabhängig. Unablässig wurden Meldereiter hin- und hergeschickt, um von den Fortschritten zu berichten. Vor wenigen Tagen hatten sich dann die Wege des Kaisers und Maximinus' getrennt. Die kaiserliche Kolonne schwenkte nach Nordosten. Das Ziel war zunächst die Stadt Hatra, die als kleiner Klientelstaat innerhalb des Römischen Reichs unabhängig fungierte und einen günstigen Ausgangspunkt für die Invasion markierte. Von dort aus war es möglich, zum nahen Tigris vorzustoßen und Ktesiphon in die Zange zu nehmen. Gestern waren sie auf ihrer Zwischenstation in Dura Europos angekommen, eine, wie er fand, heruntergekommene Stadt am mittleren Euphrat, die ihre besten Tage hinter sich hatte. Die Tempel und Gebäude sahen allesamt baufällig aus. Nur die militärischen Anlagen waren einwandfrei gepflegt, und das war in dieser Situation das Wichtigste. Maximinus war mit seinen Truppen hingegen nach Südosten Richtung Fluss aufgebrochen.

Mit dem jüngsten Legaten und den beiden ranghöchsten Tribunen, die ihm als oberste Führer zur Verfügung standen, war er alles andere als glücklich. Es waren adlige Emporkömmlinge in der Armee, die bislang keine nennenswerten militärischen Erfolge vorzuweisen hatten. Begabte Theoretiker, aber keine Frontschweine, als die er Männer wie Maximinus heimlich titulierte. Er führte zwar insgesamt zehn Legionen ins Feld, aber nur drei wiesen volle Sollstärke auf und waren mit allen Abteilungen und ihren Legaten verfügbar. Von sieben weiteren Legionen waren nur einzelne Vexillationen verlegt worden. Die Legaten blieben dort, wo die Legionen stationiert waren. Das hatte Auswirkungen auf die Qualität seiner militärischen Führungskräfte. Er musste sich damit abfinden.

Der Kaiser betrachtete in seinem Zelt sein Spiegelbild und prüfte, ob er die nötige Autorität ausstrahlte, bevor er sich zu seinen Generälen begab. Er musterte den Bartflaum, der nicht gleichmäßig wachsen wollte, und stutzte noch einmal ein paar Stellen. Der Bart sollte ihn älter und reifer erscheinen lassen, aber er war mit dem Ergebnis unzufrieden. Seine Tribunen legten auf Äußerlichkeiten mehr Wert, als ihm lieb war, doch er wollte diese Schwäche zu seinem Vorteil nutzen. Sie hörten einem sonst nicht ernsthaft zu, ob er nun Kaiser war oder nicht. Er rieb sich sein Gesicht und schüttelte energisch den Kopf. Dachte er wirklich so oberflächlich?

Als er das Zelt der Kommandanten betrat, beherrschte ein Gemurmel und Geraune den Raum, das wie immer sofort verebbte, sobald man ihn wahrnahm, so als hätte ein Lehrer ein Klassenzimmer betreten. Seine Mutter war noch nicht anwesend. Ihr waren militärische Diskussionen verhasst, und so kam sie meist erst im letzten Moment oder ließ sich gleich alles von den Protokollanten schildern.

Er erkannte auf den ersten Blick, dass die höchsten Vertreter seiner Legionen alle anwesend waren. Neben dem verbliebenen jungen Legaten der III. Parthischen Legion waren das die wichtigsten Tribunen, die der III. Cyrenaica und der XV. Apollinaris angehörten. Außerdem nahmen die jeweils ranghöchsten Centurionen an der Versammlung teil.

Der Kaiser blickte sich um, ob ihnen seine Mutter nicht doch noch die Ehre geben würde, doch wartete er vergeblich. Also erteilte er mit einer Geste seinem Berater das Wort.

»Ehrenwerter Kaiser Marcus Aurelius Severus Alexander, wir haben Euch schon erwartet. Eure Offiziere sind vollständig versammelt«, informierte ihn der Präfekt Gaius Sabinius Timesitheus, der für ihn die finanzielle Koordination des Krieges und andere wichtige Verwaltungsaufgaben erfüllte. Auch kein Soldat mit Fronterfahrung. Doch wenigstens ein zuverlässiger Berater, dem er vertrauen konnte. Nur diesem Mann brachte seine Mutter bedingungsloses Vertrauen entgegen, gerade weil er keinerlei politische Karriere anstrebte.

»Gut, bringt mich auf den aktuellen Stand. Wo stehen unsere Truppen?«

»Der Legat Gaius Iulius Verus Maximinus ist mit der XXII. Legion Primigenia aus Mogontiacum und der II. Parthischen Legion sowie den Reiterverbänden der Auxiliarverbände bereits schnell vorangekommen und hat laut unseren Meldereitern den Euphrat nahe Anatha erreicht. Dort bewegen sie sich nun dem Fluss folgend auf Ktesiphon zu.«

Der Kaiser bemühte sich vorzustellen, was das in den endlosen Weiten der Wüste, in deren Mitte die zwei großen Ströme Euphrat und Tigris flossen, zu bedeuten hatte. Er konnte überhaupt nicht verstehen, dass man diese Besprechung ohne ein Modell führen wollte.

»Ich wünsche auf der Stelle ein anschauliches Modell mit Truppenstärken und Abständen. Alle hier im Raum sollen eine Vorstellung davon bekommen, welche Herausforderungen auf uns warten.«

Ratlose Blicke wurden im Raum ausgetauscht, bis der Präfekt das Wort ergriff und in die Hände klatschte.

»Los, los, Ihr habt gehört, was der ehrenwerte Kaiser befohlen hat.«

Eilig wurden Tische zusammengeschoben. Goldmünzen standen für die Legionen, Silbermünzen für die Auxiliarverbände, Bronzemünzen für die möglichen Gegner, und einer der Diener stellte auf eine Anweisung hin seine Würfel zur Verfügung, um die Städte zu markieren. Mit Kohle zeichnete der Präfekt die Flüsse auf ein riesiges Pergament, das als Karte diente. Der Kaiser nickte zufrieden und stellte sich in die Mitte. Ohne aufzublicken, konnte er spüren, wie alle die Hälse reckten, obwohl sie soeben noch die Nase gerümpft hatten.

Der Präfekt fuhr fort und zeigte dabei auf Münzen und Würfel.

»Im Norden ist die I. Parthische Legion mit den beiden Abteilungen der XXX. Legion aus Vetera bis Nisibis vorgestoßen. Nisibis steht, wie Ihr wisst, seit Jahren unter römischer Kontrolle, aber das Umland rebelliert immer wieder. Die Mehrheit der Leute gehört zu den Armeniern. Sie scheinen sich diesmal aber neutral zu verhalten, bislang haben sie anstandslos die geforderten Lebensmittel zur Verfügung gestellt. Wir zahlen ja auch einen ordentlichen Preis dafür«, bemerkte er spitz.

»Gut. Unsere nördliche Kolonne wird den größten Überraschungseffekt erzielen, denn über einen Einfall aus Armenien spekulieren sicher die wenigsten. Wenn sie denn rechtzeitig eingreifen kann. Sie soll nun rasch nach Arbela vorstoßen, denn die Route über das Hochland kostet Zeit. Aber ich komme auf die südliche Kolonne zurück. Sagt mir, sehe ich das richtig, oder ist der Abstand zwischen uns und Maximinus nicht ein wenig groß geraten? Stimmen die ungefähren Abstände denn so?«, fragte der Kaiser mit hörbarem Zweifel im Unterton.

Der Präfekt zögerte kurz, während er mit gerunzelter Stirn die Miniatur betrachtete.

»Ja, die Abstände sind korrekt.«

Ein hektisches Gemurmel setzte ein. Die Generäle schätzten einen Theoretiker wie den Präfekten nicht besonders, aber er schien einen wunden Punkt getroffen zu haben, und so ergriff der junge Legat Primus Sulla Cerialis das Wort.

»Caesar, Ihr urteilt richtig. Unsere Hauptarmee kommt nur langsam voran. Wenn es nach mir ginge, würden wir eher heute als morgen aufbrechen und verlorene Zeit aufholen.«

Der Kaiser starrte seinen Legaten an und setzte eine fragende Miene auf, aber anstelle weiterer Ausführungen herrschte nur ein betretenes Schweigen im Raum.

»Und warum brechen wir nicht schneller auf? Geht es denn nicht nach Euch?«

Der Mann wurde rot und begann zu stammeln: »Ich ... äh ... wir, das heißt, der Befehl lautet im Augenblick, das Vorfeld des Aufmarschgebietes besonders gründlich aufklären zu lassen. Von den Pionieren, die Wege ausbessern, Brücken stabilisieren und derlei Aufgaben wahrnehmen.«

»Was für ein Befehl ist das, und von wem stammt er?«, herrschte der Imperator seinen Legaten an.

»Der Befehl stammt von mir!«

Alle drehten sich zu Julia Mamaea um, die in ihrem weißen Kleid wie eine göttliche Erscheinung den Raum blendete. Alle außer Kaiser Severus Alexander, der damit beschäftigt war, sich in Beherrschung zu üben und nicht laut zu fluchen. Das immer gleiche Schema ihrer Auftritte hatte Methode.

Er stützte sich auf die Karte und atmete tief durch. Es

bereitete ihm sichtlich Probleme, die Fassung zu wahren. Mit gepresster Stimme fragte er schnarrend: »Schildert mir bitte Euren Grund für den Befehl, Mutter.«

Sie schien den Moment auszukosten, streckte ihr Kreuz durch und legte den Kopf leicht schief.

»Wir wollen in keinen Hinterhalt geraten, das ist klar. Aber die Kolonne soll sich nicht zu weit auseinanderziehen, nur weil die Wege schlecht passierbar sind oder unvorhergesehene Hindernisse auf uns warten. Daher überprüfen unsere Pioniere nicht nur das Vorfeld, sondern bereiten es auch für eine große Armee vor, und das dauert seine Zeit.«

Der Kaiser mahlte mit den Kiefern.

»Zeit, die wir nicht haben.«

»Hätten wir mehr Pioniereinheiten, würde es schneller gehen«, entgegnete Julia Mamaea kühl.

Der Kaiser wandte sich an seinen Legaten.

»Wir haben doch bei der III. Spezialisten, und noch dazu reichlich an der Zahl?«

Primus Sulla Cerialis wiegelte ab.

»Wir haben die beiden Abteilungen der Legio III Italica für Pionierarbeiten Maximinus überlassen, weil er sie angefordert hat. Die Legio III Gallica aus Palmyra begleitet uns nun dafür mit einer Abteilung und hat die italischen Truppen ersetzt.«

Der Präfekt schaltete sich ebenfalls ein.

»Aber die Männer der III. Gallica sind keine erfahrenen Pioniere. Das sind reine Straßenbauer. Männer fürs Grobe. Hinzu kommt jedoch noch die Abteilung der Legio XVI Flavia Firma, das sind Spezialisten für Brückenarbeiten.«

Der Legat schnitt eine abwertende Grimasse.

»Ja, aber das sind nun einmal nur eine Handvoll Männer. An diesen wenigen hängt der ganze restliche Tross, der warten muss. Das ist ein Flaschenhals.«

»Legat, Ihr urteilt offenbar anders über die Situation. Wie lautet Euer Vorschlag?«

»Wir müssen ein gewisses Risiko eingehen. Unsere berittenen Aufklärer haben bisher keinerlei Anzeichen einer größeren feindlichen Ansammlung feststellen können. Bis es ein solches Zeichen gibt, sollten wir zügig voranschreiten, auch wenn der Preis dafür eine lang gezogene Kolonne ist.«

Kaiser Severus Alexander schob die Gold- und Silbermünzen langsam und nachdenklich den Fluss entlang.

»Das sehe ich auch so. Es ist Zeit aufzuholen. Wir brechen sofort auf. Erteilt den Befehl.«

Er starrte seine Mutter an, um ihre Reaktion einzufangen, doch sie hatte wieder einmal beschlossen zu schweigen und wendete sich ab.

Plötzlich rümpfte der Kaiser die Nase. Aber nicht aus einer Laune heraus, die ihm soeben gründlich verdorben worden war, sondern weil sich ein penetranter Geruch in ihr festsetzte. Noch bevor er den Grund ausmachen konnte, drangen Fetzen wilder Schreie herein; ein Aufruhr beherrschte den Platz vor dem Zelt der Offiziere. Alle drängten zum Zelteingang. Der Kaiser trat entschlossen heraus.

»Was ist hier los?«

Eine Feuersäule schoss in den Himmel. Tumultartige Szenen spielten sich vor den Augen der Kommandanten ab. Ein Mann rannte schreiend vorüber.

»Die Vorräte, die Vorräte ... Sie gehen in Flammen auf. Ein Überfall!«

»Was hat das zu bedeuten?«, rief der Kaiser. Seine

Stimme brach vor Aufregung. Schäumend vor Wut, bahnte er sich den Weg zu den Getreidesilos.

Einige Offiziere mit gezückten Waffen bemühten sich, ihren zu allem entschlossenen Caesar abzuschirmen. Ein Diener nahte mit einem überdimensionalen Schild und wollte ihn seinem Herrn anbieten, doch lag er im nächsten Moment nach einem zornigen Tritt im Sand.

Severus Alexander konnte erst durch einen Stabsoffizier aufgehalten werden, der den Gegenangriff eingeleitet hatte.

»Halt, Caesar. Gestattet, dass ich berichte. Die Hunde haben sich verbarrikadiert. Aus den oberen Fenstern suchen sich Bogenschützen unachtsame Ziele. Geht kein Risiko ein. Wir organisieren gerade einen Rammbock. Von diesem Haus dort habt Ihr einen guten Überblick.«

Bedrängt von gut gemeinten Ratschlägen seiner Generäle, ergab sich der Kaiser in die passive Rolle des Beobachters und bezog in dem Eckhaus Stellung, das den Schützen in den Silos kein Ziel bot. Er rührte sich nicht von der Stelle und ließ sich jede Kleinigkeit schildern, die draußen vor sich ging. Es waren keine positiven Neuigkeiten, die zu ihm drangen. Der Kaiser musste ohnmächtig mit ansehen, wie sich die Versorgung seiner Armee in Rauch auflöste und zu Asche zerfiel. Ein kleines feindliches Kommando verschanzte sich erfolgreich hinter den Mauern mit den Vorräten, während das Feuer sein zerstörerisches Werk fortsetzte.

Verrat! Verrat, war sein erster Gedanke! Wie war es ein paar Barbaren möglich, in die Höhle des Löwen einzudringen und so einen immensen Schaden anzurichten? Dafür würden Köpfe rollen. Doch war ihm sofort klar, was das zu bedeuten hatte: Der Angriff seiner Truppen war gescheitert, noch ehe er richtig begonnen hatte. Ohne Versorgung konnte die Armee nicht weiterziehen.

Der Rammbock erwies sich für die schweren Silotüren als unzulänglich. Wahrscheinlich hatten die Perser Getreidesäcke hinter den Türen gestapelt. Sie hatten nicht vor, sich einen Fluchtweg zu bahnen. Anscheinend reichte es ihnen, möglichst viele Lebensmittel zu vernichten. Die Zeit spielte für sie. Gegner, die den Tod nicht fürchten, sind die Schlimmsten, dachte sich Severus Alexander.

»Wir stürmen jetzt das Gebäude von allen Seiten, sonst steht es komplett in Flammen. Vielleicht können wir dann noch etwas retten«, richtete ihm der Präfekt Gaius Sabinius Timesitheus aus.

Der Kaiser sah, dass sich eine Schildkrötenformation aus Legionären den Weg vor die Türen bahnte. Mit Werkzeugen versuchten sie, die Türen zu fixieren, um sie dann herauszureißen. Parallel dazu erklommen an allen Seiten Soldaten die Fassade, um sich durch die Fenster Zutritt zu verschaffen. Sie boten dabei leichte Ziele für die Bogenschützen, und mehrere Opfer waren zu beklagen.

Pferde, an die die Seile gespannt wurden, schafften endlich das, was dem Rammbock missgönnt war. Die Türen flogen krachend aus den Angeln. Auch an zwei Fenstern waren die Legionäre erfolgreich.

Der Lärm, den die stürmenden Soldaten brüllend entfachten, drang zu ihm und verbreitete unter den Beobachtern wenigstens einen leichten Optimismus.

»Ergreift sie lebendig, wenn ihr könnt«, erteilte er schnarrend den Befehl. »Ich will wissen, woher sie ihre Informationen hatten.«

Doch wurde ihm dieser Wunsch nicht erfüllt. Diejenigen, die das kurze Gefecht im Inneren der Silos überlebten, stürzten sich allesamt ins eigene Schwert.

Am späten Nachmittag erstatteten ihm seine Offiziere Bericht. Ohne Umschweife kam der Kaiser auf den Punkt.

»Wie schlimm steht es?«

»Alle Brände konnten gelöscht werden, o Caesar. Doch sind drei Viertel aller Vorräte den Flammen zum Opfer gefallen«, gestand ihm der Präfekt Gaius Sabinius Timesitheus.

»Irgendwelche Erkenntnisse über die Hintermänner?«

»Nein, ehrenwerter Kaiser.«

Der junge Caesar legte seine Stirn wie ein alter Mann in Falten und schloss kurz die Augen.

»Was sind unsere Optionen, Legat?«, wandte er sich an seinen ranghöchsten Offizier.

»Wir müssen neue Vorräte aus Palmyra und den anderen Städten heranschaffen. Das kann bis zu vier Wochen dauern. Und wir müssen Gaius Iulius Verus Maximinus warnen. Seine Truppen müssen den Rückweg einschlagen. Die nördliche Armee sollte in Arbela warten, wenn sie dort angekommen ist.«

»Könnte Maximinus nicht ein Standlager errichten und warten, bis unsere Kolonne nachrücken kann?«

»Ehrenwerter Caesar, ich halte es für die bessere Option, die Operation vorläufig abzubrechen. Falls er angegriffen wird, kann er nicht mit Hilfe rechnen. Er wäre mitten in der Gluthitze der Wüste auf sich alleine gestellt.«

Severus Alexander war klar, dass der Legat recht hatte. Er hätte ihm gar nicht so viel Umsicht zugetraut. Insgeheim hatte er auf andere Ratschläge gehofft, verwegene Pläne voller Risiko, aber niemand mochte ihm den Gefallen tun.

»Wo ist meine Mutter?«, fragte er in die Runde seiner Generäle.

Der Legat räusperte sich, bevor er antwortete: »Sie hat sich unmittelbar nach dem Überfall in ihre Gemächer zurückgezogen.«

»Danke, Legat.« Severus Alexander wunderte sich darüber, denn seine Mutter nahm in der Regel immer an Ereignissen teil, die sie nicht direkt beeinflussen konnte. Dass sie sich ausgerechnet jetzt nicht blicken ließ, war ungewöhnlich.

»Also gut. So sei es. Schickt ein Dutzend handverlesener Meldereiter zu Gaius Iulius Verus Maximinus. Wählt die geschicktesten Reiter aus Raetien aus. Lasst sie hier antreten, sofort! Ich möchte noch heute Abend eine Ansprache halten.«

Bei Einbruch der Dämmerung standen die Reiter in voller Montur vor ihm. Man sah in ihren Blicken, dass sie von einer Audienz beim Imperator völlig überrascht waren.

Kaiser Severus Alexander musterte die Männer. Es waren sowohl blutjunge als auch erfahrene Soldaten dabei. Er war sich nicht sicher, ob Erfahrung alleine für diesen Auftrag ausreichen würde. Unbedarfte tollkühne Anfänger sollten laut seinem Befehl ebenso ausgewählt werden wie kampferprobte Veteranen. Wer nicht über sein Schicksal nachdachte, war schneller unterwegs. Er wollte seinen Auftrag nicht von irgendeinem Centurio übermittelt wissen, der sie tagtäglich drangsalierte. Voller Einsatz und absolute Loyalität waren jetzt notwendig. Dem Kaiser persönlich verpflichtet zu sein, sollte die Motivation seiner Meldereiter über alle Maßen steigern. Das zumindest war seine Hoffnung.

»Männer Roms, eine Gruppe von Barbaren hat unsere Vorräte vernichtet. Wir müssen die Truppen unseres Legaten Gaius Iulius Verus Maximinus umgehend benachrichtigen. Der Befehl lautet, die Legionen in Sicherheit zu bringen. Der Angriff wird vertagt. Eure vordringlichste Aufgabe wird es sein, zum Legaten vorzustoßen und meinen Befehl auszuhändigen. Wir gehen davon aus, dass der Überfall Teil eines Plans ist. Meldereiter werden daher mit einem Hinterhalt rechnen müssen. Ihr werdet zu zweit reiten, seid jedoch auf euch alleine gestellt. Wer durchkommt und den Befehl aushändigen kann, den erwartet eine ehrenvolle Belohnung. Es kommt auf jede Stunde an. Legionäre! Seid ihr bereit, für Rom zu sterben?«

Eine kurze Pause entstand, weil die verdutzten Reiter aus Raetien nicht wussten, wie sie antworten sollten, denn niemand von ihnen hatte bis jetzt dem Kaiser persönlich gegenübergestanden. Nun waren sie ihm in einem Eid verpflichtet, den er ihnen in diesem Moment abgenommen hatte.

Tatius Aurelius Bellus streckte voller Stolz sein Kreuz durch, erhob seinen Arm und schrie mit allen anderen zugleich aus voller Kehle:

»Ave Caesar! Roma Victrix! Roma Victrix! Roma Victrix!«

Freies Germanien, März 232 n. Chr.

Der penetrante Duft schoss ihm wieder einmal unvermittelt in die Nase, und Marcus verzog sein Gesicht zu einer angeekelten Grimasse. Seine gewohnte römische Kleidung hatte er am Tag ihrer Flucht gegen Hose, Mantel und Pelzumhang eines Germanen eintauschen müssen. Ein scharfer Geruch, den er am ehesten mit Katzenpisse in Verbindung brachte, haftete seitdem an ihm. Alwinas Zuversicht, er werde sich in wenigen Tagen daran gewöhnen, als hätte er nie etwas anderes getragen als Leder und Tierhaare, hatte sich auch nach mehr als einer Woche nicht erfüllt. Wenigstens war es das Opfer wert gewesen. Der Grenzübertritt war problemlos verlaufen. Germanen, die das Reich verließen, waren wohlgelitten.

Wie Alwina schon am Abend des Kennenlernens von ihren neuen Gefährten erfahren hatte, herrschte bei den Stämmen jenseits der Grenze aufgrund des harten Winters eine Hungersnot, und so war der Grenzverkehr reger als sonst. Viele Felle wechselten in den Siedlungen nahe am Limes die Besitzer. Eingetauscht wurde fast ausnahmslos Proviant. Haltbare Lebensmittel statt der üblichen Luxuswaren wie Bronze- und Glasgefäße, Silbergeschirr oder Waffen.

Der Weg durch die verschneite, weglose Landschaft war mühevoll und voller Entbehrungen. Es kam Marcus vor, als bestünde ganz Germanien nur aus Wald. Könnten die Germanen Bäume zu Kriegern machen, wäre Rom an einem einzigen Tag besiegt! Heftige Windböen verfingen sich klagend in den Ästen und nagten an seinen Nerven.

Die kleine Gruppe schlängelte sich auseinandergezogen wie eine Perlenschnur durch einen winzigen Hohlweg. Kein Mensch redete mit ihm seit ihrer Ankunft im freien Germanien, von Alwina einmal abgesehen. Nicht, dass er darauf Wert gelegt hätte. Die meiste Zeit über war er froh, dass die Männer, denen sie sich angeschlossen hatten, so schweigsam waren, als wären sie stumm. Doch fühlte er sich in Gesellschaft ihrer Begleiter von Anfang an unwohl, und man sah es ihm an.

Er stöhnte auf. Alwina reagierte ungehalten.

»Was ist los, Marcus? Ist es wieder einmal die Kleidung meiner Landsleute, oder warum ziehst du schon wieder so ein Gesicht? So mancher Römer riecht auch nicht besser!«

»Leise! Willst du, dass uns jeder hören kann? Ich habe doch nichts gegen deine Landsleute. Ich mag einfach diese Männer nicht! Siehst du nicht, wie sie dich anstarren? Als wollten sie dich mit ihren Blicken ausziehen. Warum streiten wir eigentlich andauernd? Wir sind mehr denn je aufeinander angewiesen.«

Sie schnaubte.

»Sie helfen uns, oder etwa nicht? Ich gehöre dir nicht! Ich bin endlich frei, und niemand wird mir diese Freiheit je wieder nehmen.«

»Jaja.« Marcus versuchte, den Streit zu beenden, und wechselte das Thema.

»Hast du endlich herausbekommen, wo diese Leute wohnen? Kennen sie deinen Stamm? Wir dringen immer tiefer in diese Wildnis ein, und ich habe keine Ahnung, wo wir sind.«

»Landogar kennt jemanden, der weiß, wen wir fragen können. Wir treffen ihn schon bald, hat er gesagt.«

»Hat er das?«

Der Spott in Marcus' Stimme war nicht zu überhören.

»Er kennt also jemanden, der jemanden kennt. Findest du das nicht etwas vage?«

»Hast du eine bessere Idee? Hier herrschen andere Sitten. Nichts wird aufgeschrieben, alles wird mündlich überliefert. Wir müssen also auf einen Ältesten stoßen, auf einen Weisen oder wie man das hier nennt, und dort wird man uns weiterhelfen. Meilensteine oder Schriftrollen sind Vergangenheit.«

Marcus sah sie entgeistert an. In diesem Punkt hatte sie recht.

»Können wir uns wenigstens darauf einigen, vorsichtig zu sein? Nur weil du eine Germanin bist, heißt das noch lange nicht, dass wir nichts zu befürchten haben. Herzlich willkommen fühle ich mich jedenfalls nicht. Irgendetwas werden sie sich schon davon versprechen, uns mitgenommen zu haben. Nichts ist umsonst. Das habe jedenfalls ich im Leben gelernt«, sprach er und dachte wehmütig an Onkel Titus.

Alwina hob die Arme und signalisierte Zustimmung: »Meinetwegen.«

Nach einigen Tagen ohne nennenswerte Vorkommnisse stießen sie unvermittelt auf ein kleines Dorf. Eine Höhensiedlung mit mehreren Gehöften. Endlich hatte der Wettergott ein Einsehen, und der schneidende Wind, der sich heulend in Marcus' Kapuze eingenistet zu haben schien, ließ nach. Die Temperaturen waren täglich gestiegen, und das Frühjahr forderte den Winter auf, Abschied zu nehmen. Die Sonne zeigte sich und erinnerte um die Mittagszeit daran, dass sie die abgestorbene Landschaft nicht im Stich lassen würde. Marcus hielt sein Gesicht mit geschlossenen Augen in die Wärme und träumte einen Tagtraum von blühenden Wiesen.

Landogar ritt heran.

»Alwina! Ich habe eben mit dem Anführer des Dorfes gesprochen, der hier in der Gegend kundig ist. Unweit von hier treffen wir Adalward. Er kennt die Führer fast aller Stämme von Bedeutung im Umkreis von vierzig Tagesritten. Er wird uns empfangen. Hören wir also seinen Rat, dann weißt du sicher mehr über den Weg, den ihr einschlagen müsst.«

Alwina lächelte triumphierend zu Marcus.

»Was ist seine Funktion?«, fragte Marcus spitz.

Landogar verzog das Gesicht.

»Funktion? Er hat keine Funktion. Adalward ist Berater, Verhandlungsführer und Schamane. Ein Weiser, dessen Rat selbst Könige einholen. Er hat bereits zu Ballomars Zeiten als Jüngling und Medium am Verhandlungstisch mit den Römern und dem Stamm der Markomannen gesessen. Ihr könnt euch glücklich schätzen, dass er euch empfängt.«

Marcus kombinierte.

»Er war schon zu Kaiser Marc Aurels Zeiten bei den Markomannenkriegen dabei? Er muss uralt sein!«

Landogars Miene blieb missliebig.

»Du kennst dich wohl gut in der römischen Geschichte aus? Ja, so ist es. Er zählt beinahe fünfundachtzig Lenze und ist fast blind. Folgt mir, da entlang.«

Der alte Weise, den sie Adalward nannten, hauste in einer armseligen Einsiedlerhütte, die auf einem Sporn des Hügels unweit des Dorfes stand. Ein paar Frauen, die durch die Hütte huschten, kümmerten sich um den betagten Mann, der auf einem Berg von Fellen in einem klapprigen Stuhl vor einem Kamin saß. Links und rechts von ihm hatten zwei junge Männer mit kahl rasiertem Schädel und rasierter Brust Platz genommen – ein hervorstechender Kontrast zu dem zotteligen Greis. Marcus hielt sie für Schüler oder dergleichen. Adalward selbst strahlte eine geheimnisvolle, fast unheimliche Aura aus. Knochige Finger umschlossen den Knauf eines gewundenen Stocks. Er beobachtete die Umgebung durch ein Gewirr aus dünnen grauen Haaren und musterte die Gäste. Sein Gesicht war zerfurcht von unzähligen Falten, der Bart war lang, aber fast durchsichtig, so fein kräuselten sich die alten Haare. Der Mund war nicht mehr als ein schmaler, eingefallener Strich über dem spitzen Kinn, und Marcus mutmaßte, dass dem betagten Greis nicht viele Zähne verblieben waren.

Alwina nickte ihm zu und setzte sich im Schneidersitz vor ihn. Marcus tat es ihr zögerlich gleich und erschrak, als er Adalwards Blick erwiderte. Ein Auge starrte ihn milchig weiß an. Er fühlte, ja, er spürte förmlich, wie ihn der tote Blick durchbohrte.

Der alte Germane wandte sich Alwina zu. Es ging eine unsichtbare Macht von dem Mann aus, die Marcus frösteln ließ.

Endlich sprach er: »Eine Germanin bist du nicht, eine Römerin auch nicht. Wer bist du? Was führt dich hierher?«, presste der alte Mann mit einer tiefen, rauen Stimme heraus, die sich am Ende der Sätze ein wenig brach.

Eine alte, aber angenehme Stimme, die gewohnt war, sich Gehör zu verschaffen.

Marcus war überrascht. Woher wusste der Alte von dieser Besonderheit? War hier etwa Magie im Spiel?

Alwina reagierte ebenfalls verwundert.

»Das stimmt. Ich bin Alwina, Tochter ...«, sie brach ab.

»Wir suchen meinen Bruder, Adalmar. Er führt mehrere Stämme an. Ich bin hier in Germanien geboren. Aber ich war zeit meines Lebens eine Gefangene Roms. Bis jetzt.«

Der alte Mann schüttelte den Kopf.

»Ich kenne keinen Adalmar.«

Alwina zögerte nur kurz.

»Doch, ich bin sicher, dass Ihr ihn kennt. Oder von ihm gehört habt. Er ist der Sohn des Ariovist, eines bedeutenden Stammesführers zu Zeiten Caracallas, der sich dem römischen Kaiser mutig in den Weg gestellt hat. Und ich bin seine Tochter.«

Erneut folgte ein langes Schweigen. Die knackenden Holzscheite, die sich die Glut im Kamin einverleibte, klangen zuweilen bedrohlich.

Adalward führte seinen Unterkiefer langsam im Kreis. Er dachte nach und brachte kauend Licht ins Dunkel einer längst vergangenen Epoche.

»Ariovist. Die Prophezeiung. Die Zeit der Rache ist nahe.«

Bei diesen Worten stellten sich bei Marcus die Nackenhaare auf. Er fühlte sich plötzlich wieder sehr römisch und bedroht. Er wich den Blicken des Alten aus. Doch der starrte nun ihn an.

»Und wer ist der Römer?«

Marcus fühlte sich auf frischer Tat ertappt und begann zu schwitzen. Was sollte er sagen? Er hoffte, Alwina nähme ihm diese Aufgabe ab. Er spürte die bohrenden Blicke der anderen Germanen im Rücken, ein ungläubiges Murren und Geraune erfüllte den Raum. Lügen wäre zwecklos, der alte Schamane sah offenbar direkt in sein Innerstes.

Alwina stand auf und richtete die Stimme an alle Anwesenden.

»Ja, so ist es. Das ist Marcus Aurelius, ein junger, mutiger Römer. Er hat mir das Leben gerettet und mich aus den Fängen meiner Häscher befreit. Er kann nicht zurück. Bei meiner Ehre habe ich geschworen und ihm versichert, dass ihm nichts passieren wird.«

Der Alte hob die Hand, und sofort verstummten alle Proteste.

»Ein Wort ist ein Wort. Der Römer ist unser Gast. Ich kannte deinen Vater, Alwina. Er war ein guter Mann. Er hatte auch einen guten Verwalter. Ich glaube, er hieß Berovist. Er hat mich manchmal um Rat gebeten. Höre mir nun gut zu; ich werde dir verraten, wo du ihn findest.«

Trotz des Machtworts hatte Marcus das Gefühl, dass die anderen Germanen ihn mit verachtungsvollen Blicken straften. Dass sie mit Rom Geschäfte tätigten, hinderte sie nicht daran, römische Bürger zu hassen.

Dennoch war der Alte ein Ehrenmann und half ihnen trotz der unheilvollen Erfahrungen, die er mit den Römern gemacht hatte. Er erklärte Alwina gründlich und detailliert den Weg, den sie zu nehmen hatten. Marcus versuchte vergeblich, den Ausführungen zu folgen, aber die Art und Weise, wie Adalward erklärte, war ihm fremd. Keine Meilensteine und Städte, dafür Felsen, Berge, Flüsse und Höhlen, an denen man sich orientieren sollte. Er hoffte auf Alwinas Gedächtnis.

Nachdem der alte Mann mit der Wegbeschreibung fertig war, wollte sich Marcus schon aufrichten, als ihn Adalward unvermittelt ansprach. Er zuckte zusammen, als hätte ihm jemand vehement einen Finger in die Seite gebohrt.

»Bevor du gehst, höre nun auch du mir zu, Römer, denn dies betrifft dein Schicksal.«

Er nahm von einem kleinen Tisch eine Handvoll

Gegenstände, die Marcus erst nicht näher bestimmen konnte, spuckte in seine Hand und warf ihm dann alles vor die Füße. Er erkannte darin mit einem Mal kleine Knochenstücke. Sie waren weißlich und gelblich gefärbt, angeraut und voller winziger schwarzer Sprenkel. Manche kullerten lange hin und her und schienen sich nicht ihrem Schicksal zu fügen. Starr vor Schreck blieb Marcus wie angewachsen sitzen und wagte nicht, sich zu rühren. Er hielt den Atem an. Der Schamane wurde ihm immer unheimlicher, je länger sie hier ihre Zeit verbrachten. Adalward blinzelte und kniff seine alten Augen zusammen, so als könne er dem, was sich bar jeglicher Ordnung vor ihm verteilt hatte, einen Sinn zuordnen. Marcus irrte sich nicht, denn Adalward las im Chaos der Knochen eine Botschaft, die er nach kurzem Abwägen verkündete. Sein Blick klarte auf. Auf einmal riss er beide Augen auf und streckte den Zeigefinger auf Marcus' Brust. Marcus konnte sich dem blinden Auge mit der trüben weißen Linse nicht entziehen.

»Die Liebe führte dich in dieses unser Land. Liebe wird dich wieder zurückführen. Doch wird dein Schicksal nicht hier entschieden. Wer heute verraten wird, ist morgen der Verräter. Du suchst dein Glück? Geh und finde es. Lasse es los im rechten Moment und beweise Geduld. Dann wird es vollkommen.«

Marcus verstand kein Wort. Schweißperlen rannen ihm über die Wangen.

Der weit aufgerissene Blick wurde wieder sanfter. Adalward sank zurück auf seine Felle und entspannte sich.

»Du kommst in guter Absicht. Pass auf deine Gefährtin auf. Ihr seid die Zukunft.«

Der alte Germane sah mitgenommen aus, er schwitzte.

Prophezeiungen schienen ihm Energie zu rauben. Er wandte sich ab und kauerte sich zusammen. Die jungen Männer und Frauen kümmerten sich umgehend eifrig um ihn, deckten ihn zu und boten ihm Speisen und Getränke an.

Alwina fasste Marcus sanft an der Schulter und zog ihn fort aus dem Tunnel, in dem er gefangen schien. Als sie vor die Tür traten, war Marcus immer noch völlig in den Bann gezogen.

»Woher weiß dieser Mann das alles? Er liest in mir wie in einem Buch, und ich glaube daran, dass er recht hat.«

Alwina stimmte ihm zu.

»Es gibt Dinge, die kann man nicht erklären. Die Götter haben ihn als Sprecher auf Erden erwählt.«

Völlig in Gedanken stand Marcus bei seinem Pferd Luminus und tätschelte dessen Hals. Was für eine Begegnung! Er war wie in Trance zurückgelaufen und dachte über die Worte des alten Germanen nach. Wie würde es weitergehen? Alwina war hinter ihm zurückgeblieben und wurde von Landogar aufgehalten. Dieser schien aufgebracht und wedelte wild mit den Händen. Marcus verstand kein Wort, doch beschlich ihn ein ungutes Gefühl. Die Atmosphäre war innerhalb der Gruppe, in der sie mitreisten, noch im Haus des Alten in eine feindselige umgeschlagen. Sie sollten sehen, dass sie fortkamen.

»Dein Bruder, ja?«

Alwina erschrak über den schroffen Vorwurf. Landogar hatte sie rüde am Ärmel gepackt. Sie riss sich los.

»Was spielt das für eine Rolle?«

Landogars Augen funkelten vor Wut.

»Was das für eine Rolle spielt? Einen Römer hätte ich nie in die Heimat mitgenommen.«

»Ja, und deshalb ist er wie ein Bruder für mich. Er hat ein Recht darauf, mich zu begleiten.«

»Er ist ein verdammter römischer Bastard. Er hat hier nichts verloren. Wir hätten dich mit Stolz zu deinem Stamm geleitet.«

»Ohne Marcus stünde ich nicht hier. Was handelst du mit Römern, wenn du sie nur verachtest? Ohne Rom hättet ihr jetzt nichts zu essen, hast du das vergessen?«

Die Ohrfeige knallte laut wie ein Peitschenhieb, und Alwina fiel rücklings zu Boden. Der Schlag traf sie völlig unvorbereitet. Niemals hätte sie mit einem derartigen Gewaltausbruch gerechnet. Landogar sprang mit den Knien voran auf ihren Brustkorb und hielt ihre Arme fest, mit denen sie wie wild versuchte, ihn wegzutrommeln. Sie bekam kaum Luft, so heftig drückte er sie zu Boden. Sie musste husten und röchelte.

»Deinem Bruder dürfte deine Rückkehr doch einiges wert sein? Ich gehe jede Wette ein, dass du uns noch viele vollgeschlagene Bäuche bescheren wirst.«

Alwina keuchte schwer und presste voller Abscheu heraus: »Der einzige Bastard hier bist du! Adalmar wird dir den Kopf abschlagen.«

Landogar schlug ihr mit der Faust geradewegs ins Gesicht, ihr Schrei klang dumpf und nach Ohnmacht.

»Ich werde dir zeigen, wer hier die Bastarde in die Welt setzt, du römische Hure!«

Der Germane riss wie besessen an ihrem Umhang, und als dieser sich nicht lösen ließ, holte er wütend aus, um erneut zuzuschlagen. Mitten in die Bewegung hinein erschütterte ein markiger Schrei die Landschaft.

Marcus brüllte mit aufgerissenem Mund einen schrillen, sinnlosen Ton und zog alle Aufmerksamkeit auf sich.

»Loslassen! Lass sie sofort los, du Mistkerl«, presste er mit rauer Stimme hervor.

Sein Gegenüber senkte langsam die Fäuste. Landogar starrte in die Spitze eines angelegten Pfeils.

»Eine falsche Bewegung, und ich durchbohre deinen Kopf!«

Durch den Schrei war die halbe Gruppe auf sie aufmerksam geworden. Marcus ahnte, dass ihm nicht viel Zeit blieb.

»Steh auf und lass sie los! Wird's bald?«

Landogar erhob sich langsam, sah sich um und fand – seine Kumpane im Blick – die Selbstsicherheit schnell wieder.

»Pass auf, dass du dich nicht verletzt, Römer. Kannst du damit denn überhaupt umgehen?«

Er grinste schief bei der Provokation.

Marcus überlegte fieberhaft, wie er hier wieder rauskommen sollte. Er musste an die Wirtshausprügelei denken. Lag es an Alwina, dass er in solche Situationen kam? Oder an ihm? Die Gedanken überschlugen sich. Er versuchte, Zeit zu gewinnen, und beschloss zurückzupöbeln.

»Du willst nicht wissen, zu welchen Treffern ein guter Schütze in der Lage ist. Wenn ich will, schieß ich dir deinen Schwanz weg.«

Er richtete den Pfeil auf Landogars Schritt.

Dem Germanen fror das Grinsen auf der Stelle ein, und er drehte sich rasch zur Seite weg. Die Drohung hatte ihre Wirkung entfaltet. Fürs Erste hatte der Germane seinen Hochmut eingebüßt. Er wischte sich mit dem Zeigefinger über die Nase und setzte ein freundlicheres Gesicht auf.

»Was soll nun werden? Wie hast du dir das vorgestellt, Römer? Du brauchst mich, wenn du hier wieder rauskommen willst.«

Marcus hörte das Klirren von Schwertern. Die anderen Germanen hatten die Waffen gezückt und rückten langsam vor. Er musste den Riegel schnellstens wieder sprengen und holte tief Luft.

»Stehen bleiben!«

Diesmal hatte er seine Stimme unter Kontrolle. Er richtete den Pfeil auf jeden, der ihn anstarrte. Die Drohung verfehlte ihre Wirkung nicht. Keiner wagte es mehr, einen Fuß vor den anderen zu setzen.

Alwina kam wieder zu sich und rappelte sich benommen auf. Mühsam torkelte sie zu ihm. Marcus sah, dass sie an der Wange blutete; ein Rinnsal arbeitete sich in ihrem Gesicht vor. Sie trat hinter Marcus und hielt sich zitternd an seinem Fell fest.

»Es steht schlecht um dich!«, rief der Barbar ihm höhnisch zu.

Marcus zielte wieder auf seinen Kopf.

»Um dich steht es nicht besser! Hebe deine Hände!«, rief er dem Anführer der Bande zu.

Landogar präsentierte sich immer noch von der Seite und hob die Hand wie ein Zöllner, der jemanden stoppen wollte. Marcus fand, dass die flache, gespreizte Hand ein passendes Ziel darbot. Seine Finger lösten sich von der Befiederung.

Der Pfeil durchbohrte die Handfläche des Germanen und drang fast bis zum Schaft durch. Der blutige vordere Teil des Pfeils samt Spitze hing schräg nach oben und bot mit dem leichenblassen Landogar, der auf seine Hand stierte, einen morbiden Anblick. Der Germane jaulte auf wie ein Hund und schüttelte seinen Arm. Doch der Pfeil steckte fest und bereitete ihm durch das Schütteln noch mehr Schmerzen. Alle gafften. Marcus hatte sich vorgenommen, sofort einen Pfeil nachzulegen, solange alle abgelenkt waren. Sein Plan ging auf. Als der erste Schmerz bei Landogar nachließ, glotzte er in die nächste Pfeilspitze.

Marcus rief den umstehenden Männern, die gebannt auf ihren Anführer starrten, entschlossen zu: »Wer keine Bekanntschaft mit diesem Pfeil machen will, legt sofort die Waffe nieder und geht zwanzig Schritte zurück!«

Er sah seinen aufgepeitschten Gegnern in die Augen, hielt ihren wilden Blicken demonstrativ stand und spannte die Sehne durch, um seiner Forderung den gewünschten Nachdruck zu verleihen.

»Wird's bald?«

Obwohl sie ihm alle zugleich leicht den Garaus hätten machen können, hatte keiner Lust, derjenige zu sein, der am Wegesrand neben Marcus verscharrt werden würde.

Zögerlich, aber stetig fielen Schwerter, Knüppel und Äxte ins Gras.

»Hol einen Knüppel und ein Seil zum Fesseln, Alwina.«

Sie hatte sich wieder gefasst und gehorchte ihm schweigend.

Marcus schritt auf Landogar zu, der ihn mit schmerzverzerrter Fratze anglotzte.

»Du wirst uns jetzt ein Stück begleiten. Auf die Knie.«

Nachdem Landogar von Alwina gefesselt worden war, hievte Marcus den verletzten Germanen auf sein Pferd. Wie ein Sack Getreide lag er bäuchlings quer über Luminus. Marcus wog kurz das Risiko ab, ob Luminus imstande sein würde, drei Menschen zu tragen, aber da Alwina nicht reiten konnte und jeder Moment zählte, ließ er es darauf ankommen. Ein oder zwei Meilen als Vorsprung würden reichen, dann konnten sie ihre Geisel wieder abladen. »Es ist nur für einen kurzen Moment, Luminus, halte durch«, flüsterte er seinem Hengst zu. Dann sprang Marcus ebenfalls auf, zog Alwina hinter sich und erbat sich mit einer ausladenden Geste freie Bahn. Alle wichen einige Schritte zurück.

»Wagt nicht, uns zu folgen. Wenn ihr uns in Ruhe lasst, lassen wir euren Anführer lebendig frei.«

Alwina redete ihren Landsleuten zum Abschied ebenfalls zu, wie injiziertes Gift sollten sich ihre Worte langsam in den Köpfen ausbreiten.

»Denkt über die Worte Adalwards nach. Der alte Weise hat Gastfreundschaft erbeten, und ihr habt uns mit Feindschaft und Gewalt empfangen. Die Götter werden euch hart dafür bestrafen, es sei denn, ihr nehmt euren Alten beim Wort, lasst uns ziehen und sucht nicht nach uns. Landogar wird nichts passieren, wenn ihr euch daran haltet.«

»Platz da!«

Schnaubend trabte Luminus durch die schmale Gasse, die die erstarrte Menge freigegeben hatte, während Marcus den Bogen mal hierhin, mal dorthin schwenkte. Keiner wagte es, sich ihm entgegenzustellen.

Marcus versuchte es mit einem Trab, und zu seinem Glück schien Luminus der im wahrsten Sinne des Wortes gewichtigen Aufgabe gewachsen. Er wieherte und beschleunigte mit donnernden Hufen seinen Schritt.

Alwina packte Marcus fest um die Taille und erwärmte sein Herz mehr, als es die wiedererstarkte Sonne und dieses Gefühl von Macht jemals vermocht hätten.

Biriciana, April 232 n. Chr.

Titus stieg ächzend von seinem Wagen. Die Verletzung erinnerte ihn täglich an sein Versagen. Nach dem Reitunfall war das Knie auf eine seltsam anmutende Dicke angeschwollen. Er hatte bei Einbruch der Nacht mit letzter Kraft die kleine Mansio erreicht und fand glücklicherweise den immer noch hilfsbereiten Wirt vor. Schon am nächsten Tag griff eine fiebrige Erkältung nach ihm, und er war vorerst ans Bett gefesselt. Dank des kräuterkundigen Wirts, der ihm ständig Suppen servierte, erholte er sich rasch. Viele Denare flossen in die Kasse des Wirts. Sein Knie schmerzte leider weiter. Erst etliche Tage später war er wieder in der Lage zu reiten und eilte nach Augusta Vindelicum. Doch auch nachdem er mehrere Ärzte konsultiert hatte, blieb ihm als Therapie nur, sein Knie zu bandagieren und einen Stock als Entlastung zu verwenden. Die Ruhe, die man ihm verordnet hatte, hätte er beim besten Willen nicht einhalten können, und so war es folgerichtig, dass sich sein Zustand nur unmerklich besserte. In Momenten, in denen er sich unachtsam verhielt, brodelte der Schmerz wie ein Vulkan plötzlich und eruptiv hervor. Sein Knie klappte dann weg und fühlte sich an, als hätte jemand glühende Nadeln hineingetrieben. So landete er immer wieder im Dreck der Straße. Es fühlte sich elend und demütigend an. Doch im Vergleich zu dem

Schicksal, in das er Marcus getrieben hatte, verblichen seine Leiden augenblicklich.

Lange hatte er nach einer Lösung, nach einem Ausweg gegrübelt. Seinen Bruder hatte er immer noch nicht über Marcus' Schicksal eingeweiht. Er wollte ihn nicht belasten, redete er sich eisern ein. Die Wahrheit jedoch machte sich in seinem Inneren breit, bis er sich eingestehen musste, dass er nicht den Mut besaß, sich Quintus zu offenbaren.

Es fiel ihm keine bessere Option ein, als erneut den Centurio aufzusuchen. Der wusste über die Vorgänge an der Grenze von allen, die er kannte, am besten Bescheid. Ohnehin war es an der Zeit, sich zu erklären, denn in der Version von Macro und Cato wurden er und Marcus mit Sicherheit in ein schlechtes Licht gerückt. Es musste so wirken, als hätten sie sich aus dem Staub gemacht. Er hatte sich vorgenommen, sich bei den beiden zu entschuldigen; vielleicht wussten sie gar etwas Erhellendes beizutragen. Der Weg nach Biriciana war beschwerlicher denn je, zumal sein Bruder als Aufenthaltsstation ausfiel. Er war heilfroh, endlich angekommen zu sein, und humpelte auf die Porta Praetoria zu. Für die Strahlkraft der ersten Frühlingsblüten, die sich überall ihren Weg durch die schlammig braune Landschaft bahnten, hatte er keinen Blick.

Er musste die Aura eines Bettlers versprühen, so rüde, wie ihn der Wachhabende anpflaumte.

»Halt! Was willst du hier? Hier gibt's keine Almosen. Scher dich weg!«

Titus seufzte leise in sich hinein. Es war höchste Zeit, an seiner Ausstrahlung zu arbeiten. Er richtete seinen gebeugten Körper auf und räusperte sich.

»Ich habe hier ein großartiges Geschenk für den Centurio im Wagen. Ein Fass edlen Weines. Ich kenne den ehrenwerten Centurio Julius Flavius Sabinus persönlich und bin kürzlich in seinem Auftrag unterwegs gewesen. Wenn du also nicht in den kommenden Monaten zur Nachtwache eingeteilt werden willst, dann unterrichtest du schleunigst deinen Vorgesetzten und lässt mich ein. Ich habe Schmerzen und schlechte Laune, und jeder, der daran arbeitet, dass sie sich nicht bessert, wird es bereuen. Verstanden?«

Der Wachmann musterte ihn überrascht von oben bis unten, sah zum Ochsenkarren und gab klein bei.

»Warte ... wartet hier, ich bin gleich zurück.«

Titus stemmte die Arme in die Hüfte und suchte nach einer bequemen Position, die sein Knie entlastete. Er war sich sicher, dass sogleich wieder der dämliche Optio erscheinen würde, der ihn schon beim letzten Besuch genervt hatte. Der Centurio würde sich nicht so leicht behelligt lassen, das war ihm klar. Tatsächlich behielt er recht. Der Optio marschierte drahtigen Schrittes auf das Tor zu, entdeckte ihn und starrte ihn in einer Weise an, als stünde ein Geist vor ihm.

Titus schürzte die Lippen und hob soeben die Hand zum Gruß, doch verfing sein Bemühen nicht.

Ohne ein Wort mit ihm zu wechseln, kehrte der Optio um und klapperte im Eilschritt mit aschfahlem Gesicht Richtung Stabsgebäude zurück.

Mit einer Mischung aus Erstaunen, Anerkennung und Verblüffung begrüßte der Centurio Titus nur kurze Zeit später.

»Ich fasse es nicht. Ihr seid es wirklich. Ich dachte, Ihr wärt tot.«

»Tot?«

Titus verstand nicht, doch die Aufmerksamkeit des Centurios galt bereits dem Ochsenwagen.

»Ich schlage vor, wir trinken auf Euer Wohl. Ich möchte umgehend wissen, was passiert ist. Optio! Sorgt dafür, dass das Fass in die Kommandantur gebracht wird, sofort!«

Der Centurio wies ihm den Weg in den ihm schon bekannten Raum. Die Devotionalien der Prätorianer zogen Titus auch beim zweiten Besuch in den Bann. Er starrte sie an und versuchte, sich ein Bild von dem Mann zu machen, der offensichtlich weltgewandt, militärisch versiert und gebildet war und dennoch hier in der Provinz seinen Dienst verrichtete. Titus spürte, auf diesen Mann konnte man sich verlassen, gerade weil er strafversetzt worden war. Das passierte seiner Erfahrung nach entweder Verbrechern oder Leuten, die unbestechlich zu ihren Werten standen. Den Centurio verortete er in der zweiten Kategorie – ein ehrbarer Mann. Sie waren sich im Wesen ähnlich. Er verspürte Respekt.

Dennoch entging ihm nicht, wie der Kommandant ihn nachdenklich musterte, während er zwei Becher einschenkte.

Centurio Julius Flavius Sabinus fühlte sich die meiste Zeit einsam. Einsam im Geiste. Die Gemüter seiner Untergebenen, ja aller Bewohner hier in der Provinz, hielt er für redlich, aber schlicht. Was ihn in seinem Leben geprägt hatte, konnten die Menschen hier nicht verstehen. Die Vergangenheit hatte ihn Vorsicht gelehrt. Schweigen ist Gold. Dennoch hatte er diesem Titus Aurelius praktisch sofort wichtige persönliche Informationen anvertraut. Warum? Er stellte die Becher ab und hielt kurz inne, um in Gedanken eine Antwort zu formulieren: weil er aus dem gleichen Holz geschnitzt war wie er selbst. Er mochte ihn wegen seines Charismas. Schnelle Denker und Pragmatiker existierten hier sonst nicht. Sie schätzten die gleichen Werte, wie er fand. Hatten sie auch gemeinsame Ziele? Er beschloss, es herauszufinden.

»Titus Aurelius, Ihr seht miserabel aus, doch hielt ich Euch für tot. Euer Zustand ist also besser, als ich vermutet habe. Da stellen sich mir zwei Fragen: Wieso habt Ihr Euren Auftrag nicht ausgeführt und Euch davongemacht, lautet die eine. Die andere ist, was Ihr zur Aufhellung beitragen könnt. Ich habe sehr spät, ja erst kürzlich vom Scheitern der Mission erfahren. Erzählt mir also, was passiert ist.«

Titus erhob seinen Becher und nahm einen tiefen Zug.

»Ich habe lange überlegt, was ich Euch erzählen würde. Irgendeine Räubergeschichte und wilde Ausreden habe ich mir zurechtgelegt. Am Ende hätte ich mich immer gegen Macro und Cato gestellt, zwei gute Kerle. Das wollte ich nicht. Ihre Version der Geschichte muss furchtbar für Euch klingen, aber ich habe es nicht anders verdient. Ja, wir haben die beiden im Stich gelassen. Besser gesagt, wir haben uns alle davongemacht, ohne jede Vorwarnung. Dabei lief es eigentlich gut. Wir haben das germanische Mädchen, Lumina, die eigentlich Alwina heißt, gefunden und sie auf halbem Weg zurückeskortiert. Dann hatte ich eine Vorahnung, dass etwas an dem Auftrag nicht stimmen kann. Wir haben Vorsichtsmaßnahmen ergriffen. Bis …«

Titus machte eine Pause und runzelte die Stirn.

»Die Wahrheit ist: Das Mädchen hat meinen Neffen entführt, und es ist meine Schuld. Ich habe sie sofort verfolgt, aber dann hatte ich einen Unfall. Es ist ein Wunder, dass ich noch lebe. Bei Paludamentum müssen sie über die Grenze gelangt sein. Ich frage Euch: Habt Ihr irgendwelche Hinweise auf …?« Titus' Worte endeten mitten im

Satz; er fuhr vor Schreck zurück, als der Centurio mit der Faust auf den Tisch hämmerte.

»Verdammt!«

Titus wischte vorsichtig mit der Hand Weinreste vom Tisch. Sein Becher war übergeschwappt, als er gezuckt hatte.

»Verdammt, verdammt, verdammt, jetzt ergibt alles einen Sinn.«

Der Centurio griff sich mit der Hand an die Stirn.

»Ich verstehe nicht?«, fragte Titus verwundert.

»Schlechte Nachrichten, Titus Aurelius. Macro und Cato sind tot. Ermordet.«

»Macro und Cato sind tot? Aber dann ... die Verschwörung!« Titus stand auf und zückte sein Messer. Er war sich nicht sicher, ob er sich schützen oder gleich auf den Centurio stürzen sollte. Er schüttelte immerzu seinen Kopf. »Mörder!«

Der Centurio sah ihn fragend an.

»Ihr meint, ich wäre der Verschwörer?« Er lachte und warf einen spöttischen Blick in die Luft. »Ich will Euch ein Geheimnis verraten. Mein Befehl lautete ursprünglich, mit Euch zu gehen.«

Er wartete einen Augenblick, damit seine Worte Wirkung entfalten konnten.

Titus hatte noch immer sein Messer erhoben und wackelte verständnislos mit dem Hals.

»Versteht Ihr? Ich wäre ebenfalls in Eurer Gruppe gewesen. Anstelle von Macro und Cato. Jemand hatte ein Interesse daran, eine ganz bestimmte Gruppe von Leuten auszulöschen. Dieser Jemand hat versucht, dafür zu sorgen, dass diese Gruppe zusammen reist. Ich dachte bis heute, dass dieser Jemand seinen Plan beinahe erfolgreich durchgeführt hat und dass nur noch ich übrig wäre. Aber wenn ich das richtig sehe, dann haben alle Ziele das Attentat überlebt. Ermordet wurden vier Unschuldige. Zwei davon haben wir jedoch nicht identifizieren können.«

»Vier Opfer?!«

Titus senkte das Messer und ließ sich mit energischer Wucht auf seine Bank zurückfallen. Das Kopfschütteln schien wie ein Tick fortzuleben. Er konnte sich denken, wer unter den Opfern war. Macro, Cato, die Zofe. Aber wer war der Vierte? Seine Gedanken fanden kein befriedigendes Ergebnis.

»Bei allen Göttern! Einen Augenblick dachte ich, Ihr stündet mit diesem Jemand im Bunde. Ich lag falsch.«

Die Augen des Centurio funkelten. Titus blickte ihn direkt an.

»Ich sehe es Euch an. Wir denken an den gleichen Mann. Ihr habt ebenfalls Aulus Fidelius im Verdacht?!«

Der Centurio nickte.

»Von ihm bezog ich meine Befehle. Bis heute habe ich nichts mehr von ihm gehört. Ich habe täglich damit gerechnet, unangenehmen Besuch zu erhalten. Jetzt ergibt alles einen Sinn. Erst seit gerade eben kann ich die Geschehnisse einordnen. Da hat jemand verdammt viel Angst bekommen und verbarrikadiert sich. Aulus Fidelius hat keine Ehre. Er ist ein feiger Hund.«

Titus knurrte verärgert. Es war nicht das erste Mal, dass er seine Gegner unterschätzt hatte.

»Er ist durchtrieben, ja. Ich kenne ihn mein halbes Leben. Es gab schon Gelegenheiten, bei denen ich wahrhaft um meinen Kopf gefürchtet habe. Aber in dieser Sache? Ich kann mir keinen rechten Reim darauf machen. Was ist der Grund?«

Centurio Julius Flavius Sabinus schenkte sich reichlich Wein nach.

»Darüber kann man nur spekulieren. Die Gelegenheit war günstig wie nie. Die Verfehlungen des Aulus Fidelius sind nicht nur Euch bekannt. Er hat einen schlimmen Fehler begangen. Die Bedrohung aus dem Norden hat er zu verantworten. Kommt es Rom zu Ohren, muss der stellvertretende Statthalter mit schwerwiegenden Konsequenzen rechnen. Er wollte vermutlich seine Haut retten. Was habt Ihr mit ihm zu schaffen?«

»Ach, das ist eine lange Geschichte. Sagen wir es so – für seinen persönlichen Reichtum zeichne ich verantwortlich. In welcher Beziehung steht Ihr zu ihm?«, hakte Titus nach.

»Ich kenne ihn noch aus Rom. Ich war der Meinung, er wäre gut für meine Karriere, doch das Gegenteil traf zu. Ich habe dem falschen Mann vertraut. Der Preis dafür war hoch«, antwortete der Centurio.

»Was war der Preis?«, wollte Titus wissen.

Der Centurio blickte für einen Augenblick ins Leere. Tausende Gedanken schossen durch seinen Kopf. Zu lange hatte er sich vor der eigenen Vergangenheit geflüchtet, sich geweigert, sich damit auseinanderzusetzen. Er hatte viele faule Kompromisse geschlossen. Zu viele. Titus hatte eine Tür geöffnet, und er war bereit hindurchzugehen. Es war an der Zeit. Er rümpfte die Nase.

»Dieses Kastell.«

Stille legte sich über den Raum. Zwei erfahrene alte Haudegen zogen ihre Schlüsse.

»Und was machen wir jetzt?«, fragte Titus nach langen Momenten des Schweigens.

Der Befehlshaber des Kastells stand auf und stellte sich vor ihn. Titus erhob sich mühsam.

»Wir schließen einen Pakt. Ihr helft mir, und ich unterstütze Euch. Ich weiß nicht das Geringste über den Verbleib Eures Neffen Marcus. Aber ich habe einen Plan, wie wir das herausbekommen.«

Ein breites, zustimmendes Lächeln legte sich auf beide Gesichter. Die Männer fassten einander an die Schulter. Der Pakt war besiegelt.

Mesopotamia, April 232 n. Chr.

Klack. Klack. Klack. Tatius schlug das Feuereisen behände gegen den schwarzgrauen Feuerstein. Er war dem erfahrenen Meldereiter Galerus zur Seite gestellt worden, der jedoch kaum Notiz von seinen Bemühungen nahm und gerade ein Loch in den Horizont starrte. Galerus war ein schweigsamer Mann mittleren Alters, zielstrebig und findig, aber ebenso eigenbrötlerisch. Ratschläge nahm er nicht an. Andere Meinungen als die eigene interessierten ihn nicht.

Galerus wählte Pfade abseits des Flusses, oft zwei bis drei Meilen im Hinterland. Sie kamen auf diese Weise langsamer voran, als sie geplant hatten, doch hatte sein Vorgehen einen gewichtigen Grund. Schon am zweiten Tag waren sie direkt neben dem großen Strom auf die Leichen zweier Meldereiter gestoßen, die man im Nachtlager gemeuchelt und an Ort und Stelle liegen gelassen hatte; daher vermieden sie Kontakt zu allen Menschen, Bewohnern wie Gegnern. Am liebsten wäre Galerus wahrscheinlich alleine unterwegs gewesen, denn Tatius hatte das Gefühl, dass er ihm nur als Nachtwache diente. Aber Befehl war Befehl.

Obwohl sie in der Wüste unterwegs waren, wurde es mit Einbruch der Dunkelheit bitterkalt. Die größte Herausforderung bestand darin, allabendlich ausreichend Feuerholz zu sammeln.

»Mach dich unsichtbar!«, hatte ihm Galerus beim Aufbruch spröde mitgeteilt, als er zu fragen wagte, wie er sich verhalten solle. Das Risiko des Feuerscheins mussten sie trotzdem eingehen, wenn sie nicht erfrieren wollten.

Die Funken entzündeten den Zunder, den er aus dürren Gräsern zu einem Knäuel gebunden hatte. Rasch schlugen die Flammen hoch, die ihnen als Wärmequelle und zugleich als Herd dienten. Neben dem Zwieback, den er dabeihatte, bereitete Tatius wie immer einen Getreidebrei zu und schüttete ein paar getrocknete Speckwürfel darauf. Eine Ration Posca, mit der sie ihr brackiges Wasser verdünnten, schlürften sie schweigsam zu ihrem Mahl. Obwohl er seit Wochen Ration um Ration in seinen Schlund schüttete, schauderte ihn der essigsaure Geschmack jedes Mal aufs Neue. Er seufzte. Was gäbe er jetzt für einen köstlichen Tropfen seines Onkels!

Die erste Nachtwache übernahm wie immer Galerus. Er bot es sicher deshalb an, um nicht mitten in der Nacht geweckt zu werden und sich dann einen späten, aber durchgehenden Schlaf zu gönnen, mutmaßte Tatius. Ihm war es egal. Er war es als junger Soldat nicht anders gewohnt, die unangenehmen Weckzeiten in Kauf zu nehmen. Er gönnte es Galerus sogar, denn irgendeinen Vorteil musste man ja haben, wenn die Knochen müde und alt wurden.

Tatius starrte in den funkelnden Sternenhimmel und dachte an seine Familie. Er sah in den gleichen Himmel wie die Lieben zu Hause. Mit dem Unterschied, dass man ihn hier beinahe nie mit Wolken teilen musste.

Ein Stoß in die Seite beendete seinen dämmrigen Schlaf, in den er gefühlt soeben erst geglitten war. Galerus schüttete hastig Sand auf die restliche Glut. Aufgeschreckt und augenblicklich von Adrenalin durchströmt, unterstützte Tatius seinen Kameraden beim Wühlen im Sand.

»Was ist los?«, flüsterte er ihm zu, während er einen Sandberg auf die letzten glimmenden Reste schob.

»Es hört sich an, als ob eine Karawane im Anmarsch ist. Lass uns auf den Hügel robben. Mach bloß keinen Lärm!«, zischte Galerus ihn an.

Tatius folgte ihm auf allen vieren. Er hörte überhaupt nichts und fragte sich, ob Galerus nicht selbst in einen zu lebhaften Traum geglitten war. Die sternenklare Nacht ermöglichte eine weite Sicht über die Dünen und steinigen Hügel. Auf der Kuppe, die sie eben erklommen hatten, drückten sie sich in den Sand und starrten in die Nacht.

Dann sah er es. Galerus hatte recht behalten. Ein ganzer Trupp aus Männern, Pferden und Kamelen bewegte sich schweigsam in Zweierreihen auf sie zu. Einige wenige trugen Fackeln, die in der Ferne mit dem Sternenhimmel zu verschmelzen schienen und erst jetzt, als sich deren Träger näherten, ihre Imitation aufgaben.

»Bei allen Göttern, sie kommen direkt auf uns zu. Was sollen wir machen?«, presste Tatius hervor.

Galerus schwieg. Tatius wurde nervös.

»Ist das eine Handelskarawane, oder sind das Feinde?«, fragte er. Galerus schwieg immer noch.

Tatius tastete nach seinem Dolch, er wollte bereit sein. Er leckte sich die trockenen Lippen und versuchte, die Panik zu unterdrücken.

»Sie werden kaum auf unseren Hügel reiten. Sei still jetzt«, flüsterte Galerus und packte ihn fest an der Schulter.

Tatius wagte es nicht einmal mehr zu atmen. Er lugte über die Schulter, um zu prüfen, ob ihre Pferde Verräter oder Beschützer sein würden, doch er konnte sie in der rabenschwarzen Senke kaum erkennen. Wenigstens schnaubte keines von beiden. Alles lag in absoluter Stille und Dunkelheit.

Kaum hundert Schritt entfernt schwenkte der Trupp nach rechts und strömte langsam, aber stetig an ihnen vorbei. Tatius war so aufgewühlt von der Situation, dass er nicht einmal ansatzweise erfasste, wie viele Reiter an ihnen vorbeizogen. Er betete zu den Göttern, dass von Galerus und ihm keine Geräusche zu den Unbekannten drangen. Sie würden kurzen Prozess mit ihnen machen. Ihre Pferde waren nicht einmal losgebunden. Eine rasche Flucht wäre unmöglich. Es dauerte eine Ewigkeit, bis die Karawane außer Sichtweite war.

Tatius rollte zur Seite und atmete laut aus.

»Das war knapp«, ächzte er schwitzend, obwohl die Kälte feine Atemwolken erzeugte. »Was war das für ein Haufen? Ob es doch eine Handelskarawane war?«

»Es waren knapp hundertfünfzig Männer. Eine Aufklärungsabteilung der Perser, die es sicherlich auch auf Meldereiter wie uns abgesehen hat. Bogenschützen auf den Kamelen und einige Panzerreiter zu Pferde. Proviant für mehrere Wochen führen sie außerdem mit. Sie reisen bestimmt deshalb nachts, weil irgendwo ein Angriff geplant ist. Die haben einen klaren Auftrag. Wir sind nicht mehr weit von unseren Leuten entfernt«, klärte ihn Galerus auf.

Tatius war derart verblüfft über die glasklare Einschätzung, dass ihm der Mund offen stand. Seit ihrem Aufbruch empfand er zum ersten Mal eine vorurteilsfreie Hochachtung vor Galerus und war froh, dass er nicht mit einem Anfänger unterwegs war.

Als sie am nächsten Tag kurz vor Sonnenaufgang ihre Tagesroute in Angriff nahmen, erblickten sie schon bald ihr Ziel. Eine Felsnadel, die wie ein deformierter Sporn aus dem Boden ragte und mit Sicherheit einen vortrefflichen Weitblick über die Gegend bot. Es war die einzige Erhebung weit und breit. Sie sah aus, als hätte ein spielender Riese seinen Steinturm vergessen. Beide waren sich sicher, dass sie von dort die Legionen des Gaius Iulius Verus Maximinus sichten und erstmals abschätzen konnten, was sie bis dahin erwartete. Weil auch die Perser auf den gleichen Gedanken kommen konnten, beschlossen sie, die Pferde nur so weit mitzuführen, wie sie unbedingt mussten, um bis zur Dämmerung zu Fuß den Felsenturm zu erreichen. Sie würden dann bei Dunkelheit den Felsrücken so weit erklimmen wie nur irgend möglich, ohne Gefahr zu laufen, sich den Hals zu brechen. Am folgenden Morgen bei Dämmerung wollten sie den Rest des Weges in Angriff nehmen. So könnten sie bei klarer Luft die Gegend inspizieren und bei drohender Gefahr rechtzeitig absteigen und sich in Sicherheit bringen.

Ein hufeisenförmiger Sandhügel diente ihnen als Ausgangspunkt für ihre Tagesmission.

»Es ist schon spät geworden. Nimm Decken mit, etwas Wasser und Zwieback. Die Nacht wird kalt da oben.«

Tatius sah mürrisch zur Felsnadel. Die Aussicht, oben auf dem Felsen zu übernachten, ließ ihn erschaudern. Eine Gänsehaut breitete sich flächendeckend über seinen Körper aus.

»Hast du schon einmal eine Nacht auf so einem Felsen verbracht?«, fragte er skeptisch in der Hoffnung, auch hier auf Galerus' Erfahrungsschatz bauen zu können.

»Natürlich nicht. Wer verbringt schon freiwillig eine Nacht auf einem Felsen, und das mitten in der Wüste?«

Galerus grinste breit.

Tatius wusste nicht, ob ihn sein Kamerad auf den Arm nehmen wollte oder ob er es ernst meinte.

»Ich glaube, ich bin nicht schwindelfrei«, sagte er dann, weil ihm nichts Besseres einfiel.

»Mach dir keine Sorgen, Tatius, heute Nacht wirst du damit keine Probleme haben. Wir sehen ja nichts. Es reicht, wenn du dir morgen früh darüber Gedanken machst. Wenn es hell wird, siehst du einfach immer nur geradeaus. Nie nach unten. Los, komm, da müssen wir jetzt durch.«

Nachdem die Sonne hinter dem Horizont verschwunden war, nahmen sie den Aufstieg in Angriff. Der Felsen war aus der Nähe betrachtet weniger steil, als es von weithin den Anschein gehabt hatte. Es blieb zudem lange genug hell, um zügig voranzukommen. Tatius betrachtete immer nur die Fersen seines Vordermanns und bemühte sich, seine Schritte nachzuahmen. Im Zwielicht verschwommen die losen Steinbrocken, die überall herumlagen, mit dem Felsen, und immer wieder polterten faustgroße Stücke laut und krachend herunter. Er zuckte bei jedem Aufschlag und betete zu den Göttern, dass niemand den Lärm hören würde. Galerus hingegen schwieg beharrlich und kümmerte sich nicht weiter darum. In einem monotonen Rhythmus bahnte er sich den Weg.

Sie kamen bis fast nach oben und fanden knapp unterhalb des Gipfels eine Nische, die wie ein Dach den Wind fernhielt. Beide hatten leidlich Platz und richteten sich in der Hocke ihr karges Nachtlager ein. Eingehüllt in ihre Decken, harrten sie aus und warteten auf die Morgendämmerung. Tatius presste sich fest in seine Ecke. Er hatte die Schreckensvorstellung, im Schlaf den Felsen hinabzustürzen, weshalb er sich so verspannte, dass er binnen kurzer Zeit höllische Nackenschmerzen bekam. Funken stoben vor seinem Augenlid auseinander und gaukelten ihm Morgenröte vor. Als er im nächsten Moment hochschreckte und die Augen aufriss, hatte er den Eindruck, erblindet zu sein, so rabenschwarz war der Blick in die Felsennische. Das Gefühl, einen unbarmherzigen und nicht zu gewinnenden Kampf gegen sich selbst zu führen, lähmte all seine Kräfte. Aber sogar ein verspannter, übermüdeter Körper kann sich irgendwann nicht mehr dem Gott der Dunkelheit widersetzen, und so übermannte ihn Somnus doch noch mit einem klebrigen Gespinst aus Traumnebeln.

Als die Morgensonne seine Lider erhellte, blinzelte er und musste einen Moment überlegen, wo er sich befand. Sein Mund war knochentrocken, und er leckte sich durstig die Lippen. Sein Hals war wie festgebunden. Er konnte ihn nicht bewegen. Langsam schielte er von links nach rechts. Wo war Galerus? Er wackelte mit dem ganzen Gesicht. Es knackte so laut, dass er meinte, sein Kopf müsse ihm abfallen. Endlich lösten sich seine Verspannungen ein wenig. Galerus hatte schon die letzten Hürden des Felsens erklommen und lag oben auf dem schmalen Plateau.

»Galerus, kannst du etwas sehen?«, rief ihm Tatius zu, doch sein Kamerad schwieg.

Vorsichtig tastete er sich nach oben vor.

»Galerus, ist alles in Ordnung?«, keuchte er, während er auf allen vieren hochkrabbelte.

Er sah nicht nach unten, nicht in die Ferne, sondern fixierte Galerus und war befremdet über dessen starren Gesichtsausdruck. Als er auch auf seine dritte Frage nicht reagierte, schob er sich neben ihn und blickte in die Weite vor ihnen.

Was er sah, nahm ihm die Luft.

Mesopotamia, April 232 n. Chr.

Der Mund stand ihm immer noch offen. Tatius sah in ein Meer von Menschen, die auf der einen Seite in geometrisch exakt angeordneten Quadraten Aufstellung bezogen hatten. Die römischen Kohorten waren in Zenturien untergliedert, die wiederum mehrere Reihen von Männern lang und tief gestaffelt waren.

Auf der anderen Seite standen Tausende von Reitern bereit zum Kampf, die in knallbunten Gewändern ihre grellfarbenen Banner schwenkten.

Die römische Armee des Maximinus und die persischen Truppen Ardaschirs standen sich in einer riesigen Schlachtreihe gegenüber. Es war ein unfassbarer Anblick.

Tatius war ergriffen, Zeuge dieses Spektakels zu werden, und knetete mit den Zähnen unentwegt seine Unterlippe. Er lag auf einer Felsspitze und wähnte sich im Bann einer Perspektive, die Göttern vorbehalten war.

Unschwer war zu erkennen, dass die eigene Armee den Persern zahlenmäßig unterlegen war. Maximinus musste in einen Hinterhalt geraten sein. Glücklicherweise schien er nicht völlig unvorbereitet, denn für die planmäßige Aufteilung der Kohorten war offensichtlich genügend Zeit gewesen. Tatius zählte drei aufeinanderfolgende Reihen von Zenturien im Zentrum, während an den Flanken die Hilfstruppen der Auxiliarverbände Stellung bezogen hatten.

Hinter den quadratischen Anordnungen der Zenturien lag das verlassene Feldlager. Im Kern der römischen Feldherrentradition verwurzelt, hatte der Befehlshaber Maximinus einer offenen Feldschlacht den Vorzug vor einer Belagerung gegeben. Die Stärke der römischen Legionen speiste sich aus Disziplin und Kampfverbänden mit Phalanx-Taktik. Wenn einzelne Soldaten im Verbund zu einer unschlagbaren Masse formiert wurden, fürchtete sich jede Armee der Welt vor der Konfrontation mit den Römern.

Tatius grübelte über die Erfolgsaussichten in einer Schlacht.

Die persischen Truppen bestanden vor allem aus unzähligen Reitern. Die Bogenschützen auf den Pferden und Dromedaren würden die römische Infanterie herausfordern, ohne sich in die Reichweite ihrer Wurfwaffen zu begeben, während die schweren Panzerreiter fast wie Rammböcke funktionierten. Fußtruppen standen indessen wie ein überlanger Riegel im Vorfeld der Reiterei und schienen keinerlei Ordnung zu unterliegen.

Einige Elefanten waren der persischen Reiterei zugeteilt, die auf ihrem Rücken mit Bogenschützen besetzte Türme trugen. Ein Furcht einflößender Anblick, wie Tatius fand.

Angesichts des Kräfteverhältnisses sank ihm der Mut ins Bodenlose.

Ein unbestimmtes monotones Rauschen drang an ihre Ohren. Die beiden Armeen entwickelten ein eigenständiges Leben an Geräuschen.

»Wir kommen zu spät«, entfuhr es Tatius. Galerus' Schweigen bestätigte ihn.

»Was machen wir jetzt?«, drängte Tatius auf eine Antwort.

»Wir warten ab, im Augenblick können wir nichts tun«, beschied ihm Galerus.

»Hier?« Tatius blickte ihn entgeistert an.

»Natürlich hier!«, erwiderte Galerus ungeduldig und schüttelte genervt den Kopf. »Willst du dich hinter einen Sandhügel setzen? Wir haben hier den besten Überblick. Heute Nacht werden wir versuchen, zu unseren Truppen zu gelangen.«

Tatius zeigte auf die riesige persische Armee. »Da durch? Wie stellst du dir das vor? Zehntausende warten nur darauf, uns zu entdecken und zu massakrieren.«

Galerus lachte in sich hinein, während er sich wieder von dem Spektakel bannen ließ.

»Zehntausende haben keine Ahnung, dass wir hier sind. Sie werden den Sand vor lauter Körnern nicht sehen. Wir werden eins sein mit dem Sand. Unsichtbar!«

Ein erschütterndes Signal aus unzähligen schmetternden Hörnern beendete die kurze Diskussion. Die Perser hatten zum Angriff geblasen. Der Wind trug ein Echo tiefer, knarzender Töne herüber, die ihnen die Nackenhaare aufstellten.

Als hätte jemand einen Korken aus einer Amphore gezogen, ergoss sich an mehreren Stellen ein Strom aus Reitern über den Sand. Mit großer Wucht preschte der Angriff auf die römische Phalanx zu, und trotz des sandigen Untergrunds erhob sich ein dumpfes Grollen über die Ebene, das in den Ohren zu einem Donnern anschwoll.

Tatius hoffte inständig, dass die Reiter an der römischen Phalanx wie auf einem Granitblock zerschellten. Doch plötzlich drehten sie bei, und ein Hagel aus Pfeilen ging auf die Verteidiger nieder. Enttäuschung spiegelte sich in seinen Augen wider.

Mit ihren Bogenschützen operierten die ungepanzerten

sassanidischen Reitertruppen rasch und wendig. Im Gegensatz zu den kopflosen Germanen am Limes folgten sie einem so simplen wie tödlichen Plan: vorstoßen, Pfeile in vollem Galopp abschießen und sich zurückziehen.

Den ganzen frühen Vormittag wiederholte sich die frustrierende Prozedur. Die Verluste auf römischer Seite waren schnell unübersehbar, denn viele kleine leblose Punkte bedeckten schon bald den Wüstensand.

Tatius war nicht willens, den Frust und seine Enttäuschung hinzunehmen.

»Feiglinge! Ehrloses Pack, stellt euch zum Kampf!«, schimpfte er laut und bemerkte durstig, dass er einen völlig trockenen Mund bekommen hatte. Er trank einen Schluck lauwarmen Wassers und wunderte sich, dass es trotzdem schmeckte. Die Wüste ließ denen, die sie bezwingen wollten, eigenartige Sinne angedeihen.

»Halt die Klappe! Wenn uns Späher bemerken, können wir uns hier unser Grab schaufeln«, maßregelte ihn Galerus, während er gierig nach dem Wasserstrahl schnappte, der aus dem Schlauch spritzte.

Überall testeten die persischen Reiter die Festigkeit der Linien und die Moral der Truppen. Nach einigen Versuchen stießen sie sogar verwegen in die rund hundert Fuß breiten Lücken zwischen den einzelnen Zenturien hinein, nur um nach einem gezielten Schuss in die Flanken wieder in die Wüste zu fliehen. Etliche Kamele wurden in der Zwischenzeit auf halbem Weg vor die Front geführt.

»Persische Zermürbungstaktik«, teilte Galerus Tatius abgestumpft mit und goss sich ebenfalls einen Strahl aus dem Schlauch in den Mund. Schwitzend verteilte er ein paar Tropfen, die über sein Kinn liefen, zur Abkühlung über sein Gesicht.

»Die haben fantastische Langbögen, die eine absurde

Reichweite erzielen können. Besonders schlimm kommt es aber, wenn sie nahe genug herankommen.«

Galerus machte eine Kunstpause und hielt seine Nase fast an Tatius' Backe. Der konnte seinen fauligen Atem spüren und hielt die Luft an.

»Dann durchschlagen die Pfeile die Schilder unserer Legionäre, als wären sie aus Pergament. Wenn sie Pech haben, dringen die Pfeile nicht nur durch die Schilde, sondern auch noch durch die Kettenhemden. Die Verletzungen sind mörderisch. Die Kamele da liefern den Nachschub.« Er zeigte auf die Tiere und verharrte direkt neben Tatius' Wange. »Alle tragen ausnahmslos und säckeweise Pfeile mit sich. Das kann also noch ewig so gehen. Aber warte nur, bis die schweren Panzerreiter angreifen. Die drehen nicht ab, und das bedeutet ein höllisches Inferno.«

»Hast du so etwas schon am eigenen Leibe erlebt?«, fragte Tatius vorsichtig.

Galerus nickte stumm und starrte wieder auf das Geschehen.

Vergeblich wartete Tatius auf eine Antwort und blickte ebenfalls zurück ins Getümmel.

»Einmal durchbohrte ein Panzerreiter mit einem Speer zwei Infanteristen auf einmal«, flüsterte Galerus plötzlich und stieß zwei seiner Finger in Tatius' Seite, der erschrocken zusammenzuckte. »Es war einfach grauenvoll. Wenn du sie besiegen willst, musst du ihnen Fallen stellen.«

»Was denkst du, was unsere Männer jetzt machen?«, fragte Tatius bedrückt.

»Sie machen sich in die Hose.«

Als Galerus keine Reaktion auf sein heiseres Lachen erntete und sah, wie sich die Finsternis in Tatius' Blick ausbreitete, wurde er sanfter.

»Nein, im Ernst. Ich denke, unsere eigenen Bogenschützen werden bald einschreiten. Unsere Kavallerie wird versuchen, die Perser zu stellen. Wir verfügen über Ballisten und Katapulte, die eine noch höhere Reichweite haben und eine Durchschlagskraft, die ihresgleichen sucht. Unterschätze niemals die Möglichkeiten der römischen Armee. Mit Bolzen, Speeren und Pfeilen kann man auch Reitern in großer Anzahl ganz erheblichen Schaden zufügen.«

Als hätte Galerus einen Befehl erteilt, beobachteten sie, wie in kürzester Zeit im Zentrum eine Balliste nach der anderen positioniert wurde.

Beim nächsten persischen Angriff prasselte ein Hagel aus Pfeilen und Bolzen auf die Reiter nieder. Die erste Reihe der Angreifer wurde vom Wüstensand verschlungen. Sand peitschte auf, als getroffene Pferde zu Boden stürzten und ihre Reiter unter sich begruben. Wie aus dem Nichts schnitt ein Keil römischer Kavallerie von der Flanke her den Angreifern den Rückweg ab und stellte sie zum Kampf. Binnen weniger Augenblicke vermischten sich die Parteien zu einem Knäuel. Eine ganze Kohorte griff daraufhin im Sturmangriff in das Geschehen ein und zerrieb den Haufen, bis sich nichts mehr bewegte.

Tatius ballte die ganze Zeit seine Hand zu einer Faust, als wollte er helfen, die Angreifer zu zerdrücken. Die Hitze griff immer fester nach ihm. Schweißtropfen rannen an seinen Wangen herab, kitzelten ihn mitleidslos, bevor sie am Kinn abperlten. Er nahm einen weiteren Schluck aus dem Schlauch.

»Hast du das gesehen? Endlich haben sie es den verdammten Persern heimgezahlt«, entfuhr es Tatius mit einem Seufzer.

»Ja, hier vorne haben sie die Situation im Griff. Knapp

dahinter sieht es aber nicht so gut aus. Die Panzerreiter haben zwei Zenturien abgeschnitten und eingekesselt. Der Vorteil ist dahin.«

Tatius hatte es gar nicht mitbekommen. Doch was er dann im Gewimmel sah, mutete grausam an. Nur Reste einer Testudo, einer Schildkrötenformation, hielt sich mitten im Nirgendwo und führte einen so verzweifelten wie aussichtslosen Kampf gegen einen übermächtigen Gegner.

»Wie konnte das passieren? Warum kommt niemand zu Hilfe?«

»Die Zenturien wollten zu Hilfe eilen und sind aus dem Verbund ausgetreten. Das war ihr Verderben. Um die Linie zu halten, dürfen die Zenturien keinesfalls die Ordnung aufgeben. Sie haben den falschen Zeitpunkt gewählt, und die Panzerreiter der Perser haben das gnadenlos ausgenutzt. Würden andere Einheiten zu Hilfe eilen, stünden die Reiter mit den Langbogen schon bereit, um sie abzuschlachten.«

»Man gibt sie verloren?« Tatius war außer sich.

»Niemand wird sie retten. Ein törichter Centurio wird sich beim Fährmann Charon vor dem Eintritt in die Unterwelt dafür verantworten müssen.«

Trotz der Hitze rann Tatius kalter Schweiß über die Schulter, als er auf die armen Kerle da unten im Tal des Todes blickte. Wäre er selbst in so einer Einheit gewesen, deren Centurio eine falsche Entscheidung getroffen hatte, hätten in Kürze die Geier an seinen Knochen genagt, ohne dass er irgendeinen Einfluss auf sein Schicksal gehabt hätte. Schlagartig wurde ihm klar, dass es auf Einzelschicksale in einer Armee nicht ankam. In die Einheit eines fähigen Kommandanten zu gelangen, musste sein Ziel sein.

»Bei allen heiligen Göttern. So darf es doch nicht weitergehen! Was wird der Kommandant jetzt unternehmen?«

Mit starrem Gesichtsausdruck ignorierte Galerus die Frage und wischte sich schweigend Schweißperlen von der Stirn.

Auch Gaius Iulius Verus Maximinus rann der Schweiß in Strömen übers Gesicht und benetzte seinen Bart, der dabei glitzerte wie das schwarze Fell eines Seehunds. Er hatte sich in sein Zelt zurückgezogen und befohlen, nicht gestört zu werden. Er musste den Strom der nicht enden wollenden desaströsen Nachrichten verdauen. Seit er es fertiggebracht hatte, die Armee rechtzeitig in Schlachtordnung aufzustellen, waren seine Einheiten nur in der Defensive.

Er fuhr sich durch den nassen Bart und knetete sein Kinn. Ein großes römisches Infanterieheer hatte gegen ein berittenes Heer nur dann eine Chance, wenn es an den Flanken angreifen oder jenes einkesseln konnte. Ihm bot sich keine dieser Optionen, da das persische Heer zahlenmäßig drei zu eins überlegen schien.

So trostlos sah die Lage aus: Er musste tatenlos zusehen, wie seine Kohorten langsam ausbluteten.

Seine einzige klägliche Chance sah so aus, auf den Kaiser zu warten, der mit den sehnsüchtig erwarteten Legionen längst überfällig war.

Die Passivität, zu der er verdammt war, ließ ihm einen Fluch nach dem anderen entfahren. Seine Ungeduld hatte ihn schon häufiger in unangenehme oder sogar bedrohliche Lagen gebracht. Ein Ausfall, der in einem Sturmangriff mündete, wäre wahnwitzig. Doch er dachte trotzdem ernsthaft darüber nach, weil die Einheiten dabei wenigstens die Möglichkeit hätten, ehrenvoll unterzugehen. Ausgeblutet zu werden wie ein Schlachtschwein, das war für ihn keine Option. Und außerdem war es bei diesen extremen Bedingungen in der Wüste nicht möglich, ewig standzuhalten. Über kurz oder lang würde ihnen der Proviant ausgehen und schon lange vorher das Wasser. Ein vielversprechender Rückzug wäre nur möglich, wenn er den Persern großen Schaden zufügen könnte, haderte er, und so drehten sich seine Gedanken im Kreis.

Von ein paar Meldereitern der niederen Hilfstruppen hing jetzt die Entscheidung ab. Ihn kribbelte es in den Fingern. Verdammte Abhängigkeiten!

»Herr!«

»Ehrenwerter Gaius Iulius Verus Maximinus!«

Der Legat wurde aus seinen schweren Gedanken gerissen.

»Was ist?«, bellte er dem Tribun rau entgegen.

»Einer unserer Männer hat eine Beobachtung gemacht, die er sofort und nur dem obersten Offiziersstab mitteilen wollte. Wir haben dem erst keine große Bedeutung beigemessen, doch er hat sich nicht abhalten lassen und besteht darauf, vorgelassen zu werden.«

»Lasst den Mann vortreten.«

Ein asketischer, drahtiger Mann, der ungeduldig im Hintergrund gewartet hatte, eilte herbei und salutierte forsch.

»Aurelius Silvinus, Herr, Nachschuboffizier der ...«

»Nachschuboffizier? Mich interessieren keine Meldungen von Nachschuboffizieren. Schafft den Kerl weg!«

Der Mann war in seiner Ungeduld kaum zu bremsen und schüttelte die Hände, die nach ihm griffen, geschickt ab.

»Herr, eine große Abteilung Kavalleristen der Perser

hat sich aus dem Verband gelöst und beschreibt einen großen Bogen im Norden. Sie versuchen, uns zu umzingeln.«

Maximinus hob die Hand, um seinen eben erteilten Befehl zu stoppen.

»Sprich weiter, Soldat. Wie kommst du darauf?«

»Ich bin für die Versorgung zuständig und behalte mit meinen Leuten die Flanken im Auge. Erst hielt ich es für eine Täuschung des Wüstensandes. Der Feind ist vorsichtig. Aber Tiere sind unberechenbar und viele Tiere schwer zu verbergen. Ich beschäftige mich tagtäglich damit. Es besteht kein Zweifel. Man kann es an feinen Staubschwaden erkennen. Sie gehen einen großen Umweg, aber unsichtbar machen konnten sie sich dennoch nicht.«

»Wie viel Mann?«

»Es ist eine lange Kolonne. Mehr als tausend. Vielleicht sogar das Doppelte. Für genauere Informationen würde man Aufklärung benötigen.«

Maximinus knetete ausdauernd seine riesige Nase und fuhr sich durch den triefenden Bart. Im Grunde war er froh, dass eine neue Entscheidung zu treffen war, denn diese konnte er ohne Zwänge fällen.

»Aurelius Silvinus, Ihr kehrt sofort zu Eurem Tross zurück und bringt ihn aus der Gefahrenzone. Schafft ihn in südliche Richtung hinter die Reiterei.«

»Jawohl, Herr!«

Der Mann salutierte, entfernte sich umgehend und schwor, in Rom anständig den Göttern zu opfern, sollte er jemals lebendig dorthin zurückkehren.

Maximinus wendete sich seinen Offizieren zu.

»Tribunen! Es gibt Arbeit! Ardaschir wird heute nicht mehr angreifen lassen, das würde zu lange dauern, und die Pferde wären nach diesem langen Marsch in der Hitze nicht mehr frisch. Wir haben also bis Sonnenaufgang Zeit, dem persischen Hund eine Falle zu stellen. Schickt die beiden Reservezenturien der II. und XII. auf die Rückseite unserer Hauptkampflinie. Nutzt das Legionslager als Flankenschutz zur Linken. Ich möchte meine Elitetruppen im Zentrum unseres Überraschungsbollwerks wissen. Verlegt die 1. Kohorte der XII.«

»Wollt Ihr die komplette Doppelkohorte abziehen? Das wären fast tausend Mann.« In der Stimme des Obertribuns lag kaum verhohlener Zweifel.

»Obertribun. Auch wenn es nicht meine Art ist, lasse ich Euch ausnahmsweise an meinen Gedanken teilhaben.«

Der Obertribun wurde augenblicklich feuerrot im Gesicht. Maximinus ließ ihn ein paar Momente schmoren.

»Die Schlacht wird in unserem Rücken entschieden. Wenn wir sie hier abwehren, ist der ganze Angriff der Perser gescheitert. Wenn nicht, gehen wir unter. Vorne im Zentrum können wir sie längere Zeit aufhalten. Auch der persische Anführer möchte nicht sehen, dass die Wüste als Sieger hervorgeht. Ich mache mir keinerlei Sorgen um unsere Hauptfront. Doch für die Abwehr in unserem Rücken brauchen wir unsere besten Männer. Lasst im Vorfeld Fußangeln und Speerfallen im Sand eingraben. Und nehmt Euch jede zweite Balliste. Sie können in unserem Rücken keine Nadelstichtaktik anwenden, dazu fehlt ihnen die Möglichkeit zu einem gedeckten Rückzug. Sie werden versuchen, im Sturmangriff durchzubrechen, um uns im verletzlichen Rücken zu treffen und den Todesstoß zu versetzen. Bereitet die Garde vor. Den Gegenangriff werde ich höchstpersönlich leiten.«

Er trat aus seinem Zelt und schritt einen großen Schutthügel hinauf, der ihm die beste Aussicht auf die Schlachtreihen ermöglichte. Seine wichtigsten Offiziere folgten ihm schweigend. Sein Blick wanderte von links nach rechts und prüfte die Ordnung der Kohorten. Er war zufrieden mit dem, was er sah.

»Haltet die Linien um jeden Preis. Keine Ausfälle und Aktionen mehr für heute Nachmittag. Wir benötigen morgen jeden Mann.«

Tatius' göttliche Plattform verwandelte sich in der Zwischenzeit in einen heißen Glutofen. Während der größten Nachmittagshitze nahmen die Angriffe der Perser stetig ab, und seine anfängliche Faszination wich einer erschöpften Teilnahmslosigkeit. Er sehnte den Abend herbei.

Endlich befahl Galerus den Aufbruch.

»Lass uns absteigen. Wir müssen uns vorbereiten.«

Tatius nahm Galerus bisweilen übel, dass er ihn nicht in seine Pläne einweihte, aber er musste sich eingestehen, dass er von der Klugheit der Entscheidungen bisher immer überrascht war. Galerus hatte ein Talent für den richtigen Zeitpunkt. Sobald sie in die Nähe der Feinde gerieten, wäre es finstere Nacht. Die Hufe der Pferde hatten sie mit Leinen eingebunden. Trotz des steinigen Bodens bewegten sie sich fast lautlos. Gesicht, Arme und Hände hatten sie sich mit Lehm eingeschmiert, den Galerus vor ein paar Tagen an einer Quelle aufgesammelt hatte. Ungern verschwendete Tatius das kostbare Wasser, um den Lehm wieder anzufeuchten. Doch der Plan war einleuchtend. Ohne Hast bewegten sie sich auf die Kampflinie zu.

Schweigend ritten die beiden Männer nebeneinanderher, irgendwann nach Einbruch der Dunkelheit grummelte Tatius' Magen. Das einzige Lebenszeichen, das neben einem gelegentlichen Schnauben der Pferde zu hören war. Stumm reichte ihm Galerus ein Stück getrockneten Specks.

Tatius' Ohren erwarteten jederzeit einen gellenden Schlachtruf, marodierende persische Feinde, die sie niedermetzeln würden, doch nichts dergleichen geschah. Die weglose Wüste, die sie durchquerten, war trostlos, aber schützte sie durch Dünen und steinige Hügel auf ihre eigene Weise wie ein undurchdringlicher Wald. Allerdings roch sie im Gegensatz zu den heimischen Hainen nach nichts. Der Geruch dichter Wälder fehlte ihm. Er hatte Heimweh.

Als ihm die Kaumuskeln vom harten Speck schmerzten, sahen sie einen Lichtpunkt am Horizont tanzen und hielten an.

Galerus stieg von seinem Pferd ab.

»Sieh mal, dahinten«, flüsterte er. »Das ist ein Lagerfeuer unserer Leute. Irgendwo im Dunkel davor sind unsere Wachen. Wir dürfen nicht den Eindruck erwecken, dass wir zu einem persischen Kommando gehören. Also pass auf. Wir gehen jetzt langsam zu Fuß weiter. Wir imitieren jetzt alle hundert Schritte einen Kauz.«

Tatius sah in ein von Schatten verschlungenes pechschwarzes Gesicht.

»Einen Kauz? Aber die Parole lautet doch ›Sieg im Morgenland‹.«

»Mag sein, aber die Nerven liegen nach so einem Tag voller Kämpfe blank. Ich habe keine Lust, dass übereifrige Einheiten zur Begrüßung Pfeile schicken, anstatt sich nach einer Parole zu erkundigen. Käuze gibt's hier nicht, aber es gibt sie dort, wo die meisten der Soldaten herkommen. Sie werden den Ruf erkennen. Begrabe endlich dein

Kasernenwissen und überlege stattdessen, wie du lebendig deinen Auftrag ausführen kannst. Denk praktisch.«

In der nächsten Stunde erfuhr die Wüstenlandschaft vom rauen Ruf des Kauzes, und die beiden Meldereiter übertrafen einander, die Hände vor den Mund gefaltet, in der Imitation des vertrauten »Huh-Huhuhu-Huuh« des Eulenvogels.

»Halt, keinen Schritt weiter!«

Tatius grinste wie irre über das ganze Gesicht. Sie wurden weder von Pfeilen durchsiebt noch aufgespießt. Nur aufgehalten. Kein Perser hatte sie entdeckt.

In seinem lehmverkrusteten Gesicht spiegelte sich grenzenlose Erleichterung wider. Galerus und er hoben die Hände und riefen gleichzeitig: »Sieg im Morgenland!«

Legat Gaius Iulius Verus Maximinus hatte sich eben in sein Zelt zurückgezogen, um die dringend benötigte Frische für den nächsten Tag mit ein paar Stunden Schlaf zu gewinnen. Ob es ihm überhaupt gelänge, in einen erholsamen Schlaf zu gleiten, bezweifelte er. Während einer Schlacht waren all seine Sinne derart geschärft, dass es ihm unmöglich war, zur Ruhe zu kommen. Damit war er nicht allein. Sobald ein Kampf mehr als einen Tag dauerte, was häufig vorkam, wurden die Entscheidungen der Offiziere mit der Zeit immer mehr vom Wunsch geleitet, ihn zu Ende zu führen. Manchmal voller Ungeduld und mit fatalen Konsequenzen. Er war Soldat durch und durch und wusste, wann Erholung wichtiger war als Grübeleien. Er hatte sich soeben in voller Montur hingelegt, als er das hektische Gemurmel vernahm, das vor seinem Zelt eingesetzt hatte. Wütend eilte er zum Vorhang.

»Was gibt es jetzt noch Dringendes?«, brüllte er, noch bevor er den Vorhang beiseitegezogen hatte.

»Legat, Herr, zwei Meldereiter sind soeben eingetroffen. Ihr hattet Befehl gegeben …«

»Ja doch! Was steht ihr hier herum? Sofort zu mir mit den beiden. Schafft sie her!«

Endlich eine Nachricht vom Kaiser. Hoffentlich hatte er seine zaudernde Mutter überstimmt, dachte Maximinus ungeduldig.

Galerus schritt aufrecht ins Zelt, leicht gebückt folgte ihm Tatius, der hoffte, dass sein Partner berichtete. Galerus hob die rechte Hand zum Gruß und ergriff das Wort.

»Galerus Faustus und Tatius Aurelius, direkte Gesandte des ehrenwerten Kaisers Marcus Aurelius Severus Alexander, grüßen Euch!«

»Spar dir die Höflichkeitsfloskeln und komm zur Sache. Was hast du zu berichten?«

Tatius war von der schlichten Zugänglichkeit des Legaten überrascht. Er verströmte keinen Dünkel, aber das ging keineswegs zulasten seiner Autorität. Hierarchische Distanz schien ihm fern zu sein. Einem Legaten, der sich auf Augenhöhe zu seiner Truppe begab, war Tatius nie zuvor begegnet.

Galerus fuhr fort: »Die Armee des Kaisers wurde von einem Überfall überrascht. Alle Vorräte sind verbrannt. Euer Befehl lautet, den sofortigen Rückzug anzuordnen, die Truppen des Kaisers können nicht mehr eingreifen. Hier ist das Dokument.«

Galerus überreichte das Pergament.

Mit mahlenden Kiefern ergriff Maximinus die Rolle, öffnete sie mit der Routine eines Kommandanten, der schon Hunderte Botschaften entrollt hatte, und starrte wutentbrannt auf die Zeilen. Am liebsten hätte er die Nachricht zerknüllt und ins Feuer geworfen.

»Wir kommen zu spät, nicht wahr?«, stammelte Tatius

und war sich im gleichen Moment bewusst, wie unangemessen sein Einwand war.

Galerus bedachte ihn mit einem abschätzigen Blick.

Doch Maximinus, der ihn offenbar erst in diesem Moment wahrgenommen hatte, schritt auf ihn zu, fasste ihn fest an der Schulter und sprach beinahe väterlich: »Es ist nie zu spät. Dass du heute Nacht den Weg ins Lager gefunden hast, Junge, ist eine mutige Tat. Gerade heute Nacht hätte ich keinen Durchbruch eines Boten erwartet. Du wirst morgen mit deinem Kameraden zu meiner Garde gehören. Wir werden Ardaschirs Persern die Macht Roms demonstrieren. Danach führe ich die Truppen zurück zum Kaiser.«

Er lächelte, und Tatius nickte stumm.

Dann wandte er sich in ihrem Beisein seinen Offizieren zu.

»Verstärkt die Garde auf dreihundert Mann. Ich will die besten Reiter der Hilfstruppen neben mir wissen. Wegtreten.«

Am nächsten Morgen rieb sich Tatius müde die Augen. Sie wurden noch vor Sonnenaufgang geweckt. Vor Aufregung hatte er die ganze Nacht kein Auge zugetan, obwohl er vor Erschöpfung sofort in seine provisorische Schlafecke gefallen war. Galerus sprach kein Wort mit ihm, seit sie gestern ihre Audienz beim Legaten gehabt hatten, was nicht weiter der Rede wert gewesen wäre; doch war sein Gesichtsausdruck seitdem so finster, dass er beschloss, ihn darauf anzusprechen.

Beim schweigsamen Frühstück tippte er ihn an.

»Was ist los, Galerus? Freust du dich nicht über unsere Beförderung?«

Galerus unterbrach sein stoisches Kauen, sah sich kurz um und packte ihn dann unvermittelt am Kragen.

»Mich freuen? Konntest du nicht einfach deinen Schnabel halten? Ich habe mich auf eine Ration Proviant gefreut und auf einen freien Tag, dann hätte ich mich betrunken und morgen eine neue Botschaft entgegengenommen. So wie immer. Überlass das Reden mir! Ist diese Anweisung so schwer zu verstehen? Hast du eine Ahnung, was heute auf uns zukommt?«

Tatius sah ihn entgeistert an und schüttelte verkrampft den Kopf, denn der Griff von Galerus war eisern und hart.

»Ich habe das grässliche Schlachtengetümmel jahrelang erlebt und die Nase gestrichen voll davon. Wir werden heute hineingeworfen in einen Kampf, der nicht zu gewinnen ist. Sag mir, grüner Junge Tatius, ist es das, was du willst? Aufgespießt werden von einer persischen Lanze?«

Tatius schüttelte angespannt seinen Kopf.

Der Griff erschlaffte, Galerus stieß ihn von sich und schob sich einen neuen Kanten Brot in den Mund. Mürrisch kaute er vor sich hin. Nur die Blicke verrieten seine Verachtung für ihn.

Tatius rieb sich den Nacken und starrte Galerus trotzig an. Ihn erfüllte die Beförderung mit Stolz. Bis zu diesem Zeitpunkt hatte er zu Galerus aufgeblickt, der sie ungewohnt, aber sicher ans Ziel geleitet hatte. Keine Frage, die Erfahrung seines Kameraden war von unschätzbarem Wert, aber seine innere Einstellung empfand er mit einem Mal ehrlos und feige. Aus welchem Grund war er denn in die Armee eingetreten, wenn nicht, um Ruhm und Ehre Roms zu verteidigen? Er war fest entschlossen, die Chance zu ergreifen und Seite an Seite mit dem charismatischen Legaten zu kämpfen. Er strafte Galerus' bohrende

Blicke mit einem nicht minder verächtlichen Gesichtsausdruck.

Die Zuteilung der Ausrüstung, Waffen und Pferde erfolgte nur einige Augenblicke später mit römischer Präzision. In wenigen Schritten wurde er vom Boten zum Gardisten befördert und erhielt eine neue Uniform und seine Befehle, wo er sich einzufinden hatte.

Die Infanterieabteilungen waren schon in der Nacht verlegt worden und bezogen im Rücken der Armee unweit des verlassenen Legionslagers Stellung.

Zur ersten Stunde des anbrechenden Tages trat er mit Galerus beim Appell an und erhielt vom Obertribun der XII. Legion seine neuen Befehle.

»Männer! Jeden Moment erwarten wir den Angriff der persischen Feiglinge in unserem Rücken. Unsere Truppen werden keinen Schritt zurückweichen. Wir warten im Schutz der Palisaden des Legionslagers und machen uns so unsichtbar wie möglich. Rechnet mit einem Kampf Mann gegen Mann ohne Gnade. Wir machen keine Gefangenen. Sobald sich die verfluchten Panzerreiter festgebissen haben, kommt unsere Stunde. Wir werden in ihre Flanke stoßen und jeden niedermachen, der sich uns entgegenstellt. Unser ehrenwerter Legat Gaius Iulius Verus Maximinus reitet an unserer Spitze. Erweist ihm eure Ehre und Treue!«

»Houhhh!« Der Schlachtruf der Garde hörte sich für Tatius an wie das Brüllen eines vom Speer getroffenen Bären.

Alle Reiter reckten die Fäuste in den Himmel.

Kaum waren sie zum verlassenen Lager hinübergeritten, brach ein Inferno über sie herein. Die Morgendämmerung hatte die Wüste in dunkles blauviolettes Licht getaucht und damit der Ebene ein karges, aber friedvolles

Gesicht verliehen, als urplötzlich ein schriller Lärm aus unzähligen Trompeten den Beginn der Schlacht verkündete und über die friedliche Stille hinwegfegte.

Im gleichen Moment donnerten aus zwei Richtungen Tausende von Hufen auf die Stellungen zu. Die Perser drängten auf eine Entscheidung und griffen an beiden Seiten gleichzeitig an.

Tatius blieb keine Zeit, seinen Platz inmitten der neuen Einheit zu finden. Er fühlte sich in die Ereignisse hineingeworfen wie ein springender Kiesel in einen See; wann würde er zum letzten Mal aufblicken, bevor er auf den Grund hinabsank?

Er verscheuchte alle störenden Gedanken, orientierte sich an den Gardisten zu seiner Seite und ahmte ihnen alle Schritte nach. Immer wieder warf er bange Blicke auf die anstürmenden Perser. Seine Augen suchten die Zenturien, die sich hinter einer Phalanx verschanzten und die Schilde zum Bollwerk auftürmten. Signale der verschiedenen Einheiten ertönten, jeder Mann wurde in Gefechtsbereitschaft versetzt. Er erblickte ein Feldzeichen in der Zenturie links außen, das von einem Signifer mit Bärenfell in die Höhe gehalten wurde und mit mehreren scheibenförmigen Auszeichnungen den Mut und die Erfahrenheit der Legionäre verkündete. Dann sah er den golden glänzenden Legionsadler der XII. in der Mitte der Verteidigungsstellung. Der Aquilifer, der in der 1. Zenturie der 1. Kohorte die Standarte trug, musste auf Anweisung von Maximinus persönlich hier Stellung bezogen haben, denn am Vortag hatte der Adler noch in der Hauptkampflinie auf der anderen Seite für Motivation gesorgt. Der Wolf, der dem Adlerträger als Opfer für seine Kapuze gedient hatte, war ein kapitales Prachtexemplar gewesen. Ein riesiges Gebiss zierte den ausgestopften Kopf.

Tatius zog seinen Helm fest. Das Gebrüll, das die Perser entfachten, wurde nur vom Donnern der Hufe überlagert und schnürte ihm die Kehle zu.

Plötzlich brachen etliche Pferde wie vom Blitz getroffen zusammen. Die Reiter stürzten in hohem Bogen in den Wüstenboden oder wurden unter ihnen begraben. Die tödlichen Fallen, die Maximinus hatte verlegen lassen, verschluckten die ersten beiden Reihen der Reiter. Dennoch verminderte es kaum die Gewalt der rollenden Angriffswelle.

»Ballisten! Angriff!«

Surrend zischten Bolzen von ihren Sehnen und bohrten sich in Tiere und Kämpfer. Die nachfolgenden Einheiten sprangen über die gefallenen Pferde und toten oder verletzten Angreifer.

»Wurf!«

Den Befehl, den die zweite und dritte Schlachtreihe von den Offizieren zugebrüllt bekam, konnte Tatius von seinem Platz aus noch hören. Speere flogen in tausendfach eingeübten Würfen auf die Angreifer und durchbohrten etliche Krieger und Tiere. Das Wiehern und Brüllen der verletzten Pferde übertönte sogar das Schreien der getroffenen Perser. Tatius konnte nicht fassen, dass weder die Wucht des Angriffs abebbte noch der Strom der Panzerreiter versiegte. Mehr als fünfzehnhundert Reiter pflügten trotz der empfindlichen Verluste mit großer Macht durch den Wüstensand.

Als die Männer Ardaschirs auf die Schilde der Zenturien krachten, zermalmten sie die erste Reihe der Legionäre in einem Inferno aus Staub und Blut. Das sägende Geräusch brannte sich in Tatius' Gehirn. Niemand hätte einen Pfifferling darauf verwettet, dass die hinteren Reihen halten würden, doch trotz der gewaltigen Angriffswelle und den vielen niedergetrampelten Soldaten hielten die Linien stand. Wie eine Wand schoben sich die Schilde eng aufeinander, Pferde bäumten sich auf, persische Lanzen stießen in den Wald aus in- und übereinanderragenden Scuta, fanden aber kein Durchkommen. Die hinteren Soldaten hielten die vorderen am Gürtel und wankten, doch sie fielen nicht.

Gellendes Wiehern der Pferde tönte zu ihnen herüber, etliche Tiere sanken tot zu Boden. Die nachfolgenden Reiter stießen auf die vorderen und kamen nicht dazu, ihre tödlichen Hiebe mit den Speeren zu setzen. Stattdessen behinderten sie sich gegenseitig. Aus den Reihen der Phalanx stießen blitzartig Schwerter ins Chaos und stoppten mit tödlicher Konsequenz die so unbesiegbar aussehenden Panzerreiter. Die von hinten nachrückenden Perser steckten fest. Sie wurden zur leichten Beute der Pilae, der zweiten Salve von Wurfspießen, die von den rückwärtigen Einheiten geschleudert wurden. Schmerzverzerrte Schreie übertönten nun, da das Donnern der Hufe verebbte, alle anderen Geräusche. Endlich zeigte der heftige Widerstand der römischen Verteidiger Wirkung. Der Angriff hatte sich festgefahren.

Der Primus Pilus der 1. Zenturie der 1. Kohorte der XII. Primigenia, Lucius Licinius Crassus, genannt der Graue, wusste um die tödliche Wirkung einer Panzerreiterattacke. Er hatte ungerührt die Unerfahrensten und Jüngsten seiner Kohorte in die erste Reihe gestellt, ein Befehl, der ungläubiges Staunen bei einigen Offizieren hervorgerufen hatte. Er war fünfzig Jahre alt und hatte nicht vor, sein Vorhaben zu erklären. In unzähligen Schlachten hatte er gekämpft und schon längst sein fünfundzwanzigstes Dienstjubiläum gefeiert. Anstatt als Veteran Hafer anzubauen, hatte er, der sich vom einfachen Legionär hochgearbeitet hatte, den Entschluss gefasst, seine prestigeträchtige Position erst dann aufzugeben, wenn sie aus seinen kalten, starren Händen das Schwert reißen müssten. Sein silbernes Haar funkelte unter dem Helm und strahlte Würde, Autorität und Erfahrung aus.

Die erste Reihe war ohnehin verloren, warum also auch nur einen seiner besten Leute opfern? Mitleid war in einer Schlacht fehl am Platz. Er hatte die Männer feierlich gelobt, die sich auszeichnen dürften, und es vermieden, Blickkontakt mit den Todgeweihten aufzunehmen. Die zweite Reihe wurde mit Männern besetzt, die ahnten, was auf sie zukam. Eine Wahl hatten sie dennoch nicht. In der dritten, vierten und fünften Reihe stand die Elite, seine erfahrensten Kämpfer. Und die wich beim Aufprall, wie abgesprochen, um einige Schritte zurück, um nun die Lücken zu füllen und sich einen Platz in der ewigen Ruhmeshalle der bedeutendsten Schlachtfelder zu sichern.

Mit der Wut im Bauch, die der Anblick toter Kameraden provozierte, entfachten sie einen höllischen Lärm, brüllten aus Leibeskräften ihre Schlachtrufe und streckten jeden Reiter nieder, der in Reichweite ihrer Schwerter geriet.

Crassus erhob fest entschlossen seine tiefe, kratzige Stimme und brüllte den sehnlichst erwarteten Befehl heraus: »Blast zum Gegenangriff!« Er malte mit seinem Schwert die Richtung des Angriffs in die Luft und streckte den austrainierten Brustkorb durch. Es war ein Ritual, das seine Männer von ihm erwarteten.

Die Trompeten der Kohorten ertönten zum Zeichen, dass die Linien dem Angriff standgehalten hatten. Dies war das Signal für die Garde.

Hornbläser dirigierten die Signifer und den Aquilifer, die ihre Standarten und den Adler weithin sichtbar für den Feind zum Zeichen der Überlegenheit Roms in die Sonne richteten.

Tatius packte den Griff seines Schildes, so fest er nur konnte. Es ging los.

Ein Offizier neben Maximinus reckte sein Schwert in den Himmel und brüllte: »Vorwärts! Tod den Feinden Roms! Zum Angriff!«

Die römische Reiterei preschte lärmend aus ihrem Versteck hervor. Legat Gaius Iulius Verus Maximinus ritt in der Mitte des Keils, den die Garde formierte. Schnell nahmen sie Tempo auf. Tatius entdeckte unweit von sich Galerus, der ihn allerdings keines Blickes würdigte.

Sie hielten auf die hinteren Reihen der persischen Reiter zu, denen jegliche Organisation abhandengekommen war. Es herrschte ein wildes Durcheinander aus Pferden, die sich in engem Radius im Kreis drehten. Einige der Panzerreiter erkannten die drohende Gefahr, und diejenigen, die das Glück hatten, eine Lücke zu finden, versuchten, Reißaus zu nehmen. Es gab die Todesmutigen, die man immer fand, die selbst zum Angriff übergehen wollten und wild herumgestikulierten in der Hoffnung, ihre Nebenleute zu motivieren. Doch wurden ihre Bemühungen nicht belohnt. Schwerfällig wie Männer, die im knietiefen Schlamm wateten, waren sie unfähig, sich gegen den Ansturm zu wappnen. Tatius erkannte kurz vor dem Aufeinanderprallen den Schrecken in den Gesichtern, weiße Augäpfel, in deren Mitte erstarrte Pupillen den Tod erblickt hatten.

Dann flogen Pferde über Reiter und Reiter über Pferde. Dumpfe Aufschläge und kreischende Geräusche verendender Tiere vermischten sich mit dem brüllenden Klagen der Sterbenden. Bevor der erste Schwerthieb gesetzt wurde, hatte die Walze der römischen Reiter etliche Perser unter sich begraben.

Tatius war nicht weit von seinem Heerführer entfernt, als er mit den Hufen voran in die Flanke eines Panzerreiters stieß. Sein Hengst verlor nur wenig Tempo, während der stehende Reiter vor ihm wie eine schlecht vertäute Schiffsladung im Sturm unter ihm durchrutschte. Er hatte die größte Mühe, bei den Sprüngen nicht aus dem Sattel gewuchtet zu werden.

Er rammte einen weiteren Gegner und kam diesmal abrupt zum Stehen, denn sein Pferd bäumte sich wild strampelnd auf. Wie durch ein Wunder hielt er das Gleichgewicht und setzte wieder auf. Der Mund stand ihm offen, Adrenalin durchflutete seinen Körper.

Nur einen kurzen Augenblick später hatte er einen Perser direkt neben sich, der die Orientierung verloren hatte. Der Geruch des schwitzenden Körpers verfing sich in seiner Nase und ließ ihn würgen. Der Mann sah in die entgegengesetzte Richtung, brüllte wütende Befehle zu seinem Pferd, die wirkungslos verhallten, und nahm keine Notiz von ihm. Tatius zögerte nicht. Sein Schwerthieb traf den Mann direkt am Kopf. Eine Blutfontäne besudelte ihn. Im selben Moment verschluckte der Untergrund den Feind.

Ohne innezuhalten, trieb Tatius sein Pferd an, dem Strom der Reiter folgend. Die Gräuel der Schlacht nahm er kaum wahr, er versank im Strudel des Tötens, des Chaos, das Angreifer und Gegner, Freund und Feind zu einer schwammigen Masse verschmelzen ließ, wobei nur noch die reinen Überlebensinstinkte über den Geist bestimmten.

Der Plan, den Gaius Iulius Verus Maximinus ausgeklügelt hatte, schien aufzugehen, denn die Garde schnitt den

Panzerreitern den Rückweg ab. Vorne rieben die Zenturien die Angreifer auf, und die in Panik Flüchtenden wurden von den Reitern des Legaten abgefangen.

Maximinus' berittene Soldaten schwenkten langsam, aber stetig nach rechts, und das kaum für möglich Gehaltene geschah: Die Perser waren umzingelt.

Jetzt galt es, das Chaos bestmöglich auszunutzen. Der Sturmangriff der Perser war gescheitert, der Gegner hatte die Hälfte seiner Kämpfer verloren. Die vergleichsweise dünne Reihe von rund dreihundert römischen Reitern war dagegen nicht undurchdringlich. Noch spielte die Zeit für sie.

Mit dem Mut der Verzweiflung wehrten sich die umzingelten Panzerreiter, Schwerter und Schilde krachten wütend aufeinander, das sägende Schaben von Metall bohrte sich in Tatius' Ohren. Er wehrte den Hieb einer Lanze mit seinem Schild ab, als auf einmal erneut Töne von Blasinstrumenten erklangen. Die Bedeutung war ihm fremd, nervös suchte er nach dem Quell dieser Zeichen. Schon sah er eine große Anzahl persischer Fußsoldaten, die auf sie zustürmten. Von einem auf den anderen Moment waren sie die Gejagten. Maximinus erkannte die Gefahr sofort. Mit persischer Infanterie hatte er nicht gerechnet. Er ließ den nächstbesten Offizier seinen Unmut über diese Entwicklung spüren.

»Bei den Kriegsgöttern Bellona und Mars! Über die dilettantische Aufklärung wird noch zu reden sein. Woher kommen die Kerle dahinten? Wie kann man mehrere Hundertschaften übersehen? Das ist eine mindestens drei Kohorten starke Truppe.«

Tatius hörte, wie sich die laute Stimme des Legaten Gehör verschaffte.

»Tribun. Blast zum Rückzug! Wir müssen versuchen,

hinter unsere rechte Flanke zu gelangen. Wir dürfen uns keinesfalls von zwei Seiten aufreiben lassen.«

Der Vorteil war dahin.

Mit wilder Entschlossenheit bahnte sich die Garde den Weg nach Norden, immer wieder in Kämpfe mit den Reitern zu ihrer Rechten verstrickt. Die persischen Panzerreiter schöpften neuen Mut angesichts der Fußtruppen, die ihnen zu Hilfe eilten. Trompetensignale schallten aus allen Richtungen zu ihnen. Tatius verlor den Überblick über die Befehle, die in schmerzenden Schallwellen seine Ohren heimsuchten, und versuchte krampfhaft, das Tempo zu halten, um nicht zurückzufallen. Aus den Augenwinkeln sah er Kameraden, die tödlich getroffen aus dem Sattel kippten. Einmal zog er seinen Hengst heftig nach links, um der Attacke eines Persers zu entgehen, der ihn mit einem Speer durchbohren wollte. Die Gefahr war groß, dass die Garde auseinandergetrieben wurde.

Maximinus spürte, dass sein Plan, hinter die eigenen Linien zu gelangen, nicht aufgehen würde, ohne einen Totalverlust der Reiterei zu riskieren. Der Weg war durch unzählige Reiter versperrt; sie würden seine Männer so lange in Kämpfe verwickeln, bis die persischen Fußtruppen eintrafen. Er entschied sich, auf den Hügel direkt vor ihnen zu reiten und sich dort neu zu formieren.

»Schickt ein halbes Dutzend Reiter hinter unsere Linien, sie sollen sich zur 1. Zenturie durchkämpfen. Der Graue soll sich mit jedem entbehrlichen Mann dort auf dem Hügel mit uns vereinen!«, schrie er seinem Ersten Offizier zu.

Dann ertönte erneut das Zeichen zum Rückzug, der Legat gab die Richtung persönlich vor. In vollem Galopp donnerten die Hufe der Pferde über das Geröll der Wüste. Tatius sah sich erst um, als sie die Hügelkuppe erreicht hatten. Jegliche Ordnung war dahin. Doch ein Mann, der direkt neben ihm hielt, vermochte das Chaos zu ordnen. Der Soldat mit der römischen Tuba blies so heftig in sein Instrument, dass ihm die Ohren klingelten. Alle Reiter nahmen auf das Signal des Trompeters eine defensive Verteidigungsposition ein. Wie von Zauberhand ordneten sich die Reihen.

Ein Offizier zählte die verbliebenen Soldaten durch und erstattete umgehend Meldung.

»Rund zweihundert Mann einsatzfähig, Herr!«

Maximinus saß kerzengerade auf seinem pechschwarzen Hengst und starrte auf die persischen Einheiten.

»Sie haben uns schlimm zugesetzt. Aber es wird ihnen nicht schmecken, dass wir sie jetzt wieder von der Flanke bedrohen. Sie müssen sich aufteilen. Das wird den Druck von unseren Linien nehmen.«

Primus Pilus Crassus sah, wie sich einige Reiter zu ihnen durchkämpften, und reagierte prompt.

»Öffnet die Linie, sofort! Bahnt den Männern einen Korridor. Wir empfangen eine Nachricht.«

Einige Männer brachen nach vorne durch, und der erste Centurio musste mit ansehen, wie drei Legionäre von Speeren der Panzerreiter durchbohrt wurden. Auch zwei der Reiter ereilte ein rascher Tod von hinten.

Drei Gardisten des Legaten eilten indessen im letzten Moment durch die schmale Gasse, die sich hinter ihnen wie ein Vorhang wieder schloss; die Schilde schnitten die Perser bei ihrem Versuch nachzusetzen abrupt ab. Das Pferd eines Panzerreiters bäumte sich auf, bevor ihm von der Seite zwei Schwerter in Rücken und Hüfte gestoßen wurden. Noch ehe er tot auf dem Boden aufprallte, hatte ein Legionär das persische Pferd am Zügel gepackt und hinter die Linien gezogen.

Crassus eilte sofort zu den Männern hinüber.

Völlig außer Atem polterte einer der drei, ohne sich vorzustellen, hervor: »Centurio, unser Kommandant Maximinus befiehlt die 1. Doppelzenturie und jeden Mann, den Ihr sonst noch entbehren könnt, zur Verstärkung auf den Hügel dort.«

Der Graue blickte zu dem Hügel, auf dem sich schon Teile der verbliebenen Garde eingefunden hatten.

»Optio Salvianus!«

»Centurio!«

»Ihr führt jetzt das Kommando hier über den Rest der Kohorte. Ich stoße mit der 1. Zenturie auf den Hügel zu Maximinus vor. Kennt Ihr die Männer der Reservezenturie?«

»Ja, sogar gut, Centurio. Es sind junge, aber gute Kerle. Ich habe sie in den letzten Wochen selbst gedrillt.«

»Gut. Ich brauche noch weitere vierzig Mann. Sucht mir die mit der besten Kondition heraus. Wir müssen im Laufschritt bis zum Hügel kommen. Nur das nötigste Gepäck, eine Trinkflasche, Schild, Waffe. Wenn wir bis zum Abend nicht zurück sind, brauchen wir weder Essen noch sonst irgendwas. Wir treffen uns an der Flanke.«

»Zu Befehl, Centurio.«

Zwei Hundertschaften machten sich kurze Zeit später in Zweierreihen im Laufschritt auf den Weg zum Hügel. Der Adler thronte weithin sichtbar in ihrer Mitte.

Maximinus beobachte derweil die Perser, deren Führer Ardaschir ebenfalls eine Entscheidung zu treffen hatte, wenn er als Sieger hervorgehen wollte. Er hatte mit dem Ergebnis gerechnet, da er selbst nicht anders reagiert hätte. Sein Kontrahent war kein Dummkopf.

Der größte Teil der Feinde richtete sich auf ihn aus. Ohne Eile marschierten sie auf ihn zu.

Nur die Einheiten, die die Perser brauchten, um die römischen Truppen im Rücken der Hauptarmee zu binden, beließ Ardaschir an Ort und Stelle. Die Entscheidung würde auf diesem Hügel fallen.

Als Crassus sie fast erreicht hatte, ritt Maximinus persönlich auf seinen ersten Centurio zu.

»Ave Grauer, ich bin froh, Euch zu sehen.«

»Herr!«

»Bildet eine Reihe, drei Mann tief, und haltet die Linie, solange Ihr könnt. Zwanzig Mann in Reserve, falls wir die Formation ändern müssen. Wir sichern mit der Kavallerie die Flanken an beiden Seiten. Sollen sich die Perser ihre Zähne daran ausbeißen. Angriffe der Panzerreiter überlasst mir. Keine Verfolgungen. Wenn die Verluste zu groß werden, bildet einen Kreis.«

»Dieser verdammte Hügel wird von persischem Blut getränkt werden. Wir weichen keinen Schritt zurück, Herr.«

»Wir sehen uns am Abend wieder auf einen Becher Wein, Grauer.« Damit wendete er sein Pferd und preschte zurück.

»So Mars es will, Herr«, rief Crassus ihm nach und ordnete dann die erteilten Befehle an.

Maximinus wusste, dass er sich auf seinen Primus Pilus verlassen konnte. Er selbst hatte ihn vor mehreren Jahren zum Ersten Centurio befördert. Welch ein Glück, dass der Mann die Legion als seine Familie betrachtete und mittlerweile seit über dreißig Jahren der Armee diente!

Er sah hinüber zur Hauptkampflinie. Das Bild, das sich bot, war genau das, was er sich erhofft hatte. Ardaschir hatte einen Frontalangriff gewagt. Doch die eigenen Linien hielten stand. Den Überraschungsangriff im Rücken seiner Armee hatte er erfolgreich abgewehrt. Sein Bollwerk dagegen war ausreichend. Der Lärm der Schlacht drang dumpf und dröhnend zu ihnen wie ein anrollendes Gewitter. Dennoch würde die Entscheidung jetzt hier auf diesem kleinen Hügel fallen. Der Wert war zwar symbolisch. Doch wenn er starb, würde die Botschaft schnell auf die andere Seite dringen. Panik würde sich ausbreiten und das Ende der beiden Legionen besiegeln. Das Schicksal liegt manchmal im kleinen, unbeachteten Abseits, dachte er sich.

Dann bliesen die Sassaniden zum Angriff. Die Fußtruppen der Perser stürmten brüllend voran.

Maximinus fletschte die Zähne und rümpfte die riesige Nase. Mitten in der Schlacht war er in seinem Element. Er zog sein Schwert und ritt die Linie seiner Soldaten ab.

»Legionäre! Diesen Hügel wird kein Perser lebend verlassen. Wir werden heute Abend feiern oder ehrenvoll den Styx überqueren. Wir kämpfen bis zum letzten Mann. Jeder, der hier steht, hat mein volles Vertrauen. Zeigt mir, dass ihr es wert seid. Beschützt den Adler! Tod den Feinden Roms!«

Jubel brandete auf, auch Tatius, der einen kurzen Moment angstvoll auf die anstürmende Masse gestarrt hatte, ließ sich mitreißen, zog sein Schwert und stimmte mit den Männern im Chor ein.

»Tod den Feinden Roms!«

Die Legionäre in der ersten Reihe verschanzten sich hinter ihren Schilden und erwarteten den Angriff. Was sie durch kleine Lücken, die sich blitzartig zwischen den Scuta auftaten, sehen konnten, war ein wilder Ansturm vieler Hundert Männer ohne Muster einer erkennbaren Formation. Die Uniformen bestanden aus Karomustern, ihre Hosen, Banner und Standarten leuchteten in grellbunten Farben. Nebeneinander und hintereinander stürmten die brüllenden Männer voran, sie waren bewaffnet mit Speeren, Streitäxten und kurzen Schwertern. Mit ihren wilden schwarzen Haaren und geflochtenen Bärten wirkten sie fremdartig und Furcht einflößend. Zu lärmen verstanden sie ebenso gut wie römische Legionäre.

Der Graue wusste, wann er einzugreifen hatte. Trotz der motivierenden Rede des Legaten legte sich kalte Furcht wie Blei über seine Männer. Sie brauchten jetzt eine Stimme, die sie kannten. Etwas Beiläufiges, Vertrautes, wie der Schmatz ihrer Mütter auf ihren Backen, den sie so liebten und doch gleichzeitig hassten. Er übertönte mit seiner kraftvollen Stimme den Lärm.

»Kneift eure Arschbacken zusammen, Männer. Wer hier gleich zittert und winselt, sind die verfluchten persischen Hunde. Bohrt eure zitternden Schilde in den Wüstenboden, zieht eure Köpfe und Füße ein. Stecht kraftvoll zu. Wir werden diese hässlichen, grellbunten Paradiesvögel das Fürchten lehren! Wer sich auch nur einmal umdreht, sieht als Letztes im Leben meine alte Fratze! Also reißt euch zusammen und macht sie fertig!«

Die Befehle hallten wie auf dem Drillplatz über den steinigen Hügel, und seine Männer, die diese Stimme im Lager hassten, konnten nicht genug davon bekommen. Es hob den Mut und die Zuversicht und erzeugte das Gefühl, unbesiegbar zu sein. Die Schilde hörten auf zu zittern, und die vielen Schlitze, durch die sie den Ansturm beobachteten, schlossen sich.

Hunderte von Persern krachten im nächsten Moment auf die vorderste Linie.

Speere bohrten sich in die Schilde, Schwerter hämmerten auf die Wand aus roten Rechtecken, doch in den ersten Momenten der Schlacht fand kein einziger Hieb sein Durchkommen. Alle Legionäre blieben unversehrt. Stattdessen stachen an vielen Stellen Schwerter aus dem Schildwall hervor, wann immer sich die Gelegenheit bot. Wenn ein Speer zu weit über die Schilde glitt, wenn ein Fuß zu nahe trat, wann immer ein Perser die Deckung nur für einen winzigen Moment aufgab, wurde dies mit aller Härte bestraft. Viele Körper sackten augenblicklich tot zusammen, denn die empfindlichen Stellen zu treffen, war in jahrelangem Drill eingeübt worden. Mehrere Perser wurden von den nachrückenden Angreifern auf die Schilde geschoben, doch auf solche Gelegenheiten warteten die Männer der ersten Verteidigungsreihe nur. Körper, die nicht zurückweichen können, geben das leichteste aller Ziele ab. Vor den Römern bildete sich eine Barrikade aus toten Leibern.

Der erste Legionär, den der Tod ereilte, war einer, der einem Perser sein Schwert in die Seite gerammt und es dann nicht wieder aus dem Körper herausgerissen hatte, indem er sich mit ganzer Kraft dagegenstemmte. Er verlor das Gleichgewicht, als sein Schwert im Körper des Sassaniden stecken blieb, und wurde aus dem Verbund gerissen. Mindestens drei Speere durchtrennten im nächsten Moment seine Lebensadern. Ein Legionär aus der zweiten Reihe füllte sofort die entstandene Lücke.

Tatius' Blick flirrte gebannt von der Kampflinie zum Legaten und zurück. Mit höchster Konzentration erwartete er seine Befehle. Doch zogen sich die Momente in die Länge. Die Perser und die 1. Zenturie lieferten sich einen zähen Kampf, trotz der zahlenmäßigen Überlegenheit erzielten die Sassaniden nirgendwo einen Durchbruch.

Im Hintergrund formierten sich die Panzerreiter.

Dass die Perser doch in Einheiten und nicht in wildem Durcheinander anrannten, erkannte Tatius daran, dass sich wie aus dem Nichts eine Abteilung Infanteristen aufmachte, die linke Flanke zu umgehen. Der Primus Pilus hatte es ebenfalls bemerkt und beorderte seine Reserve an die Flanke. Dort hielten zehn Mann in loser Formation und offenem Kampf die Angreifer für einige Momente in Schach.

Maximinus stand mit rund hundertzwanzig Männern auf der rechten Flanke. Tatius konnte den Blick von dem hünenhaften Mann kaum abwenden, wie er aufrecht nur ein paar Schritte neben ihm auf seinem Pferd saß. Auf der linken Flanke waren rund achtzig Reiter postiert.

»Flankenschutz!« Mehr als ein Wort war nicht nötig, und die achtzig Gardisten griffen ein.

Crassus war persönlich zur bedrohten Flanke geeilt, um die Formation nicht zu gefährden. Er rammte einem Perser die Kante seines Schildes gegen den Hals und stieß einem zweiten sein Schwert in den Nacken, als er die eigenen Reiter neben sich wahrnahm. Die Kavallerie sorgte dafür, dass der Angriff der Sassaniden unmittelbar zusammenbrach. Der Graue entfernte sich rasch wieder aus dem Getümmel und stürmte in die Mitte seiner Zenturie. Er konnte beinahe jeden einzelnen der Männer keuchen und stöhnen hören. Die Konzentration und die Kräfte nahmen ab, die Schilde waren schwer und fühlten sich nach kurzer Zeit an wie Eimer voller Wasser. Crassus wusste um die Gefahr und brüllte seinen Männern zu, sich zusammenzureißen.

»Schilde hoch, weiter, Männer, nicht nachlassen, wir dominieren sie!«

Ein Dutzend seiner Männer war tot oder verletzt, die stöhnenden Soldaten lagen nicht weit hinter ihm und wurden von leicht verwundeten Männern laufend geborgen und herausgezogen.

Dann ritten die verbliebenen Panzerreiter los. Rund siebenhundert Mann donnerten auf die rechte Flanke zu.

Maximinus hielt die ausgestreckte Hand hoch und wartete den passenden Moment ab.

»Wir müssen zum richtigen Zeitpunkt eintreffen, genau dann, wenn sie auf die Flanke treffen. Wir reiten in einer Linie los. Die Männer rechts beschreiben einen Bogen und schwenken dann ein. Vorwärts!«

Tatius zog seinen Helm tief ins Gesicht und atmete lange und zischend aus.

Crassus sah die Wand aus Reitern auf der rechten Flanke auf sich zukommen und lief die letzte Reihe seiner Männer ab.

»Nach rechts, jeder Mann der dritten Reihe nach rechts. Reißt sie von ihren Gäulen.«

Gleichzeitig stießen die Panzerreiter auf die äußerste Reihe der römischen Infanterie, und die Kavallerie um Maximinus traf ein. Im ersten Moment wurde jeder Panzerreiter der vordersten Linie von zwei Seiten in die Zange genommen. Das Schwenkmanöver glich die Überzahl der Perser für kurze Zeit aus. Maximinus ritt mitten in der Menge und hieb sein Schwert in den Hals eines Panzerreiters. Ein Schwall aus Blut schoss ihm ins Gesicht und verwandelte den Legaten in eine berserkerhafte Gestalt.

Tatius war mitten im Getümmel angekommen. Er richtete sich keinen Moment zu früh auf die Gegner aus. Direkt vor ihm baute sich ein zu allem entschlossener Mann mit pechschwarzen Haaren auf, die zum Zopf gebunden waren. Er ritt direkt neben ihm und stieß mit seiner wuchtigen Lanze zu. Tatius wehrte sie mit seinem Schild mühevoll zur Seite ab. Er drehte sich mit dem Pferd so weit weg, wie es im Gedränge möglich war. Beidarmig setzte der Perser sofort mit einem Stoß von oben nach und beugte sich dabei so weit vor, dass Tatius den Schweiß auf dem Kinnbart glitzern sah. Ruckartig ließ er sich nach hinten auf den Rücken seines Pferdes fallen, riss dabei den Schild vor seinen Kopf und spürte, wie die Spitze auf seinem Schild aufschlug. Als er sich wieder aufgerichtet hatte, war der Mann fort.

Dann sah er direkt vor sich Maximinus kämpfen. Seine Leibwache war ebenfalls in Zweikämpfe verstrickt und abgedrängt worden. Der Oberbefehlshaber stand allein gegen einen persischen Krieger. Der Panzerreiter hatte seine Lanze verloren und einen Dolch gezogen. Die Rücken ihrer Pferde berührten sich, sie befanden sich auf exakt gleicher Höhe im direkten Duell. Maximinus wehrte einen Messerstich mit dem Schwert ab, als plötzlich ein zweiter Mann auftauchte, der mit einem Speer direkt auf den Legaten zielte. Tatius fühlte seine Halsschlagader pochen, und der Druck, den sie in einem mörderischen Tempo erzeugte, nahm ihm fast die Luft. Gleich würde Maximinus sterben, und die Schlacht wäre verloren. Ohne zu zögern, ließ er sein Pferd frontal nach vorne schnellen. Er schob sich mit einem lauten Schrei zwischen Maximinus und den Angreifer, drängte ihn ab, packte die Führungshand des Mannes und versetzte ihm mit dem Knauf seines Schwertes einen Schlag ins Gesicht. Der Perser riss sich los. Für einen Hieb mit der Lanze war es zu beengt. Erneut bekam Tatius den Speer mit seinem Schildarm zu fassen und entriss ihn in einer Rückwärtsbewegung dem Mann. Tatius war Rechtshänder, die Lanze in seiner Linken fühlte sich fremd und schwer an; zusätzlich behinderte ihn sein Schild, doch ergriff er die Gelegenheit und schnellte eine Pferdelänge nach vorne, während der Mann noch nach seinem Kurzschwert tastete, das in einer Scheide am Rücken des Pferdes steckte. Die messerscharfe

Klinge der Lanze bohrte sich in die Seite des Persers fast ohne Kraft und Zutun. Ein abgewürgter Schrei entfuhr dem Mann, der die Augen aufgerissen hatte und auf seine blutende Wunde starrte. Als der Sassanide zusammensackte, drehte sich Tatius zu Maximinus um. Er hatte in der Zwischenzeit zwar seinen Widersacher besiegt, aber in diesem Moment wurde er von zwei weiteren Feinden bedrängt und vom Pferd gestoßen.

»Verdammte Hurensöhne!«, schrie Tatius wie von Sinnen und ritt direkt in die beiden Perser hinein. Alle drei Tiere gingen nach einem dumpfen Aufprall zu Boden, die Männer fielen übereinander. Tatius hatte einen Schlag gegen den Kopf bekommen und war für einige Momente benommen. Als er wieder hochschreckte, suchte er fieberhaft nach seinem Schwert, das er nicht hatte halten können. Plötzlich wurde es ihm unter die Nase gehalten. Er blickte in die triumphierenden Augen von Gaius Iulius Verus Maximinus, der es ihm reichte. In der anderen Hand hielt er sein eigenes blutverschmiertes Schwert, vor ihnen lagen die beiden toten persischen Krieger. Die Leibwachen waren mittlerweile aufgerückt und bildeten einen kleinen Schutzwall, der für einen Moment wie das Auge des Sturms im tosenden Inferno eine unwirkliche Ruhe schuf.

Voller Anerkennung sprach Maximinus: »Willkommen in meiner Garde, Tatius Aurelius. Männer wie dich kann Rom immer gebrauchen.«

Sie eilten einige Schritte voran hinter die eigenen Linien aus verbissen kämpfenden Männern der 1. Zenturie. Die Schlagkraft der Panzerreiter hatte die Phalanx zwischenzeitlich aufgerissen, die enge Formation war verloren gegangen.

Die Perser stießen in die Lücke, doch Crassus erkannte die Gefahr gerade noch rechtzeitig.

»Bildet einen Kreis!«

Die hinterste Linie formte in Windeseile eine Ellipse, die vorletzte verstärkte den Kreis, der sich wieder zu einem Rund verkleinerte.

Inmitten dieses kleinen Kreises, der fern an eine Gladiatorenarena erinnerte, bauten sich Maximinus, sein Primus Pilus Crassus, der Graue, und der Aquilifer der XII. Legion mit grimmigen Blicken auf. Tatius stand schweigend daneben und hoffte auf einen rettenden Einfall.

Ein Mann humpelte heran.

»Herr, unsere Reiterei ist verloren. Die Übermacht war zu groß.«

Die persischen Panzerreiter hatten nach ihrem mörderischen Werk abgedreht und formierten sich mehrere Hundert Fuß entfernt erneut.

Maximinus zollte für einen kurzen Moment dem Gegner Respekt.

»Es sind kaum mehr als zweihundert Panzerreiter übrig. Die Perser haben mehr als tausend Kataphrakten verloren. Und doch sind sie nicht disziplinlos auseinandergefallen. Bemerkenswert.«

Maximinus drehte sich herum und suchte den verbliebenen Teil seiner Garde.

»Was ist mit den Reitern der linken Flanke?«

»Sie haben die Infanterie unterstützt und den Feind an der Flanke aufgerieben, solange die Schlagkraft ausgereicht hat. Die restlichen Männer haben unsere Reihen aufgefüllt und bilden einen guten Teil unseres Bollwerks«, klärte ihn sein Primus Pilus auf und zeigte auf einige Männer, die ovale Schilde mit sich führten, woran die Reiter der Hilfstruppen leicht zu erkennen waren.

Maximinus nickte und blickte zu den Panzerreitern, die sich neu formierten.

»Dann lasst uns den letzten Teil des Weges ehrenvoll bestreiten. Sobald die Perser losreiten, stürmen wir voran mitten in den Feind hinein. Wir stürmen in loser Formation in die persischen Fußtruppen. Diesen verdammten Hunden von Panzerreitern werden wir kein Ziel abgeben. Beschützt den Adler. Erweist Rom eure Treue!«

Tatius musste schlucken. Soeben wurde der blutige Boden unter ihren Füßen zu ihrem Grab erklärt. Hier sollte also das Ende ihres kurzen gemeinsamen Weges sein. Trotzig spuckte er aus. Er würde einige Sassaniden in das Reich des Todes mitnehmen.

Die Kataphrakten, deren Reihen sich merklich gelichtet hatten, stürmten los. Wenige Momente verstrichen, bis Crassus zum letzten Gefecht blasen ließ.

Aus vollen Kehlen brüllten die verbliebenen Legionäre ihre verdutzten Feinde an, während sie wie von der Tarantel gestochen losstürmten. Kein einziges Ziel bot sich den Panzerreitern, nachdem sich die Römer in den Feindesgürtel gebohrt hatten, und verstört umkreisten sie die wild kämpfende Masse.

Crassus' Klinge zog tödliche Kreise, während neben ihm das Blut der Treffer aufspritzte, die Maximinus unter lautem Gebrüll setzte.

Tatius hieb seinen Schild gegen das Kinn des erstbesten Mannes, der vor ihm auftauchte, und stieß sein Schwert mitten in seine Eingeweide. Mit dem Fuß trat er den Perser von sich, dessen Schmerzensschreie umgehend verstummt waren, und kreuzte die Klinge mit einem Krieger, der unmittelbar dahinter auftauchte. Bei der nächsten Vorwärtsbewegung konnte er ihn aus dem Gleichgewicht bringen und umstoßen. Seine Klinge grub sich in den

Hals des Persers, dessen Gesicht sich zu einer erbärmlichen Fratze entstellte, als er nach Luft schnappte, die er nicht mehr bekam.

Tatius hatte die Orientierung verloren, seine Blicke flogen hin und her. Dann sah er den Aquilifer, der von drei Persern bedrängt wurde. Der Adler. Er durfte nicht fallen.

Tatius sprang über tote Leiber und hastete zum Adlerträger. Doch er kam zu spät. Von zwei Speeren wurde der Aquilifer durchbohrt und spuckte Blut, doch sein eiserner Griff hielt den Legionsadler immer noch aufrecht. Einer der Sassaniden fasste nach der Trophäe.

In wilder Raserei stürzte sich Tatius auf die Männer, hieb dem einen Mann beinahe den Kopf vom Hals und rammte dem zweiten seinen Schild zwischen die Augen. Dann schleuderte er den Schild auf den dritten Perser, der taumelte, aber stehen blieb. Mit einem Satz warf Tatius sich auf ihn und stach so oft zu, bis der Griff um den Adler erschlaffte. Er fing die Standarte auf, die unwirklich langsam zu kippen begonnen hatte, und hielt sie aufrecht in die Höhe. Tatius, mit Blut besudelt, sah aus, als hätte der Zerberus von ihm Besitz ergriffen.

Vor ihn sprang erneut ein persischer Krieger mit Streitaxt. Sie starrten sich an, und in ihren Augen spiegelte sich der blanke Hass aufeinander wider. Der Mann holte aus, verfehlte aber mit seinem beidseitigen Schwung Adler und Feind. Tatius sah nur eine Möglichkeit und sprang auf den Mann zu, drückte die Standarte an dessen Hals und zwang ihn damit, seine Axt fallen zu lassen. Der Perser wollte ihm die Standarte entreißen; sie rangen miteinander, ein jeder versuchte, die Oberhand zu gewinnen, als ein dumpfer, knarziger Ton an ihre Ohren drang. Sein Gegner riss verdutzt die Augen auf. Das Knarzen wiederholte sich. Für einen Moment war Tatius abgelenkt. Einem heftigen Kopfstoß des Persers konnte er nicht mehr ausweichen.

Schwärze ummantelte ihn, während er bewusstlos zu Boden sackte.

Freies Germanien, April 232 n. Chr.

Marcus ließ sich erschöpft auf einen großen Stein sinken, der sich neben dem rauschenden Bach befand. Er nahm einen tiefen Schluck aus seiner Trinkflasche, die ihm Titus geschenkt hatte. Eine eiserne, mit Messing beschlagene Feldflasche eines Soldaten, die mittlerweile jeglichen Glanz vermissen ließ, so verkratzt und stumpf war sie. Sie strahlte eine Aura des Vergangenen aus, eine Verkörperung der Jahrzehnte, die an ihr genagt hatten.

Er hing den Gedanken nach, die ihn seit der Flucht vor ihrer germanischen Reisegruppe beschäftigten. Anstatt sich hinter der Grenze sicher zu fühlen, beschlich ihn dauernd das Gefühl, in einem feindseligen Land voller Gefahren und Risiken unterwegs zu sein. Wem konnte er außer Alwina trauen? Sie schwärmte immerzu von ihrem Bruder und brannte darauf, endlich anzukommen. Er dagegen musste gegen seinen Instinkt ankämpfen, der ihm fortwährend riet, schleunigst umzukehren. Ablehnung und Vorurteile waren dabei die geringsten Übel, die er fürchtete.

Außerdem fragte er sich ständig, ob es wirklich eine gute Idee gewesen war, Landogar freizulassen. Seit sie ihr Wort gehalten und ihn nach einigen Stunden Geiselhaft mitten im Wald ausgesetzt hatten, besaß er einen Feind fürs Leben. Die Flüche und Drohungen, die ihnen der Germane nachgebrüllt hatte, hallten in ihm nach, obwohl er mittlerweile meilenweit von ihm entfernt war. Allein die Gewissheit, dass Landogar wusste, wohin er reiste, sorgte für schlechte Träume. Er wollte ihm am liebsten nie mehr im Leben begegnen.

Inzwischen waren alle Vorräte aufgebraucht, und sie mussten sich von dem ernähren, was die Natur ihnen bot. Alwina kannte einige Wurzeln und Kräuter, die essbar waren. Marcus erlegte Wild. Früchte oder Pilze hielt das erwachende Frühjahr noch keine bereit. Und langsam gingen ihm die Pfeile aus, denn manche fand er nach Fehlschüssen nicht wieder, und die Reise zog sich durch die Unterbrechungen, die die Jagd und die improvisierte Verpflegung verursachten, unendlich in die Länge. Er hatte trotz des vielen Reitens Blasen an den Füßen, seine Kleider waren verschlissen, und er litt an Läusebefall, den er sich im Verlauf der Reise eingefangen hatte. Unentwegt kratzte er sich am Kopf. Er gab den modrigen Pelzen die Schuld, in die er sich hüllen musste. Doch auch Alwina sah mittlerweile arg verfilzt aus, ihr eher blasser Teint war einer schmutzverkrusteten Schicht gewichen.

Gerade kam sie im Laufschritt von einem ihrer Streifzüge durch die Natur auf der Suche nach Essbarem zurück. Dem prallen Sack zufolge hatte sie einigen Erfolg vorzuweisen. Sie strahlte.

»Marcus, ich glaube, ich habe eben die große Höhle entdeckt, die ich schon seit einigen Tagen suche. Man sieht sie direkt hinter dieser Biegung des Baches«, erzählte sie atemlos und deutete mit dem Zeigefinger auf den mäandernden Bach hinter ihr.

»Du meinst, wir sind endlich ganz in der Nähe deines Stammes?«, fragte Marcus vorsichtig.

»Wenn es stimmt, was mir der Alte erzählt hat, dann

haben wir noch eine Tagesreise zurückzulegen. Ich kann es kaum glauben. Es kommt mir so unwirklich vor.«

Sie umarmte ihn, und ihre Freude steckte ihn an.

»Endlich!«, entfuhr es ihm trotz aller Zweifel, die er unentwegt hegte.

Er hatte den sehnlichen Wunsch nach Erholung, egal, wo dies sein würde.

Sie bestiegen Luminus, dem die Reise nichts auszumachen schien. Im Gegenteil. Er genoss die Vorzüge der freien Natur und graste unentwegt. Trotz der Ungeduld, die Alwina ergriffen hatte, ließen sie den Hengst sich in aller Ruhe seinen Weg bahnen und blickten sich nach Zeichen menschlicher Anwesenheit um.

Marcus fühlte sich nach kurzer Zeit beobachtet, doch konnte er niemanden sehen. Wahrscheinlich hatten Späher sie mittlerweile entdeckt, alles andere hätte ihn überrascht.

Sie durchquerten am frühen Nachmittag eine Furt, weil auf der anderen Seite des kleinen Flusses ein Pfad zu erkennen war. Am Fuße eines Hügels wandelte sich der Pfad zu einem ausgetretenen Hohlweg, und Alwina war sich sicher, auf dem richtigen Weg zu sein. Die Allee aus Buchen, die sich mühten auszutreiben, bildete ein Dach über ihren Köpfen, das jedoch noch nicht in der Lage war, das Licht fernzuhalten, und so wärmte die Frühjahrssonne ihre Köpfe auf angenehme Weise.

Alwina gluckste hinter Marcus, sodass er sich zu ihr umdrehte.

»Vorfreude?«, fragte er sie und freute sich, sie glücklich zu sehen.

»O ja, Marcus. Weißt du, über viele Jahre war mein Bruder für mich wie ein Vater. Er spielte die wichtigste Rolle in meinem Leben. Ich hatte zu niemandem sonst Vertrauen. Immer wenn wir unbeobachtet waren, hat er mir erzählt, dass wir dereinst in Germanien das Erbe unseres Vaters antreten würden. Ich habe das nie geglaubt, es klang so abenteuerlich. So weit weg. Wir haben ja viele Jahre in Rom verbracht. Dann haben sie uns getrennt. Fortan waren unsere einzige Verbindung Botschaften. Da sie jeder lesen konnte, standen im Grunde Nichtigkeiten darin. Es war zum Verzweifeln. Ich kann es immer noch nicht glauben, dass ich ihn vielleicht schon heute im Laufe des Tages wiedersehen werde.«

Als Luminus sich aufbäumte, hätte er sie um ein Haar abgeworfen, so plötzlich passierte alles.

Zwei Männer waren hinter einem Felsen hervorgesprungen und rissen am Geschirr. Marcus blickte in mehrere Lanzen, die von allen Seiten auf ihn gerichtet wurden. Ein Mann mit Schwert versperrte ihnen den Weg.

Marcus hatte es völlig die Sprache verschlagen. Er brachte kein Wort heraus.

Alwina fand als Erste die Fassung wieder.

»Seid ihr verrückt? Ihr versperrt der Schwester Adalmars den Weg!«

Der Mann mit dem Schwert, ein rothaariger, groß gewachsener Krieger mit buschigem Schnauzbart, spuckte vor ihnen aus.

»Alwina ist tot. Mit römischen Spionen machen wir hier kurzen Prozess.«

Rabiat griffen mehrere Hände gleichzeitig nach ihnen und rissen sie unsanft vom Pferd. Marcus wurde mehrfach so geschubst und gestoßen, dass es ihn von den Füßen riss; nur mit großer Mühe konnte er sich wieder aufrappeln, bevor ihn Tritte malträtierten. Als ob er nicht von alleine den Weg gehen würde, den sie ihm auf diese abschätzige Weise wiesen. Alwina erging es nicht besser.

Sie schimpfte und fluchte und drohte mit abscheulich grausamen Strafen, die alle zu erwarten hätten, wenn erst ihr Bruder erfahren würde, wie sie mit ihr umgingen, aber es nützte alles nichts.

Einmal versuchte Marcus, sich zu erklären. Aber ehe er einen Satz zu Ende sprechen konnte, nahm ihm ein Schlag in die Seite die Luft. So schwieg er, bis sie die Siedlung erreicht hatten, die hinter dem Hügel, über den sich der Hohlweg schlängelte, ihren Anfang nahm.

Die Siedlung unterschied sich von einer römischen Stadt allein dadurch, dass es kein wirkliches Zentrum zu geben schien. Weitläufig standen Hütten und Langhäuser verstreut.

Adalmar war an einer exponierten Stelle offenbar dabei, ein Zentrum zu schaffen, denn ein Palisadenzaun war zur Hälfte fertig gebaut worden, und mehrere Langhäuser und sogar ein paar Steinbauten waren ebenfalls im Rohbau.

Vor einem mächtigen Langhaus stieß man sie in den Dreck des Vorplatzes, der, aufgeweicht von vielen Schritten, nur aus Schlamm zu bestehen schien. Dort kauerten sie und warteten darauf, dass endlich jemand käme und den Irrtum aufklärte.

»Alwina, was ist hier los? Wo ist dein Bruder?«, flüsterte Marcus verzweifelt und starrte sie an.

Alwina presste achselzuckend die Lippen aufeinander und versuchte offenbar, gegen aufkommende Tränen anzukämpfen.

Marcus sah sich verstohlen um. Verzweifelt versuchte er, seine Gedanken zu ordnen. Was passierte hier nach ihrer Odyssee gerade? Eine grauenvolle Ahnung beschlich ihn. Was, wenn Adalmar gar nicht hier war? Was, wenn er auf Reisen oder gar gestorben war? Alwina war noch ein Baby gewesen, als sie verschleppt wurde. Niemand kannte sie persönlich. Konnte es sein, dass ...? Er fuhr ungestüm herum, sein Flüstern wirkte heiser.

»Kennt dich denn jemand außer deinem Bruder?«

Sie schüttelte mit gesenktem Blick den Kopf.

»Nein.«

Marcus wurde speiübel.

Ein riesiger Kerl trat aus dem Haus. Er war hier scheinbar der Anführer und Alwinas Blick zufolge leider nicht ihr Bruder. Der Germane musterte sie beide abfällig und winkte dann zwei derjenigen Männer heran, die sie soeben so wüst vor sich hergetrieben hatten.

Die Germanen unterhielten sich in einer Sprache, die Marcus nicht verstand, doch Alwina starrte gebannt zu ihnen, und ihr Gesicht versteinerte nach und nach bei dem, was sie hörte. Sie schien zu verstehen, um was es ging, und zitterte am ganzen Leib.

»Alwina, was ist los? Verstehst du die Kerle? Was sagen sie?«, fragte Marcus mit Panik in der Stimme.

Alwina blockte ab, schüttelte den Kopf und schloss die Augenlider. Dann atmete sie mehrmals tief durch.

Langsam erhob sie sich.

»Wo ist mein Bruder? Wo ist Adalmar?«

Der Riese entblößte seine schwarzen Stümpfe, die einmal Zähne gewesen waren, und grinste schief.

»Wer immer du bist, ich sollte dich erst einmal Respekt lehren. Unser Fürst würde einen Wurm wie dich gar nicht erst empfangen. Aber er hat Glück, denn er ist nicht da.«

Alwina blieb stehen und verschränkte die Arme vor der Brust.

»Ich warne euch! Wenn mich auch nur einer von euch Barbaren anrührt, stürze ich mich ins Schwert. Adalmar, meinem Bruder, wird diese Begegnung heute nicht verborgen bleiben, und wenn er meinen Leichnam findet und mich erkennt, hat eure letzte Stunde geschlagen. Ich spreche eure Sprache nicht, aber ich verstehe jedes Wort. Mein Bruder hat sie mich gelehrt. Das, was ihr mit mir und meinem Gefährten vorhabt, ist widerlich. Ihr könnt es darauf ankommen lassen und euer Leben verwirken, oder ihr schenkt mir Glauben und rettet damit eure Haut. Eure Entscheidung.«

Marcus musste fast würgen, so groß war der Kloß, der ihm beim Schlucken im Halse zu stecken schien.

Der Mann, den ihr Bruder als Anführer während seiner Abwesenheit auserkoren hatte, stutzte und glotzte sie zweifelnd an. Er wirkte wütend. Als er endlich eine Antwort gab, hörte sie sich in einem seltsam sperrigen Latein wie das Schnauben eines Gauls an. Offenbar waren hier viele der Sprache Roms mächtig, wenngleich sie selten und ungern gesprochen wurde.

»Legt die beiden in Ketten und rührt sie nicht an. Wenn Adalmar zurückkommt, soll er den Lügnern eigenhändig das Fell vom Leibe ziehen.«

Dann schritt er auf Marcus zu, der sich langsam erhoben hatte und zu Boden starrte.

»Dir werde ich persönlich das Maul stopfen, und das Mädchen wird dabei zusehen«, hauchte er mit üblem Atem, und so verdutzt Marcus über die unvermittelte Drohung war, so wenig hatte er mit einem Haken gerechnet, den der Hüne ihm nur einen Augenblick später verpasste.

Bewusstlos ging Marcus zu Boden.

Freies Germanien, Juni 232 n. Chr.

45 Tage! Marcus hatte jeden einzelnen verlorenen Tag seines Lebens gezählt. In eine winzige Kammer hatten sie ihn eingesperrt, ein tellergroßes, kreisrundes Loch nahe der Decke war seine einzige Lichtquelle. Anfangs hatte ihn bei jedem Schritt, den er hörte, die nackte Angst gepackt. Erst war es ganz konkret die Angst vor dem Tod. Er lag in Ketten, fühlte sich hilflos und ausgeliefert. Dann die Angst vor Schlägen oder Folter. Doch sie ließen ihn in Ruhe, nahmen ihm sogar die Ketten ab und linderten damit die Schmerzen seiner lädierten Knöchel. Sie brachten ihm wortlos Essen und Trinken und tauschten, wenn auch in unregelmäßigen Abständen, den Behälter für die Notdurft aus. Das Essen bestand aus einem einfachen Getreidebrei, der von ekeliger Farbe, aber akzeptablem Geschmack war. Von Alwina hörte und sah er die ganze Zeit über nichts. Irgendwann war nicht mehr die Angst sein ärgster Begleiter, sondern die Hoffnungslosigkeit. Er konnte sich kaum bewegen, seine Glieder schmerzten, und seine Muskeln verkümmerten. Die Tage zogen sich endlos in die Länge. Warten ohne Sinn und Ziel kann einem jegliche Hoffnung rauben, stellte er resigniert fest.

Die Lage war aussichtslos. Was war mit Alwina geschehen? Sie konnte offenbar nichts für ihn tun. Ohne Alwina aber war alles sinnlos. Noch immer griff er sich, wenn er nachdachte, aus Gewohnheit an den Hals. Doch der war nackt. Schon als er nach dem Niederschlag zu sich gekommen war, musste er feststellen, dass sie seinen Talisman, die Silbermünze von Severus Alexander, geraubt hatten. Ein Griff an die Seite seines Fellmantels war das erste und bisher letzte Glücksgefühl, das er in der Zeit der Gefangenschaft verspüren sollte. Der Ring von Titus, den er selbst am Saum eingenäht hatte, war noch an Ort und Stelle. Ein schwacher Trost. Da man ihn in seinen stinkenden Kleidern schmoren ließ, bestand derzeit keine Gefahr, ihn zu verlieren.

Um nicht völlig steif zu werden, versuchte er, seinen Körper mit Liegestützen und Kniebeugen zu kräftigen. Die meiste Zeit über saß er in der immer gleichen Ecke, die Tür im Blick. Die Tage wurden wärmer, und in seinem Gefängnis begann sich die Hitze zu stauen.

Die Eintönigkeit war auch heute wieder schrecklich, doch etwas war an diesem Tag anders als sonst. Es dauerte nicht lange, bis es ihm auffiel: Heute beherrschten andere Laute die Luft.

Seine Ohren waren die Brücke zur Außenwelt geworden, und so registrierte er jedes Geräusch, das zu ihm drang, wog es ab, versuchte, sich ein Bild von dem zu machen, was außerhalb seiner vier Wände vorging. Während er an allen vorangegangenen Tagen nur die immer gleichen germanischen Stimmen wahrgenommen hatte, deren Sprache er nach wie vor nicht verstand, das vertraute Klappern von Werkzeugen, das Hacken von Holz, das Hämmern von Schmieden oder Schnauben von Pferden, so war heute etwas anders.

Aufgeregte Rufe und hastige Schritte verfingen sich in seinem Ohr. Keiner schien zu arbeiten.

Töne aus Hörnern schallten durch das Lager. Irgendetwas passierte hier. Ob Adalmar endlich zurückkehrte? Jemand brüllte wie von Sinnen. Stimmengewirr. Viele riefen laut durcheinander. Eine Frau kreischte laut auf. War es Alwina? Er versuchte, zu dem Loch zu gelangen, stemmte die Beine in die beiden Eckwände und hangelte sich hoch. Doch konnte er in der Kürze, die er da oben hing, nichts weiter erkennen. Er schwitzte und rutschte ab. Seine Turnerei brachte ihn nicht weiter. Erneut lauschte er. Ein Streit war ausgebrochen. Wieder brüllte einer. Und plötzlich breitete sich eine gespenstische Stille aus. Er hörte nur noch Schmeißfliegen summen, die sich um seine Fäkalien stritten.

Nach einer Weile näherte sich jemand seinem Verschlag. Die Tür wurde aufgerissen – und Alwina stand auf der Schwelle.

»Marcus!«, rief sie besorgt, als sie ihn erblickte.

»Alwina!«, krächzte er zurück.

Seine Stimme brach, so selten hatte er in letzter Zeit von ihr Gebrauch gemacht. Er klang in seinen eigenen Ohren wie ein Fremder, und doch kreisten seine Gedanken sofort nur um sie.

Alwina sah fürchterlich aus, schmutzverkrustet und ausgemergelt, völlig erschöpft. Doch sein Herz zersprang vor Freude, sie zu sehen. Mühsam rappelte er sich auf, während sie sich langsam durch sein verdrecktes Verlies vortastete. Erleichtert fielen sie sich in die Arme. Er tastete durch ihre verfilzten Haare und drückte sie fest an sich. Er suchte nach passenden Worten, nach etwas Tröstlichem, doch sie kam ihm zuvor.

»Es tut mir so leid, Marcus. Es ist so demütigend.«

»Du kannst nichts dafür, Alwina. Du hast mir so gefehlt. Geht es dir gut?«

Marcus fühlte nichts als Erleichterung.

»Es geht mir wieder besser. Ich habe heftig gefiebert

und konnte nichts bei mir behalten. Dieser verdammte Athaulf hat mir eine Behandlung durch den Schamanen verweigert. Wenigstens haben sie mich vor zwei Tagen aus dem Schuppen geholt und mir endlich mehr zu trinken gegeben.«

»Athaulf?«

»Ja, der Mistkerl, der dich niedergeschlagen hat und der sich wie der Häuptling des Lagers aufspielte.«

»Athaulf! Dieser verdammte ...« Marcus tastete sanft an ihrem Haaransatz entlang und hielt plötzlich inne.

Er fühlte an ihrem Hals ein Lederband, das ihm vertraut vorkam. Er starrte auf ihre Brust.

Sie lächelte.

»Möchtest du ihn zurückhaben?«

»Ich fasse es nicht. Mein Glücksbringer!«

»Ja, ich habe dir die Münze sofort abgenommen, als dich Athaulf zu Boden geschlagen hatte, sonst hätten sie sie gestohlen.«

»Du bist ein Schatz.«

Er drückte seine Wange fest gegen die ihre, als sein Blick auf den Eingang fiel.

In der Tür stand ein Mann, der ihn nachdenklich musterte. Alwina drehte sich um und strahlte.

»Marcus, das Wichtigste habe ich dir noch gar nicht erzählt. Mein Bruder Adalmar ist zurückgekehrt. Jetzt wird alles gut. Ich möchte euch einander vorstellen. Adalmar, mein lieber Bruder, das ist Marcus, der mich zweimal gerettet und sicher hierhergeleitet hat.«

Adalmar nickte.

»Willkommen, Römer, und danke für alles.«

In Marcus' Ohren klang dieser Dank nicht gerade herzlich, doch im Vergleich zu seinen bisherigen Erfahrungen im Lager war es ein Neuanfang.

Adalmar sah aus, als käme er direkt vom Schlachtfeld. Blutspritzer verteilten sich auf seinem Gesicht und über die Kleidung. Marcus fragte sich, ob er den Göttern geopfert hatte.

»Es freut mich, Euch endlich kennenlernen zu dürfen. Alwina hat viel von Euch erzählt.«

»Hat sie das?« Adalmar lächelte gekünstelt. »Folgt mir, Ihr könnt Euch von nun an frei bewegen. Außerdem erhaltet Ihr ein eigenes Gemach.«

Sie schritten auf die ihm schon bekannte Ansammlung neuer Gebäude zu, die im Gegensatz zu den Langhäusern und Hütten eher die vertrauten römischen Häuser zu imitieren schienen. Während seiner Gefangenschaft hatte man offenbar einige der Steingebäude fertiggestellt. Die Bauweise war grob und provisorisch. Anstelle riesiger Räume, in denen Vieh und Mensch zusammen wohnten, hatte man nur Wohnstuben für Familien gebaut. Alles einfach und schlicht, aber vertraut. Adalmar schien auf einen gewissen römischen Komfort nicht verzichten zu wollen.

Auf dem Weg zu Adalmars Wohnräumen sah sich Marcus über die Schulter um. Die Blicke der Leute waren alles andere als wohlgesinnt. Er hätte keinen Wert darauf gelegt, alleine herumzuschlendern.

»Sag mal, wo ist dieser Athaulf jetzt?«

Alwina schluckte nur und blickte betreten auf den Platz, den sie soeben erreicht hatten.

Weil sie nichts sagte, fragte er erneut, doch dann sah er ihn plötzlich vor sich, und das Blut gefror ihm in den Adern.

Er blickte in die hässliche Fratze des gewalttätigen, hünenhaften Germanen, der ihn mit gefletschten Zähnen anstarrte.

Zu befürchten hatte er nichts mehr von ihm, denn der Kopf steckte auf einem Spieß. Die blutgetränkten Fransen des Halses begannen, sich schwarz zu verfärben. Der Anblick war so grauenvoll, dass sein Magen rebellierte. Es hob ihn beinahe von den Füßen. Nur ein schneller Blick zur Seite hielt ihn davon ab, direkt vor den aufgespießten Kopf zu kotzen.

Adalmar lachte spöttisch.

»So ergeht es jedem, der sich gegen mich oder meine Familie stellt.«

Marcus sah ihn entgeistert an. Es klang wie eine finstere Drohung. Die Blutspritzer auf Adalmar stammten definitiv nicht von einem Tieropfer.

Als sie vor dem Haupthaus ankamen, tippte Adalmar seine Schwester an die Schulter und flüsterte ihr zu: »Alwina, wir müssen reden.«

Alwina, die keinen Schritt von Marcus' Seite gewichen war, nickte.

»Ja, wir müssen unbedingt reden. Ich will alles wissen. Über all das, was seit unserer Trennung passiert ist und wie es dir geht. Marcus, mach dich doch frisch und geselle dich dann zu uns.«

Marcus nickte und ließ sich in sein Gemach führen.

Alwina hakte sich bei Adalmar ein und sah dankbar zu ihm auf. Sie war so unendlich froh und erleichtert darüber, ihn endlich neben sich zu wissen, dass sie gluckste.

»Ich bin so glücklich, wieder bei dir zu sein, liebster Bruder. Jetzt wird alles gut werden!«

Adalmar teilte den Optimismus seiner Schwester ganz und gar nicht, gestand sich aber ein, dass ihm genau dieser Frohmut und diese positive Lebenseinstellung schon viel zu lange an seiner Seite gefehlt hatten. Vielleicht zu lange.

Im großen, noch völlig karg eingerichteten Saal wartete Berovist auf die beiden.

»Alwina, du bist es wirklich!«, lachte Berovist und drückte sie fest an sich.

»Kennen wir uns?«, fragte sie und suchte im Blick ihres Bruders Rat.

»Das ist Berovist. Er war Heerführer unseres Vaters, Verhandlungspartner der Römer und hat mich bei unserer Flucht begleitet. Er hat hier über all die Jahre die Stellung gehalten und den Boden für unsere Rückkehr bereitet. Und für unsere Rache«, erklärte ihr Adalmar.

Alwina sah die beiden skeptisch an.

»Freut mich«, brachte sie leise hervor.

Adalmar goss drei Trinkbecher voll mit Met.

»Alwina, auf deine Rückkehr und unseren Sieg über die Verbrechen an unserem Volk.«

Alwina nippte nur und verlor sich in ihren Sorgen. Seit Adalmar sie wutentbrannt aus der Gefangenschaft befreit hatte, drehte sich alles nur um Rache und Sühne. Sie erwartete von ihm, dass er sie ins Vertrauen zog, dass er wieder wie früher ihr Held sein wollte. Doch nichts dergleichen geschah. Was war denn nur passiert?

Sie kämpfte gegen das Gefühl an, dass sie sich entfremdet hatten, und versuchte zu verstehen. Dass er geglaubt hatte, sie sei tot, und dass er um sie geweint hatte, muss eine bittere Erfahrung gewesen sein. Doch war sie jetzt an seiner Seite, und sie waren endlich im Land ihrer Eltern vereint. Sie spürte an ihm nicht im Geringsten die Freude darüber, die sie durch diesen glücklichen Umstand erwartet hatte. So wie eine tiefe Liebe zueinander es vermocht hätte. Die Grausamkeit, mit der er Athaulf eigenhändig mit dem Tod bestraft hatte, erschreckte sie. So kannte sie ihn nicht. Athaulf hatte einen verhängnisvollen Fehler begangen, aber die Schuld hätte anders beglichen werden können.

Sie dachte zurück an ihre gemeinsamen Zeiten in Rom, als sie nur einander gehabt hatten. Beide hatten sie auf Rache gesonnen. Sie überlegte, ob sie die Tragweite von Rache, wie sie ihrem Bruder vorschwebte, jemals begriffen hatte.

Sie wollte ihm sagen, wie sehr sie ihn liebte, doch kam er ihr mit einer Reaktion zuvor. In seiner Stimme schwang Enttäuschung.

»Liebst du diesen Römer?«

Die Frage überraschte sie. Während sie nur über ihn nachdachte und den Umstand, dass sie endlich wieder vereint waren, nagte in ihm die Eifersucht. Kein Wort der Dankbarkeit, keinerlei Sanftmut. Sie richtete sich enttäuscht und trotzig auf.

»Liebe ist ein starkes Wort. Ich liebe dich, den einzigen Menschen, der immer für mich da war.«

Adalmar schüttelte den Kopf. »So meine ich das nicht. Weiche mir nicht aus. Liebst du ihn?«

»Du meinst, ob ich es mit ihm treibe?«

Er rollte mit den Augen. »Ich möchte wissen, ob du ihn liebst.«

Sie streckte ihr Kreuz durch. »Ja. Ich liebe ihn.«

»Alwina. Wie kann das sein? Die Römer sind unsere Feinde. Wir bereiten einen Krieg gegen sie vor.«

»Liebe fragt nicht. Sie taucht plötzlich und unerwartet auf mit Macht und ohne Vorurteile. Hast du das nie erfahren?«

Adalmar antwortete nicht darauf.

»Wie stellst du dir das vor? Denkst du, er sieht dabei zu, wie wir das Land seiner Eltern brandschatzen?«

»Wir könnten einfach hier glücklich sein. Im Land

unserer Väter. Endlich sind wir hier und in Sicherheit. Denkst du, dass die Mütter hier nur darauf warten, dass ihre Söhne sterben?«, fragte sie mit Bitternis in der Stimme.

»Sie werden mit Stolz erfüllt sein und ihre Großväter und Großmütter rächen«, behauptete Adalmar unbeirrt.

Alwina blieb der Mund offen stehen. Sie lief zum Fenster und zeigte mit wilder Geste nach draußen.

»Schau dich doch um. Warum hast du diese Gebäude bauen lassen? Sie sind römisch. Du denkst an dich, aber du benutzt dein Volk für deine Ziele. Was denkst du, was sie wirklich wollen und brauchen?«

Berovist hatte aufmerksam zugehört und schaltete sich ein: »Sie brauchen eine Zukunft, Alwina. Viele Stämme haben Hunger gelitten. Die Prophezeiung lautet, dass der Tag der Rache gekommen ist und dass Adalmar unser Anführer bei dem Vergeltungsschlag sein wird. Unser Volk wird den Krieg mittragen.«

Alwina weigerte sich einzusehen, dass sich alles immer nur um Krieg drehte. Mit dem Zeigefinger tippte sie sich hämmernd auf die Brust.

»Ohne Marcus wäre ich jetzt eine geschändete Frau, vergewaltigt von einem niederträchtigen Germanen. Ohne Marcus wäre ich noch eine Gefangene Roms. Zählt das nichts?«

Adalmar wurde ungehalten.

Er schmiss seinen Krug in die Ecke, wo er in Hunderte Scherben zersprang. Das krachende Geräusch von berstendem Ton ließ Alwina einen Schrecken in die Glieder fahren. Ihr Bruder war rot angelaufen vor Zorn.

»Du hättest einfach darauf vertrauen sollen, dass ich dich befreie. Ich hatte den Sohn des Duremar beauftragt, dich zu uns zu holen. Als er vier Leichen ohne Kopf in einer römischen Ruinenstadt vorfand, dachte er, du wärst tot. Ich dachte das auch und habe zugelassen, dass sich der Hass durch meine Gedärme frisst. Verstehst du? Ich hatte nur noch dich auf der Welt und konnte dich nicht beschützen. Du warst der Grund, warum ich meinem Leben in Gefangenschaft kein Ende gesetzt habe. Als ich endlich frei war, hieß es, du bist tot. Versagt, versagt, auf ganzer Linie versagt, brüllte mir das Schicksal ins Gesicht. Das einzige Gefühl, das sich seitdem in mir regt, ist Hass, und mein einziges Ziel ist Vergeltung. Das lässt sich nicht mehr ändern. Die Würfel sind gefallen.«

Er glotzte Berovist an. Diesen verfluchten Satz aus Berovists Mund hatte er sich gegen seinen Willen zu eigen gemacht.

»Und wenn du diesen verdammten Satz eines Römers noch einmal aussprichst, Berovist, reiße ich dir die Zunge raus.«

Alwina und Berovist starrten ihn entgeistert an.

»Nun bin ich doch hier bei dir! Gib dir Zeit. Gib uns Zeit.«

»Zu spät, du hättest dich nicht mit dem Römer einlassen dürfen. Wärst du doch bei den anderen geblieben, dann hätte dich Durinkim befreit.«

Adalmar bemerkte, wie Alwina mit den Tränen kämpfte, mäßigte sich und schritt auf sie zu. Er nahm sie in den Arm.

»Verrate mir, wer waren die Toten?«

Alwina kaute nervös auf ihrer Unterlippe. Ihre Gedanken reisten zurück in die unheimliche Ruinenstadt. Sie überlegte, was in der Nacht passiert sein könnte.

»Mildburga! Das muss Mildburga gewesen sein. Meine Zofe, seit sie uns in Rom trennten. Tot? Aber wieso? Was ist denn nur passiert?«

»Das weiß ich nicht. Mir tut es um Durinkim leid, Duremars Sohn. Er war der Meinung, er hätte versagt; und ich habe diese Meinung geteilt. Ich habe seinen Stamm im Stich gelassen und ihn verbannt.«

Er starrte mit bitterer Miene auf die Scherben.

»Alwina, verstehe doch. Wir herrschen über mehrere Stämme. Wir müssen Bündnisse schmieden. Dein Platz ist an meiner Seite, und du wirst die Frau eines anderen Germanenfürsten. So will es die Tradition.«

Adalmar wollte sie drücken.

Doch sie entwand sich und wich zurück. Was er eben gesagt hatte, schockierte sie, widerte sie an, brachte sie völlig aus der Fassung.

Nachdem die Sätze ihres Bruders nochmals in ihr nachgeklungen waren, spürte sie mit einem Mal eine ungeahnte Klarheit und Kraft aufsteigen. Mit entschlossenem Blick sah sie ihrem Bruder in die Augen und erwiderte mit zischender Schärfe: »Niemals! Ich werde niemanden heiraten, den ich nicht kenne und liebe. Mein Platz ist an Marcus' Seite.«

Ihr Bruder wirkte irritiert, die Stärke seiner Schwester hatte er nicht erwartet, doch er blieb hart.

»Das klären wir ein anderes Mal. Du musst ihn heimschicken. Wenn er von unseren Plänen Wind bekommt, können wir ihn niemals wieder ziehen lassen. Überlege es dir gut.«

Was er hörte, konnte ihm nicht gefallen. Marcus' Instinkt riet ihm, sich sofort umzudrehen und den Raum zu verlassen. Man durfte seine Anwesenheit keinesfalls bemerken. Nachdem ihm sein neues Gemach gezeigt worden war, hatte er nur gierig den Krug ausgetrunken, der im Zimmer stand, und dann sofort an Alwinas Seite sein wollen. Im Grunde hatte er sich eingeschlichen, denn der laute Tonfall, den Adalmar angeschlagen hatte, missfiel ihm, und er hatte unauffällig im Hintergrund gewartet, anstatt in den Streit zu platzen. Nun wollte er seine Anwesenheit rückgängig machen, doch war sein Drang fortzueilen unkontrolliert und völlig überhastet. Den Knall, den die umfallende Amphore verursachte, hörte man noch im Nebengebäude. Alle Blicke richteten sich auf ihn. Sein Schicksal war so oder so besiegelt.

Er drehte sich um, hob entschuldigend die Hände und rief: »Ich bleibe hier! Bei dir, Alwina. Wo ich hingehöre.«

Freies Germanien, September 232 n. Chr.

Es wurde langsam knapp. Die Zeit spielte gegen ihn. Noch waren die Bäume voller Laub, doch die Tage wurden kürzer, und die Blätter verfärbten sich zusehends und tauschten ihr grünes Kleid gegen intensiv leuchtende Herbsttöne.

Er focht einen schweren Kampf in seinem Inneren aus, der hin und her wogte, wohl wissend, dass es keinen Sieger geben konnte.

Denn die Frage, die er sich stellte, war, ob er einen Fluchtversuch wagen sollte oder nicht.

Falls er die Antwort bejahte, hätte er, nur für den Fall, dass seine Flucht erfolgreich wäre, Alwina für immer verloren. Falls nein, säße er hier fest, und Alwina wäre ebenfalls unerreichbar. Das war die Tragik daran, deshalb war er so verzweifelt über die Situation.

Seit Adalmars Ankunft war aus seinem kleinen, engen Käfig ein großer, weitläufiger geworden. Er durfte sich frei bewegen, aber er war isoliert, sprach die Sprache des Stammes nicht, wurde gemieden. Alwina musste sich von ihm fernhalten. Adalmar war aufgebracht gewesen, als ihm klar wurde, dass er alles mitgehört hatte. Er demonstrierte seine Macht ohne Rücksicht auf die Gefühle seiner Schwester und setzte sich durch. Marcus verlor das Spiel um Alwina. Zug um Zug presste sich der Anführer der Germanen zwischen ihn und sie.

Die wenigen Augenblicke, die sie seitdem im Verborgenen hatten, waren von tiefer Schwermut gezeichnet. Sie konnte oder wollte ihm nichts über die Pläne ihres Bruders erzählen, schien selbst unglücklich und zog sich rasch zurück. Er, voller Ungeduld und verbittert, sein Leben für diese Situation weggeworfen zu haben, machte ihr Vorwürfe. Sie entfremdeten sich, ohne dass er dem etwas entgegenzusetzen wusste. Diese Ohnmacht frustrierte ihn zutiefst. Ohne Alwinas Liebe war ein Leben hier bei den Germanen sinnlos.

Er zog sich den Sommer über wieder ins Training zurück. Luminus und sein Bogen gehörten immer noch ihm.

Marcus ging jagen, durchstreifte die Wälder. Manchmal saß er auf Luminus und malte sich aus, wie er lospreschte und heimkehren würde. An seinen Hof, zu seinen Eltern. Er versank in Tagträumen und ritt am Ende doch wieder zurück ins Lager.

Er wusste genau, dass er in den letzten Wochen vor der bitteren Wahrheit davongelaufen war und dass er jetzt eine Entscheidung zu treffen hatte.

Die Wahrheit war, dass er Alwina verlassen musste. Wenigstens um seiner Familie und seiner Heimat willen. Soweit er es beurteilen konnte, war Adalmar dabei, eine gewaltige Streitmacht aufzustellen. Keine Grenzbefestigung der Welt, nicht einmal in voller Besatzungsstärke, wäre imstande, solch einen Sturm aufzuhalten. Eine entblößte Grenze indessen bedrohte seine Welt in ihrer Existenz. So einfach war das. Wenn Rom gewarnt würde und in der Lage wäre, rechtzeitig zwei bis drei Legionen zusammenzuziehen, wäre ein Sieg vielleicht möglich.

Der Herbst nahte. Von Mitte Oktober an bis weit in den April käme eine Flucht einem Selbstmord gleich. Keine Deckung, Kälte und Hunger stünden ihm bevor.

Jetzt hingegen war der Tisch des Waldes reich gedeckt mit Pilzen, Beeren und Früchten. Selbst für einen Unkundigen war es ein Kinderspiel, ohne Vorräte zu überleben.

Wenn er scheiterte, würden sie ihn töten. Wahrscheinlich wartete Adalmar nur auf diesen Vorwand, denn dann könnte er Alwina wenigstens unter die Augen treten und behaupten, er habe keine andere Wahl gehabt. Sie ließen ihm auffällig viele Freiheiten und hofften wohl, dass er sie ausnutzen würde.

Sein Vorteil war, dass er sich vorbereiten konnte.

Seit Tagen zermarterte er sich schon sein Hirn, ob er sich von Alwina wenigstens verabschieden durfte oder nicht. Die Vernunft sagte Nein, aber es fühlte sich falsch an. In seinem Innersten war er sich sicher, dass sie ihn nicht verraten würde, und er beschloss, es wenigstens zu versuchen.

In zwei Tagen wäre Vollmond. Diesen Tag wollte er nutzen, wenn das Wetter es zuließ und kein Sturm aufzog.

Alwina war meistens abgeschirmt und traf sich mit den anderen Frauen des Lagers. Niedere Dienste verrichten wie waschen, kochen und nähen musste sie nicht, aber sie stellte ihre Fähigkeiten in den Dienst der Gemeinschaft und organisierte viele Dinge, verteilte Aufgaben und verbrachte unzählige Stunden neben ihrem Bruder. Sicher wusste sie über dessen Pläne Bescheid, und dass sie Marcus nichts verriet, war ein schlechtes Zeichen. Dann stand es umso schlimmer.

Wenn sie zum Ziel hatte, ihn zu schützen, fragte er sich, wovor. Denn Adalmar konnte ihn jederzeit zerquetschen wie ein lästiges Insekt.

Schon zwei Wochen war es her, dass sie sich zum letzten Mal getroffen hatten. Im Streit waren sie auseinandergegangen. Nun bat er sie ein letztes Mal um ein Gespräch. Er ritt mit seinem Köcher auf dem Rücken an ihrem Wohnhaus vorbei; das war das Zeichen, sich im Wald zu treffen. In der Regel führte er den Köcher festgezurrt an den Taschen seines Pferdes mit. Sie hatten einen verborgenen Felsen im Wald ausgemacht, der eine Höhlennische überdachte, die man von oben nicht einsehen konnte. Man musste hinunterklettern und würde jeden, der sich näherte, schon von Weitem hören. Ein passender Ort für ein paar stille Momente.

Er wartete mehrere Stunden. Am frühen Nachmittag tauchte Alwina endlich auf. Sie wirkte kurz angebunden.

»Kann ich etwas für dich tun, Marcus? Unsere Treffen sind gefährlich. Ich musste meinem Bruder versprechen, mich von dir fernzuhalten. Es dient deinem eigenen Schutz.«

Resigniert starrte er ein Loch in den Boden. Er hatte sich damit abgefunden. So fiel ihm die Entscheidung leichter. Bloß keine Funken der Hoffnung mehr schlagen.

»Ja, ich weiß. Aber das ist kein Leben für mich hier. Ich gehöre nicht an diesen Platz. Wir werden uns nie mehr wiedersehen. Ich bin gekommen, um mich von dir zu verabschieden.«

»Wie meinst du das, dich verabschieden? Adalmar bringt dich um!«

»Alwina, er bringt mich so oder so um. Ich sterbe an Sehnsucht und Hoffnungslosigkeit. Mein Herz trauert, seit wir hier angekommen sind. Irgendeine Krankheit würde mich im Winter dahinraffen. Ich muss hier weg. Ohne dich kann ich nicht sein. Jedenfalls nicht hier, wo ich dich ständig sehe.«

»Du willst dein Volk warnen!«, erhob sie plötzlich die Stimme.

Er verzog das Gesicht.

»Ja, ich möchte meine Familie warnen. Sie wohnt nur knapp hinter der Grenze. Würdest du das nicht auch wollen?«

Sie schwieg, denn sie wusste, dass er recht hatte.

»Wenn du mir nicht jetzt an diesem Ort sagen kannst, dass wir die Zukunft zusammen verbringen, muss ich gehen. Schon bald.«

Ihr kamen die Tränen, sie versuchte gar nicht erst, sie zu verbergen. Er konnte nicht anders und schluchzte mit. Was für eine verdammte Situation! Sie drückten sich fest und innig. Ihre Liebe füreinander war noch nicht erloschen.

In dieser Nacht weinte er sogar im Traum.

Am übernächsten Tag bemühte sich Marcus, so normal wie möglich zu wirken. Er griff sich Bogen und Köcher und brach am frühen Vormittag mit Luminus wie immer zu einem Jagdausflug auf. Er sah sich nicht mehr um, doch konnte er Alwinas Blicke in seinem Rücken spüren.

Hinter einer Biegung im Wald hatte er über die letzten Tage Proviant angehäuft. Ein paar Fladen Brot, etwas Speck, eine Trinkflasche.

Er sah sich verstohlen um. Niemand war ihm gefolgt. Eilig packte er alles zusammen. Er ritt langsam und ohne Hast. Nur nichts überstürzen. Noch konnte ihm keiner etwas Verbotenes nachweisen.

Dann war es so weit. Vor einer Furt stoppte er. Würde er diesen Fluss überqueren, gäbe es kein Zurück mehr. Dem Sonnenstand nach zu urteilen, war es weit vor dem Mittag.

Das Wetter war optimal. Ein spätsommerlicher Tag, der ihm ein schnelles Vorankommen verhieß. Er tätschelte

Luminus am Hals und sog mit tiefen Atemzügen die Herbstluft ein.

Marcus nahm all seinen Mut zusammen und ritt los. Zuerst im Trab, bald schon im Galopp versuchte er, Boden gutzumachen. Immer wieder warf er bange Blicke zurück. Hatte er es geschafft? Viele Tagesreisen würde er zurücklegen müssen, bisher war nichts gewonnen. Jederzeit konnten hinter der nächsten Biegung seine Feinde auftauchen.

Erst am späten Nachmittag wagte er es, eine Pause einzulegen. Er füllte seine Flasche an einem Bach auf und aß etwas Brot. Auf dem Weg hatte er kleine Äpfel von einem reich tragenden Apfelbaum gepflückt, und Walnüsse konnte er ebenfalls ernten.

Es gab zwar keine Straßen, aber durch Pfade, Hohlwege und natürliche Verläufe wie Flüsse und Täler waren Strecken auch ohne Steinplatten vorgezeichnet.

Mit gefülltem Bauch und neuen Kräften nahm er die Flucht wieder auf.

Nachdem er ein Plateau überquert hatte, ritt er einen Hügel hinab. Auf halbem Weg sah er auf einmal mehrere Reiter, die sich am Fuß des Hügels postiert hatten.

»Was zum Geier ...« Er fluchte laut und hielt an.

Was waren das für Leute? Wo kamen die so plötzlich her? Bis eben hatte er niemanden gesehen. Sie mussten dort unten gewartet haben. Als er sich umdrehte, bestätigte sich seine Ahnung, die ihn beim Anblick der Fremden ereilt hatte. Oben auf dem Hügel tauchten ebenfalls mehrere Reiter auf. Eine Falle.

Er überlegte und sah sich um. Er konnte das Terrain zu seiner Linken und Rechten nicht weit genug einsehen. Waren es nur Sackgassen, oder lohnte sich eine Flucht querfeldein? Marcus dirigierte Luminus in die Wiesen.

Nach ein paar Schritten in die eine sowie andere Richtung war klar, dass an diesem verdammten Hügel schroffe Abhänge an den Seiten klafften.

Das konnte gar kein Zufall sein, denn diese Reiter waren weder Händler noch Reisende noch Angehörige eines anderen Stammes. Sie waren hinter ihm her.

Er betrachtete Luminus, der einen vitalen Eindruck machte.

»Was meinst du? Sollen wir es versuchen?«, fragte er laut seinen Hengst.

Marcus zögerte und drehte sich mit seinem Pferd um die eigene Achse.

Die Reiter am Fuß des Hügels setzten sich in Bewegung und kamen auf ihn zu. Der Große in der Mitte kam ihm bekannt vor. Er kniff die Augen zusammen. Kein Zweifel, es war Adalmar. War er gekommen, um ihm eigenhändig den Kopf abzuschlagen wie diesem unseligen Athaulf? Etwas irritierte ihn, denn es sah so aus, als säße hinter Adalmar noch jemand im Sattel. Ein Schock fraß sich in sein Gesicht. Marcus' Wille zur Flucht war schlagartig gebrochen. Es war Alwina.

Den Reiter daneben erkannte er im nächsten Moment. Es war ohne Zweifel Berovist.

Alle waren gekommen und hatten ihn hier an dieser Engstelle erwartet. Dass er seinen Gegnern so wichtig war, hätte er gar nicht für möglich gehalten.

Marcus fügte sich in sein Schicksal und blieb stehen. Als er sich nervös die Taille knetete, spürte er einen Widerstand und schüttelte überrascht den Kopf. Wie konnte er nur seinen wichtigsten Trumpf vergessen? Er trennte in aller Ruhe den Saum des Mantels auf und wartete auf seine Kontrahenten. Er überlegte, was Onkel Titus in so einer Situation gesagt hätte.

Erhobenen Hauptes streckte er sein Kreuz durch, als seine Kontrahenten nur noch wenige Schritte entfernt waren, und hob zum Gruß die Hand.

»Seid gegrüßt, Adalmar. Es ehrt mich, dass die komplette Führungsschicht eines so bedeutenden Stammes die Zeit findet, einen einzigen flüchtigen Römer abzufangen.«

Adalmar hatte offenbar erwartet, dass Marcus fliehen oder wenigstens um Gnade winseln würde. Er war wahrhaft erstaunt darüber, dass es überhaupt keinen Grund für ihn gab, die Stimme zu erheben.

»Wir sind gekommen, um ein Exempel zu statuieren. Es erstaunt mich, dass du die Größe und den Charakter hast, deine Niederlage zu akzeptieren, und dem Tod gefasst ins Auge blickst. Das ist ehrenvoll und verdient meinen Respekt.«

»Man muss erkennen, wenn man verloren hat. Aber von dir hätte ich das nicht erwartet, Alwina.«

Er sah ihr fest in die Augen, doch wich sie seinen Blicken stumm aus.

»Du meinst, ob sie dich verraten hat?« Adalmar lachte spöttisch. »Das musste sie nicht. Mir war klar, dass du versuchen würdest zu fliehen, und die Zeitspanne, die dir blieb, war kurz geworden. Irgendwann innerhalb der nächsten zwanzig Tage musste es passieren. Das war nicht schwer zu erraten. Germanische Winter sind hart.«

So hatte es Marcus noch gar nicht betrachtet. Er war ein Esel. Wieso hatte er es nicht schon vor einem Monat probiert?

»Nun, Ihr habt gewonnen. Doch gibt es keinen Grund für mich, den Tod zu fürchten. Ihr werdet mir nichts tun.« Den letzten Satz sprach Marcus langsam und betont.

Sofort ließ Adalmar seine Stute neben Marcus' Pferd springen.

»Nenne mir einen einzigen Grund, warum ich dich verschonen sollte.« Er zog die Klinge und setzte sie an seinen Hals.

Alwina verbarg ihren Kopf in ihrer Kapuze und starrte mit zusammengekniffenen Augen auf den Boden.

Marcus schluckte laut hörbar, die Klinge presste sich unangenehm gegen seine Kehle.

»Ich werde dir den besten Grund nennen, warum du nicht einmal das Recht dazu hast«, sagte er mit bebender Stimme und öffnete seine Hand. Darin leuchtete ein goldener, mit Edelsteinen besetzter Ring, dessen Motiv Adalmar nur zu gut kannte. Es war das Gegenstück zu seinem Amulett.

Marcus hob ihn sichtbar für alle Germanen in die Luft und rief: »Ich bin der Hüter des Zeichens eures Stammes. Seit zwanzig Jahren hält meine Familie ihn in Ehren, und ich habe keine Mühen gescheut, den Ring zurück an den Platz zu bringen, an den er gehört. Ihr behandelt mich wie einen Aussätzigen, dabei schuldet ihr mir den ewigen Dank eurer Väter und Vorväter.«

»Das ist eine schamlose Lüge, du Dieb, du hast ihn geraubt.«

Adalmar war außer sich. Er packte Marcus am Kragen und ritzte ihn so fest mit der Klinge, dass sein Hals augenblicklich zu bluten anfing.

Berovist stoppte seinen Anführer. »Halt, es wäre ein Frevel, den Hüter des Schatzes zu töten. Es bringt Unglück über den Mörder.«

Er wandte sich an den Römer. »Marcus, du musst beweisen, dass du der Hüter des Schatzes warst.«

»Nehmt die Klinge von meinem Hals«, forderte Marcus vehement von Adalmar.

Der zögerte, als ob er überlegte, doch zuzustechen. Endlich nahm er widerwillig und leise fluchend die Klinge von seinem Hals.

»Also«, hob Marcus an und fasste sich an die verletzte Stelle, »es war mein Onkel, Titus Aurelius, der als junger Soldat von Gilgimer beauftragt worden ist, den Ring zu hüten. Gilgimer war der Beschützer des Familienschatzes, den ihm der ehrenvolle Ariovist anvertraut hatte. Mein Großvater hatte noch reine germanische Wurzeln, daher beschloss Gilgimer, der im Sterben lag, meinem Onkel zu vertrauen. Anstatt zu plündern, hat mein Onkel nicht gezögert, Gilgimer diesen Wunsch zu erfüllen.«

Berovist stimmte zu. »Der Hüter des Familienschatzes hieß wirklich Gilgimer.«

»Einen Namen zu kennen heißt noch gar nichts«, schimpfte Adalmar. »Vielleicht hat er ihn gefoltert.«

Marcus sah dem Germanenfürsten direkt in die Augen.

»Aber wer außer Euch weiß, wie Ihr an Eure lange Narbe am Bauch gekommen seid?«

Adalmar gaffte ihn an. Er griff sich unbewusst an den Bauch. Nicht einmal er selbst wusste, wie er an seine Narbe gekommen war. Er suchte mit Blicken bei Berovist Rat, der aber selbst völlig gebannt an Marcus' Lippen hing und auf das Ende der Geschichte wartete.

»Dieser Ring«, fuhr Marcus fort und zeigte auf die Spitze des Edelsteins, »hat sie Euch als Säugling zugefügt, so wie jeder Erstgeborene diese Wunde zugefügt bekommt, damit der Thronfolger gezeichnet wird.«

Marcus ließ seine Worte wirken.

Nach einem langen Schweigen stimmte Berovist voller Ehrfurcht zu.

»Ihr seid ein würdiger Hüter des Schatzes gewesen. Danke im Namen Gilgimers. Danke im Namen unseres Volkes.«

Adalmar rang um Worte.

»Nun, die Tradition will es nicht anders. Ich heiße dich als Hüter unseres Schatzes willkommen, Marcus. Du bist jetzt einer von uns. Als Hüter des Schatzes kannst du tun und walten, wie du willst. Auch meine Schwester entscheidet von nun an selbst, ob sie dich sehen will. Aber dein Platz ist jetzt hier. Du gehörst ab sofort zum Führungszirkel meines Stammes. Verlässt du uns erneut, hast du diesen Status verwirkt. Und wisse, dass Hüter, die den Stab brechen, bei lebendigem Leibe verbrannt werden.«

Marcus ließ sich von dieser Drohung nicht einschüchtern. Seine Reaktion war die eines gereiften jungen Mannes. Onkel Titus wäre stolz auf ihn gewesen.

»Ich nehme die Rolle mit großer Dankbarkeit und Ehrfurcht an. Ihr könnt Euch auf mich verlassen.«

Er ritt neben Alwina, ergriff ihre Hand und ritt an ihrer Seite wieder hinauf auf den Hügel, wie besoffen vor Glück. Strahlender als die Herbstsonne. Marcus sprach kein Wort. Irgendwann hielt Alwina die Stille nicht mehr aus und flüsterte ihm zu: »Wieso hast du mir nie von dem Ring erzählt? Er ändert alles.«

»Es war ein Gelübde, Alwina. Onkel Titus flüsterte mir am Tag unserer Flucht die Geschichte von Gilgimer ins Ohr. Er beendete die Erzählung dieser schier unglaublichen Begebenheit mit folgender Mahnung: ›Was auch passiert, kein Wort zu niemandem. Diesen Ring darfst du erst in dem Augenblick übergeben, in dem du mit dem Tod bedroht wirst. Sei die Situation auch noch so verführerisch, ohne Not darfst du dich nicht offenbaren und niemals von dem Ring trennen. Nur dann wird er dich retten, es sei denn, du hast das fünfzigste Lebensjahr überschritten und den Grad der Weisheit erreicht.‹ Das waren die Worte Gilgimers, wie er sie an meinen Onkel gerichtet hatte. Ich wusste nicht, wie Titus das meint, aber er hat recht behalten. Ich fühle mich wie neu geboren.«

Soeben fiel ihm auf, dass er am heutigen Tag Geburtstag hatte. Seinen neunzehnten Geburtstag würde er mit Sicherheit niemals vergessen.

Augusta Vindelicum, November 232 n. Chr.

Geduld, Geduld, Geduld. Seit beinahe sechs Monaten übte sich Titus in dieser von ihm am schlechtesten beherrschten Tugend. Heute Abend aber war es endlich so weit. Er erwartete den Centurio inkognito als Gast. Vor dreißig Tagen hatte er ihn durch einen Boten über das Treffen verständigt. »Ladung ist eingetroffen, erbitte Zusammenkunft und Übergabe an den Kalenden des November«, lautete der vereinbarungsgemäße Text.

Er ließ sich müde auf eine Bank im Tepidarium seines Bades fallen und blies Luft durch die Backen.

Er dachte an Marcus und ihre gemeinsame Zeit hier in den Thermen, wie er die Baderäume vor seinem Neffen immer gepriesen hatte. Sein Herz schmerzte. Alles schritt so kriechend voran, und die Zeit rann ihm davon. Seine eigene Lebenszeit lief langsam, aber sicher ab; er fühlte sich so, als befänden sich nur noch Tropfen in der Wasseruhr seines Daseins. Solange er bei Kräften war, musste er endlich handeln – jetzt.

Aber nur einer wusste, wo genau Marcus sich aufhielt, und das war ausgerechnet sein verhasster Geschäftsfreund Aulus Fidelius. Der Schuft hatte versucht, ihn umzubringen. Dafür würde er büßen. Was hatte er andererseits von ihm erwartet? Doch jetzt hieß es, die persönliche Fehde hintanzustellen und alles auf Marcus und seine Rettung zu konzentrieren.

Im Stillen und Verborgenen hatte er seine Kontakte spielen lassen, ohne jemals selbst in Erscheinung zu treten. Ein Berg von Sesterzen war in korrupten Händen gelandet, ein unerwünschtes Unternehmen erworben worden, Stunde um Stunde hatte er in die Observierung aller Abläufe im Palast des Statthalters investiert, aber es hatte sich gelohnt. Der Weg war frei. Und die Bühne bereitet für den Centurio und ihn.

Er verzichtete aufs Schwimmen und trocknete sich ab. Der vergangene Oktober hatte bereits die meisten Bäume entkleidet; er beeilte sich, den kurzen Weg zu seinen Gemächern zurückzulegen und dem kalten Wind zu entkommen.

Trockenes Laub raschelte unter seinen Tritten. Immer noch benötigte er einen Stock als Gehhilfe. Mittlerweile bezweifelte er den Optimismus seiner Ärzte, sich dessen bald wieder entledigen zu können. Doch er schätzte sich glücklich, dass sein Knie seine Aufgaben wieder übernahm. Plötzlich einschießende Schmerzen gehörten der Vergangenheit an. Seit dem Sommer war er nicht mehr gestürzt.

Bacchus hatte den besten verfügbaren Wein serviert. Im Triclinium warteten vier Fasane und zwei Dutzend Austern darauf, verzehrt zu werden. Selbst vor der größten Kommandoaktion seit seinem Ausscheiden aus der Armee war Titus nicht gewillt, auf eine verschwenderisch orgiastische Mahlzeit zu verzichten. Der Centurio konnte kommen. Titus genehmigte sich vorab einen großzügigen Schluck, als es klopfte.

»Salve, Titus Aurelius«, sprach ein sichtlich gut gelaunter Centurio, eingehüllt in einen dicken braunen Mantel.

»Tretet ein, Centurio, und legt ab.«

»Ihr habt ein schönes Domizil«, bewunderte Centurio

Julius Flavius Sabinus die Räumlichkeiten, während er den Mantel über einen Stuhl warf.

Titus wies ihm den Weg. »Hier entlang, ich habe mir erlaubt, für unsere Besprechung den Speiseraum zu wählen. Mögt Ihr Schalentiere und Geflügel?«

Der Centurio sah neugierig in den angenehm ausgeleuchteten Raum, in dem ein knackendes Kaminfeuer loderte und zwei Speisesofas standen.

»Nur wenn es sich um Fasan und Austern handelt. Ihr habt Glück«, lachte er erkennbar voller Vorfreude.

Titus klatschte in die Hände. Ein Sklave eilte herbei, reichte mit Wasser gefüllte Schalen und Zitronenscheiben zum Träufeln. Auf reich verzierten silbernen Tabletts schob er die Fasane und Austern heran, und noch vor dem ersten Schluck Wein machten sich beide laut schlürfend über die edlen Muscheln her.

»Zwar bin ich von niedrigerem Rang als Ihr, Centurio, aber als Älterer von uns beiden frage ich Euch trotzdem: Wollen wir die Förmlichkeiten nicht sein lassen? Es schafft so eine unangenehme Distanz. Wir müssen einander blind vertrauen, daher mein Angebot: Du darfst mich Titus nennen.«

Der Centurio ließ geräuschvoll eine Schale auf sein Tablett fallen, ergriff seinen Becher und erhob ihn feierlich.

»Du bist der Erste und der Einzige hier im Dekumatland, der mich Flavius nennen darf, Titus. Schade, dass wir uns nicht schon in Rom getroffen haben, mein Freund, das wäre die passende Bühne für dein Leben gewesen. Nun erzähle aber, wie ist es gelaufen? Hat unser Plan funktioniert?«

Titus brach sich eine Keule vom Fasan ab und biss genussvoll hinein. Flavius tat es ihm gleich.

»Ja, aber anders als gedacht. Wie du schon erwartet hattest, hat sich Aulus Fidelius einen anderen Weinhändler gesucht und jeglichen Kontakt zu mir abgebrochen. Seine Wahl fiel auf diesen langweiligen Publius Quintus Essimnus, der alles kauft, was billig und in großen Mengen zu kriegen ist. Egal, von welcher Qualität.« Titus schüttelte angewidert den Kopf. »Ein Dolchstoß für den Weinkeller des Statthalters. Bestechung hat bei dem Mann aber nicht funktioniert. Er würde nichts Ungesetzliches tun, lamentierte er. Er sei sehr zufrieden mit der Situation, wie sie jetzt sei, das übliche Blabla, wenn sich jemand ziert. Dann hatte ich eine andere Idee. Dank deiner Donationen bist du jetzt Teilhaber von Publius' Weinhandel.«

Flavius' Zähne verharrten in der Keule, und mit aufgerissenen Augen starrte er Titus an.

»Keine Sorge. Ich werde die Geschäfte führen, ich bin ebenfalls beteiligt. Publius selbst hat einen Batzen Geld bekommen und ist nun Minderheitenteilhaber seiner eigenen Gesellschaft, die auch weiterhin so heißen wird. Sie liefert direkt in den Weinkeller des Statthalters und seines Stellvertreters. Heute Abend steht eine solche Lieferung an.«

»Klingt gut. Was ist mit diesem Publius Essimnus? Ist er vertrauenswürdig?«

»Natürlich nicht. Ich habe ihn höchstpersönlich zum Hafen gebracht und eingeschifft. Teil der Vereinbarung ist, dass er sich in Noricum bei Batavis niederlässt. Er hat da noch Verwandte und kann sich nun vor ihnen als gemachter Mann brüsten. Ich glaube, er war heilfroh über diese Gelegenheit. Er wäre dumm, etwas auszuplaudern. Wir werden ihn nie wiedersehen.«

»Gut gemacht, Titus.« Er schmatzte laut. »Wie kommen wir deiner Meinung nach an dem ganzen Personal vorbei?«

»Bei den letzten zwei Probelieferungen habe ich die Haussklaven mit einem guten Tropfen versorgt und jedes Mal mit ihnen angestoßen. Das sollte wieder klappen, sie werden dann den Schlaf des Gerechten schlafen.« Er schüttelte vor den Augen des Centurios eine Phiole, die er aus den Tiefen seines Gewandes gefischt hatte.

»Erkennen dich die Angestellten denn nicht wieder? Du hast doch jahrelang den Wein geliefert.«

Titus kaute ausgiebig auf einem Knorpel, bevor er antwortete.

»Doch, aber ich glaube, dass Aulus Fidelius keinen Grund für den Händlerwechsel angegeben hat, und die übrigen Leute, die es nichts angeht, sind Gewohnheitstiere. Gerade weil sie mich kennen, halten sie es für normal, dass ich nun nach ein paar Monaten wieder aufgetaucht bin. Mein Ziel war nur, keine Aufmerksamkeit zu erregen und die Qualität des Weins vorläufig noch nicht zu erhöhen – wenn du verstehst, was ich meine.«

Der Centurio lachte in sich hinein.

»Nichts verrät einen Meister mehr als Qualität. Wie steht es mit den Wachen?«

»Die Wachen vor dem Tor sind bestechlich, ich habe eine vorgetäuschte unangenehme Verspätung der Lieferung durch gerade mal zwanzig Denare abwenden können. Der Informationsfluss zu den Sekretären des stellvertretenden Statthalters kann also auch aufgehalten werden.«

Flavius legte den Kopf schief.

»Wie oft hast du es probiert?«

»Was probiert?«

»Na, sie zu bestechen. Was ist, wenn da jetzt jemand

steht, dem zwanzig Denare nicht reichen? Wird er mehr akzeptieren oder gleich die Verstärkung rufen?«

Titus schüttelte den Kopf.

»Einmal habe ich es versucht. Aber damit kenne ich mich aus. Mach dir keine Sorgen.«

Flavius schlürfte erneut eine Auster.

»Das mit den Wachen gefällt mir nicht. Diesen Teil kannst du mir überlassen. Mit Soldaten kenne ich mich am besten aus. Doch Zweifel ist jetzt fehl am Platz.« Erneut erhob er den Becher. »Wahrlich gute Arbeit, Titus, das klingt nach einer langen Vorbereitungszeit und Geduldsprobe.«

Titus überlegte kurz, wie der Centurio sich das vorstellte, die Wachen zu übernehmen, beließ es dann aber dabei.

»Da hast du verdammt recht. Sag mal, woher kommt eigentlich dein Vermögen? Ein Centurio verdient gut, aber eine Kiste voller Denare hätte ich von dir nicht erwartet.«

Flavius legte die nächste Auster beiseite und spülte seinen Mund mit einem großen Schluck Wein aus.

»Ich bin nur in Biriciana der Centurio, Titus. Ich stamme aus einer adligen Familie Roms, die schon seit Jahrhunderten einflussreich ist und über entsprechende Mittel verfügt. Geld spielt für uns keine Rolle. Ich bin Prätorianer geworden aus einem einzigen und guten Grund: meinem Land und Rom zu dienen. Meine Währung ist Ehre und Treue. Wenn wir für unsere Vorhaben Geld brauchen, gibst du Bescheid. So, das Thema ist hiermit beendet.«

Er klang leicht ungehalten, lächelte aber zum Zeichen, dass alles in Ordnung war.

Titus nickte stumm. Er hatte sich all das schon selbst zusammengereimt. Für ihn spielte nur eine Rolle, die Version aus dem Munde seines neuen Freundes zu hören. Er leckte sich die Finger ab, wusch sie in der Schale und klatschte dann nach seinem Sklaven.

»Lass uns keine Zeit verlieren, der Wagen mit den Fässern ist vorbereitet.«

Der Centurio erhob seinen Finger und bedeutete Titus zu warten.

»Eine Sache wäre da noch.«

»Ja?«, fragte Titus gespannt und scheuchte den Sklaven mit einer Handbewegung wieder fort.

»Ich finde deinen Plan gut durchdacht. Ich habe einen eigenen, was die Sache zwischen uns und Aulus Fidelius betrifft.«

»Aha. Und der wäre?«

Die gehobenen Brauen verrieten, dass Titus wenig davon hielt, seine lang vorbereiteten Anstrengungen zu hinterfragen.

»Wir betreten die Gemächer des stellvertretenden Statthalters nicht durch den Hintereingang wie Dienstboten, sondern wir nehmen das Hauptportal, sobald der Wein auf den Weg gebracht ist. Man wird uns nicht aufhalten. Vertrau mir.«

Titus schluckte.

»Vertrauen? Ich glaube, ich habe vor langer Zeit verlernt, anderen zu vertrauen. Ich habe mir viele Gedanken gemacht. Es wird gelingen.«

Der Centurio blieb unnachgiebig.

»Durch den Vordereingang.«

Titus seufzte. Es klang nicht wie eine Bitte und war auch keine.

»Also schön. Wenn der Wein auf den Weg gebracht ist, übernimmst du das Kommando.«

Als sie vor das Haus traten, musterte Flavius den Karren. Bacchus und ein Gehilfe saßen vorne. Titus ließ sich von seinem treuen Begleiter nach oben hieven und nahm hinter den beiden Vorderleuten in einer Nische Platz.

»Wo soll ich sitzen?«, fragte der Centurio und hielt Ausschau nach dem besten Platz.

Bacchus grinste breit, entfernte den Deckel eines leeren, liegenden Fasses und deutete hinein.

Dem Centurio stand der Mund offen.

»Da rein?«

Da keine Antwort folgte, fügte sich Flavius widerwillig.

»Ich hoffe für dich, Titus, dass du dieses Fass ordentlich gereinigt hast und ich nicht wochenlang nach Essig stinke.«

Er schnüffelte ins Fass.

»Verdammt, Titus, einen etwas besseren Tropfen hätte ich wenigstens verdient gehabt.«

Titus wusste, dass er jetzt besser schwieg, wenn er nicht riskieren wollte, dass es sich der Centurio anders überlegte; dennoch musste er innerlich grinsen.

Mühsam kletterte sein Freund Flavius in das Fass, ging in die Hocke, und ohne Gnade verschloss Bacchus sorgsam den Deckel.

Rumpelnd setzte sich der Wagen in Bewegung.

Kurz bevor sie ihr Ziel erreicht hatten, klopfte Bacchus zweimal kräftig gegen den Deckel. Flavius war heilfroh, er konnte sich kaum rühren, aber auch nicht festhalten und verlor mehr als einmal das Gleichgewicht. Gespannt horchte er in die Dunkelheit. Dumpfe Stimmen klangen an sein Ohr. Was gesprochen wurde, konnte er nicht verstehen, doch das Gespräch verlief gleichmäßig und ruhig. Als der Wagen wieder anrollte, wusste er, dass sie es geschafft hatten.

Nachdem Bacchus den Deckel wieder geöffnet hatte,

hielt er seinen Zeigefinger an den Mund. Titus war bereits zu den Sklaven geeilt, die die Ware verladen sollten, und bot ihnen einen Krug mit Wein an. Das Angebot wurde erwartungsgemäß hocherfreut angenommen. Einen pickte er sich heraus.

»Ihr da, bringt Eurem Herrn, dem ehrenwerten Aulus Fidelius, diesen Krug als Geschenk und Zeichen meiner Dankbarkeit. Es ist ein erlesener Wein aus Gallien, und ich möchte seine Meinung dazu hören. Eilt mit der Antwort wieder zu mir.« Der enttäusche Blick entging Titus nicht. »Es wird Euer Schaden nicht sein. Ich hebe einen Krug für Euch auf.«

Der Mann lächelte wieder und schritt mit Krug und Papyrusrolle davon. Dann schenkte Titus den verbliebenen Männern ein. Das Trinken überließ er den Unfreien.

Aulus Fidelius hatte keine Ahnung, was in seinem Keller vorging. Hätte er geahnt, was sich abspielte, ihm wären alle Möglichkeiten offen gewesen, die er sich für seine Gegner immer ausgemalt hatte. Doch hatten ihn die letzten Monate des andauernden Misstrauens mürbe gemacht, er hatte zu viel getrunken und zu wenig geschlafen. Jederzeit rechnete er mit dem Schlimmsten, doch blieben allabendlich nur sein steifer Nacken und die schlechte Gewohnheit zurück, hinter jede Tür und jeden Vorhang angstvolle Blicke zu werfen. Regelmäßig sperrte er sich selbst ein. Er machte sich vor seinen Wachen zum Gespött.

Der Anblick einer guten Karaffe Wein mit einem schmeichelnden, wertschätzenden Gruß auf Papyrus traf genau den Nerv, der schon so lange blank lag. Dankbarkeit an ihn, den Verkannten. Dieser Publius mit seiner Plörre! Natürlich musste er ihm dankbar sein, doch fand er, dass es höchste Zeit war, dies auch zu zeigen. Einen

Haufen Geld verdankte dieser plumpe Provinzbewohner seinem Auftrag. Er trauerte öfter, als er sich eingestehen wollte, den vorzüglichen Weinen von Titus Aurelius nach. Ob dieser Publius endlich einen brauchbaren Tropfen aufgetrieben hatte? Er nahm einen großen Schluck. Köstlich! In einem Zug leerte er den Becher. Ein leicht bitterer Nachgeschmack war die einzig störende Note, aber besser als alles, was der Stümper bislang geliefert hatte.

»Sag Publius, wir kaufen alles, was er davon anzubieten hat. Und mehr davon. Hinaus.«

Der Sklave gehorchte und verließ das Gemach fast im Laufschritt, so eilig hatte er es, wieder in den Keller zu gelangen.

Aulus Fidelius entrollte die Papyrusrolle und überflog die Zeilen.

»Für einen guten Freund in ewiger Dankbarkeit. Dieser Wein aus Gallien musste erst gefunden werden. Nur den Großen der Zunft gelingt dies, und nur den Größten im Lande sollte er vorbehalten sein. Lasst es Euch schmecken, als wäre es das letzte Glas.«

Was für ein seltsamer Text! Woran erinnerte ihn dieses Gefasel nur?

Als der Sklave das Kellergewölbe durchquerte, begann er schon von Weitem zu rufen: »Es hat dem Herrn vorzüglich geschmeckt, Ihr könnt alle Vorräte abliefern, er will …«

Mitten im Satz endete sein Redefluss. Sein Blick streifte die schlafenden Kollegen, und den Offizier, der vor ihm stand, hatte er noch nie gesehen.

»Was …?«

Der Schlag, den ihm Bacchus von hinten mit einem Holzschlegel versetzte, war beinahe zu heftig. Er kippte bewusstlos vornüber, Titus fing ihn soeben noch auf.

»Mehr Gefühl, Bacchus, wir wollen ihn nicht erschlagen, sondern nur ins Reich der Träume schicken.«

Centurio Flavius grinste und sah zu Titus.

»Es wird Zeit für unseren Besuch. Folge mir.«

Titus merkte schon nach wenigen Augenblicken, dass auch der Centurio öfter als einmal hier gewesen sein musste. Sicheren Schrittes bog Flavius um mehrere Ecken und marschierte stramm auf das Hauptportal zu, das von zwei Wachen gesichert war. Er hielt eine Schriftrolle in der Hand. Wo hatte er die jetzt plötzlich her? Titus beeilte sich und humpelte, so schnell er konnte, hinterher.

»Halt, wer seid Ihr?«, rief eine der Wachen und senkte die Lanze.

»Centurio Julius Flavius Sabinus aus Biriciana mit einer dringenden Botschaft für den ehrenwerten Aulus Fidelius.«

Titus wunderte sich, dass Flavius keine Anstalten machte, sich mit einer falschen Identität Zutritt zu verschaffen. Hoffentlich war der Plan kein Höllenkommando.

Der Centurio hielt ihnen die Botschaft entgegen, und die Wachen entspannten sich wieder. Der Wortführer der beiden, ein stämmiger Mann von vielleicht dreißig Jahren, entrollte sie und blickte ungläubig auf das Pergament.

Er wollte noch etwas sagen, während er ratlos aufblickte, doch packte ihn Flavius mit einer kraftvollen Bewegung am Kragen und knallte seinen Kopf mit voller Wucht gegen die Säule direkt hinter ihm. Wortlos sackte er zu Boden. Der zweite Wachposten hatte keine Zeit zu reagieren. Der Centurio griff in einer fließenden Bewegung nach seinem Gladius, der im nächsten Moment an der Kehle des Mannes kratzte. Der Wachhabende blickte mit angstvollem Blick auf die Klinge und krallte sich am Schaft seiner Lanze fest.

»Überleg dir gut, ob es das wert ist, jetzt zu sterben«, zischte Flavius leise.

Der Mann schüttelte wie im Fieberkrampf den Kopf.

Titus nahm kurzerhand die Lanze an sich. Der Centurio bedeutete ihm mit Blicken, wozu er seinen Stock jetzt zu gebrauchen hatte. Der Schlag klang dumpf und erfüllte seinen Zweck. Auch die zweite Wache war ins Reich der Träume geschickt.

»Was stand auf der Schriftrolle?«, fragte Titus.

»Nichts«, antworte Flavius ungerührt. »Weiter nach oben.«

Vor der Treppe holte der Centurio einen Beutel aus den Tiefen seines Umhangs, prall gefüllt mit Denaren, und entleerte ihn auf dem Fußboden. Es klingelte und prasselte und hörte sich an wie die Kisten der Legionskassen am Zahltag.

»Was soll das?«, fragte Titus und konnte den Blick nicht von den rollenden und tanzenden Münzen abwenden.

»Das ist wie ein Krieger, der uns Zeit verschafft. Wenn wir oben keinen Lärm machen, werden die Finder wertvolle Zeit verschwenden und alles einsammeln. Los, komm, wir müssen da hoch.«

Vor den Gemächern angekommen, horchten sie an der Tür.

Aulus Fidelius wankte. Hatte er zu hastig getrunken? Ihm wurde schwindlig. Leicht torkelnd, suchte er Halt an seinem Sofa. Es klopfte an den Flügeltüren.

»Nicht jetzt, ich empfange jetzt niemanden mehr, verstanden?«

Niemand sollte ihn jetzt stören. Er hasste es, wenn er unpässlich war.

Der Centurio drückte gegen die Türen, doch waren sie von innen verriegelt. Er wog den Kopf hin und her.

Titus ahnte im nächsten Moment, was sein Freund im Schilde führte, denn so, wie der Centurio einige Schritte zurückwich, hatte er keinesfalls vor, die Heimreise anzutreten.

»Warte, ich ...«

Der Tritt gegen die Tür war mit einem nicht für möglich gehaltenen Hüftschwung derart hart geführt, dass die Flügel aus den Angeln sprangen und sich krachend in den Raum bogen.

Vor Schreck gelähmt, starrte der stellvertretende Statthalter zum Eingang.

Als er in die Gesichter von Titus Aurelius und Centurio Julius Flavius Sabinus blickte, zuckte er wie vom Blitz getroffen zurück. Sein Herzschlag raste. Er wollte aufschreien, doch blieb es bei einem kläglichen Versuch. Kein Laut wollte seiner rauen Kehle entweichen. Nur ein trockener Husten brach sich Bahn und schüttelte ihn durch.

»Das Gift beginnt zu wirken, Aulus Fidelius. Spart Euch Eure Kräfte, Ihr werdet sie brauchen«, belehrte ihn Titus, der an Flavius vorbei in den Raum gehinkt war.

Er warf einen bangen Blick zurück zur Tür. Der Krach musste im ganzen Palast zu hören gewesen sein. Ruhe bewahren. Ruhe bewahren und den Plan zu Ende führen, forderte er von sich und fühlte sich an ihre erste Begegnung erinnert.

»Da staunt Ihr, was? Ihr solltet jetzt Eurem Freund Titus genau zuhören, sonst krepiert Ihr hier auf Eurem Sofa«, fauchte der Centurio Aulus Fidelius an.

Dieser erlitt einen Schweißausbruch. Er krächzte.

»Wie seid Ihr hier hereingekommen? Was wollt Ihr von mir?«

Der Stock, der Titus so verhasst war, sauste mit aufgestauter Wut auf die Schulter von Aulus Fidelius nieder, der laut aufheulte.

»Die Fragen stelle ich! Hört mir genau zu. Ich habe hier Theriak, das Antidot für das Gift, das Ihr in Euch hineingeschüttet habt. Wenn Ihr alle Fragen zu unserer Zufriedenheit beantwortet, könnt Ihr Euer Leben retten. Wenn nicht, ist es innerhalb der kommenden Stunde aus mit Euch. Es ist Eure Entscheidung, ob Ihr uns hinhaltet oder gleich mit der Wahrheit herausrückt. So einfach ist das. Habt Ihr das verstanden?«

Angsterfüllt nickte der stellvertretende Statthalter.

»Gut. Wo befindet sich mein Neffe?«

»Ich weiß es nicht«, winselte Aulus Fidelius.

Titus hielt die Phiole mit dem Gegengift nach oben und deutete eine Geste an, als ob er sie fallen lassen würde.

»Gebt Euch mehr Mühe.«

Aulus Fidelius greinte. Flavius verzog verächtlich die Mundwinkel. Dieser unehrenhafte, schäbige Lump widerte ihn an in seiner Feigheit.

»Ich weiß es wirklich nicht. Aber falls er bei den Germanenstämmen Adalmars sein sollte, das ist am Moenus, weit weg von hier. Viele Tagesreisen nördlich des Grenzwalls. Ich kenne einige Führer, die wissen, welchen Weg man gehen muss.«

Der Centurio baute sich vor ihm auf: »Schon besser. Weiter. Wer ist der Assassine, der uns alle umbringen sollte?«

»Ich habe ihn nur über Kontaktleute erreichen können. Wenn ich etwas sage, bin ich selbst in Gefahr!«

Der Blick, den er erntete, war grausamer, als er ertragen konnte.

»Gut, gut. Ich gebe Euch den Namen meines Kontaktmanns. Aber ich warne Euch. Der Assassine ist gefährlich und tötet für weit weniger als ein Kopfgeld, wenn ihm jemand in die Quere kommt. Er treibt irgendwo zwischen Celeseum, Abusina und Castra Regina sein Unwesen. Mein Kontaktmann hat unsere Leute mal hierhin, mal dorthin bestellt. Ich schreibe Euch den Namen auf.«

»So ist es recht. Werdet Ihr vollumfänglich folgenden Plan unterstützen? Ihr weist Titus eine Sondereinheit zu, die spätestens im Frühjahr kommenden Jahres die Grenze überquert und seinen Neffen Marcus befreit. Ich selbst werde für die Ausbildung dieser Truppe verantwortlich zeichnen. Damit könnt Ihr Eure befleckte Ehre wieder reinwaschen.«

Aulus Fidelius nickte und hielt sich ein Tuch vor den Mund.

Centurio Julius Flavius Sabinus stellte sich breitbeinig vor dem stellvertretenden Statthalter auf und packte ihn mit beiden Händen an seiner Toga.

»Und noch etwas: Unsere alte Geschichte aus Rom ist hiermit getilgt. Ihr werdet meinem Namen Eure persönliche Damnatio memoriae auferlegen. Unsere gemeinsame Vergangenheit wird niemals wieder zur Sprache kommen. Erwähnt Ihr sie dennoch, seid Ihr ein toter Mann.«

Titus hob die Augenbrauen. Er hatte keine Ahnung, was Flavius meinte. Das würde er bei Gelegenheit zur Sprache bringen, doch jetzt war dafür nicht der passende Zeitpunkt. Er schwieg und behielt die Tür im Auge.

Titus und Flavius war klar, dass Aulus Fidelius in diesem Moment alles unterschrieben und sogar zugestimmt hätte, seine Beine amputieren zu lassen, wenn er nur am

Leben bliebe. Sein Wort und seine Zurechnungsfähigkeit waren nur sehr eingeschränkt glaubwürdig.

»Dann wollen wir unsere Übereinkunft schriftlich fixieren.« Flavius legte ihm eine leere Papyrusrolle vor. »Schreibt! Und zwar schnell, wenn Euch Euer Leben lieb ist«, drängte der Centurio. Auch er starrte jetzt immer wieder zur Tür.

Titus räusperte sich und trug den Text vor, während Aulus Fidelius mit kratzender Feder über die Papyrusrolle fuhr.

»Ich, Aulus Fidelius, stellvertretender Statthalter von Augusta Vindelicum, gebe hiermit bekannt, die Verantwortung für die Flucht des Germanen Adalmar zu übernehmen. Ich trage die Schuld für die Kriegsvorbereitungen der Germanen, die die römische Grenze bedrohen. Ich benenne als Zeugen den Centurio Julius Flavius Sabinus und bekenne zudem, zur Vertuschung meiner Taten die Morde an Adalmars Schwester Alwina sowie Titus Aurelius Felix und Centurio Julius Flavius Sabinus in Auftrag gegeben zu haben. Das Scheitern der Morde mussten Unschuldige mit ihrem Leben bezahlen. Möge der Kaiser über mich richten. Gezeichnet et cetera et cetera.«

Wieder räusperte sich Titus und beäugte seinen schwitzenden Kontrahenten, ob dieser richtig mitschrieb.

»Schreibt in Eurer schönsten Schrift, sonst wird mein Freund hier noch mal richtig wütend!«

Titus hielt die Phiole hoch, in der eine durchsichtige Flüssigkeit schimmerte und feine Schlieren an den Rändern zog.

Der Centurio trieb Aulus Fidelius weiter an: »Los, los, Siegel und Euer Zeichen drauf.«

Titus beugte sich zum stellvertretenden Präfekten hinunter, dessen Gesichtsfarbe sich ungesund grau verfärbt hatte.

»Sehr schön, her damit.« Er steckte das Schriftstück in seine Tasche. »Also, mein lieber Aulus Fidelius. Partner. Wir kennen uns nun schon so lange, daher wisst Ihr ja, wie Ihr mein Wort einschätzen könnt. Diese Zeilen werden Rom, den Statthalter von Augusta Vindelicum, ja nicht einmal Euren Pförtner je erreichen, wenn unser Handel Bestand hat. Lasst uns also konstruktiv in den kommenden Monaten die praktischen Dinge klären. Wenn wir uns ankündigen, werdet Ihr uns zuvorkommend und unverzüglich empfangen. Ihr werdet uns über die Vorbereitungen laufend informieren.«

Er reichte ihm die Hand und hielt mit der anderen das Antidot hoch.

Polternder Lärm drang plötzlich zu ihnen. Genagelte Sandalen hallten auf dem feinen Marmor, als wollten sie ihn in kleine Stücke treten. Die Treppe wurde erstürmt. Dann waren sie auch schon da. Zehn schwer bewaffnete Leibgardisten fluteten den Raum.

Titus stellte sich zwei Schritte entfernt zur Rechten vor Aulus Fidelius auf. Die Phiole deutlich sichtbar in der linken Hand, hob er seine rechte zum Gruß.

Der Centurio stand direkt neben dem stellvertretenden Statthalter und hatte seinen rechten Arm um den Nacken von Aulus Fidelius gelegt, wie Kameraden das manchmal zur Versicherung ihrer Freundschaft eben tun. Mit dem Unterschied, dass ein eisenharter Griff dem Stellvertreter des Statthalters vor Augen führte, wie die Dinge wirklich standen.

»Ave Optio«, rief der Centurio laut und lachte. »Mein Freund Aulus Fidelius hat versehentlich die Türen von innen verschlossen, als er einen Schwächeanfall erlitt. Wir haben sofort gehandelt und ihn aus der misslichen Lage befreit. Der stellvertretende Statthalter ist auf dem Weg der Besserung. Danke für Eure schnelle Hilfe. Holt etwas Wasser und ein feuchtes Tuch. Und einen Schreiner. Ist es nicht so, Aulus, alter Freund?«

Aulus Fidelius atmete schwer und zögerte. Doch nickte er schließlich zustimmend. »Ihr könnt gehen, Optio Paterclus. Ich, äh, komme zurecht.«

Der Optio hatte die Stirn in Falten gelegt, musterte abwechselnd Titus und den Centurio, wagte aber nicht, dem Befehl zu widersprechen. Er beorderte die Mannschaft zurück. Wieder hallte der Marmor.

»So, und welcher von den beiden Plänen war nun der bessere? Wir sind jetzt bei der gesamten Wachmannschaft als Freunde des Statthalters bekannt«, stichelte der Centurio.

Titus atmete hörbar aus. Für diese Art von Missionen fühlte er sich zu alt. Um ein Haar wäre er es gewesen, der einen Schwächeanfall erlitten hätte.

»Jedenfalls werde ich dich sofort rufen lassen, wenn mir meine Eingangstüre nicht mehr gefällt.«

Der Centurio lachte laut und herzhaft auf. Dann wandte er sich wieder Aulus Fidelius zu, der sich vorkam, als existierte er gar nicht mehr.

»Wollen wir die Zusammenarbeit hier und jetzt besiegeln? Sprecht.«

Der Centurio bemerkte, dass er den Nacken von Aulus Fidelius immer noch bearbeitete, und lockerte den Griff.

Der zögerte nicht lange. »So sei es.«

Gierig streckte er seine Hände der Phiole entgegen, entkorkte sie und leerte sie in einem Zug.

Mesopotamia, Januar 233 n. Chr.

In Antiochia waren die Lazarette seit Monaten zum Bersten gefüllt. Tatius zog die schwere Tür des Hauptlazaretts hinter sich mit einem lauten Knarzen zu und setzte sich direkt auf die Stufe daneben. Er war zutiefst deprimiert. Sein ehemaliger Gefährte Galerus war dem Wahnsinn verfallen, und er fühlte sich mitschuldig. Mit hoher Wahrscheinlichkeit hatte Galerus nicht einmal mitbekommen, dass er ihn soeben besucht hatte. Im Grunde war es besser so, denn er hätte ihn womöglich erwürgt, wäre ihm sein Zustand bewusst gewesen.

Unfassbar, wie ein Bär von einem Mann vom Schicksal in kurzer Zeit so zugrunde gerichtet worden war. Es war nur ein Kratzer, den ein persischer Speer an seinem Bein verursacht hatte. Doch die Wunde entzündete sich, führte zu Wundbrand. Unachtsamkeit und die Entbehrungen während des Rückzugs taten ihr Übriges. Galerus litt binnen weniger Tage an heftigem Fieber, fiel ins Delirium, am Ende nahmen ihm die Wundärzte sein Bein ab. Doch nützte auch das nichts – er verlor seinen Verstand und vegetierte seit Monaten vor sich hin.

Hätte er all das verhindern können?

Tatius schüttelte den Kopf und tastete seinen Mund ab. Die Lippen waren spröde und rissig geworden und blieben es, seit sich nach der Schlacht im letzten Jahr die Reste der kaiserlichen Truppen in dieser Wüstenstadt gesammelt hatten. Wie sollten seine Küsse von Frauen jemals wieder begehrt werden mit so einem Wüstenmaul? Ein heiseres Lachen entfuhr ihm. Solcherlei Gedanken waren der Spiegel der schrecklichen Ereignisse. Enttäuschung und Langeweile breiteten sich aus.

Er starrte auf ein römisches Katapult, das schon seit einiger Zeit beschädigt vor dem Lazarett stand und an Ort und Stelle in Vergessenheit zu geraten schien. Der üble Gestank der Verwesung hing über dieser Stadt. Dem Kaiser diente sie als Überwinterungsquartier, doch für jeden Soldaten war es die Höchststrafe, ohne Einsatzbefehl und ohne Zukunft fern der Heimat sein Dasein zu fristen.

Die Schlacht gehörte seit über einem halben Jahr der Vergangenheit an, und doch drängte sie sich schon wieder in sein Bewusstsein zurück, so wie fast jeden Tag, oft unvermittelt.

Die erbitterten Kämpfe hatten ihn verändert. Die Härte, mit der sie geführt worden waren, das verbissene Ringen um jeden Fußbreit Platz während der Schlacht hatte sich tief in sein Innerstes gegraben. Zahllos waren die Albträume, in denen er, wild um sich schlagend, aufgewacht war. Schwarze Augen, in die er starrte, tauchten unvermittelt vor ihm auf. Der Geschmack von Blut überfiel ihn, wenn er sich die rauen Lippen benetzte. Er dachte zurück. Kaum war er im provisorischen Lazarett wieder zu Bewusstsein gekommen, feierten ihn die Kameraden für seinen Heldenmut. Halb benommen und mit gebrochener Nase erfuhr er vom Oberbefehlshaber Maximinus persönlich, dass sein Einsatz stellvertretend für den Widerstand der 1. Zenturie bejubelt wurde. Sie hatte die nötige Zeit herausgeschlagen, bevor alle Linien zusammengebrochen wären.

Maximinus' Worte hallten in ihm nach: »Du hast dem Adler Ehre erwiesen, Tatius Aurelius. Wir haben dich in unsere Mitte genommen und waren bereit zu sterben. Aber die Götter wollten uns noch nicht.«

Die Garde zählte zu diesem Zeitpunkt kaum mehr als dreißig Mann. Die Verluste an der Hauptfront und der Blutzoll, den die Perser entrichteten, waren jedoch so gewaltig, dass Ardaschir I. reagieren musste.

Im Moment, da sich die römische Niederlage abzeichnete, bekam der gegnerische Heerführer es mit der Angst zu tun, vermutlich deshalb, weil er keine Nachrichten über die Situation im Rücken der Front erhalten hatte. Die auf beiden Seiten aufs Ärgste dezimierten Truppen wurden erlöst. Der Abbruch der persischen Offensive kam keinen Moment zu früh. Er setzte Kräfte frei, die kurz zuvor im Abwehrkampf gestanden hatten. Es war wie ein Wunder, mit dem keiner mehr gerechnet hatte. Die Generäle schickten im Eiltempo eine Ala der Reiterei los, die den bedrängten Männern zu Hilfe kam. Ohne die Kavallerie wäre es für alle verbliebenen Soldaten der Garde das Ende gewesen. Maximinus hatte dem Tod ins Auge geblickt und ihm höhnisch ins Gesicht gelacht. Danach kannten sie keine Gnade mehr. Sie hatten jeden einzelnen Perser niedergemacht. Nicht einen Gefangenen genommen. So wie der Befehl gelautet hatte. Bis zum letzten Mann.

Tatius starrte auf seine Knöchel. Er hatte die Faust so fest zusammengedrückt, dass sie weiß schimmerten.

Damals hatte er an einer Sammelstelle unvermittelt Galerus wiedergetroffen, der aus einer Wunde am Bein blutete. Er humpelte nur leicht und bot eigentlich gar keinen Anlass zur Sorge. Wortlos hatte er ihn gestützt, und Galerus ließ es geschehen. Wenigstens hatten sie einen unausgesprochenen Frieden geschlossen. Hätte Galerus doch nur nicht die Zähne zusammengebissen und sich sofort in die Obhut der Wundärzte begeben!

Am nächsten Tag wurden die Toten geborgen und an Ort und Stelle anständig bestattet. Es waren zu viele, um sie auf römisches Gebiet zurückzuführen. Parlamentäre hatten verhandelt, dass beide Parteien ihren ehrenvoll gefallenen Soldaten den letzten Dienst erweisen durften.

Daraufhin erging der Befehl zum Abzug aus diesem verfluchten und blutgetränkten Stück Wüste.

Ein Großteil der Verwundeten überlebte den kräftezehrenden Rückzug nicht, sie fanden ihre letzte Ruhestätte in schlichten Urnen am Wegesrand. Nur jeder dritte Mann sah Antiochia wieder.

Jeder dritte Mann. Welch ein Gemetzel ohne Sieger! So empfand er es jedenfalls. Niemals hätte er geahnt, dass der Kaiser diese Schlacht zum glorreichen Sieg ummünzen würde. Der gleiche Kaiser, der sie an der Front im Stich gelassen hatte.

Er war gereift, aber auf eine Art, die ihm widerstrebte. Die vorbehaltlose Begeisterung für die Armee und sein naiver Stolz waren ausgelöscht worden. An ihre Stelle trat ein nüchterner Ehrbegriff für Rom, für die Sache, für das große Ganze, der ihm nicht minder wichtig war. Doch forderte dies auch ein Mindestmaß von Loyalität des Imperators für seine Soldaten ein. Ein Kaiser, der die Legionen im Stich ließ, befleckte die Ehre, für die er als Soldat Roms kämpfte.

Völlig in Gedanken versunken, wurde Tatius von lauten Schritten aus seinem Tunnel gerissen.

Ein Tross, bestehend aus einer Hundertschaft von Gardesoldaten, bahnte sich den Weg. In der Mitte eine Sänfte, in der der Kaiser in Begleitung seiner Mutter zum Palast getragen wurde. Tatius versuchte, einen Blick auf die beiden zu erhaschen. Dann sah er den Mann, der für den Feldzug verantwortlich zeichnete, wie er mit steinernem

Gesichtsausdruck unter einem Baldachin aus feinem Tuch durch sein Winterlager getragen wurde, ohne seine Umgebung zu würdigen. Auf Tatius wirkte der Kaiser wie ein Abbild seiner selbst. So jung. So nachdenklich. So wütend. Die Gesichtszüge strahlten eine für sein Alter unwirkliche Härte aus. Daneben thronte in kerzengerader Haltung mit wächsernem Gesicht die Mutter des Kaisers, Julia Mamaea.

Auch Kaiser Severus Alexander grübelte vor sich hin.

Heute würde er vor seinem Heer eine wichtige Rede halten müssen. Nein, halten lassen, korrigierte er sich. Wollte er keine Revolte riskieren, musste er reagieren und konnte nicht länger abwarten. Selbst seine Mutter sah dies ein. Vertraute hatten ihm von der miserablen Stimmung unter den Soldaten berichtet, und er konnte es ihnen nicht einmal verdenken. Gerüchte von unzufriedenen Offizieren machten die Runde. Bevor er mit seinen Legionen nach Italien abzog, musste er dafür sorgen, dass die Reise unter ihm gewogene Vorzeichen geriet. Der Plan seiner Mutter war, nach Rom zu ziehen und dort einen Sieg über die Perser zu zelebrieren. Dass es kein Sieg war, interessierte die politische Klasse der Senatoren in keiner Weise. Für sie zählten nur Ergebnisse – und das Ergebnis war, dass Rom keine Gebietsverluste hinzunehmen hatte.

Severus Alexander traf eine Entscheidung, die denen seiner Mutter so ähnelte, dass sie nicht als eigene Idee zu erkennen war. Er wählte den Weg der Beschwichtigung. Er öffnete die Schleusen der Staatskasse und erkaufte sich die Loyalität seiner Soldaten auf Zeit. Alle überlebenden Legionäre sollten ein großzügiges Donativum erhalten, das den finanziellen Spielraum weiter einschränken, aber die Stimmung aufhellen würde. Es fühlte sich feige und bitter an. Er schwor sich, dass er niemals wieder für diese Art von Bestechung einstehen wollte, sofern nicht ein großartiger Sieg und reichlich Beute auf der Habenseite stünden.

Er hatte gewissenhaft alle anderen Möglichkeiten geprüft, aber an eine weitere Offensive war mangels Kampf- und Durchschlagskraft nicht zu denken. Hätte sein Kommandant Gaius Iulius Verus Maximinus die persische Armee durch seinen Abnutzungskampf nicht so bedeutend geschwächt, wäre ein erneutes Aufeinandertreffen mit den Sassaniden unvermeidlich gewesen. Mit vermutlich fatalem Ausgang, denn er verfügte über keinerlei Reserven mehr. Die größten Vorwürfe richtete er an den Legaten des nördlichen Heeres, denn dieser Teil seiner Armee hatte überhaupt keinen nennenswerten Gegner angetroffen. Trotzdem hatten die Truppen immense Ausfälle zu beklagen. Die Versorgung und Führung war so schlecht, dass durch Hunger, Durst und Krankheiten ein Viertel der Männer starb und der verbliebene Rest in erbärmlichem Zustand nach Antiochia zurückkehrte. Die Wüste war ihr einziger, aber unbarmherziger Feind gewesen. Das Tragische daran war, dass die meisten Opfer auf dem Rückzug zu beklagen waren. Unfassbar und ein Menetekel, das durch nichts, was in seiner Macht stand, abzuwenden war. Sein Spielraum war gering; eine feige Entscheidung blieb die einzige Option und war immer noch besser, als nichts zu unternehmen.

Tatius strebte dem Forum entgegen. Er hatte beinahe vergessen, dass heute zur Mittagsstunde eine Rede des Kaisers angekündigt war. Trotz des großen Trubels fand er auf Anhieb die Garde, in die er aufgenommen worden war, und gliederte sich ein. Es war nicht schwer. Es handelte sich um die echte Garde, dreißig Reiter, höchstpersönlich vom Legaten zusammengestellt; sie fanden sich auf den besten Plätzen wieder. Voller Stolz blickte er zum Befehlshaber Maximinus, der zu seinem Vorbild geworden war. Seine bedingungslose Loyalität galt nicht mehr dem Kaiser, sondern ihm.

Der Imperator saß keine zwanzig Fuß von ihm entfernt. Severus Alexander hatte sich auf einen Thron gesetzt und machte keinerlei Anstalten, eine Rede zu halten. Der Präfekt Gaius Furius Sabinius Aquila Timesitheus war sein Sprachrohr und ließ die Fanfaren blasen. Sofort kehrte Ruhe in der Menge ein.

»Legionäre! Verteidiger Roms! Der ehrenwerte Kaiser Marcus Aurelius Severus Alexander erbietet euch seine Wertschätzung. Ihr habt tapfer gekämpft und Mesopotamia vom Joch der Feinde befreit. Die feige persische Armee wurde in die Flucht geschlagen. Unsere Mission hier ist erfüllt. In wenigen Wochen ziehen große Teile der Armee zu einem Triumphzug nach Rom ab.«

Er machte eine bedeutungsschwere Pause, in der leises Gemurmel den Platz erfüllte.

»Jeder Soldat erhält für seine Dienste ein Donativum in Höhe eines Jahressolds.«

In das letzte Wort fiel schon der Jubel aller Soldaten ein. Der Kaiser erhob sich und streckte seine Arme ausgebreitet in den Himmel. Der Name des Kaisers schallte über das Forum. Severus Alexander setzte eine strahlende Miene zu diesem bittersüßen Spiel auf. Er wusste, die Macht der Sesterze hatte obsiegt.

Freies Germanien, Mai 233 n. Chr.

Fünfzehntausend. Marcus war sich sicher. So viele. Mindestens. Stimmten alle Stammesoberhäupter bei der großen Versammlung in wenigen Wochen zu, müsste sich Rom um seine nördlichen Provinzen ernsthafte Sorgen machen. Fünfzehntausend Krieger waren eine gewaltige Streitmacht.

Er befand sich im größten Zwiespalt seines Lebens. Absurderweise arbeitete er seit mehr als einem halben Jahr so akribisch für seinen neuen Herrn, als hinge das Gelingen dieser Kriegstreiberei von ihm ab. Das lag an der Rolle, die ihm Adalmar zugedacht hatte. Sie war perfide angelegt. Forderte und förderte ihn. Überprüfte seine Loyalität jeden Tag aufs Neue, flüsterte ihm Versprechungen ein. Marcus war um den Beweis bemüht, dass das Vertrauen in ihn zu Recht gesetzt wurde, und das beförderte ihn zum Erfüllungsgehilfen des Mannes, der den Untergang seiner Welt plante.

Marcus betrachtete sein Handeln auch als Legitimation für seinen geduldeten Umgang mit Alwina. Als wäre das der Preis, den es zu zahlen galt. Aber war das so? Brauchte er den Segen ihres Bruders überhaupt? Alwina hatte sich für ihn entschieden. Adalmar hatte eigene Pläne, doch hielt er sich seither in der Formulierung seiner Ansprüche zurück.

Marcus bückte sich über den Schreibtisch und starrte

auf das Ergebnis seiner Tätigkeit. Auf zahllosen Pergamentseiten hatte er für Adalmar die Bilanz aller Verhandlungen festgehalten. In Lateinisch. Der ehemalige Verwaltungssklave Adalmar war darauf bedacht gewesen, nach römischer Sitte zu planen. Im Grunde war es genau das, was Marcus am meisten Angst machte: römische Perfektion. Truppen, Ausrüstung, Versorgung, alles, was man für einen Krieg benötigte, war hier fein säuberlich mit schwarzer Tinte niedergeschrieben. Adalmar stand als Auftraggeber einem Statthalter einer römischen Provinz in nichts nach. Selbst die Tinte hatte er nach römischem Rezept herstellen lassen, da die Barbaren mit ihr nichts anzufangen wussten und keine Verwendung für sie hatten. Und Marcus war mittlerweile zum Vorboten des Todes geworden. Er spielte die Rolle eines Cornicularius, eines Schreibstubenleiters, jemand, der den Tod plant, aber zu feige ist, sich mit Blut zu besudeln.

Er vergrub seinen Kopf in den Händen und presste ihn mit Gewalt zusammen, als gälte es einen Knopf zu finden, mit dem er sich in Luft auflösen konnte. Er schämte sich. Mit zusammengekniffenen Lippen schmiss er seine Feder gegen die Wand, die fortan ein Muster zierte, als hätte ein Peitschenhieb sie traktiert. Wütend räumte er mit einer wuchtigen Bewegung seinen Tisch leer und fegte alle Rollen hinweg. Dabei stürzte er unbeholfen gleich mit zu Boden. Als er aufblickte, traf sein Blick das erschrockene Gesicht von Alwina.

»Alwina? Ich ...« Er rutschte beim Versuch, sich aufzurappeln, auf einem Blatt aus und fiel auf seine Knie.

»Marcus, was ist hier los?«, fragte Alwina bestürzt und suchte den Raum nach weiteren Personen ab, während sie zu ihm eilte und ihn am Arm hochzog. »Hat dich jemand angegriffen?«

Marcus starrte voller Wut auf das Chaos vor ihm. Mit ungläubigen Augen betrachtete er seine Hände, die sich tiefschwarz verfärbt hatten. Die am Boden liegende Schreibfeder erinnerte ihn an seinen Wutausbruch und daran, dass alles mit Tinte besudelt worden war. Resigniert schüttelte er den Kopf.

»Mir ist heute mit einem Mal klar geworden, dass ich meiner Rolle hier nicht gewachsen bin. Ich bin zum Verräter Roms ... nein, schlimmer ... zum Verräter an meiner eigenen Familie geworden. Beim Gedanken an mein Tun wird mir speiübel. Ich bin mir selbst ein Wolf. So kann ich niemandem mehr unter die Augen treten.«

Alwina setzte sich und starrte auf den in wüstem Durcheinander liegenden Pergamentteppich, der sich vor ihr ausbreitete.

»Wieso erst heute? Was ist heute anders als gestern?«

»Alles. Einfach alles. Die ganze Zeit über schien alles so weit weg zu sein. Heute sehe ich das, was zuerst nur Fetzen waren, klar und deutlich vor mir, als hätte sich ein lange währender Nebel verzogen. Vor mir breitet sich eine Armee der Finsternis aus, bestens ausgerüstet, die einer römischen Taktik folgt. Wenn im kommenden Monat die große Versammlung stattfindet, bei der alle ihre Zusage erneuern, die sie doch schon gegeben haben, dann ist das alles unabwendbar. Die Schlacht beginnt. Und ich bin der Täter, der alles zu Pergament gebracht hat. Dein Bruder ist grausam. Er hat mir keine Wahl gelassen, und doch war es meine Hand, die alles niedergeschrieben hat. Freiwillig und mit großem Ehrgeiz. Am liebsten würde ich alles auf der Stelle verbrennen.«

Er starrte zu einer Öllampe.

»Nein!«, schrie Alwina. »Tu das nicht. Adalmar bringt dich auf der Stelle um.«

Sie rang um Fassung. Ihr leuchtete all das ein, sie fühlte sich selbst wie eine Fremde im eigenen Haus. Sie vermisste ihr gewohntes Leben, das ein römisches Leben gewesen war. Sie vermisste die Annehmlichkeiten wie Bäder, Straßen, Geschäfte und Waren im Überfluss. Vor allem aber den Bruder, den sie anders in Erinnerung behalten hatte. Nur vor den Folgen verschloss sie die Augen.

»Warte auf einen anderen Zeitpunkt. Vielleicht läuft die Versammlung anders als geplant. Noch ist nichts endgültig entschieden. Sei nicht töricht!«

Marcus' Lippen bebten. Sie kniete sich neben ihn, legte ihren Kopf auf seine Schulter und nahm seine Hand. Ihre Haare kitzelten ihn in der Nase, und er sog ihren Duft ein.

»Ich liebe dich«, hauchte er und hörte die gleichen Worte aus ihrem Mund. Impulsiv küsste er sie, und sie erwiderte sein Begehren mit Leidenschaft, zog ihn an sich. Marcus versenkte sein Gesicht in ihren Halsansatz, küsste alle Stellen, denen er auf seiner Suche begegnete. Leise stöhnte sie auf, als sie sein Begehren fühlte.

Wortlos entledigten sie sich ihrer Kleider. Er hielt ihren Kopf nah an seinen, als er in sie drang, und suchte in ihrem Blick etwas, das er festhalten konnte. Sie durchdrang ihn mit ihren Augen und zitterte erregt, während sie ihn fest mit den Beinen umschlang. Schnell hatten sie ihren Rhythmus gefunden, der ihm so vertraut vorkam und sich doch wie ein Echo aus fernen Welten anfühlte.

Als sie dem Höhepunkt entgegenstrebten, hielten sie einander so fest, dass sie kaum mehr Luft bekamen. Ein heftiger Laut entfuhr ihnen beiden, als sie den Druck freiließen, der sich durch die Lust aufgestaut hatte. Sie pressten ihre bebenden Körper aufeinander und zogen den Moment der innigen Zweisamkeit in die Länge. Marcus wusste, was danach passieren würde. Der Platz war kein

Ort, sich festzuhalten. Es war kein Raum, um sich innige Dinge zu sagen und dem anderen Halt zu geben. Kaum waren sie wieder zu Atem gekommen und hatten ihre Gedanken sortiert, passierte das Unvermeidliche. Sie löste sich von ihm und fing an, die Blätter am Boden zusammenzusammeln. Der Zauber entschwand vor seinen Augen. Marcus sah ihr einen kurzen Moment dabei zu, bevor er sich neben sie kniete und mit einem Griff ans Handgelenk ihre Aufmerksamkeit einforderte.

»Alwina, ich kenne all die Zahlen. Aber das ist nur ein papierener Plan. Was hat er dir gesagt? Wann will er zuschlagen? Wo will er zuschlagen? Wie lange haben wir noch?«

»Ich weiß es wirklich nicht, Marcus. Er ist rastlos. Unruhig. Ungeduldig in allem, was nicht in seinem Sinne läuft. Aber er weiht mich nicht ein.«

»Kannst du etwas für mich herausbekommen?«

Sie flüsterte leise: »Wieso? Was würde das ändern?«

»Es ist wichtig für mich. Du spürst es doch auch. Wenn der Sturm losbricht, müssen wir gewappnet sein und eine neue Entscheidung treffen.«

Sie nickte. Nahm seine Hand. »Was willst du wissen?«

»Sein Ziel. Ich möchte sein Ziel kennen.«

Augusta Vindelicum, Juni 233 n. Chr.

»Nein, das ist mein letztes Wort. Ich befehle es dir!«

Bacchus hatte lange keinen ausdrücklichen Befehl seines Herrn mehr gehört. Er war es gar nicht mehr gewohnt und fühlte sich erstmals seit Langem wieder wie ein Sklave.

»Aber Herr! Mein Platz ist an Eurer Seite.«

Titus indessen hatte seit geraumer Zeit kein Wort des Widerspruchs mehr von seinem Sklaven gehört. Er hatte überhaupt lange kein Wort mehr von ihm gehört. Sie verstanden sich blind.

»Dein Platz ist jetzt hier. Du und Demicius, ihr müsst den Laden führen und auf meine Rückkehr warten. Oder auf die von Marcus. Die Unterlagen sind vorbereitet. Ich schenke dir die Freiheit, Bacchus. Aber nicht heute. Sonst kommst du noch auf die Idee, dich mir als freier Mann anzuschließen. Ich danke dir für deine Treue und deinen Mut.«

Bacchus starrte ihn gequält an. Dann fügte er sich in sein Schicksal, nickte kurz und trottete davon.

Titus war auf Reisen stets mit Bacchus unterwegs gewesen. Sicher hätte er ihn auch diesmal unterstützt. Er würde ihn vermissen, aber es war die einzig richtige Entscheidung. Leute, auf die man sich blind verlassen konnte, waren rar, das galt auch für seinen riesigen Bekanntenkreis. Bacchus und Demicius ergänzten sich. Einer allein hätte sein Geschäft ruiniert, die Begabungen jedes einzelnen von beiden waren doch begrenzt. Diese Einordnung nahm er ohne Hohn vor. Es war eben so. Beide zusammen würden indessen das Geschäft am Laufen halten. Er machte sich auf den Weg zum Palast des Statthalters, wo sie sich verabredet hatten.

»Männer! Es ist so weit. Morgen früh brechen wir auf. Unser Ziel ist ein Germanenstamm unweit des Moenus.«

Titus war wieder Soldat. Befehlshaber einer kleinen Eliteeinheit, die Marcus befreien sollte, sofern er noch am Leben war. Neben ihm stand Centurio Julius Flavius Sabinus, der die Männer im letzten halben Jahr einem unbarmherzigen Drill unterzogen hatte. Ihre Rufnamen hatte sich Titus schnell gemerkt: Clarus, Furius, Martius, Remigius, Ursus und Wittigo.

Am Ende war die Entscheidung auf eine kleine Elitetruppe gefallen, obwohl am Anfang auch andere Überlegungen eine Rolle gespielt hatten. Centurio Flavius wollte ursprünglich eine Zenturie, achtzig Mann, aufbieten. Er hatte schon viele Zenturien ausgebildet und schätzte die Schlagkraft dieser Einheit. Doch Titus gab zu bedenken, dass die Versorgung schwierig sein und so eine Truppe viel mehr auffallen würde. Gegen einen übermächtigen Gegner wären achtzig Mann trotzdem chancenlos. Daher blieben am Ende gerade so viele Männer übrig, wie sich leicht verbergen ließen.

Aulus Fidelius wohnte der Verabschiedung im Hintergrund bei, mit versteinerter Miene, aus der man nichts von seinen Gedanken erraten konnte. Bestimmt verfluchte er sie im Stillen, doch verhielt er sich seit ihrem Pakt zuverlässig und hielt Wort.

Über ihre Missionsziele hatten sie bislang gegenüber

den Männern geschwiegen. Gewaltige Muskelpakete, enorme Brustkörbe und sehnige Hälse harrten nun ihrer Befehle. Ein dürrer, drahtiger Mann von enormer Körperlänge komplettierte die Gruppe und sah beinahe komisch neben den Elitesoldaten aus. Es war der germanische Führer Wittigo, der ihnen den Weg weisen sollte.

Titus wollte in seiner alten Uniform erscheinen, doch hatte ihm seine Figur einen Strich durch die Rechnung gemacht. Sie hätte Marcus gepasst, aber sein verzweifeltes Bestreben, die engen Lederriemen zuzuschnüren, musste er nach mehreren Versuchen abbrechen. Mit hochrotem Kopf und abgerissenen halb morschen Lederriemen stand er keuchend vor seinem Veteranenschrank und sah ein, dass er sich besser doch nicht der Lächerlichkeit preisgeben sollte. Er war einfach zu fett geworden. Befehle konnte man auch ohne Uniform erteilen. Söldner bekamen Geld für Ergebnisse und Leistung. Sie würden seinen Befehlen auch ohne Rang und Abzeichen gehorchen, denn sie fragten nicht nach Ansehen und Zielen, wenn das Geld stimmte. Der Centurio hatte sie mit dem zehnfachen Sold eines Hilfssoldaten geködert und bei erfolgreich verlaufender Mission fünftausend Sesterzen Extrabelohnung ausgelobt. Pro Mann. Sie standen stramm da und verzogen keine Miene.

Die Auswahl glich der für Gladiatoren: Mut, Kampftüchtigkeit, Geschicklichkeit, Ausdauer, bedingungslose Loyalität und Klugheit. Man hatte sich nur an germanisch stämmige Männer gewandt in der Vorahnung, dass dies eines Tages bei der Täuschung oder Rettung hilfreich sein könnte.

Centurio Flavius verblieb in Biriciana. Die Zeit war endlich reif. Titus erwartete voller Ungeduld den Aufbruch und sprach zu den Männern.

»Unser Vorhaben wird entbehrungsreich. Es ist gefährlich. Einige von euch werden vielleicht nicht zurückkehren. Auf unserer Mission sind wir auf uns allein gestellt. Niemand wird uns zu Hilfe eilen. Das Ziel unserer Mission ist die Befreiung einer wichtigen römischen Geisel. Der Rest des Tages gehört euch. Kein Wort zu niemandem. Erfüllt ihn mit Dingen, die euch wichtig sind. Wir treffen uns morgen zur fünften Stunde genau hier. Wegtreten.«

Die Männer zerstreuten sich. Ihm war klar, dass sich die meisten vollaufen lassen würden, aber das störte ihn nicht. Sie hatten etliche Tage Zeit, den Rausch zu verdauen, bis es darauf ankommen würde.

»Kommst du mit ihnen klar?«, wollte Centurio Flavius von ihm wissen.

»Das steht außer Frage. Zwanzig Jahre lang war ich Soldat. Ich habe als Händler gelernt, mit allen Ständen klarzukommen. Ob Adliger, Soldat, Handwerker oder Bauer. Selbst Priester brauchen Wein. Ich habe mit klugen und dummen Menschen erfolgreich verhandelt und mit naiven, verschlagenen und sogar gewaltbereiten Geschäfte gemacht. Ich kann befehlen, überreden, Kompromisse schließen. Ich habe keine Angst. Ich habe nichts zu verlieren. Mein Nachlass ist geregelt.«

»Dein Nachlass?«

»Ja, mein Nachlass. Nur die Götter wissen, ob ich zurückkomme.«

Titus hatte seinen Stock gegen einen präparierten Speer eingetauscht. Zwei messerscharfe Spitzen an beiden Enden machten aus einer Gehhilfe eine gefährliche Waffe.

»In jedem Fall wird es teuer, wenn mich der Fährmann holen sollte.« Er wedelte mit seinen beiden Klingen.

Der Centurio sah ihn zweifelnd an, erwiderte aber nichts.

Titus klopfte ihm auf die Schulter.

»Keine Trübsal. Ich bin nur Realist.«

Der Centurio dachte an seine Aufgaben, die er in der letzten Zeit wegen dieses Projekts hatte schleifen lassen und die keinen Aufschub mehr duldeten. Andererseits würde er heute vielleicht zum letzten Mal einen Freund sehen, den er gerade erst gewonnen hatte.

»Wollen wir den heutigen Tag mit einem guten Krug Wein zu Ende bringen? Sei mein Gast«, lud er Titus ein.

Der lächelte.

»Gern. Doch später. Heute Abend. Da ist noch eine letzte wichtige Sache, die ich erledigen muss.«

»Kann ich dir da behilflich sein? Ich kann alles organisieren, wie du weißt.«

»Ich weiß. Aber dabei kannst du mir leider nicht helfen. Bis heute Abend.«

Titus drehte sich um, weil er wusste, dass er es nicht länger aufschieben konnte, ja durfte. Er hatte es bis zum letzten Tag aufgespart. Schweren Herzens stieg er auf sein Pferd und ritt los. Zu seinem Bruder Quintus, dem er eine Erklärung schuldig war.

Freies Germanien, August 233 n. Chr.

Marcus konzentrierte sich krampfhaft darauf einzuschlafen; allein deshalb war sein Bemühen zum Scheitern verurteilt. Der Qualm zahlloser nur unzureichend erstickter Lagerfeuer bohrte sich zudem in seine Nase und quälte ihn mit Hustenreiz. Er schlief im Freien, denn alle Quartiere waren mit Gästen belegt, auf deren Gesellschaft er keinen Wert legte. Die Ereignisse selbst waren schon Grund genug für eine schlaflose Nacht. Auch wenn er die Sprache nach wie vor nicht verstand, so war ihm klar, was heute Abend beschlossen worden war: Krieg. Sein Herz pochte wild, es schnürte ihm vor Beklemmung fast die Kehle zu.

Er versuchte, seinen Zorn auf den römischen Verräter zu lenken, den Adalmar präsentiert hatte. Doch glitt ihm der Gedanke wie ein glitschiger zappelnder Fisch immer wieder durch die Finger, denn die Rolle dieses ehrlosen Feiglings war bedeutungslos. Nein, es brauchte gewiss keinen römischen Verräter, dem man die Schuld zuschieben konnte. Adalmars Plan war aufgegangen. Er hatte die Stämme geeint, er allein war der Funke, den man über Öl halten musste, damit sich das Feuer entzündete. Die Reaktion der Stämme war mit einer Stichflamme durchaus vergleichbar. Leider hatte er nach wie vor keine Ahnung davon, wann und wo sie losschlagen würden.

Alwina hatte über den Ort und den Zeitpunkt eines

Überfalls bislang nichts in Erfahrung gebracht. Aber ab morgen würde sich das ändern. Denn nun musste Adalmar Farbe bekennen. Sobald sein Heer einsatzbereit war, wäre die Marschrichtung bekannt. Marcus sah in den sich abschwächenden Sternenhimmel. Die Morgensonne würde schon in wenigen Momenten den Horizont erhellen. Er zählte im Geiste die Einheiten, Häuptlinge und Verbündeten zusammen, versank dabei langsam im Strudel der Zahlen und merkte gar nicht mehr, wie sein Kopf zur Seite fiel.

»Der Tag der Vergeltung ist nah.«

Mit dieser Gewissheit schlug Adalmar am Morgen die Augen auf und verspürte zum ersten Mal seit langer Zeit eine tiefe, befriedigende Genugtuung.

Er hatte einen langen Weg hinter sich gebracht. Die Anstrengungen des Vortags hatten auf der traditionellen Versammlung, dem Thing, die außerplanmäßig einberufen worden war, in einem großartigen Vortrag über seine Pläne geendet, der die begeisterte Zustimmung fast aller Stämme nach sich gezogen hatte. Er hatte dafür gesorgt, dass mit einer der wichtigsten Traditionen – am ersten Tag nur Palaver und reichlich Alkohol, am zweiten Tag die Entscheidungen treffen – gebrochen wurde. Er wollte kein Risiko eingehen. Diese Tradition hatte normalerweise zwei Vorteile. Alkohol löste die Zungen. Anstatt nur zu taktieren, platzten die meisten mit ihren Anliegen direkt heraus, sodass man wusste, wo man stand. Vernünftige Entscheidungen ließen sich betrunken natürlich nicht treffen, also verschob man sie auf den zweiten Tag. Doch er hatte sich derart in Rage geredet, dass er laut brüllend eine Entscheidung forderte. Die Kriegsbegeisterung übertrug sich auf die anderen Anführer, und schließlich bekam er seine Zustimmung. Am Ende sank er, berauscht von Met und überschäumenden Gefühlen, in einen unruhigen Schlaf.

Welche Ironie der Geschichte! Die Ausbildung der Römer in Redekunst, die er genossen hatte, sorgte dafür, dass er mehrere schlagkräftige Stämme für einen Feldzug gegen die verhasste Besatzungsmacht mobilisieren konnte. Und er war als Oberhaupt aller Fürsten ihr Anführer.

Adalmar schwappte sich etwas Wasser aus einem Krug übers Gesicht. Langsam streckte er die Arme aus und drückte seinen Brustkorb durch, bis er zufrieden ein Knacken vernahm.

Für den Fall der Fälle, dass sich einige der starrsinnigen alten Adligen seinen Kriegszielen widersetzt hätten, hatte er noch ein Ass im Ärmel versteckt. Am Ende brauchte er den römischen Überläufer aber lediglich, um den unstillbaren Durst nach Beute zu befriedigen. Denn nur eines ging über fette Beute: leichte fette Beute. Und die Grenze der Römer war so entblößt, dass der Widerstand gering ausfallen sollte. Der Überläufer schilderte wie vereinbart die Situation jenseits der Grenze. Sein Wissen über die geringe Besatzungsstärke gleich mehrerer Kastelle überzeugte die letzten Zweifler, kurz darauf fielen nach lautstarkem Gejohle und Kriegsgeschrei alle über den köstlichen Braten her. Den ganzen Tag floss bis zum Abend reichlich Met, sodass er schon befürchtete, die Vorräte würden ihm ausgehen. Am Ende war die Sorge unbegründet, obwohl die meisten betrunken an Ort und Stelle lagen und um die Wette schnarchten.

Er schnürte sich seine Hose zu und blickte auf den Ring, der ihm seine Narbe zugefügt hatte. Gedankenverloren kratzte er sich am Bauch, weil die Narbe zu jucken begonnen hatte wie so oft am Morgen. Meistens führte dieser Juckreiz zu übler Laune, und trotz des Triumphes vom Vorabend verschlechterte sich auch jetzt seine Stimmung.

Ein ihm wohlbekannter Gedanke wühlte sich wieder in sein Hirn. Er sträubte sich gegen ihn. Er hasste ihn.

In seiner Brust schlugen zwei Herzen. Lange hatte er sich gegen den Gedanken gewehrt, es nicht wahrhaben wollen und sich am Ende doch eingestehen müssen: Das primitive Gehabe seiner Landsleute widerstrebte ihm zutiefst. Er vermisste den römischen Luxus. Sein Herz hämmerte ihm ein, er sei noch immer ein wahrhaftiger Germane, doch sein Verstand wusste es besser. Er hasste sich dafür, und umso stärker brannte sein Hass auf die Römer. Sie hatten ihm seine Heimat und seine Ehrfurcht davor geraubt. Sie hatten ihn zwanzig Jahre lang einer Gehirnwäsche unterzogen. Seine Familie ermordet oder versklavt. Sie hatten ihn gedemütigt. Primitiv? Für seine Ziele konnten die Stämme gar nicht primitiv genug sein.

Ein verweichlichter römischer Mistkerl war er geworden. Er packte den Wasserkrug und knallte ihn mit voller Wucht an die nächstbeste Wand. »Verdammt sollst du sein, Rom!«

Alwina schreckte zurück. Sie war gerade im Begriff, ihren Bruder aufzusuchen, um ihn zu fragen, was das Ergebnis der Versammlung konkret zu bedeuten hatte. Nachdem er soeben Geschirr zertrümmerte, rechnete sie sich keine Chancen auf eine Antwort aus. Sie schlich rückwärts wieder zurück und kauerte sich in eine Nische.

Bisher hatte sie keinerlei Erfolg gehabt, Näheres über seine Kriegspläne zu erfahren. Sie durfte nicht zu sehr ihre Neugier zeigen. Ihr Bruder war kein Dummkopf. Aber weder brachte ihr Lauschen in den vergangenen Wochen etwas ein noch vorsichtiges Nachfragen bei Berovist. Als sie einmal selbst Ziele ins Spiel brachte, wie

Colonia, die reiche Stadt im Westen, wurde sie vom Heermeister und seinen Männern ausgelacht; man beschied ihr höhnisch, sie möge sich nicht um Politik kümmern.

Die Tür knarzte laut. Alwina zog den Kopf ein.

Als Adalmar vor das Haus trat, verrichtete er als Erstes seine Notdurft hinter dem nächsten Busch. Die Erleichterung bei der Morgentoilette munterte ihn augenblicklich wieder auf. Er blickte sich über die Schultern um. Niemand außer ein paar streunenden Hunden war zu sehen. Der vertraute Duft ausgebrannter Lagerfeuer erinnerte ihn an die Kindheit und seinen Vater, der mit ihm früher oft beim Morgengrauen umhergestreift war. »Ein Fürst geht als Letzter zu Bett und steht als Erster auf«, pflegte er zu sagen und behauptete dann immer, er kontrolliere auf seiner Runde, ob kein Wolf oder Bär sein Unwesen getrieben hatte.

Er konnte sich nicht erinnern, dass dies jemals der Fall gewesen war, und überlegte, ob sein Vater dieses morgendliche Ritual der Ruhe ganz bewusst genossen hatte, bevor der Trubel im Lager losging.

Adalmar kratzte sich an seinem blonden Bartflaum. Er wollte nicht recht zu einem dichten Vollbart wachsen, aber ein glatt rasiertes Gesicht wie das eines Römers war für ihn seit seiner Flucht undenkbar. Der Bart grenzte ihn äußerlich von einem Römer ab.

»Das war beeindruckend«, raunte es aus einer Ecke.

Adalmar fuhr etwas zu schnell für einen souveränen Fürsten herum und erkannte seinen Heerführer Berovist.

»Ach, du bist es«, brachte er erleichtert hervor.

Der Heermeister lehnte mit dem Rücken an einem groben Holzscheit neben einem ausgebrannten Feuer. Eingehüllt in eine Decke, schien er ihn beobachtet zu haben, seit er gepisst hatte.

»Es ist vollbracht. Die Stämme sprechen mit einer Zunge. Die Prophezeiung geht in Erfüllung.«

Adalmar nickte nur stumm.

»Wir sollten bald losschlagen«, schlug Berovist vor, »denn dieser Haufen hier will ernährt werden, und wenn die Bäuche hungrig sind, schlägt die Stimmung schnell um.«

Adalmar stocherte mit einem Stecken in der ausgebrannten, aschegefüllten Feuerstelle.

»Wir werden uns an der Grenze aufteilen. Der Heerhaufen ist groß und nicht besonders mobil. Wir haben mehr Reiter als Pferde. Ich möchte schnell ins Kernland vorstoßen und nicht lange an der Grenze aufgehalten werden. Außerdem werden wir größere Verwirrung stiften, wenn wir an mehreren Stellen gleichzeitig vorstoßen. Die römische Grenzverteidigung ist zwar effektiv, aber auch einfach auszurechnen. Sie werden sich entscheiden müssen, wo sie sich zur Verteidigung sammeln. Und die entblößten Stellen sind wehrlose Opfer.«

»Also nach Süden?«, fragte Berovist.

»Nach Süden, dort, wo Durinkims Männer fielen. Wir werden ihn rächen. Das sind wir ihm schuldig. Beim nächsten Vollmond. In fünf Tagen.«

»Alea iacta est«, sagte Berovist auf Latein, und es entstand eine kurze Pause, die sich in einem morgendlich heiseren Lachen entlud. Sein Heermeister konnte es einfach nicht lassen.

»Los, komm, wir haben viel zu tun. Als Erstes muss ich mit Alwina sprechen.«

Adalmar hielt seinem Heerführer den Arm hin, woraufhin dieser emporschnellte.

Alwina war für lange Momente zu keiner Bewegung fähig. Ihr Herz schlug heftig und laut, so als wollte es die gesamte Umgebung darauf aufmerksam machen. Sie hatte soeben in wenigen Sätzen erfahren, was auf dem Spiel stand. Übelkeit stieg in ihr hoch. Sie wollte sofort zu Marcus eilen, verharrte aber wie gelähmt in ihrem Versteck. Sie ahnte, was passieren würde, wenn sie es ihm offenbarte.

Als die Sonne sich über den Horizont geschoben hatte und ihr Versteck von Licht geflutet wurde, war sie endlich so weit. Langsam erhob sie sich und erschrak im nächsten Moment zu Tode.

»Alwina. Ich suche dich überall. Was treibst du so früh hier draußen?«

Sie presste, wütend auf sich selbst, die Augen zusammen und drehte sich langsam um.

»Guten Morgen, Bruderherz. Ich konnte nicht schlafen. Alles ist so aufregend.«

Er lächelte zustimmend.

»Das kann man so sagen.«

Adalmar benetzte sich die Lippen und holte tief Luft.

»Gestern habe ich eine Entscheidung getroffen. Eine politische Entscheidung, von der ich dich sofort in Kenntnis setzen wollte.«

Sie legte die Stirn in Falten. Diese Ankündigung hatte nichts Gutes zu bedeuten.

»Eine politische Entscheidung? Von der du mich sofort unterrichten musst? Mich, die ich doch angeblich keine Ahnung von Politik habe?«

Adalmar packte sie am Handgelenk. Seinen freundlichen Blick hatte er abgeschüttelt wie ein nasser Köter die Wassermassen.

»Jetzt sei doch nicht schon störrisch wie ein Esel, bevor du überhaupt weißt, worum es geht.«

Sie wollte sich losreißen, doch sein Griff war eisern und hart.

»Au, du tust mir weh! Ich will von politischen Entscheidungen nichts wissen.«

Langsam lockerte sich sein Griff, doch hielt er sie weiter fest.

»Hier geht es aber nicht um dich, sondern um das Schicksal unseres Stammes. Ich bin es, der diese Entscheidung zu treffen hat, und niemand sonst.«

Sie sagte nichts weiter und wendete den Blick ab.

»Alwina. Wir müssen Bündnisse schmieden, die über den heutigen Tag hinaus Bestand haben. Ich habe eine große Verantwortung.«

Er machte eine Pause und hoffte auf die Aufmerksamkeit seiner Schwester. Alwina erfüllte ihm die Hoffnung nicht.

»Hör mir bitte zu. Der Führer der östlichen Gaue, Thoralf der Ältere, bringt viertausend Männer ein. Er will eine Blutlinie schaffen und hat um deine Hand angehalten.«

Alwina konnte es nicht fassen.

»Was hast du ihm gesagt? Hast du etwa zugestimmt? Willst du mir damit sagen, dass du mich gegen einen Haufen Soldaten verkauft hast?«

Adalmars Blick verriet Enttäuschung.

»Alwina, verstehst du nicht, was auf dem Spiel steht? Er ist ein ehrenwerter Mann. Berovist kennt ihn sein halbes Leben. Er ist ein guter Mann.«

»Darum geht es nicht. Er ist ein Mann, den ich nicht kenne, und er ist ein Barbar.«

Adalmar ließ ihr Handgelenk los und wollte ihr eine Ohrfeige verpassen, aber Alwina duckte sich in einem katzenhaften Sprung unter seinem Schwung hinweg, und als sie wieder aufsprang, spuckte sie ihm geradewegs ins Gesicht.

Ihr Bruder starrte sie völlig perplex an und schien zu schwanken, ob er sich in rasender Wut vergessen oder sich demütig entschuldigen sollte. In völliger Stille verharrten die beiden einen Moment.

Alwinas Stimme bebte. Sie konnte ihre Tränen nur mit Mühe unterdrücken.

»Fass mich nie wieder an, hörst du? Wenn du noch einmal in deinem Leben versuchst, mir Gewalt anzutun, verlasse ich dich für immer.«

Adalmar nickte stumm. Im letzten Moment schien die Demut obsiegt zu haben.

Sie schniefte.

»Ich liebe Marcus. Doch auch wenn er nicht da wäre. Ich kann Thoralf nicht ehelichen. Es ist nicht möglich.«

Adalmar schüttelte den Kopf.

»Warum?«

Alwina beugte sich zu ihm und flüsterte ihm hastig einige Sätze ins Ohr.

Adalmar konnte nicht fassen, was er gehört hatte. Er starrte sie ungläubig an.

»Was? Wie meinst du das?«

»Du weißt, wie ich es meine«, sagte sie.

Er verlor völlig die Beherrschung über seine Mimik.

»Nein!«, hallte es über die Ebene.

Der kehlige Laut ließ Marcus aus seinem Schlaf fahren. Wie aus einem Albtraum schreckte er empor. Was war passiert?

Als Alwina auf ihn zustürzte, wusste er, dass es nichts Gutes zu bedeuten hatte.

Freies Germanien, August 233 n. Chr.

Titus schwitzte. Zahllose Tropfen kitzelten ihn so penetrant, dass er sich dauerhaft mit den Unterarmen in immer gleichen Abständen die Stirn abrieb. Er zählte die Schritte seines Pferdes. Bei jedem zehnten Schritt wiederholte sich die Prozedur. Linker Arm, rechter Arm. Die Sonne brannte seit Tagen unbarmherzig vom Himmel, das Laub raschelte knochentrocken unter den Hufen. Viele Wiesen hatten sich braun verfärbt; die Halme und Gräser waren verdorrt und sahen aus wie verbrannt. Das ehedem satte Grün der Bäume war stumpf geworden.

Er hatte sich den Strapazen gefügt und bekam Hilfe von einem Vierbeiner. Sein Pferd, ein Geschenk von Centurio Flavius, war beinahe so intelligent und treu wie sein damaliger Gefährte Wotan. Irgendjemand hatte dem Centurio offenbar von seinem früheren Pferd erzählt, denn es konnte kein Zufall sein, dass es ebenfalls Wotan hieß. Er schmunzelte. Mühelos ließ der Hengst sich leiten, er musste kaum Kraft aufwenden. Seinen Stab mit den zwei Klingen brauchte er selten. Die Kameraden, die er anführte, und er wuchsen binnen weniger Tage zu einer eingespielten Gruppe zusammen. Die allabendliche Aufgabe, ein Lager zu finden, wurde ebenso gut gemeistert wie die am folgenden Tag, neue Wege zu erkunden oder Proviant in Gehöften heranzuschaffen. Je tiefer sie vordrangen, desto seltener suchten sie Kontakt mit den Einheimischen. Seit einigen Tagen überhaupt nicht mehr. Niemand sollte die Gelegenheit bekommen, sie zu verraten.

Wenn nur die verdammte Hitze nicht gewesen wäre! Sie machte ihm am meisten zu schaffen.

Germanien hatte sich nicht verändert. Die Expedition erinnerte ihn in vielerlei Hinsicht an Caracallas Feldzug. Endlose Wälder und unberührte Auen, so weit das Auge reichte, immer wieder kleine Gehöfte, die unerwartet auftauchten. Die Annahme, sie würden nirgendwo hingehören, war falsch. Irgendeinem Stamm hielten sie die Treue, und man war gut beraten, unauffällig zu bleiben und keinerlei Informationen über eigene Ziele herauszurücken. Tauschgeschäfte waren fast immer von Erfolg gekrönt, egal, welche Einstellung die Menschen in den winzigen Siedlungen sonst gegenüber Fremden hatten. Im Gegensatz zur römischen Welt herrschte hier nach wie vor kein Überfluss. Die Menschen zeigten sich dankbar für Waren jeglicher Art. Damals, im Krieg, hatte man die Höfe niedergebrannt, wenn ihre Bewohner nicht freiwillig alles Essbare ausgehändigt hatten.

Sie kamen nur langsam voran.

Sein Bruder geisterte ihm durch den Kopf. Quintus hatte ihn nur angestarrt, als er ihm von Marcus' Schicksal berichtet hatte. Da war keine Wut zu spüren, kein Zornesausbruch. Quintus hörte sich alles wortlos an und drehte sich dann schweigend um. Titus rief ihm nach, dass er Marcus befreien und zurückholen werde, doch sein Bruder reagierte ähnlich wie zu Zeiten des grausamen Feldzugs – stoisch, unnahbar und kalt. Da er mit genau solch einer Reaktion gerechnet hatte, vermied er eine Offenbarung bis zuletzt. Sie war keine Hilfe. Er würde es schon richten, so wie er immer an der Lösung von Familienkonflikten beteiligt war. Trotzdem verstand er seinen

Bruder nicht. Wenn alles auf dem Spiel stand, verkroch sich Quintus in sein Schneckenhaus. Wenn er in einer Sache an keine Lösung mehr glaubte, schwieg er sie tot. Hoffentlich wurde der Hof trotzdem weiter bewirtschaftet, denn manchmal stellte er dann alle Aktivitäten ein. Hier in Germanien lag der Grund für das fragwürdige Verhalten seines Bruders. Er hasste diesen Landstrich.

Trotz weglosen Geländes ritt man niemals mitten durch die Büsche. Pfade, Hohlwege und Höhenzüge gaben die Richtung vor. Wehe, man ließ sich allein durch die Himmelsrichtung leiten. Dann landete man im Dickicht, vor tosenden Wassern oder in undurchdringlichen Sümpfen. Manchmal ritt man einen halben Tag an einem Fluss entlang, nur um an eine Furt zu gelangen, die einen auf der anderen Seite den ganzen Weg zurückführte. Manchmal schafften sie am Tag nicht mehr als ein paar Meilen. Hätte es römische Straßen gegeben, wäre ein Bote mit Pferdewechselstationen in drei Tagen am Ziel gewesen. In dieser unberührten Landschaft musste man für die gleiche Strecke mit drei oder gar vier Wochen rechnen. Das Wetter hatte ebenfalls großen Einfluss auf das Tempo.

Ihr Führer Wittigo leistete dennoch tadellose Arbeit. Manchmal erinnerte sich Titus an markante Stellen von früher. Sie nahmen den gleichen Weg, wie ihn die römische Armee bei ihrem Vergeltungsfeldzug eingeschlagen hatte. Am Anfang nutzten sie die alte Armeestraße, die vor langer Zeit eine Legion hinter dem Tor bei Opia Novum angelegt hatte. Irgendwann verlor sich der Pfad, der von einer Militärstraße zu einem Hohlweg und dann unkenntlich wurde. Wittigo gab danach die Richtung vor. Schwierig wurde es vor größeren Siedlungen. Diese wollte Titus weiträumig umgehen, was in so manche Sackgasse führte. Seit zwei Tagen suchten sie nun schon die letzte wichtige Wegmarke.

»Da unten ist der Fluss!«, rief der vorderste seiner Männer, Furius.

Endlich! Sie hatten diesen Wasserlauf gesucht, denn er führte hinauf zum Ziel ihrer Kommandoaktion. Das behauptete zumindest ihr Führer, und Titus hoffte inständig, dass er recht behielt. Sie hatten diesen Fluss länger gesucht, als ihm lieb war.

An einer flachen Stelle ritten sie die Böschung hinab und gönnten sich eine Abkühlung.

Erleichterung durchflutete sie. Die Temperatur des Wassers war trotz der sommerlichen Dauerhitze eiskalt. Nach ein paar Momenten im frischen Nass hatte Titus genug und stapfte ans Ufer. Er sah sich um. Vor der nächsten Biegung, hinter der der Fluss schäumend verschwand, befand sich ein großer Platz voller Geröll. Über der Böschung ragten Büsche und Bäume auf; es war ein Ort, den man nur vom Flussufer aus einsehen konnte. Ein Blick zum Himmel verriet ihm, dass ein Gewitter im Anzug war. Titus überlegte.

»Sag mal, Wittigo, was denkst du, was passiert, wenn wir jetzt auf den Pfaden weiterreiten?«

»Ich befürchte ehrlich gesagt, dass uns Späher entdecken werden. Aber wir müssen es riskieren, oder nicht?«

Titus nickte ihm zu, entgegnete jedoch: »Das dachte ich bis jetzt auch. Aber nun bin ich anderer Ansicht. Unsere einzige Chance ist, dass wir unsichtbar bleiben. Außerdem müssen wir einen Schritt weiter denken. Wie kommen wir zurück? Ich möchte schließlich, dass jeder von euch seine Prämie erhält.« Er grinste verschmitzt.

Die Männer hatten sich um ihn versammelt und hörten neugierig zu.

»Wie lautet Eurer Plan?«, wollte Wittigo wissen.

»Es kostet uns ein paar Tage mehr, aber darauf kommt es jetzt nicht mehr an. Wir lassen die Pferde hier und laufen am Ufer entlang, bis wir so nahe am Ziel sind wie möglich. Versorgt sie gut mit Zweigen und Gras, ein paar Tage müssen sie aushalten. Sie sollten saufen können, bindet sie so an, dass sie ans Wasser kommen. Und betet, dass es nicht schüttet und der Pegel steigt. Weißt du, wie weit wir gehen müssen?«

»Ja, ich bin mir ziemlich sicher. Es ist nur ein Tagesmarsch. Aber was machen wir dann?«

»Eins nach dem anderen. Es wird ein Tagesmarsch, von dem ihr alle noch euren Enkeln erzählen könnt, denn die Ausrüstung tragen wir selbst. Ihr werdet diesen Tag verfluchen. Wenn wir am Ziel sind, brauchen wir unsere Werkzeuge. Los, bereitet alles vor, in einer Stunde will ich aufbrechen.«

Titus behielt recht.

Dieser Tag war eine einzige Tortur. Die Gegner, die sich ihnen auf ihrem Weg am Fluss entlang entgegenstellten, waren Brennnesseln, scharfblättriges Schilf, Insekten und spitze Steine. Das nahende Gewitter sorgte für eine Schwüle, die die Mücken erst recht aufzustacheln schien. Gegen diese geflügelte Armee war kein Kraut gewachsen. Das aggressive Summen der Schnaken nagte an den Nerven der Männer. Als endlich ein Platzregen niederging, brachte das kaum Erleichterung, denn nun galt Titus' Sorge den Pferden. Hoffentlich stieg das Wasser nicht zu hoch. Wenigstens vertrieb der Regen die Stechmücken. Das Gewicht der durchnässten Ausrüstung lastete schwer auf ihren Schultern. Gemeinsam verfluchten sie bei jeder neuerlichen Hürde dieses Land.

Titus grübelte. Hoffentlich hatte er sich das alles nicht

nur eingebildet. War Marcus wirklich hier gelandet? Hatte er sich am Ende nicht alles schöngeredet? Alwina musste den Stämmen hier doch auch unbekannt gewesen sein. Vielleicht hatte man sie mitten auf ihrem Weg dorthin erschlagen.

Erneut war es Wittigo, der ihn aus dem selbst erschaffenen Tunnel voller schwermütiger Gedanken zog.

»Wir sind da. Hier geht es den Hang hoch, durch einen Wald hindurch und auf der anderen Seite hinab direkt zum Lager des Stammes, dem einst Ariovist die Befehle erteilte. Es ist der kürzeste Weg und der beste, wenn wir unsichtbar bleiben wollen. Außen herum laufen wir direkt an etlichen Vorposten vorbei, das kommt nicht infrage.«

Titus starrte in den undurchdringlichen Wald, der sich vom Fuße des Hanges nach oben wie ein dichter Teppich legte. Der Regen ließ bereits wieder nach, und die Sonne brach durch die schwarzbraunen Wolkenberge.

»Wie weit? Ich meine, wie lange dauert der Fußmarsch?«

»Wenn man stramm läuft, sind es vielleicht zwei Stunden. Doch wir müssen vorsichtig sein. Rechnet mit einem halben Tag.«

»Die ersten Wachen werden nicht weit von hier postiert sein. Wir schlagen hier unser Lager auf.«

Alle blähten die Backen auf, schnauften tief durch und ließen ihr Gepäck zu Boden poltern. Es dämmerte schon.

»Gut. Männer, wir bauen jetzt ein Floß.« Titus verschränke die Arme vor der Brust und blickte in überraschte Gesichter.

Clarus, Furius, Martius, Remigius und Ursus starrten ihn ungläubig an.

»Was steht ihr noch hier herum? Das ist unsere Fluchtmöglichkeit. Wollt ihr zu Fuß vor germanischen Reitern fliehen? Wittigo und ich bereiten unser Nachtlager vor, ihr holt Stämme und hackt Bäume. Die Nacht wird uns vor neugierigen Blicken schützen.«

Einen ganzen Tag hörte man das Schlagen der Äxte. Wittigo und Titus hielten weit oben am Hang abwechselnd Wache. Sie befürchteten, dass der Lärm sie verraten würde, aber es rührte sich nichts. Endlich hatten die Männer am Abend das Floß so weit verschnürt und vertäut, dass der Fluss es tragen würde. Mehrere Stangen dienten zur Steuerung. Am Ende banden sie es an eine alte, knorrige Weide, die am Ufer ihre zahllosen Ruten ins Wasser warf wie Hunderte Angler beim Fischen. Es lag halb am Ufer, halb im Fluss und wäre im Fall der Fälle schnell seetauglich, so hoffte Titus.

»Gute Arbeit, Männer. Morgen früh brechen wir auf zu unserer letzten Etappe. Wir wollen uns so nah wie möglich an die Siedlung heranarbeiten. Wittigo meinte, dass unsere Chancen auf der Kuppe dieses Hügels am besten stehen. Achtet auf jedes Geräusch. Wir gehen nur noch hintereinander und führen keine Gespräche. Flüstert, wenn ihr etwas mitteilen wollt. Dort oben sehen wir weiter. Schlaft jetzt. Clarus, Remigius, ihr übernehmt die Wache.«

Die Nächte waren so mild, dass sie Feuer nur zum Kochen benötigten. Kein Lichtkegel würde sie verraten. Titus war dennoch mulmig zumute. Bis jetzt lief alles gut. Hoffentlich hatten die unberechenbaren Götter nicht alle Herausforderungen auf den morgigen Tag gelegt. Sie wussten nicht, was sie erwartete. Diese Ungewissheit nagte an allen. Das konnte er spüren. Im Stillen betete er zu den Göttern, und er hätte schwören können, dass es ihm seine Kameraden gleichtaten. Das Alter gönnte ihm einen schnellen, wenngleich kurzen Schlaf.

Im Morgengrauen setzte der kleine Trupp Fuß um Fuß in das grüne Dickicht, das sich vor ihnen ausbreitete. Keiner sprach ein Wort. Allein das Schnaufen der angestrengten Leiber war zu hören. Titus ächzte leise bei jedem Schritt und setzte seinen messerscharfen Stab mit voller Kraft ein. Ihm knurrte der Magen. Die Mahlzeiten kamen seit ein paar Tagen zu kurz, zudem war ihr Proviant knapp. Auf halber Höhe des Hügels legten sie eine Pause ein.

Titus setzte sich auf einen Felsen, der hüfthoch neben ihm aufragte und eine glatte Oberfläche besaß, die zum Verweilen einlud.

»Ursus, kundschafte die Umgebung aus, ich will nicht kurz vor dem Ziel unliebsame Überraschungen erleben.« Er tupfte mit seinem Ärmel lästigen Schweiß ab. »Haben wir etwas zu essen greifbar? Mein Magen hängt mir schon in den Kniekehlen«, seufzte er.

»Nein, aber ich habe schon einige Pilze auf dem Weg gesehen. Ich kenne mich leider nicht besonders mit ihnen aus«, sagte Martius.

Titus merkte auf. Pilze. Bei dem trockenen Wetter hatte er Pilze nicht auf der Rechnung gehabt. Aber vor zwei Tagen hatte es wegen des Gewitters kurz und heftig geregnet. Das änderte die Lage. Er kannte sich bestens mit Pilzen aus und wusste genießbare von giftigen sicher zu unterscheiden. Wie von einer Feder gespannt, schnellte er hoch und stapfte ein paar Schritte in den Wald hinein. Schon sah er die ersten Gruppen, doch handelte es sich um giftige Rötlinge. Er musterte die Bäume um sich herum. Buchen und ein paar Tannen. Er bewegte sich auf die Nadelbäume zu und wurde im nächsten Augenblick fündig. Ein herrlicher Steinpilz stand in voller Pracht direkt vor ihm. Mit seinem Messer schnitt er ihn eilig am Stil ab und roch daran. Bei dem intensiven Pilzgeruch lief ihm augenblicklich das Wasser im Mund zusammen. Sein Magen knurrte ungeduldig, und er beschloss, diesen Pilz roh zu verspeisen. Damit war er zwar vorsichtig, selbst bei den fein schmeckenden Sorten, aber sein Hunger rang die Zweifel nieder. Wittigo war ebenfalls auf die Suche gegangen, hielt angestrengt Ausschau nach einer Mahlzeit und schenkte ihm keine Beachtung. Teilen würde er seinen nächsten Fund. Er brach den Stiel unterhalb der Kappe ab und schob ihn sich komplett in den Mund.

Er schloss vor Genuss die Augen, so köstlich schmeckte der Pilz.

Die nächsten Exemplare würde er für seine Kameraden mit sammeln. Er brauchte nicht lange zu suchen, denn unter einer weiteren Tanne sah er eine ganze Gruppe von Parasolpilzen stehen. Gebraten würden sie eine prächtige Mahlzeit ergeben. Er kroch unter das Geäst und verschwand hinter einer Wand aus Nadeln. Als er den letzten der Schirmpilze abschnitt, hörte er ein entsetzliches Geräusch.

Ein Todesschrei hallte durch den Wald. Es folgte ein Röcheln. Gebrüll hob an, auch seine eigenen Männer schrien wild durcheinander.

Sein Instinkt riet ihm, sich flach auf den Boden zu pressen. Sein Blick fand Wittigo, der unter einen riesigen Farn gerobbt und in dem Gestrüpp kaum zu erkennen war.

Es schepperte und klirrte, Metall kratzte auf Metall, seine Kameraden verteidigten sich erbittert. Schatten huschten durch den Wald, die Bäume verschluckten die Bewegungen, wie bei einem flackernden Feuer waren nur Schemen zu erkennen. Titus wagte es, kurz den Kopf zu heben, und sah in diesem Moment, wie Martius mit seinem Schwert einem Germanen beinahe den Kopf vom Rumpf hieb. Im nächsten Augenblick wurde Martius von einem Speer durchbohrt. Zwei weitere Germanen fielen über ihn her und rissen ihn zu Boden. Danach hörte Titus nur die grausamen Geräusche des Todeskampfes und presste sich wieder fest auf den Boden. Es roch nach Nadeln und Harz.

Er kannte dieses Gefühl der Ohnmacht. Als er vor einem halben Leben den Schatz aus den Händen des sterbenden Germanen bekam, hatte er sich auch in eine Kuhle geduckt aus Angst, ertappt zu werden. Irgendein kleines Loch, hier in der Nähe. Die Angst damals existierte nur in seinem Kopf. Jetzt war sie real und gegenwärtig.

Seine Männer leisteten heftig Widerstand, doch hatten sie keine Chance. Das Gebrüll der Germanen bestand aus zahllosen Stimmen. Irgendwann erhob es sich zu einem triumphalen Kreischen. Titus konnte nicht anders und spähte durch die Zweige. Er sah, wie ein riesiger Germane den abgeschlagenen Kopf eines Kameraden hochhielt. Er vermochte nicht zu sagen, um welchen seiner Leute es sich handelte. Das triefende Blut machte alle Konturen unkenntlich.

Dass er nicht helfen konnte, beschämte ihn. Er fühlte sich feige. Doch wollte er keinen sinnlosen Tod sterben. Auch Wittigo verharrte totenstill. Er beschloss, liegen zu bleiben und sich in sein Schicksal zu ergeben.

Freies Germanien, August 233 n. Chr.

Marcus konnte keinen klaren Gedanken fassen. Alwina war völlig außer sich auf ihn zugestürzt. Der markerschütternde Schrei, der ihn aus dem Schlaf gerissen hatte, entstammte der Kehle Adalmars. Und im Lager wurde Alarm ausgelöst. Irgendetwas war passiert, doch misslang ihm jegliche sinnvolle Einordnung der Ereignisse. Nichts von dem, was Alwina ihm vermitteln wollte, fand den Weg in sein Bewusstsein. Er versuchte, Wortfetzen einzuordnen, vermischte Traum und Wirklichkeit.

»Was meinst du damit, wir fragen Onkel Titus um Rat? Willst du mich auf den Arm nehmen?«, fragte Alwina irritiert.

Marcus starrte sie mit leerem Blick an. Endlich lichtete sich der Nebel in seinem Kopf. Er schämte sich für den Aussetzer und ging darüber hinweg. Was blieb ihm auch anderes übrig? »Ich hatte ein Pfeifen im Ohr. Kannst du noch mal wiederholen, was du gerade gesagt hast?«

»Wie meinst du das? Etwa alles?«

»Bitte. Ja.«

»Die Pläne für die Schlacht. Sie sind gefasst.« Alwina unterbrach sich und riss die Augen auf.

»Nun sag schon«, flüsterte Marcus ungeduldig und beugte sich vor.

In diesem Moment packte ihn eine kräftige Hand am Kragen und riss ihn mit.

»Los, komm mit. Wir brauchen deine Hilfe«, knurrte Berovist und schleifte ihn neben sich her.

»Was soll das, bist du von Sinnen?«, schrie ihn Alwina an.

Marcus fehlten die Worte. Er versuchte, seine Beine zu sortieren, die taumelnd Halt suchten, während Berovist ihn mit festem Griff fixierte.

Mit raumgreifenden Schritten bahnte sich Berovist den Weg zum Hauptgebäude. Es war ihm kein weiteres Wort mehr zu entlocken. Alwina fand sich damit ab und hastete neben ihm her. Der Heermeister ihres Bruders redete nie mehr als nötig.

Am Hauptgebäude wartete schon Adalmar, der eine lautstarke Diskussion mit zwei blutbeschmierten Kerlen führte. Als er Marcus erblickte, ließ er beide mitten im Satz stehen.

»Römer, da bist du ja. Es sieht so aus, als wären deine Freunde gekommen, um uns Ärger zu bereiten.«

Berovist ließ ihn endlich los und rempelte ihn mit einem festen Stoß Richtung Adalmar.

Marcus strauchelte und bremste auf den Knien. Ein Brennen verriet ihm, dass er sie sich wie ein kleines Kind aufgeschlagen hatte. Er biss die Zähne zusammen und vermied es, die Wunde zu inspizieren. Die Genugtuung, ihn als verweichlichten Römer präsentieren zu können, wollte er Adalmar auf keinen Fall gönnen.

»Ich habe keine Ahnung, wovon du sprichst.«

Adalmar lachte höhnisch. »Vielleicht stimmt das sogar. Aber weshalb sollten Römer hier sein, wenn nicht wegen dir? Ich möchte, dass du nachsiehst, ob du jemanden von ihnen kennst.«

Marcus zögerte und rieb sich seinen Nacken.

»Wo sind sie?«

»Hier.«

Adalmar packte einen Sack, der neben ihm stand, öffnete ihn, warf einen kurzen Blick hinein und schleuderte dann den Inhalt zu ihm herüber.

Ein blutverschmierter Kopf knallte gegen Marcus' Bein und besudelte ihn mit schwarzem Blut.

Marcus wich entsetzt zurück und schrie auf. Ekel und Panik durchfluteten seinen Körper. Mit aufgerissenen Augen suchte er nach Zeichen irgendeiner Vertrautheit, doch er fand nichts. Beim Blick in jede der entstellten Fratzen fürchtete er, seinen Onkel Titus zu erkennen. Erleichtert stellte er fest, dass die Männer ihm gänzlich unbekannt waren.

Alwina hatte sich abgewendet und starrte einen Punkt in der Ferne an. Marcus begriff nicht, wie Adalmar so blind sein konnte. Er fügte ihr andauernd Schmerzen in ihrer Seele zu. War ihm seine Schwester so gleichgültig?

Er atmete tief durch. Obwohl ihm die Knie noch immer zitterten, gelang es ihm, seine Stimme zu beherrschen.

»Ich habe keinen der Männer je gesehen. Vielleicht wollten sie dir etwas Gutes tun? Wegen mir sind sie bestimmt nicht hier. Du kannst dir die Köpfe vor dein Haus stellen.«

Es war weder die Antwort noch die Reaktion, auf die Adalmar gehofft hatte. Er kniff den Mund zusammen und verzog das Gesicht zu einer schiefen Grimasse.

»Es sind verfluchte Römer, die bewaffnet unser Gebiet betreten haben. Sie haben den Tod verdient.«

Marcus zuckte mit den Schultern.

»Kann ich gehen?«

»Gib auf deine Schritte acht. Du solltest nicht stolpern. Das kann tödlich enden.«

Marcus legte demonstrativ einen Arm um Alwina und

entfernte sich mit ihr. Er spürte die eisigen Blicke im Rücken.

Erst als sie seine Kammer betraten, wagte er, wieder zu sprechen. Er flüsterte: »Wir müssen packen.« Hektisch griff er nach den wichtigsten Utensilien. Bogen, Pfeile, Feuersteine.

»Marcus, warte.« Alwina fasste ihn an der Schulter.

Sie sah ihn kurz an, wurde schneeweiß im Gesicht und drehte sich dann hastig um, die Hand vor den Mund gepresst. Sie schaffte es gerade noch rechtzeitig, die Türe zu öffnen, bevor sie sich übergeben musste.

»Alwina!«

Marcus hielt sie fest, während sie krampfte, und war heilfroh, als ihr zitternder Körper sich beruhigt hatte und sie sich wieder entspannte.

Erschöpft lehnten sie sich beide an den Türstock und blickten schweigsam in die Ferne.

»Dein Bruder nimmt keine Rücksicht auf irgendjemanden. Mir war auch speiübel.«

Alwina ergriff seine Hand.

»Das ist es nicht.«

Sie wischte sich mit dem Handrücken über den Mund. Es war ihr äußerst unangenehm, dass Marcus sie so sah. Ihre Lippen bebten.

»Er wird nach Süden ziehen. Du hattest recht. Unser Stamm zieht in den Krieg. Deine Heimat ist in Gefahr. Schon bald. In wenigen Tagen. Bei Vollmond.«

Marcus nickte.

»Ich habe es befürchtet. Wirst du mit mir kommen?«

Sie schüttelte den Kopf. »Einem marschbereiten Heer entfliehen? Das ist Selbstmord.«

»Ich muss es wenigstens versuchen.«

»Ich weiß.«

Sie fing an, lautlos zu weinen.

Marcus fühlte sich unendlich müde. Schweigsam erduldeten beide den qualvollen Moment.

»Meine ermordeten Landsleute im Wald«, sagte er schließlich.

Sie nickte nur und schniefte.

»Sie können auf keinen Fall dort liegen bleiben, bis die Wildschweine an ihren Knochen nagen.«

»Nein, das können sie nicht«, stimmte Alwina ihm zu und schluckte die Verbitterung herunter.

Freies Germanien, August 233 n. Chr.

Nachdem die Dämmerung eingesetzt hatte, wagte Titus es endlich, den Kopf aus der Mulde zu erheben. Seine Glieder schmerzten entsetzlich, als er sich wieder rührte. Er hatte sich stundenlang keinen noch so leisen Laut gestattet. Sein rechter Fuß war eingeschlafen und fühlte sich taub an.

Die Stimmen des Waldes hatten zu diesem Zeitpunkt wieder die Herrschaft übernommen, denn die Germanen waren längst abgezogen. Er hinkte vorsichtig zu den toten Leibern, die den Pfad und den Waldboden säumten. Vorsichtshalber zog er seinen Dolch, aber mehr als ein fades Gefühl von vermeintlicher Sicherheit vermochte dieser ihm nicht zu vermitteln. Das Zwielicht der blauen Stunde legte sich wie ein bleierner Schatten über die Lichtung. Ganze Pfützen aus Blut schimmerten schwarz auf dem Waldboden. Myriaden von Fliegen summten schon jetzt das Lied der Aasfresser. Die Barbaren hatten seine Männer einfach liegen gelassen. Alle Köpfe fehlten. Er beugte sich zu einem der Körper hinunter und versuchte herauszufinden, welchen seiner Leute er vor sich hatte. Mühsam drehte er ihn mit zittrigen Händen um.

Als er eine Hand auf seiner Schulter spürte, entfuhr ihm ein lautloser Schrei. Sein Herz sprang ihm bis zum Hals, er drehte sich um die Achse und stieß mit seinem Dolch ein Loch in die Luft. Entgeistert blickte er in das nicht weniger entsetzte Gesicht von Wittigo, der rücklings zu Boden fiel.

»Verdammt, Wittigo, bist du verrückt? Du hast mich zu Tode erschreckt.«

Wittigo stammelte atemlos leise vor sich hin.

»Bei allen Göttern, Herr, es tut mir leid. Es tut mir so leid.«

Titus hielt ihm seine Hand hin.

»Psst. Leise. Steh auf. Ich bin froh, dass du da bist.«

Wittigo rappelte sich an Titus' Arm hoch.

»Ehrlich gesagt, hatte ich dich ganz vergessen. Ich habe dich unter deinem Farn irgendwann gar nicht mehr gesehen«, flüsterte ihm Titus zu.

»Ich glaube, ich habe mich noch nie so fest auf den Boden gepresst«, entgegnete sein Führer.

Sie schwiegen einen Moment und starrten auf die Toten.

»Wir hätten doch nichts tun können, oder, Herr?«

Titus schüttelte den Kopf.

»Nein, das konnten wir nicht. Aber wir werden jetzt etwas tun.«

Wittigo starrte ihn angstvoll an.

»Jetzt?«

»Ja, jetzt. Wir werden unsere Männer rächen. Und wir befreien die römische Geisel. Darum sind wir hier.«

»Was können zwei ausrichten, was sieben nicht gelungen ist?«, fragte der Führer entsetzt.

Titus baute sich vor Wittigo auf.

»Hör mir gut zu. Ich sage es nicht zweimal. Ehrlos und feige wird unser Versteckspiel unter Farnen und Tannen erst, wenn wir jetzt weglaufen. Ich habe hier noch etwas zu erledigen. Falls du Wert darauf legst, nicht bis ans Ende deiner Tage als Deserteur zu gelten, dann wirst du mir jetzt weiter folgen und tun, was ich sage. Wir sind hier noch nicht fertig. Im Gegenteil, es fängt erst an. Ich brauche deine Fähigkeiten als Fährtenleser und Führer, und du brauchst meinen guten Leumund. Niemand rechnet mit uns, also sind wir im Vorteil. Kann ich mich auf dich verlassen?«

Mut war in Wittigos Blick weiterhin nicht zu erkennen, doch er stimmte zu.

»Ja, Herr.«

»Gut, lass uns sehen, ob wir noch etwas Nützliches finden, und dann lass uns von diesem Ort der Schande verschwinden.«

Die Wertsachen hatten die Germanen alle geplündert, doch steckte Titus einige Feuersteine ein; außerdem fand er getrockneten Speck und einen Wasserschlauch, den die Germanen zurückgelassen hatten.

»Wir müssen eine Stelle suchen, die geschützt liegt und uns trotzdem erlaubt, die Germanen zu beobachten. Was meinst du?«, fragte Titus.

Wittigo überlegte.

»Ich schlage vor, wir suchen uns etwas weiter oben am Hang eine Versteckmöglichkeit. Dort richten wir uns ein Nachtlager ein. Ich erkunde dann die Umgebung und versuche, einen Platz zu finden, der für Beobachtungen geeignet ist.«

»Einverstanden.«

Wittigo fand unweit der Hügelkuppe ein passendes Dickicht, das ihnen ein sicheres Nachtlager bot. Hinter der grünen Wand aus Laub öffnete sich ein Hohlraum, beschützt von alten Nadelbäumen, die das Gestrüpp der Büsche abwehrten. Titus prüfte von außen, ob Wittigo, der sich auf den Schlafplatz stellte, zu sehen war. Zu seiner Zufriedenheit war dieser selbst in voller Größe nicht zu erkennen. Wittigo hingegen bestätigte Titus, dass er ihn hatte sehen können. Ein idealer Platz für zwei Männer, die es sich nicht leisten konnten, entdeckt zu werden, aber ihre Umgebung im Auge behalten mussten.

Titus hatte das Gefühl, auf den Lagen aus Reisig gleich mehrerer Generationen zu liegen. Es war weich und angenehm. Beide glitten in einen tiefen Schlaf im Wissen, unsichtbar zu sein.

Am folgenden Morgen bereitete Titus ein karges Frühstück vor, während Wittigo den morgendlichen Dunst nutzte, um die Umgebung zu erkunden.

Wittigo kehrte auffallend lange nicht zurück, und Titus ertappte sich bei der Frage, ob er nicht das Weite gesucht haben könnte. Gerade als er sich über ihn zu ärgern begann, raschelte es, und Titus hielt den Atem an. Aufgeregt kroch Wittigo in ihr Versteck.

»Ich habe eine unglaubliche Stelle gefunden, Herr.«

»Wirklich? Ich dachte schon, ich sehe dich nie wieder. Lass hören.«

Wittigo verstand die Spitze nicht.

»Es war wirklich gefährlich. Ich musste auf der anderen Seite des Hügels einen Bach überqueren, dahinter ist kaum Deckung. Doch fand ich hohes Gras, das Rascheln hat mich fast wahnsinnig gemacht. Gesehen hat mich aber bestimmt niemand.«

»Nun komm schon zum Punkt«, drängte Titus.

»Dahinter ist ein Steilhang, vielleicht sechzig Fuß hoch. Von dort hat man einen fantastischen Überblick.«

»Keine Wachen dort oben?«

»Nein, vielleicht liegt es daran, dass es die Nordseite ist, man kann das Lager gut sehen, aber nicht die Umgebung. Dazu ist der Wald an drei Seiten zu dicht. Hinzu kommt: Wenn man den Hügel auf der hinteren Seite hinunterläuft, landet man in einem Sumpf. Ich wollte einen möglichen Ausweg suchen, falls wir erwischt werden. Es gibt keinen. Wir sollten also nicht entdeckt werden.«

»Hm, verstehe. Für unsere Zwecke scheint der Platz trotzdem gut geeignet.«

Als Wittigo nickte, um Titus zuzustimmen, horchten beide zugleich auf. Sie hatten Stimmen gehört und verharrten mit eingefrorenem Blick, als wären sie zu Wachs erstarrt.

Unweit des Pfades, der nur wenige Schritte von ihrem Versteck entfernt durch den Wald verlief, knackten Zweige. Ein Trupp Germanen bahnte sich seinen Weg.

Sie spähten durch das Geäst. Männer mit Schaufeln schritten gelangweilt und ohne sich für ihre Umgebung zu interessieren an ihnen vorbei. Es waren mindestens fünfzehn.

Beinahe traf Titus der Schlag. Er erkannte am Ende der Schlange Marcus. Vorsichtig schob er einen Zweig beiseite, um besser sehen zu können. Wittigo erstarrte vor Schreck, als Titus ihre Entdeckung riskierte. Obwohl Titus ihn nur für einen kurzen Moment sehen konnte, bestand kein Zweifel: Es war sein Neffe.

Dass Marcus lebte, versetzte ihm einen Stich im Herzen. Erst daran merkte er, wie sein Verstand seinen Neffen bereits begraben hatte. Nur sein Gefühl hatte ihn immerzu bestärkt, nicht aufzugeben. Neben Marcus lief Alwina, sie schwiegen und hielten sich an den Händen. Er sah den beiden stumm hinterher. Dass Marcus und Alwina zusammenhielten, tröstete seine sorgenvollen Gedanken. Titus überlegte, was er unternehmen könnte, aber ihm fiel nichts ein. Keine Vorbereitungszeit. Zu viele Männer. Wenn doch nur seine Truppe noch am Leben gewesen wäre! Aber dann wäre Marcus hier gar nicht vorbeigekommen. Ihm war klar, dass sein Neffe dafür gesorgt hatte, dass die Römer ein anständiges Begräbnis erhielten. Darum waren sie gekommen.

»Merk dir den Mann und die Frau am Ende der Gruppe«, flüsterte Titus Wittigo zu.

Erst als niemand mehr zu sehen war, wagte Wittigo zu antworten.

»Warum? Was hat es mit den beiden auf sich?«

»Der Mann ist die römische Geisel.«

»Die Geisel? Der Mann, den wir befreien sollen? Wie ein Gefangener sah der aber nicht aus.«

»Nur weil er keine Ketten trägt, ist er noch lange kein freier Mann. Wo soll er denn auch hin? Ich bin froh, dass es ihm gut geht.«

»Und die Frau?«, wollte Wittigo wissen.

Titus schmunzelte, weil ihm gerade klar wurde, dass Marcus viel mutiger gewesen war, als er jemals sein würde.

»Das ist eine lange Geschichte. Sie war einmal eine römische Geisel. Daher kann sie den Römer besser verstehen als sonst jemand.«

»Das klingt sehr sonderbar. Was steckt dahinter?«

»Dazu ein anderes Mal. Wir folgen ihnen.«

»Ich halte das für keine gute Idee. Hast du einen Plan, was wir machen, wenn wir sie eingeholt haben?«

»Sie begraben unsere Kameraden. Das ist harte körperliche Arbeit. Da wird keiner auch nur ein Auge für die Umgebung haben. Wir beobachten sie. Sehen, was passiert. Es ist besser, als sich hier zu verstecken. Los, komm.«

Mürrisch fügte sich Wittigo dem Befehl.

Langsam schlichen sie voran. Es war von Vorteil, dass sie wussten, wo die Germanen hinliefen, doch vorsichtig blieben sie trotzdem. Titus ließ Wittigo den Vortritt und mühte sich an der Aufgabe ab, an den gleichen Stellen aufzutreten wie sein Führer. Sein Bein machte sich bemerkbar; er litt Schmerzen und biss die Zähne zusammen. Dass er ein dicker, alter Mann war, hatte er noch nie so deutlich gespürt wie in diesem Augenblick.

Vor dem massigen Stamm einer Eiche hielt Wittigo seine Hand zur Warnung hoch. Er schielte um den knorrigen Baum herum. Titus konnte es hören. Die Germanen waren an der Arbeit.

»Sie buddeln wie verrückt. Auch die Geisel hilft mit. Nur das Mädchen steht etwas abseits.«

Titus lehnte sich neben Wittigo und überlegte fieberhaft nach einer Lösung.

»Finde einen Platz, wo wir sie ohne Mühe beobachten können. Das dauert hier wohl noch eine Weile.«

Nur wenig später war Wittigo fündig geworden. In einem größeren Bogen führte er Titus an eine Stelle, die geeignet war, sich auf die Lauer zu legen. Sie befand sich unter einem Blätterdach, war etwas erhöht gelegen und bot Platz für zwei liegende Männer.

Titus konnte seinen Blick nicht von Marcus lösen. Drahtig war er geworden, beinahe hager. Alle weichen, juvenilen Gesichtszüge waren getilgt worden. Das lag sicher nicht nur an der langen Zeit, die sie sich nicht gesehen hatten. Er stellte sich vor, wie Marcus Hunger leiden musste und mit Krankheiten zu kämpfen hatte. Dieses unwirtliche Land konnte nichts anderes als primitive Barbaren beheimaten, schimpfte er in Gedanken. Er beobachtete Marcus, wie er Schaufel um Schaufel dem harten Boden abrang, und dachte an vergangene, friedliche Zeiten im Schoße der Verwandtschaft. Wie er seinem Neffen Geschichten erzählt und dieser an seinen Lippen gehangen hatte. Mit einem Mal schoss ihm ein Gedanke durch den Kopf.

»Wittigo«, flüsterte er. »Ich bin gleich zurück. Ich muss etwas erledigen.«

Titus kroch einige Fuß weit, bevor er sich vorsichtig erhob und in den Wald schlich. Er suchte nach einer passenden Stelle.

Hinter einer riesigen Buche lehnte er sich mit dem Rücken an den Stamm. Nun kam der schwierige Teil seines spontanen Plans. Er hatte länger kein Wort laut gesprochen und daher das Gefühl für seine Stimme verloren. Aber auf die kam es jetzt an. Leise räusperte er sich mehrmals. Das Gefühl für Töne stellte sich nicht ein. Trotzdem musste er es versuchen. Er schürzte die Lippen und formte einen Trichter vor dem Mund. Trällernd imitierte er einen Phoenix. Eigentlich einen Steinadler, mit krächzendem Doppelschrei am Ende des bekannten Rufes. Marcus hätte den Phoenix sofort erkannt, zumindest als er noch zehn Jahre alt war. Er stoppte den ersten Versuch abrupt. Niemand hätte dieses Geräusch einem Tier zugeordnet. Verflucht noch mal! Titus presste sich gegen den Stamm in der Erwartung, dass er enttarnt worden war. Er schwitzte entsetzlich, aber im Wald rührte sich nichts. Er atmete tief aus und unternahm einen zweiten Versuch. Furchtbar! Dann einen dritten. Endlich gehorchte ihm seine Stimme wieder, und beim vierten Versuch hallte der Ruf des Phoenix, wie Titus ihn Marcus vor vielen Jahren präsentiert hatte, durch den Wald. Er ließ ihm in kurzen Abständen einige weitere Rufe folgen.

Als Marcus seine Schaufel anhob, um den harten Boden mit der Spitze zu attackieren, hörte er etwas, was ihm so vorkam, als träumte er. Er sah erschrocken zu den anderen Männern. Doch die schaufelten weiter an ihren Löchern, als wäre nichts gewesen. Hatte er sich das eingebildet?

Gespannt horchte er in den Wald hinein. Am liebsten hätte er alle angebrüllt, ihre Schaufeln fortzuwerfen. Er konnte sich kaum auf die Geräusche im Wald konzentrieren. Doch der Laut übertönte nur einen Moment später erneut das Kratzen und Schaben der Schaufeln. Da war es wieder. Das konnte nicht sein! Der Ruf des Phoenix? Der Phoenix aus seiner Lieblingsgeschichte?

Wohin er auch starrte, die Quelle des Tones blieb verborgen; außer Bäumen, Büschen und Blättern sah er nichts. Marcus' Gedanken sprangen wild umher. Er suchte Alwinas Blick, die gedankenverloren in die Ferne starrte. Beim nächsten Schrei des Phoenix sah sie in den Himmel. Sie hatte es gehört.

Er wischte sich demonstrativ den Schweiß von der Stirn und lief zum Sack, der etwas Proviant enthielt. Nach einem tiefen Schluck aus dem Wasserschlauch schlenderte er zu Alwina. Er bückte sich zu ihr und flüsterte leise: »Hast du das gehört? Den Vogelschrei?«

»Ja! Was war das? So was habe ich noch nie gehört.«

»Onkel Titus ist hier. Er muss es sein.«

Alwina sah ihn entgeistert an.

»Was sagst du da? Wo ist er?«

»Ich weiß es nicht. Aber dieser Schrei ... Das ist kein Vogel. Es ist der Schrei des Phoenix.«

»Wie bitte? Was soll das heißen?«

Ein weiterer Schrei des Phoenix hallte durch den Wald.

»Es ist eine Geschichte aus meiner Kindheit. Du musst Titus finden. Versuche es in dieser Richtung.« Er wies mit dem Kopf zu einem kleinen Hügel hinter ihnen.

»Wieso ich? Was soll ich sagen, wo ich hingehe, wenn mich die Leute fragen.«

»Gar nichts. Lass dir was einfallen. Ich kann hier nicht weg. Nur wegen mir müssen die Männer hier bei dieser Hitze Löcher buddeln. Aber sie werden dir nicht folgen. Du bist die Schwester des Fürsten.«

Er hielt inne, weil einer der Männer in ihre Richtung starrte.

»Bitte.«

Sie nickte stumm.

Alwina erhob sich und täuschte Durst vor. Sie trank ausgiebig aus dem Wasserschlauch. Einer der Germanen gesellte sich zu ihr und bat sie darum, ihm den Schlauch zu reichen.

Sie überreichte ihn wortlos. Als sie sich umdrehte und den Hügel hinaufstapfte, bemerkte sie, dass der Mann ihr folgte.

»Was willst du? Ich muss mal.«

Der Mann verzog sein Gesicht und entblößte dabei eine faulige Zahnreihe. Unentschlossen stand er vor ihr und mahlte mit seinem Kiefer.

»Ich bin beauftragt, für deine Sicherheit zu sorgen«, brachte er schließlich hervor.

»Dafür kann ich ganz gut alleine sorgen. Ich glaube nicht, dass die kopflosen Körper sich wieder erheben. Ich will ungestört sein, ist das klar? Geh wieder an die Arbeit, ich möchte nicht den ganzen Tag hier verbringen.«

Er kratzte sich am Kopf.

»Hör zu: Danke, dass du deinen Auftrag ernst nimmst. Ich rufe, wenn mich jemand bedroht. Das dauert nicht lange.« Sie ließ einen Augenaufschlag folgen und versuchte, so liebenswürdig wie möglich zu wirken.

Endlich nickte er. Sie nickte zurück und ließ ihm keine Gelegenheit, seine Zustimmung zu überdenken. Strammen Schrittes lief sie den Hügel hoch. Er folgte ihr nicht weiter. Als sie oben angekommen war, sah sie über ihre Schulter und stellte fest, dass der Mann sich wieder an einem Grab zu schaffen machte. Viel Zeit würde sie nicht haben.

Alwina spitzte die Ohren, aber der Schrei des Phoenix war verstummt. Sofern Marcus überhaupt recht hatte. Seine Geschichte hörte sich mehr als abenteuerlich an. Vermutlich war es ein Wunschdenken, und irgendein Greifvogel, der hier seine Kreise zog, erinnerte ihn an seinen Onkel.

Sie lief einige Schritte den Hügel hinab und sah links und rechts in den undurchdringlichen Wald hinein. Kein Hinweis auf Titus.

Als sie sich in einem Brombeergestrüpp verhedderte, fluchte sie laut. Sie blickte ratlos nach oben und beschloss, wieder umzukehren.

Plötzlich presste sich eine Hand auf ihren Mund, und ihr entfuhr ein unterdrückter Schrei.

Sie war sofort totenstill, drehte sich dann langsam um, die Hand lockerte sich und löste sich von ihrem Gesicht, auf dem für einen Moment der Abdruck mehrerer Finger prangte. Sie blickte in ein vertrautes Antlitz und entspannte sich.

»Titus. Marcus hatte tatsächlich recht. Du bist es wirklich.«

»Hallo, Alwina.«

»Ich dachte schon, dass Marcus den Verstand verloren hat. Es ist schön, dich zu sehen, Titus. Auch wenn es dir schwerfallen muss, das zu glauben. Marcus spricht jeden Tag von dir. Du hast ihm viel beigebracht. Es tut mir sehr leid, was passiert ist.«

Es entstand eine unangenehme Pause, in der sich beide anschwiegen.

»Wo ist Marcus? Warum kommst du und nicht er?«, fragte Titus schroff.

»Weil er mich darum gebeten hat. Er kann nicht weg. Unmöglich. Mir geht es übrigens gut.«

Titus ging nicht auf die Spitze ein. »Ich konnte mir nie verzeihen, ihn im Stich gelassen zu haben.«

»Das hast du nicht. Das, was er getan hat, wollte am allermeisten er selbst.«

»Das soll ich dir glauben?«

Sie zögerte, als überlegte sie, sich zu erklären. Sie entschied sich anders.

»Wir haben nicht viel Zeit. Was soll ich Marcus sagen?«

Titus fühlte sich ertappt. Alwina erwartete einen Plan, den er nicht hatte. Er entschied zu improvisieren.

»Könnt ihr euch fortschleichen? Nachts? Damit wir uns hier treffen können?«

»Nein, das wird nicht gehen. Schlafen muss Marcus in seiner Stube. Mein Haus wird bewacht. Außerdem zieht Adalmar in den nächsten Tagen in den Krieg. Es halten sich viele Tausend bewaffnete Männer hier im Umkreis auf. Beim nächsten Vollmond ist es so weit.«

»Beim nächsten Vollmond? Bei allen Göttern! Das ist in wenigen Tagen.«

Er grübelte und rieb über seinen Bart.

»Ich muss zurück, Titus, was wird jetzt werden?«

»Habt ihr ein Gewässer da unten?«

»Was?«

»Habt ihr da unten Wasser, einen Fluss oder einen See, einen Weiher, einen Tümpel, irgendetwas in der Art?«

»Ja, so eine Art Trinkwasserspeicher. Einen eingefassten Weiher, der von einem kleinen Bach gespeist wird.«

»Hör zu, Alwina. Sag Marcus Folgendes: Die Geschichte des Phoenix wird sich in drei Tagen wiederholen. Halte dich an seiner Seite auf. Am Morgen des dritten Tages wird es passieren. Führe ihn zum Gewässer. Er weiß dann, was zu tun ist. Ich werde hier auf euch warten.«

Auf Alwinas Stirn zogen sich lange Falten.

»Du sprichst in Rätseln. Ich kenne die Geschichte des Phoenix nicht. Wie sollen wir zu dir kommen, wenn es im Lager vor Leuten nur so wimmelt? Kannst du mir nicht einfach sagen, was du vorhast?«

»Nein, ich will, dass du an Marcus' Seite bist und tust, was er dir sagt. Geh jetzt, damit sie nicht misstrauisch werden. Alles Gute und viel Glück.«

Sie wollte schon gehen, da schoss ihr ein Gedanke durch den Kopf.

»Titus, eine Sache noch.«

Er drehte sich zu ihr um.

»Wirst du es ihm erzählen?«

»Was erzählen?«

»Dass ich dich niedergeschlagen habe.«

Titus sah grimmig drein. Sie merkte, dass er an den Tag zurückdachte, als es passiert war.

»Ich finde nicht, dass Marcus es wissen muss.«

Mit dem Anflug eines Lächelns nickte sie ihm zu.

Aufgeregt lief Alwina zurück. Sie hatte jegliches Gefühl für Zeit verloren. Tausend Gedanken sprangen in ihrem Kopf wild hin und her. Was hatte Titus vor? Es klang, als wäre er im Bund mit den Göttern und hätte einen machtvollen Verbündeten. Andererseits klang es aufgeblasen.

Er mochte sie nicht leiden, und das wurmte sie. Verübeln konnte sie es ihm nicht. Sein Vertrauen wäre nun aber von größter Bedeutung. Ob sie ihm trauen konnte, hätte sie normalerweise verneint; aber es ging um Marcus, und daher war sie sich sicher, dass sie vor ihm nichts zu befürchten hatte.

Sobald sie wieder in Sichtweite des Trupps war, stellte sie erleichtert fest, dass ihr niemand gefolgt war. Der aufdringliche Kerl war an seinem Platz geblieben.

Die Männer schaufelten noch immer, die Löcher hatten indessen eine Tiefe erreicht, die für Gräber angemessen war. Nur die Oberkörper der schwitzenden Totengräber wider Willen waren zu sehen. Marcus stand in einer der Gruben und starrte zu ihr hoch. Aus allen Poren drang seine Ungeduld. Hoffentlich merkte keiner etwas.

Sie setzte sich wieder neben den Sack mit Proviant und nahm einen Schluck Wasser aus dem Schlauch. Im gleichen Moment unterbrach Marcus seine Arbeit. Er wollte schon zu Alwina eilen, besann sich dann aber eines Besseren.

»Genug, Männer. Legt die Körper in die Gräber und bedeckt sie mit Erde. Mögen ihre Seelen Frieden finden.«

Es folgten einige höhnische Bemerkungen über tote Römer und was sie von ihnen hielten. Einer der Germanen übersetzte. Die anderen fingen an, boshaft zu lachen. Einige spuckten in die Gräber. Marcus ignorierte sie und fing an zu schaufeln.

Beim ersten Leichnam legte er mit Hand an, überließ das Zuschaufeln aber seinem Nebenmann und entschuldigte sich mit einem quälenden Durst.

»Und?«, fragte er Alwina aufgeregt.

Freies Germanien, August 233 n. Chr.

Die Reisigbündel mussten eine kompakte, rundliche Form besitzen, fest zusammenhalten und trotzdem transportabel bleiben. Eine große Herausforderung, vor allem, weil die Materialien, mit denen sie sie zusammenschnürten und festbanden, Mangelware waren. Am Fluss fanden sie einen alten Weidenbaum mit so langen und weichen Trieben, dass sie als Ersatz für ein Seil taugten. Beeilen mussten sie sich trotzdem, bevor die Zweige hart und brüchig wurden, und sie benötigten viele davon. Es blieb Titus daher nichts anderes übrig, als den ganzen Weg über seinen Partner zu begleiten; nur dadurch war es ihnen möglich, genügend Material zusammenzutragen. Der Rückweg war so mühsam, dass er sich am Ende ihres Weges übergeben musste. Er war erschöpft.

Endlich waren sie fertig geworden. Ein Dutzend Bündel aus strohtrockenem Zunder lag wie Munition für ein Katapult bereit.

Wittigo war von dem Plan seines Anführers überhaupt nicht begeistert, doch hörte er schicksalsergeben zu. Irgendwann hatte er beschlossen, den Auftrag zu Ende zu führen, und er war ein Mann von Ehre. Als Späher und Fährtenleser war er häufig auf sich alleine gestellt. Er nickte stumm zu Titus' Ausführungen.

»Also, gehen wir es noch einmal durch. Ich lege die Hälfte der Reisigbündel hier am Hang aus.«

Titus malte mit einem Stock Striche in den Waldboden.

»Du musst zu dem Hang dort drüben gelangen.«

Er zeigte mit dem Finger auf den Hügel am Nordende der Siedlung, der an der Hinterseite in einem Sumpf mündete. Danach malte er ihn im rechten Winkel zu seinem Hang in den Boden.

»Der Wind sollte das Feuer von dort ebenfalls auf einen gefährlichen Weg bringen. Wenn wir Glück haben, gelingt es ihnen nicht, beide zu löschen, und wir schließen einen Teil der Männer ein. Oder sie müssen sich zurückziehen. Wenn die Sonne am höchsten Punkt steht, lassen wir die Hunde das Höllenfeuer spüren. Du fängst mit deinen Bündeln an. Sobald ich merke, dass im Lager Trubel entsteht, entfache ich hier das Höllenfeuer, die Strafe des Phoenix. Du versuchst, dich sofort bis zum Sumpf durchzuschlagen, beschreibst dann einen Bogen an seinem Rand und passierst den Übergang zu unserem Wald hier. Vor Wachen wirst du dich nicht fürchten müssen, die werden zum Lager eilen, sobald sie den Rauch riechen oder sehen. Dann wartest du beim Floß auf mich und Marcus, verstanden?«

»Ja, Herr, wie besprochen. Mögen die Götter mit uns sein. Das mit dem Phoenix ist mir immer noch unklar.«

Titus lächelte. »Es ist nur ein Symbol. Ein Symbol der Rache für den Tod unserer Männer.«

Wittigo zuckte mit den Achseln. Von Geschichten gebildeter Leute hielt er nichts. Er bevorzugte seine Heldensagen, die vom Tod aller Verräter oder von Schlachten handelten, in denen die Feinde vernichtet wurden. Am liebsten vorgetragen mit einem Krug Wein in der Hand.

»Dieses Mädchen – wird es auch dabei sein?«

Titus runzelte die Stirn.

»Wir werden sehen. Es ist genug Platz für alle auf dem Floß. Hier sind die Feuersteine. An die Arbeit.«

Marcus grübelte und fand zum wiederholten Mal nicht in den Schlaf. Alwina hatte wahrhaftig mit Onkel Titus gesprochen. Es war kein Hirngespinst gewesen, als er den Phoenix gehört hatte. Titus war irgendwo da draußen und klügelte einen Plan aus. Er konnte es kaum aushalten, hier auszuharren und den Ahnungslosen zu spielen. Beinahe missgönnte er Alwina, dass sie seinen Onkel getroffen hatte und nicht er. Das Hin-und-her-Wälzen erschöpfte ihn. Schließlich hielt er es nicht länger in seinem Bett aus und stand mitten in der Nacht auf. Die Nachtluft erfrischte ihn, als er aus der Tür trat. Kurz entschlossen steuerte er auf das Gewässer zu, dass das Lager mit Frischwasser versorgte. Niemand war zu sehen. Die Feuer waren alle heruntergebrannt, nur hier und da glommen Reste von Holz. Es herrschte Windstille. Die Wasseroberfläche war spiegelglatt und erschien ihm wie ein riesiges pechschwarzes Loch, das jeden und alles, was sich ihm näherte, zu verschlingen drohte.

Marcus stand nachdenklich vor dem Weiher und fragte sich, wie um alles in der Welt dieser Platz die Rettung sein sollte. Alwina hatte ihm von Titus' Phoenix-Geschichte erzählt und gehofft, dass er das Rätsel sofort für sie auflösen könnte. Er musste sie enttäuschen, denn er konnte nur verraten, dass es mit Feuer zu tun haben würde. Er vertröstete sie darauf, mit ihr gemeinsam zum Weiher zu gehen, um vor Ort nach einer Antwort zu suchen. Als sie tagsüber inmitten des Lagertrubels am Ufer standen, konnte er sich überhaupt nicht vorstellen, was Onkel Titus im Schilde führte. Er dachte angestrengt nach und versuchte, sich in seine Kindheit zu versetzen, bemühte sich, Einzelheiten der Geschichte über den Phoenix in Erinnerung zu rufen. Onkel Titus hatte die Geschichte jedes Mal anders ausgeschmückt. Das zentrale Thema war, dass der Vogel am Ende seines Lebens dramatisch verbrannte, nur um aus seiner Asche wieder neu zu erstehen. Er glaubte, sich zu erinnern, dass ihm Titus weismachen wollte, dass er persönlich am Schicksalstag des Vogels anwesend war und dass der Phoenix nicht nur brannte, sondern alles um ihn herum in Flammen aufging. Ein Inferno, das auch seinen Onkel bedrohte. Und dann? Was passierte dann? Was geschah mit Onkel Titus? Wie war er dem sicheren Tod entkommen?

Seine Gedanken kreisten fort aus der Vergangenheit und zurück in die Gegenwart vor den unheimlich wirkenden Weiher, den kein noch so kleines Kräuseln verraten wollte. Er beschloss, dem Versteckspiel ein Ende zu bereiten, und warf einen handtellergroßen Stein hinein. Der schmatzende Plumps klang so laut, als rülpste der Teich ihm ins Gesicht. Der Weiher fing an zu wackeln und zu tanzen, und kleine Wellen schäumten am Ufer. Er starrte in die künstlich erschaffene Unruhe. Wollte Titus ein Feuer am Weiher entzünden? Wie will er das anstellen, fragte er sich. Sollte dies ein Treffpunkt sein und Onkel Titus hier ein Versteck ausgemacht haben? Jetzt in der Nacht wäre seine Chance gleich null, das Versteck zu finden.

Er setzte sich ans Ufer und rupfte an einem Schilfhalm. Als er den hohlen Stängel in der Hand hielt, drängte ein Gedanke aus seiner Kindheit empor. Er brach das dünne Ende von oben ab, sodass er einen gleichmäßigen, geraden Stumpf geschaffen hatte. Dann blickte er kurz hindurch, konnte aber im Dunkel der Nacht nichts sehen und nahm stattdessen den Stängel in den Mund. Er lächelte wissend, sank langsam auf den Rücken und blickte in den Sternenhimmel. Tief sog er die Luft durch die Röhre ein.

Freies Germanien, August 233 n. Chr.

Titus betete zu den Göttern und starrte auf den Hang gegenüber. Er hoffte, Wittigo zu entdecken, und fühlte sich wie blind. Seine Augen ließen ihn mehr und mehr im Stich. Er tröstete sich damit, dass Wittigo als Fährtenleser bestimmt dazu imstande war, sich perfekt zu tarnen.

Im Lager herrschte jede Menge Trubel heute. Er hörte es mehr, als dass er es sah. Er fragte sich, was dort unten los war.

Marcus' Herz schlug ihm bis zum Hals. Heute war es so weit. Titus würde seinen Plan umsetzen. Unglücklicherweise setzte Adalmar ebenfalls einen Plan um. Sein Heer bereitete sich zum Aufbruch vor. Zwei Tage zu früh. Das ganze Lager war in Aufruhr. Die Lage war unübersichtlich. Die germanischen Krieger waren überall. Er versuchte, sich möglichst unauffällig zu verhalten, allein schon deshalb, weil er befürchtete, für irgendwelche Dienste eingespannt zu werden. Das Bündel, in das er seine wenigen Besitztümer eingewickelt hatte, wartete unter dem Bett auf ihn. Er drückte sich in der Nähe der Stallungen herum, jederzeit bereit, Luminus frei zu lassen. Mit Alwina war er am Weiher verabredet, sobald etwas passieren würde.

Alwina befahl ihren Zofen, bei den Vorbereitungen für den Abmarsch mitzuhelfen. Ihr war den ganzen Morgen schon speiübel. Sie reagierte gereizt auf Gerüche jedweder Art. Die ganze Zeit über wähnte sie schon Rauch in der Luft, doch waren es immerzu Sinnestäuschungen.

Adalmar winkte Berovist zu sich heran. Sein Heerführer beorderte gerade eine Gruppe von Vorratswagen in den vorgesehenen Bereitstellungsweg und schrie den Führern der Gespanne mit dröhnender Stimme Befehle zu. Adalmar wirkte ungeduldig.

»Hast du die Späher schon vorgeschickt?«

»Ja, mein Fürst, das habe ich. Seid Ihr sicher, dass wir heute schon aufbrechen sollen? Ich bin auch für einen raschen Aufbruch, aber den Vollmond hätten wir noch abwarten können.«

»Nein, das Wetter ist klar. Bei der Hitze bleiben die Vorräte nicht lange frisch. Die Nächte vor dem Vollmond sind bereits hell genug. Die Pläne sind fertig, warum also warten?«

Berovist nickte und blickte sich um.

»Bei dieser verdammten Hitze benötigen die Männer ohnehin mehr Zeit.«

»Wo ist dieser Römer? Er soll die Abteilungen der Fußtruppen durchzählen. Schick sie als Nächstes los. Sie brauchen am längsten«, ordnete Adalmar an. Wenn die Sprache auf Marcus kam, verschärfte sich unweigerlich der Tonfall des Alamannenfürsten.

»Bestimmt ist er bei Alwina.«

»Schaff ihn her. Meine Schwester soll ab jetzt an meiner Seite stehen. Schick sie beide her«, antwortete Adalmar gereizt.

Berovist tat wie ihm geheißen, doch war ihm das

Durcheinander im Lager keine Hilfe. Es ging zu wie auf einem riesigen Marktplatz. Überall schoben sich Krieger über die ausgetrampelten Pfade, Pferde versperrten ihm die Sicht. Hunde verbellten die fremden Stammesgenossen, die sich allerdings nicht darum scherten. Die meisten der Leute, die sich an ihm vorbeidrängelten, hatte er noch nie gesehen.

Marcus verlor zunehmend die Geduld. Er band Luminus los und führte ihn eilig an den Rand des Waldes. Das Heer brach am anderen Ende des Lagers auf, nicht an der schmalen Stelle hier, die sich den Hügel hinaufwand. Adalmars Truppen würden einen Umweg in Kauf nehmen, aber schneller vorankommen und in mehreren Reihen nebeneinander marschieren können. Daher hatte er ein mulmiges Gefühl dabei, gegen die Laufrichtung der ganzen Menge unterwegs zu sein. Doch niemand hielt ihn auf oder stellte Fragen, jeder war im großen Trubel mit sich und seinen Befehlen beschäftigt. Am liebsten wäre er jetzt aufgestiegen und fortgeritten. Unschlüssig stand er am Fuß des Hügels, der ihn in die Richtung geführt hätte, aus der Titus gekommen war. Dann ließ er Luminus los und gab ihm einen Klaps auf die Flanke. »Na los, mein treuer Freund. Bring dich in Sicherheit.« Er sah sich verstohlen um, aber niemand nahm Notiz von ihm.

Luminus schnaubte und wieherte einmal, dann trabte er davon. Er war immer wieder erstaunt, wie gut sein Pferd ihn verstand. Ein Stich in der Herzgegend verriet ihm, wie viel ihm sein Hengst wirklich bedeutete.

»Mögen die Götter dich beschützen«, seufzte er in sich gekehrt.

Er machte auf dem Absatz kehrt und beschloss, Alwina sofort zu treffen. Er musste sie jetzt gleich sehen und sich mit ihr zusammen verstecken. In dem ganzen Getümmel fühlte er sich unendlich allein, und der Verlust seines Pferdes verstärkte dieses Gefühl der Einsamkeit noch um ein Vielfaches. Er hatte keine Geduld mehr, auf ein Ereignis zu warten, von dem er befürchtete, es könnte zu spät eintreten.

Die vielen Menschen behinderten ihn bei der Suche. Als er kurz vor dem Haus stand, wo er sie vermutete, ritten mehrere Dutzend Reiter vorbei und versperrten ihm die Sicht und den Weg.

Er hüpfte auf und ab und reckte vergeblich den Hals. Als sie ihn von hinten auf die Schulter tippte, fuhr er zusammen.

»Alwina, bei allen Göttern, hast du mich erschreckt!«

»Marcus, was machst du hier? Wir wollten uns doch erst beim Weiher treffen«, fragte sie erstaunt.

»Ja, aber du siehst doch, was hier los ist. Ich wollte dich abholen, damit wir uns ein Versteck suchen, wo wir gemeinsam warten können. Ich möchte jetzt keine bösen Überraschungen mehr erleben.«

Für einen kurzen Moment lächelten sie sich still an.

»Da seid ihr ja.« Berovists donnernde Stimme legte sich über den Lärm der Massen.

Sie fühlten sich ertappt wie Kinder beim Stehlen von Süßigkeiten und standen sprachlos vor dem Heerführer.

»Was macht ihr hier? Römer, wir brauchen dich, um die Einheiten durchzuzählen. Die Fußtruppen sollen jetzt aufbrechen. Der Fürst will keine Nachzügler. Alwina, du kommst auch mit, dein Bruder will dich an seiner Seite haben, sofort!«

Marcus spürte Übelkeit in sich aufsteigen und wollte gleichzeitig am liebsten losbrüllen. Das konnte nicht wahr sein!

Sie machten sich auf den Weg. Marcus biss sich auf seine Unterlippe und suchte fieberhaft nach einem Ausweg. Alle Pläne würden sich im wahrsten Sinne des Wortes in Rauch auflösen, wenn sie jetzt bei Adalmar festsäßen. Er drehte sich zu Berovist um.

»Ich muss meine Aufzeichnungen holen. Der Fürst duldet keine Fehler.«

Der Heermeister blickte ihn entnervt an.

»Warum hast du sie nicht längst bei dir? Sind sie in der Schreibstube des Fürsten?«

»Ja.«

»Los, los, wir haben keine Zeit zu verlieren.« Er änderte die Richtung und schob sie an.

»Du solltest dringend zu den berittenen Einheiten gehen«, unterbrach Marcus sein Drängen.

»Warum? Willst du mir etwa sagen, was ich zu tun habe?«, blaffte ihn Berovist an.

»Niemals würde ich das wagen. Aber der Fürst duldet keine Fehler, wie du weißt, und ich habe vorhin bemerkt, wie sich einige Reiterverbände schon auf den Weg gemacht haben. Nach meinem Wissen sollten diese aber warten.«

Berovist legte die Stirn in Falten.

»Warum hast du sie nicht aufgehalten?«

»Auf mich allein, ohne Begleitung eines ranghohen Mitglieds, hören sie nicht.«

Der Heermeister grummelte in seinen Bart hinein.

»Berovist, ich bringe Alwina zu Adalmar und kümmere mich um die Fußtruppen. Dann kannst du bei den Reitern für Ordnung sorgen. Was meinst du?«, schlug Marcus ihm vor.

Berovist litt unter den Optionen, die sich ihm boten. Sein gesundes Auge kniff er zu einem schmalen Schlitz zusammen, was ihm das Aussehen eines hünenhaften Maulwurfs verlieh. Er schnauzte Marcus an, als er sich entschieden hatte.

»Einverstanden. Aber ich warne dich. Wehe, du trödelst herum!«

Er rempelte wütend einen Mann zur Seite, der ihm im Weg stand, und stapfte davon.

Alwina packte Marcus am Arm.

»Was tust du da? Wenn wir zu meinem Bruder gehen, sitzen wir dort fest.«

»Ich weiß. Ich habe Zeit für uns gewonnen. Du gehst jetzt zu meinem Zimmer und holst das Bündel, das unter dem Bett liegt. Wir treffen uns dort.«

»Und was machst du?«

Marcus küsste sie hastig auf ihre blassen Lippen.

»Ich improvisiere.«

Er holte seine Wachstäfelchen aus der Stube neben Adalmars Hauptquartier und eilte zum Versammlungsplatz, wo der Germanenfürst breitbeinig auf einem kleinen Hügel thronte, den man für Verkündungen aller Art aufgeschüttet hatte. Neben ihm standen einige andere Clanchefs und diskutierten.

»Adalmar, Herr, Berovist schickt mich, wie Ihr befohlen habt.«

»Das wurde auch Zeit. Wo ist Alwina?«

»Herr, Euer Heermeister benötigt schnellstens meine Hilfe, weil berittene Einheiten die Ordnung bedrohen, die wir so dringend benötigen. Sie machen sich zu früh auf den Weg. Unser Zeitplan gerät völlig durcheinander. Daher bittet Berovist Euch, mich zu ihm zu schicken, sobald wir fertig sind. Hier habe ich die Fußtruppen markiert und welche Einheiten wann losmarschieren sollen. Kommt Ihr zurecht, oder soll ich Euch dabei helfen?«

»Gib mir die Tafeln. Natürlich komme ich zurecht, ich brauche deine Hilfe nicht. Ich frage zum letzten Mal: Wo ist meine Schwester?«

»Eure Schwester hat ihn begleitet, er wollte sie nicht mit mir schicken.«

Adalmar durchbohrte ihn mit Blicken. Marcus fing an zu schwitzen, während sein Blut in den Schläfen pochte. Endlich nickte der Germane.

»Los, eile zu ihm. Worauf wartest du?«

Marcus konnte sich ein Grinsen nicht verkneifen, nachdem er Adalmar den Rücken gekehrt hatte.

»Dieser verfluchte Römer«, fluchte Adalmar übellaunig. Wenn der verdammte Kerl nicht so planvoll organisieren könnte, hätte er schon längst einen Weg gefunden, ihn loszuwerden. Doch er hasste Chaos. Es war schwer, hier für die gleichen Abläufe zu sorgen, die römische Legionen nach jahrelangem Drill wie in Trance umsetzten. Er rümpfte die Nase. Irgendetwas hier roch nicht nach Lagerfeuer, sondern anders. Er blickte sich um.

Wittigo hielt eine Fackel in den Händen und hatte die ersten beiden Reisigbündel entzündet. Sie fingen so schnell Feuer, dass er sie mit dem Fuß wie eine Kugel wegtreten musste. Es gefiel ihm gar nicht, dass sie in seiner Nähe liegen blieben und nicht einmal im Ansatz den Berg hinunterrollen wollten. Das Feuer und die Hitze machten ihm Angst. Wenn das so weiterging, wäre der Einzige, der verbrennen würde, er selbst. Er rammte die Fackel in den Boden, hielt das nächste Bündel unter sie, und sobald die Flammen ihre Nahrung gefunden hatten, schleuderte er es wie ein Kugelstoßer in hohem Bogen den Hang hinunter. Zischend polterte es hinab, rollte schmauchend immer weiter und füllte den Raum hinter sich mit Rauchschwaden. Er oben, das Feuer unten. So musste er es machen. Die beiden ersten Kugeln waren vor Bäumen liegen geblieben und setzten die unteren Äste langsam, aber sicher in Brand. Hoffentlich bleibt der Wind seiner Richtung treu, dachte Wittigo mit großer Beklemmung im Herzen.

Titus blickte hinüber und wusste sofort, dass die Zeit gekommen war.

Um die Windrichtung zu prüfen, warf er einige vertrocknete Ahornkeimlinge, die er gesammelt hatte, in die Luft. Wie kleine Schirme drehten sich die Keimlinge im Wind, der sie sachte den Hang hinabtrug. Der Wind stand goldrichtig, und Titus begann, seine Feuersteine aufeinanderzuschlagen. Schnell hatte das trockene Moos Feuer gefangen und die Fackel entzündet. Er steckte sie in eine Felsgabel und hielt sein erstes Bündel darunter. Zwei Probeschwenks, dann warf er die Feuerkugel weit den Hang hinunter. Dort polterte sie einige Male auf, bevor sie anfing, sich zu drehen und weiterzurollen. Titus befürchtete schon, dass die Flammen sich selbst vernichten würden, aber links und rechts der Schneise, die die Feuerkugel schlug, begann der Boden zu glimmen. Er warf in schneller Folge seine Feuerkugeln den Hang hinab und beobachtete schweißgebadet sein zerstörerisches Werk.

Marcus rannte auf seine Hütte zu und hoffte, dass Alwina wie verabredet auf ihn warten würde. Er musste nicht lange suchen, denn sie hatte nach ihm Ausschau gehalten und kam ihm mit dem Bündel seiner Habseligkeiten entgegen. Das Kopfende des Bogens lugte hervor. Er fasste sie bei der Hand und übernahm sein Bündel, das er sich wie einen Rucksack umlegen konnte.

»Hast du mit Adalmar gesprochen?«

»Ja, hab ich. Wir müssen uns verstecken.«

»Was hast du ihm denn gesagt?«, hakte sie nach.

»Solange Berovist und Adalmar nicht über uns sprechen, ist alles gut. Aber wehe, sie tun es.«

Alwina rümpfte die Nase.

»Riechst du das auch, oder bilde ich mir das schon wieder ein?«

Marcus hielt inne.

»Rauch!«

Binnen weniger Momente erfasste das ganze Lager den Geruch. Für einen kurzen Augenblick war alles still, als prüfte jeder, ob er sich nicht täuschte oder zufällig neben einem ausgebrannten Lagerfeuer befand. Das anschließende Gemurmel verriet, dass sich alle bei ihren Nebenleuten versicherten, ob sie dasselbe dachten. Ein einziger panischer Ruf jedoch veränderte das gleichförmige Verhalten der Masse, und das mit nur einem einzigen Wort: »Feuer!«

Obwohl die Flammen sich noch über den Hang fraßen und bisher keine Opfer gefordert hatten, gellten Schreie voller Panik durch das Lager. Ob die Menschen durch die Tiere angesteckt wurden oder ob es umgekehrt war, hätte niemand zu sagen vermocht. Die Pferde gingen panisch durch. Unzählige Gegenstände wurden auf der Flucht umgeworfen. Die ersten Opfer verbrannten nicht, sondern wurden überrannt und totgetrampelt. Die Reiter rechtfertigten sich später mit der Panik der Tiere und waren doch insgeheim froh, auf deren Rücken in Sicherheit getragen worden zu sein. Das Getöse unzähliger Tiere donnerte durch das Lager.

Marcus zog Alwina hinter sich her und umschloss so fest ihren Arm, dass er ihr heftig schmerzte. Sie protestierte nicht, sondern versuchte, Schritt zu halten und anderen auszuweichen. Die Panik machte aus den Menschen geisterhafte Wesen, die mit entstellten Gesichtern ohne Rücksicht auf Verluste ihren Fluchtweg freischlugen.

Am Weiher schmiss er sein Bündel ins Schilf, das ihn großzügig versteckte, aber trocken hielt. Er zog Alwina zu sich heran und blickte rundherum.

Der Lärm der Menschen zog immer weiter nach Süden und wurde vom Peitschen und Knacken des Feuers abgelöst. Von einem Moment auf den anderen waren sie allein am Weiher. Das Feuer schaffte sich wie ein unsichtbarer Fluss immer neue Räume und nahm Wiesen und Hänge in seinen Besitz. Dort, wo es weitergezogen war, hinterließ es schwarze Flecken und einen rauchenden Boden. Auf halber Höhe des Hangs schlugen die Flammen bis in die Baumkronen. Marcus wusste jetzt, was mit dem Wort »Lauffeuer« gemeint war. Als wären Bäume, die weit auseinanderstanden, wie Signaltürme miteinander verbunden, fingen immer neue Äste an zu brennen. Es war ein fesselndes Schauspiel, das Marcus in den Bann zog. Alwina rüttelte an seiner Schulter.

»Wir müssen hier weg. Das Feuer wird gleich auf das Lager übergreifen.«

Marcus hielt sie fest an den Schultern.

»Hör zu, Alwina. Du bleibst jetzt immer bei mir und tust genau das, was ich dir sage. Hier sind wir sicher. Versuche, deine Lunge zu schützen, und atme durch diese Lappen.«

Marcus zog mehrere Streifen Leinen hervor, von denen er einige in Wasser tränkte. Andere hielt er trocken. Sie pressten sie vor ihren Mund.

Ein Krieger, den Alwina zu kennen schien, hastete vorbei, überlegte offenbar kurz, ob er sie ansprechen sollte, setzte dann aber seinen Weg fort und rannte davon.

»Wer war das?«, fragte Marcus.

»Eine der Leibwachen meines Bruders.«

»Verdammt soll er sein, der Hasenfuß.«

Die Dächer der ersten Häuser fingen Feuer. Binnen weniger Momente standen die Langhäuser von oben bis unten in Flammen. Der Wind schob die Hitze in beißenden Wellen voran, im Gesicht stachen sie zu wie bei einer knallenden Ohrfeige. Der Sauerstoff wurde knapp.

Alwina hustete. »Ich habe Angst, Marcus.«

»Vertrau mir. Hier sind wir sicher. Wir müssen mit der Luft sparsam umgehen. Atme langsam.«

Sie befeuchteten sich mit den nassen Lappen. Die Kühle im Gesicht linderte die Schmerzen, die die Hitze verursachte. Niemand war mehr zu sehen. Das Feuer stand jetzt dicht bei ihnen.

Marcus brach zwei dicke Schilfrohre entzwei.

»Hier, wir tauchen jetzt unter und atmen durch die Rohre. Wir müssen sie dicht über dem Wasser halten. Hab keine Angst.«

Wittigo sprang mit drei großen Sätzen über den Weg, den normalerweise alle Wachen im Blick hatten. Wie von Titus vorausgesehen, war jedoch niemand mehr auf dem Posten. Er hatte seine Aufgabe erfolgreich verrichtet und so schnell wie möglich die Flucht angetreten. Wenn nur der Wind die Richtung nicht änderte ... Er betete sorgenvoll und unablässig zu den Göttern.

Titus wusste, dass er nichts weiter ausrichten konnte. Das Feuer bahnte sich von allein wie ein göttliches Heer seinen Weg gegen die Feinde. Er hätte vor Glück aufgeschrien, wäre nicht Marcus inmitten der Flammenhölle gewesen. Der Rauch nahm ihm die Sicht und den Atem. Er zog ein Tuch hervor und hielt es sich vor sein Gesicht.

Ob er heil durch die Flammen kommen würde oder ob das Schicksal ihm den Tod durch Ersticken oder Verbrennen vorbestimmt hatte, wussten nur die Götter. Sein Weg führte ihn nach unten. Zu Marcus.

Adalmar konnte es nicht fassen. Selbst lang gediente Krieger verloren jegliche Disziplin. Es war eine wilde Flucht. Der Wald brannte an zwei Stellen lichterloh, und das Feuer hatte das Lager fest im Griff. Das konnte nur bedeuten, dass Brandstifter am Werk gewesen waren. So viele Zufälle gab es nicht. Sofort dachte er an den Römer, doch der war eben noch bei ihm gewesen. Er konnte es nicht sein. Ein germanischer Verräter?

Auf einem Pferd ritt ihm Berovist entgegen.

»Das Lager ist geräumt, Herr, sollen wir uns hinter dem nächsten Hügel sammeln?«

»Nein, lass das gesamte Heer weiterlaufen.«

»Aber die Organisation der Truppen ist dann nicht zu halten. Es ist jetzt schon ein völliges Durcheinander.«

»Vergiss die verdammte Organisation. Die Richtung muss stimmen. Wir sammeln uns, sobald das Feuer hinter uns liegt. Aber ich will mindestens einen Tag zwischen das Feuer und uns bringen. Ein großer Waldbrand kann schlimmer sein als ein feindliches Heer. Er kann aus dem Hinterhalt zuschlagen, wenn du längst denkst, du bist in Sicherheit. Schließt dich das tückische Feuer erst ein, ersticken und verbrennen wir alle. Es wird keine Pause bis zum Abend gemacht, verstanden?«

Sein Heermeister nickte.

»Was ist mit den Frauen und Kindern?«

Adalmar starrte auf sein brennendes Lager, das er von Kindesbeinen an kannte.

»Lasst sie zu Durinkims Volk bringen und richtet ihm

aus, wenn er sie versorgt und sich mir anschließt, ist seine Verbannung aufgehoben. Er wird als gleichberechtigter Anführer in die Führungsriege aufgenommen. Auch ohne Krieger.«

»Wie Ihr wünscht, Herr.«

Berovist drehte mit seinem Pferd um, als Adalmar ihn anrief.

»Halt, Berovist, wo sind meine Schwester und der Römer?«

»Ich verstehe nicht recht?«, fragte Berovist verdutzt, während er sich umdrehte.

»Alwina war bei dir, und den Römer hast du doch für die Reiterei gebraucht. Wo sind sie jetzt?«

»Nein, Herr. Der Römer versprach mir, zu Euch zu gehen. Mit Alwina.«

Adalmar verdrehte die Augen.

»Dieser verdammte Bastard! Wachen, zu mir!«

Berovist starrte seinen Heerführer an und fing ebenfalls an zu fluchen. Adalmar schrie wie von Sinnen, nachdem sich die Wachen versammelt hatten.

»Ich suche meine Schwester. Findet sie und bringt sie zu mir, sofort! Wenn der Römer nicht bei ihr ist und ihr seiner habhaft werdet, dann werft ihn ins nächste Feuer!«

»Herr ...«

Eine der Wachen hob den Arm.

»Ja, verflucht? Habe ich mich nicht klar ausgedrückt?«

»Ich habe sie mit dem Römer am Weiher gesehen. Sie schienen Schutz zu suchen.«

Adalmar überlegte kurz, ob er dem Mann dankbar sein oder ihn auf der Stelle massakrieren sollte. Dann stieß er ihn mit seinem Stiefel zur Seite und schwang sich auf dessen Pferd.

»Mir nach, Männer!«

Er sprang in hohem Bogen über einen brennenden Ast in das von der Feuersbrunst umschlossene Lager hinein, gefolgt von Berovist und drei seiner Wachen.

Der Wind trieb glühende Funken über Adalmars Gesicht. Sein Pferd bäumte sich wiehernd auf. Direkt neben ihm gab ein loderndes Langhaus unter dem eigenen Gewicht nach und brach in einem Inferno aus Glut und Feuer zusammen. Einer der Männer hinter ihm wurde von einem herabfallenden Balken erschlagen. Niemand kümmerte sich um den Mann. Mit wilden Gesten trieb er sein Tier weiter voran.

Berovist folgte mit zusammengebissenen Zähnen; er hatte mehr Angst um seinen Herrn als vor dem Feuer. Vor dem Weiher hielt Adalmar endlich an. Alle drehten sich mit ihren Tieren ruckartig im Kreis, die Pferde litten Todesängste.

Adalmar starrte auf den leeren Weiher.

»Kommt, Herr, sie sind nicht da. Wir müssen raus aus dieser Hölle, sofort! Wir haben eine Mission zu erfüllen.«

Der heiße Wind, den das Feuer selbst entfachte, war unerträglich.

Adalmar fletschte die Zähne. Er konnte es nicht fassen, doch Berovist hatte recht. Im Lager selbst hatte der Flächenbrand die meiste Nahrung verbraucht. Unter seinem Volk gab es nur wenige Verletzte, die auf der Flucht zu Schaden gekommen waren. Bisher hatte sich das Feuer fast ohne menschliche Opfer begnügen müssen. Das durfte sich jetzt nicht ändern. Er musste die Flucht leiten und danach den Vergeltungsschlag führen.

»Berovist, du organisiert die Flucht wie besprochen. Ich suche mit einer schlagkräftigen Reitertruppe die Umgebung ab. Wir schlagen uns zu unseren Leuten durch und sammeln uns. Ich will Alwina unversehrt zurückhaben, verstanden?«

Berovist nickte.

»Raus hier, Herr!«

Widerwillig folgte Adalmar seinem Rat und trieb sein Pferd voran.

Marcus war schon so lange unter Wasser, dass ihm alle Glieder vor Kälte schmerzten. Er bekam glücklicherweise problemlos Luft und hoffte, dass es Alwina ebenso erging. Die ganze Zeit über hielt er ihre Hand.

Als er gerade überlegte, einmal nach dem Rechten zu sehen, erkannte er direkt über sich eine verschwommene Gestalt. Er zuckte zusammen, sein Rohr geriet unter Wasser, und im nächsten Augenblick ergoss sich ein Strahl in seinen Mund. Er schoss nach oben und kämpfte gegen einen heftigen Hustenanfall an. Auch Alwina erhob sich und prustete. Als er das Antlitz von Titus erblickte, erstarrte er zur Salzsäule. Er wischte sich das Wasser aus dem Gesicht und blickte noch einmal zu seinem Onkel, als erwartete er, dass er sich in Rauch auflöste.

Mühsam stapfte er aus dem Wasser und stolperte. Alwina, die hinter ihm herwatete, half ihm auf.

»Titus! Ich fasse es nicht. Du bist es wahrhaftig.«

Er stürzte auf seinen Onkel zu und fiel ihm in die Arme. Sie pressten ihre Gesichter aneinander und schämten sich ihrer Tränen nicht. Titus konnte kaum sprechen. Es dauerte einen Moment, bis das Schluchzen nachließ.

»Marcus, ich bin so glücklich, dass du am Leben bist. Mein Plan war gefährlich für dich. Für euch beide.«

Er sah Alwina hinter Marcus stehen und räusperte sich kurz.

»Danke, Alwina, für deine Treue. Ich bin wahrlich froh, dich wiederzusehen.«

Sie nickte ihm zu und lächelte, obwohl sie vor Kälte zitterte.

»Wie hast du mich gefunden?«, fragte Marcus atemlos.

»Glaub mir, ich würde dir jetzt liebend gerne tausend Dinge erzählen und noch mehr Fragen stellen. Doch im Augenblick müssen wir alle Energie unserer Flucht widmen, sofort! Los, kommt, hier entlang. Wir müssen uns beeilen. Noch haben wir nichts gewonnen.«

Titus griff sich seinen Stock, was Marcus an sein Bündel erinnerte. So schnell sie konnten, eilten sie zum Waldrand.

»Ich sehe, du trägst deinen Talisman noch«, stellte Titus auf dem Weg den Hang hinauf erfreut fest.

»Er bedeutet mir viel. Fern der Heimat muss man sich an die wenigen Dinge halten, die einem bleiben. Ich hatte genau drei Dinge. Alwina, den Talisman und Luminus.«

Marcus strahlte über das ganze Gesicht.

»Ich fasse es immer noch nicht, dass du wirklich hier bist.«

In diesem Augenblick, inmitten des Flammeninfernos und unweit eines feindlichen Heeres, fühlte er sich so glücklich wie lange nicht.

Er nahm Alwina an der Hand. Sie wirkte seltsam abwesend. Dann dachte er an seinen treuen Begleiter Luminus und fragte sich, welchen Weg er genommen haben mochte. Sie könnten ihn jetzt dringend brauchen.

Nachdem sie den Hügel durchquert hatten, gab der abgebrannte Wald einen Blick auf das Lager frei, das sonst von Laub vor neugierigen Blicken geschützt war. Alle drei sahen hinunter auf das schwarz gefärbte, zerfallene Quartier der Alamannen, das von vielen Rauchschwaden zerteilt wurde. Das Feuer tobte noch hier und da, war aber auf großer Breite weitergezogen. Plötzlich erschienen ein Dutzend Reiter auf dem Hauptplatz.

»Schnell, duckt euch, weg von hier.«

Titus schäumte innerlich. So weit waren sie gekommen, und nun konnten sie mit ihrer Neugier nicht an sich halten. Anstatt weiterzulaufen, waren sie stehen geblieben. Welch eine Torheit!

»Vielleicht haben sie uns nicht gesehen. Wenn doch, mögen die Götter mit uns gnädig sein. Wir müssen uns beeilen. Kommt, hier entlang.«

Eine Leibwache Adalmars hatte angeblich etwas gesehen, doch als Adalmar hinaufsah, blickte er lediglich auf einen kahlen, schmorenden Hügel. Rauchsäulen und ein ekelhafter Gestank waren alles, was er wahrnehmen konnte.

»Bist du sicher, dass du jemanden gesehen hast? Ich möchte keine Zeit mit einer Jagd auf den Hügel verschwenden.«

»Ja, ganz sicher. Da waren mehrere Leute zu sehen. Ich täusche mich nicht.«

Mit einem grimmigen Gesicht erteilte Adalmar den Befehl zur Jagd.

»Erstürmt den Hügel! Tod den Brandstiftern!«

Marcus wartete immer wieder, bis Titus und Alwina aufgerückt waren. Sie kamen viel zu langsam voran. Sein Onkel konnte nicht schneller, obwohl er sichtlich die Zähne zusammenbiss. Seinen messerscharfen Stock setzte er geschickt ein, dennoch humpelte er immer wieder.

Alwina war völlig erschöpft. Als hätte sie eine Krankheit, rang sie immer wieder nach Atem. Blass sah sie aus, und ihr Gesichtsausdruck verriet, dass sie sich quälte.

»Alwina, wir haben noch eine wochenlange Flucht vor uns. Halte durch und renne, so schnell du kannst.«

Sie musste weinen.

»Ich weiß nicht, ob ich das schaffe.«

Er versuchte, sie zu beruhigen.

»Natürlich schaffst du das. Ich bin bei dir!«

Er schenkte ihr ein Lächeln, und sie schien Hoffnung zu schöpfen.

»Ist es das, wonach es aussieht?«, fragte Titus. Seine Stimme klang mehr als erstaunt.

Marcus wollte fragen, was los sei, da sah er es selbst, und sein Herz hüpfte.

»Luminus!«

Sein Hengst stand grasend vor ihnen auf einer Wiese und sah entspannt herüber.

»Mein Braver, da bist du aber nicht weit gelaufen. Komm zu mir, wir brauchen deine Hilfe.«

Den Bocksattel hatte er leider im Stall gelassen, weil er Luminus die Freiheit schenken wollte, aber mit seinem Hengst wären sie in jedem Fall schneller unterwegs als ohne ihn.

Sie schoben erst Titus hinauf, der Alwina half, und zuletzt schwang sich Marcus auf sein Pferd. Sie pressten sich fest aneinander, um Halt zu finden, und Marcus gab das Tempo vor.

Die Verfolger gaben sich keinerlei Mühe, ihr Kommen zu verbergen. Wilde Laute drangen an ihre Ohren, sie kamen immer näher. Marcus stand der Schweiß auf der Stirn.

»Es ist nicht mehr weit. Versuche, noch schneller zu reiten«, forderte Titus ihn auf.

»Ich will nicht riskieren, dass wir den Halt verlieren.

Außerdem kann Luminus drei Personen nicht lange tragen, ohne sich zu schaden.«

»Tu es einfach«, insistierte sein Onkel.

Immer wenn Luminus mit seinen kräftigen Hinterbeinen einen neuen Schwung ansetzte und dann wieder abfederte, wurden sie derart durchgeschüttelt, dass ihnen binnen kürzester Zeit alle Muskeln schmerzten. Es war nicht damit zu vergleichen, wenn man alleine und mit Sattel ritt. Sie mussten alle Glieder anspannen, um nicht herunterzufallen. Das konnte nicht lange gut gehen.

»Dahinten ist es.« Titus zeigte mit dem Arm auf eine Wand aus Gebüsch.

»Wo? Ich sehe nichts?«

»Am Fluss, hinter der Böschung. Da wartet einer meiner Männer mit einem Floß auf uns.«

»Ein Floß? Ich dachte, dort warten Pferde.«

»Nein, die Pferde sind einige Meilen flussabwärts. Aber das Gute ist doch, dass wir unsere Verfolger auf dem Wasser abschütteln können.«

Wittigo hatte eine gefühlte Ewigkeit am Fluss gewartet. Als er Geräusche vernahm, die klangen, als jagte eine Meute einen Wolf, stieg Panik in ihm hoch.

Er konnte nicht länger warten. Wer weiß, ob Titus noch am Leben war. Er hatte seine Aufgabe erfüllt und musste jetzt an sich denken.

Er zog wie irre an dem Floß, doch es bewegte sich nur einen Fingerbreit Richtung Wasser. Von verschiedenen Seiten versuchte er es, schob, zerrte, rüttelte, aber nichts rührte sich. Ein übrig gebliebener Ast, den sie nicht verbaut hatten, war seine letzte Hoffnung. Er setzte ihn als Hebel ein, und endlich hatte er Erfolg. Das Floß polterte Richtung Wasser. Er sprang an die Seite und versuchte, es in die passende Richtung zu lenken. Kaum traute er seinen Augen, als ein Pferd mit drei Reitern um die Ecke bog.

»Wittigo, schnell, wir müssen sofort los!«, rief Titus, als wäre das, was er gerade tat, genau richtig.

»Ich dachte mir, entweder ihr biegt gleich um die Ecke, oder wir brauchen es nicht mehr«, log Wittigo.

Titus schien es nicht zu kümmern, er half sofort mit.

»Marcus, schneide die Seile los, schnell.«

Marcus warf sein Bündel auf das Floß und zog sein Messer. Die Seile waren nass und dick. Die Klinge drang nur langsam durch die Fasern.

Alwina schob vom Ufer aus an, Titus von der Seite. Wittigo hatte sich den langen Ast geschnappt, der zum Staken diente. Das Seil war zum Zerreißen gespannt, doch Marcus schaffte es nicht, es durchzuschneiden. Der Lärm der Verfolger wurde immer lauter.

»Schneller, Marcus!«, rief Titus.

Mit donnernden Hufen bogen die Reiter, angeführt von Adalmar, um die Böschung.

Titus schwang sich hastig auf das Floß.

»Zur Seite!«, schrie Wittigo und hieb mit seinem Schwert auf das zerfaserte Seil ein. Als das Seil riss, zerrte die Strömung am Floß. Mit einem Ruck wurden alle aus dem Gleichgewicht gebracht und polterten zu Boden.

Als Marcus sich wieder aufgerappelt hatte, fuhr ihm ein gewaltiger Schreck in die Glieder. Entsetzt sah er zu Alwina, die nicht an Bord war, sondern brusthoch im Wasser stand und versuchte, dem Floß die passende Richtung zu geben.

»Alwina!« Er krabbelte auf allen vieren zu ihr. In dem Moment, als er ihr die Hand reichte, ließ sie das Floß los.

Für die Dauer eines Lidschlags hätte er ihre Hand greifen können. Das Entsetzen, das ihn gepackt hatte, war jedoch so groß, dass er diesen Moment verpasste und seine Hand nur hilflos ausstreckte. Sie waren einige Fuß weit auseinandergedriftet. Zu weit.

Tränen schossen ihm in die Augen. Sie weinte hemmungslos.

»Warum? Alwina, ich liebe dich. Warum?«

Sie schluchzte.

»Familie, Marcus.«

Sie hob die Hand und küsste sie, bevor sie sie andeutungsweise zum römischen Gruß reckte.

»Ich schaffe es nicht. Familie. Eines Tages wirst du es verstehen.«

Alle Spannung wich aus ihm. Die Momente dehnten sich. Als würden Adalmar und seine Männer unter Wasser gehen, schien ihm jede Bewegung verlangsamt. Sie sprangen von ihren Pferden. Sie schwangen ihre Schwerter, sie brüllten. Alwina verschwand aus seinem Leben wie das Trugbild einer Fata Morgana in der Wüste.

Einige Männer sprangen ins Wasser, um sie zu verfolgen. Schon nach wenigen Schwimmzügen gaben sie prustend auf. Stattdessen zogen sie Alwina vor seinen Augen aus dem Wasser.

»Sie haben keine Bogen und Speere dabei. Das ist unser Glück«, murmelte Titus und legte den Arm um seinen Neffen, der regungslos auf dem Bauch liegend verharrte.

Adalmar stellte sich neben seine Schwester und legte den Arm um sie.

»Lass sie in Ruhe ziehen«, bat sie ihn flehentlich.

Ihr Bruder mahlte mit dem Kiefer. Er stieß einen wilden Schrei aus und reckte den Arm wie ein Sieger im Kolosseum, bevor er sich überwand. Er warf einen letzten abschätzigen Blick auf das Floß und spuckte aus.

»So sei es. Für heute.« Dann pfiff er alle Mann zurück.

Als seine Männer an Luminus Hand anlegen wollten, schritt Alwina energisch dazwischen und stellte sich vor Marcus' Hengst.

»Rührt dieses Pferd nicht an! Wer ihm etwas zuleide tut, wird das Schwert meines Bruders in seinen Eingeweiden spüren!«

Adalmar nickte seinen Männern zu und spürte, dass Bruder und Schwester endlich wieder vereint waren.

Freies Germanien, August 233 n. Chr.

Wittigo stakte mit seiner Stange das Floß stoisch durch die sanfte Strömung, seit ihrer Zusammenkunft hatte er kein Wort gesprochen. Er schämte sich, weil er Titus hatte im Stich lassen wollen, und wurde aus der Geschichte mit der Geisel und dem Mädchen nicht schlau. Anstatt sich über seine Befreiung zu freuen, zog der junge Mann ein finsteres Gesicht. Nach dem Grund zu fragen, traute er sich nicht.

Titus setzte sich zu Marcus, der mit düsterer Miene vor sich hin starrte.

»Es tut mir wirklich sehr leid«, versuchte er, ihn zu trösten.

»Alles ist so sinnlos. Ich verstehe die Welt nicht mehr. Warum hat sie das getan, nach allem, was wir durchgemacht haben?«, fragte Marcus hilflos.

Titus zuckte mit den Schultern.

»Ich weiß es nicht. Sie hatte sicher einen Grund. Anders ist es gar nicht zu erklären. Vielleicht hat sie dieses Opfer gebracht, weil sie ahnte, dass Adalmar uns sonst umgebracht hätte.«

»Wir hätten uns alle gemeinsam in Sicherheit bringen können, das waren doch deine Worte.«

»Ja, möglicherweise hat sie nicht gesehen, dass sie keinerlei Fernwaffen hatten?«

Marcus wand sich.

»Auch wenn ich es nicht glauben will: Für mich sah es so aus, als hätte sie für sich die Entscheidung längst getroffen gehabt.«

Titus überlegte.

»Wie lauteten ihre letzten Worte?«

»Familie. Sie sagte, ich würde es irgendwann verstehen. Was hat sie damit gemeint?«

Marcus klang verzweifelt. Sosehr sich Titus auch den Kopf zerbrach, eine wirklich überzeugende Lösung kam ihm nicht in den Sinn.

»Hier sind ihre Wurzeln. Wer weiß, die Bande zu ihrem Bruder sind vielleicht stärker, als wir alle dachten«, brachte er vor.

»Aber sie hat das hier gehasst. Sie denkt und fühlt römisch. Sie hat beinahe alles vermisst. Ihr Bruder ist hasserfüllt und hat sich verändert.«

Wittigo riss sie aus ihrem Gespräch.

»Dahinten ist es. Hinter der Biegung warten die Pferde auf uns.«

Als sie zur Furt kamen, die der Fluss an dieser Stelle bildete, starrten sie ratlos ans Ufer.

»Wo sind die Pferde?«, fragte Marcus.

»Ganz sicher, dass es nicht weiter hinten war?«, wollte Titus wissen, obwohl er die Antwort kannte.

»Nein, Herr, die Tiere haben wir hier angebunden. Genau dort an dem Gehölz.«

Sie stiegen ab, zerrten das Floß ans Ufer und sahen sich um.

»Das kann doch nicht wahr sein! Ich habe selbst geprüft, ob sie gut angebunden sind. Ein Hochwasser gab es auch nicht. Wo, bei allen Göttern, sind sie hin?«, schimpfte Titus.

»Man hat sie gestohlen, Herr, eine andere Erklärung gibt es nicht«, sagte Wittigo leise.

»Wer soll sie denn gestohlen haben?«, ärgerte sich Titus lauthals und blickte überrascht auf, als er die Antwort auf seine Frage erhielt.

Von der Böschung her kamen fünf Männer auf sie zu.

»Marcus, schnapp dir deinen Bogen. Wittigo, zieh dein Schwert. Diese Leute führen nichts Gutes im Schilde.«

Titus ergriff seinen Stock und stellte sich in die Mitte. Marcus schnürte sein Bündel auf, hängte sich den Köcher um und hielt den Kompositbogen bereit. Einen Pfeil legte er an.

In brüchigem Latein sprach sie der vordere Mann an. Ein Germane mit vollem Bart, dunkelblondem Haar und kräftiger Statur.

»Legt eure Waffen und Kleider ab, dann könnt ihr mit eurem Floß weiterfahren.«

»Gebt uns unsere Pferde zurück, und wir lassen euch am Leben«, antwortete Titus.

Der Germane grinste, als ob er einen Scherz gehört hätte.

»Wenn ihr keine Lust mehr am Leben verspürt, dann helfen wir gerne nach.«

Er schrie einen Befehl, den Marcus als »Tötet sie« deutete; zum ersten Mal realisierte er, dass er zwar selbst nicht Germanisch sprach, aber mittlerweile einiges davon verstand.

Zwei der Männer stürzten auf Titus zu, der seinen Stock quer hielt und die ersten Schwerthiebe mit den beiden Stockenden parierte. Wittigo wich dem Mann, der sich auf ihn warf, aus. Er stach selbst zu und streifte den Angreifer am Arm.

Marcus geriet in Rage. Die Wut über den Verlust Alwinas, über die gestohlenen Pferde und über das Heer, das im Begriff war, seine Heimat anzugreifen, entlud sich in einer Eruption aus Gewalt. Diese Männer hier würden ihm keine weiteren Steine in den Weg legen.

Er überlegte nur kurz und schoss seinen ersten Pfeil auf den vierten Mann, der auf ihn mit einem Wurfbeil zielte. Der Pfeil bohrte sich direkt in dessen Stirn. In der Wurfbewegung zuckte der Germane zurück und brach zum Entsetzen des bärtigen Anführers tot zusammen, bevor das Beil seine Hand verlassen hatte. Marcus legte einen weiteren Pfeil an und sprang mehrere Sätze nach vorn, sodass er die Männer, die Titus bedrängten, von der Seite angreifen konnte. Er schoss den Pfeil direkt in die Flanke des Mannes, der seinen Onkel von rechts bedrohte. Der Germane heulte laut auf und krümmte sich. Titus wehrte einen Schlag des anderen Kerls ab und stach dann mit der Spitze in die Brust des Verletzten. Mit einem Tritt in den Bauch bekam er seinen Stock wieder frei und beförderte den sterbenden Mann zu Boden. Schon parierte er den nächsten Schlag des anderen Mannes und drängte diesen nun ebenfalls zurück.

Der dunkelblonde Anführer der Banditen drehte sich um und lief davon.

»Marcus, schnell, die Pferde, er darf nicht entkommen!«, rief Titus und verletzte seinen Angreifer mit einem seitlichen Schwung an der Hüfte.

Der Germane gab auf und rannte seinem Kameraden hinterher. Er hielt sich die verletzte Seite, aus der Blut rann.

Marcus griff sich erneut einen Pfeil, zielte halbhoch und traf den fliehenden Anführer an der Schulter. Abrupt blieb dieser stehen, packte den Schaft mit der Rechten, brach ihn ab und stolperte weiter.

Wittigo schrie markerschütternd auf. Der Germane hatte ihm sein Schwert in den Bauch gestoßen. Wittigo ließ seine Waffe fallen. Mit den Händen versuchte er, das Schwert aus seinen Eingeweiden zu ziehen. Der Germane drückte es gnadenlos immer weiter hinein und grölte dabei einen Siegesschrei.

Marcus zog seinen Dolch und sprang von hinten auf den Germanen. Er stieß ihm das Messer in die Seite, dann in den Nacken; der Mann zappelte, bekam sein Schwert aber nicht frei, denn es steckte zu tief in Wittigos Bauch, der es, brüllend vor Schmerzen, mit blutenden Händen selbst festzuhalten versuchte. Im nächsten Moment stürzten alle drei zu Boden. Marcus klebte wie eine Klette an seinem Feind. Immer wieder stach er wie besessen zu. Das Blut spritzte ihm ins Gesicht, eine Fontäne ergoss sich im nächsten Moment über Arme und Brust, und als die Abwehrversuche schwächer wurden, packte er den Kopf seines Widersachers und durchtrennte dem Mann die Kehle. Dann stach er unzählige Male voller Wut auf ihn ein, obwohl er längst keine Reaktion mehr erntete.

»Marcus, hör auf! Bist du von Sinnen? Er ist tot. Marcus. Marcus! Er ist tot!«

Titus rüttelte ihn fest und sah ihm in die Augen; endlich stoppte Marcus seine Tobsucht. Er fing hemmungslos an zu schluchzen und rollte sich auf die Seite.

Titus sah nach Wittigo, der sich verkrümmt den Bauch hielt.

»Sind sie fort?«, stöhnte sein Führer leise.

»Sie sind fort, Wittigo. Wir haben gewonnen. Zwei sind Hals über Kopf geflohen.«

»Mir ist so kalt«, bibberte er mit zitternden blauen Lippen.

»Ich hole eine Decke.«

Titus rüttelte an Marcus, der wie ein Embryo eingerollt auf der Seite lag.

»Marcus, bring mir eine Decke. Wittigo stirbt.«

Blutbesudelt rappelte sich Marcus auf und suchte nach etwas Brauchbarem. Er nahm sich aus dem Beutel von Wittigo eine wollene Tunika, die er nachts trug, und reichte sie seinem Onkel.

Titus deckte seinen Gefährten zu.

»Ich möchte nach Hause«, wimmerte Wittigo kaum hörbar.

»Wir gehen alle zusammen. Schlaf ruhig ein, wir bleiben hier und passen auf. Morgen geht es dir besser«, versuchte Titus, ihn zu trösten, nahm seine Hand und sah, wie sich Wittigos Gesichtszüge entspannten. Er lächelte sanft.

Nach einer kurzen Weile hatte sich Marcus beruhigt und setzte sich zu Titus, der weiterhin neben Wittigo wachte.

»Soll ich ihm einen kühlenden Lappen bringen?«, fragte Marcus seinen Onkel.

»Danke, aber es ist vorbei. Wittigo ist tot.« Er schloss ihm mit Daumen und Zeigefinger die Lider.

Marcus wirkte betroffen.

»Wer war er denn eigentlich? Er sieht nicht aus wie ein Krieger.«

»Nein, er war mein Führer. Er hat gute Arbeit geleistet, ohne ihn wären wir jetzt nicht hier. Bei deiner Befreiung hat er mir ebenfalls sehr geholfen. Er war ein ehrenvoller Mann. Armer Kerl.«

Titus stand auf und ließ den Blick über die Wälder streifen.

»Ich hoffe, ich finde den Weg zurück auch ohne ihn.«

»Wie sollen wir das machen, ohne Pferde?«

»Komm, pack alle Sachen zusammen, die wir tragen können, auch die von Wittigo. Die Männer lauerten noch hier, also können die Pferde nicht weit sein.«

»Und Wittigo?«

Titus zögerte.

»Du hast recht. Wir sind es ihm schuldig. Wir legen ihn auf das Floß und zünden es an. Er war eigentlich Germane. Das ist für ihn eine würdevolle Reise ins Reich der Toten. Und bitte geh dich waschen. Du siehst furchtbar aus.«

Marcus trug den toten Führer auf das Floß. Im Wasser spiegelte sich seine furchtbare Erscheinung nur allzu deutlich. Er sah aus, als hätte er in Blut gebadet.

Während Marcus sich wusch und säuberte, sah sich Titus um. Von den beiden geflohenen Männern war weit und breit nichts mehr zu sehen. Sie waren jedoch eindeutig verletzt, er entdeckte immer wieder Blutspuren im sandigen Boden.

An einer völlig zertrampelten Stelle hatten sie die Pferde zusammengetrieben. Titus bezweifelte, dass sie mit ihren Verletzungen und insgesamt zwölf Tieren – sieben römischen und fünf eigenen – weit kommen würden. Sie mussten den Spuren folgen.

Er kehrte um und half Marcus beim Sammeln einiger trockener Zweige. Sie legten diese auf Wittigos Floß und zündeten es an. Dann stießen sie es ab und schickten den Führer auf seine letzte Reise. Rasch wendeten beide ihren Blick wieder ab, sie hatten genug Feuer für heute gesehen.

Schweigsam folgten sie zwei Stunden lang den unübersehbaren Spuren.

»Es dämmert schon bald. Die sind doch längst über alle

Berge. Sie haben Pferde, und wir sind zu Fuß unterwegs. Was soll das bringen?«, klagte Marcus.

»Sie sind mit den vielen Tieren nicht viel schneller als wir. Die Verletzung an der Hüfte kostet viel Blut. Der Pfeil in der Schulter wird über Nacht im Fleisch bohren und Fieber verursachen. Wenn wir Glück haben, sind morgen früh beide tot oder unfähig, mit so vielen Pferden weiterzuziehen. Dann müssen wir zur Stelle sein. Noch haben wir gute Chancen. Adalmar verliert durch das Feuer eine Menge Zeit. Sie müssen einen großen Umweg machen und sich neu formieren. Wir dürfen jetzt nicht aufgeben.«

Als die Nacht hereingebrochen war, gönnten sie sich endlich eine Pause. Aus ihren wenigen Vorräten stellten sie ein spärliches Mahl zusammen: getrockneten Speck, der in der Hitze leicht ranzig geworden war. Marcus hatte auf einer Wiese ein paar Blätter Sauerampfer gepflückt, Titus einen Strauch Brombeeren entdeckt. Das war alles.

Am nächsten Tag brachen sie bei Anbruch der Morgendämmerung auf. Nach nur wenigen Schritten sahen sie in der Ferne eine Lagerstelle; über einem heruntergebrannten Feuer stand eine fast unsichtbare kleine Rauchsäule.

»Siehst du das?«, flüsterte Titus.

»Ja, und schau mal dort, am Waldrand. Da stehen sie alle. Ein Dutzend Pferde«, bemerkte Marcus.

»Wir schleichen uns an. Halt die Waffen bereit«, befahl sein Onkel und ging voran.

Marcus hatte einen Pfeil angelegt. Titus war bereit, seinen Stock als Waffe einzusetzen. Das letzte Stück ihres Weges legten sie geduckt zurück, immer die Umgebung im Blick. Titus sah es als Erster, und alle Spannung fiel von ihm ab.

Der Mann, den er verletzt hatte, war grau im Gesicht

und starrte mit offenem Mund und ausdruckslosen Augen ins Leere. Der hohe Blutverlust hatte seinen Tribut gefordert, anscheinend war er im Schlaf vom Tod überrascht worden.

Der bärtige Germane lebte noch, aber sein Atem ging flach, auf der Stirn stand Schweiß, er war nicht bei Bewusstsein.

»Was machen wir mit ihm?«, fragte Marcus.

»Nichts«, antwortete Titus ungerührt. »Wir überlassen es den Göttern, was sie mit ihm vorhaben. Los, komm. Wir haben keine Zeit zu verlieren. Wir nehmen uns jeder ein Pferd und brechen nach Hause auf.«

Sie hatten die freie Wahl. Titus entschied sich für seinen eigenen Hengst, Wotan, den er vom Centurio geschenkt bekommen hatte. Marcus' Wahl fiel auf eine weiße Stute, die sich ihm sofort zutraulich zeigte.

Sie sammelten alles zusammen, was von Nutzen war, und verteilten die Lasten. Vorräte, Wasserschläuche, Waffen und Kleidung.

»Sollen wir für unsere Vorräte noch ein drittes Pferd mitnehmen?«, fragte Marcus seinen Onkel.

»Eigentlich sollten wir das machen. Dann sind wir aber viel langsamer.«

Sie standen beide unschlüssig vor den Tieren.

»Wenn wir vor den Germanen ankommen wollen, müssen wir zu zweit losreiten, ohne Ballast.«

Marcus stimmte schweren Herzens zu. Sie ritten im Galopp das Stück bis zum Fluss zurück und sahen in der Ferne die Rauchschwaden des Waldbrandes, der noch immer sein zerstörerisches Werk verrichtete.

»Hier entlang, Marcus. Das ist der Weg nach Hause.«

Abusina, Grenzgebiet am Limes, August 233 n. Chr.

Es war ein einsamer Ritt entlang der Grenze, den Centurio Julius Flavius Sabinus zusammen mit Optio Valerius unternahm. Zeit, um nachzudenken.

Er war sich sicher, dass sie auf der richtigen Spur waren – endlich. Der Kontaktmann, den ihm Aulus Fidelius genannt hatte, war tot aufgefunden worden, und er musste bei der Suche von vorn anfangen. Er hatte mehrere Boten entsandt mit dem Auftrag, ihm über ungewöhnliche Todesfälle aus der fraglichen Umgebung im Limesgebiet zu berichten. Die meisten Nachrichten, die er erhielt, waren uninteressant.

Er erfuhr von Giftmorden an Eheleuten, Raubmorden an reisenden Kaufleuten und Blutfehden zwischen Familien, aber er legte noch beim Lesen die Botschaften beiseite. Er suchte nach etwas anderem. Ein ganz bestimmtes Profil schwebte ihm vor.

Als er die Botschaft aus Abusina entrollte, wusste er sofort, dass er seinen Täter gefunden hatte. Der Auftragsmörder, der ihn beseitigen wollte, war enttarnt. Eine einflussreiche Händlerfamilie war ermordet worden. Vom großväterlichen Greis über die Frau des Händlers bis hin zu den Kindern – niemand blieb verschont. Der Patron der Familie wurde geköpft und verbrannt, seine Angehörigen verloren ebenfalls den Kopf und wurden in Brunnen entsorgt. Es geschah mitten in der Nacht, niemand bekam etwas mit. Vorangegangen waren jahrelange Streitigkeiten mit einem Konkurrenten. Man konnte dem Wettbewerber nichts nachweisen, das Verbrechen blieb ungesühnt, und eine neue monopolistische Händlerdynastie bahnte sich an. Die gnadenlose Vernichtung, der Sadismus und die Gründlichkeit trugen eine eindeutige Handschrift.

Der Patron hatte gewiss Dreck am Stecken. Doch die unschuldige Familie tat ihm leid. Unschuldig in eine Katastrophe zu schlittern, hatte er im Leben am eigenen Leib erfahren müssen.

Seine Gedanken wehten in eine längst vergangene Zeit. Er dachte an Rom. An die Garde der Prätorianer. An die Zeit, in der er mit Leib und Seele Rom diente, an der Quelle der Macht. Es war das Jahr nach dem Kaiser, der dem Sonnengott Elagabal huldigte: Varius Avitus Bassianus. Der Mann, der sich als Kaiser Marcus Aurelius Antoninus genannt hatte, war zum Symbol für Lasterhaftigkeit und Dekadenz geworden und von Auftragsmördern seiner eigenen Tante, Julia Mamaea, ermordet worden. Sie hatte um das Leben ihres dreizehnjährigen Sohnes gefürchtet, der anschließend zum neuen Kaiser Severus Alexander ausgerufen wurde.

Wenn in Rom ein neuer Kaiser inthronisiert wurde, begleiteten Feierlichkeiten und Gladiatorenkämpfe die Zeremonien. Dass gleichzeitig viele hochrangige Persönlichkeiten und ihre Angehörigen ihr Leben ließen, ging im allgemeinen Bedürfnis nach Zerstreuung unter. Männer wie der Prätorianer-Centurio Julius Flavius Sabinus waren dafür zuständig, dass ein Kaiser sich derjenigen Männer entledigte, die in direkter Konkurrenz versucht hatten, die Macht an sich zu reißen. Sie waren eine zu gefahrvolle Bedrohung. Wer nicht das Glück hatte, verbannt zu werden, verlor das Leben. Jeder wusste dies und hatte den Preis dafür zu zahlen, das große Schicksalsrad erfolglos gedreht zu haben. Die Erfolge des charismatischen, loyalen Centurios Julius Flavius Sabinus nahm man in den höchsten Stellen wahr. Sogar Chancen auf den Posten des künftigen Prätorianerpräfekten räumte man ihm ein. Er hatte niemals Zweifel, auf der richtigen Seite zu stehen. Bis ihn jemand bezichtigte, ein Feind zu sein, und Erfolg mit seiner Intrige hatte, ohne dass er darauf Einfluss hätte nehmen können.

Dieser tragische Umstand war ausgerechnet einem Mann geschuldet, der beinahe sein Namensvetter war. Julius Flavianus und er, Julius Flavius, waren beide Centurionen der Prätorianergarde und befreundet. Als Julius Flavianus zum stellvertretenden Präfekten aufstieg, nahm das Übel seinen Lauf. Sein Freund lernte den machtbesessenen Geminius Chrestus kennen, der ebenfalls zum Stellvertreter ernannt wurde. Die beiden zettelten Straßenkämpfe an, die viele Bürger Roms das Leben kosteten, und strebten nach einem Umsturz. Er nahm an, sie wollten sich persönlich bereichern, denn ihm fiel bis heute kein anderer Grund für die revolutionären Bestrebungen ein. Der Prätorianerpräfekt Publius Valerius Comazon, ehedem Tänzer und Schauspieler, aufgestiegen unter dem Vorgänger des neuen blutjungen Kaisers, sah seine Chance gekommen, einen Konkurrenten aus dem Weg zu räumen, und denunzierte zu Unrecht ausgerechnet ihn, der immer die Drecksarbeit verrichtet hatte, um Rom zu dienen. Allein die Freundschaft zu einem Verräter hätte ihn um ein Haar das Leben gekostet. Man stellte ihn vor die Wahl: Ohne Schuld auf sich geladen zu haben, durch das eigene Schwert sterben oder in die Verbannung gehen.

Seine Notsituation kam einem Mann zu Ohren, der kurz zuvor in ein politisches Amt befördert worden war. Dieser brauchte fähige, erfahrene Männer an seiner Seite. Er musste sich bereit erklären, einem Mann zu dienen, der ihn fortan ausnutzte. Dieser Mann hieß Aulus Fidelius. So kam es zu seiner Versetzung nach Biriciana und der Abhängigkeit von einem korrupten Beamten, für die er sich verachtete. Diese Demütigung an sich selbst hatte er jahrelang hingenommen und als Bürde getragen. Kampf um Kampf gegen Barbaren an der Grenze auszufechten, schien ihm die gerechte Strafe für seine Selbstverleugnung. Seit er Titus Aurelius kennengelernt hatte, fing etwas in seinem Innersten an, mit Macht hervorzubrechen. Er realisierte, dass Pflichterfüllung und Buße nicht gegen Freundschaft sprachen und seine Rehabilitierung kein Wunsch war, der gegen Sitten verstieß. Es war an der Zeit, die Verbannung zu beenden. Er hatte es selbst in der Hand. Jeder, der sich ihm entgegenstellte, würde es büßen. Es war an der Zeit aufzuräumen. Aulus Fidelius war der Anfang. Der Assassine der nächste logische Schritt.

Der Centurio spuckte gerade aus, als ihn sein Optio aus den Gedanken riss.

»Wir sind da, Herr.«

»Gut. Macht einen Streifzug durch die Tavernen, sprecht mit den Huren und allen, die zwielichtige Gestalten kennen. Ich statte dem Befehlshaber einen Besuch ab. Wir treffen uns am Abend in der Mansio wieder.«

»Ja, Herr.«

Centurio Julius Flavius Sabinus wurde von seinem Kollegen sofort empfangen. Sein Ruf als effektiver Hüter der Grenze eilte ihm voraus und war ihm in dieser von ihm so verpönten Gegend häufig hilfreich. Der Centurio von Abusina, der sich ihm schlicht als Silvanus vorstellte, zeichnete für die Überwachung der Grenze am Übergang von der Mauer zum Fluss Danuvius verantwortlich und befehligte eine gemischte Einheit aus Infanterie und Kavallerie. Er hatte vergleichsweise wenige Truppen für den Feldzug in Mesopotamien zur Verfügung stellen müssen, sodass er nach wie vor über eine schlagkräftige Einheit von fünfhundert Mann verfügte.

Offenbar war man sich sogar in Rom und Augusta Vindelicum der neuralgischen Lage bewusst, die ein derartiger Verkehrsknotenpunkt darstellte, mit Castra Regina im Osten sowie einer Verbindungsstraße nach Westen und Süden, die es zu sichern galt. Den Schiffsverkehr hatte man ebenfalls zu kontrollieren. Einfälle aus Germanien gab es in der Vergangenheit immer wieder, und eine rege Bautätigkeit verriet, dass an der Wehrhaftigkeit des Kastells permanent gefeilt wurde. Während der Markomannenkriege war Abusina beinahe komplett zerstört worden, und man hatte versucht, seine Lehren daraus zu ziehen.

Centurio Silvanus klärte ihn zu Beginn des Gesprächs unaufgefordert und ausführlich über die Geschichte seines Kastells auf.

»Nun kennt Ihr die Geschichte Abusinas, aber deshalb seid Ihr nicht hier. Was kann ich für Euch tun?«, fragte ihn Silvanus in freundschaftlichem Ton.

»Danke für Eure Zeit, Centurio. Ich suche einen Verräter. Einen Auftragsmörder. Ich hoffe, Ihr könnt mir dabei behilflich sein.«

Centurio Silvanus hob fragend die Augenbrauen.

»Wie kommt Ihr darauf, dass ich Euch dabei behilflich sein kann?«

Er goss sich aus einer Karaffe eine braune Flüssigkeit ein.

»Wollt Ihr einen Schluck der lokalen Cervisia? Sie lagert in den Kavernen und ist gut gekühlt.«

Centurio Flavius stockte einen Moment der Atem.

»Nein, vielen Dank. Aber die Kavernen könnt Ihr mir gerne noch zeigen. Vielleicht kann ich ein paar Ideen über Kühlung und Vorratshaltung mit nach Hause nehmen.«

Er hatte in der Tat großen Durst, rührte dieses Getränk indessen nie an. Ein Centurio, der Cervisia trinkt, war ihm noch nie begegnet.

»Kennt Ihr den Fall der ermordeten Händlerfamilie?«

Silvanus nippte am Krug und hob die Augenbrauen.

»Ja, schrecklich. Man hat die Täter nie gefasst.«

»Es wird gemunkelt, dass sein Konkurrent etwas damit zu tun hatte«, fragte Flavius nach.

»Gemunkelt wird viel. Man konnte ihm aber nichts nachweisen.«

»Wie denkt Ihr darüber?«

»Centurio, Ihr wisst doch: Man bezahlt uns nicht dafür, dass wir uns über Menschen Gedanken machen, sondern dass wir die Gegend sichern. Ich sorge für Recht und Ordnung, wo ich kann, aber bestimmte Personen haben Kontakte und Möglichkeiten, die außerhalb meines Einflussbereichs liegen. Ergeht es Euch etwa anders?«

»Es war ein Auftragsmord«, insistierte Centurio Flavius.

»Mag sein.«

»Es müssen Leute mit Kontakten sein, die sich Zugang zu Informationen beschaffen können. Habt Ihr von Erpressungen oder weiteren Vergehen gehört?«

»Nein. Das wäre mir aufgefallen«, beschied ihm Silvanus und starrte in seinen Becher, als könne er daraus lesen. »Ich würde es bei den Benefiziariern versuchen, ich kann Euch einen Kontaktmann nennen. Er war erst kürzlich hier und hat Informationen über Kaufleute eingeholt.

Wie hieß er doch gleich?« Centurio Silvanus stemmte die Hände auf seinen Tisch und schloss für einen Moment die Augen. Man konnte ihm seine hilflose Grübelei förmlich ansehen. »Ich kann mir Gesichter viel besser merken als Namen«, entschuldigte er sich.

Centurio Flavius konnte seine Enttäuschung nur schwer verbergen.

»Protus!«, murmelte Centurio Silvanus und wurde lauter: »Er hieß Protus und war in meinen Augen der bestinformierte Mann der Provinz. Diese Kerle sammeln ihre Informationen von allen, die im Reich unterwegs sind.«

Silvanus platzte vor Stolz, dass er sich doch noch an den Namen erinnern konnte.

»Ich wollte gerade erwähnen, dass der stellvertretende Statthalter von Augusta Vindelicum, in dessen Auftrag ich unterwegs bin, den Verräter ebenfalls in den Reihen der Benefiziarier vermutet.«

»Aulus Fidelius sagt das?« Silvanus schien überrascht. »Verstehe. Ich kenne diesen Protus kaum. Die Benefiziarier wechseln ständig ihre Aufenthaltsorte. Man hat immer wieder mit anderen zu tun. Ihr findet ihn an der Straßenstation ein paar hundert Fuß nördlich bei der Brücke«, schob Silvanus eilig nach.

Offenbar hatte er Angst, mit in die Ermittlungen einbezogen zu werden.

»Euer Auftrag …«, druckste Silvanus herum. »Kann ich das Siegel des Statthalters sehen?«

Flavius lächelte ihm höflich zu.

»Danke, Centurio. Ihr wart mir eine große Hilfe.«

Ohne auf die Bitte des Centurios eingegangen zu sein, verließ er das Kastell mit einem Optio, der ihm wie versprochen die verschiedenen Kavernen zeigte.

Er würde diesem Protus einen Besuch abstatten. Er

mochte Benefiziarier aus verschiedenen Gründen nicht leiden. Sie machten einem das Leben schwer; seiner Meinung nach deshalb, weil sie es konnten. Sie waren vom jeweiligen Statthalter einer Provinz aus ihren Stammeinheiten abkommandierte Unteroffiziere, die an den Fernstraßen des Reichs Polizeifunktionen wahrnahmen. Mit gelegentlich zugeordneten einfachen Soldaten und Hilfspersonal waren sie in sogenannten Benefiziarierstationen eingesetzt. Diese befanden sich an Grenzübergängen, Straßenkreuzungen oder Flussübergängen und damit bei den neuralgischen Punkten der Provinzen. Zusammenarbeit mit ihnen war beinahe immer schwierig.

Als er am Flussübergang ankam, hielt ihn vor dem kleinen Häuschen, das sich Kommandantur schimpfte, ein unrasierter Mann mit verfilzten Haaren auf. Seine Uniform war voller Flecken. Den Helm hatte er auf einen Schemel gelegt.

»Halt, was wollt Ihr?«

Der Atem des Mannes stank nach billigem Wein. Die einzige Aufgabe der Wache schien es zu sein, Arbeit von ihrem Vorgesetzten fernzuhalten. Dass ein solcher Mann Rom vertrat, ärgerte ihn.

»Wer hat hier das Sagen?«

Der ungepflegte Kerl machte keine Anstalten, vor einem hohen Offizier klein beizugeben.

»Wer will das wissen?«

»Ich bin Centurio Julius Flavius Sabinus und suche einen gewissen Protus.« Er beugte sich langsam zu dem Mann vor. »Die Latrinen im Kastell sind verstopft. Wenn ich Protus nicht sofort sprechen kann, wirst du zu denjenigen gehören, die bis zum Hals in der Scheiße stecken, um nach dem Grund für das Problem zu suchen, verstanden?«

Dem Mann wurde schlagartig bewusst, dass andere

über seine Geschicke zu entscheiden hatten; er verlor seine Selbstsicherheit so schnell, wie er sich den Helm aufsetzen konnte.

»Ich sehe sofort nach«, hörte er ihn stammeln.

Nur einen Moment später erschien Protus in der Tür. Er nestelte an seiner Tunika herum.

»Ja?«

»Centurio Julius Flavius Sabinus grüßt Euch, werter Protus. Können wir uns irgendwo ungestört unterhalten?«

Schweigend taxierte ihn Protus einen Augenblick, als versuchte er, eine unsichtbare Botschaft zu entschlüsseln.

»Wir können drinnen reden.«

Der Centurio folgte ihm und sah sich um. Wenn Ordnung das halbe Leben war, handelte es sich hier um die sterbende Hälfte. Einen Friedhof mit paradiesischen Zuständen nur für Schaben und Fliegen. Eine Beleidigung für seine Augen. Protus räumte mit einer ausladenden Bewegung einen Tisch frei, schob alles zusammen, was sich auf ihm verteilte, und warf Gegenstände, die sich auf einem der beiden Stühle befanden, in eine andere Ecke.

»Wir haben viel zu tun hier«, entschuldigte er sich halbherzig. »Wollt Ihr was trinken?«

Allein beim Gedanken an die ungespülten Krüge schauderte ihn.

»Nein, vielen Dank.«

»Was kann ich für Euch tun?«, fragte Protus, der sich einen Krug schnappte, kurz hineinäugte und den Rand mit seinem Finger abputzte. Aus einer kleinen Amphore ergoss sich eine dunkle Flüssigkeit.

Der Centurio setzte sich und verschränkte die Arme.

»Ich suche jemanden für eine bestimmte Sorte Auftrag

und habe gehört, dass Ihr jemanden kennt, der solche Aufträge übernimmt.«

Protus entblößte mit einem herablassenden Grinsen seine braunen Zahnreihen und schüttelte den Kopf.

»Da habt Ihr Euch verhört.«

»Oh, Geld spielt keine Rolle. Ich zahle in Aurei.«

Er legte einen kleinen Beutel vor sich, öffnete ihn ein wenig, sodass ein goldener Schimmer den Raum erleuchtete.

Protus glotzte ihn und den Beutel mit weiten Augen an und genehmigte sich einen großen Schluck aus seinem Krug. Als er nach dem Beutel greifen wollte, nahm ihn der Centurio flink wieder an sich.

Protus legte den Kopf schief. In seinen Augen spiegelte sich die blanke Gier.

»Wer ist Eure Referenz?«

Centurio Flavius hatte erfahren, was er wissen wollte, und lehnte sich zurück.

»Die kann ich Euch nicht nennen.«

Protus wurde ungehalten. »Ihr stehlt mir meine Zeit. Verschwindet! Lasst Euch hier nicht mehr blicken!«

Langsam erhob sich der Centurio und ließ seinen Blick durch den Raum schweifen.

»Schade. Ich hatte auf Eure Hilfe gesetzt. Ihr solltet eine Sklavin engagieren, die hier aufräumt.«

»Raus hier!«, schäumte Protus.

Mit einem verächtlichen Lächeln drehte er sich um und kehrte dem stinkenden Loch von Wohnstube den Rücken, um mit Optio Valerius in der Mansio vor den Toren des Kastells endlich seinen Durst zu stillen.

Als sich die Nacht über die Straßenstation gelegt hatte, öffnete sich knarzend die Tür zur Kommandantur. In einen groben Stoffmantel gehüllt, schlüpfte Protus hinaus in die Dunkelheit und eilte zum Stall.

Dieser Besucher kam ihm seltsam vor. Ein Centurio, der weit gereist war, bedeutete nichts Gutes. Vielleicht war ihre Tarnung aufgeflogen. Er würde umgehend Rapport erstatten.

Als er den Zügel seines Pferds ergriff, spürte er den fremden Atem.

Bevor er herumfahren konnte, grub sich eine Faust in seine Flanke. Die Wucht des Schlages nahm ihm die Luft.

Centurio Flavius zielte auf Nieren und Magen und setzte mit einem festen Schlag aufs Kinn nach. Protus riss es zu Boden. Mit sicheren Griffen fesselte Optio Valerius den Mann, setzte ihn auf einen Stuhl und zog seinen Gladius. Die Unterarme fixierte er auf dem Tisch.

Der Centurio wartete einen Moment, bis Protus wieder zu sich gekommen war.

Optio Valerius richtete sein Kurzschwert direkt auf dessen Nasenspitze.

»Guten Morgen, Dreckskerl«, flötete der Centurio ihm zu.

Protus blinzelte die beiden Männer mit einem geschwollenen Auge an und leckte sich über die blutende Lippe die Zahnspitzen.

»Ich will nur den Anführer«, teilte ihm der Centurio mit unverhohlener Drohung in der Stimme mit.

»Ich habe keine Ahnung, wovon Ihr sprecht.«

»Du hast Zeit, bis zehn zu zählen, um mir dann den Namen des Auftragsmörders zu nennen, den du gerade aufsuchen wolltest.«

»Kein Wort aus meinem Mund.« Er spuckte dem Centurio unvermittelt mitten ins Gesicht.

Für einen kurzen Moment verzog Centurio Flavius das

Gesicht und strich sich den schleimigen Faden von der Wange. Die Uniform war voller Sabber- und Blutspritzer. Dann zog er seinen Dolch und rammte ihn mit einem kräftigen Stoß durch den Handrücken.

Protus heulte auf und stierte ungläubig auf den Tisch. Er war nicht imstande, einen Finger zu rühren, seine Hand war festgenagelt. Schmerzen schossen wie Pfeile durch die Gliedmaßen. »Seid Ihr wahnsinnig? Verdammt, zieht ihn raus. Mistkerl!«

Er schrie so laut, dass sich der Centurio genötigt sah einzugreifen. Er holte weit aus, knallte mit einem Schwung den Handrücken gegen die Wange und erreichte, dass Protus nur mehr leise vor sich hin wimmerte.

»Fangen wir noch einmal von vorne an.«

Er nahm ein kleines Beil von einer Art Werkbank.

»Ich stelle jetzt zehnmal die gleiche Frage. Jedes Mal, wenn du nicht antwortest, verlierst du einen Finger. Danach können wir das Gleiche mit deinen Zehen machen. Du wirst als Krüppel enden und am Ende doch reden, das verspreche ich dir.«

Er machte eine kurze Pause, ließ seine Worte wirken und Protus schwitzend vor sich hin brüten.

»Hör mir zu. Ich bin nicht an schäbigen kleinen Handlangern wie dir interessiert. Daher besteht kein Grund zur Annahme, dass ich dich sowieso töte. Aber es macht mir nicht das Geringste aus, dir Finger um Finger abzuschneiden, bis du dieses Dreckschwein verraten hast. Also? Sind wir uns einig? Dann nicke!«

Protus floss kalter Schweiß von der Stirn, schließlich gab er auf. Er nickte und fing greinend an zu gestehen.

»Ihr findet ihn in Celeseum. Er hört auf den Namen Nertinius Festus.«

»Ist das alles?«

»Er hat immer drei oder vier Leute um sich. Er wird Euch töten. Er wird Euch die Eingeweide rausreißen!«

»Bete lieber zu den Göttern, dass du mich wiedersiehst. Denn wenn ich in zwei Tagen nicht wiederkomme, wirst du jämmerlich verdurstet sein. Falls deine Angaben nicht stimmen, wirst du dafür mit deinem Leben bezahlen. Wenn du noch einen wertvollen Hinweis für mich hast, spare ihn besser nicht auf. Niemand wird dich rechtzeitig finden, mein Wort darauf.«

Mit hasserfüllten Augen starrte Protus ihn an. Er rang mit sich. Dann senkte er den Kopf.

»Er geht mehrmals wöchentlich zu den Huren. Dort ist er am wenigsten geschützt.«

Im Gegenzug bekam Protus im hintersten Winkel einer abgelegenen Kaverne Gelegenheit, ohne Cervisia über sein Leben nachzudenken.

Celeseum, Grenzgebiet am Limes, August 233 n. Chr.

Centurio Julius Flavius Sabinus hatte beschlossen, das Problem auf seine Weise zu lösen. Das Bordell in Celeseum hatten sie rasch gefunden, denn es lag nicht weit entfernt vom Kastell, in der Mitte zwischen den Thermen und dem kleinen Tempel, wo es Kaufleute, Soldaten und Zivilisten gleichermaßen bequem erreichen konnten.

Für ein paar Sesterzen bekam er vom Wirt der Mansio den entscheidenden Tipp, wo der Assassine wohnte. Optio Valerius legte sich vor dem Haus auf die Lauer. Die edelste Dirne des Hurenhauses erhielt einige Denare und verriet dem Centurio, dass der Assassine sich für den heutigen Abend angekündigt hatte. Bei der Gelegenheit sah er sich dort um. Es konnte nicht besser laufen. Sich bei Huren einzuschmeicheln, war leicht, wenn man über entsprechende Mittel verfügte.

Bei Sonnenuntergang hatte er seinen Beobachtungsposten in einer Nische mit Blick auf den Eingang eingenommen. Die Uniform hatte er abgelegt und nur sein Kettenhemd zum Schutz anbehalten. Es war ein lauer, milder Sommerabend. Er schob sein Schwert in die Scheide, bewaffnete sich mit einem zusätzlichen Dolch und wartete ab.

Als die Nacht hereingebrochen war, eilte Optio Valerius heran.

»Es sind fünf Männer. Der Assassine ist der Mann in der Mitte.«

Fünf Männer in schwarzen Umhängen erschienen. Sie wechselten kein Wort. Der größte Mann der Gruppe klopfte laut mit dem bronzenen Knauf, der einen Delfin darstellte, gegen die hölzerne Tür. Der Betreiber öffnete kurz darauf, besprach sich mit ihnen und ließ dann alle herein.

Centurio Flavius erhob sich. Die Männer waren hier häufig zu Gast, dessen war er sich sicher.

Sie warteten einen kurzen Moment, schlenderten dann zum Eingang des Bordells und vergewisserten sich, dass keine Zeugen in der Nähe waren.

»Soll ich Euch wirklich nicht begleiten?«, fragte Optio Valerius mit besorgtem Unterton in der Stimme.

»Nein, ich werde das allein erledigen. Wenn ich in einer halben Stunde nicht zurück bin, tötet alle, die dieses Gebäude verlassen wollen. Ihr wartet wie verabredet im Eingangsbereich und wimmelt alle ab, die Einlass verlangen.«

»Ja, Herr.«

Der Centurio klopfte. Als sich die Tür einen Spalt öffnete, drückte er sofort seine Sandale dazwischen.

»Was fällt Euch ein?«, protestierte der Betreiber.

Der Centurio drückte ihn in den Innenraum und legte einen Finger auf die Lippen.

»Unerhört!«, entrüstete sich der Mann und wollte nach einem Sklaven rufen, doch rammte ihm der Centurio unerwartet den Schädel ins Gesicht. Stumm sackte er zu Boden.

Von seinem Besuch im Bordell wusste der Centurio, dass zwei Sklaven als Wachen eingesetzt wurden. Sie waren im ganzen Haus unterwegs und hatten unter anderem

Koch- und Putzdienste zu verrichten. Optio Valerius schleifte den bewusstlosen Betreiber in einen Abstellraum. Er hatte ihn halb hineingezogen, da erschienen die beiden Sklaven. Sie waren kräftig, aber nicht durchtrainiert. Einer runzelte die Stirn.

Sie hatten Optio Valerius noch nicht gesehen, sondern sprachen den Centurio an: »Wer seid Ihr? Wo ist der Herr?«

»Er ist dort hinten in dem Raum«, antwortete der Centurio und zeigte auf die Abstellkammer.

Von wilder Eile gepackt, ihren Herrn im Stich gelassen zu haben, liefen beide mit geballten Fäusten auf den Optio zu. Der Centurio setzte nach, packte den rechten Kerl von hinten am Arm, als dieser zum Schlag ausholte, und versetzte ihm einen knallharten Tritt mit dem Knie in die Magengrube. Mit seinem Ellbogen schlug er daraufhin gegen den Hals. Der Mann lief rot an und bekam keine Luft mehr. Es folgte eine gerade Rechte, die ihm das Bewusstsein nahm. Optio Valerius hatte den zweiten Mann noch schneller niedergestreckt. Er duckte sich unter dem ersten Schlag weg, ergriff den Arm des Sklaven, drehte ihn auf den Rücken und knallte den Kopf des Kerls gegen den Türrahmen. Ohnmächtig sackte er zu Boden.

Die erste Hürde war genommen. Ab jetzt befand sich Centurio Julius Flavius Sabinus im Krieg. Er wartete einige Momente, um sich zu sammeln, lockerte mit kreisendem Kopf seinen Nacken und konzentrierte sich auf die Waffen, die er in der Hand schwenkte.

Das Schwert in der rechten Hand, den Dolch in der linken, lief er geduckt einen schmalen Gang entlang, an dessen Ende sich die Räume für die Huren befanden. Er horchte an der ersten Tür. Die Hure hatte sie einen fingerbreiten Spalt offen gelassen, also wagte er einen Blick.

Einer der Begleiter des Assassinen stand mit dem Rücken zur Tür und ließ sich einen blasen. Zur Enttäuschung des Mannes unterbrach sie unerwartet ihr Werk, stand flink vor ihm auf, leckte ihn mit der Zunge vom Kinn bis zur Nase und strahlte ihn freudig an.

»Ich habe Durst und möchte die Zeit mit dir genießen. Lass uns etwas trinken.« Sie verschwand hinter einem Vorhang, der einen kleinen Raum abtrennte, und gab vor, einen edlen Wein zu holen.

»Beeil dich. Sonst steht er nicht mehr, wenn du wiederkommst«, brummte der offenbar germanischstämmige Mann, denn er stand mit heruntergelassener Hose vor ihr und gab ein erbärmliches Ziel ab.

Der Centurio ergriff sofort die Gelegenheit und trat die Tür auf.

Der Schreck stand im hässlichen Gesicht des Mannes, der nicht wusste, was er tun sollte: sich bedecken, abwenden oder kämpfen.

»Los, greif dir dein Schwert und kämpfe wie ein Mann, du elender Wurm.«

Entschlossen wog Centurio Flavius sein Schwert in der Hand und streckte den Kopf vor wie ein Panther auf der Lauer.

Anstatt ehrenvoll zu kämpfen, rief der feige Kerl um Hilfe.

Der Centurio brauchte nicht mehr als zwei Schritte, dann schloss sich seine Hand mit festem Griff um den Mund. Der Unterarm presste dem Schergen des Assassinen die Luft ab, und der Dolch durchtrennte die Kehle in einer fließenden Bewegung; ein zweiter Stich in den Hals folgte mit militärischer Präzision. Die Hände, die zur Abwehr hochgeschnellt waren, fielen schlaff herunter. Außer einem kurzen Gurgeln war nichts zu hören. Der

Tod war ein eiliger Gast bei diesem Kerl. Er legte den Körper hastig ab.

Von der Hure waren kein Wort und kein Ton zu vernehmen. Er zog mit einem raschen Griff den Vorhang beiseite, da sah er sie in der Ecke kauern, einen Dolch in der zitternden Hand und mit bebenden Lippen.

»Er ist ein vielfacher Mörder. Heute werden die Opfer gerächt. Bleib, wo du bist, und verhalte dich still, dann passiert dir nichts«, gab er ihr zu verstehen.

Sie nickte beflissen. Trotz des Krachs, den der Mann verursacht hatte, blieb es in den Gängen still.

Der Centurio wischte seinen Dolch an der Hose des Mannes ab und schlich um die Ecke zum nächsten Zimmer. Es war verschlossen. Konzentriert horchte er an der Tür. Kein Ton.

Ein kurzer Anlauf, dann stieß er mit seiner Schulter wuchtig gegen die Tür, die sofort aus den Angeln flog. Beinahe war er überrascht, wie leicht sie nachgab, doch war diese Bauweise absichtlich so gewählt, damit die Huren im Falle gewalttätiger Freier schneller befreit werden konnten. Er stolperte in den Raum hinein und fing sich im letzten Moment ab, bevor er das Gleichgewicht verlor. Im Augenwinkel sah er etwas, das auf ihn zustieß, und fuhr mit dem Schwertarm herum. Der Scherge des Assassinen kratzte mit seiner Klinge am Schwert des Centurios entlang und streifte ihn am Ellenbogen. Centurio Flavius zuckte kurz und stieß den Mann mit dem blutenden Arm von sich. Verächtlich sah er ihn an.

»Verdammter Bastard! Du hättest deine Chance nutzen sollen. Aus dem Hinterhalt zuschlagen wie eine feige Ratte, das ist dein Geschäft. Jetzt kämpfen wir wie Männer.«

Er streckte sein Kinn vor und forderte ihn mit einer Handbewegung auf anzugreifen.

Dem Kerl war die Verzweiflung ins Gesicht geschrieben. Die Hure hatte sich sofort aus dem Zimmer gestohlen, als sie für einen winzigen Augenblick einen Fußbreit Platz zwischen dem Centurio und dem Freier für die Flucht fand.

Plötzlich stieß der Mann vor und zielte mit seinem Schwert auf den Hals des Centurios. Der parierte mit der Klinge und wehrte ihn zur Seite ab. Mit dem Dolch schlitzte er ihm in der gleichen Bewegung den Bauch auf. Der Mann zuckte zusammen und hielt sich an den Schultern des Offiziers fest. Der sah in die verzerrte Fratze seines Gegners und drehte die Klinge einmal herum. Eine alte Angewohnheit auf dem Schlachtfeld, um Feinden keine Rückkehr zu ermöglichen. Erst sackte der Verbrecher gurgelnd auf die Knie, bevor er sich auf die Seite krümmte und keuchend seine letzten Atemzüge tat.

Ein Schrei hallte durch die Gänge. Die Hure musste auf den Betreiber, die Sklaven oder Optio Valerius getroffen sein.

Centurio Julius Flavius Sabinus hielt seine Waffen bereit und eilte auf den Gang hinaus. Eine Türe wurde aufgerissen. Zwei aus der Bande des Auftragsmörders stürmten aus dem Zimmer und sahen den Centurio auf sich zukommen. Sie waren beide mit Schwertern bewaffnet und stellten sich ihm grinsend entgegen. Sie fühlten sich stärker und überlegen, doch wich ihre Zuversicht mit jedem seiner entschlossenen Schritte. Die eisige Kälte im Blick des Offiziers eilte ihm voraus. Beide wichen zurück.

»Wer bist du? Was willst du? Bleib stehen. Stehen bleiben!«

Der Gang war zu eng, um den Centurio in die Zange nehmen zu können.

»Ich bin das Letzte, was ihr im Leben seht«, knurrte der Mann, der wie eine Naturgewalt auf sie zustürmte.

Auf den letzten Schritten nahm Centurio Flavius Anlauf und sprang dann mit einem gewaltigen Satz nach vorne. Er schlug mit beiden Waffen zu. Sein Schwert entfaltete naturgemäß mehr Wucht, doch der Dolch war schwerer abzuwehren. Er schnitt in die Arme und Hände seiner Kontrahenten, die von der Wucht des Angriffs zurückgeworfen wurden und aufheulten. Ein fester Tritt beförderte einen der beiden Männer auf den Hosenboden. Der andere Wächter des Assassinen versuchte, den Centurio an der Flanke zu treffen, doch der riss sein Schwert rechtzeitig auf die Seite. Die Klingen prallten aufeinander und tönten, als würden sie zerspringen. Seinen blutenden Ellenbogen rammte der Centurio in die Brust des Angreifers, der daraufhin in die Knie sackte und nach Luft rang. Der zweite Kerl hatte sich wieder aufgerappelt und legte seinerseits alle Wucht in einen Frontalangriff. Er sprang mit dem Fuß voraus auf den Centurio zu, der keine Hand frei hatte und von dem Tritt von den Beinen geholt wurde. Sein Dolch schlitterte am Boden entlang. Gerade noch rechtzeitig reckte er den Schwertarm hoch und konnte die Klinge parieren, die auf ihn niedersauste. Mit seinem Fuß hakte er sich ins Bein des Gegners, der direkt über ihm stand, drehte sich wie ein Kreisel und riss ihn damit zu Boden. Er spürte es mehr, als dass er es sah, und stieß mit seinem Schwert blind hinter sich. Die Klinge grub sich in die Eingeweide des anderen Kerls, der zum Hieb ausgeholt hatte und nun ungläubig auf seinen Bauch starrte, in dem der Gladius steckte.

Der Centurio hatte keine Zeit, sich weiter um ihn zu kümmern; er ließ das Schwert im Bauch stecken und wich einem Schlag aus, den er erahnte. Die Spitze des Schwerts des Gegners vor ihm am Boden ritzte durch seine Wange, die sich sofort warm anfühlte. Er packte den Schwertarm mit beiden Händen und presste seinen Rücken an die Brust des Mannes. Mit aller Kraft drückte er auf die Hände, bis sein Kontrahent aufheulte und das Schwert polternd zu Boden fallen ließ. Mit einem kräftigen Schwung riss sich der Mann los und schlug unvermittelt mit der Faust zu. Benommen taumelte der Centurio zurück. Als der Kerl versuchte, ihn am Hals zu greifen, hatte er seine Fassung wiedergefunden und packte den Mann an beiden Handgelenken, um zu verhindern, dass er ihm die Luft abschnürte. Die Sehnen beider Männer traten wie Seile hervor. Ein tiefes Rot färbte die Schläfen, in denen das Blut pochte. Mit knirschenden Zähnen drückte er die Hände langsam wieder auseinander, doch auch in seinem Gegner steckte eine unbändige Kraft, und so musste er auf einmal wieder nachgeben. Die Pranken des Kerls schnürten seinen Hals immer enger ein. Centurio Flavius stieß einen Kriegsschrei aus. Ein knallharter Kopfstoß brach seinem Kontrahenten die Nase, und brüllend fasste der sich ans Gesicht. Centurio Flavius erblickte den Dolch, der am Boden lag, ergriff ihn und stieß ihn seinem Gegner mitten in die Brust. Abrupt erstarb der Lärm.

Bedächtig ließ er die Spannung aus seinem mit Adrenalin vollgepumpten Körper weichen und atmete langsam aus. Der Centurio zog erst den Dolch aus dem einen, dann sein Schwert aus dem Bauch des anderen Mannes und suchte Deckung hinter einer Säule, um sich zu sammeln. Er war erstaunt darüber, dass der Assassine nicht in den Kampf eingegriffen hatte. Wo steckte er? Er leckte sich die blutende Lippe. Es schmeckte metallisch. Der letzte Kerl war zäher gewesen, als er erwartet hatte.

In einer Schlacht setzt man nie den zweiten vor den

ersten Schritt. Er hatte kühl seinen Plan verfolgt, nun wartete ein Gegner auf ihn, der womöglich ebenbürtig war. Er sog tief Luft in die Lunge und konzentrierte sich auf seine Mitte. In wenigen Momenten war er wieder die Ruhe selbst.

Er schlich sich zum Raum, aus dem die beiden Kerle gekommen waren. Zwei Stühle standen vor einer weiteren Tür, die offenbar zu einem Durchgangszimmer führte. Ob der Assassine so wild vögelte, dass er den Lärm eines Kampfes nicht hörte? Die Tür war verschlossen. Mit einem kräftigen Stoß würde sie leicht aus den Angeln fliegen, wie er mittlerweile wusste.

Er hob die Waffen und schärfte seine Sinne. Dann war er bereit.

Mit einem krachenden Knall flog die Tür wie erwartet aus den Angeln und brach in der Mitte auseinander. Centurio Flavius hastete mit stechendem Blick hinein und hielt seinen Gladius mit der Spitze voran in den kleinen Raum. Direkt vor ihm lag Nertinius Festus, nackt und gefesselt auf einer Pritsche. Die Hure saß auf ihm und strangulierte ihn.

Nicht, um ihn zu töten, sondern um seine Lust zu steigern. Ein Sadist, der für einen Moment die Seite wechselte. Für den Assassinen nur ein kleines perverses Spiel, auf das er offenbar bereitwillig eingegangen war. Centurio Flavius hatte schon von einigen üblen Gestalten gehört, die im Leben gefühllose, kalte Dreckskerle waren und ihre Lust zur Katharsis nutzten. Für den Bruchteil eines Moments das Gleiche fühlen wie ihre Opfer, das war das widerliche Motiv dabei.

Das Adrenalin, das er in sich hineingepumpt hatte, strömte aus allen Poren heraus.

Mit einer Kopfbewegung machte er der Hure klar, dass

ihre Dienste nicht mehr gebraucht wurden. Rasch flitzte sie hinaus.

Nertinius Festus starrte ihn wortlos an.

Der Centurio wollte es zu Ende bringen, doch zögerte er, bevor er die Waffe wieder senkte.

Er zog einen Schemel heran und setzte sich vor den verschnürten Assassinen, dessen Blick eine Mischung aus Hass und Scham verriet.

»Bring es doch zu Ende. Worauf wartest du?«, knurrte der Assassine.

»Warum?«

»Warum was?«, schnaubte Nertinius Festus.

»Ich möchte wissen, warum Ihr diese Aufträge erledigt.«

»Ist das noch von Belang?«

»Für mich schon. Ich war eines der Opfer. Ich bin neugierig. Schildert mir, wie aus Euch ein Mörder wurde, und ich bin gnädig bei Eurem Ende.«

Nertinius Festus schien trotz seiner misslichen Lage keine Demut zu kennen. Weder winselte er um Gnade, noch zitterte er. Er reagierte wütend.

»Binde mich los.«

»Ihr macht Scherze.«

»Binde mich los, oder du erfährst gar nichts.«

Der Centurio lachte amüsiert, als hätte ihm jemand einen Witz erzählt.

»Ihr seid wahrlich nicht in der Position, Forderungen zu stellen!«, antwortete er belustigt.

Er betrachtete einen Moment seinen Gladius, hielt ihn vor sich und prüfte mit zusammengekniffenen Augen, ob er über die gewünschte Schärfe verfügte.

Ihre Blicke begegneten sich.

In Augen konnte man vielerlei lesen. Die Augen des

Assassinen waren beinahe schwarz, kalt und strahlten die Gewalt, die von ihrem Besitzer ausging, in einer überwältigenden Abscheulichkeit aus. Er kannte warmherzige Blicke, auch solche, die Mitleid auslösen. Nichts davon sah er in den Augen von Nertinius Festus. Aber dieser kalte, dissoziale Blick suchte nach einer Antwort. Plötzlich kam ihm eine Idee.

»Von Christen habe ich gehört, dass sie vor ihrer Hinrichtung beichten. Sie erzählen von ihren Sünden und sind dann reingewaschen, wenn sie sich auf die Reise in die Unterwelt begeben. Oder war es der Himmel? Nun, ich bin kein Christ, aber es ist doch eine tröstliche Vorstellung, dass man sich sein Gewissen einfach nur mit Worten erleichtern kann, findet Ihr nicht? Versucht es doch, vielleicht gelingt es ja. Es ist in jedem Fall besser, als ungehört zu sterben.«

Die Unterkiefer des Assassinen mahlten aufeinander. Nichts passierte.

Langsam erhob sich der Centurio und zielte mit dem Schwert auf den Nacken. Nur einen Moment bevor er den tödlichen Hieb ausführen wollte, fing Nertinius Festus mit monotoner Stimme an zu erzählen.

»Ich gehörte zur VIII. Legion Augusta aus Argentoratum. Wie für Benefiziarier üblich, wurde ich halbjährlich versetzt und bin viel herumgekommen. In Nemaninga habe ich einen feigen Anschlag überlebt, der von einem Versager ausgeübt wurde. Es stellte sich heraus, dass jemand für den geplanten Mord an mir bezahlt hatte, und zwar mehr, als ich im Jahr verdiente. Bevor er mir den Namen seines Auftraggebers verriet, hat er noch viel geschrien. Ich konnte Leute brechen, auf eine andere Art als du. Und ich hatte Spaß daran. Jedenfalls hatte ich zuvor Informationen über diesen Kerl erhalten, die seine Karriere bedrohten. Das war der Grund, warum er mich loswerden wollte. Nachdem ich mit einem Weihestein den Auftraggeber im Schlaf erschlagen hatte, habe ich den Stein feierlich in die Station gesetzt. Dort steht er noch heute. Danach ging meine zweite Karriere rasch voran. Ich wurde immer gründlicher und schneller. Meine Auftraggeber waren immer nobler. Wer Macht und Geld besitzt, hat zahlreiche Feinde. Es machte mir nichts aus, diesen oder jenen das Leben zu nehmen. Auftraggeber und Opfer waren mitunter kaum zu unterscheiden. Es sind Dreckskerle, egal, auf welcher Seite sie gerade stehen.«

»Wisst Ihr, ein Kopfgeldjäger kann trotzdem ein Ehrenmann sein. Ihr hingegen seid ein feiger Mörder, der nicht einmal Kinder verschont. Warum Kinder? Warum ganze Familien?«, wollte der Centurio wissen.

Nertinius Festus lachte heiser.

»Was ist daran komisch?«, fragte der Centurio.

»Es ist nur eine Strategie. Nichts Persönliches. Die Kinder von heute sind die Mörder von morgen. Ich habe immer sorgsam darauf geachtet, keine Mitwisser zu hinterlassen. Immer die ganze Familie töten ist das Geheimnis. So erschafft man keine Rächer. Lieber ein paar Diener und Zofen zu viel erwischen, damit mich niemand erkennt. Ich wüsste übrigens nicht, wann du entkommen bist.«

Der Centurio starrte ihn an.

»Gar nicht. Ihr habt den Falschen getötet. Ihr habt einen unschuldigen Optio ermordet.«

Nertinius Festus erinnerte sich. »Der fehlende Centurio. Ich bin nachlässig geworden. Willst du mich nicht doch losbinden, ich könnte dir noch ...«. Die Stimme brach abrupt ab.

Der Centurio wartete einen kurzen Moment, bis alle

Spannung aus dem Körper gewichen war, bevor er sein Schwert wieder aus ihm herauszog.

»Das reicht mir. Mehr muss ich nicht wissen. Mein Wort auf einen schnellen, gnädigen Tod habe ich gehalten«, sprach er leise, löste die Fesseln und zog Nertinius Festus wieder an. Es durfte nicht nach Mord aussehen, sondern nach einem Kampf, weshalb er allen Toten ihre Waffen in die Hand drückte. So kam es, dass ein gewissenloser Mörder im Tod die Würde erhielt, die er im Leben niemals hatte.

Nachdem er eine Szenerie geschaffen hatte, die ihm zusagte, zog er seine Uniform an, zurrte den Helm fest und verließ mit Optio Valerius das Bordell. Anschließend verständigte er offiziell in seiner Eigenschaft als Centurio den Decurio des Reiterkastells Celeseum über die erfolgreiche Tötung eines Mörders und seiner Handlanger.

Rom, September 233 n. Chr.

»Mutter, wo bleibt Ihr?«

Kaiser Severus Alexander konnte sich heute keine mütterlichen Eskapaden leisten. Er hatte ihr wegen ihrer hilfreichen Kontakte zu den Senatoren zugestanden, den Triumphzug auszuhandeln, was ihr leichter gefallen war, als er erwartet hatte. Die bloße Ankündigung in Mesopotamien hätte zur Durchführung nicht ausgereicht. Der Senat musste zustimmen, vor allem wollten die Herrschaften gefragt werden. Demut war eine der wichtigen Eigenschaften, auf die es nun ankam. Wenn es ihr nützte, konnte seine Mutter sehr demütig sein. Politisch hatte sie wahrlich großes Talent, und auf diese Fähigkeiten zu verzichten, wäre töricht gewesen.

Er zog sich die goldbestickte Tunika über und ließ sich anschließend von einem Sklaven das Gesicht mit Mennige, einem leuchtend roten Pulver, färben. Damit stand er ganz in der Tradition der Tracht der Urahnen Roms; außerdem huldigte er der Jupiterstatue vor dem Kapitol, die ebenfalls hellrot eingefärbt war.

Immer noch war von Julia Mamaea nichts zu sehen.

Der junge Kaiser verlor die Geduld und eilte in ihr Privatzimmer, wo sie sich gerade von Sklavinnen schminken ließ.

»Sei nicht so ungeduldig. In meinem Alter braucht die

Vorbereitung für einen Triumphzug etwas mehr Zeit, als du dir vorstellen kannst.«

Er lachte spontan auf und bemerkte, dass ihm dies in Anwesenheit seiner Mutter seit langer Zeit nicht widerfahren war. Sie lächelte zurück.

»Ich möchte Rom in nächster Zeit nicht mehr verlassen, Mutter. Die beiden Jahre in Mesopotamien waren schrecklich.«

»Du hast recht. Hier sind wir sicher. Wenn möglich, lenken wir die Geschicke des Reichs besser von hier.«

Der Kaiser nickte.

»Wir müssen in den nördlichen Provinzen neue Truppen ausheben und ausbilden lassen. Die Grenze ist völlig entblößt. Wenn die Germanen dies ausnutzen, haben wir ein gewaltiges Problem.«

Julia Mamaea ergriff eine Puderquaste und verstrich die rote Farbe im Gesicht ihres Sohnes noch einmal nach ihrer Vorstellung. Er ließ sie gewähren.

»Eins nach dem anderen, junger Kaiser. Wir haben einen großartigen Sieg zu feiern.«

»Du weißt doch, dass es anders war.«

»Es spielt keine Rolle, wie es war; wichtig ist nur, wie wir es darstellen. Die Plebs war nicht in Mesopotamien und möchte feiern. Die Senatoren waren es auch nicht und wünschen sich eine stabile Regierung. Also war es ein großartiger Sieg. Es gewinnen alle. Wir müssen unserem Volk zeigen, wer Rom erfolgreich regiert.«

Der Kaiser starrte in den runden Glasspiegel, der von einer silbernen Fassung eingerahmt war, und sah seine Mutter leicht verzerrt und unscharf, was ihr eine Jugendlichkeit angedeihen ließ, die sie verlieren würde, sobald er sich umdrehte. Er überlegte, warum sie jeglichen militärischen Konflikt scheute, obwohl sie harte Entscheidungen treffen konnte, wenn es darauf ankam. Seinen Vetter Varius Avitus Bassianus, der als Kaiser dem syrischen Gott Elagabal huldigte, hatte sie ebenso ermorden lassen wie ihre eigene Schwester Julia Soaemias Bassiana. Die Mutter seines Vorgängers hatte mit ihrem Sohn versucht, ihn umzubringen. Als Julia Mamaea davon erfuhr, bedeutete es das Todesurteil für ihre Schwester und den Kaiser. Sie war imstande, jeden zu überzeugen, wenn sie es sich vorgenommen hatte. Für den Mord an seinem Vetter gewann sie ein paar unzufriedene Soldaten. Diese ließ sie dann kurze Zeit später beseitigen, um alle Spuren zu verwischen, die auf sie verweisen konnten. Das hatte sie ihm nüchtern und mit kühler Distanz in einer dieser Diskussionen gestanden, die sie immer dann führten, wenn er sich anderen anvertrauen wollte, weil sie Streit hatten. Niemandem zu trauen, war eine von ihr postulierte Staatsräson. Vor allem nach den grässlichen Ereignissen im Kaiserpalast, als er kaum fünfzehn Jahre alt gewesen war. Ihn schauderte noch heute, wenn er daran dachte. Damals wurde der Prätorianerpräfekt und Vertraute Domitius Ulpianus vor seinen Augen ermordet. Seine Mutter konnte nichts für ihn tun. Ein meuternder Prätorianer namens Epagathus hatte mit seinen Leuten den Prätorianerpräfekten bis in ihre Gemächer gejagt und sein Schwert in dessen Eingeweide gestoßen. Er litt Todesängste, doch weder er noch seine Mutter wurden von dem Mörder bedroht. Als wäre nichts gewesen, hatte Julia Mamaea ihm geistesgegenwärtig zu der grausigen Tat an einem vermeintlichen Verräter gratuliert, noch während das Blut von seinem Gladius tropfte. Warum, erfuhr er kurze Zeit später. Sie versprach Epagathus den Statthalterposten in Ägypten, ließ ihn danach nach Kreta entführen und dort hinrichten. Er bewunderte zuweilen die Chuzpe seiner

Mutter. Als sie den Vater seiner Frau Orbiana hinrichten ließ, weil dieser begonnen hatte, sich bei den Prätorianern eine Machtbasis zu schaffen, spürte er ihre gnadenlose Härte am eigenen Leib. Orbiana wurde mitleidlos verbannt.

Sie hing an der Macht und bediente sich eines großen Netzwerks, wenn es darum ging, Intrigen aufzudecken und zu rächen. Leider verfügte sie über keinerlei Macht, die Legionen für ihre Zwecke zu nutzen.

Severus Alexander drehte sich zu ihr um.

»Ich möchte Maximinus nach Mogontiacum schicken. Er hat sich als fähig erwiesen und soll die neuen Truppen ausbilden.«

Seine Mutter war fertig und legte den Kosmetikpinsel beiseite.

»Einverstanden. Mir ist es sowieso lieber, wenn er nicht in deiner Nähe ist.«

Kaiser Severus Alexander ließ die Spitze unbeantwortet.

Tatius stand in seiner neuen Paradeuniform bereit, die ihm erst gestern zur Verfügung gestellt worden war. Alles glänzte und blitzte. Das Leder der Riemen drückte ihn bedauerlicherweise, es war noch nicht weich geworden. Kein Wunder, ohne jeglichen Gebrauch.

Rom beeindruckte ihn über alle Maßen. Doch wie hätte er erst gestaunt, wäre er aus Biriciana direkt in die Stadt aller Städte gekommen! Nachdem er beim kaiserlichen Rückzug aus Mesopotamien bereits etliche große Metropolen zu sehen bekommen hatte, die alle ihre Plätze herausgeputzt hatten und dem Kaiser huldigten und opferten, war der Eindruck nicht mehr so unvergleichlich, wie er ihn sich selbst im Traum immer ausgemalt hatte. Alles war größer, alles war verschwenderischer, vor allem die profanen Wohnhäuser hatten eine imposante Größe erreicht, die im Reich einmalig war. Das flavische Amphitheater erschien ihm gigantisch. Die Statue des Nero, die davor thronte, war das größte Monstrum aus Bronze, das er je zu Gesicht bekommen hatte. Die Feierlichkeiten dauerten noch einige Tage an; auf jeden Fall hatte er vor, einmal als Zuschauer diesen monumentalen Eindruck zu erleben.

Der Triumphzug nahm seinen Anfang auf dem Marsfeld, die Wiese vor dem Marcellustheater diente als Ausgangspunkt. Voran schritten die Senatoren, Magistrate und Hornbläser. Die Darstellungen des Sieges waren nach Tatius' Meinung maßlos übertrieben, als hätte man die Sassaniden zu Tausenden gefangen genommen und vernichtet. Im Zug marschierten außer den siegreichen Truppen auch Kriegsgefangene mit; es waren im Grunde die Männer der persischen Gesandtschaft, die einen Frieden hätten verhandeln sollen. Kriegsbeute gab es keine, sie wurde daher totgeschwiegen, obwohl Preziosen oder Tiere aus fernen Ländern von der Menge stets besonders bejubelt wurden. Der Triumphator fuhr am Ende des Zuges mit seiner Mutter Julia Mamaea auf einer Quadriga. Ein Sklave hielt die berühmte Eichenlaubkrone über das Haupt des Kaisers. Dieser trug selbst einen Lorbeerkranz, war mit einer purpurnen Toga bekleidet und hielt in der linken Hand ein goldenes Zepter, in der rechten Hand einen Lorbeerzweig. Man überließ nichts dem Zufall, sondern arbeitete ein Programm ab, das dem Volk seit den Zeiten der Republik geläufig war. Es war kein Zug für die Plebs, sondern eine politisch motivierte Veranstaltung.

Hauptsache, es gab für das Volk etwas zu feiern, dachte sich Tatius sarkastisch, der mit der Leibgarde des Legaten

Gaius Iulius Verus Maximinus direkt vor dem Kaiser marschierte.

Ein provisorischer Triumphbogen war hochgezogen worden mit Aufbauten, die den Kaiser überlebensgroß zeigten: als Lenker eines Elefantengespanns. Sie ließen die lange Tiberbrücke Pons Maximus rechts liegen und bogen, nachdem sie am Tempel des Hercules Victor vorbeigeschritten waren, links ab, um durch den Argentarierbogen hindurchzumarschieren. Das Forum Boarium, das sie dabei durchquerten, war früher ein bedeutender Marktplatz, auf dem an normalen Tagen immer noch rege geschäftliche Aktivitäten stattfanden. Heute war dies anders. Er mochte die Großzügigkeit des Platzes, der ringsum von engen Gassen flankiert war; aus Häusern, die mindestens sechs Stockwerke maßen, jubelten ihnen die Menschen zu.

In dieser Stadt erstarb der Lärm niemals, selbst nachts nicht. Am Abend zuvor war ihm aufgefallen, dass das Plätschern der Brunnen einen dauerhaften, wenngleich angenehmen Geräuschpegel verursachte. Das Wasser rauschte eigentlich überall. Zahllose ober- und unterirdische Aquädukte versorgten die Stadt im Übermaß mit frischem Trinkwasser, das für jedermann uneingeschränkt zugänglich war.

Der Zug bewegte sich anschließend weiter durch den Circus Maximus über das Forum Romanum zum Kapitol, wo der Triumphator vor dem Tempel des Jupiter Optimus Maximus abschließend ein feierliches Opfer darbrachte. Ein Rind und – soweit Tatius es sehen konnte – Weihrauch und Wein waren die Hauptgaben an Jupiter, Juno und Minerva.

Der Zug zum Kapitol war gesäumt von Menschen, die den Sieger mit dem Jubelruf »Io triumphe!« feierten. Rom bejubelte sich und seine Insignien der Macht. Der bittere Beigeschmack der verlustreichen Schlacht stieg für einen Augenblick in ihm hoch. Der zahlreichen eigenen Toten wurde nicht gedacht. Das wollte niemand hier hören. Die vielen Blumen und die den siegreichen Soldaten gewidmeten reich bestickten Tücher, die von begeisterten Menschen von allen Seiten geworfen wurden, vertrieben die dunklen Gedanken jedoch rasch und hellten seine Stimmung wieder auf.

Nachdem er, wie viele andere Soldaten, nur den Wunsch verspürt hatte, wieder nach Hause zu seiner Einheit zurückzukehren, genoss er das Spektakel, je länger es dauerte; er fühlte einen erhabenen Stolz, dazugehören zu dürfen. Für einen Moment wurden die Sorgen um die Familie zu Hause verdrängt. Rom, die Ewige Stadt, das einige Reich, das war alles, was zählte.

Nur wenige Wochen später verbreitete sich die Nachricht aus seiner Heimat wie ein Lauffeuer. Germanen zogen plündernd und mordend durch die nördlichen Provinzen. Die Wut der Soldaten, die zu großen Teilen aus Raetien und Germania Superior stammten und voller Sorge um ihre Angehörigen bangten, richtete sich vor allem gegen den Kaiser und seine Mutter, die nach Meinung vieler tatenlos in Rom verharrten und die Grenze nicht wieder gesichert hatten. Tatius war einer von ihnen.

Freies Germanien, September 233 n. Chr.

»Schnell, Marcus, bring die Pferde in Sicherheit, dort in das Waldstück hinein. Ich habe eben Späher entdeckt, sie werden gleich hier sein.«

Marcus schreckte auf. Der Morgen dämmerte schon. Sein Onkel hatte Wache gehalten und seine Aufgabe ernst genommen. Er schüttelte sich fahrig den Schlaf aus den Gliedern.

Titus warf Erde auf die kleine Feuerstelle, während Marcus die beiden Pferde losband und mit ihnen in den Wald hineinstapfte. Die Zweige knackten unangenehm laut. So schnell wie möglich zog er die beiden hinter eine struppige Wand aus Büschen.

Vor einem felsigen Steilhang blieb er stehen und ging in die Hocke.

Titus hatte sie bis hierher vortrefflich geführt. Sie waren rasch vorangekommen, doch dann fing seine weiße Stute an zu lahmen. Sie brauchte in immer kürzer werdenden Abständen Erholung und schwitzte häufig. Er hätte sie mehr pflegen müssen, aber es fehlten das Handwerkszeug und die Zeit dafür. Er rieb sie so oft wie möglich ab und hoffte, sie würde durchhalten. Adalmar hatte mit seinem Heer immer weiter aufgeholt. Sie konnten einmal von einem Hügel aus nachts die kleinen hellen Feuerstellen sehen, die die zahlreichen Lagerfeuer verursachten. Ein Meer aus rot flackernden Punkten, gesetzt wie ein Kontrapunkt zum himmlischen Firmament mit seinen funkelnden Sternen. Es war nur eine Frage der Zeit, bis Späher die Landschaft erkundeten und sich zwischen sie und Adalmars Armee schoben.

Es waren höchstens noch zwei Tagesreisen bis zur Grenze. Ausgerechnet jetzt tauchten die Späher auf.

Marcus hielt inne. Ein halbes Dutzend Reiter galoppierten an ihrem Rastplatz vorbei. Sie waren zu schnell unterwegs, um ihre Spuren zu entdecken. Außerdem bestand ihre einzige Aufgabe darin herauszufinden, ob Adalmars Heer in Gefahr war oder nicht. Wanderer oder Lagerfeuer spielten keine Rolle. Das war ihr Glück.

Sobald sie außer Sichtweite waren, band Marcus die beiden Tiere kurz vor dem Waldrand an, um sich mit seinem Onkel zu besprechen.

»Was machen wir jetzt?«, fragte er.

Titus hatte auf der anderen Seite hinter einem Felsen gewartet und sah den Spähern eine Weile hinterher.

»Das gefällt mir ganz und gar nicht«, brummte er.

»Was denn?«, fragte Marcus.

»Ungefähr eine halbe Tagesreise von hier entfernt beginnt ein einigermaßen befestigter Weg, der bis zu einem kleinen Limestor hinter Sablonetum führt. Eigentlich ist es eher ein winziger Durchlass für Händler. Da müssen wir hin. Es wundert mich, dass Adalmar mit so einem großen Heer offensichtlich auch diesen engen Weg beschreiten will. Weiter westlich gibt es viel größere alte Militärstraßen, die auf die Grenze zuführen. Bei Sablonetum und östlich davon sind die Übergänge nicht gut ausgebaut. Ich hatte wirklich gehofft, dass seine Kundschafter längst andere Wege nehmen würden.«

Marcus trank einen Schluck aus einem Schlauch.

»Es scheint, er will einen Überraschungsangriff durchführen. Er nimmt den gleichen Weg wie dieser Häuptling bei seinem Überfall vor eineinhalb Jahren.«

Titus bestätigte kopfnickend, dass er ihm zustimmte.

»Das macht es uns nicht leichter. Lass uns den Umweg über den Höhenzug dort nehmen, wir können wieder ins Tal reiten, wenn die Späher abgezogen sind.«

»Ich weiß nicht, meine Stute macht das nicht mit. Sie ist erschöpft. Da können wir auch gleich zu Fuß gehen.«

»Hast du einen besseren Vorschlag?«, fragte Titus.

»Lass uns auf Sicht reiten, der Weg hier ist gut geeignet. Den wird sie schaffen. Wenn die Späher zurückkommen, müssen sie uns ja noch lange nicht sehen, und vielleicht ist es ihnen auch egal, so kurz vor dem Ziel. So oder so – wir haben einen Vorsprung, den wir verteidigen können.«

Titus kniff die Augen zusammen.

»Es ist riskant. Wir dürfen jetzt nicht versagen.«

»Wir schaffen es bestimmt nicht, wenn uns noch weitere Einheiten überholen. Dann können wir gar nicht mehr reiten«, meinte Marcus.

In Titus' Gesicht waren Zweifel abzulesen. Dennoch stimmte er zu.

»Also gut, riskieren wir es.«

Adalmar hatte alle Stammesführer zu sich gerufen, Durinkim eingeschlossen, der kurz nach ihrem Aufbruch zu ihnen gestoßen war. Er hatte die Gelegenheit, die Adalmar ihm bot, dankbar ergriffen. Sein zielloser Hass, der gnadenlos in ihm brannte, hatte endlich einen Bestimmungsort gefunden. Er setzte alles daran, rechtzeitig bei Adalmar einzutreffen. Zwei Pferde hatte er beim Gewaltmarsch seiner Hundertschaft, die ihm an Männern verblieben war, zu Tode gehetzt. Der Rachefeldzug war die goldene Gelegenheit, wieder in die Mitte der Stämme aufgenommen zu werden, und er brannte förmlich darauf, endlich losschlagen zu können.

Adalmar brauchte genau solch einen Kriegstreiber, denn der Großbrand hatte bei vielen den Eindruck hinterlassen, die Götter seien ihnen nicht wohlgesonnen. Der Erfolg des Feldzuges stehe unter keinem gesegneten Stern, brachten Schamanen hervor.

Alwina hatte sich mit seinem Vorhaben abgefunden, leistete aber keinerlei Beitrag, eine positive Stimmung zu verbreiten. Sie hatte sich auf sich besonnen und suchte Gespräche, die sich anderen Themen widmeten. Wenn er sie besuchen kam, freute sie sich, doch bestärkte sie ihn kein einziges Mal in seinem Plan.

Die Lust am Kampf war nicht so ausgeprägt, wie ihm bei der Versammlung noch verheißen wurde. Auf zwei seiner Männer konnte er sich hingegen blind verlassen: Durinkim motivierte die Krieger, und Berovist verwies beständig auf die Prophezeiung. Adalmar benötigte gleich zu Beginn einen wichtigen Sieg, damit wären alle Zweifel zerstreut.

Sie hatten die Stelle erreicht, an der es galt, das Heer in zwei Teile zu trennen und die Befehle für einen erfolgreichen Beginn der Unternehmung zu erteilen.

»Männer, Anführer, der Weg ist frei. Unsere Späher haben keinerlei Hindernisse entdeckt. Niemand rechnet mit uns. Unser Ziel heißt Biriciana. Wir werden dort den Grenzwall durchbrechen. Wenn das Hauptkastell gestürmt ist, wird der Widerstand schnell erlöschen. Durch den Vorstoß werden weitere Einheiten aus dem gesamten Umkreis alarmiert werden. Vernichtet so viele, wie ihr könnt. Wir ziehen uns jedoch zurück, wenn die Verstärkungen eintreffen. Sie werden keinen Gegenangriff wagen, dazu sind sie zu schwach. Durch die Konzentration von Truppen werden die anderen Abschnitte an der Grenze schutzlos sein. Durinkim, der die Gegend gut kennt, schlägt dort zu, sobald die Einheiten durch unser Auftauchen alarmiert und abgezogen sind. Wir werden reiche Beute machen. Danach ziehen wir weiter Richtung Danuvius an einen Ort namens Scuttarensis und vereinen uns wieder. Weitere Entscheidungen treffen wir dort nach Lage der Dinge. Die Straßen sind breit und gut markiert. Die Römer haben uns den Boden bestens bereitet.«

Ein schallendes Gelächter hob an.

»Morgen früh brechen wir auf. Tod den Römern!«

Die Anführer aller Stämme brüllten siegesgewiss ihre Schlachtrufe.

Alwina dachte an Marcus und betete zu den Göttern um Beistand für ihn, diesem baldigen Inferno zu entrinnen. Sie würde wieder ins Römische Reich zurückkehren, aber anders, als sie es erhofft hatte.

Marcus entspannte sich etwas. Den ganzen Vormittag über kamen sie voran, so schnell es seiner Stute möglich war. Die Späher ließen sich nicht blicken.

»Ich kann es kaum glauben, dass wir fast zu Hause sind. Ich war so lange fort.«

Marcus blickte zum Horizont. Irgendwo dahinten im Dunst lag die Grenze zum Römischen Reich.

»Dein Vater wird dich kaum wiedererkennen. Du bist jetzt ein Mann.«

»Wenn ich gewusst hätte, dass ich Alwina verliere, wäre ich gar nicht erst mit ihr mitgekommen.«

»Nur die Götter wissen, wozu es gut war. Wärst du nicht mitgekommen, könntest du jetzt nicht deine Familie warnen, und in wenigen Tagen wären alle tot.«

Marcus sah seinen Onkel erstaunt an.

»Von dieser Warte aus habe ich es noch gar nicht betrachtet.«

Titus legte den Kopf schief.

»Ich auch nicht.«

Beiden entwich ein bitteres Lachen, doch blieb es ihnen im nächsten Augenblick schon im Halse stecken.

»Die Späher!«

Sie waren unaufmerksam gewesen. Hektisch sahen sie sich nach einem Fluchtweg um.

Die feindlichen Reiter hatten sie entdeckt, waren stehen geblieben und warteten ab.

»Das ist meine Schuld, wir hätten uns verstecken müssen. Was machen wir jetzt?« Marcus sah Titus flehentlich an.

»Unsinn! Es war die einzige Möglichkeit, die wir hatten. Wir versuchen es mit diesem Hohlweg.« Titus zeigte auf einen gewundenen Pfad, der in westliche Richtung führte.

»Ich denke, sie werden uns nicht weit verfolgen, weil sie sich sonst von Adalmar wegbewegen. Aber wir müssen alles aus den Tieren herausholen, was möglich ist. Sie dürfen keinesfalls Blut lecken. Sonst jagen sie uns, weil es ihnen Spaß macht.«

»Woher willst du das wissen?«, fragte Marcus.

»Keine Ahnung. Weil ich es so machen würde. Los!«

Titus spornte Wotan an, Marcus versuchte, ihm zu folgen. Einige Hundert Schritte weit schöpfte Marcus Hoffnung, dass seine Stute sich erholt hatte und wieder bei Kräften war. Dann jedoch lahmte sie mehr denn je. Der Boden war uneben, steinig und hart.

»Onkel Titus!« Marcus' Schrei klang verzweifelt.

Titus sah es schon aus den Augenwinkeln, als er sich

umdrehte. Die Stute humpelte, der vordere linke Huf war das Problem.

Die Späher hatten die Verfolgung aufgenommen. Man hörte sie herannahen.

Beide stiegen ab. Titus nahm den Kopf seines Neffen in die Hände.

»Marcus, hör mir zu. Du übernimmst Wotan und reitest, so schnell dich sein Rücken trägt. Man kann ihm ziemlich freie Hand lassen, er findet den Weg. Reite so lange, bis er erschöpft ist. Dann legst du eine Pause ein und versteckst dich. Wenn die Luft rein ist, beschreibst du einen Bogen nach Osten, damit du wieder auf dem Weg landest, der dich zur Grenze führt. Es ist nicht mehr weit.«

Titus schob Marcus auf Wotan und reichte ihm seinen Bogen und Köcher.

»Onkel Titus, ich lass dich nicht allein. Wir können zusammen reiten.«

Titus blickte in Richtung der Reiter, die sie verfolgten.

»Sie müssen sich trennen, wenn sie sehen, dass wir in verschiedene Richtungen fliehen. Ich schlage mich durch, du kennst mich doch.«

Tränen schossen Marcus in die Augen. Er kämpfte um seine Fassung.

»Weißt du, Junge, dass du mich eben zum ersten Mal, seit wir uns wiedergesehen haben, Onkel Titus genannt hast?«

Marcus schniefte und blieb standhaft. Wieso war er nur so nahe am Wasser gebaut?

»Ist das so?«

»Ja, ich mag es, wenn du mich so nennst. Du schaffst das. Ich warne dich! Ich werde mich erkundigen, ob du die Familie und den Centurio gegrüßt hast.«

Er gab Wotan einen festen Klaps und trieb ihn an. Der reagierte prompt und preschte voran. Marcus blieb keine Zeit für eine Verabschiedung. Ihre Verfolger waren bereits zu nah. Marcus drehte sich ein letztes Mal um. Titus verschwand im Dickicht.

Sein Onkel hatte recht. Wotan war selbst auf diesem engen Weg imstande, einen leichten Galopp zu halten. Seine Verfolger kamen ihm nicht näher. Es waren nicht mehr so viele, er sah höchstens drei oder vier. Demnach hatten sie sich aufgeteilt und Blut geleckt. Der Jagdtrieb war entfesselt. Nach einer Weile traf Marcus eine Entscheidung. Er hatte nicht vor, Wotan müde zu reiten, wie sein Onkel ihm geraten hatte. Er wollte so schnell wie möglich an die Grenze gelangen.

Als er an einem Steilhang vorbeiritt, der sich von hinten als Hügel entpuppte und nur von vorne wie eine Wand aussah, stoppte er und ließ Wotan die erste Hälfte hinauftraben. Dann schickte er ihn wieder hinunter in der Hoffnung, seine Verfolger zu verwirren.

Ein Blick in den Köcher verriet ihm die Anzahl seiner Pfeile. Sieben. Geduckt lief er nach oben, den Bogen in der linken Hand. Er kroch bis an den Rand des Steilhangs und legte sich in einer Höhe von dreißig Fuß auf die Lauer.

Nur kurze Zeit später erschienen vier Reiter direkt unter ihm. Der vorderste Germane hob die Hand, und alle hielten an. Marcus hörte Wotan schnauben. Er erhob sich langsam, schielte nach unten und zielte auf den Anführer, der seelenruhig im Sattel verharrte und konzentriert zu lauschen schien. Das Letzte, was er hörte, war das Surren des Pfeils, den Marcus losgelassen hatte.

Der Pfeil durchschlug die Brust und trat am Rücken wieder aus. Der Mann fiel wie vom Blitz getroffen von seinem Pferd.

Zwei der anderen Tiere scheuten, als der vom Pfeil durchbohrte Mann schreiend herabstürzte. Marcus legte flink nach und zielte auf die Brust des aufsteigenden Tieres direkt vor ihm. Der Braune fiel wiehernd zur Seite und warf seinen Begleiter ab. Jetzt erst hatten sie Marcus entdeckt, zeigten hektisch auf ihn und schrien sich etwas zu. Marcus zielte verbissen. Sein Pfeil sauste knapp am Kopf des nächsten Barbaren vorbei.

Einer der Männer hatte es auf Wotan abgesehen und versuchte, ihn einzufangen. Die pure Gier ließ ihn einen tödlichen Fehler begehen, denn der Germane hielt an, als er nach dem Zügel fischte. Da bohrte sich Marcus' Pfeil in den Rücken des Barbaren, der sich erst aufbäumte, dann auf die Mähne seines Pferdes sackte und von ihm außer Reichweite getragen wurde.

Marcus vermutete, dass der verbliebene Mann ihn auf der Kuppe stellen wollte, und eilte mit angelegtem Pfeil zurück, aber niemand stellte sich ihm entgegen. Der Germane war umgekehrt und gabelte stattdessen den vom Pferd geworfenen Kameraden auf, und so sah Marcus nur, wie sie sich beide auf und davon machten.

Er triumphierte und fühlte sich zum ersten Mal seit Alwinas Verlust wieder voller Energie und Kraft.

Grenzgebiet, September 233 n. Chr.

Marcus hatte den Weg schnell gefunden, der zur Grenze führte. Er war nicht befestigt, aber von Händlern des sogenannten kleinen Grenzverkehrs so oft benutzt worden, dass er nicht zu verfehlen war. Als er den Wachturm erblickte, hüpfte sein Herz vor Freude. Der Wald öffnete sich vor ihm, und nur eine weite Wiesenlandschaft trennte ihn noch vom römischen Imperium. Die Mauer, die er bis zu diesem Zeitpunkt als vermessenen Eingriff in die Natur angesehen hatte, empfand er plötzlich als Schutz vor einer bedrohlichen Welt. Und endlich würde er dieser Furcht einflößenden Welt wieder entsteigen.

In gestrecktem Galopp hielt er wie von Sinnen auf den Turm zu und schrie schon von Weitem um Hilfe. Die drei wachhabenden Soldaten standen auf der umlaufenden Brüstung und erwarteten ihn mit gezückten Waffen.

»Lasst mich durch, schnell! Wir werden angegriffen.« Marcus' Stimme überschlug sich.

Er sprang von Wotan und hastete hektisch auf sie zu.

Die Männer musterten die friedlich anmutende Landschaft hinter ihm und bedachten ihn mit einem skeptischen Blick.

»Immer langsam, Junge. Wer bist du?«

Marcus starrte die Soldaten ungläubig an.

»Ihr versteht nicht. Ich habe keine Zeit für lange Erklärungen, ihr müsst Alarm schlagen, sofort! Das ist doch euer Auftrag!«

Marcus fasste es nicht. Sie schienen eher amüsiert als besorgt zu sein. Keiner machte Anstalten, seine Warnung zu übermitteln.

»Worauf wartet ihr?«, schrie er sie an.

Der Mann in der Mitte mit kurz rasiertem Vollbart war der Einzige, der ihm antwortete.

»Wir treffen jeden Tag auf seltsame Menschen. Also beruhige dich und erkläre dich uns. In aller Ruhe!«

»Wir haben keine Zeit zu diskutieren. Eine riesige Armee steht kurz vor der Grenze und wird hier alles niederbrennen und vernichten. Ihr müsst sofort alle Hebel in Bewegung setzen und alle Garnisonen warnen.«

Der Mann, der ihn gefragt hatte, wer er sei, besprach sich kurz mit seinen Leuten und deutete dann auf Marcus' rechte Seite.

Die Mauer war an dieser Stelle unterbrochen. Eine Palisade, ein Flechtwerkzaun und Hindernisse aus Brettern ersetzten sie an dieser Stelle, wo den Kräften eines kleinen Baches Tribut gezollt wurde. Praktischerweise hatte man gleich daneben einen Durchgang geschaffen, den Händler nutzen durften, aber er wurde von der Wachmannschaft von Fall zu Fall geöffnet. Ein großer Holzriegel versperrte ein zweiflügeliges Tor.

Es knarzte und rumpelte, als die Soldaten den Riegel entfernten und das Tor aufschlugen.

»Endlich, das hat ja eine Ewigkeit gedauert.« Marcus drängte hinein und wunderte sich, dass sich die drei Männer vor ihm aufbauten.

»Du kühlst dich jetzt erst einmal ab, Junge.«

Mit flinken Händen packten sie Marcus und zerrten ihn zum Turm. Völlig verdutzt, war er nicht imstande, Widerstand zu leisten. Ein riesiger, bisher schweigsamer Kerl bugsierte ihn zur Türschwelle und trat ihm in den Hintern. Er fiel zu Boden und wälzte sich verärgert im Staub. Bevor er sich aufrappeln konnte, war die Tür verrammelt. Sie hatten ihn in die Vorratskammer des Wachturms gesperrt.

»Lasst mich raus, seid ihr verrückt? Aufmachen! Ich habe nicht den ganzen Weg auf mich genommen, damit ich hier verrecke. Ein riesiges Heer ist auf dem Weg. Die Germanen können jeden Moment zuschlagen. Aufmachen! Hilfe!«

Marcus trommelte wie verrückt gegen die Tür. Er schrie und zeterte, doch es half nichts. Völlig aufgebracht, zwang er sich zur Ruhe und horchte. Die drei Turmwachen murmelten irgendetwas untereinander, aber sie reagierten nicht.

Er atmete tief aus, trat einen Schritt zurück und änderte den Ton. Mit schnarrender Stimme drohte er den Ahnungslosen: »Wenn euch nicht die Germanen töten, so wird euch Centurio Julius Flavius Sabinus persönlich zum Latrinendienst für die nächsten zwei Jahre abkommandieren.«

Beim Namen des Centurios von Biriciana horchte endlich einer auf und schickte sich an, mit ihm durch die Tür zu sprechen. Marcus vermutete, dass es der Philosoph war, wie er den Mann mit fein gestutztem Vollbart gedanklich titulierte.

»He, Spinner, du da drin. Willst du mir etwa erzählen, du kennst den Centurio?«

Marcus presste sich an die Bretter der Tür, die feine Spalten aufwiesen, und spähte hinaus. Er hatte recht. Es war der Philosoph.

»Ich war persönlich in seinem Auftrag unterwegs. Ich

bin eine römische Geisel und konnte fliehen. Ich habe das Heer der Germanen mit eigenen Augen gesehen.«

Der Mann verharrte für einen Augenblick.

»Warte einen Moment.«

Wieder diskutierte er mit seinen Kameraden. Endlich kam er zurück.

»Also gut. Wir verständigen Sablonetum. Von dort können wir auch eine Nachricht nach Biriciana schicken. Und wehe, du bereitest uns Ärger und hast uns Unsinn erzählt! Dann kannst du deine Zähne einzeln aufsammeln.«

Von wegen Philosoph, dachte sich Marcus.

»Ja, in Ordnung. Verständigt bitte Sablonetum.«

»Fasse dich kurz, du hast drei Worte.«

Marcus war erstaunt.

»Wie meinst du das, drei Worte?«

Der Mann antwortete mit Stolz in der Stimme: »Wir haben die üblichen Zeichen für Gefahr, Angriffe und so weiter, aber wenn wir Durst haben oder Flickzeug brauchen, haben wir ein Alphabet, das wir über Lichtzeichen übermitteln. Damit können wir Buchstaben und somit ganze Sätze mitteilen. Funktioniert natürlich nur tagsüber, klappt aber bestens. Also?«

»Ist das neu?«

»Lernt man nur als Grenzer. Was ist jetzt mit der Botschaft? Eben war es dir doch noch so dringend.«

»Ja doch. Einen Moment.«

Marcus überlegte.

»TITUS, ADALMAR, KRIEG.«

»Hat das irgendeinen Sinn?«

»Der Centurio wird es verstehen. Aber nur er kann damit etwas anfangen. Sorge unbedingt dafür, dass er die Nachricht erhält.«

Publius Geminius Balbus war ein Hüter ohne Herde. So fühlte er sich. Als Decurio einer kleinen Eliteeinheit war er bis zum Abzug seiner Truppen die Speerspitze im hiesigen Grenzgebiet gewesen, erster Entscheidungsträger bei Problemen am Limes, ganz gleich, welcher Art sie waren. Er war ein Legionär der III. Italischen Legion, der sich hochgearbeitet hatte. Zur ganz großen Karriere hatte es nicht gereicht, aber er war lieber ein großer Fisch im kleinen Teich als umgekehrt.

Der Legio III Italica waren auch Auxiliarverbände zugeordnet. Seit Kaiser Commodus den Standort Sablonetum vor rund fünfzig Jahren in Stein ausgebaut hatte, versah dort eine zweihundert Mann starke, handverlesene Infanterietruppe Dienst, verstärkt um eine Turma an Reitern. Diese Einheiten befehligte ein Decurio der III., und als er das Angebot bekommen hatte, dieser Einheit vorzustehen, hatte er sofort zugesagt. Das war vor einer Dekade gewesen. Bis vor zwei Jahren hatte ihn seine Aufgabe erfüllt.

Dass seine kleine, feine Truppe bestens ausgebildet und diszipliniert war, hatte sich herumgesprochen. Leider, denn dieses Verdienst verkehrte sich für ihn zum Nachteil. Für den Feldzug in Mesopotamien wurde die kampfstarke Einheit komplett abkommandiert.

Seinen Sonderstatus hatte er damit verloren. Er kommandierte nur noch eine Handvoll Männer, die das kleine Kastell verwalteten, und war für die Zivilbevölkerung verantwortlich. Es war sterbenslangweilig und öde.

Als Angehöriger der III. Italischen Legion war er in dieser Gegend ohnehin ein Fremdkörper. Die meisten Soldaten an der Grenze waren Einheimische, entweder Nachfahren von Veteranen oder übergesiedelte Germanen. Letztere stellten den weitaus größten Anteil. Das nagte seiner Meinung nach an der Disziplin. Er hatte dafür gesorgt, dass die Männer dieser Einheit einen knallharten Ausleseprozess überstanden hatten, und er sorgte persönlich für den Drill. Seine Soldaten sollten Rom dienen und den Stolz und den Anspruch des Imperiums vertreten: Divide et impera. Teile und herrsche, gerade hier an der Grenze war dieses Motto Teil der Staatsräson. Natürlich stand er Centurio Julius Flavius Sabinus kraft seiner Herkunft und seines Ranges nahe. Allein diesem Umstand war es zu verdanken, dass er sich entschied, die Nachricht sofort weiterzuleiten und sich nicht erst persönlich ein Bild von der Lage zu machen. Er ergänzte die Nachricht um zwei Worte und verständigte Biriciana: TREFFPUNKT SABLONETUM.

Nur zwei Stunden später ritt der Centurio mit vier seiner Männer durch das südliche Tor.

Der Decurio erwartete ihn bereits im Sattel.

»Ich grüße Euch, Publius Geminius Balbus. Sagt mir gleich, wo ist er?«

»Seid gegrüßt, ehrenwerter Centurio Julius Flavius Sabinus. Der Absender der Botschaft befindet sich am kleinen Limesübergang, am nordwestlichen Wachturm, zu dem direkter Sichtkontakt besteht. Euer rascher Besuch verheißt nichts Gutes. Sind die Nachrichten glaubhaft?«

»Wir haben keine Zeit zu verlieren, lasst uns sofort aufbrechen.«

Die drei Wachen staunten nicht schlecht, als nur drei Stunden nach Übermittlung ihrer Nachricht zwei Befehlshaber der nächstgelegenen Kastelle persönlich bei ihnen eintrafen.

»Wo ist der Übermittler der Botschaft?«, fragte der Centurio schroff, ohne Höflichkeiten auszutauschen.

»Wir waren nicht sicher, ob man dem Jungen Glauben

schenken kann. Er ist hier unten im Turm«, sagte der vollbärtige Mann.

»Der Junge?«, fragte Centurio Flavius überrascht.

»Ja, ein junger Bursche um die zwanzig Jahre. Ziemlich verwahrlost und überdreht.«

»Öffnet die Tür.«

Marcus konnte es kaum erwarten, sich aus der nur einen Spalt geöffneten Tür herauszuwinden.

»Marcus Aurelius?!« Der Centurio war mehr als erstaunt und schrie seinen Namen heraus, als er ihn sah.

»Centurio! Endlich! Ich bin so froh, Euch zu sehen. Höchste Eile ist geboten. Wir werden jeden Moment angegriffen. Ihr müsst sofort alle Bewohner warnen.«

Der Offizier überging sein Anliegen zunächst.

»Wo ist Titus?«

Als der Name seines Onkels fiel, ergriff ihn ein Krampf im Magen. Sein Blick fiel zurück, die letzten Momente vor ihrer Trennung drängten sich in seine Gedanken.

»Wir mussten uns trennen. Kurz vor der Grenze. Er ist in die andere Richtung ...« Traurig zuckte er mit den Schultern. »Ich weiß es nicht, Centurio, aber sein letzter Wunsch war es, dass ich rechtzeitig alle warne und dass unsere Familien in Sicherheit gebracht werden können.«

Als der Centurio ihn weiter mit einem strengen Blick bedachte, stammelte er aus Verlegenheit: »Ich darf keinesfalls vergessen, Euch herzlich von ihm zu grüßen, sonst ist er mir gram.«

Ein Lächeln brach das Eis.

Centurio Julius Flavius Sabinus ließ sich von Marcus die Geschichte ihrer Flucht in groben Zügen schildern und war voller Erstaunen darüber, dass ihm der junge Mann lebend gegenüberstand. Er bedauerte Titus' Schicksal wahrhaftig, aber sein Freund hatte Wort gehalten. Er hatte Marcus gefunden und bis zur Grenze gebracht. Niemand hätte darauf gewettet, dass der Neffe am Leben geblieben war, geschweige denn, dass Titus ihn würde befreien können.

»Wie viele Männer zählt das Heer der Germanen?«

»Fünfzehntausend. Mindestens.«

»Das ist völlig unmöglich«, schaltete sich erregt der Decurio aus Sablonetum ein. »Die Stämme im Norden sind nicht imstande, ein solches Heer aufzustellen.«

»Doch, ich versichere Euch, dass Adalmar dazu imstande ist.«

»Adalmar?«

»Der Germanenfürst. Der Sohn des Ariovist, der über die Mauer geflohen ist. Ich habe für ihn persönlich die Truppenaufstellung organisiert. Ich kenne die Stärke seines Heeres.«

»Das ist unerhört. Ihr seid ein Spion.«

»Publius Geminius Balbus«, unterbrach ihn der Centurio mit lauter Stimme. »Lasst den Jungen ausreden. Er war eine römische Geisel und spricht die Wahrheit. Marcus, fünfzehntausend Mann sind beinahe drei Legionen. Bist du dir wirklich sicher?«

Marcus nickte verzweifelt.

»Ja, Centurio, ich bin mir sicher. Sie sind auf dem Weg hierher. Ich bin den Spähern nur knapp entkommen.«

Der Decurio aus Sablonetum wandte sich an den Centurio, nahm ihn am Arm und führte ihn einige Schritte zur Seite, bevor er ihm raunend zuflüsterte: »Centurio, ich kenne den Jungen nicht, aber ein Heer von dieser Größe scheint mir trotz seiner Beteuerungen unmöglich. Wir sollten eigene Späher entsenden und seine Angaben überprüfen. Nur wegen einer einzigen Aussage eine Evakuierung einzuleiten ist töricht.«

Der Centurio beobachtete Marcus und überlegte.

»Publius Geminius Balbus«, sprach er zu seinem Offizierskollegen. »Wir werden Späher entsenden. Stellt sofort drei Gruppen aus den umliegenden Türmen zusammen und bindet meine Leute hier ein.«

Der Decurio nickte zufrieden.

»Und Ihr mögt mich töricht nennen. Die Evakuierung wird trotzdem sofort eingeleitet. Führt Eure Leute und die Bewohner des Lagerdorfs nach Biriciana.«

»Centurio!«

»Lasst einen kompletten Durchruf mit der Bitte um Unterstützung den gesamten Grenzwall entlanglaufen. Die Nachricht muss bis zu den Legionsbesatzungen in Castra Regina und Mogontiacum dringen. Beordert die Besatzungen der nächstgelegenen Kastelle in der ganzen Gegend nach Biriciana.«

»Aber Centurio ...«

»Wir haben keine Zeit zu verlieren, Decurio!«

Publius Geminius Balbus starrte ihn an.

»Wir sehen uns in Biriciana.«

Er stieg auf sein Pferd.

»Marcus, du kommst mit mir nach Biriciana.«

»Ich kann nicht, Centurio, ich muss meine Familie warnen.«

»Das ist kein Vorschlag, Junge. Das ist ein Befehl. Ich brauche dich für eine Botschaft nach Augusta Vindelicum. Sie muss ein Siegel tragen.«

»Aber es sind nur wenige Meilen.«

Der Centurio sah ihn streng an.

»Genug Widerworte für einen Tag. Steig auf dein Pferd und reite mir nach.«

Ohne ein weiteres Wort zu verlieren, ritt der Centurio los.

Marcus hatte begriffen. Er war wieder ein Diener Roms, wieder zurück in der Armee. Und der Centurio als sein Vorgesetzter verfügte über sein Leben. Dann würde er eben heimlich mit der Nachricht erst nach Hause reiten, bevor er sich nach Augusta Vindelicum aufmachte. Er hatte nicht vor, kurz vor seinem Ziel aufgehalten zu werden.

Grenzgebiet, September 233 n. Chr.

Adalmar war bester Laune. Endlich war der Tag der Rache gekommen. Die Dinge entwickelten sich großartig. Das Desaster des Großbrandes geriet in Vergessenheit. Einer seiner Boten hatte ihm soeben trotz des frühmorgendlichen, beinahe undurchdringlichen Nebels eine Nachricht überbracht, mit der er nicht unbedingt gerechnet hatte und die er den getreuen Stammesführern sofort mitteilen musste. Sein Plan war vollends aufgegangen.

Als er sich auf den Weg zu den Anführern aufmachte, stand unvermittelt Alwina vor ihm. Er wusste, wann sie Redebedürfnis hatte, und dies war so ein Augenblick.

»Alwina, können wir später reden, ich habe gerade keine Zeit.«

»Nein.«

Es war ein bestimmendes Nein. Adalmar sah ein, dass er sich besser gleich fügte, wenn er einen Streit vermeiden wollte. Er hielt inne, so gelassen, wie es ihm irgend möglich war.

»Also?«

»Bist du wirklich sicher, dass es das ist, was du willst?«

»Was meinst du?« Mit einer Grundsatzfrage hatte er nicht gerechnet.

»Wenn all das zu Ende ist – wirst du dann deinen Frieden gefunden haben? Ich meine, wenn du dann noch am Leben bist.«

Er blickte sie an und suchte in ihren Augen nach etwas Vertrautem. Sie konnte so unglaublich schnippische Sätze von sich geben, die ihn heftig provozierten, aber er nahm sich vor, diesem Drang nach Streit nicht nachzugeben.

»Ich werde das, was prophezeit wurde, zu Ende führen«, entgegnete er vielsagend.

»Du klingst, als sprichst du von einem Orakel. Dabei warst du es selbst, der die Worte ausgesprochen hat. Als Knabe.«

»Worauf willst du hinaus?«

»Ich möchte den Grund, deinen wahren, ehrlichen Grund für all das hier aus deinem Mund hören. Immer hast du mich mit überbordenden Symbolen abgespeist. Das bist nicht du. Ich rede auch nicht von den beutever-sessenen Anführern, deren Motive so simpel sind wie ihr Charakter. Du machst dir nichts aus Beute, auch wenn ich das Wort schon endlos oft aus deinem Mund gehört habe. Du fängst die anderen damit ein, injizierst ein Gift. Aber warum? Berovist und du, ihr führt so viele Männer in den Krieg. Ein Krieg, aus dem viele nicht zurückkehren werden. Aber was ist dein Ziel? Eine vernichtete Stadt? Zwei? Zehn? Was dann? Kehrst du dann einfach nach Hause zurück, als wäre nichts gewesen? Wann hast du genug?«

Seine Schwester hielt ihm einen unangenehmen Spiegel vor. Den Spiegel der Wahrheit. Niemand außer ihr hätte gewagt, ihn auf diese Weise damit zu konfrontieren. Er war froh, dass sonst keiner anwesend war.

Adalmars Lippen bebten.

»Ich tue es allein für mein Volk.«

Für einen Moment stand ihr der Mund offen.

»Für dein Volk? Nein, das glaube ich dir nicht. Dein Volk hat gar nichts davon. Es wäre ohne Krieg besser dran. Es sei denn, du bezeichnest mit Volk nur deine Krieger. Was ist mit den Kindern, die unsere Zukunft sind, und mit den Alten, die unserem Stamm große Opfer gebracht haben? Sie sind die Vergessenen. Mach dir nichts vor. Sag wenigstens, wie es ist.«

Adalmar spürte, dass sich etwas in ihm hochbohren wollte. Bei den Worten seiner Schwester formten sich Bilder vor seinem inneren Auge. Von ihrem Vater, der ihm am Kaminfeuer voller Stolz von alten Geschichten über sein Volk berichtete. Der mit der Natur im Einklang war und von allen als großer Krieger geschätzt wurde. Ein Meister im Umgang mit dem Schwert und der Axt. Weise und gerecht zu denen, die ihm die Treue hielten. Sein Vater war kein rachsüchtiger Mann. Die Bilder verschwanden wieder. Sein Hass war groß genug, dass er imstande war, solche Gedanken im Keim zu ersticken.

Er spuckte unfreiwillig aus, als er sich ereiferte: »Ich will Gerechtigkeit. Ich will, dass die Adler, die sie in unser Land getragen haben, bluten. Ich will, dass die römischen Frauen als Witwen das gleiche Leid erfahren wie unsere. Verstehst du? Und du? Was willst du? Willst du keine Gerechtigkeit mehr? Hast du vergessen, was sie uns angetan haben?«

Alwina verzog den Mund.

»Ich sehe keine Gerechtigkeit. Nur Leid, Not und Tod. Meine Ziele haben eine Zukunft.«

Sie hatte seinen Arm ergriffen. Mit einem sachten Ruck entwand er sich und drängte an ihr vorbei.

»Ich muss gehen, Alwina. Ich denke darüber nach«, log er und ließ sie dann stehen, ohne ihren Blick erwidert zu haben. Schnellen Schrittes bahnte er sich den Weg. Niemand sah, wie aufgewühlt er in seinem Inneren war.

Alwina blickte ihm traurig hinterher. Ihre Gedanken kreisten um eine ungewisse Zukunft. Für alle.

Berovist erwartete seinen Anführer schon. Er fand, dass Adalmar gehetzt aussah, aber vor einer Schlacht verhielten sich fast alle Menschen, die er kannte, fahrig.

»Wann schlagen wir los? Die Krieger sind bereit.«

Adalmar hob die Hände und bat um Geduld.

»Wir warten ab bis heute Nachmittag.«

Ein Geraune erfüllte das Zelt. Adalmar hatte sich wieder gefasst. Er würde vor der Schlacht keinen weiteren Gedanken mehr an philosophische Gewissensfragen verschwenden. Die Würfel sind gefallen, hätte ihm sein Heermeister entgegnet, und das Geraune der Leute verriet ihm, dass sie allein bei einer Verzögerung um wenige Stunden überlegt hätten, ob ihr Anführer ein Zauderer war. Eine befriedigende Vorfreude erfüllte ihn, denn mit der Nachricht, die er verkünden konnte, war der Gegenbeweis erbracht, und alle verbliebenen Zweifler mussten verstummen.

»Stammesführer, die Kunde unseres Feldzugs hat sich weit herumgesprochen. Heute Mittag wird der Stamm des Chnodomar hier eintreffen und sich uns anschließen. Wir erhalten Verstärkung von weiteren dreitausend Kriegern!«

Er genoss den Jubel, der aufbrandete. Berovist strahlte ihn an, als wäre er sein von Stolz erfüllter Vater.

»Sobald er eingetroffen ist, schlagen wir zu. Lasst die Männer bis dahin die Waffen polieren und die Ausrüstung zum Kampf vorbereiten.«

Sie ließen ihn hochleben. Er sah in den Gesichtern der Männer Siegesgewissheit, Selbstbewusstsein und eine Vorfreude auf den Kampf, der ihnen bevorstand. Bessere Vorzeichen hätte er sich nicht wünschen können.

Doch er hatte sich zu früh gefreut. Chnodomar war eine riesige Enttäuschung. Sie trafen sich für einen kurzen Moment zu zweit in seinem Zelt. Nicht einmal Berovist war anwesend, um zu bezeugen, was passiert war. Er versuchte, sich an das kurze Gespräch im Wortlaut zu erinnern:

»Es ist mir eine Ehre, Euch zu begrüßen, Chnodomar, vom stolzen Stamm der Sueben.«

»Spart Euch die Floskeln. Ich bin gekommen, um reiche Beute zu machen. Ich sollte dieses Heer anführen. Seit Jahren halte ich mit meinem Stamm den Kopf hin, wenn die Römer der Meinung sind, dass es einen Schuldigen für was auch immer braucht.«

Adalmar war vor den Kopf gestoßen. Anstatt den Mann hinauszuwerfen, rechtfertigte er sich.

»Wenn ich mich recht entsinne, war auch Euer Stamm zum Thing geladen, aber Ihr seid nicht erschienen.«

»Ich habe nicht geglaubt, dass Ihr die Stämme einen könnt, und wollte es auch nicht. Ihr taucht hier nach etlichen Jahren auf und spielt den Propheten. Nicht mit mir.«

»Warum seid Ihr dann hier?«

»Mein Stamm lebt nahe an der Grenze. Ich kenne mich hier aus. Ihr könnt mich und meine Männer brauchen. Aber ich will das Doppelte haben von dem, was Ihr dem Rest versprochen habt.«

»Ihr kommt nur wegen des Geldes?«

»Haben wir einen Handel?«

»Darauf kann ich nicht eingehen.«

»Was wollt Ihr tun? Mich fortjagen? Was würde das für einen Eindruck hinterlassen? Ihr braucht die Einheit aller Stämme. Es müssen alle an einem Strang ziehen, habe ich recht?«

Adalmars Unterkiefer bebte. Mit einer Erpressung hätte er niemals gerechnet.

»Ihr müsst Euch auszeichnen. Mehrfach. Dann haben wir einen Handel.«

Chnodomar grinste ihn an. »Wir sehen uns bei der üblichen Zeremonie.«

Anschließend wurde das Bündnis mit einem Tausch besiegelt. Adalmar fügte sich zähneknirschend. Zu viel stand auf dem Spiel. Chnodomar überreichte eine römische Standarte, die vor vielen Jahren erobert worden war und sichtbar für alle Bündnispartner die Tapferkeit seines Stammes widerspiegelte. Adalmar überreichte ihm seinerseits einen Satz prächtig verzierter Fibeln aus Gold, die für die Familie des Clanführers künftig die Kleidung fixieren würden. Anschließend wurde auf die Kampfbruderschaft getrunken.

Adalmar konnte Chnodomar dabei nur mit Mühe in die Augen sehen. Seine gute Laune war dahin. Das schleichende Gift des Zweifels, den Alwina geschürt hatte, verschwor sich mit der Machtlosigkeit, die er bei der heimtückischen Erpressung empfunden hatte. Es rumorte fürchterlich in seinem Inneren.

Am frühen Nachmittag war das Heer aufbruchsbereit. Adalmar erläuterte gereizt allen Unterheerführern noch einmal die Angriffspläne. Schließlich war es so weit. Die Stammesführer begaben sich zu ihren Männern. Adalmar erteilte den Befehl zum Angriff. Dumpfe Töne aus Kriegshörnern schreckten Tausende von Vögeln aus ihren Verstecken.

Ein gewaltiges Heer setzte sich in Bewegung, begleitet von einem Chor erboster Raben, Elstern und Singvögel.

Er selbst ritt mit Berovist an der Spitze, bis ihm die Späher kurz vor dem Waldrand von der nahen Grenze berichteten. Alles war ruhig geblieben. Für seinen Geschmack zu ruhig.

»Lass den Abschnitt stürmen. Die Männer mit den Leitern sollen einen Brückenkopf bilden«, wies er seinen Heermeister zornig an.

Auf Berovists Befehl hin stürmte eine Wand aus Kriegern aus dem Wald heraus, die unzählige Leitern mit sich führten. Wildes Geschrei begleitete die Männer auf dem weiten Feld, das die Römer von allem Gestrüpp befreit hatten. Auf einer Breite von dreitausend Fuß erbebte die Erde; doch jenseits der Mauer, die in diesem Abschnitt von drei Wachtürmen gesichert war, blieb es stumm. Niemand antwortete. Nicht ein Soldat erwartete sie.

Adalmar blickte von links nach rechts und wunderte sich darüber, dass keinerlei Signale von den Römern zu hören oder zu sehen waren. Da trat einer der Späher zu den Anführern.

»Wir haben gesehen, wie sich die Turmbesatzungen aus dem Staub gemacht haben. Sie rennen wie die Hasen.«

»Danke, Hauptmann. Schickt Reiter vor und reißt die Mauern an mehreren Stellen so nieder, dass fünf Mann gleichzeitig hindurchpassen. Ich will diesen Flaschenhals so bald wie möglich hinter uns wissen.«

»Jawohl, Herr.«

Adalmar wandte sich an seinen Heerführer.

»Was hältst du davon, Berovist?«

»Wovon?«

»Es ist eigenartig, dass sie sich davon machen, noch bevor sie von unserer Stärke wissen.«

»Was sollen sie schon machen? Sie pissen sich bestimmt in die Hosen.«

»Sorge dafür, dass wir so schnell wie möglich diese Mauer passieren.«

»Ja, Herr.«

Hunderte von Kriegern überquerten auf Leitern den Grenzwall und sprangen bewaffnet auf die andere Seite. Da kein Gegner greifbar war, stimmten sie Siegesgeheul an, bevor sie von den Hauptmännern angewiesen wurden, mit Hämmern, Pickeln und Stricken die Mauer niederzureißen.

Das Klopfen und Bersten von Stein wurde nur durch das Brüllen der Krieger übertönt, die sich mangels Gegner an den Steinen abarbeiteten. Abschnitt für Abschnitt wurde eingerissen.

Am Anfang widersetzte sich die Mauer den Versuchen, zertrümmert zu werden; nur kleine Teile brachen heraus. Doch bald schon nagten die Hämmer an den knapp zwei Fuß dicken Blöcken, und bei jedem größeren Stück, das herauspolterte, brachen die Männer in Jubel aus. Schließlich stürzten ganze Blöcke um. Pferde zogen an Seilen, die um Mauerstümpfe gelegt wurden, und rissen mannshohe Mauerteile ein. Binnen zweier Stunden lagen ganze Mauerabschnitte kleinteilig herum, und die Lücken waren groß genug, dass die Einheiten geordnet hindurchmarschieren konnten.

Das Stampfen der Krieger über die zerbröselte Grenze hinweg hörte sich auf eine eigenartige Weise monoton an. Es dauerte eine halbe Ewigkeit, bis alle Männer sie passiert hatten. In der Zwischenzeit – es war früher Abend geworden – waren die Späher in Sichtweite von Sablonetum angelangt. Das kleine Kastell lag auf einer Hochfläche, sah annähernd quadratisch aus und war nicht breiter als dreihundert Fuß. Ein einfacher Spitzgraben verlief um die Befestigung.

Die Zivilsiedlung lag östlich des Kastells. Nichts rührte sich. Eine gespenstische Stille hing über der römischen Verteidigungsanlage.

Die Späher verständigten ihren Heerführer, der sich selbst ein Bild von der Lage machen wollte.

»Denkst du an eine Falle?«, fragte Adalmar seinen Heermeister.

Berovist knetete sich das Kinn.

»Diese Totenstille ist befremdlich. Man hört nicht mal einen Köter kläffen. Es können sich aber nicht mehr als zweihundert Mann dahinter verschanzen. Diese Befestigung ist zu klein für böse Überraschungen.«

Adalmar starrte skeptisch auf Sablonetum und blies etwas ratlos Luft durch seine Backen.

»Irgendwelche Anzeichen von Soldaten in der Umgebung?«, wollte er von seinem Hauptmann wissen, der den Spähtrupp angeführt hatte.

»Nichts, Herr. Odoaker, mein bester Mann, ist eben zurückgekehrt; auch hinter dem Kastell ist niemand zu sehen.«

»Stürmt diesen verdammten Kasten frontal.«

»Welche Einheit soll das übernehmen?«, fragte Berovist.

»Unsere Männer möchten es«, ertönte eine Stimme hinter ihnen.

Adalmar und Berovist drehten sich um und sahen in die Augen eines fremden Mannes. Er war groß gewachsen, hatte einen kurz gestutzten Bart und einen überheblichen Blick. Obwohl er gut aussehend war, strahlte er keinerlei Sympathie aus.

»Wer seid Ihr, und in welchem Namen sprecht Ihr?«

»Ich bin ... der Heermeister Chnodomars.«

»Und habt Ihr auch einen Namen?«, wollte Berovist wissen.

»Nennt mich Landogar.«

Berovist sah fragend zu seinem Anführer.

Adalmar schien in Gedanken. Er musterte den Heermeister Chnodomars schweigend und stimmte schließlich zu.

»Sagt Eurem Herrn, dass er sich bereit machen soll.«

Landogars Lächeln empfand Berovist als verschlagen, und kaum hatte sich dieser verabschiedet, sprach er Adalmar darauf an.

»Irgendetwas stimmt mit diesem Kerl nicht, findet Ihr nicht?«

»Ja, dein Gefühl trügt dich nicht. Ich habe den Eindruck, dass ich ihn kenne, aber ich komme nicht drauf, woher. Behalte ihn im Auge.«

Chnodomar ritt an seinen Kriegern entlang, die er in einer Wand aus zweihundert Männern acht Reihen tief aufstellen ließ, und kreuzte sein Schwert lautstark immer wieder gegen die Waffen seiner Männer. Die trommelten mit ihren Speeren und Schwertern auf ihre Schilde und brüllten aus Leibeskräften wilde, einsilbige Schlachtrufe. Es ging darum, den eigenen Mut zu steigern und die Feinde einzuschüchtern. Adalmar fragte sich, wo die Feinde eigentlich waren, an die sich das Geschrei richtete. Er beobachtete genau, welche Taktik Chnodomar verfolgte, und befand, dass er dessen Männer zu Recht als Speerspitze des Angriffs eingesetzt hatte. In Ermangelung jeglicher taktischer Schulung, die seine eigenen Truppen im Gegensatz zu Chnodomars Kriegern erhalten hatten, wäre es sinnlos gewesen, den neuen Stamm mit einzubeziehen. Noch immer sträubten sich die germanischen Verbände vehement dagegen, wie die Römer zu kämpfen. Auch bei den Truppen, die er selbst anführte, gab es weiterhin eine große Menge an Zweiflern und Nörglern, die Veränderungen aus Prinzip ablehnten. Sollten die Römer doch weiterhin glauben, dass Germanen kopflos angriffen. Der Stamm Chnodomars würde mit seiner Haufentaktik, wie Adalmar die simple Vorgehensweise im innersten Kreise abfällig nannte, davon ablenken, dass seine eigenen Männer anders geschult waren.

Er wurde aus den Gedanken gerissen, als Chnodomar die Kriegshörner blasen ließ, das Zeichen zum Angriff. Endlich war es so weit.

Im Laufschritt setzten sich die Männer in Bewegung. Die erste Reihe trug mehr als zwanzig Leitern mit sich. Der Sturmangriff richtete sich auf eine einzige Seite des Kastells, und die Hälfte des gesamten Stammes stampfte über die weiten Felder, die Bauern in Friedenszeiten als Acker gedient hatten. Sie waren trocken und abgeerntet und boten einen idealen Untergrund für den Sturmangriff.

Kein Krieger wurde am Aufstellen der Leitern gehindert, sie fluteten unbedrängt das Innere der Befestigung, und noch immer konnte niemand auch nur das geringste Zeichen irgendwelcher Verteidigungsbemühungen ausmachen. Nach kurzer Zeit verstummten die brüllenden Krieger. Auf den Wachtürmen erschienen Chnodomars Leute, die mit den Achseln zuckten. Die Kampfeslust wich wachsender Irritation.

»Was zum Geier ist hier los?«, fragte Berovist verärgert.

»Die Römer wurden gewarnt!«, entfuhr es Adalmar.

»Wer? …« Berovist blickte sich zähnefletschend um, als könnte er den Verräter persönlich dingfest machen.

»Marcus natürlich, wer sonst?« Adalmar stapfte, ohne sich umzudrehen, zu seinem Pferd und stieg auf.

Die Dämmerung brach langsam über die kleine Festung herein.

»Sollen wir das verdammte Kastell niederbrennen?«, fragte Berovist voller Erwartung, seine schwelende Wut umgehend austoben zu können.

»Bist du verrückt?«, schalt ihn sein Heerführer. »Niedergebrannt wird morgen. Alles, was sich uns in den Weg stellt. Doch heute Nacht dient uns dieses kleine Meckslager als Schutz. Alle Anführer, Leibgarden und Hauptmänner nächtigen hier. Alwina bekommt die Offiziersstube. Lass die Karren mit der Ausrüstung herschaffen und die Türme mit Wachen besetzen. Die Krieger nächtigen auf den umgebenden Feldern und im Lagerdorf.«

Berovist wirkte enttäuscht.

»Ja, Herr.«

Adalmar hatte sich im Stabsgebäude für die Nacht eingerichtet. Im Grunde war er froh, seit langer Zeit wieder einmal ein Dach über dem Kopf zu haben. Er lümmelte im Stuhl des ehemaligen Befehlshabers und hatte die Beine übereinandergeschlagen auf den Schreibtisch gelegt. Er drehte einen Becher Rotwein in den Händen, als Berovist die Principia betrat.

»Alles erledigt, Herr. Die Zelte stehen, alle Tiere sind versorgt, die Wachen sind eingeteilt. Es blieb die ganze Zeit ruhig.«

»Gut. Nimm dir einen Becher Wein. Der Befehlshaber hier musste nicht darben und hatte einen guten Geschmack.«

Berovist ließ sich nicht zweimal bitten und schenkte sich einen Becher ein, aus dem er begierig große Schlucke trank.

»Wie weit ist es bis nach Biriciana?«, wollte Adalmar

von Berovist wissen und ließ sich von seinem Heermeister nachschenken.

»Knappe vier Meilen. Ich kann es kaum erwarten, wenn wir morgen alles niederbrennen.«

»Nein, hör zu. Wir brennen hier gar nichts nieder. Du kannst den Männern von mir aus im Morgengrauen erlauben, alles kurz und klein zu schlagen und zu plündern, was noch von Wert ist, aber ich will so früh wie möglich aufbruchsbereit sein. Wir haben keinen Vorteil davon, wenn unsere Gegner durch Rauchwolken genau wissen, wo wir sind und was wir tun. Wir ziehen so früh wie möglich ab. Die Kameraden bekommen ihre Feuersbrunst noch früh genug, das verspreche ich dir. Ich verlasse mich auf dich.«

Berovist nickte. Wortlos erhoben sie die Becher, bevor sie sie in einem Zug leerten.

Noch lange nachdem Berovist gegangen war, grübelte Adalmar darüber, wie er mit Chnodomar verfahren sollte und ob er seinen Heermeister einweihen musste. Doch fanden seine Grübeleien keine Lösung.

Der Ruf einer Eule durchdrang die Nacht. Durinkim wollte sich selbst von der Nachricht seines Boten überzeugen und spähte in die Dunkelheit hinaus. Ein über dem Boden hängender Nebel verbarg sie; die vielen Lichter der unzähligen Fackeln sah man trotz des Nebels, der den Glanz des Feuers verhüllte. Zahllose winzige Koronen tanzten knapp über dem Boden und bewegten sich langsam, aber stetig den Hang hinab und am Fluss vorbei, der ihnen den milchigen Schleier bescherte, der alles verbarg. Adalmar behielt recht. Die Besatzung des Kastells Vetoniana machte sich mitten in der Nacht auf, um zu Hilfe zu eilen. Wie

Feuerwehrleute, die einen Brandherd löschen möchten und übersehen, dass die eigene Hütte schon brennt.

Durinkim hätte einen Nachtmarsch nicht für möglich gehalten. Wie vereinbart, hatten sie sich in den Wäldern versteckt und einen halben Tag gewartet, bis der von Adalmar beauftragte Reiter vom Beginn des Vorstoßes berichtet hatte. Wie vorausgesagt, rückte der römische Verband eiligst aus, um dem bedrohten Abschnitt zu helfen. Niemand war mehr zur Verteidigung übrig.

Irgendwann verschluckten die wabernden Bodennebel die letzten Lichter, und aller Lärm erstarb.

Schon im Schutz der Dunkelheit hatten sie die Besatzungen zweier Wachtürme getötet, ohne dass diese vorher Alarm schlagen konnten. Mit einem weiteren Angriff hatten die Besatzungen entweder nicht gerechnet, oder es waren faule Narren. Dem Turm, dessen Erstürmung er beigewohnt hatte, hätten aber auch entschlossene Männer nicht entfliehen können. Entschlossenere Männer hätten womöglich noch auf sich aufmerksam gemacht. Er war froh, dass es nicht dazu kam. Zwei Wachen unterhielten sich gerade, während sie von einer Salve aus zwei Dutzend Pfeilen getroffen wurden. Ein dritter Soldat schlief tief und fest und wachte nicht mehr auf. Auf Leitern und Seilen überwanden sie die Mauer. Die Pferde würden sie holen, wenn das tödliche Werk vollbracht war.

Er war bereit, endlich Rache und Vergeltung für die Opfer zu üben, die sein Volk erbracht hatte. Er ließ seine Männer im Schutz des Nebels vordringen. Wie Schatten aus dem Totenreich arbeiteten sie sich auf leisen Sohlen den Hügel hoch, auf dem das Kastell thronte. Ahnungslos standen zwei Wachleute Vetonianas vor der Festung und waren in ein Gespräch vertieft. Das Lagerdorf im Süden lag friedlich im undurchdringlichen Nebel, der widerspenstig dem Morgengrauen trotzte.

Es würde keine Gnade geben.

Biriciana, September 233 n. Chr.

Centurio Julius Flavius Sabinus beendete die kurz zuvor einberufene Versammlung seiner Offiziere.

»Optiones, die Lage ist ernst. Unsere Späher berichten vom Anmarsch eines großen feindlichen Heeres. Uns bleibt nicht viel Zeit. Bringt Frauen, Kinder und Greise aus dem Lagerdorf in den Mannschaftsbaracken unter. Unsere Männer schlafen in den Stallungen. Der Decurio aus Sablonetum trifft in wenigen Stunden ein. Bis zum Anbruch der Nacht müssen die Leute ebenfalls ihre Quartiere zugewiesen bekommen haben. Optio Valerius, Ihr koordiniert die Verteilung von Proviant. Holt die gesamten Vorräte der Mansio in die Festung. Der Wirt wird später entschädigt. Wegtreten.«

Die Offiziere salutierten und stoben in alle Richtungen davon.

Marcus hatte ungeduldig zugehört, aber allen Entscheidungen des Centurios innerlich zugestimmt. Das Horreum, den Getreidespeicher, ließ dieser mit jeglichen nur auffindbaren Vorräten aus dem Lagerdorf auffüllen. Alles Nutzvieh sollte von den Bauern aus der Umgebung herangeschafft werden. Auf den Türmen wurden Ballisten und sogar ein Polybolos montiert, eine Art Schnellfeuerkatapult. Im westlichen Lagerbereich nahe den Werkstätten und unweit des Lazaretts ließ der Centurio die Ferngeschütze postieren, vor allem Onager und Schleudern.

Dürftig war der Bestand an Munition. Es waren viel zu wenig geeignete Steine und Bleigeschosse vorhanden. Nun rächte sich, dass wegen der kostspieligen Feldzüge im Osten seit Langem an Unterhalt und Ausrüstung gespart wurde.

Für die Schmiede des Ortes wurde es ein harter Tag. Sie erhielten den Befehl, alle Bestände an Waffen oder Werkzeug abzuliefern, und wurden beauftragt, sämtliche Rohmaterialien in das Kastell zu schaffen. Solange sie konnten, sollten sie Pfeile herstellen und Waffen ausbessern.

Marcus eilte dem Befehlshaber hinterher, als dieser das Stabsgebäude verließ und durch den Hallenbau in Richtung Horreum strebte. Er fragte sich, wann er endlich die Botschaft erhalten würde.

Rasch liefen sie an der bronzenen Panzerstatue des Marc Aurel vorbei, die dem Stifter des kostbaren Tempelinventars gewidmet war. Der Tempel stand unweit des Kastells und wurde von einem Priester verwaltet, der mit seiner Frau dort wohnte. Sie half ihm bei Kultzeremonien, das hatte Marcus am Vorabend ein Stallbursche erklärt, der vor der Schlacht noch der Pferdegöttin Epona opfern wollte. Im Augenblick waren indessen sogar mehrere Priester vom Kollegium der Seviri Augustales aus Augusta Vindelicum anwesend, denn eine Huldigung des Imperators Severus Alexander stand wegen dessen fünfundzwanzigsten Geburtstag kurz bevor. Er betrachtete den bronzenen Kaiser, der zu seines Großvaters Zeiten geherrscht hatte und stumm und erhaben sein Volk grüßte. Beim letzten Besuch war ihm die Statue gar nicht aufgefallen, obwohl sie überlebensgroß neben einem Torbogen stand, der in Richtung der Getreidespeicher führte.

Nervös kaute er an seiner Unterlippe.

»Centurio!«, platzte es schließlich aus ihm heraus, unglücklicherweise in dem Moment, als Optio Valerius wieder auftauchte.

Zögernd stand der Offizier vor seinem Vorgesetzten und starrte dabei ihn an. Marcus wurde rot.

»Die Botschaft?«, brachte er stockend hervor. Er sah im strengen Blick des Centurios, wie ungünstig der Zeitpunkt gewählt war.

»Nicht jetzt. Ich habe zu tun«, blaffte der Centurio zurück.

»Ich kann sofort losreiten«, bot Marcus kleinlaut an und unternahm damit einen letzten Versuch, ihn umzustimmen.

Der Befehlshaber Biricianas baute sich breitbeinig vor ihm auf.

»Marcus Aurelius, haben dich deine Eltern keinen Gehorsam gelehrt? Willst du deinem Onkel Schande bereiten? Ich dulde hier keinen Widerspruch. Verhalte dich ruhig und warte, bis ich dir meine Befehle erteile. Du raubst mir Zeit, die ich nicht habe. Wärst du regulärer Soldat, würde ich dich auspeitschen lassen.«

Marcus verstummte augenblicklich und fühlte sich dümmlich und klein. Ein widerwärtiges Gefühl und ungerecht dazu, wie er fand. Mit bebenden Lippen starrte er zu Boden.

Der Centurio widmete sich seinem Stellvertreter.

»Optio?«

»Für wie viele Tage sollen wir die Vorräte einteilen?«

Marcus horchte auf und wartete gespannt auf die Reaktion des Centurios, der sich kurz das Kinn rieb.

»Eine Woche.«

»Bei guter Einteilung wären sogar zehn Tage möglich«, gab Offizier Valerius zu bedenken.

»Danke für Eure Einschätzung, Optio. Doch reicht eine

Woche aus. Hunger wird nicht gelitten. Wenn bis dahin keine Hilfe eingetroffen ist, benötigen wir keine Vorräte mehr. Teilt ordentliche Portionen aus, die Moral soll nicht wegen der Verpflegung sinken.«

»Jawohl, Centurio.« Optio Valerius salutierte und eilte im Laufschritt davon.

Bei Anbruch der Dämmerung traf Publius Geminius Balbus mit seiner Handvoll Männer und einigen Dutzend Familien des Lagerdorfs von Sablonetum in Biriciana ein. Es waren mit den Kindern, Frauen, Alten und Sklaven rund hundert Menschen, die schweigsam auf Karren und Pferden zu ihren Quartieren geleitet wurden. Obwohl sie nur ein paar Meilen entfernt wohnten, benahmen sie sich wie Fremde. Letzten Endes waren sie das auch. Marcus kannte höchstens ein oder zwei Gesichter von Ausflügen zum Markt, die anderen hatte er nie zuvor gesehen. Die meisten waren Bauern wie sein Vater mit ihren Familien, Hilfsarbeitern und Sklaven. Wo im Römischen Reich ein Veteran sein Feld bestellte, spielte keine Rolle. Die meisten verließen ihren Hof nur selten. Ein paar Handwerker waren auch dabei, unschwer an ihrem Werkzeug zu erkennen. Die Stimmung war gedrückt, die Schwächsten der Flüchtlinge, Greise, Jugendliche und Kranke stierten angstvoll ins Leere.

Publius Geminius Balbus bestätigte Marcus' Prophezeiung, wenngleich er nicht müde wurde zu beteuern, dass man lediglich ein feindliches Heer gesichtet hatte, über dessen Größe nur spekuliert werden konnte. Aber allein die Tatsache, dass die Germanen wie vorhergesagt so rasch aufgetaucht waren und Marcus sie mit seiner Warnung gerettet hatte, nötigte dem Decurio Respekt ab, weshalb er sich auffallend freundlich verhielt.

Marcus hielt sich unterdessen weiter in der Nähe des Centurios auf, wenngleich er dessen Blicke mied und sich so unauffällig wie möglich benahm. Er hatte einigen Diskussionen gelauscht, zuletzt berichtete ein Optio dem Centurio von renitenten Familien, die von den Soldaten regelrecht gezwungen werden mussten, ihre Häuser zu verlassen. Die Veteranen waren alles andere als Angsthasen und wollten ihren Besitz nicht kampflos aufgeben. Am Ende siegte jedoch der Gehorsam, denn sie waren Kinder dieser gnadenlos disziplinierten Armee.

Noch schwieriger war es gewesen, die vier Priester davon zu überzeugen, nicht im Tempel zu verharren. Centurio Julius Flavius Sabinus ließ ihnen keine Wahl. Er befahl, sämtliches Inventar, darunter kostbare Statuen der wichtigsten Götter und wertvolle Votivbleche, eilig in eine große Holzkiste zu packen, eine Grube auszuheben und den Schatz nicht weit entfernt vom Tempel zwei Fuß tief im Erdreich zu vergraben. Zwei reiche Familien schlossen sich mit ihrem Inventar an. Im Dunkel der Nacht waren sie endlich damit fertig geworden. Somit beraubte er die Priester ihres Arguments, die Preziosen beschützen zu müssen. Protestierend und widerwillig waren sie am Ende die Letzten, die ins Kastell einzogen. Niemand hatte es bis dahin gewagt, dem Centurio zu widersprechen, abgesehen von Marcus mit seiner ungeduldigen Aufmüpfigkeit. Die Priester hatten fortwährend diskutiert und gar die Stimme erhoben. Marcus wunderte sich darüber, dass sie nicht im gleichen Maße wie er gemaßregelt wurden. Der Centurio ordnete stattdessen an, dass sich die Priester um das Wohl der Geflüchteten kümmern und ihnen mit Vorhersagen und Zeremonien Mut zusprechen sollten.

Ungewohnte Schreie von Säuglingen und Kleinkindern

hallten in dieser Nacht durch das Kastell. Marcus hatte sich enttäuscht in sein Nachtlager zurückgezogen, nachdem er zuletzt vom Centurio mit dürren Worten auf den nächsten Vormittag vertröstet worden war. Die Befestigung platzte aus allen Nähten. Mehr als viermal so viele Menschen, wie es in normalen Zeiten der Fall war, füllten das Kastell. Und dies, obwohl etliche Familien sich nicht auf die schützenden Mauern verließen, sondern ihr Hab und Gut auf Karren nach Süden verbrachten. Die meisten hatten auf ihrer Flucht die Provinzhauptstadt Augusta Vindelicum im Sinn.

Lange nach Mitternacht dämmerte Marcus in einen traumreichen Schlaf, in dem ihm Alwina sehr nahe war. Im Morgengrauen fuhr er, erschrocken um sich schlagend, von seinem Lager hoch. Sein Herz pochte wild. Erst wusste er nicht, ob er alles nur geträumt hatte oder ob die Götter ihm einen Blick in die Zukunft gewährt hatten. Schweißüberströmt schälte er sich aus seiner rauen Decke. Alwina war mit einem anderen Mann zusammen und hatte ihn im Traum verhöhnt. Bitternis fraß sich in sein Herz. Verzweifelt dachte er an seine Familie und an Onkel Titus.

Marcus verließ das kleine Zimmer, das ihm der Centurio zugewiesen hatte. Er war immer noch erstaunt darüber, dass er im Praetorium, dem Wohnhaus des Centurios, untergebracht worden war. Obwohl es sich nur um eine Abstellkammer handelte, bewahrte ihn Centurio Julius Flavius Sabinus damit vor einer Mannschaftsbaracke, in der mindestens sechzehn Männer um die Wette geschnarcht hätten.

Draußen fröstelte ihn sofort. Die Kühle der Nacht kündigte den Herbst an. Er erstieg eine Treppe, die zum Wehrgang führte, und spähte zwischen zwei Zinnen ins

Zwielicht des anbrechenden Tages. Irgendwo da draußen im Morgendunst, nicht weit von hier und doch unerreichbar fern, schlief seine Familie. Er stellte sich vor, wie er zu ihnen eilen würde, um sie zu warnen, als er aus dem Augenwinkel einen misstrauischen Wachmann auf dem Wehrgang bemerkte, der ihn anstarrte. Er fühlte sich ertappt. Als hätte er tatsächlich Schuld auf sich geladen, winkte er ihm entschuldigend zu. Mürrisch wendete sich der Mann wieder ab. Marcus starrte ins Dunkel jenseits der Kastellmauer. Im verlassenen Lagerdorf rührte sich nichts. Für einen Augenblick genoss er die Stille.

Erst als sich die Kälte ausdauernd in seine Glieder gefressen hatte, kehrte er in sein Zimmer zurück. Ein Hahn krähte. Das Kastell erwachte zu neuem Leben.

Er kleidete sich mit der von Optio Valerius zugewiesenen Armeekleidung ein. Marcus sollte wie ein römischer Meldereiter aussehen, nicht wie ein zerlumpter Germane, wenn er seinen Auftrag überreicht bekam, meinte der Offizier freundlich und hatte ihm zu später Stunde am Vorabend ein Bündel überreicht. Optio Valerius brachte ihm ein etwas zu großes Kettenhemd mit, ein Panzerunterkleid, das im Wesentlichen ein aus Leder und Leinen vernähtes kurzärmeliges Hemd war, dazu eine neue wollene Tunika als bequemes Wechselstück. Einen Helm hatte er ihm ebenfalls überreicht. Für alle Fälle, wie er ihm versicherte.

Dann begab er sich zum Vorraum des Praetoriums und wartete auf der ihm schon bekannten Sitzbank auf den Centurio.

Marcus war halb eingedöst, als ihn stramme Schritte aus dem Dämmerschlaf rissen.

Centurio Julius Flavius Sabinus erschien kampfbereit in Rüstung und war in Begleitung seines ranghöchsten Offiziers unterwegs. Optio Valerius hatte mehrere hölzerne Täfelchen mit Wachsbeschichtung unter dem Arm. Endlich würde er die Nachricht erhalten.

Marcus grüßte den Centurio militärisch und blickte ihn ungeduldig voller Erwartung an.

»Junge, dein Auftrag wird schwerer als gedacht. Wir haben mehrere Orte ausgesucht, die du nacheinander aufsuchen wirst, um die Bevölkerung zu warnen. Benefiziarierstationen, Handwerkssiedlungen, kleine Dörfer. Von den örtlichen Befehlshabern sollen die Warnungen dann an die angrenzenden Gutshöfe übermittelt werden. Optio Valerius siegelt jetzt alle Tafeln und stellt dir einen Berechtigungsschein für kostenlose Übernachtungen aus. Ich zeige dir den Verlauf des Weges.«

Marcus folgte den beiden Männern und beobachtete gespannt, wie der Centurio seinen Ring am Zeigefinger vorstreckte und die Gemme mit der Oberseite in die Wachstafeln presste, während der Optio die Holztafeln anschließend zusammenklappte und verschnürte. Fünf Botschaften wurden auf diese Weise vorbereitet. Auf der letzten Tafel befanden sich die Namen der Orte, die er aufsuchen sollte.

Der Centurio entrollte ein langes Pergament, bis er gefunden hatte, was er ihm zeigen wollte.

Marcus staunte mit offenem Mund. Solch eine Landkarte hatte er noch nie gesehen. Das Römische Reich entfaltete sich auf einer Karte, die etwa einen Fuß hoch war und eine ungeahnte Länge aufwies. Straßen, Ortsnamen, Flüsse, Meere, Gebirge, einfach alles war darin benannt. Von den Orten an den Rändern, die er auf dem Ausschnitt sah, hatte er nie etwas gehört. Das Imperium schien die ganze Welt zu umfassen.

»Präge es dir genau ein, Marcus. Auf dieser Karte sind

alle Straßen und Orte der Umgebung verzeichnet. Du reitest zuer…«

Ein dunkel dröhnendes Signal einer Tuba drang an ihre Ohren. Alle starrten sich gebannt an. Mitten im Satz verließ der Centurio das Besprechungszimmer und eilte aus der Principia. Im Laufschritt folgten ihm Marcus und Optio Valerius. Erneut erklang der düstere Ton des Bläsers direkt aus dem Turm über dem Osttor. Mit ausladenden Schritten stürmte der Centurio die Treppen nach oben, musste jedoch den Tubabläser nicht mehr nach dem Grund seines Signals befragen. Alle sahen die Antwort beim ersten Blick über die Zinnen. Der Decurio aus Sablonetum drängte ebenfalls hinzu und sprach aus, was alle dachten.

»Heilige Scheiße! Sie kommen.«

Marcus wurde aschfahl. In Kürze säßen sie in der Falle. Vom erhöhten Standpunkt des Kastells sahen sie das germanische Heer von Norden auf sich zukommen. Ein lang gezogener Haufen, der die Straße überlappte und eine dünne staubige Wolke hinter sich herzog, schob sich auf sie zu. Sein Auftrag! Panik stieg in ihm auf. Es drängte ihn, etwas zu unternehmen.

»Centurio, Herr, wenn ich sofort losreite, kann ich den Auftrag noch durchführen.«

Der Centurio sah ihn an und schien ihm zustimmen zu wollen, als ein Schrei aus dem Turm hallte.

»Herr, seht! Im Osten. Verstärkung trifft ein.«

Alle Blicke richteten sich zur aufgehenden Sonne. Von der Straße, die Richtung Grenze nach Osten führte, näherte sich eine Kolonne Soldaten. Marcus erkannte zwei römische Standarten.

»Das sind unsere Leute!«, rief Optio Valerius. »Sieht nach zwei Centurien aus.«

»Das müssen die Männer aus dem Numerus defensorum sein, der nur fünf Meilen entfernt liegt«, warf Publius Geminius Balbus ein. »Hilfstruppen der Hilfstruppen, aber besser als nichts.«

»Gebt das Signal zum sofortigen Rückzug. Die Männer müssen im Laufschritt zu uns stoßen!«, rief Centurio Flavius dem Bläser zu und wandte sich dann an Balbus. »Wenn wir nicht schnell handeln, dann läuft es auf ein Nichts hinaus, Decurio«.

Centurio Julius Flavius Sabinus überlegte einen kurzen Moment, während er sich über die Zinnen beugte. Marcus ahnte, dass er einen Plan hatte.

»Optio Valerius, beordert drei Zenturien zum Osttor. Wenn die Germanen erkennen, dass eine Truppe römischer Infanterie schutzlos herumwandert, werden sie sofort angreifen und ein blutiges Gemetzel anrichten. Für die Moral ist das Gift. Die Germanen sind im Augenblick noch ohne Ordnung. Ihre Überzahl können sie nicht ausspielen. Ich will einen Sieg, hier an Ort und Stelle. Wir bilden eine Verteidigungslinie, durch die die Männer hindurchlaufen können. Den geordneten Rückzug ins Kastell führen wir gemeinsam durch.«

»Ja, Herr!« Optio Valerius verlor keine Zeit, um seinen Auftrag durchzuführen. Marcus sah ihn die Treppe hinunterpoltern, während ein markerschütterndes Signal die Luft durchdrang und sich zweimal wiederholte.

Der Centurio wandte sich an Publius Geminius Balbus. »Decurio. Postiert Bogenschützen an der Nordflanke und deckt sie mit Pfeilen ein, wenn sie uns angreifen.«

Der Centurio warf Marcus einen entschuldigenden Blick zu, drehte sich um und nahm zwei Stufen pro Schritt, während er nach unten stürmte.

Marcus spürte eine kolossale Wut in sich hochsteigen.

In Germanien war er allen Gefahren entkommen, und nun war ausgerechnet das sichere Kastell zum Gefängnis geworden. Er musste seine Familie im Stich lassen. Für einen Augenblick presste er die Hände gegen den Kopf und rieb sich verzweifelt die Schläfen. Es war niemand da, an den er seinen Zorn hätte richten können. Unzählige Flüche spie er aus, bis er, alleine gelassen auf dem Wehrgang, so lange erbost gegen die Mauer trat und schlug, bis seine Glieder schmerzten.

Als sich das Doppelsignal des Tubabläsers wiederholte, ließ er von seinem steinernen Gegner ab und blickte mit aufgeschürften Handknöcheln auf die römische Kolonne, die für einen Moment regungslos verharrte. Nach wenigen Augenblicken ging der Verband in den Laufschritt über. Er wurde Zeuge, wie die Männer Hals über Kopf auf das Kastell zurannten. Um eine bessere Sicht zu haben, lief Marcus zum nördlichen Außenturm und beobachtete von dort gespannt die Reaktion der Germanen. Die Barbaren hatten mitbekommen, dass sich eine römische Kolonne auf der heillosen Flucht befand. Als hätte eine Meute Wölfe Witterung zur Beute aufgenommen, drang ein lautes Gebrüll zu ihm herüber. Die vorderste Linie der Germanen stürmte jählings los und schrie wie von Sinnen. Mit erhobenen Schwertern liefen sie ohne erkennbare Ordnung auf die flüchtenden Soldaten zu.

Neben Marcus traten Männer mit Bögen.

Das Osttor öffnete sich rumpelnd, und drei Zenturien marschierten mit strammen Schritten hinaus. Schnell fächerten sie sich auf und bildeten drei Reihen, die zwanzig Mann breit und vier Mann tief gestaffelt waren. Zwischen jeder Zenturie ließen sie einige Fuß Platz. In der hintersten Reihe stand ein Optio, der für die Disziplin zuständig war. Marcus traute seinen Augen nicht, als er den Centurio in der ersten Reihe der mittleren Zenturie erblickte. Sie marschierten direkt an ihm vorbei, in stetem Tempo, die Schilde erhoben. Die rund zweihundertvierzig Mann stampften so gleichmäßig über den Boden, dass die Geräusche des Marsches in seinen Ohren hallten.

Centurio Julius Flavius Sabinus sah die Männer des Numerus panisch auf sich zu rennen. Die Germanen, die schräg von der Seite heranstürmten, erschienen ihm wie ein spitzer Keil, der den Fluchtweg abschneiden wollte. Seine Männer verkürzten stetig den Abstand zu den Jägern und Gejagten und marschierten ihnen entgegen. Bis zum letzten Moment war kaum abzusehen, wer das Rennen gewinnen würde. Der Centurio mahlte mit den Kiefern und schnaubte durch die aufgeblähten Nasenlöcher. Er ließ langsam den Kopf kreisen, Adern traten an seinem Hals hervor, er sah aus, als pumpte er durch bewusste Anspannung von Sehnen und Muskeln Adrenalin durch seinen Körper. Vor einem Kampf schärfte er stets die Sinne, in einem immer gleichwährenden Ritual.

»Formation!«, brüllte der Centurio so laut, dass es trotz des Lärms niemand überhören konnte.

Alle Männer stoppten, gingen leicht in die Knie und suchten mit dem hinteren Fuß festen Halt am Boden. Die Hintermänner packten ihre Vorderleute am Gürtel, um den Halt zu verstärken. Die ovalen Schilde standen eng an eng, die Schwerter blitzten an den Seiten hervor. Die dünnen Schlitze, die die konzentrierten Augen der Männer formten, waren unter den blank polierten Helmen kaum zu sehen.

Marcus schluckte mit trockener Kehle; beinahe hätte er vergessen zu atmen, denn vor seinen Augen verdichtete sich ein Chaos, das nur von der geordneten Formation der Zenturien am Ende begrenzt wurde.

Ein Hagel Pfeile ging auf die germanischen Jäger nieder und riss einige der vorderen Krieger zu Boden. In das Kriegsgeheul mischten sich die Schreie von Verwundeten.

Wie die Hasen stürzten die Männer des Numeruskastells in die Freiräume zwischen die Zenturien. In dem Chaos behinderten sie sich gegenseitig. Einige Männer liefen auf andere auf und stürzten zu Boden. Manche schafften es nicht, wieder aufzustehen, bevor die Angreifer herangestürmt waren. Die ersten anstürmenden Germanen streckten mehrere der hilflosen Männer von hinten nieder. Dann krachten die Krieger der Barbaren auf die erste Linie der Zenturien und polterten gegen die Schilde.

Die eng aneinanderstehenden Schilde waren wie ein undurchdringliches Hindernis für die Angreifer. Manche der Barbaren warfen sich entschlossen gegen den Schildwall und prallten dennoch ab. Das Hämmern der Schwerter auf den Schilden hatte einen wütenden Klang. Einige versuchten darüberzuspringen und wurden in der Luft von hervorschnellenden Gladii aufgespießt.

Der Centurio stach entschlossen zu, wenn sich die kleinste Gelegenheit bot. Die Wildheit, die sich vor ihm an den Schilden entlud, öffnete immer wieder Lücken, die er gnadenlos ausnutzte. Die Männer der zweiten Reihe stärkten ihnen mit vollem Einsatz den Rücken, wenn die drückende Übermacht sie zum Schwanken brachte. Vor ihm türmten sich tote Leiber auf. Ein riesiger Germane packte das Schild seines Nebenmanns und riss ihn mit einer Drehung aus dem Verband heraus. Im Moment, als der Krieger mit der Axt ausholte, schnellte der Centurio mit einem Ausfallschritt vor und stieß dem Hünen sein Schwert in die Seite. Wütend drehte er es einmal um hundertachtzig Grad in den Eingeweiden, bevor er es aus dem in die Knie sinkenden Germanen herauszog, der mit weit aufgerissenem Mund aufheulte. Der zu Boden geworfene Kamerad hatte dennoch keine Chance. Von zwei Kriegern, die sich auf ihn stürzten, wurde er zerhackt. Ein Mann aus der zweiten Reihe schloss die Linie wieder. Nur einen Moment später sprang ein brüllender Barbar in hohem Bogen auf sie zu. Der Centurio hatte keine Ahnung, wie der Mann so hoch in der Luft stehen konnte. Mit der oberen scharfen Kante seines Schilds rammte sein Nebenmann dem Krieger in die Seite, sodass er direkt hinter dem Centurio in den Staub flog. Kaum war der Germane am Boden aufgeschlagen, rammte der Centurio ihm in schneller Drehung sein Schwert in die Brust. Ein Blutschwall spritzte ihm über das Gesicht. Geistesgegenwärtig sprang ein Soldat aus der zweiten Reihe in die Lücke, die der Centurio unfreiwillig hatte öffnen müssen.

»Formation halten!«, brüllte der Befehlshaber mit bebender Stimme.

»Zweite Reihe, Entlastung«, befahl Optio Valerius und verfolgte mit Argusaugen, ob alle gehorchten. Langsam schob sich die zweite Reihe vor die erste, die nach und nach in die hinteren Linien entwich, um sich zu erholen. Der Centurio hingegen schob sich wieder nach vorne.

Marcus beobachtete das Manöver und fragte sich, was im Centurio vorgehen musste, der erneut in der vordersten Reihe verblieb. Er bewunderte ihn und hielt ihn gleichzeitig für verrückt. Todesmutig war er in jedem Fall. Vorbild für alle, die ihre Gedärme unter Kontrolle zu halten versuchten. Die Linien hielten.

Das Sirren der Pfeile zischte in seinen Ohren. Die Männer neben ihm schickten eine Salve nach der anderen los und erreichten, dass viele nachrückende Germanen hinter ihren Schilden Deckung suchten und der Ansturm keine weitere Nahrung erhielt. Die germanischen Krieger hielten Abstand und stießen wütende Flüche aus. Das, was er trotz des Lärms verstand, klang für ihn wie »Hurensöhne, Bastarde« und Variationen davon. Mehr und mehr Feinde hoben die Schilde zum Schutz vor dem Pfeilhagel und rannten zurück.

In dem Moment, als Marcus in den Sinn kam, dass jetzt der beste Zeitpunkt für einen Rückzug wäre, gab der Tubabläser Signal. Der Decurio war derselben Meinung und hatte den Befehl erteilt.

Die drei Zenturien traten den geordneten Rückzug an, der so diszipliniert eingeleitet wurde, dass Marcus mehr als beeindruckt war. Obwohl alle Einheiten soeben noch im Kampf gestanden hatten, bewegten sie sich zielsicher und in exakter geometrischer Formation Richtung Tor. Erst nachdem das Niemandsland durchschritten und die Nähe zum Kastell eine gewisse Sicherheit versprach, gab die hinterste Zenturie ihre Formation preis und rannte zum Eingang, dessen Torflügel geöffnet wurden. Danach floss im gleichen Schema die zweite Zenturie ab. Centurio Julius Flavius Sabinus hielt die Formation bis zuletzt aufrecht und gab erst dann den Befehl zum Rückzug ins Kastell, als gewährleistet war, dass sich kein Feind mehr in Reichweite befand. Die Anspannung entwich in dem Moment, als Marcus sicher war, dass niemand mehr um sein Leben fürchten musste. Ein Blick auf die toten Leiber bestätigte ein halbes Dutzend Gefallener der Zenturien und noch einmal so viele vom Numeruskastell. Die Germanen hingegen hatten erheblich mehr Verluste zu beklagen.

Trotz der düsteren Stimmung in seinem Herzen huschte ein Lächeln über sein Gesicht. Mit einem so fähigen Kommandanten war längst nicht alles verloren. Als sich die Tore rumpelnd schlossen, brach Jubel aus. Erst nur vereinzelt, dann aus jeder Ecke des Lagers. Die Menschen im Kastell reckten die Fäuste, die Zivilisten stimmten Hochrufe auf den Sieg an. Die Freudenschreie hallten durch die ganze Verteidigungsanlage bis hinaus zu den Germanen.

Adalmar war vor Zorn rot angelaufen, als ihm Berovist von der kopflosen Attacke berichtet hatte. Es waren die Männer von Chnodomar gewesen, die an vorderster Stelle gelaufen waren und sich hatten hinreißen lassen. Sie waren vielfach überlegen und agierten dennoch völlig unkoordiniert. Nun fehlten beinahe hundert Männer, und die Moral der Römer war gestärkt.

Der getadelte Stammesführer erschien mit finsterer Miene.

»Habt Ihr Eure Männer im Griff oder nicht?«, brüllte Adalmar zornig und baute sich vor Chnodomar auf. Chnodomar rieb sich den vollen rötlichen Bart und wog eine gewaltige Streitaxt in seinen Pranken, die er nicht aus der Hand gelegt hatte, seit sie am Morgen das kleine Kastell verlassen hatten.

Man merkte ihm an, dass er es nicht gewohnt war, Kritik ertragen zu müssen. Seine Kiefer mahlten unablässig vor sich hin. Berovists Hand versteifte sich um die griffbereite Klinge.

»Meine Männer haben Blut geleckt, als sie die feige Flucht der Römer beobachtet haben. Wer hätte in dem Moment anders reagiert?«, fragte er trotzig.

»Beinahe hundert Männer liegen tot in ihrem Blut. Die Verwundeten haben wir noch gar nicht gezählt. Wir haben den Feind ohne Not aufgebaut. War es Landogar, der sich hinreißen ließ?«, wollte Adalmar wütend wissen.

»Der Verantwortliche wird zur Rechenschaft gezogen«, antwortete ihm Chnodomar.

»Macht mit Euren Männern, was Ihr wollt. Ihr seid für mich der Verantwortliche. Für die Zukunft gilt, dass nur ich die Befehle zum Angriff erteile.«

Chnodomar nickte kurz und erwiderte dann trocken: »Ich habe viele tapfere Krieger verloren. Überlasst meinen Männern den Angriff auf das Kastell. Wir werden Euch zeigen, dass unsere Loyalität keine Grenzen kennt und dass unser Kampfesmut ungebrochen ist.«

Adalmar rümpfte die Nase. Dass dieser dreiste Kerl es überhaupt wagte, das Wort Loyalität in den Mund zu nehmen. Was für eine falsche Schlange! Ihm war klar, dass diese Disziplinlosigkeit keinesfalls Schule machen durfte. Schlimm genug, dass die Gerüchte nicht mehr aufzuhalten waren. Am Ende würde die verlustreiche Niederlage ihm angelastet, weil die Befehle von ihm ausgingen. Andererseits konnte er Chnodomar durchaus die Anweisung erteilen, den nächsten Angriff zu leiten. Nachdem seine Leute an der Grenze ihre Tapferkeit nicht hatten beweisen können, stünde eine echte Gelegenheit bevor, sich zu bewähren und auszuzeichnen. Außerdem würde er seine eigenen gedrillten Kräfte aufsparen können. Wenn der Angriff erst vorbei war, hätte er noch reichlich Gelegenheit, Konsequenzen zu ziehen.

»Einverstanden. Aber wir werden zuerst dieses verdammte Lagerdorf niederbrennen. Ich will, dass hier kein Stein auf dem anderen bleibt. Reißt alles nieder. Zündet alles an, was brennt. Die Römer in diesem Kastell sollen sich nichts auf dieses Scharmützel einbilden. Wir werden ihre Moral brechen. Sie sollen das, was sie ihr Leben lang aufgebaut haben, in Flammen aufgehen sehen. Ich will, dass sie die Tragweite ihrer Hoffnungslosigkeit begreifen.

Diesen Tag sollen die Hunde nie vergessen, sofern sie morgen noch am Leben sind. Erteilt die Befehle!«

Die Unterheerführer stimmten in lautem Beifall zu und trugen den Befehl zu ihren Einheiten.

Adalmar drehte sich zu Berovist um.

»Bereite alles für das Nachtlager vor. Das Kastell wird umstellt. Morgen greifen wir an.«

Hilflosigkeit. Verzweiflung. Ein tiefschürfendes Gefühl der Ohnmacht wühlte sich durch Marcus' Eingeweide. Die Anzahl der Germanen war gewaltig. Das höhnische Geschrei nagte an den Nerven. Vor seinen Augen spielte sich ein Inferno ab. Eine unübersehbare Menge an Kriegern entwickelte eine Kraft der Zerstörung, die ihresgleichen suchte. Beim Poltern der Rammböcke gegen die Mauern zuckten die Schultern der Menschen immer wieder erschrocken zusammen. Die Geräusche unzähliger Dachschindeln, die von den Barbaren zu Boden geworfen wurden, peitschten in ihren Ohren. Ein Gebäude nach dem anderen ging in Flammen auf. Die Rauchschwaden schmeckten bitter am Gaumen. In der Nacht loderten die Feuer und spiegelten eine schaurige Silhouette am Firmament. Immer wieder stürzten Häuser ein und ließen Funken in die Höhe stieben. Der Lärm war ohrenbetäubend.

Die Germanen feierten. Man hörte sie feixen. Erst mitten in der Nacht endete das Gejohle. Dann kehrte eine gespenstische Stille ein, die ebenfalls schwer zu ertragen war. Marcus hatte bis dahin kein Auge zugetan und dämmerte nun in einen unruhigen Schlaf. In seinem Zimmer waren mittlerweile zwei Optiones untergebracht. Die Hoffnung, das alles wäre nur ein furchtbarer Traum, keimte in ihm, während im Halbschlaf Fetzen von Ereignissen an ihm vorüberwehten. Vielleicht ziehen sie ja weiter, dachte er, als er den Streich bemerkte, den ihm sein Hirn spielte. »Es gäbe so viele leichtere Ziele«, murmelte er, während er sich herumwälzte. Wie ihm erging es vielen anderen. Nie in seinem Leben hatte er so zahlreiche Gespräche im Schlaf gehört, so häufig Schreie vernommen, die von Albträumen herrührten; er hörte Kinder wimmern und Frauen schluchzen. Der Terror glich einer abgrundtief bösartigen Folter. Von alledem ungerührt, zog der Centurio im Lager seine Kreise, besprach sich mit den Offizieren, erteilte Befehle und schien keinen Schlaf zu benötigen. Er sah weder ängstlich aus, noch sprachen Zweifel aus seinem Blick. Es schien, als würde er sich auf den morgigen Tag freuen. Obschon er der Einzige sein mochte, der so dachte, spendete Marcus diese Haltung Zuversicht. Entschlossen richtete er sich auf und war mit einem Mal völlig klar im Kopf. Er zog seine Rüstung an und holte den Bogen hervor. Mit einem ausladenden Schwung hüllte er sich in einen Mantel. Dann begab er sich noch im Dunkel der Nacht auf den Wehrgang und wartete.

Biriciana, September 233 n. Chr.

Die aufgehende Sonne entschied gerade das tägliche Ringen um Licht und Schatten für den anbrechenden Tag, als Marcus im diffusen orange-violetten Glanz des Morgengrauens seine Feinde erspähte. In schneller Folge verschärften sich die Konturen. Vorsichtig kletterte er auf eine der Zinnen und drehte sich langsam einmal im Kreis herum. Im Feuerschein der Nacht noch lediglich ein grausamer Verdacht, bestätigten sich nun die schlimmsten Befürchtungen. Das Kastell war komplett umstellt. Es war unmöglich, die durcheinandergewürfelte Menge von Barbaren zu zählen. Während einige Einheiten der germanischen Krieger schon Aufstellung bezogen hatten, hausten im Hintergrund etliche an Feuerstellen herum oder schritten auf nicht ergründbaren Pfaden entlang.

»Marcus!«

Der scharfe Ruf des Centurios schreckte ihn auf, und es bereitete ihm Mühe, sein Gleichgewicht zu halten.

»Centurio?!« Marcus kletterte hastig herab.

»Versammlung jetzt sofort im Stabsgebäude.«

Centurio Julius Flavius Sabinus und der Decurio Publius Geminius Balbus hatten beschlossen, das Kommando für die Zeit des Angriffs gemeinsam zu übernehmen. Die beiden Kommandanten teilten das Lager in einen West- und einen Ostteil auf. Jeder würde auf seiner Seite die Einheiten motivieren, denn Offiziere in der Nähe waren die beste Versicherung für eine leistungsfähige Kampfmoral. Zu den Toren im Norden und Süden konnten sie im Bedarfsfalle beide vorstoßen.

Die Principia waren brechend voll, im Praetorium blieb kein Platz unbesetzt. Alle Offiziere waren anwesend, außerdem die erfahrensten Soldaten jeder Einheit.

Der Centurio hatte sich auf ein Fass gestellt, damit alle Männer, die ohnehin schon die Hälse reckten, ihn sehen und hören konnten.

»Männer der Ala I Hispanorum Auriana. Heute ist unser Schicksalstag. Vor den Toren befindet sich eine Übermacht von barbarischen Wilden, die uns vernichten will.«

Er legte eine Kunstpause ein, in der sich ein störrisches Geraune erhob. Zufriedenen Blickes hob er beschwichtigend die Arme.

»Es wird ihnen nicht gelingen. Sie mögen unsere Häuser verbrennen. Sie mögen unsere Ernten vernichten. Wir sind Römer. Niemand kann uns unsere Ehre nehmen. Wir lassen dies niemals zu.«

Zwischenrufe voller Zustimmung gellten durch die Principia.

»Wir sind nicht allein. Wir sind nicht schwach. Mit uns kämpfen der Decurio Publius Geminius Balbus und seine treuesten Männer. Zu uns gestoßen sind die Truppen des Numerus. Vergessen wir nicht die Veteranen, die uns verstärken. Ich versichere euch: Diese Männer möchte ich nicht zum Feind haben.«

Jubel brandete auf. Die Soldaten reckten ihre Schwerter und trommelten auf ihre Schilde.

»Kämpft bis zum letzten Atemzug und erweist Rom die Ehre!«, brüllte er aus voller Kehle und freute sich über das Triumphgeschrei, das den Raum erfüllte und nach außen drang, wo es die Moral aller Anwesenden stärkte.

Der Centurio sprang vom Fass und verschwand im Fahnenheiligtum, wohin ihm der Decurio und seine ranghöchsten Offiziere folgten.

Marcus sah sich um. Tatsächlich hatten mindestens hundertfünfzig Veteranen zu den Waffen gegriffen. Sein Vater war zu seinem Bedauern nicht dabei. Sie waren zumeist grauhaarig und hatten Bäuche angesetzt, manche zierten ausladende Vollbärte, aber sie sahen entschlossen aus und verfügten über jede Menge Erfahrung. Insgesamt waren über sechshundert einsatzfähige Männer im Kastell. Mehr als zu Zeiten einer vollen Besetzung, die, bedingt durch den Truppenabzug, schon lange Vergangenheit war.

Der Centurio besprach sich im Fahnenheiligtum ein letztes Mal mit seinen Offizieren, die sich um einen Tisch gruppierten, an dessen Kopfende er stand. Besonnen und kraftvoll erklärte er die nächsten Schritte, während er darauf achtete, bei seinen Ausführungen mit jedem von ihnen mindestens einmal Blickkontakt hergestellt zu haben.

»Vergesst nicht, dass wir unter allen Umständen eine Panik vermeiden müssen. Wir sind erst dann geschlagen, wenn wir den Feinden den Rücken zuwenden. Es ist eure Aufgabe, dies zu verhindern«, beschwor er seine Offiziere.

Diese quittierten mit eifrigem Kopfnicken.

»Sobald der Feind seine Absichten verrät, an welcher Stelle er angreifen wird, werden wir unsere Katapulte auf diese Seite ausrichten.«

»Sollen wir Munition sparen, Herr?«, fragte einer der Optiones.

Der Centurio lächelte gequält.

»Nein, wenn wir etwas mit den Fernwaffen ausrichten wollen, müssen wir den Feind mit voller Härte angreifen. Ich erwarte einen konzentrierten Beschuss. Bevor die Barbaren auch nur einen Fuß in unsere Befestigung setzen, will ich keinen Stein und kein Bleigeschoss mehr sehen. Viel Erfolg, Männer. Möge Mars uns beschützen. Wegtreten.«

Alle Offiziere begaben sich unmittelbar zu ihren Einheiten.

»Decurio, auf ein Wort.«

Publius Geminius Balbus, der sich schon umgedreht hatte, hielt inne.

»Centurio?«

»Ich möchte, dass Marcus Aurelius unter Eurem Befehl steht. Er ist ein guter Kerl. Etwas renitent, aber loyal und ein hervorragender Bogenschütze, wenn man seinem Onkel Glauben schenkt.«

»Wie Ihr meint, Centurio. Was hält Euch ab, ihn unter Euren Befehl zu stellen?«

»Die Disziplin erfordert es. Ich habe keine Zeit für ihn. Postiert ihn am besten auf der Verteidigungsmauer.«

Publius Geminius Balbus nickte zustimmend.

Als Nächstes inspizierte der Centurio, ob alle befohlenen Vorbereitungen getroffen worden waren. Das Lazarett war einsatzbereit. Die Wundärzte würden mehr zu tun bekommen, als ihnen lieb war. Er wies die Werkzeugmacher an, mehr Holzgabeln zu verteilen und vorzubereiten. Es war ihre beste Option, die Leitern der Angreifer möglichst schnell umzuwerfen.

Centurio Julius Flavius Sabinus setzte sich seinen prächtigen Helm auf, dessen Busch in hellem Rot schimmerte, und schnallte den Gurt fest. Der altgediente Prätorianer fieberte seinem mutmaßlich letzten Kampf entgegen.

Marcus war erstaunt über den Befehl des Decurios, der ihn anwies, zu den Verteidigern auf seiner Seite zu stoßen, stellte ihn aber nicht infrage. Er begab sich umgehend neben den Turm im Osten und beobachtete den Feind. Nichts rührte sich. Die germanischen Krieger hatten Aufstellung bezogen und standen regungslos wie Puppen vor ihnen.

Nur das Krähen der Raben, die über den verbrannten schwarzen Überresten des Lagerdorfs ihre hämischen Kreise drehten, störte die Ruhe vor dem Sturm. Der Tempel und das große Thermalbad waren nach der Feuersbrunst kaum noch wiederzuerkennen. Einzelne Rauchschwaden, die mit spitzen Zacken in der Windstille über Biriciana hingen, mahnten die Verteidiger, ihre Sache gut zu machen.

Adalmar ritt mit Berovist, Chnodomar und Landogar zur Schlachtreihe, die sich im Osten des Kastells aufgestellt hatte und auf Befehle wartete.

»Eurem Stamm gebührt die Ehre des ersten Angriffs. Wie ist Euer Plan?«, fragte Adalmar den Unterheerführer.

Chnodomar richtete den Blick auf die Mauern.

»Diese Mauern sind weder undurchdringlich stark noch besonders hoch oder dick. Wir werden sie im Sturmangriff überrennen.« Sein Heermeister Landogar stimmte ihm zu.

»Ich kann Euch Verstärkungen zukommen lassen«, bot Adalmar an.

»Was wir brauchen sind Mut, Tapferkeit und jede Menge Leitern. All dies bringen meine Männer mit. Wartet ab. Ich werde Euch zeigen, zu welchen Taten meine Krieger imstande sind.«

»Wir haben gute Bogenschützen«, bemerkte Berovist.

»Spart Euch Eure Pfeile auf und entschuldigt mich«,

entgegnete Chnodomar schroff, bevor er wendete und mit Landogar zu seinen Männern stieß.

»Herr, seid Ihr sicher, dass wir ihn gewähren lassen sollen? Mir gefällt weder sein Ton noch sein Plan«, bemerkte Berovist spitz.

»Ja. Wir zahlen diesen Preis für das Anwerben fremder Stämme. Lass ihm freie Hand. Bereite aber alles wie besprochen vor«, entgegnete Adalmar kühl.

Marcus sah in der Ferne drei Reiter, die aussahen wie Anführer, und erkannte die Haltung zweier Männer auf den Pferden wieder. Sie waren viel zu weit weg, um es sicher sagen zu können, aber er hätte darauf geschworen, dass Adalmar und Berovist dort hinten ihre Befehle erteilten. Unwillkürlich dachte er an Alwina. Wo war sie in diesem Moment?

Als vor ihm plötzlich Leben in die Reihen der Germanen kam, schreckte er auf. Ein Mann ritt mit erhobenem Schwert an der langen Schlachtreihe entlang, und unvermittelt rollte ein donnernder, kehliger Laut auf die Mauern zu, der sich in einem »Huuuuuh« entlud. Aus irgendeinem Grund kam ihm dieser Mann ebenfalls bekannt vor, doch gelang es ihm nicht, ihn einzuordnen. Das Klappern der Waffen auf den Schilden wetteiferte mit dem Brüllen und Kreischen der Krieger. Marcus gestand sich ein, dass der Krach schwer zu ertragen war und an seinen Nerven nagte. Dann begannen die Germanen, mitten in den ohrenbetäubenden Lärm hinein auf das Kastell zuzumarschieren. Aufreizend langsam, vielleicht um ihre Überlegenheit auszukosten, dachte Marcus.

Er fischte seinen Talisman aus den Tiefen der sandfarbenen wollenen Tunika, die er unter dem geliehenen Kettenhemd trug. Der Denar des Severus Alexander schimmerte silbern in seiner Hand. Er betrachtete ihn lange und stellte dabei überrascht fest, wie jung der Kaiser auf dem Bildnis aussah. So oft hatte er ihn schon zwischen seinen Fingern kreisen lassen, und doch war dies wie eine neue Erkenntnis für ihn. Der Kaiser war zum Zeitpunkt der Prägung jünger gewesen als er jetzt, aber schon mit einer Verantwortung beladen, die ihn erdrücken musste. Er küsste hastig Salus, die Göttin des Wohlergehens, die auf der Rückseite die Münze zierte, beschwor Fortuna und verstaute seinen Talisman wieder sicher unter seinem Gewand. Der Helm drückte ihn; er hob ihn an und massierte die Druckstellen an den Schläfen. Gebannt starrte er über die Zinnen.

Mit einem lauten Krachen lösten die Artilleriesoldaten die Hebel der Katapulte. Ein surrendes Zischen begleitete die tödlichen Geschosse auf ihrer Bahn, die in die hinteren Reihen der Germanen eine mörderische Schneise schlugen. Man hörte die dumpfen Einschläge, und Marcus sah Männer hektisch auseinanderlaufen. Klagend trieb der Wind die Schreie der Verwundeten ins Kastell. Er blickte sich um und sah ungeduldig dabei zu, wie die Katapultschützen nachluden. Mit der nächsten Salve wandte er sich wieder den Feinden zu. Nach der dritten Salve blieben die Germanen auf ein Hornsignal hin abrupt stehen.

Erneut luden die Artilleriesoldaten die Fernwaffen. Als es wieder krachte und die nächsten Geschosse über die Germanen hinwegfegten, tönte es aus knarzenden Blasinstrumenten auf der ganzen Linie der Angreifer. Eine Woge aus Hass flutete den Kastellvorplatz. In der ersten Reihe der nun aus vollem Lauf anstürmenden Germanen trugen etliche eine Leiter. Als sie näher kamen, sah Marcus, dass es immer zwei waren, die eine Holzleiter trugen und sich anschickten, in ihre Festung einzudringen.

Der anhebende Lärm übte Druck auf seine Blase aus. Das eisige Ziehen in der Magengrube trieb Schweißperlen auf seine Stirn. Auch unter den Berufssoldaten breitete sich Unruhe aus. Marcus blickte in aschfahle Gesichter.

Er schloss für einen Moment die Augen und sah sich im vertrauten Innenhof seines Onkels unzählige Male mit dem Bogen üben; für einen kurzen Moment jubelten ihm noch einmal die Massen im Amphitheater nach seinem Sieg zu. Selbstvertrauen durchströmte Pore für Pore seine Glieder. Langsam öffnete er die Augenlider.

Die Schlacht hatte begonnen.

Marcus legte einen Pfeil auf die Sehne und befeuchtete sich mit seiner Zunge die trockenen Lippen.

Drei Wehrgräben sicherten das Kastell. Die Angreifer waren nur mehr rund zweihundert Fuß vom ersten Graben entfernt. Seine Entschlossenheit nahm zu, während er das Beben und Donnern, das Schreien und Klirren der Waffen mit wachsendem Mut aus seinem Bewusstsein drängte. Schnell wie eine Lawine wälzte sich das Kriegerheer über den Platz. Optio Valerius gab mit einem lauten Pfiff aus seiner bronzenen Trillerpfeife das Zeichen für die Bogenschützen, die Pfeile abzufeuern. Marcus wollte seinen Pfeil nicht hoch in die Menge schießen. Er fühlte sich nicht als Teil der Truppe und nicht an den Befehl gebunden, sondern fixierte den Bereich vor den Toren, während er aus den Augenwinkeln wahrnehmen konnte, dass die Salve der Bogenschützen von einem ersten Erfolg gekrönt war.

Der Pfad zu den beiden Toren maß allerhöchstens zehn Fuß in der Breite. Drei Spitzgräben verliefen hintereinander, sie waren mit kurzen scharfen Palisaden verfüllt. Die

Masse der Angreifer verengte sich wie ein Strudel am Ende eines Ausflusses. Viel zu viele versuchten, direkt zum Tor zu gelangen, und behinderten sich gegenseitig. Der Optio ließ den Pfad vor dem Tor zum Ziel ausrufen. Ein weiterer Hagel aus Pfeilen fällte die erste Reihe der Angreifer, die sich davor drängten. Ihre Schilde schützten sie nur unzureichend, weil sie von allen Seiten beschossen wurden. Die Schreie der Getroffenen gingen durch Mark und Bein, die gekrümmten, verkrampften Gestalten wurden brutal von den eigenen Männern zur Seite gestoßen, weil sie den schmalen Weg noch mehr versperrten. Ein Teil der Barbaren suchte daraufhin in den Gräben Deckung. Die Männer mit den Leitern kletterten vorsichtig über die Annäherungshindernisse. Marcus zielte auf den vorderen von zwei Männern, die direkt vor ihm den zweiten Graben erreicht hatten, und traf den Germanen, der die Leiter führte, in die Brust. Völlig regungslos stand er für einen kurzen Augenblick kerzengerade im Getümmel und hielt mit verkrampften Fingern den Schaft, bevor die Beine einknickten und er in den Graben sackte.

Aus der zweiten Reihe nahmen auf der gesamten Frontbreite germanische Krieger Anlauf und warfen ihre Speere. Marcus duckte sich weg, als die Lanzen über seinen Kopf zischten. Rechts von ihm drang ein Schrei an ihn heran. Er sah neben sich einen Soldaten, der einen Speerschaft in der Brust hielt und rücklings von der Mauer fiel. Die Antwort ließ nicht lange auf sich warten. Die Verteidiger warfen ihrerseits einen Hagel aus Speeren auf die Angreifer. Viele der Germanen, die es bis in den letzten Wehrgraben geschafft hatten, riss es von den Beinen.

Den Angriff stoppten sämtliche Verteidigungsbemühungen zu Marcus' Bedauern nicht. Überall arbeiteten sich die Barbaren vor. Marcus zielte beständig auf die Angreifer unter ihm und achtete darauf, sich nicht mehr als einen kurzen Moment über der Zinne zu zeigen. Trotz aller Bemühungen kamen die Germanen immer näher.

Es schabte und kratzte an der Mauer. Die Enden der Leitern erschienen über den Zinnen. Marcus presste sich schweißgebadet an die Innenwand. Römische Soldaten mit langen Stecken, die sich vorne gabelten, verteilten sich auf dem Wehrgang und schoben die Leitern zurück. Freund und Feind schrien wild durcheinander. Eine Leiter, die direkt vor Marcus schon beinahe senkrecht stand, wollte einfach nicht umfallen. Die beiden Soldaten fletschten die Zähne und drückten mit aller Kraft, die Adern traten an den Hälsen wie blaue Schläuche hervor, aber sie schafften es nicht. Ein Germane bereitete sich auf den Sprung über die Zinne vor. Marcus schnellte empor und starrte für einen Augenblick direkt in die weit aufgerissenen Augen des Kriegers. Er trug nur Hosen, der Oberkörper war blau und weiß bemalt und glänzte vor Schweiß. Als Marcus den Pfeil in seine Brust schoss, riss es den Germanen nach hinten, die Leiter kippte und zog die Angreifer in den Abgrund.

Vor dem nächsten Zwischenturm war es einem Germanen gelungen einzudringen; mehrere Männer folgten ihm und sprangen ebenfalls über die Brüstung. Sie verkeilten sich sofort mit Soldaten, die sich ihnen entgegenstellten. In rasend schnellen Bewegungen stachen sie aufeinander ein. Bevor die Eindringlinge von Schwertern durchbohrt wurden, hörte Marcus mindestens zwei römische Soldaten vor Schmerzen aufheulen. Ein schwerer, stämmiger Kerl mit einer Streitaxt erklomm als Nächster die Mauer. Marcus spannte den Bogen und hielt mit einem gewagten Schuss über die Köpfe der eigenen Männer den beleibten Barbaren davon ab, ins Kastell einzudringen. Zu seinem

Glück sackte der Getroffene nach vorne in sich zusammen und fiel kerzengerade die Leiter hinab. Ein furchtbares Gebrüll verriet Marcus, dass er dabei mehrere Männer mit nach unten riss.

»Optio Valerius!«

Der Centurio war auf dem Wehrgang erschienen und rief seinen Stellvertreter zu sich.

»Ja, Herr?!«

»Schickt die Bogenschützen von der Südseite alle in die Türme hier an der Ostflanke. Wir können ihnen von oben heftig zusetzen. Die Wahnsinnigen greifen nur an einer Seite an; wir wären töricht, wenn wir die Reserven zurückhalten. Schickt außerdem eine weitere Zenturie in den Nahkampf auf die Mauer und gebt ihnen die restlichen Holzgabeln mit.«

Mit trillernder Pfeife rannte der Optio zu den Einheiten, um die Befehle an sie weiterzuleiten.

Marcus lugte über die Zinne. Vor dem doppeltürigen Tor lagen inzwischen etliche Angreifer in ihrem Blut. Andere Männer hatten sich hinter ihren Schilden verschanzt. Sie schienen auf etwas zu warten, denn sie rührten sich nicht von der Stelle. Von hinten teilte sich die Menge, und Marcus entdeckte einen bärtigen Mann, der im Spurt auf das Tor zulief. Er hatte die Flügeltüren beinahe erreicht, als Marcus feststellte, dass der mit Fellen behängte Mann weder Schwert noch Axt noch Speer in der Hand hielt. Die Gedanken rasten durch seinen Kopf und suchten nach einem Grund. Als er die Fackel und das Behältnis mit der schwarzen Masse entdeckte, schoss es ihm mit einem Mal durch den Kopf: »Pech!« Sollte es dem Bärtigen gelingen, dieses auf die Tore zu schleudern, konnte er sie in Brand setzen, und der Qualm würde die Verteidiger blind machen. Einen flirrenden Moment lang fixierte er den Germanen, bevor sein Pfeil von der Sehne glitt. Der Angreifer wurde durchbohrt, taumelte zurück, stürzte zu Boden und begrub den Behälter unter seinem Körper. Marcus sah die Fackel in den Graben fallen. Er zögerte, als er den nächsten Pfeil in der Hand hielt. Er konnte unmöglich alle Germanen daran hindern, an die Fackel zu kommen. Schon waren zwei nachfolgende Barbaren dabei, sich in dem Graben vorzuarbeiten. Da fiel sein Blick auf eine Kohlepfanne, die rechts neben ihm stand. Er warf den Bogen zu Boden, riss ein Stück seiner Tunika ab und band dieses hastig um den nächsten Pfeil. Als er zur Glut eilte, wanderte sein Blick zwischen dem Graben, den Barbaren und der Kohlepfanne hin und her – es musste jetzt schnell gehen. Der Tunikafetzen fing sofort Feuer. Er beugte sich so weit wie möglich schräg über die Zinne. Die Germanen hielten die Fackel wieder in den Händen; ein weiterer Krieger riss den toten Fackelläufer von seinem Pecheimer weg und holte zum Wurf aus. In diesem Moment traf Marcus' Pfeil auf die schwarze Masse. Angreifer und Pech loderten zischend in Flammen auf. Das Gebrüll unterschied sich deutlich vom Schlachtenlärm und ging Marcus unter die Haut. Er starrte auf das Geschehen und sah die menschliche Fackel ziellos umherirren.

Ein Speer, der direkt neben ihm auf der Zinne einschlug, ließ ihn zurückfahren und hinter der Mauer Schutz suchen. Er zitterte am ganzen Leib. Der Decurio stand plötzlich neben ihm.

»Alles in Ordnung, Junge? Ich habe einen Auftrag für dich. Bring so viele Köcher, wie du tragen kannst, in den Flankenturm. Wir schicken so viele Bogenschützen wie möglich hinauf. Sie brauchen Pfeile.«

Bevor Marcus zu einer Antwort fähig war, eilte der Decurio schon weiter. Er legte sich seinen Bogen um die Brust, schlich geduckt voran und nahm sich jeden zweiten Köcher, bis er vier Stück geschultert hatte. Er war froh um den Auftrag, denn durch die Aufgabe beruhigten sich seine Sinne wieder.

»Befehl des Decurios!«, brüllte er immerzu, weil er auf lautstarken Protest einiger Soldaten stieß.

Schwerfällig hastete er durch den von Männern überfüllten Wehrgang. Zweimal musste er warten, bis eingedrungene Barbaren niedergerungen waren. Sein Herz pochte vehement gegen die Enge in seinem Hals, die Köcher lagen schwer wie Blei auf seinen Schultern. Endlich war er am Turm angekommen und polterte hastig die Stufen hoch. Oben herrschte ein furchtbares Gedränge. Eine viel zu große Anzahl von Männern stand eng um eine fest montierte riesige Balliste gruppiert und ließ abwechselnd auf die Angreifer einen fortwährenden Pfeilhagel regnen. Es surrte ohne Unterlass.

Marcus stellte schweißgebadet die Köcher ab, die Männer bedienten sich wortlos.

»Was ist das für ein Geschütz?«, fragte er abgehetzt einen der beiden Artilleriesoldaten, die tatenlos neben dem Katapult standen.

»Das ist ein Polybolos.«

»Das magische Geschütz?«

»Wenn du mit magisch meinst, dass es schneller schießen kann als ein Mann mit Bogen, dann ja.«

Marcus musterte fasziniert die Balliste. »Warum nutzt du ihn nicht?«

Der Mann lächelte ihm amüsiert zu.

»Ich habe kein freies Schussfeld. Hier ist normalerweise mein Reich. Jetzt tummeln sich hier zwanzig Männer. Die

Schlacht ist in vollem Gange, und ich habe Pause. Lustig, was?«

Marcus konnte daran nichts Witziges finden und nickte mit steinerner Miene.

Er betrachtete das Turmgeschütz. Die Balliste hatte einen weiten Spannrahmen aus Holz mit Bronzeblechbeschlag. Die Waffe konnte mittels eines Universalgelenks, das auf einem Stativ gelagert war, in alle Richtungen gedreht werden. Als Zielschütze konnte man die Gegner präzise ins Visier nehmen. Das Besondere an diesem armbrustartigen Katapult war, dass es sich zwar im Prinzip um ein gewöhnliches zweiarmiges Torsionskatapult handelte, dass es aber durch ein Schwerkraftmagazin und einen selbsttätigen Lademechanismus zu einem halb automatischen Schnellfeuergeschütz aufgewertet wurde. Zwei Männer wurden für die Bedienung benötigt, da einer permanent mit der Kurbel die Sehnen spannen musste. Die Geschütze waren schon seit einem halben Jahrtausend in Gebrauch und nicht mehr sehr verbreitet. Marcus vermutete als Grund die komplizierte Bedienung.

»Musst du nicht zurück an deinen Platz?«, fiel ihm der Soldat in seine Gedanken.

Er fühlte sich ertappt, obwohl der Mann ihm keine Befehle zu erteilen hatte.

»Ja, doch. Viel Glück«, stammelte Marcus und lief die Treppen hinab.

Auf halbem Weg fuhr ihm der Schreck in die Glieder. Ein Germane stürmte ihm mit erhobenem Schwert entgegen. Marcus hielt abrupt an und wäre um ein Haar auf den Stufen gestolpert. Panisch rannte er zurück und brüllte um Hilfe.

»Alarm, Feindkontakt!«

Als er ins Freie hastete, blickte er geradewegs in die

Balliste, die auf ihn zielte und hechtete instinktiv mit dem Kopf voran zu Boden. Der Bolzen, der sich krachend löste, zischte über seinen Schädel hinweg und bohrte sich durch die Brust des Barbaren, der nur einen Schritt hinter ihm heranstürmte. Die Wucht des Aufpralls riss den Mann rücklings von den Füßen. Marcus blickte sich um. Das Geschoss hatte dem Mann die Lunge zerfetzt. Als der Germane den Mund öffnete, war er nicht imstande, einen Laut von sich zu geben. Stattdessen troff ihm das Blut stoßweise aus dem Mund. Sein Kopf mühte sich für einen kurzen Moment, sich aufzurichten, bevor die Kraft aus ihm wich und er röchelnd zurücksank. Der zweite Artilleriesoldat erbarmte sich und trat einen Schritt mit seinem Gladius vor, um den Germanen mit einem gezielten Stich zu erlösen.

Marcus rappelte sich mit aufgeschürften Handballen auf.

»Danke, Mann, das war knapp.«

»War der einzige Ort hier oben, auf den ich zielen konnte.«

Wieder lachte der Mann, und erneut war Marcus nicht zum Lachen zumute, sondern er nickte ihm nur zu.

Wachsam schlich er langsam die Treppe hinunter.

Centurio Julius Flavius Sabinus hatte inzwischen die Offiziere auf der Ostseite zu einer kurzen Lagebesprechung versammelt.

»Decurio, wie ist unsere Position?«

»Sie hat sich stabilisiert. Wir konnten ihnen heftige Verluste zufügen, und die vielen Toten scheinen die nachfolgenden Kerle zu beeindrucken. Sie sind langsamer, was uns Gelegenheit gibt, die Leitern umzustoßen. Bislang ist keine große Anzahl an Feinden ins Innere gelangt.«

»Wie hoch sind unsere Verluste?«, wollte der Centurio wissen.

»Bisher haben wir ein Dutzend Gefallene. Im Lazarett sind derzeit außerdem rund dreißig Verwundete. Die Hälfte davon können wir bis zum Nachmittag wieder als Bogenschützen einsetzen.«

Der Centurio nickte, doch sein Offizier blieb weiterhin stramm vor ihm stehen.

»Was gibt es noch?«, hakte er nach. Im Laufe der Jahre kannte man sich blind.

»Mir sind die Leitern ein Dorn im Auge. Wir stoßen sie um, aber die Barbaren verwenden sie immer wieder«, brachte der Decurio vor.

»Sind sie von guter Qualität?«, fragte der Centurio.

»Warum? Keine Ahnung. Sie sehen aus, als hätten sie sie eben erst im Wald zusammengezimmert. Eher eine leichte Bauweise.«

»Wenn es die Zeit zulässt, schickt einige vor, die ein Seil um das obere Ende binden. Wir stoßen die Leitern um und ziehen sie danach wieder hoch. Wir nehmen sie ihnen einfach weg.«

»Einen Versuch ist es wert«, meinte der Decurio lachend.

»Noch etwas. Die Munition für die Katapulte geht zur Neige. Eigentlich wollten wir nichts aufheben, aber es fehlen im Augenblick lohnende Ziele. Die Angreifer sind zu nahe, und die Hauptmacht befindet sich außer Reichweite. Wir sparen den Rest also auf. Falls Ihr einen Einsatz wünscht, lasst es mich wissen.«

Der Decurio nickte und begab sich auf den Weg zu seinen Männern.

Berovist lenkte sein Pferd neben Chnodomars Ross.

»Blast den Angriff ab.«

»Nein. Ich leite den nächsten Angriff persönlich.«

»Die Verluste sind inakzeptabel.«

»Wollt Ihr mich über meine Kriegsführung belehren?«

Berovist spuckte direkt vor dem Unterheerführer aus.

»Kein weiteres Wort. Befehl unseres Anführers. Sammelt Eure Männer und begebt Euch zum Hauptquartier. Ihr erhaltet Eure neuen Pläne dort. In einer Stunde. Ich gehe davon aus, dass Ihr Teil unserer Sache seid.«

Chnodomar starrte ihn wütend an. Berovists Miene verriet keinerlei Regung. Die Augenklappe verschleierte seine Gefühle bis ins Unkenntliche.

»Also, in einer Stunde am Hauptquartier«, wiederholte Berovist, nachdem der Stammesführer beschlossen hatte, beharrlich weiter zu schweigen.

Wenige Augenblicke später demonstrierten die Signale der Hornbläser, dass sich Chnodomar widerwillig gefügt hatte.

Als die Germanen sich zurückzogen, jubelten die Verteidiger so frenetisch, als hätten sie den Sieg davongetragen.

Marcus lief zum Centurio, neben dem der Decurio Publius Geminius Balbus mit verschränkten Armen stand, und lächelte, als er ihn sah.

»Der Meisterschütze persönlich. Gut gemacht, Marcus.«

Der Centurio sah auf. Marcus errötete.

»Was meint ihr?«, fragte Marcus schüchtern.

Der Decurio schritt auf ihn zu, legte seinen Arm um Marcus' Schultern und verkündete feierlich: »Der junge Mann hat einem Barbaren aus fünfzig Schritt Entfernung den Pecheimer in Brand geschossen und damit dessen Plan vereitelt, das Tor in Brand zu setzen.«

»Ich sagte ja, Ihr könnt Euch glücklich schätzen, Marcus in Eurer Einheit zu wissen«, antwortete der Centurio. »Fahren wir fort. Wir haben nicht viel Zeit. Teilt Verpflegung und Wasser an alle aus. Lasst die Köcher auffüllen. Die Werkzeugmacher sollen aus den Leitern, die hereingefischt wurden, weitere Holzgabeln fertigen. Und werft die toten Barbaren über die Mauer. Wir haben hier keinen Platz für sie, und ich will hier im Lager keiner Seuche Vorschub leisten.«

»Sollten wir nicht versuchen, einen Parlamentär zu schicken, um zu fragen, ob die Germanen ihre toten Kameraden begraben möchten? Wir könnten damit wertvolle Zeit gewinnen. Vielleicht springt aus einer Laune sogar freies Geleit für alle heraus?«, schlug der Decurio vor.

Der Centurio überlegte.

»Einverstanden. Wenn Ihr einen Eurer Männer schickt. Ich habe mit den Germanen bisher keine guten Erfahrungen gemacht, was Verhandlungen betrifft.«

»Ich werde selbst gehen.«

»Das lehne ich ab. Decurio, ich brauche Euch hier. Schickt einen Eurer Männer.«

»Sie werden keinen meiner Männer akzeptieren. Wenn es stimmt, dass der Anführer in Rom aufgewachsen ist und in der Armee gedient hat, kommen nur wir beide infrage. Einen niederen Rang brauchen wir nicht zu entsenden.«

Der Centurio dachte über den Vorschlag nach.

»Es gefällt mir nicht. Aber Zeit zu gewinnen, wäre Gold wert. Die Verstärkungen sind mit Sicherheit auf dem Weg. Je länger wir standhalten können, desto besser. Also gut, ich akzeptiere Euren Vorschlag. Optio Valerius! Organisiert eine weiße Fahne. Und die Mahlzeit muss in einer Stunde verzehrt sein, treibt die Männer an den Verpflegungsstationen an!«

In großen Kesseln bereiteten die Köche umgehend Essen vor. Schnell bildeten sich Schlangen an den Ausgabestellen. Die Menschen im Kastell nahmen dankbar den Geruch von Suppe wahr, der einen Hauch von Normalität verbreitete.

Marcus setzte sich mit seiner dampfenden Schale an eine Wand und kaute erschöpft an einem Kanten Brot, der zur Suppe gereicht wurde. Er sah sich um. Es wurde wenig gesprochen. Die meisten zogen sich in ihr Inneres zurück und versuchten wie er, einen Moment Ruhe zu finden. Als er die Reste der Suppe zusammenkratzte, schritt Publius Geminius Balbus an ihm vorbei, in der Hand eine Stange, um die ein weißes Tuch gebunden war. Er empfand größten Respekt für den Decurio, als sich das einflüglige Tor der Porta decumana im Norden rumpelnd öffnete. Er bewunderte ihn für seinen Mut und setzte große Hoffnungen in die Mission. Er vertraute ihm, obwohl er sich ihm gegenüber bei ihrer ersten Begegnung so misstrauisch verhalten hatte.

Publius Geminius Balbus ritt langsam dem barbarischen Heer entgegen und hielt die weiße Fahne im Wind, die ihn als Unterhändler auswies.

Berovist sah ihn zuerst und überbrachte Adalmar die Neuigkeit.

»Sie wollen verhandeln. Ein Parlamentär ist unterwegs. Wollt Ihr ihn empfangen?«

Adalmar lachte spöttisch.

»Was haben sie uns schon anzubieten?«

Berovist zuckte mit den Schultern. »Ich verjage ihn wie einen räudigen Hund, Herr.«

»Nein, warte. Schick ihn her. Ich bin neugierig und möchte wissen, was in der Festung vor sich geht.«

Adalmar begab sich mit Berovist und den anderen Stammesführern auf die Wiese vor dem Kastell. Auf ihren Pferden erwarteten sie den Römer, der inzwischen von einem Kundschafter Adalmars geführt wurde.

Decurio Publius Geminius Balbus zählte acht Anführer, wenn er mit seiner Vermutung, sie seien Stammesführer, recht hatte. In der Mitte saß eindeutig der germanische Oberbefehlshaber, neben ihm, dem Anschein nach, sein engster Vertrauter. Zu seiner Rechten und Linken waren jeweils drei Männer auf ihren Pferden postiert. Vermutlich Anführer weiterer Stämme und deren Heermeister. Bis auf einen hatten alle ihre Waffen abgelegt. Der Mann direkt rechts von ihm wog eine riesige Axt in den Händen. Sie lag quer auf seinem Pferd, wenigstens die Klinge hatte er abgewendet. Obwohl es sich um eine unausgesprochene Regel handelte, unbewaffnet zu erscheinen, fand er es respektlos, sie zu ignorieren.

Adalmar bemerkte den irritierten Blick des Römers und sprach den Mann mit der Axt barsch an, woraufhin dieser die Waffe an der Seite seines Pferdes verstaute.

»Während der Verhandlungen erweisen wir dem Feind unseren Respekt, merkt Euch das.« Adalmar war Chnodomar langsam überdrüssig; der Kerl war unfähig, sich einzufügen. Er wechselte ins Lateinische.

»Wer seid Ihr, wie lautet Euer Rang, und was ist Euer Begehr, Römer?«

»Decurio Publius Geminius Balbus, Befehlshaber von Sablonetum. Wir haben mehr als dreißig tote germanische Krieger in der Festung, und die Gräben sind voller Leichen. Wir bieten an, dass Ihr Eure Toten bergen könnt, um sie in Ehren zu bestatten. Wer seid Ihr, wenn ich fragen darf?«

»Ich bin Adalmar, Sohn des Ariovist und Anführer aller Stämme. Was bringt uns das für einen Nutzen? Noch vor der Abenddämmerung werden wir unsere Toten ohnehin in Ruhe bergen und natürlich auch die gefallenen Römer. Das werden nach Lage der Dinge alle sein, die sich im Kastell aufhalten.«

Schweigsam starrten sich der Decurio und Adalmar an. Publius Geminius Balbus sah in seinem Gegenüber trotz der langen Haare und des flaumigen Bartes einen edlen Römer. Er fragte sich, ob er dies sah, weil er wusste, dass es so war, oder ob der Mann sich trotz aller Verkleidungen nicht der Macht entziehen konnte, die ihn zwanzig Jahre geformt hatte.

Adalmar wusste, dass er einen alten Haudegen vor sich hatte. Einen Soldaten, der alles gesehen und erlebt hatte und dem Stolz und Ehre wichtiger waren, als sich um sein Leben zu sorgen. Es gab nicht viele, die im Rang eines Decurios den Mut hatten, sich in die Höhle des Löwen zu wagen. Noch weniger hätten mit hoch erhobenem Kinn zur Schau gestellt, dass sie sich überlegen fühlten.

Marcus hatte sein Geschirr zurückgebracht und sich wieder an die Zinnen begeben. Gebannt starrte er auf die Wiese, auf der die Verhandlungen stattfanden. Neben sich bemerkte er unvermittelt den Centurio.

»Centurio. Sagt, wie ist Eure Meinung? Was kann der Decurio ausrichten?«

»Er wird versuchen, Zeit herauszuschlagen. Zeit ist die beste Waffe, die wir haben.«

»Was ist, wenn er scheitert?«

»Wenn er scheitert? Dann haben wir doch immerhin

schon eine Stunde gewonnen. Besser als nichts. Ich hoffe doch, dass sie so ehrenvoll sind und einen Parlamentär ziehen lassen. Wie schätzt du Adalmar ein?«

Marcus kratzte sich am Hinterkopf. So simpel die Frage war, so kompliziert empfand er die Suche nach einer Antwort.

»Er hasst die Römer. Seine Schwester hat einen guten Einfluss auf ihn, aber sie ist bestimmt nicht auf dem Schlachtfeld. Adalmar hält sich eigentlich an Regeln, wenn auch mit zusammengekniffenem A… ich meine …«

Der Centurio musste lachen.

»Ich weiß, was du meinst. Hoffen wir das Beste.«

Der Decurio sah in die versteinerten Mienen aller Männer. Der Mann mit der Augenklappe neben Adalmar schien so etwas wie sein Berater zu sein.

»Warum empfangt Ihr mich, wenn Ihr kein Interesse habt?«

Adalmar rümpfte die Nase und dachte einen Augenblick nach. Berovist raunte ihm etwas von der Seite zu. Er flüsterte zurück und nickte ernst.

»Ich biete Euch die ehrenvolle Kapitulation an. Nur die Offiziere werden hingerichtet, die Männer versklavt. Frauen und Kinder erhalten freies Geleit.«

Der Decurio unterdrückte ein lakonisches Gelächter.

»Bevor oder nachdem Ihr sie geschändet habt?«

»Hütet Eure vorlaute Zunge!«

»Wenn es der Sache dienen würde, zögerte ich keinen Moment. Doch traue ich Euch nicht. Seid Euch des Sieges nicht so sicher. Wir wollen keine Seuche im Kastell. Wenn Ihr die Toten nicht haben wollt, verbrennen wir sie. Auf der Stelle.«

Chnodomar hielt es nicht mehr an seinem Platz. Er riss

an den Zügeln seines Pferds und drehte mit dem Hengst einen Halbkreis, während er schimpfte: »Was soll dieses überflüssige Gerede? Wir sollten ihm sein Maul stopfen. Sind wir hier zum Reden oder zum Kämpfen?«

Publius Geminius Balbus wandte sich an Adalmar, um zu protestieren, und bemerkte nicht, wie Chnodomar einen furchtbaren Entschluss fasste und sein Pferd mit einer wilden Geste zurücktrieb. Der Germane griff sich die Axt, schwang sie einmal über seinem Haupt und stieß dann einen Wutschrei aus, der über die Ebene hallte. Die messerscharfe Klinge sauste präzise auf Schulterhöhe durch die Luft und trennte den Kopf des Decurios mit gnadenloser Wucht vom Rumpf. Ein Schwall aus Blut spritzte in einer Fontäne über jeden der Anführer. Adalmars Gesicht war über und über mit roten Sprenkeln gezeichnet. Die germanischen Heerführer starrten einander fassungslos an. Berovist stierte auf den Körper des Römers, der noch immer kerzengerade im Sattel saß. Der Kopf purzelte in hohem Bogen über die Wiese. Chnodomar brüllte mit aufgerissenem Mund aus Leibeskräften seinen Zorn heraus und reckte dabei die Streitaxt in die Luft. Erst als der Rumpf des Römers auf die Seite kippte und zu Boden fiel, erlangte Adalmar seine Fassung wieder.

»Seid Ihr verrückt geworden? Wer gibt Euch das Recht, die Regeln zu brechen?«

Völlig heiser ballte Chnodomar seine blutverschmierte Faust und krächzte: »Ich bin Krieger. Kein Schwätzer, der verhandelt. Tod den Römern!«

»Tod den Römern!«, kreischte sein Heermeister Landogar.

Adalmar lenkte sein Pferd direkt neben Chnodomar

und reckte seinen Kopf bis auf eine Nasenlänge Abstand vor.

»Wer und was wir wann sind, bestimme ich.«

Chnodomar grinste provokant, wandte sich zur Seite ab und verstaute seine Axt im Halfter.

»Ihr wolltet mir beweisen, dass Euer Anteil höher ausfallen sollte. Das ist nicht die Art von Auszeichnung, die irgendwelche Händel rechtfertigt«, presste Adalmar mit gedämpfter Stimme hervor.

»Regt Euch ab, das steht Euch nicht«, flachste Chnodomar vor sich hin.

Weder hatte er damit gerechnet, noch sah er es kommen. Adalmars rechte Faust schnellte mit unerbittlicher Gewalt vor, die unbändige Kraft entlud sich am Kinn und fegte ihn bewusstlos vom Pferd.

Adalmar spie aus vor Wut. Landogar griff nach seiner Waffe, doch brummte Berovist ihn von der Seite an und signalisierte ihm, dass sein Schwert längst bereit war, den Tod zu verbreiten.

»Der Nächste, der sich seine eigenen Regeln schafft oder meine Befehle missachtet, wird hingerichtet! Schafft eine Bahre her und bringt den Römer zurück zum Kastell. Chnodomars Männer werden das erledigen!«, schrie Adalmar wütend.

Marcus war fassungslos und rang nach Luft. Dieser Abschaum eines Barbaren hatte den Decurio während der Verhandlung getötet. Den Schrei des Mörders konnte er bis ins Lager hören.

Der Tumult, der im Kastell losbrach, war von Verzweiflung getrieben. Der Centurio hatte sofort erkannt, was passiert war, und einen Schwall aus Flüchen über die Germanen ergossen. Die Nachricht vom Tod des Decurios verbreitete sich im Lager wie ein Lauffeuer. Die Stimmung unter den Zivilisten verschlechterte sich rasant. Das Kreischen und Wehklagen verzweifelter Angehöriger hob an, jeder Offizier, der schon einmal einen Tross begleitet hatte, kannte und fürchtete es. Für die Moral war es Gift. Die erste Erleichterung darüber, mit dem Leben davongekommen zu sein, wich einem Wehklagen über den Verlust aller Güter. Frauen fürchteten um ihre Männer. Schaulustige wollten mit eigenen Augen sehen, was passiert war, und drängten an Orte, die den Soldaten vorbehalten waren. Mit Stöcken und Peitschen wurden sie wieder vertrieben. Und über alldem lag die flirrende Spannung des Ungewissen, denn der Feind hatte sich als gnadenlos erwiesen.

Einzig die Priester lenkten diejenigen Zivilisten ab, die nicht an den neuen Christengott glaubten, denn sie führten schon seit der ersten Stunde – umringt von vielen der Geflüchteten – Opferrituale durch und hoben so ein wenig den Mut der verzweifelten Familien.

»Centurio!« Optio Valerius eilte herbei. »Kommt schnell. Der Feind hat sich in Bewegung gesetzt.«

Beide liefen in den Turm der Porta decumana und sahen sich einem Aufmarsch gegenüber, der eindeutig eine Kopie einer ihnen wohl vertrauten Schlachtaufstellung war: ihrer eigenen.

»Der Germanenfürst will uns mit unseren eigenen Waffen schlagen«, bemerkte Optio Valerius.

Brummend stimmte ihm der Centurio zu und hielt derweil angestrengt nach Staubwolken Ausschau. Am westlichen Horizont regte sich jedoch nichts. Die ersehnte Hilfe aus dem Reiterkastell Montana blieb aus. Auch im Osten konnte er keine Anzeichen von Verstärkungen ausmachen. Die Kohorte aus Vetoniana blieb unsichtbar.

»Jetzt gilt es, wir sind auf uns allein gestellt. Machen wir ihnen das Leben zur Hölle!«, murrte er trotzig.

Aus der Masse der Germanen lösten sich zwei Männer mit weißer Flagge, die eine Trage mit sich führten. Sie marschierten langsam auf sie zu. Nach einiger Zeit erkannte der Centurio, dass auf der Trage ein Leichnam lag: Publius Geminius Balbus.

»Bogenschützen zu mir«, ordnete der Centurio an. Als die beiden Männer vor dem Tor angekommen waren, konnte er die Angst der Barbaren förmlich riechen. Der Kopf des Decurios lag quer hinter dem Rumpf. Sie stellten die Bahre ab und kehrten auf der Stelle um.

»Wie lautet Euer Befehl, Centurio?«, drängte Optio Valerius.

»Tötet sie.«

»Zwei Parlamentäre?«

»Ich habe keine Parlamentäre gesehen. Nur zwei Helfershelfer von Mördern. Tötet sie.«

»Schießt sie nieder!«, rief Optio Valerius.

Die Panik, in der sie davonstürzten, half ihnen nicht. Der mehrfache Tod traf die beiden fliehenden Germanen im Rücken.

Centurio Julius Flavius Sabinus rümpfte die Nase. »Holt den Decurio ins Kastell und werft bei der Gelegenheit die toten Germanen in die Gräben. Optio Valerius. Ihr befehlt jetzt die Männer, die der Decurio angeführt hat. Erweist Euch seiner würdig.«

»Ja, Herr.«

Adalmar verzog keine Miene, als ihm die Nachricht vom Tod der beiden Boten überbracht wurde.

»Sind die Vorbereitungen getroffen?«, fragte er, ohne darauf einzugehen.

»Herr, wir sind bereit«, verkündete Berovist.

»Gut. Erteile den zeitgleichen Befehl zum Angriff im Westen, im Norden und im Osten. Geschlossene Formation bis fünfzig Fuß vor dem ersten Graben. Anschließend wird der Plan wie besprochen umgesetzt. Mögen die Götter mit uns sein.«

»Jawohl, Herr.« Berovist kratzte sich am Bart und schien um ein Anliegen verlegen.

»Was noch?«

»Chnodomar, Herr.«

»Was ist mit ihm?«, fragte Adalmar und hob die Augenbrauen.

»Man hat mir berichtet, dass er wutentbrannt zu seinen Männern gestoßen ist und sich an vorderster Front an dem Angriff beteiligen will. Ich traue ihm nicht und denke, er führt etwas im Schilde.«

»Wie kommst du darauf?«

»Er entzieht sich unserer Kontrolle. Von Beginn an. Ich habe kein gutes Gefühl bei ihm.«

»Ja, mir geht es genauso. Wie lautet dein Vorschlag?«

»Trennt Euch wieder von ihm. Schickt ihn fort. Damit er sein Gesicht wahren kann, könnt Ihr ihm einen Auftrag erteilen, in eine andere Richtung vorzustoßen als wir.«

Adalmar verschränkte die Arme vor der Brust und grübelte. »Es ist der falsche Zeitpunkt. Ich denke darüber nach, aber jetzt haben wir eine Schlacht zu schlagen. Schicke Chnodomar und seine Männer auf die gegenüberliegende Seite im Westen. Dort kann er nicht viel Unheil anrichten.«

»Ja, Herr.«

Signale ertönten aus Hörnern. Die Germanen setzten sich

in Bewegung. Die Einheiten waren tief gestaffelt und ähnelten im Aufbau Zenturien und Kohorten. Das rhythmische Stampfen kam Marcus vertraut vor und erinnerte ihn an römische Exerziermärsche.

»Katapulte bereit. Zum Angriff!«, brüllte Optio Valerius. Schrille Töne aus Trillerpfeifen erteilten den Befehl, die letzte Munition für die Fernwaffen zu verbrauchen. Nur einen Moment später summten die Geschosse zischend über ihre Köpfe hinweg.

»Bogenschützen bereit!«, hallte es über die Türme. »Schießt sie nieder!« Die Salven flogen in hohem Bogen auf die Angreifer. Unbeirrt von dem Pfeilhagel setzten die Germanen ihren Aufmarsch fort.

Marcus verschoss Pfeil um Pfeil aus einem bereitstehenden Köcher und hoffte inständig, dass die Verluste die Barbaren zu einem Rückzug zwingen könnten. Die Formationen der Germanen verhielten sich nicht so harmonisch wie römische Truppen, sodass einige Pfeile ihr Ziel fanden. Doch waren es viel zu wenige, und die Reihen kamen Fuß um Fuß näher.

Auf eine Fanfare von Signalen hielten die germanischen Truppen an und verharrten einen Moment, bis alle Einheiten aufgeschlossen hatten.

Es folgte ein weiteres Signal, und Marcus erkannte sofort, was die Bewegung der Männer aus der hinteren Reihe bedeutete. Er ging in Deckung. Keinen Moment zu früh, wie sich herausstellte.

Die Angreifer hatten ihrerseits begonnen, Pfeilsalven auf das Kastell abzufeuern. Dunkle Wolken stiegen in den Himmel und gaben sich erst beim Herabfallen als ein Meer von Pfeilen zu erkennen. Überall prasselten sie nieder. Die Männer im Kastell hoben die Schilde über ihre Köpfe. Manche zogen danach ein halbes Dutzend Pfeile aus der mit Leinen überzogenen Oberfläche ihrer Schilde. Er sah einem ihm unbekannten Nebenmann in die Augen, der seinen Rücken fest an die Zinne presste. Beide schwitzten fürchterlich, und das verband sie in diesem Moment.

»Die kämpfen auf einmal wie Römer. Man hat mir von Germanen vieles erzählt, dass sie wild und tapfer sind. Doch von Disziplin war nie die Rede und dass sie den Bogen nur zur Jagd gebrauchen. Und jetzt?« Der Soldat schüttelte den Kopf und starrte in den Himmel, als könnten die Götter ihm dort oben seine bohrenden Fragen beantworten.

Das Zischen und Surren der Pfeile mischte sich zu einer tödlichen Melodie. Als Marcus nach oben blickte, erkannte er, warum die Tonlagen der Pfeile plötzlich wie Musik erschienen. Die Germanen schickten in jeder zweiten Salve Brandpfeile auf ihre tödliche Bahn, die sich heulend ihr Ziel suchten. Wenn sie in die Holzbaracken einschlugen, ertönte ein knackendes Geräusch. Auf den Dächern fanden die Flammen genügend Zeit, sich Nahrung zu suchen. Nach kurzer Zeit loderten Feuer auf. Centurio Flavius hatte für diesen Fall vorgesorgt. Die Zivilbevölkerung wurde mit eingebunden und machte sich als Feuerwehr nützlich. In langen Reihen wurden mehrere Ketten gebildet und Eimer mit Brunnenwasser zum Löschen gereicht. Es dauerte daher nicht lange, bis die meisten Flammen gelöscht waren. Der Preis dafür war indessen hoch. Einige der mutigen Männer wurden von Pfeilen durchbohrt und bezahlten ihren Einsatz mit dem Leben. Für eines der Gebäude kam zudem jede Hilfe zu spät, und man musste es aufgeben.

Hornsignale ertönten erneut bei den Angreifern. Der Mann neben ihm lugte über die Zinnen, und Marcus wurde ebenfalls von der Neugier gepackt. Männer mit Leitern liefen zwischen den Formationen und stürmten voran. Direkt dahinter setzten sich die gestaffelten Reihen in Bewegung. Die Germanen gingen zum Sturmangriff über. Der Pfeilhagel nahm unterdessen kein Ende.

Ein Schrei neben ihm ließ ihm das Blut in den Adern gefrieren.

Der Mann, mit dem er sich eben noch unterhalten hatte, lag am Boden und hielt sich den blutenden Hals, aus dem ein Pfeilschaft ragte. Hilflos bemühte sich Marcus, ihn aufzurichten. Tränen schossen ihm in die Augen. Der Soldat wollte offenbar etwas sagen, aber Marcus vernahm nur ein blutiges Gurgeln hinter dem gequälten Gesichtsausdruck. Er beugte sich über ihn und blickte in die Augen des Sterbenden, versuchte, tröstende Worte zu finden, doch es fiel ihm nichts ein. Er nahm dessen Hände in seine und drückte sie fest. Im nächsten Moment wich alle Energie aus dem Soldaten, und das Röcheln erstarb abrupt. Nach einem kurzen Moment des Innehaltens lenkte er die Hände des Kameraden zur Brust und faltete sie ineinander. Der Tod hatte gesiegt.

Schlagartig änderte sich Marcus' Gefühlslage. Angst und Unruhe wichen einer unbändigen Wut. Hass loderte auf, der durch den Lärm und das ihn umgebende Chaos eine Kraft in ihm freisetzte, die ihm ungeahnte Klarheit schenkte. Marcus presste den Rücken fest an die Zinne, während er versuchte, seine Gedanken zu bündeln. Er schwitzte so fürchterlich, dass sein eigener Gestank ihn anwiderte. Er war überrascht, wie geschärft seine Sinne arbeiteten.

Entschlossen ergriff er seinen Bogen, legte sich den Köcher um und zog einen Pfeil heraus. Die Barbaren arbeiteten sich bereits in den Gräben vor. Wie eine Feder schnellte er hoch und suchte den Vorplatz nach Zielen ab. Ein Krieger, der Männer mit Leitern motivierte, war sein erstes Ziel. Er traf ihn direkt in die Brust. Sein nächstes Opfer war ein riesiger Kerl, der laut brüllte und zwischen zwei Gräben stand. Als das Brüllen abrupt erstarb, wusste er, dass er ihn tödlich getroffen hatte. Der Pfeilhagel der Germanen hatte ein Ende, doch war diese Erkenntnis ein schwacher Trost. Auf der ganzen Breite der Mauern klapperten erneut Leitern an die Zinnen. Marcus wich mehrere Schritte zurück bis an den Rand des Laufgangs. Soldaten versuchten, die Leitern umzustoßen, doch schien ihm die Anzahl viel höher als beim ersten Angriff. Überall tauchten wild entschlossene Barbaren auf der Mauer auf. Mit lautem Gebrüll stürmten sie heran, und um ihn herum entbrannten wüste Gefechte. Er hatte einen Pfeil angelegt, bereit, sich zu verteidigen. Als direkt vor ihm ein Kamerad zu Boden gestoßen wurde und der Germane sein Schwert hob, um ihn zu durchbohren, schoss er dem Angreifer den Pfeil mitten durch den Mund. Das Schwert fiel scheppernd zu Boden, der Germane hielt gurgelnd den Schaft in der Hand im verzweifelten Bemühen, den Pfeil herauszuziehen. Er stolperte auf ihn zu und rammte ihn aus dem Weg. Marcus strauchelte, verlor das Gleichgewicht und schlitterte den Abhang hinunter. Für einen kurzen Moment verlor er die Orientierung. Er klammerte sich an seinen Bogen, rappelte sich auf und rannte in die Mitte des Kastells bis zum Ende der Principia. Als er dort angekommen war, sah er sich in alle Richtungen um. Überall auf den Wehrgängen kämpften die Soldaten mit eingedrungenen Germanen. Beinahe ohne jede Unterbrechung hallten Befehle durch das Lager, erklangen Bucinen und Signale schriller Pfeiftöne, die Männer an die

Brennpunkte beorderten. Noch verfügten die Verteidiger über Reserven.

Er griff in seinen Köcher und fingerte ins Leere. Angstvoll starrte er wie ein Hund, der den eigenen Schwanz jagt, auf seinen Rücken. Endlich bekam er den Köcher zu fassen. Bis auf zwei Pfeile war er leer. Beim Sturz musste er die meisten Pfeile verloren haben; er verfluchte seinen Tritt ins Leere.

Er lief Richtung Süden zum einzigen Turm, an dessen Gängen noch keine Germanen zu sehen waren. Er hoffte, dort volle Köcher vorzufinden. Marcus hörte seinen lauten Atem und das Knirschen der Schritte, während er auf das Tor zuhielt. Das Blut schoss ihm in die Schläfen. Das Pochen seines Herzens schien allen anderen Lärm zu verschlucken. Er war an die Rüstung mit dem langen Brustharnisch überhaupt nicht gewöhnt und schon nach wenigen Schritten außer Atem. Ein beißender Geruch ließ ihn mitten auf dem Weg aufmerken, und er fuhr herum. Am kleinsten Tor, der Porta decumana im Norden, ließ schwarzer Rauch Angreifer wie Verteidiger hinter dichten Schwaden verschwinden. Ein aufkommender Wind wehte mit einer kräftigen Bö in Marcus' Richtung. Im nächsten Moment erfüllte der metallische Geschmack von Verbranntem seinen Gaumen. Marcus spie aus und setzte seinen Weg fort.

Centurio Flavius starrte vom Eingang des Westtores auf die Rauchschwaden. Hier waren alle verfügbaren Männer mit der Abwehr des Angriffs beschäftigt. Immer wieder erklommen Feinde die Mauer. Er konnte hier auf keinen seiner Offiziere verzichten und wandte sich an einen Veteranen, der ihm als Schmied aus Biriciana bekannt war.

»Salvianus!«

»Herr?«

»Du bist ab sofort zum Optio befördert.«

»Wie in alten Tagen, Herr?«, grinste ihn der grauhaarige Hüne an.

»Beordere einige Zivilisten zum Tor und gib Befehl, das Feuer zu löschen. Für den Fall, dass sie es nicht schaffen, bereite eine Verteidigungslinie vor dem Tor vor. Du bekommst dafür eine der Reserveeinheiten. Sie besteht aus Veteranen, viele kennen dich noch, deine fehlende Uniform sollte also kein Problem sein. Das Tor im Norden steht in unmittelbarer Nähe zu zwei Baracken. Sie dienen dir als begrenzende Verteidigungslinie. Decke den Gang zur Linken und Rechten ab sowie die Hauptstraße. Du brauchst dafür nicht mehr als sechzig Mann und stehst trotzdem drei Reihen tief. Halte sie um jeden Preis am Tor auf, wenn sie durchbrechen.«

»Zu Befehl, Centurio!« Er rannte zur Veteraneneinheit und fand schnell den Ton wieder, der einen Offizier mit der nötigen Autorität auftreten ließ. Mehr als fünf Jahre war es her, dass er aus der Armee verabschiedet worden war, aber es fühlte sich an, als wäre er nie aus der Truppe fort gewesen.

»Männer, alles hört auf mein Kommando. Wir sichern das Tor im Norden. Befeuchtet die Schweißtücher, haltet die Luft an und kneift eure verdammten Arschbacken zusammen. Kein Barbar dringt durch unsere Reihen, verstanden?«

»Zu Befehl, Optio!«, schrien die Männer und marschierten im Gleichschritt zum Nordtor, während Salvianus die Feuerwehr verständigte.

Marcus fand wie erhofft direkt neben dem Tor im Süden genügend Pfeile vor, um seinen Vorrat aufzufüllen. Nur die Wachen auf den Türmen und vereinzelte Posten auf der Mauer standen dort zur Verteidigung. Bisher waren Angriffe an dieser Stelle ausgeblieben.

Als er den Centurio vor dem westlichen Tor am roten Helmbusch erkannte, rannte er los. Dort war jetzt sein Platz.

Kaum hatte Marcus den äußeren Wachturm durchschritten, brach vor ihm ein Tumult aus. Eine weitere Welle von Angreifern hatte sich durch die Gräben gearbeitet, und mehrere Leitern prallten an die Zinnen. Die Verteidiger schrien wild durcheinander. Es waren nicht genügend Männer mit Astgabeln in der Nähe, um die Leitern umzustoßen. Jeden Moment erwarteten sie die Barbaren auf der Mauer.

Marcus stand direkt vor einer Leiter. Auf dem schmalen Wehrgang drängten sich die Soldaten. Er hatte den Köcher so vollgestopft, dass er in der Hast keinen Pfeil zu greifen bekam. Er fluchte, als er mühsam einen Pfeil herausfingerte; aus dem Augenwinkel nahm er die drohende Gefahr wahr. Im selben Moment lag der Pfeil auf der Sehne. Als er dem Blick des auf der Leiter erschienenen Germanen begegnete, schien die Zeit eingefroren. Die schwarzen, bohrenden Augen des Angreifers blitzten voller Hass, der Mund schief, die fauligen Zähne entblößt. Beide verharrten einen kurzen Moment und wogen ihre Chancen ab. Die Ausholbewegung des in einen braunen Mantel gehüllten Germanen verriet binnen eines Lidschlags seine Absicht. Im selben Moment war Marcus' Bogen gespannt. Nicht präzise, aber dennoch wirkungsvoll traf der Pfeil den Angreifer in den Unterbauch und ließ ihn brüllend rücklings abstürzen.

Links und rechts von ihm erklommen weitere Angreifer die Zinnen. Marcus wich einige Schritte zurück. Sein Instinkt warnte ihn, dass er sich in höchster Gefahr befand.

Er schlug sich durch das Getümmel in Richtung des Westtores durch, um wieder hinter die eigenen Linien zu gelangen. Direkt vor ihm sprang ein Germane über eine Zinne und packte einen Soldaten von hinten an der Kehle. Das Blut spritzte in alle Richtungen, als er den Hals mit einem gezielten Schnitt aufschlitzte. Geduckt rannte Marcus an den beiden vorbei, doch traf ihn dabei der wilde Blick des Barbaren, der ihm sofort nachsetzte. Als er sich für den Bruchteil eines Moments umdrehte, stieg Panik in ihm auf. Es waren zwei Germanen, die sich an seine Fersen geheftet hatten. Das Gebrüll hinter ihm hörte sich so nahe an, als würden sich Schwerter oder Äxte schon beim nächsten Schritt in ihn hineinbohren. Er hatte das Gefühl, Gefangener eines Traums zu sein, in dem er verzweifelt strampelte, aber nicht vom Fleck kam. Zwei Soldaten tauchten plötzlich aus dem Dunkel des nächsten Zwischenturms auf. Marcus hechtete an ihnen vorbei und scherte sich in diesem Moment nicht darum, dass er sie als Opfer ins Spiel brachte, sondern war erleichtert über die Gunst der Götter.

Die beiden Auxiliarsoldaten stellten sich den Angreifern entgegen. Mit Wucht prallten Schilde und Schwerter aufeinander. Das Krachen erinnerte an zerspringendes Geschirr. Marcus wirbelte herum und stolperte einige Schritte rückwärts. Das kämpfende Knäuel zog ihn in seinen Bann. Schwertstreiche, Fußtritte, herumsausende Ellbogen, Schilde, die ins Gesicht gerammt wurden und mit vollem Krachen aufeinandersausten; wilder Körpereinsatz beherrschte das brutale Gemetzel. Und so traf nach kurzem regellosem Kampf Schwert auf menschliche Eingeweide und beendete die Faszination, der sich Marcus kurz hingegeben hatte. Der Soldat, der zur Linken stand, schrie mit verzerrtem Gesicht auf, während er sich einmal um sich selbst drehte und schließlich die Böschung hinabfiel. Der zweite Soldat ließ daraufhin völlig enthemmt die Klinge nach links und rechts fahren, als wollte er einen riesigen Busch zerhacken. Die beiden Germanen verschanzten sich überrascht von der Wucht hinter ihren Schilden. Bevor der Mann ermüdete, fand sich nach wenigen Hieben erneut ein Verteidiger ein, der mit einer Lanze hinzustieß und dem Barbaren, der eben noch den Soldaten getötet hatte, seinen Speer von der Seite mitten durch den Leib rammte. Der blonde Riese packte die Lanze und versuchte, sie dem Soldaten aus der Hand zu reißen, aber die Bewegung erstarrte so abrupt, wie Marcus sie aufgenommen hatte, und Blut spuckend sank er zu Boden.

In diesen wenigen Momenten war Marcus die Treppen des Turms nach oben gerannt, wo er zitternd innehielt. Er warf einen Blick hinter sich Richtung Westtor und erkannte mit Freude Centurio Flavius im Getümmel. Der Centurio war nicht nur mit Worten ein Vorbild für die Soldaten, er war ihr Held. An vorderster Front wirbelte er mit seinem Schwert und stellte sich den Angreifern furchtlos entgegen. Marcus meinte fast, ihn schimpfen zu hören, und wurde Zeuge, wie der Centurio erst einen Germanen mit der Kante seines Schilds die Böschung hinunterbeförderte und in derselben geschmeidigen Bewegung mit der Führhand einem weiteren Gegner sein Schwert in die Flanke hieb. Mit seinem Fuß stieß er sich vom Körper des Unglücklichen ab, zog sein Schwert aus dessen Körper und war im nächsten Augenblick wieder in Bereitschaft. Mit seinem roten Umhang und dem buschigen Paradehelm für jeden erkennbar, stand er für das Rom, das Marcus sich wünschte, und zog mit seinem Mut die anderen Verteidiger kraftvoll in den Kampf.

Marcus freute sich gerade über den kleinen Sieg, als er hinter dem Centurio einen germanischen Speerträger bemerkte, der sich wieder aufgerappelt hatte. Der Centurio orientierte sich in Marcus' Richtung und drehte dem Angreifer den Rücken zu. Marcus schrie laut auf, um ihn zu warnen, aber er konnte den Lärm nicht durchdringen. »Centurio! Centurio!« Die Nebenleute des obersten Offiziers waren selbst in Kämpfe verwickelt und bemerkten die Gefahr nicht. Marcus fühlte sich wie unter Wasser, und beim nächsten Versuch überschlug sich seine Stimme vollends. Lediglich ein jämmerliches Krächzen entfuhr seinem Mund. Er ruderte mit den Armen. Es hatte keinen Sinn, der Germane richtete seinen Speer auf den Befehlshaber des Kastells und holte zum tödlichen Hieb aus. Die Kraft und Motivation, die der Centurio soeben ausgestrahlt hatte, ließen Marcus handeln. Er wusste genau, was zu tun war. Rasch spannte er den Bogen, kniff die Augen zu und hatte den Gegner sowie Centurio Flavius fast als Einheit im Visier. Er überlegte kurz, dann übernahm sein Instinkt stillschweigend das Kommando. Jetzt. Es schien ihm, als würde der Centurio in dem Moment, da der Pfeil von der Sehne glitt, zu ihm hochstarren, die Augen entsetzt aufgerissen. Einen Lidschlag später passierte der Pfeil surrend sein Ohr. Als Centurio Julius Flavius Sabinus sich zögernd umdrehte, starrte er auf den im Staub liegenden Barbaren. Der Pfeil hatte sich genau zwischen den Brauen in die Stirn gebohrt und den Moment der tödlichen Überraschung in weit aufgerissenen Augen festgebrannt. Wie ein gefällter Baum war der Germane umgestürzt und bereits tot, noch bevor er auf dem Boden aufschlug. Der Centurio blickte zu Marcus. Einen flüchtigen Moment lang hoben beide halb den Arm und sprachen einander mit den Augen Respekt zu.

Nur einen Augenblick später zerbrach das brennende Tor der Porta decumana mit einem krachenden Bersten und fiel in sich zusammen. All die gestiegene Zuversicht entwich mit einem Seufzer aus Marcus' Körper. Die Gegner stürmten brüllend ins Innere des Kastells. Doch sie kamen nicht weit. Direkt hinter dem Tor standen Bogenschützen, und wie ein Hufeisen formierten sich Infanteristen in drei Reihen gestaffelt um den Brennpunkt. Die Veteranen um Salvianus stellten sich den hereinflutenden Germanen entschlossen entgegen. Die Pfeile der Bogenschützen sausten über die Köpfe der geduckten Phalanx und streckten die erste Welle der Angreifer nieder, noch bevor sie ein Schwert gegen die dichte Reihe der Schilde setzen konnten. In enger Formation widerstanden die Verteidiger dem ersten Ansturm ohne Verluste. Die Germanen warfen sich wild gegen den Schildwall, aber die alten, gestählten Haudegen hielten die Reihen geschlossen. Mit tödlicher Präzision schnellten die Schwerter immerzu hervor, wenn sich kleinste Lücken auftaten. Doch obwohl sich die toten Leiber der Germanen schon nach kurzer Zeit wie ein Wall vor der römischen Verteidigungslinie anhäuften, strömten immerzu weitere Angreifer herein.

»Bogenschützen! Jeder zweite Mann zur Porta decumana!«, befahl der Centurio. Er dünnte die eigenen Reihen aus, um die Angreifer an der Porta decumana von oben zu schwächen. Die Männer stürmten auf die Plattform des Nordtores und begannen umgehend, die eingedrungenen Gegner von oben ins Visier zu nehmen.

Der Pfeilhagel, der die Germanen von hinten schutzlos traf, zeigte schnell Wirkung.

Optio Salvianus bemerkte die Verzweiflung, die sich bei den Barbaren breitmachte.

»Vorrücken! Langsam vorrücken! Lasst ihnen keinen Platz!«

Die Männer schritten von links und rechts in die Mitte. Die Reihe an der Hauptstraße tat es ihnen gleich, sodass der Raum für die Germanen immer enger wurde. Die Veteranen drückten die Männer vor ihnen mit den Schilden gnadenlos um.

»Barrikaden zum Tor!« Centurio Flavius erkannte sogleich den Plan, den Salvianus mit seinen Männern verfolgte. Wenn es eine Chance gab, den Einfall zurückzudrängen, dann jetzt.

Er ließ mehrere Fuhrwerke, Kisten und anderes schweres Gerät zur Porta decumana bringen und den Eingang versperren.

»Verstärkt die Linien!« Er warf die letzte Reserveeinheit, die zur Verfügung stand, in die Schlacht.

Optio Salvianus reagierte unmittelbar, als er erkannte, dass weitere vierzig Mann zu ihm stießen.

»Aufschließen! Weiter vorrücken!«

Die Enge, in der sich die Germanen wiederfanden, ließ ihnen keine Wahl. Erst kehrten nur einzelne Männer um, doch sie rissen andere mit, und schließlich rannten alle Germanen in wilder Flucht aus dem Kastell hinaus, rempelten die nachrückenden Krieger um und liefen um ihr Leben. In das eingestürzte Tor wurden Wagen geschoben, Kisten und Holzbarrikaden geworfen, bis eine mannshohe Hürde geschaffen war.

»Stellt alle einsatzfähigen Ballisten vor dem Tor auf. Jeder, der sich nähert, soll es büßen.« Centurio Julius Flavius Sabinus war beeindruckt. Er hatte die Veteranen anfangs nicht ernst genommen. Nun hatten sie sich als rettende Stütze erwiesen. Er nahm sich vor, den erfahrenen Männern mehr Vertrauen entgegenzubringen.

»Marcus!« Der Centurio sah seinen jungen Schützling vor sich, der etwas orientierungslos herangeeilt kam und den Blick auf die Porta decumana gerichtet hatte.

»Ich dachte, das wäre das Ende«, presste er heraus, und der Centurio spürte, wie sehr es ihn mitgenommen hatte.

»Ja, es sah schlecht aus für uns. Auf die Veteranen ist Verlass. Sie gereichen Rom zur Ehre.«

Er blickte zum südlichen Eckturm. Ihn irritierte, dass er dort niemanden sah.

»Ich habe einen Auftrag für dich, Marcus. Dein Platz ist auf der anderen Seite, bei Optio Valerius. Sieh nach, weshalb auf dem Eckturm mit dem Polybolos niemand zu sehen ist, und erstatte dem Optio Bericht. Ich brauche Männer dort oben, die das Tor im Osten und vor allem das ungedeckte im Süden schützen.«

Marcus nahm den Befehl dankbar an und rannte los. Der Centurio hatte nicht ganz uneigennützig gehandelt, denn er hatte für einen hilfsbedürftigen und unerfahrenen Jüngling keine Zeit. Trotzdem sah er dem Neffen seines Freundes Titus mit väterlichem Blick hinterher und hoffte, dass er unter dem Schutz der Götter den Gefahren trotzen würde.

Nachdem Marcus einen passenden Moment abgewartet hatte, um sich zum südlichen Eckturm durchzuschlagen, zog er am Aufgang zum Turm seinen Dolch. Er konnte sich nicht erklären, warum dieser nicht besetzt war, und tastete sich Stufe um Stufe empor. Oben angekommen, erkannte er auf den ersten Blick, dass mehrere Römer tot in ihrem Blut lagen. Ein Mann lag direkt vor ihm. Aus dem rechten Auge stach der Schaft eines Pfeiles hervor. Der Anblick war grauenvoll, und er war kurz davor, sich zu erbrechen. Indem er sich abrupt zur Mauer hin abwendete, konnte er den Würgereflex geistesgegenwärtig unterbinden. Es war der Mann, der ihm vor Kurzem noch scherzhaft seine erzwungene Untätigkeit vor Augen geführt hatte. Der Pfeilhagel der Germanen hatte hier seinen tödlichen Tribut gefordert, aber einige der toten Männer trugen andere Wunden. Ein Mann war gezeichnet von einem Schwerthieb über sein Gesicht und sah fürchterlich entstellt aus. Ein anderer hielt in der Todesstarre verkrampft seine Gedärme fest. Dann sah er einen hünenhaften toten Germanen und konnte sich ausmalen, dass hier oben ein grausamer Kampf stattgefunden hatte. Er betrachtete den Polybolos. Die Balliste war komplett geladen. Ein Dutzend Bolzen befand sich im hölzernen Magazin, und die Sehnen waren gespannt worden.

Ein Schrei hinter ihm erregte seine Aufmerksamkeit. Die wenigen Männer auf der Südseite ruderten mit den Armen und zeigten vor das Tor. Zu seinem Entsetzen sah Marcus, wie ein Trupp Germanen unbehelligt einen riesigen Rammbock in Stellung brachte. Sie nutzen das Überraschungsmoment, denn die Schlacht tobte auf allen anderen Seiten. Niemand eilte zur Hilfe. Es fehlten die Reserven. Verzweifelt versuchte das halbe Dutzend Männer auf dem Wehrgang, die Angreifer aufzuhalten. Die Pfeile fanden jedoch nicht ihr Ziel. Sie prallten am Rammbock ab oder landeten in den Schilden, die die Germanen schützten. Einer versuchte, mit Brandpfeilen den Rammbock in Brand zu schießen, aber die Barbaren beseitigten rasch die kleinen Brandherde, sodass das Feuer nicht die Oberhand gewann. Während Marcus wie gelähmt auf den Rammbock starrte, überlegte er, ob er nicht sofort Optio Valerius verständigen sollte. Schnell verwarf er den Gedanken wieder. Bis Gegenmaßnahmen eingeleitet worden wären, hätten die Barbaren längst das Tor zerschmettert.

Der Rammbock war bereits ausgerichtet, und die Germanen fingen an, ihn zu schwenken. Mit einem hohlen Donnern rammte er gegen das Tor, das unter der Erschütterung knarzte, als würde es vor Schmerz aufschreien. Marcus schüttelte sich und erwachte wie aus einer Trance. Rasch wurde ihm bewusst, dass er hier oben keineswegs machtlos war. Er hatte ein freies Schussfeld und konnte die Barbaren mit dem Polybolos von der Seite aus angreifen. Er bräuchte nur einen zweiten Mann, der ihm half und sich mit dem Gerät auskannte.

Er wollte gerade die Balliste herumdrehen und lauthals auf sich aufmerksam machen, als ihm ein Schauer über den Rücken lief.

Atemgeräusche!

Im Herumwirbeln stieß er seinen Dolch nach vorn, aber es war niemand zu sehen. Seine Blicke jagten über die Turmzinnen. Dann entdeckte er eine gekrümmte Gestalt, die gegenüber am Boden kauerte. Der zweite Schütze der Balliste. Bestürzt umlief er das Geschütz, um dem Verwundeten zu helfen, stellte auf den ersten Blick aber keine Verletzung fest. Stattdessen setzte sich in seiner Nase überfallartig der Geruch von Pisse fest, als er sich über den Mann beugte. Während er seine Nase im Oberarm vergrub, um den Gestank zu übertünchen, fiel ihm der abwesende Blick der blassen Gestalt auf.

Er starrte ihn verächtlich an. »Du verdammter Feigling!«, rief Marcus und schüttelte ihn. »Los, steh auf und hilf mir«, befahl er ihm beim Versuch, ihn auf die Beine zu ziehen. Da nichts geschah, rüttelte er ihn weiter und fixierte dann sein Gesicht. Der Blick war starr und ausdruckslos, die Miene verzog sich weinerlich, und der Mann stammelte einige Sätze, die er kaum verstand. Der Artillerist musste frische germanische Wurzeln haben. Der Schlag mit der flachen Hand auf die Wangen des Verwirrten hörte sich wie ein Peitschenschlag an und verfehlte seine Wirkung nicht, denn der Blick des Soldaten verriet endlich Aufmerksamkeit: »Die Germanen rammen das Tor. Wir müssen sie sofort aufhalten! Hilf mir.« Wie zum Beweis krachte der Rammbock erneut mit großem Getöse auf das Tor. Der Soldat schreckte hoch und starrte zum Rammbock. Endlich legte er mit den ihm vertrauten Handlungsabläufen eines Artilleristen los.

Marcus schwenkte die Balliste zum Tor. Er war beeindruckt von der Geschmeidigkeit des Geschützes und der genauen Zieleinstellung. Er hatte einen Angreifer fixiert und löste den ersten Pfeilbolzen aus, der unwirklich schnell auf sein Ziel zuraste und den Gegner glatt durchschlug. Tonlos kippte er nach vorne und schlug mit dem Gesicht auf. Die Germanen hatten noch nicht realisiert, was passierte, da löste sich schon der zweite Schuss und traf einen der Schildträger, der durch die Wucht des Treffers umgerissen wurde, seinen Schild fallen ließ und sich brüllend krümmte. Einer der Bogenschützen auf dem Tor bemerkte die Lücke und schrie so laut auf seine Männer ein, diese sofort zu nutzen, dass Marcus es bis hier hören konnte. Krachend polterte ein neuer Bolzen in die Schiene der Zielvorrichtung. Der Artillerist assistierte Marcus aus Leibeskräften und drehte unaufhörlich die Kurbel, um die Sehnen ständig neu zu spannen. Die Männer, die den Rammbock schwenken sollten, reagierten panisch und pressten sich eng aneinandergedrückt an das Belagerungsgerät. Marcus zielte auf das Knäuel von Männern und traf beinahe mit jedem Schuss eine kauernde Gestalt. Das Klappern der Kurbel wechselte sich mit dem Krachen der Bolzen ab, die durch das Magazin in die Vorrichtung für die sich ständig spannenden Sehnen fielen. Die Waffe erzeugte ein Gefühl von Macht. Die schweren Katapultbolzen durchschlugen die Rüstungen der Angreifer, die sich schreiend vor Schmerz auf dem Boden krümmten. Die Wunden waren schrecklich, fast nie zu heilen und bedeuteten einen langsamen Tod. Jede Lücke, die von Marcus gerissen wurde, nutzten umgehend die Bogenschützen auf dem Tor und setzten weitere tödliche Treffer. Einen Moment später löste sich eine Traube von gekrümmten Gestalten aus der Deckung. Die Germanen flohen in wilder Panik. Marcus sah, wie einer der Bogenschützen etwas von oben über den verlassenen Rammbock goss. Ein zweiter entzündete einen Brandpfeil und zielte auf die glänzenden Pfützen. Schwarzer Rauch stieg auf. Kurze Zeit später stand das hölzerne Monstrum in Flammen.

Marcus stieß einen lange unterdrückten Schrei aus und ballte siegestrunken die Faust. Sein Gebrüll erstarb erst durch ein abscheuliches Geräusch, das vom Tor im Westen zu ihm drang und nach Zerstörung klang. Das Tor zerbarst durch die Wucht eines weiteren Rammbocks, dessen vorderes zugespitztes Ende sich durch das Holz gebohrt hatte. Ein letztes Aufgebot unter Führung des Centurios formierte sich vor dem Tor, das jeden Moment zu zerspringen drohte. Im Gegensatz zum kleinen Tor im Norden war der Vorplatz vor dem Tor nicht durch Gebäude begrenzt, sodass die Germanen hier mehr Platz und leichteres Spiel hätten einzudringen.

Centurio Julius Flavius erteilte seinen letzten Befehl.

»Alle kampffähigen Männer zu mir. Wir bilden ein Karree. Verbarrikadiert die Eingänge zu den Baracken mit den Zivilisten. Jeder Mann wird gebraucht. Wir geben den Wehrgang und die Mauern auf. Unsere einzige Option ist eine enge Formation auf allen Seiten.«

»Ja, Herr«, nickte ein Optio und trug den Befehl weiter.

Der Centurio erklomm mit einem Satz sein Pferd, das Einzige, das er auf den Hof hatte führen lassen, und forderte mit fester und lauter Stimme die Aufmerksamkeit der verbliebenen Verteidiger.

»Männer Roms! Unsere letzte Stunde hat geschlagen. Aber wir werden nicht namenlos sterben. Viele Generationen werden von unserem heldenhaften Kampf erzählen, wenn wir jetzt Rom unsere Ehre und Treue erweisen. Wir werden unser Leben teuer verkaufen. Merkt euch: Ich dulde keine Feigheit vor dem Feind. Wer sich ergibt, flieht und die Kameraden im Stich lässt, wird von mir persönlich zur Rechenschaft gezogen. Dieses Schwert«, er reckte sein Langschwert, die Spatha, in die Höhe, die er für den letzten Kampf gewählt hatte, »bestraft alle Feinde Roms. Für Rom. Tod den Barbaren!«

Die verbliebenen Männer brüllten aus Leibeskräften gegen den Schlachtenlärm an, den die Germanen entfachten. »Für Rom. Tod den Barbaren!«

Ein weiteres Mal donnerte der Rammbock gegen das Tor, das von der schweren Erschütterung durchgerüttelt wurde, rasselte und knackte, aber immer noch standhielt.

Trillerpfeifen ertönten aus allen Ecken im Kastell. Der Centurio sah die Veteranen herbeiströmen. Überall hasteten Männer auf den Treppen und Böschungen herab, die, so schnell sie ihre Füße trugen, zu dem sich formierenden quadratischen Abwehrriegel stürmten. Aus einer Reihe wurden zwei, dann drei. In der Mitte ritt der Centurio auf seinem Pferd, am Ende jeder Reihe befanden sich die verbliebenen Offiziere, die für die Disziplin sorgten.

Marcus stand hinter der Balliste und blickte stumm auf das Geschehen. Es ähnelte, von oben betrachtet, einem dramatischen Schauspiel im Theater, letzter Akt.

Die Germanen überwanden überall kampflos die Zinnen und fluteten die Festung.

»Was sollen wir tun?«, fragte Marcus mit staubtrockenem Mund.

Der Mann, der die Balliste bedient hatte, lief wie ein Wiesel von der einen Seite zur anderen Seite des Turms und fluchte über das, was er sah. Die wenigen römischen Soldaten, die er entdeckte, waren in aussichtslose Zweikämpfe verstrickt. Sie hatten den richtigen Zeitpunkt verpasst.

»Wir müssen runter, schnell, sofort. Rüber zu unseren Leuten.«

»Es ist zu spät«, widersprach Marcus. »Wir laden die Balliste und schießen auf jeden, der den Turm betritt. Los, hilf mir.«

Der Mann schüttelte heftig seinen Kopf, drehte sich wortlos um und rannte die Treppe des Turms hinunter.

»Komm zurück, du verdammter Feigling«, krächzte ihm Marcus hinterher. Ihm steckte ein Kloß im Hals, Panik flutete seinen Körper. Er wusste nicht, was er tun sollte.

Dann krachte der Rammbock ein weiteres Mal auf die Reste des Tores, das in zwei Teile zerbarst. Links und rechts davon quollen etliche Barbaren durch die Lücken und trafen auf den Schildwall.

Einem Impuls folgend, lief Marcus dem Mann hinterher und polterte die Treppe hinunter. Er war kaum ein halbes Stockwerk nach unten gelangt, da taumelte ihm der Soldat wieder entgegen. Er starrte ihn mit aufgerissenem Mund an. Ein Messer steckte in seinem Rücken, als er knielings vor seinen Füßen zusammenbrach. Marcus stand das pure Entsetzen ins Gesicht geschrieben. Sein Blick fiel offenen Mundes hinter den Artilleristen. Im Treppengewölbe stand ein Hüne von einem Germanen, mit kahlem Schädel und rotstichigem Schnauzbart. Im wulstigen Nacken und auf den muskelbepackten Oberarmen prangten Tätowierungen, in der Hand hielt er eine riesige Streitaxt. Er grinste Marcus schief an und entblößte dabei eine Reihe schwarzer Stummel, die einmal Zähne gewesen waren.

Marcus machte kehrt und rannte wieder nach oben. Ohne Hast folgte ihm der Germane die Stufen nach oben. Als er auf den Turm hinaustrat, sah er Marcus hinter der Balliste stehen. Er schwang die Axt in der Hand. Marcus zog seinen Dolch. Der Riese grinste ihn mitleidsvoll an. Ihn und den Krieger trennte nur das Katapult. Marcus nutzte die schwere Balliste als Hindernis. Der Hüne schwang seine Klinge nach ihm. Er sprang einen Satz zurück und wartete ab. Sie umkreisten einander wie Raubtiere, aber Marcus war klar, wer hier der Jäger und wer Gejagter war. Seine Gedanken rasten wild umher auf der Suche nach einer Lösung. Ein Sprung half ihm nicht weiter, der Turm war zu hoch.

Der Germane verlor zusehends die Geduld und versuchte mit angetäuschten Links- und Rechtsbewegungen, ihn aus der Reserve zu locken. Als Marcus sah, dass der Barbar ihn anblinzelte, hatte er eine Idee. Er wartete eine weitere Runde ab, bis sein Gegner erneut von der Sonne geblendet wurde. Mit aller Kraft schleuderte er die drehbare Balliste gegen den Arm des Germanen, der mit einem lauten Aufschrei die Axt fallen ließ. Marcus versuchte mit einem weiten Satz, den Ausgang zu erreichen, aber der Riesenkerl war schnell und versetzte ihm wütend einen Tritt. Er knallte mit voller Wucht gegen die Mauer und verlor seinen Dolch, der klirrend zu Boden fiel. Der Krieger packte Marcus von hinten und versuchte, ihm das Genick zu brechen. Gegen die kräftigen muskulösen

Oberarme hatte er nicht den Hauch einer Chance, den Klammergriff auch nur um einen winzigen Spalt zu öffnen. Er rang röchelnd nach Luft, mit seinen letzten Kraftreserven stieß er sich beidbeinig von der Mauer ab und brachte damit den Mann aus dem Gleichgewicht. Beide stürzten zu Boden. Marcus rappelte sich in Todesangst auf und bekam seinen Dolch wieder zu fassen. Er wirbelte herum und versetzte der Pranke des Hünen, die nach ihm griff, einen langen Schnitt. Der Germane heulte laut auf.

Signale, die weit entfernt, aber vertraut klangen, wehten zu ihnen herüber. Marcus suchte in Gedanken nach dem Sinn und Zweck dieser Töne. Er wagte nicht, den Germanen aus den Augen zu lassen, und fuchtelte mit dem Dolch durch die Luft.

Wie ein angeschossenes Tier steigerte sich der Barbar in wilde Raserei hinein. Brüllend stieß er vor und versetzte Marcus mit der blutenden Hand einen Faustschlag gegen die Brust. Der Dolch schnitt sich erneut durch die Hand, aber das bremste seinen Gegner in keiner Weise. Marcus schnappte nach Luft und taumelte rückwärts zur Treppe. Der Germane packte die am Boden liegen Axt, um ihn in Stücke zu hauen. Die Streitaxt sauste quer über Marcus' Kopf, der sich unter dem ersten Schlag weggeduckt hatte, und schepperte gewaltig an die Mauer. Der Germane versuchte es beim zweiten Schlag mit einem Schwung von oben, doch Marcus sprang zur Seite und wich im letzten Moment aus. Die Axt landete im hölzernen Türstock. Der ungläubige Blick des Barbaren entging ihm nicht. Die Axt steckte im Holz und rührte sich keinen Fingerbreit. Marcus nutzte den kurzen Moment der Ablenkung, während sein Gegner verzweifelt an der Axt zog und rüttelte. Sein Dolch bohrte sich mit einem kräftigen Schwung mitten in die Kehle des Germanen. Der überraschte Hüne packte Marcus mit einer Hand am Hals, mit der anderen zog er langsam den Dolch aus der vor Blut sprudelnden Wunde, obwohl Marcus mit aller Kraft dagegen drückte. Der Mann war so urgewaltig und schwer, dass er dem nichts entgegenzusetzen hatte. Er setzte einen Schritt nach dem anderen rückwärts, die Kraft wich einfach nicht aus Marcus' Widersacher. Da trat sein Schritt ins Leere. Beide Männer fielen polternd und ineinander verkeilt die Turmtreppen hinunter. Ein harter Schlag auf seinen Schädel war das Letzte, was Marcus spürte, bevor sein Bewusstsein in Schwärze gehüllt wurde und ihn von den Strapazen des Tages erlöste.

Biriciana, September 233 n. Chr.

Er hörte Stimmen. Sein Versuch fortzulaufen endete kläglich. Wie wild strampelte er mit seinen Beinen, und doch bewegte er sich keinen Fuß weit vom Fleck. Er versuchte zu schreien, aber seine Kehle war staubtrocken. Wo waren die Germanen? Fetzen des Schlachtenlärms pochten in seinen Ohren. Vorsichtig leckte er sich über die Lippen. Ein alkoholischer Geruch stieg ihm in die Nase. Marcus schlug die Augen auf. Verschwommen tauchte ein vertrautes Gesicht über ihm auf. Centurio Flavius musterte ihn und lächelte mild.

»Ich dachte, du wärst tot. Du warst über und über mit Blut besudelt. Aber es war anscheinend nicht dein eigenes. Wenn es dem Riesen gehört hat, der tot auf dir lag, dann frage ich mich, welche Götter du an der Seite hattest, diesen Kerl zu besiegen.«

Marcus' Schädel brummte heftig; er hatte Schwierigkeiten, den Worten des Centurio zu folgen.

»Was ... was ist passiert? Es ... schien alles verloren.« Er blickte an sich herunter. Überall klebte geronnenes Blut, seine Arme waren eine einzige schwarze Kruste. Helm und Harnisch hatte man ihm abgenommen. Sein Oberkörper sah daher zivilisierter aus, er wurde von einer wollenen Tunika bedeckt.

Der Centurio reichte ihm mit Wasser verdünnten Wein, den Marcus begierig trank.

»Ja, das dachte ich auch, beim Mars. Es grenzt an ein Wunder, dass wir nicht zu den Göttern berufen wurden. Unsere Reihen waren schon erheblich gelichtet und vollkommen erschöpft. Die Barbaren drangen in immer größerer Zahl ein. Die verbliebenen Männer hielten die Linie, vor allem die Veteranen taten sich hervor, aber der Feind drängte uns immer weiter zusammen. Einige brennende Baracken stürzten ein, und Chaos brach aus. Die Lage war aussichtslos.«

Marcus hing an den Lippen des Centurios und ließ vor seinem Auge die bruchstückhaften Erinnerungen vorbeiwandern.

»Das Signal. Da war ein Signal!«

»Ja, von zwei Seiten eilte Verstärkung heran. Mehr als zweitausend Mann. Sie fielen den Barbaren in den Rücken. Die Germanen waren darauf nicht vorbereitet und mussten den Angriff sofort abbrechen, obwohl wir schon geschlagen waren. Sie mussten sich sogar zurückziehen, obwohl sie uns immer noch haushoch überlegen gewesen wären. Chaos ist der Tod jeder Überlegenheit.«

»Sind sie nach Germanien geflohen?« Marcus rieb sich ungläubig die Stirn.

»Nein, sie sind nach Süden gezogen. Das Plündern und Morden geht weiter«.

»Was?«, bellte Marcus entsetzt. Er schoss hoch wie eine Spannfeder und verspürte einen heftigen Stich im Schädel. Stöhnend sackte er zurück und vergrub seinen Kopf in die Hände.

»Meine Familie. Ich muss sofort zu ihr«.

Centurio Flavius wollte etwas erwidern, wurde jedoch unterbrochen. Eine Abordnung des Priesterkollegiums betrat ohne Ankündigung das Stabsgebäude. Die Priester führten einerseits Kultzeremonien durch, berieten aber auch die Vertreter der städtischen Politik. Die Verehrung der Kaiserfamilie stand vor allem anderen im Vordergrund. Daher wurden sie in der Provinz Seviri Augustales genannt. Centurio Flavius hatte in Rom wahre charismatische Größen des Priestertums kennengelernt. Das Kollegium dort, die Sodales Augustales, waren höchst angesehene Würdenträger, die direkt von den Senatoren gewählt wurden. Die drei hereinplatzenden Religionsführer stammten alle aus Augusta Vindelicum und waren vor einigen Tagen für eine Zeremonie zu Ehren des Kaisers Severus Alexanders eingetroffen, der in Kürze seinen fünfundzwanzigsten Geburtstag feiern würde. Es oblag den Priestern, ein angemessenes Opfer zu Ehren des Imperators zu erbringen.

Mit ihrem Anführer, Priester Albinius, verband ihn eine tiefe Abneigung. Bei seinem Amtsantritt in Biriciana vor knapp zehn Jahren hatte dieser einseitig den Grundstein für das Zerwürfnis gelegt. Über das selbstherrliche, blasierte Auftreten hätte er noch hinweggesehen. Aber als der Priester anklingen ließ, dass er Erkundigungen eingeholt habe und über seine Vergangenheit Bescheid wisse, war ihm klar, dass höchste Vorsicht geboten war. Priester Albinius gehörte zu der Sorte von Mensch, die bei anderen Schwächen suchte, um sie für ihren eigenen Vorteil oder ihr persönliches Fortkommen auszunutzen. Er war imstande, vor anderen Amts- und Würdenträgern, von denen er sich einen Vorteil versprach, durchaus die Klaviatur der scheinheiligen Diplomatie zu spielen. Von Centurio Flavius forderte er indessen nur bedingungslose materielle Unterstützung für die Kultzeremonien, und er ließ ihn seine Achillesferse, die Strafversetzung, nur zu gerne spüren. Zwar schwand der Einfluss der Priester zunehmend und die Menschen wandten sich immer mehr der neuen Religion, dem Christentum, zu. Doch hatte dieser Umstand bei Priester Albinius keinesfalls zu mehr Demut geführt.

Centurio Julius Flavius Sabinus, der selbst nur selten dem Opferbrauchtum beiwohnte, hatte fest vor, sich nur mit den drängendsten Problemen zu beschäftigen, derentwegen er Rom diente. Er war trotzdem gewillt, sich mit dem politisch aktiven Priester zu arrangieren, vor allem, weil er ehedem beim Kaiser in Ungnade gefallen war.

Allein Priester Honorius lebte dauerhaft in Biriciana, und Centurio Flavius hatte sich bestens mit ihm arrangiert, aber ausgerechnet er fehlte jetzt. Wo blieb er nur?

Die Priester waren aufgebracht und redeten wild durcheinander. Optio Valerius, der ebenfalls anwesend war, wollte einschreiten, aber Centurio Flavius hob die Hand und gab dem Anliegen statt.

Marcus beobachtete die Männer zwischen seinen Fingern hindurch, mit denen er immer noch sein Gesicht bedeckte. Der Wortführer baute sich vor Centurio Flavius auf. Ein hagerer, vollbärtiger Mann mit grau meliertem Haar. Seine weiße Toga, die ein breites rotes Band zierte, war rußgeschwärzt. Er trug die Kapuze der Toga auf dem Kopf wie bei einer Zeremonie. Wahrscheinlich hatte er sich so vor dem Qualm geschützt.

»Was kann ich für Euch tun, werter Albinius?«, begrüßte Centurio Flavius den Mann, so freundlich er konnte.

»Centurio«, stieß dieser atemlos hervor. »Der Tempelschatz, er ist fort!«

Es entstand eine unangenehme Pause, in der sich alle anstarrten. Optio Valerius beendete sie, indem er die zum Zerreißen gespannte Atmosphäre plump zerschnitt.

»Die Germanen haben den Schatz gefunden?«

Priester Albinius druckste seltsam herum. »Wir sind nicht sicher«, brachte er gedehnt hervor.

»Wie meint Ihr das, Ihr seid nicht sicher?«, entgegnete der Centurio ungehalten.

Als hätte er auf eine Rüge oder einen Vorwurf gewartet, ging der Priester den Centurio an. »Wir waren von Anfang an gegen eine Verbringung des Inventars. Habt Ihr überhaupt eine Ahnung, was der Verlust bedeutet? Die Votivbleche und Götterstatuetten sind erstklassige Arbeiten, gestiftet vom ehrwürdigen Kaiser Marc Aurel persönlich!«

Marcus merkte bei der Nennung seines Namenspaten auf.

»Es ist ein Frevel, sie nicht beschützt zu haben! Priester Honorius ist tot. Alle Mitwisser des Schatzverstecks sind ums Leben gekommen. Sie kamen beim Einsturz einer Baracke um. Alle sind verbrannt. Und mit ihnen verbrannt ist die verdammte Wachstafel, auf der verzeichnet war, wo der Schatz genau liegt.«

Er fuchtelte wild mit einem geschmolzenen und versengt aussehenden kleinen Täfelchen herum, auf dem nichts zu erkennen war.

Der Centurio zog die Stirn in Falten. »Irgendeiner wird sich doch wohl erinnern, wo der Schatz liegt. Er wurde erst gestern vergraben.«

Mit einer Fratze, die Wut und Hohn ausstrahlte, stierte ihn Albinius an.

»Wir waren draußen«, fuhr er kreischend fort, »die Barbaren haben den ganzen Ort niedergebrannt. Überall liegt der Schutt, und die Pferde haben alles umgepflügt und niedergetrampelt. Es ist einfach nichts mehr zu erkennen. Also«, plärrte er, und seine Stimme überschlug sich, »was gedenkt Ihr zu tun?«

Ein riesiger Spuckefaden, der aus dem Mund des Priesters schoss, entschied sich erst kurz vor dem Auftreffen, auf den Sandalen des Offiziers zu landen. Centurio Flavius senkte kurz die Augenlider voller Ekel. Der Kopf des Priesters war hochrot und hob sich deutlich vom schmuddeligen Stoff ab.

Der Centurio wog den Sinn und das Ausmaß notwendiger Diplomatie ab. Er brauchte jetzt einen kühlen Kopf und hatte nicht vor, sich provozieren zu lassen. Vor allem anderen wollte er sich um die Toten und Verwundeten kümmern und Pläne für den Fall der Rückkehr der Germanen schmieden.

Er hatte sich bisher nur grob einen Überblick über die Verluste verschafft und zusammen mit den anderen Kommandanten kurz die Lage besprochen. Decurio Claudius Raeticus Pudens, der die Ala aus Montana befehligte, und Puplius Crepereius Verecundianus, der Präfekt aus Vetoniana, warteten darauf, dass man die weitere Vorgehensweise besprach. Seine Verantwortung war jetzt an vielen Orten und Brennpunkten gefragt.

Ausgerechnet jetzt machte ihm dieser lästige Priester Ärger, anstatt froh zu sein, dass er am Leben war. Er beschloss, es schnell hinter sich zu bringen.

»Optio Valerius, trommelt ein paar Männer mit Schaufeln zusammen. Wir treffen uns vor dem Westtor.«

Er drehte sich um und schien mit seinem weit ausgestreckten Zeigefinger das Bett festnageln zu wollen.

»Marcus, du bleibst hier liegen und rührst dich nicht vom Fleck! Wir können später einen Boten zu deinem Hof schicken.«

Scheinbar zufrieden nickte Priester Albinius seinen zwei schweigsamen Gefolgsleuten zu, schwang einen Zipfel der vor Aufregung heruntergerutschten Toga um seinen Oberarm und folgte dem Centurio, der auf den Ausgang zustrebte.

Als die Männer dort ankamen, wo sie den Schatz vermuteten, blieben sie ernüchtert stehen. Centurio Julius Flavius Sabinus hätte es selbst nicht für möglich gehalten. Die Barbaren hatten ganze Arbeit geleistet. Die Gebäude waren nicht nur in Brand gesteckt worden. Aufbauten, Statuen und Zäune lagen zertrümmert und verstreut herum, überall waren die Spuren der Zerstörungswut sichtbar. Die Siedlung war mit Schutt und zerbrochenen Dachschindeln überzogen. Man erkannte kaum mehr, wo welches Gebäude gestanden hatte, obwohl man täglich daran vorbeigelaufen war. Undefinierbare Gräben, ja Löcher taten sich im Boden auf. Diesen Barbaren fehlte offenbar der Sinn für jede Form von Zivilisation; blinde, überflüssige Zerstörungswut hatte sich hier ausgetobt.

»Es könnte sein, dass die Germanen das Schatzversteck entdeckt und ihn fortgeschafft haben«, schlug er dem Priester als Möglichkeit vor. Er wollte hier keine Minute mehr verlieren als nötig.

»Hier sind einige Gruben, und in einer könnte sich der Schatz befunden haben«, schob er eilig hinterher.

Optio Valerius war gerade dabei, eines der größeren Löcher zu inspizieren, als er sich vor Ekel umdrehte. »Das sind Latrinen, Centurio.«

Auch alle anderen Teilnehmer der Schatzsuche hielten sich nun die Arme vors Gesicht. Centurio Flavius war angewidert und hatte genug. Hier würde er ganz sicher nicht in der Scheiße wühlen.

»Der Schatz ist entweder geraubt oder für die nächste Zeit unter Trümmern sicher verwahrt. Die Suche ist beendet«.

Bevor er sich abwendete, erfreute er sich für einen kurzen Moment an der Genugtuung, die ihm das erst aschfahle, dann in Zornesröte erglühende Gesicht des Priesters bot.

»Was fällt Euch ein? Bleibt stehen. Wir brauchen mehr Männer, wir werden das ganze Areal Fuß für Fuß absuchen.« Albinius hielt den Centurio am Umhang fest.

Dem Centurio riss der Geduldsfaden.

»Priester Albinius. Ich habe soeben über die Hälfte meiner Männer verloren. Ein Priester, Euer Freund und Weggefährte, ist ums Leben gekommen. Frauen und Kinder müssen wir begraben. Ich muss diesen Ort wieder aufbauen und brauche dazu jeden Mann. Ich habe keine Zeit für Eure Kultgegenstände. Wenn der Schatz noch hier sein sollte, so liegt er erst einmal sicher verwahrt, im besten Fall sogar für Jahrhunderte. Er kann später geborgen werden. Das Gespräch ist beendet.«

Er riss sich los und stapfte zurück zum Kastell.

Der Priester war außer sich. Wütend lief er dem Centurio hinterher und brüllte ihn von der Seite an: »Ich werde mich über Euch beschweren! Darauf könnt Ihr Euch verlassen. Ich gehe noch heute nach Augusta Vindelicum. Ihr seid hier nur geduldet! Das werdet Ihr bereuen!«.

Als Verwünschungen und Flüche folgten, hielt der Centurio inne.

»Ihr klingt wie ein beleidigtes altes Weib! Wisst Ihr, wenn ich es mir recht überlege, solltet Ihr mehr als das bei Eurer Beschwerde vorbringen können, denn Euer Geschwätz ist lächerlich.«

Er grinste kurz und schlug dann mit der Faust so hart zu, dass Albinius wie ein gefällter Baum rücklings zu Boden fiel. Die beiden anderen Priester hasteten bestürzt heran, wagten aber nicht, den geringsten Ton zu äußern.

»Gute Reise, Priester Albinius. Schafft ihn fort. Mir aus den Augen.«

Für einen kurzen Moment genoss der Centurio die Ruhe, knetete seine Faust und stapfte zufrieden zurück. Was immer die Konsequenz wäre, sie war es wert.

Als Centurio Flavius seine Lagerkommandantur wieder betrat, überkam ihn eine Vorahnung. Er hastete zu Marcus' Bett. Leer. Er hätte es wissen müssen. »Verdammter Bengel«, sprach er, halb belustigt, halb besorgt, zu sich selbst. Er hatte diesen Burschen ins Herz geschlossen, und das wurde ihm gerade bewusst.

Marcus hatte das Gefühl, dass ihm sein Schädel zerspringen wollte. Der Schmerz hämmerte gnadenlos durch seine Schläfen. Übelkeit stieg in ihm hoch, aber er würgte sie erfolgreich herunter. Sein Pferd trug ihn gleichförmigen Schrittes auf den Hügelkamm, hinter dem sein Heimathof lag. Er presste die Augen zu kleinen Schlitzen zusammen und erhoffte sich davon sehnsüchtig Linderung seiner Kopfschmerzen. Mit verkrampften Fingern krallte sich Marcus an der Mähne fest. Sein Tier ließ ihn zu seinem Glück ohne Konsequenzen gewähren. Erst als er die Lider geschlossen hielt, verkrochen sich die stechenden Qualen in eine hintere Ecke seines Kopfes. Er dämmerte ohne Gefühl für Zeit vor sich hin. Irgendwann hielt sein Pferd an. Er bemerkte es, weil er das Wippen vermisste, das sein Bewusstsein durchströmt hatte. Und noch etwas anderes verlangte nach Aufmerksamkeit. Ein Geruch. Widerwärtig und stechend durchdrang er seine Nase. Langsam öffnete er die Augen.

Was er sah, raubte ihm jegliche Hoffnung und Zuversicht. Der Hof seiner Eltern, sein Zuhause, lag verkohlt vor ihm. Rauchschwaden durchschnitten die Luft und verätzten die Lungen. Beim Blick über die vertraute Landschaft schossen ihm Tränen in die Augen. Überall hatten die Barbaren gewütet und jahrzehntelange Arbeit zunichtegemacht. Er befand sich genau dort, wo er früher die Straße überquert hatte, wenn er den Weg zu den Nachbarn einschlug. Auch deren Hof war niedergebrannt worden. Unwillkürlich kam ihm Marc Aurel in den Sinn, sein geliebter Kaiser, den er im Spiel so oft verkörpert hatte. Alles hatte seinen Sinn verloren. Die Grenze war gefallen. Sein Wunsch, sie zu schützen, nicht mehr als ein ferner Gedanke aus Kindertagen. Auch die Grenze in seinem Inneren, seine Jugend, war überrannt worden. Die Ereignisse hatten alles Juvenile fortgerissen, wie Stromschnellen ein Bachbett nach einem Starkregen durchpflügen. Er war erwachsen geworden und fühlte sich einsam und verlassen. Nichts war mehr übrig aus den friedlichen Tagen seiner Kindheit. Alle Personen, die er geliebt hatte, waren fort oder verschollen. Seine Eltern, seine Geschwister, sein Onkel, Alwina. Waren sie tot?

Er würde es herausfinden. Das schwor er sich, bevor ihn die Ohnmacht überwältigte und er auf dem Rücken seines Pferdes zusammensackte.

Erläuterungen zum historischen Kontext

Mein Anspruch ist eine historisch möglichst authentische Schilderung, die den geschichtlichen Fakten Rechnung trägt. Sind in der Literatur mehrere Möglichkeiten diskutiert worden, musste ich mich für eine entscheiden. Das bedeutet nicht, dass ich die anderen zwangsläufig abgelehnt habe.

In einem Roman muss man manchmal zugunsten eines Spannungsbogens vereinfachen. Trotz intensiver Suche konnte ich zum Beispiel in Mesopotamien in der Gegend, in der die Schlacht zwischen Römern und Persern stattgefunden haben könnte, keinen hohen Hügel entdecken, von dem aus man sie hätte beobachten können. Ich brauchte ihn aber unbedingt für meine Protagonisten.

Die Fachliteratur war mir häufig eine große Hilfe. Erwähnenswert sind *Die Römer in Bayern* (Czysz, Dietz, Fischer, Kellner) und *Der Limes* (Rabold, Schallmayer, Thiel) sowie *Die Armee der Caesaren: Archäologie und Geschichte* von Thomas Fischer. Die Ausrüstung und Kampftechniken haben sich im Laufe der Zeit gewandelt. Zu Beginn des 3. Jahrhunderts nach Christus waren viele der alten Taktiken, Waffen und Ausrüstungen im Wandel begriffen. Als klassisches Beispiel mag das Scutum dienen, der rechteckige gewölbte Schild der römischen Armee, den jedes Kind aus zahllosen Büchern und Filmen kennt, auch aus Stellen, an denen er längst verschwunden war, denn er hatte seine beste Zeit im 1. Jahrhundert nach Christus. Bei den Auxiliartruppen war er nie im Einsatz, in den Legionen wurde er im 3. Jahrhundert abgelöst. In Dura Europos wurde jedoch ein Scutum aus dem 3. Jahrhundert gefunden, daher habe ich diese Schilde in der Schlacht in Mesopotamien einsetzen lassen. In den Schlachten am Limes kommt der ovale Schild zum Einsatz, mit dem man zwar auch in Phalanx-Taktik kämpfen konnte, aber bei Weitem nicht so geschützt und effektiv. Das Pilum (römischer Speer) wurde bis zur Schlacht am Harzhorn (um 235 n. Chr.) definitiv verwendet, war aber in Ablösung durch das Spiculum begriffen. Ebenso der Gladius, das römische Kurzschwert, der noch bis 250 n. Chr. zum regelmäßigen Einsatz kam, aber mehr und mehr von der Spatha, dem Langschwert, verdrängt wurde. Ich habe einige »künstlerische Freiheiten« walten lassen.

Die Namen der meisten handelnden Personen sind frei erfunden. Dennoch haben einige der Charaktere aus dem Roman nachweislich gelebt. Allen voran der Kaiser Severus Alexander, der mit seiner Mutter Julia Mamaea von 222 bis 235 n. Chr. regierte. Er war beinahe noch ein Kind bei der Inthronisierung, daher führte Julia Mamaea bis zu seiner Volljährigkeit die Regierungsgeschäfte. Auch darüber hinaus? Die Spannungen, die eine Frau an der Macht sowohl gegenüber den Senatoren als auch den Offizieren der Armee provozieren musste, waren mit Sicherheit bedeutend und haben mich inspiriert, ebenso das Spannungsfeld innerhalb der Familie.

Der Feldherr und spätere Gegenspieler Gaius Iulius Verus Maximinus ist ebenfalls geschichtlich belegt. Er ging als Soldatenkaiser Maximinus Thrax in die Annalen ein. Einige andere Namen von Nebenpersonen sind historischen Überlieferungen entnommen und wurden in die Geschichte verwoben. Nertinius Festus zum Beispiel war ein Benefiziarier, der einen Weihestein in der Station nahe dem Kastell Obernburg gesetzt hat.

Auch der Prätorianeraufstand zu Beginn der Regentschaft des Kaisers Severus Alexander ist belegt. Einen strafversetzten Centurio könnte es gegeben haben.

Den Namen des Kastells Opia Novum habe ich erfunden. Viele der Kastelle sind namentlich bekannt, und – soweit möglich – habe ich die antiken Namen verwendet. Das Kastell Buch/Rainau nahe dem Limes-Tor von Dalkingen ist namentlich leider nicht überliefert. Es gab vor der Verlegung des Limes nach Norden ein Vorgängerkastell, dessen Namen Opia lautete. Da es im Grunde vielleicht sogar mit der ursprünglich dort ansässigen Einheit verlegt wurde, lag der Name des »Neuen« Opia nahe. Auch der antike Name des Kastells Dambach ist nicht bekannt. Abgeleitet vom lateinischen Wort *palus* (Moor) und *paludosus* (sumpfig) habe ich den Ort »Paludamentum« genannt, da die Römer selten und ungern an Orten wie diesen Kastelle begründeten und einigen Aufwand trieben, damit die Bauten nicht versanken. Dass der Ort mit der Umgebung namentlich korrespondierte, ist daher zumindest wahrscheinlich.

Septimiacum lautet der Name eines Ortes, der sich laut der antiken Straßenkarte Tabula Peutingeriana sieben Meilen entfernt von Opia und ebenso sieben Meilen von Losodica entfernt befunden haben muss. Septimiacum oder auch Septimiaci ist bis heute (noch) nicht wiedergefunden worden. Ich habe ihn daher als reine Herberge/Pferdewechselstation verortet, da eine größere Ansiedlung vermutlich entdeckt worden wäre. Man vermutet ihn bei Marktoffingen, wo römische Gräber und in der Umgebung einige Villae rusticae gefunden wurden.

Bei Orten, die in der Antike anders hießen als heute, habe ich versucht, den damals geläufigen Namen zu verwenden. Als Beispiel hierfür mögen das Kolosseum dienen, das am besten mit dem »flavischen Amphitheater« (Amphitheatrum Flavium) zu übersetzen ist, oder die Pons Aemilius, die zwar ursprünglich so hieß und heute wieder so genannt wird, doch im 1. Jahrhundert in Pons Maximus umbenannt wurde, weil sie die damals größte Brücke über den Tiber war.

Die Schlacht in Mesopotamien hat tatsächlich stattgefunden, doch ist nicht viel über ihren Verlauf bekannt. Ob alle Protagonisten wirklich vor Ort waren, darf bezweifelt werden, doch habe ich hier der künstlerischen Freiheit den Vorzug gegeben und eine für die Römer ungünstige Verkettung aus Verrat geschlussfolgert, in deren Verlauf die Pattsituation eine logische Variante war. Historisch überliefert ist lediglich, dass drei römische Heeresteile in persisches Gebiet einmarschierten und am Ende der Kämpfe keine der beiden Seiten einen entscheidenden Sieg erzielen konnte. Das römische Heer war mit der Koordination dreier Armeeverbände vermutlich überfordert.

Das Motiv der Rache von adligen Germanen, die als römische Geiseln lebten, in der römischen Gesellschaft aber dennoch Karriere machen konnten, ist spätestens seit der berühmten Varusschlacht bekannt. Arminius, der germanisch stämmige Verräter, der für die Niederlage von drei römischen Legionen verantwortlich war, ist von den Römern großgezogen worden. Ich habe dieses Motiv variiert und auf Adalmar und seine Schwester angewendet; unwahrscheinlich ist das nicht, denn der römische Kaiser Caracalla hat 213 einen Vergeltungsfeldzug tief in germanisches Gebiet unternommen. Dass dabei Geiseln von Stämmen genommen wurden, ist nur allzu wahrscheinlich. Ein Kind, das 213 nach Rom deportiert wurde, wäre im Jahr 233 im idealen Alter für einen Rachefeldzug gewesen. Ich habe einem solchen Kind einen Namen und stellvertretend für die alemannischen Plünderungen des Jahres 233 ein Motiv gegeben, für die die Quellenlage äußerst vage ist und vor allem Hortfunde ein wenig Licht ins Dunkel der Geschichte bringen.

Damit kommen wir zum Schatzfund von Weißenburg: Er ist gewissermaßen die Keimzelle für mein Interesse an römischer Geschichte. Einer meiner Gymnasiallehrer hat diesen Schatz 1979 in seinem Spargelbeet gefunden. Ich war oft im Zweigmuseum der archäologischen Staatssammlung München in Weißenburg und habe mich immer gefragt, warum eine Kiste mit Preziosen aus einem Tempel in die Erde kommt und nicht wieder geborgen wird. Natürlich könnte es sein, dass Plünderer eine Kiste zusammenpackten und dann alles vergraben haben sollen, so eine der Theorien. Schlüssig klingt das für mich nicht. Ich habe den Schatz daher von den Eigentümern selbst unter einem gewissen Zwang und hastig vergraben lassen und denke, dass Orte, die von einer Schlacht verwüstet wurden, durchaus so fremd wie Neuland aussehen können. Sterben dann noch Protagonisten, die wussten, wo sich der Schatz genau befand, ist der schweigende Mantel der Geschichte auch schon darübergebettet.

Mit einem lateinischen Sinnspruch endet meine erste Reise ins 3. Jahrhundert:

Habent sua fata libelli (Terentianus Maurus) – Bücher haben ihr eigenes Schicksal.

Danksagung

Einen historischen Abenteuerroman zu schreiben, ist eine gewaltige Herausforderung. Ihn neben einer Geschäftsführertätigkeit zu verfassen, während ein kleines Kind zu Hause aufwächst, schien anfangs unmöglich. Ich bin ein- bis zweimal in der Woche meist abends meiner Passion nachgegangen. Selten gab es Unterbrechungen von mehr als zehn Tagen, aber ebenso selten habe ich es häufiger als zwei Tage in der Woche geschafft, daran zu arbeiten. Nach zwei Jahren stellte ich fest, dass für bestimmte Passagen ein zusammenhängender Zeitraum der Konzentration und Muße vonnöten ist. Dadurch wurde ab 2015 die Idee der »Schreibwoche« geboren. Einmal jährlich waren es fünf volle Tage, an denen ich intensiv am Buch arbeiten konnte.

Dass der Roman erscheinen kann, dafür bin ich einigen lieben Personen, die mein Leben begleiten, unendlich dankbar.

Mein größter Dank gilt meiner Familie, ganz besonders meiner Frau Astrid, die mich mit ihrem Gespür für Sprache und Grammatik und einer Vielzahl von konstruktiven Verbesserungsvorschlägen begleitet hat. Handelten Figuren unglaubwürdig, hat sie mir mit ihrer Erfahrung als Coach weitergeholfen. Gegebenenfalls wurden für Charaktere auch Psychogramme erstellt, um die Handlungen nachvollziehen zu können. Sie hat mich darauf aufmerksam gemacht, wenn ich das Potenzial eines Kapitels nicht ausgeschöpft hatte, und mir viel von ihrer Zeit als Testleserin geschenkt. Meine Frau hat mir letztlich ein- bis zweimal in der Woche zur dringend benötigten Zeit am Abend verholfen und einmal pro Jahr meine lieb gewonnene Schreibwoche ermöglicht.

Ich danke meinem Freund Wolfi, der eigentlich in der falschen Zeit geboren ist und mir mit seinem Charakter als fleischgewordener Legionär im 21. Jahrhundert eine wertvolle Quelle der Inspiration war. Wie ein Centurio denkt und handeln würde, hat er mir offenbart. Die abendlichen Diskussionen über das Leben und Denken in der Antike, über Werte in der Legion und den Ablauf von Schlachten haben mir immer wieder Anstöße gegeben, die meine Recherchen ergänzt haben.

Von Herzen danke ich meiner guten Freundin Maria, die mir als Testleserin Feedback zu den korrigierten Abschnitten geben konnte und mich immer darin bestärkt hat, auf dem richtigen Weg zu sein.

Danke an Gunde und Noemi, dass ihr stellvertretend für verschiedene Generationen den Roman kritisch gelesen und mir wertvolle Tipps gegeben habt, sowie der mit der Zeit immer größer gewordenen Testleserschaft, die nicht mit Kritik gespart hat und mir dadurch Hilfestellung bei Verbesserungen geboten hat. Vielen Dank dir, Michael, du hast mich bereits bei meiner Magisterarbeit durch deine unschätzbare Erfahrung als humanistisch gebildeter Freund unterstützt. Danke, dass du deine Erfahrung als Journalist in bester kritischer Weise zur Verfügung gestellt hast.

Vielen Dank, liebe Isabella, ohne dich hätte der Roman nicht den Weg in die wunderbare Welt des Piper Verlags gefunden. Dort arbeiten unglaublich viele großartige

Menschen, die mein Leben seitdem bereichert haben, ganz besonders aber möchte ich meiner Lektorin Greta danken, die es versteht, einen zu erden, wenn sich alles flüchtig anfühlt, die nach Lösungen sucht, anstatt über Probleme zu reden, und die es verstanden hat, mich auch bei kritischen Fragen immer zu motivieren, das Werk stetig zu verbessern. Eine große Kunst. Danke, lieber Franz Leipold, für die wertschätzende, konstruktive und reibungslose Zusammenarbeit! Es ist ein großes Glück für mich, einen so erfahrenen und versierten Redakteur an der Seite zu haben, der dem Roman qualitativ das i-Tüpfelchen verpasst hat, in einer Art und Weise, wie man sich das als Autor erträumt.

Mein Dank gilt nicht zuletzt meinen Eltern dafür, dass sie mir alle Freiheit der Welt ermöglicht haben, meinen eigenen Weg zu gehen.

Glossar

Abusina – Eining, römisches Militärlager an der Donau

Alcmona – alter Name für den Fluss Altmühl

Aquilifer – Träger des Adlers, des höchsten Feldzeichens einer Legion

Augusta Vindelicum – Augsburg

Auxiliartruppen – Hilfstruppen im Römischen Reich, häufig an der Grenze eingesetzt sowie Legionen zugeordnet

Balliste – römische Pfeilwurfmaschine

Batavis – Passau

Benefiziarier – römischer Unteroffizier, eingesetzt für Polizei- und Kontrollaufgaben

Biriciana – Weißenburg in Bayern

Celeseum – Pförring, römisches Militärlager an der Donau

Centurio – Offizier in der römischen Armee

Danuvius – Donau

Decumatland – Gebiet östlich des Rheins und nördlich der Donau, gehörte seit Domitian der römischen Provinz Germania superior sowie zu einem kleinen Teil Raetien an

Decurio – in der römischen Frühzeit der Führer einer Gruppe von zehn Legionären in der römischen Armee. In der kaiserzeitlichen Auxiliarkavallerie war der Decurio der Reiterei einem Centurio der Legion gleichgestellt; rangmäßig stand er sogar über dem Centurio einer Auxiliarkohorte.

Denar – römische Silbermünze

Falerner – Wein, der im antiken Italien angebaut wurde

Fuß – römische Maßeinheit. Ein Fuß (lat. pes) entspricht einer Länge von 29,6 Zentimeter. Neben dem offiziellen *pes monetalis* wurde in einigen Teilen der römischen Nordwestprovinzen auch der sogenannte *pes drusianus* (≈ 33,27 cm) verwendet, der gegenüber dem offiziellen Fußmaß um etwa zwei *digiti* länger war. Er wurde nach dem Feldherrn Nero Claudius Drusus Germanicus benannt.

Garum – römische Würzsoße, zumeist aus Fisch hergestellt, für salzige und süße Speisen

Germanicum – Kösching, römisches Militärlager an der Donau

Gladius – römisches Kurzschwert

Kataphrakt – schwer gepanzerten Reiter der antiken Kavallerie, der hauptsächlich in iranischen Armeen eingesetzt wurde

Kohorte – militärische Einheit einer Legion, die sich in der Regel aus zehn Kohorten zusammensetzte. Eine Kohorte wies 480 bis 600 Mann auf, je nachdem, ob sie nur aus Infanterie bestand oder auch Kavallerie enthielt.

Legat – Kommandeur einer Legion

Legion – römische Heereinheit, im 2. Jahrhundert n. Chr. in der Regel bestehend aus ca. 6000 Mann, inklusive Hilfstruppen und Tross sogar 11000 Mann

Licias – Lech

Losodica – ehemaliges römisches Kastell in der nordöstlichen Randzone des Nördlinger Ries. Nachdem das Kastell mit der Limesvorverlegung rasch wieder verlassen wurde, entwickelte sich ein Vicus, der aber in den Markomannenkriegen (um 170 n. Chr.) zerstört wurde. Danach nur teilweise wiederaufgebaut.

Mansio – Gasthof

Mediana – Kastell Gnotzheim

Meile – römische Maßeinheit. Eine römische Meile entspricht einer Länge von 1480 Metern.

Noricum – römische Provinz im östlichen Alpenvorland

Rhenus – Rhein

Opia Novum – erfundener Name für das Kastell Buch/Rainau

Optio – Offizier in der römischen Armee, ein Rang unter dem des Centurio; einer von mehreren Offiziersrängen

Paludamentum – erfundener Name für das Kastell Dambach

Parma – Schild der römischen Reiterei (vor allem in Auxiliarverbänden)

Pilum – römischer Speer

Polybolos – antikes, ursprünglich griechisches Geschütz, ähnlich einer Balliste, konnte mehrere Pfeile hintereinander verschießen

Posca – mit Wasser verdünnter Weinessig

Prätorianer – Gardetruppe der römischen Kaiser

Primus Pilus – höchstrangiger Centurio einer römischen Legion

Raetien – römische Provinz im nördlichen Alpenvorland, deren Provinzhauptstadt Augusta Vindelicum war

Sablonetum – Ellingen

Sassanidenreich – Großreich der Perser, das sich in der Spätantike ungefähr über die Gebiete der heutigen Staaten Iran, Irak, Aserbaidschan, Turkmenistan, Pakistan und Afghanistan erstreckte

Scuttarensis – Nassenfels

Scutum – römischer, anfangs ovaler, später rechteckiger Schild aus Holz

Septimiacum – antiker Name eines auf der Tabula Peutingeriana verzeichneten Ortes; bis heute nicht wiederentdeckt

Signifer – Träger eines Feldzeichens

Spatha – römisches Langschwert

Submuntorium – Kastell Burghöfe

Thing – Volks- und Gerichtsversammlungen nach altem germanischen Recht

Toga – Obergewand aus Wolle, das von freien, römischen (männlichen) Bürgern getragen wurde

Tribun – hoher Offizier des römischen Militärs, oft Durchgangsamt für junge Aristokraten

Tunika – Unterkleid aus Wolle

Turma – kleinste taktische Einheit der römischen Reiterei

Vetoniana – Pfünz

Vexillation – Abteilung/Abordnung des römischen Heeres, meist herausgelöst aus einer Legion für einen bestimmten Zweck, wie z. B. Straßenbau oder Einsatz im Feldzug

Zenturie – römische militärische Abteilung, in der Regel 80 Mann